吟唱自然

美国自然诗歌中的
生态环境主题研究

朱新福 著

图书在版编目（CIP）数据

吟唱自然：美国自然诗歌中的生态环境主题研究 / 朱新福著. -- 北京：商务印书馆，2024. -- ISBN 978-7-100-24247-9

I. I712.072

中国国家版本馆 CIP 数据核字第 2024J706U6 号

权利保留，侵权必究。

吟唱自然
美国自然诗歌中的生态环境主题研究
朱新福 著

商 务 印 书 馆 出 版
（北京王府井大街 36 号　邮政编码 100710）
商 务 印 书 馆 发 行
北京盛通印刷股份有限公司印刷
ISBN 978 − 7 − 100 − 24247 − 9

2024 年 9 月第 1 版　　　　开本 710×1000　1/16
2024 年 9 月北京第 1 次印刷　印张 24¼

定价：98.00 元

国家社科基金一般项目资助
项目名称：美国自然诗歌中的生态环境主题与国家发展思想研究
项目编号 17BWW062

目　录

前言 …………………………………………………………………… 1

第一章　安娜·布莱德斯翠特《沉思录》中的自然与宗教 ………… 14
第二章　爱德华·泰勒的宗教自然诗 ………………………………… 36
第三章　布莱恩特的自然书写与环保事业 …………………………… 53
第四章　《杜鹃花》与爱默生的自然思想 …………………………… 78
第五章　惠特曼诗歌中的民主精神与现代化意识 …………………… 88
第六章　惠特曼诗歌中丰富多彩的自然世界 ………………………… 114
第七章　艾米莉·狄金森的自然诗 …………………………………… 134
第八章　罗宾逊·杰弗斯的生态文明思想 …………………………… 184
第九章　微小中含有伟大，自然中隐藏真理：玛丽安·摩尔的
　　　　动物诗歌及其生态思想 …………………………………… 202
第十章　丹妮斯·莱维托芙的自然诗 ………………………………… 228
第十一章　沉默之声：默温的生态伦理结和诗学伦理结之解 ……… 246
第十二章　斯奈德生态诗学思想探源 ………………………………… 262
第十三章　引用抑或挪用？斯奈德对印第安文化的立场 …………… 275
第十四章　地方、动物与身体：玛丽·奥利弗的自然情怀 ………… 300
第十五章　温德尔·贝瑞诗歌中的生态家园构建 …………………… 330

结语 …………………………………………………………………… 347
参考文献 ……………………………………………………………… 363

前　　言

　　每一部以书写自然为主题的诗歌都包含着丰富的文化遗产，展示了诗歌的活力和价值。在当下的环境危机中，诗歌，特别是自然诗歌，具备一定的特殊功能，即能够在环境处于濒危状态时重新唤醒人类对自然的关注。

　　本书试图系统地从生态批评角度，分时期探讨美国文学史上代表性自然诗人的诗歌主题演变及其生态诗学思想的建构过程，通过了解美国自然诗歌的主题及其生态思想内涵，为构建我国生态诗学和美国文学研究及教学提供一定参考。研究美国自然诗歌的主题变化及其生态诗学思想的建构，需要关注生态批评关于人与自然、自然与人文的观点以及相关生态文化思想和生态文明观。本书内容涉及生态哲学、生态伦理学、生态美学和生态宗教学等学科，尝试把这些学科应用到对具体诗人及其作品的分析中，以加深研究内涵。本书尽量体现生态批评纵深发展的标志，把相关主题放到对人类中心主义"经典"文本的颠覆和对自然写作的重估中进行。同时，本书还密切关注当前生态批评的以下发展方向：对经典的批判，对文本的重构，对自然诗歌的重新评价，重建社会与生态的联系，语言与土地的重新接触等，突出研究的学术意义和现实意义。

　　在国内，程虹的《寻归荒野》（2001）第三章论述了"自然的歌手"沃尔特·惠特曼（Walt Whitman）的自然思想。王诺的《欧美生态文学》（2003）在第二、三章分别点评了惠特曼、玛丽安·摩尔（Marianne Moore）、埃兹拉·庞德（Ezra Pound）、加里·斯奈德（Gary Snyder）和罗宾逊·杰弗斯（Robinson Jeffers）等在其自然诗歌中体现的生态责任感以及对人类中心主义思想和当代人类滥用科技文明行为的批判。鲁枢元的《生态文艺学》（2000）、《生态批评的空间》（2006）以及他主编的《精神生态与生态精神》（2002）和《自然与人文——生态批评学术资源库》（2006）等专著的部分章节对此主题多有涉及。多年来，鲁枢元把他的研究重心转移到对当代社会人类精神生态的研究中来，试图将"生态"观念植入文艺学和美学的肌体，将"诗意"注入现代生态学系统，把自然生态、社会生态、精神生态三者看作一个有机完整的系统加以综合比较研究。张子清的《二十世纪美国诗歌史》（1995）对于本书所涉及的自然诗人也有不少有益论述。在学术论文方面，张子清、赵毅衡、罗良功、黄宗英、耿纪永、张跃军等学者在国内核心期刊发表的有关美国自然诗歌的论述对本书研究大有帮助，其中耿纪永的"从生态意识看20世纪美国自然诗的流变"一文梳理了美国20世纪自然诗歌的两个发展阶段，以此说明一种前所未有的诗歌类型——生态诗歌——的产生过程。相关代表性博士论文例如上海外国语大学王素青的"加里·斯奈德和罗伯特·弗罗斯特诗歌中自然与人类的生态哲学观"（2011）和中南大学邹雯虹的"从末世到自我实现：W. S. 默温诗歌的生态解读"（2012）等，从不同角度探讨了美国现当代自然诗人对自然环境危机和人类精神危机的关注。同时，近年来国内研究美国生态诗人斯奈德的核心期刊论文有十多篇，专著六部（作者为钟玲、陈小红和耿纪永等），他们的研究为本书提供了继续研究的基础和视野。下一个值得注意的现象是研究美国自然诗人生态思想的期刊论文很多，但不少论文有一种学术认定式做法，即将诗人或诗作预设性地套上生态的帽子，进行绿色定位，然后将作品涉及的自然环境等要素与人的关系列为"生态叙事"，结论多为诗人生态观的反映。这一现象促使本书在选择自然诗人和诗歌时特别慎重。

在国外，从1980年代初起学者开始研究美国自然诗中的生态思想。主要学者有劳伦斯·布伊尔（Lawrence Buell）、斯科特·斯洛维克（Scott Slovic）、格伦·洛夫（Glen A. Love）和伦纳德·西格杰（Leonard D. Scigaj）等。劳伦斯·布伊尔的环境批评"三部曲"《环境的想象》(*The Environmental Imagination: Thoreau, Nature Writing, and the Formation of American Culture*, 1995)、《为濒危的世界写作》(*Writing for the Endangered World*, 2001)、《环境批评的前景》(*The Future of Environmental Criticism*, 2005)是研究自然文学和生态批评的理论支撑,为本书写作提供了宏观意义上的指导。布伊尔认为,生态批评是跨学科的,它从科学研究、人文地理、发展心理学、社会人类学、哲学(伦理学、认识论、现象学)、史学、宗教以及性别、种族研究中吸取阐释模型。生态批评理论不可能总结出某种单一的模式。布伊尔指出,所有形式的话语在原则上都可以充分地成为"环境"的符号,而不仅仅是关注非人类世界及其与人类的关系的体裁;"环境危机"并非只是一种威胁土地或非人类生命形式的事情,而是一种全面的文明世界的现象(以各种形式包括了全球所有国家),不仅关乎相对较少的人类可体验到的与自然的接触,也关乎日常的人类经验行为。布伊尔强调,我们不仅要鼓励读者重新去与自然"接触",而且要灌输人类存在的"环境性"(environmentality)意识,即作为一个物种的人只是他们所栖居的生物圈的一部分,并使这一事实在所有思维活动中留下印记[1]。例如,在自然写作与荒野描写方面,布伊尔指出:"远离城市的郊外和前工业化的地域开始与美国的文化特征联系在一起,成为美国本土文学的一个神话。美国的自然环境成为它最显著的一种文化资源。"[2]布伊尔一直试图从不同方面构建生态诗学理论包括自然诗学思想。他试图淡化自然与文化的界限,认为生态批评的未来应从研究自然与文化的关系着手。

在"三部曲"的第一部《环境的想象》中,布伊尔以生态尺度重新思考梭罗的成就,重新审视美国文学和美国文化,试图建构生态中心主义文学观。他认为,以梭罗的《瓦尔登湖》为代表的美国自然写作保持了一

---

[1] 参见韦清琦:"打开中美生态批评的对话窗口:访劳伦斯·布依尔",《文艺研究》,2004年第1期,第64页。
[2] Lawrence Buell, *The Environmental Imagination: Thoreau, Nature Writing, and the Formation of American Culture*. Cambridge: Harvard University Press, 1996, p. 56.

种对"环境的想象",这类作品最能体现生态中心主义(ecocentrism)思想,是一种重要的文学形式。通过"新大陆之梦"、"田园文学的意识形态"(pastoral ideology)以及"再现环境"的探讨,布伊尔试图阐释美国早期文学的主题,探讨西方田园文学的思想传统如何能够实现拯救环境之目的。他指出,文学艺术具有想象自然环境、揭开自然环境神秘面纱的能力;田园主义将成为一种文学和文化的重要力量,在缓解环境危机中发挥作用。[1]

在《环境的想象》中,布伊尔探讨的环境主要指自然环境。在《为濒危的世界写作》中,布伊尔探讨的环境从自然环境扩大到了人工环境。对于"环境",布伊尔特别指出:"我这里说的'环境',是指物质世界中'自然的'和'人造的'两个维度。"布伊尔指出,在批评实践中,一些生态批评学者采用文化研究的方法,关注"环境文化文本",分析"自然"的符号化和环境元素,探讨21世纪的荒野教育等,说明生态批评的研究视野在不断地拓宽,生态批评所研究的文类更具包容性和开放性。[2]

伦纳德·西格杰的《持续的诗篇:四位美国生态诗人》(*Sustainable Poetry: Four American Ecopoets*, 1999)是最有影响的自然和生态诗歌论著之一。西格杰在批判后结构主义语言理论对当代诗歌和文学批评的影响基础上,详细分析了当代自然诗人默温、阿蒙斯、斯奈德和贝瑞的生态思想和自然环境意识。西格杰认为后结构主义和后现代主义仅仅把批评的目标放在语言、文本和话语上,似乎文本以外就没有自然环境等其他"存在"(Being)的存在。西格杰把批评的矛头转向西方哲学中的二元论思想,强调生态诗学的理论构建应以海德格尔和梅洛-庞蒂的思想为基础。根据海德格尔的存在主义观点,存在首先是个人的存在,个人存在是一切其他存在物的根基,"在"就是"我",整个世界都是"我"的"在"的结果,必须在人与外部世界事物的关系中来考察它们,否则就毫无意义,失

---

[1] 参见方红:"论劳伦斯·布尔的环境文学批评理论",《当代外国文学》,2009年第3期,第14—20页。

[2] 同上。

去了确定性。西格杰认为，在今天全球高度信息化、科技化，经济环境与政治环境不平衡的形势下，生态诗学的任务首先是要面对全球环境恶化这一基本事实，要以人的生存为本。西格杰还试图从梅洛-庞蒂有关现象学的论证中探索生态诗学的理论基础。梅洛-庞蒂深受胡塞尔现象学的影响，把自己的哲学称为"知觉现象学"。他指出，现象学就是对本质的研究。所谓"本质"，并不意味着哲学要把本质当作对象，只是意味着我们的存在，意味着我们需要"观念性的场所"。在梅洛-庞蒂看来，本质就是我们的体验；世界不是客观的对象，只是"我的一切思想和我的一切外观知觉的自然环境和场所"。

英美生态文学研究领域论述自然诗歌的其他相关论著还有：约翰·埃尔德（John Elder）的《想象大地：诗歌与自然观》（*Imagining the Earth: Poetry and the Vision of Nature*，1996）；捷尔吉·弗罗斯（Gyorgyi Voros）的《荒野的符号：华莱士·史蒂文斯诗歌里的生态》（*Notations of the Wild: Ecology in the Poetry of Wallace Stevens*，1997）；B. W. 奎切巴赫（Bernard W. Quetchenbach）的《远离田野：20世纪末的美国自然诗人》（*Back from the Far Field: American Nature Poetry in the Late Twentieth Century*，2000）以及约翰·斯科特·布赖森（John Scott Bryson）的《生态诗学批评导论》（*Ecopoetry: A Critical Introduction*，2002）和《每座山的西侧：地方、空间和生态诗学》（*The West Side of Any Mountain: Place, Space and Ecopoetry*，2005）等。

埃尔德的《想象大地：诗歌与自然观》提出了诗歌在决定人类对待地球环境态度上的重要性，探讨了诗歌如何反映并影响人类对待自然的态度。埃尔德指出，在一些广为流传的自然诗作中，我们可以看到人与自然和谐相处的情景。为了展示诗歌具有识别、认知、阐释和自然有关的各类问题以及人类在自然界地位的功能，埃尔德引用了加里·斯奈德、温德尔·贝瑞（Wendell Berry）、A. R. 阿蒙斯（A. R. Ammons）、丹妮斯·莱维托芙（Denise Levertov）以及威廉·埃弗森（William Everson）的作品，并且将这些诗人置于从威廉·华兹华斯（William Wordsworth）到 A. N. 怀特海（Alfred North Whitehead）、T. S. 艾略特（T. S. Eliot）和罗宾逊·杰弗斯的文化传统中，用他们的诗歌阐释了文化与荒野、想象与风景、科学与诗歌之间的关系。

捷尔吉·弗罗斯的《荒野的符号：华莱士·史蒂文斯诗歌里的生态》试图超越传统的自然/人文两分法，认为作为生态诗人，史蒂文斯强调"居所"（dwelling）的功效，以便激活人类与非人类的相互作用，并试图挑战语言和世界、环境和自然环境等之间存在的二元对立。

奎切巴赫的《远离田野：20世纪末的美国自然诗人》，其主题是诗人作为公众人物在倡导保护地球方面的作用。该书内容简明扼要，开篇便对"当代诗歌、自然写作与自然"的关系进行思考，随后每章详细介绍一位诗人，全书以"当代诗人是环保主义者"结尾。奎切巴赫认为，"人类与非人类自然的分离"虽然是"虚幻的"，但这一点不能被简单地忽视，因为这是西方文化的基础。大部分当代自然诗人都认为自然是"一个相互渗透的地带，是我们所有人生活的生物圈"；自然是一个"认证框架"，为自然诗人的写作提供经验和依据。奎切巴赫指出，当代诗歌已从现代主义的非人格化转向个人主义，这种转向的趋势是必然的。奎切巴赫不仅探讨了诗人与"自然"的关系而且还研究了诗人的创作"战略"，即重视社会价值观和关注"公众声音"。奎切巴赫认为当代诗人斯奈德重视"精神生态"，将科学的"客观"立场与野外的主观体验相结合；而贝瑞则强调诗歌的"使用价值"，认为艺术是保存信息或知识的一种方式。贝瑞提倡的本土记忆可谓社区和土地之间的联系纽带。他关注的农场、农耕和农民家庭生活，体现了最大意义上的"乡村化"，为西方传统的"再融合"提供了一种"公众声音"。当代自然诗人把自然书写与社会问题相结合，把个人经历与环境问题相联系，用评论家称之为"即时诗学"（poetics of immediacy）的创作方式，不再将目标读者定义为具有一定文学鉴赏能力的读者，而是越来越关注作品的现实内容和主题。

约翰·斯科特·布赖森的《生态诗学批评导论》讨论了当代美国自然诗的生态内涵。布赖森在序言中试图定义"生态诗歌"。他认为，"生态诗歌"是"自然诗歌"的一个发展和分支，传统的"自然诗歌"所表现的浪漫主义和田园风情已无法表达当代社会所面临的生态危机，"生态诗歌"是对生态危机的回应。在布赖森看来，"生态诗歌"有三个特点：表达生态中心主义思想，强调世界万物彼此相关、相互依赖；人类必须以谦恭态度对待自然；怀疑甚至反对（过度）技术为上思想和超理性主义行为。

布赖森的《每座山的西侧：地方、空间和生态诗学》是一部理论性较强的诗歌论著。作者运用著名人文地理学家段义孚的理论思想来分析美国自然诗人的作品。不同于过去更倾向于牧歌式和田园式的自然诗人，当代自然诗人开始关注激进的环境主题和生态主题。段义孚的"地方—空间"理论框架在某种程度上避免了将"地方"和"空间"定性为对立关系的做法。布赖森的《每座山的西侧：地方、空间和生态诗学》为我们今天研究自然诗歌提供了一定的理论支撑。

在英国，自然诗歌相关研究成果首推乔纳森·贝特（Jonathan Bate）的《大地之歌》（*The Song of the Earth*，2000）以及特里·吉弗德（Terry Gifford）的《绿色声音：理解当代自然诗》（*Green Voices: Understanding Contemporary Nature Poetry*，2011）等。

贝特以海德格尔思想为支撑，进一步完善了他在1991年发表的《浪漫主义生态学：华兹华斯和环境传统》（*Romantic Ecology: Wordsworth and the Environmental Tradition*）中阐述的浪漫主义生态诗学思想。同时，贝特还根据法国思想家卢梭有关论证"自然状态"的思想来探讨生态诗学的问题。贝特认为，卢梭的"自然状态"论和"返于自然"的思想与"深层生态学"理论从本质上讲是一致的。贝特全面论述了从18世纪到当今的小说和诗歌。他在《大地之歌》的前两章中把简·奥斯汀（Jane Austin）和托马斯·哈代（Thomas Hardy）、玛丽·雪莱（Mary Shelley）和威廉·H.赫德逊（William H. Hudson）以及伊丽莎白·毕肖普（Elizabeth Bishop）相并立，以独特的视角探讨了这些通常不被认为是"自然作家"的生态意义。

吉弗德的《绿色声音：理解当代自然诗》试图分析当代诗歌中有关自然的不同概念，探讨爱尔兰、苏格兰、威尔士和英格兰诗歌中有关"自然"的传统。同时，作者还探讨了非裔和亚裔诗人以及妇女和激进绿色诗人为英国自然诗歌做出的新贡献。作者认为蒲柏（Alexander Pope）和哥尔德斯密斯（Oliver Goldsmith）的诗歌传统在当下 R. S. 托马斯（R. S. Thomas）、乔治·麦凯·布朗（George Mackay Brown）、约翰·蒙塔古（John Montague）和诺曼·尼科尔森（Norman Nicholson）的作品中得到了延续。帕特里克·卡瓦纳（Patrick Kavanagh）和其他诗人则致力于乔治·克拉布（George Crabbe）和约翰·克莱尔（John Clare）的"反田园式"诗歌传统。谢默斯·希尼（Seamus Heaney）和特德·休斯（Ted Hughes）也创作了相关"后田园"诗歌。在苏格兰，索利·麦克林（Sorley Maclean）的诗歌将苏格兰盖尔人的自然诗歌引入核威胁时代，关注当下的生态环境。另外，近十年来英美国家论述美国自然诗歌的期刊论文和博士论文数量也不少。由于篇幅有限，这里不再展开讨论。

　　本书以美国殖民地时期到当代的代表性自然诗人为研究目标，探讨他们自然诗歌的主题演变及其生态诗学思想建构。本书共分十五章，研究内容涉及十三位代表性诗人。具体内容包括：

　　一、探讨殖民地时期代表诗人的自然诗，揭示宗教背景下的自然描写及其生态意蕴，指出这一时期自然诗人朴素的、潜意识的生态意识。具体以安娜·布莱德斯翠特（Anne Bradstreet）的《沉思录》（Contemplations）和爱德华·泰勒（Edward Taylor）的诗集等为研究对象，分析他们自然诗中自然与上帝的关系及其生态神学思想，阐述其自然诗中自然、人性、神性的结合及其生态意义，指出清教神学如何成就天堂般的生态阅读和描写，自然描写与清教神学二者如何共同建立对新英格兰的地域认同。

　　二、研究浪漫主义时期代表诗人的自然诗，通过分析其包含的超验主义思想、自然精神与国家民族意识，揭示这一时期的自然诗歌如何从朴素的、潜意识的生态意识演变为自觉的生态意识和自然思想。主要以布莱恩特（W. C. Bryant）、爱默生（R. W. Emerson）、惠特曼和狄金森（Emily Dickinson）等代表诗人的自然诗为研究对象。

　　作为美国 19 世纪著名自然诗人，布莱恩特通过描写自然来阐发自己的诗学思想，其自然诗歌的主题表现在对死亡的随想、对历史的思考以及对美国新大陆大自然荒野大地的赞美。布莱恩特的自然诗歌阐述了人生与自然的关系、死亡与自然的关系以及森林、上帝和自然三者融合所表现的精神之美。同时，布莱恩特所从事的新闻事业与环境保护密切相关，其新闻工作推动了当时美国的环保事业。

爱默生一生创作了许多自然诗歌，《杜鹃花》("The Rhodora")是他创作的众多自然诗歌中的一首。《杜鹃花》不仅体现了爱默生在《论自然》中强调的自然的精神意义和内在价值，还阐述了"美为美存在"以及"人与花都是同一造物主的安排"这两大中心思想。《杜鹃花》充分体现了爱默生的诗歌特色，即诗的哲化与哲的诗化以及诗哲一体化的思想，有利于我们重新认识人与自然的关系。

惠特曼在《草叶集》中通过对大自然的歌颂抒发了诗人热爱自然、回归自然的思想。《草叶集》中包含了生态思想的萌芽，而惠特曼另一部少为国内读者所知的散文集《典型的日子》同样蕴含了深刻的生态诗学思想，自然是文学创造的源泉，诗人的使命是把大自然与人的灵魂联结起来，把常人眼中只看作物质世界和物欲对象的大自然所具有的生命气息、精神韵致和神性内涵揭示给人们，使诗歌变成大自然沟通、走近和融入人的灵魂的精神通道。《采集日志》包含了对诗歌在人类与大自然之间生态功能的深切感悟。《草叶集》描写了大地、海洋、城市、乡村、风雨、鸟儿、动物、花园，甚至小小的不起眼的一堆肥料也是他笔下的闪光之点。惠特曼在描写自然界的同时，还试图在自然万物中表达他的哲学思想，包括他的生态自然思想。特别要强调的是，本书的研究从19世纪美国发展的历史大背景入手，结合美国本土的个人主义民族文化来重读《草叶集》。我们发现，惠特曼自然诗歌中还包含着明显的民主精神与现代化意识。"现代化"作为一个宏观的辩证理念，象征着人类文明永不停息的历史发展进步过程，是人类思想理念、价值追求的全面革新。而惠特曼的诗作作为美国发展转折时期继往开来的重要成果，充分体现了美国民主思想在工业化、城市化时代大潮之下的全新发展与演进，是美国民主精神由抽象到具象、由理想化到世俗化转变的生动例证。

　　狄金森对自然有她自己独特的定义。她明确了大自然的功能以及自然与诗人的关系。狄金森创作自然诗歌和她的家庭背景、超验主义影响以及个人生活中的学习环境和自然环境有关，同时和她的文学素养密切相关。科学知识使狄金森对自然世界充满好奇。玫瑰是狄金森自然诗歌中植物花草的代表；蝴蝶、蜘蛛、小蛇以及鸟儿是狄金森自然诗歌中的常客。狄金森通过"动物意象"，即以动物为载体的审美意象，折射出人对现实生活的感受和体会。狄金森作为19世纪的女诗人，希望通过自然描写来表述自我，表达那个时代的妇女意愿，表达她作为一个普通妇女在当时社会所感受到的孤独，表达真与美的浪漫主义美学思想，表达一种狄金森式的哲学思想。

　　三、分析美国当代的代表诗人的自然诗，研究其反映人与自然、人与社会、人与上帝三重疏远以及对现代西方工业文明批判的内涵，揭示这一时期自然诗歌生态演变的意义及影响，探讨这一时期自然诗人生态诗学思想的形成过程与特征。具体以罗宾逊·杰弗斯、玛丽安·摩尔和丹妮斯·莱维托夫的自然诗为研究对象，通过比较他们与前期自然诗人在主题和艺术特征方面的异同来看自然诗的演变轨迹。

　　杰弗斯的"非人类主义"（Inhumanism）生态诗学思想在一定程度上类似"非人类中心主义思想"，表现在对人类和人类社会的批判，强调人类不是世界万物的中心，不能以人作为衡量一切的标准，体现了宇宙是一个整体的泛神论思想。岩石是自然的精华，赋予诗歌一种正能量；鹰是自然的灵魂，也是诗人本人的象征。杰弗斯的自然诗作涉及自然永恒、人类在自然面前的渺小以及对人类命运的警示等主题。在诗歌形式上，杰弗斯的"非人类主义"诗学思想表现为回归英语古体诗歌的创作模式。作为一位激进诗人，杰弗斯提出"非人类主义"思想，其目的是追寻真正的人类价值，启迪人类拥有回归自然的心态。杰弗斯也是美国最早投身于生态文明构建事业的诗人之一，他继承了美国本土的超验主义思想，通过自然主义式的生态书写展示了原生自然的残酷多变与无穷魅力。诗人在创作中贯彻了"反文明"的价值理念,以辛辣的笔调批判了现代人破坏自然、庸俗腐化的物质主义倾向,直率地指出正是自然精神的丧失导致了现代人思想的空虚与迷惘。他的诗作虽颇有喜爱动物尤胜于人的非人类中心主义特色,但野性与人性之间的互通之处依旧鲜明,对动物淳朴天性的赞美反衬了诗人对于理想化人性的观照与追求。以非人格化的书写来反映人类生活,身居山野却心怀天下,这赋予了杰弗斯的自然诗作以更为广博的社会价值和象征意义。

玛丽安·摩尔借动物主题来表现诗歌创作和诗歌艺术的本质和力量。摩尔的动物诗歌表达了她的道德立场和伦理思想,其他一些诗歌虽然不是以动物为标题,但依然以动物来"说事",其中很重要的一点就是以动物诗歌来表达她的自然思想和生态意义。著名诗篇《纸鹦鹉螺》("The Paper Nautilus")中的母爱情结与生态女性主义思想以及名诗《水牛》("The Buffalo")中的自然意蕴就是典型的例子。摩尔的动物诗歌告诉我们,动物是人类认识自然过程的媒介,几乎每一个人类的行动都可以用动物的行动来说明。她诗歌中的动物意象和隐喻具有灵动、鲜明而准确的特征,诗人将她瞬息间的思想感情溶化在诗行中。通过对动物的描写,摩尔自觉地探索人和自然的关系,向我们展示她所理解的生态预警及对生命的敬畏,探索生态危机的社会根源。

莱维托芙把自己的诗歌风格称作"有机形式"(organic form),认为艺术与生活息息相关,诗人须投身社会生活,以提升诗歌的品质。有机的诗歌创作使莱维托芙把写诗看成是对生命意义的终极探索,对大自然的不断思考,在大自然永恒的律动中找到平衡点。她用诗歌表达自己强烈的社会责任意识,包括生态环境意识。莱维托芙擅长以多视角、二元的观点来看待自然:在她看来,自然美丽而神圣,同时又充满恐惧和死亡;自然不仅存在于乡村,而且存在于城市的每个角落;植物界的自然无处不在,而动物界的自然更是一目了然;自然是脆弱濒危的,又是繁荣昌盛的……她还创作了不少"生态抗议诗歌",关注日益加剧的环境危机。

四、研究当代的代表诗人的自然诗歌向生态诗歌演变的过程,揭示其体现的生态整体观、生态预警和可持续发展思想。以当代美国文坛最有代表性的四位生态诗人——W. S. 默温（W. S. Merwin）、加里·斯奈德、玛丽·奥利弗（Mary Oliver）和温德尔·贝瑞为研究对象。

W. S. 默温创作的《林中之雨》（The Rain in the Trees）等几部诗集的内容表明，诗人对日益恶化的生态环境越来越关注。作为一名生态诗人，默温强调"地方感"（sense of place，一译"地域归属感"），关注人类的生存环境和精神生态；他认为自然是语言的源泉，诗歌与大自然的韵律是和谐一致的，流露出鲜明的生态诗学思想。研究认为，我们从动物诗歌可以看到默温的生态伦理结和诗学伦理结之解。在诗学伦理上，默温坚持诗歌是见证的艺术，诗歌形式是对一种听见当下生命经历的方式的见证。而默温一以贯之的诗艺探索和实践，恰也见证了默温一生对人类破坏力的深刻反思，对自然世界绝对存在的笃信不疑，对诗歌艺术召唤沉默之声的毕生追求，以及诗内诗外知行合一的伦理操守。

加里·斯奈德是美国当代资深生态诗人，他的生态诗学观主要来自三个方面：一是北美印第安土著文化中人与自然和谐相处的思想，二是东方文化中道家和禅宗佛学思想，三是美国新大陆文化中由爱默生、梭罗和惠特曼等倡导的回归荒野的自然思想。这三种文化思想共同构建了斯奈德的生态诗学观。作为20世纪下半叶最具影响力的"绿色"诗人和散文作家之一，斯奈德推崇生物区域主义（Bioregionalism）政治与绿色无政府主义、深层生态学、生态心理学和环境保护主义思想。他所要实现的是人与自然的融合。斯奈德的诗歌融合不同民族的文化，他的生态革命思想具有跨文化特征，融合了东西方诗学、土地和荒野、可持续性问题、跨文化人类学和大乘佛教等。斯奈德致力于挖掘和再现印第安文化和口述传统文学，寻找"古老的根"，以此作为社会革命、生态革命与无意识革命的文化基础。他在其自然诗歌中表达的"龟岛观"（Turtle Island View）与生物区域主义及印第安创世神话有何关联？他的自然诗歌中的印第安神话动物郊狼（土狼）要表达什么主题？他作品中的郊狼和萨满形象与文化帝国主义有何关联？本书将分析他诗歌中的印第安文化元素，展现他对印第安人的立场，从而说明他的诗歌如何参与了国族构建和全球生态保护。

玛丽·奥利弗一贯以书写自然著称。她的自然诗歌通过对大自然中最平凡意象的描写来反映自然界外表之下所隐藏的神秘与惊奇。她从小与自然为伍，自然环境造就她成为一名生态自然诗人。她以恋地情结抒自然情怀，以动物看世界。通过动物诗歌，奥利弗试图表达人与自然的关系、如何尊重自然规律、尊重动物生命、人与动物之间的和谐关系与不协调关系、家园意识、自然世界具有的天然"完美"性以及城市环境问题特别是污染问题等。奥利弗赋予自然真实的感觉，赋予它们情感、智力和精神。她替笔下主体说话并从中表现出自我意识，批判人类与自然界"客体"的脱离行为，强调人类身体与自然客体接触的重要性。

温德尔·贝瑞的生态自然思想离不开农耕、农场和农民这三个关键词。对贝瑞来说，农耕是连接他与土地的精神纽带，是他的宗教思想与文化精神理念的体现；农场是他回归自然、批判工业社会的场所，是诗人与自然和社会结合的特殊形式；农民是他作品中始终关注的对象。贝瑞的诗歌流露出他对土地情有独钟，蕴含着他回归自然、保护生态环境的思想，表达了他对美国农业企业的批评，具有深厚的农业文化意识。贝瑞的自然诗歌表现出明显的建构生态家园的思想。生态家园理念作为贝瑞文学创作的思想核心之一，既反映了他对完整田园文化和理想化诗意生活方式的眷恋，也暗示了他对于当代美国人文生态环境的深深忧虑。虽然生活在美国农业文化日趋没落和都市文化迅速崛起的过渡阶段，贝瑞却始终坚守淳朴自然的生活方式，力图维护农业的基础性地位，重塑大地伦理与荒野精神。他以开明的世界主义精神来解构不同种族、不同国家之间的政治与文化分歧，建构了人类与动物间和谐互助、共存共荣的全新伦理关系，拒斥战争，拒斥当代美国资本主义的生态掠夺与生态殖民。这种实用主义的创作风格使他的诗作在纯粹的美学价值之外，承载了更为多元的生态责任意识和文化使命。

第一章

安娜·布莱德斯翠特《沉思录》中的自然与宗教

安娜·布莱德斯翠特（1612—1672）是美国新大陆荒野中的第一位诗人。17世纪的北美新英格兰大环境中，特别是她所面对的宗教环境和自然地理环境是我们了解她自然诗歌的首要因素。在布莱德斯翠特主要作品中，既有正面的荒野描写，也有负面的荒野展示。布莱德斯翠特的代表作《沉思录》描述了自然的魅力以及对自然和宗教的思考，表达了诗人对上帝的笃信与虔诚。布莱德斯翠特把自然现象与《圣经》意象结合，依据《圣经》文本阐释自然与荒野，在新英格兰背景下对基督教传统文化中上帝创造的万物进行思考。以布莱德斯翠特诗歌为代表的殖民时期美国文学的荒野描写，在叙述者的主体位置以及主要关注的内容方面，与后来的爱默生和梭罗等自然作家大相径庭，体现了人的主体与自然环境的微妙关联。从政治意义上说，清教思想与自然结合，不仅建构出美国新大陆这一空间的独特性，形成地域归属感，而且以此归属感为基础，建构了美国的民族意识的认同。

布莱德斯翠特创作的宗教与自然环境

研究布莱德斯翠特，首先要把她放置到17世纪的北美新英格兰大环境中，了解其所在的家庭生活环境，特别是她所面对的宗教环境和自然地理环境。诗人出生在北美殖民地的"领导阶层"家庭。她从小受到良好的教育。她的作品常常涉及家庭成员。布莱德斯翠特的父亲托马斯·杜德利（Thomas Dudley）曾经担任北美殖民地的总督，在新英格兰的创建和发展过程中发挥过重要作用，是当时殖民地一个举足轻重的人物。她的丈夫西蒙·布莱德斯翠特（Simon Bradstreet）曾经是她父亲的助手，也是殖民地建设期间的重要政治人物。布莱德斯翠特对她家庭成员的爱心可以从她的作品中看出。描写父亲和丈夫的诗歌，诗题中总有"纪念我亲爱的、永远尊敬的……"等类似表述。她对自己的孩子和孙女／孙子，也一律用"纪念我亲爱的……"字眼。对于父亲的去世，布莱德斯翠特"悲痛伤怀，以颤栗的诗篇，／呈上我对他故去的悼念"[1]，因为父亲是"引路人和导师"，是新英格兰的"创建者之一"，"他的魅力广泛传播、四海流传"。[2] 褒扬之词，发自内心。她心中的母亲是"一位平生默默无闻的优秀女士，／一位仁爱的母亲、温顺的妻子"[3]。丈夫对她的爱"胜过全部金矿，／抑或是整个东方蕴含的宝藏"[4]。亲情表达，一目了然。

　　父亲和丈夫的政治身份和在殖民地的领导地位使布莱德斯翠特对新旧大陆的政治环境有所了解。诗人在写《沉思录》之前，英国刚刚发生了内战。作为一名身在北美殖民地而依然心系旧英格兰的清教徒，布莱德斯翠特在作品中表现出明显的失落感和忧虑感。这一点在诗人的《新旧英格兰对话》中可以看出："我的伤心难道真的没有理由？／非要我紧闭的嘴巴说出忧愁？／难道我必须详述我的分崩离析？／这些连我主都看得大为惊异。"[5] 1642 至 1651 年在英国议会派与保皇派之间发生的一系列武装冲突及政治斗争。以查理一世为首的统治者迫害清教徒，导致众多民众的不满情绪与日俱增，拒交"船税"等群众性抗议运动不时发生。几乎在同时，又发生了苏格兰起义。1642 年查理一世组织保王军队，挑起了第一次内战。内战

---

[1] 安娜·布莱德斯翠特:《安娜·布莱德斯翠特诗选》，张跃军译，上海：东华大学出版社，2010 年，第 116 页。
[2] 同上书，第 116—117 页。
[3] 同上书，第 122 页。
[4] 同上书，第 166 页。
[5] 同上书，第 76 页。

开始后，英国分为两个阵营：一方是支持国王的封建贵族、英国国教上层僧侣以及部分同国王有密切联系的大资产阶级和官僚，他们大多是英国国教徒和天主教徒；另一方是新贵族、资产阶级、城市平民、手工业者和自耕农，他们大多为清教徒。英国的政治局势通过各种途径传到新英格兰，或多或少体现在布莱德斯翠特的作品里。另外，17世纪三四十年代，殖民地曾经谣言流行，认为新建立的殖民地即将崩溃[①]，导致移民减少。宗教的力量和政治影响似乎无法消除谣言，已经到达的几百位英格兰移民感到沮丧和失望，又回到了英格兰，当时返回的移民超出了新来的移民。布莱德斯翠特和许多移民一样，认识到初到北美大陆的移民们需要宗主国英格兰在精神上和物质上的支持，殖民地在政治、文化和经济上都和英格兰有密切联系。布莱德斯翠特的生活圈主要是家庭和清教徒社区，其中"家庭是清教徒政治力量的组成部分。它们打开了通往政治的大门"[②]。评论家认为，布莱德斯翠特的"诗歌运用女性化的家庭话语构想公共政治生活，既躲避了父权体制对女性越界的审查，又使家庭话语超越其有限的领域从而具有颠覆性的力量"[③]。实际上，布莱德斯翠特最热心的读者是她的丈夫和父亲，这两个人为她打开了诗歌创作之门。尽管布莱德斯翠特的家人能够阅读和欣赏她的诗，但是她仍然像17世纪马萨诸塞州的其他清教徒一样，小心翼翼地使自己的行为符合清教徒社会的习俗。"她的主旨在于调和男女关系而不是将其对立起来，这比激进女权主义思想要温和得多，也更符合当时的具体社会历史语境。"[④]

首先，布莱德斯翠特所处的宗教环境值得关注。早期的清教徒来到北美这片上帝的"应许之地"后，生活勤俭、笃信上帝，倡导严格的宗教

[①] David Cressy, *Coming Over: Migration and Communication Between England and New England in the Seventeenth Century.* New York: Cambridge University Press, 1987, pp. 23-24.

[②] Cheryl Walker, "Anne Bradstreet: A Woman Poet." *Critical Essays on Anne Bradstreet.* Eds. Pattie Cowell and Ann Stanford. Boston: G. K. Hall, 1983, p. 254.

[③] 蒋怡："家庭政治：论安妮·布拉德斯特里特的诗歌创作策略"，《外国文学》，2013年第5期，第15页。

[④] 杨宝林："诗为心声——安妮·布拉兹特里特及其诗歌艺术"，《贵州大学学报（社会科学版）》，2010年第2期，第130页。

与道德原则。布莱德斯翠特像大多数同时代人一样，一生都笃信上帝，从不怀疑上帝的存在。虽然她在作品中偶尔流露出对上帝的抱怨，但她的抱怨最终会转换成对上帝更深的敬畏和笃信。她"善于把日常经验和宗教信仰结合起来，努力寻求两者之间的关联"[1]。例如，在《退烧》("For Deliverance from a Fever")一诗中，虽然她"内外交困，疼痛不已"，看不到上帝"对我的显灵恩准"[2]，但是她依然把"颂歌归于万能的上帝"，希望"他拯救我的灵魂于地狱"[3]。在《房舍焚毁记》("Upon the Burning of Our House")一诗中，大火无情地吞噬了她的房屋，所有家什付之焦土。布莱德斯翠特流露出了对上帝是否怀有怜悯之心的疑虑，但随后马上意识到她应该感谢上帝的"施与并索取"，因为"一切原本归他，不属于自己，……我的希望与财富来自天上"[4]。

布莱德斯翠特熟读《圣经》，并且在诗歌中常常加以引用和发挥。早期的清教徒试图在北美建立宗教乐园"山坡上城市"、实现上帝意志的想法对诗人影响较深。所以，评论家们一般认为"宗教情感与体验是理解布氏诗歌的一把钥匙，从清教主义思想背景出发来理解其人其诗自是顺理成章之事"[5]。她的作品或直截了当或婉转间接地反映了清教徒思想，这些思想在其最早的诗歌《作于疾病发作时，公元1632年》到最后的《疲倦的朝圣者》("As Weary Pilgrim, Now at Rest", 1669) 可见一斑。她的诗歌有的涉及人间的痛苦与烦恼，有的对上帝的万能表示失望，因为上帝不能为其免除天花之灾，不能为其避开失子之痛。从女性主义批评的角度看，布莱德斯翠特的宗教言说离不开男性思想的桎梏。女性主义批评家温迪·马丁认为："尽管受到清教社会的巨大影响，特别是父亲的影响，布莱

---

[1] 安娜·布莱德斯翠特：《安娜·布莱德斯翠特诗选》，张跃军译，上海：东华大学出版社，2010年，译序第11页。
[2] 同上书，第4页。
[3] 同上书，第5页。
[4] 同上书，第9—12页。
[5] 同上书，译序第3页。

德斯翠特却能够以女人的角度相对自由地描写自然。"①

布莱德斯翠特一生育有八个子女,时常一边照顾家庭,相夫教子,一边从事诗歌创作。殖民地早期,生存环境十分艰难,移民大量死亡,人口自然增长十分缓慢,人们平均寿命很短,到17世纪末一些地方才实现了人口的稳定再生产。②以布莱德斯翠特在世时的数据为例:1620年,白人人口为2282人,1650年为48 768人,1680年为144 536人。殖民地时期一个家庭生育的孩子一般在6—10个左右,多者可达20余个。育龄妇女生育十分频繁。③布莱德斯翠特去世时,她的八个孩子只有一人在世。她的挽诗中不时出现对此的记载。可以说,稀少的人口状况是一种生活环境中看不见的精神荒野。在新大陆的第一年,托马斯·杜德利曾经告诉英格兰政府"我们所享受的不足以让人嫉妒,但是我们所受的来自疾病以及死亡的折磨足以让人怜悯"④。尽管生活艰难,这些清教徒心中牢记宗教圣歌,勇敢面对荒野世界:"上主是我坚固保障,/庄严雄峻永坚强;/上主使我安稳前航,/助我乘风破骇浪。"⑤

圣歌中表达的坚强的宗教信仰或许是早期殖民者在荒野中生存下来的精神力量。纳什这样评价新英格兰清教徒的使命感:"他们把自己想象成持有不同意见的团体的新的一员,勇敢面对这片荒野,推进上帝的事业。"⑥殖民者的使命就是把这片荒野改造成一个新大陆,成为第一个人间花园。麦钱特曾说:"早期的殖民地开拓者犹如来到新英格兰的亚当,他们准备在新大陆重建人间天堂并且打造美国人的传奇故事。"⑦在《房舍焚毁记》里,

---

① Wendy Martin, *An American Triptych: Anne Bradstreet, Emily Dickinson, Adrienne Rich*. London: University of North Carolina Press, 1984, p. 65.
② 李剑鸣:"美国殖民地时期的人口变动及其意义",《世界历史》,2002年第4期,第24页。
③ 同上书,第23页。
④ Peter Carroll, *Puritanism and the Wilderness: The Intellectual Significance of the New England Frontier, 1629-1700*. New York: Columbia University Press, 1969, p. 53.
⑤ Robert Boschman, *In the Way of Nature: Ecology and Westward Expansion in the Poetry of Anne Bradstreet, Elizabeth Bishop and Amy Clampitt*. North Carolina: McFarland & Company, Inc., 2009, p. 128.
⑥ Roderick Nash, *Wilderness and American Mind*. New Haven: Yale University Press, 1974, p. 34.
⑦ Carolyn Merchant, *Reinventing Eden: The Fate of Nature in Western Culture*. New York: Atheneum, 1981, p. 99.

诗人"走过这些灰烬""悲伤的目光总在游离",①尽管如此,诗人还是用了"愉悦的"(pleasant)这样的词语来描写面临的灾难。"万物皆虚空",②唯有精神在。她想到的是精神上的东西,并没有过分在乎物质的损失,体现出荒野时代诗人的精神生态。

布莱德斯翠特所处的自然环境同样值得关注。布莱德斯翠特是美国"新大陆荒野中的第一位诗人"。③乔治·威廉姆斯曾在《新大陆的荒野概念》("The Idea of the Wilderness of the New World")一文中列举了清教徒描述生活环境的常见形容词,它们是"黑暗的""荒芜的""可怕的""恐怖的""凄凉的"等等。除此之外,还有"原生态的""嘈杂的""荒无人烟的""偏僻的""简陋的""空荡荡的"和"不舒适的"等。事实上,这些修饰语在描写17世纪新大陆的作品中都会找到,可谓大地荒芜,环境险恶④。生活比他们之前猜测的更加艰苦:

> 历经两个月,这些清教徒终于到达马萨诸塞湾。他们在这片新大陆上发现了完好无损地保留下来的荒野,让人觉得毛骨悚然。朝圣者的领导者是威廉·布拉福德,他比约翰·温斯罗普早十年来到这里,认为这儿是"充满野兽和野蛮人的可怕的荒野"。他在《普利茅斯开拓史》中曾提道:"我们的祖先是英国人,他们漂洋过海来到这里,已经做好了死在这片荒野的打算。"布拉福德、温斯罗普以及他们的同伴着手准备把东面的森林以及它带给人的那种可怕的感觉一并除掉,打造成新大陆的花园。⑤

1677年,布莱德斯翠特去世后五年左右,约翰·福斯特绘制的新英格

---

① 安娜·布莱德斯翠特:《安娜·布莱德斯翠特诗选》,张跃军译,上海:东华大学出版社,2010年,第9页。
② 同上书,第10页。
③ Charlotte Gordon, *Mistress Bradstreet: The Untold Life of America's First Poet*. New York: Little Brown and Company, 2005, p. 14.
④ George H. Williams, *Magnalia Christi Americana*. Ed. Kenneth B. Murdock. Cambridge, Mass.: Harvard UP, 1977, p. 50.
⑤ Carolyn Merchant, *The Death of Nature: Women, Ecology and the Scientific Revolution*. San Francisco: HarperCollins, 1989, p. 98.

兰地图勾勒出了文明的新大陆图形。根据这一幅由早期殖民者所绘制的地图，新英格兰的地貌大概是这样的：

> 可怕、多山的伯克郡看上去只是小土堆，森林零星地散布在新殖民地周围。只有在缅因州梅里马克东部地图的绘制者描绘了一片真正的荒野。那里还有大片的绿地，以及野生动物（兔子、熊、狼）。[1]

在一定程度上，布莱德斯翠特时代的荒野已经被殖民者所开拓。用美国文化史专家利奥·马克斯的话来说，花园"代表着耕作状况。改造荒野并不是对大自然馈赠的尊重"[2]。

布莱德斯翠特同时代描写北美新大陆的作家有约翰·史密斯（John Smith，1580—1631）、威廉·布雷德福（William Bradford，1590—1657）、亚瑟·巴罗威（Arthur Barlowe，1550—1620）和丹尼尔·戴顿（Daniel Denton，1626—1703）等。他们除了对美洲原住民的观察记录外，有不少是对新大陆自然资源和地理环境的描述。值得注意的是，他们的荒野书写并不相同。布雷德福描写的是清教徒对迷失或隔离在新大陆那"咆哮的荒野"之中的迷惘与恐惧。在布雷德福的笔下，我们看不到伊甸园式的动人情景。他在《普利茅斯种植园记事》一书中这样写道："他们放眼望去，只见可怕的荒园……。因为夏天已经过去，眼前只是一片严冬萧瑟的景象，整个土地树木林立，杂草丛生，满眼都是荒凉原始之色。"[3]

史密斯、巴罗威和戴顿等人的描写则展现出另一番生态意象情景。史密斯的《新英格兰记》（Description of New England）用乐观而夸张的笔调详细地描绘了那里的海岸、岩群、森林和气候，"在人们眼前呈现出一个富饶的天堂，一片纯洁的生态乐园"[4]。史密斯在荒野中陈旧的帐篷里，在森林里点燃的篝火旁，记载了他的经历和认识，呼唤欧洲大陆的移民来到

---

[1] Cecilia Tichi, *New World, New Earth: Environmental Reform in American Literature from the Puritans through Whitman*. New Haven: Yale University Press, 1979, pp. 3-14.

[2] Leo Marx, *The Machine in the Garden: Technology and the Pastoral Ideal in America*. London: Oxford University Press, 1964, p. 42.

[3] William Bradford, *Of Plymouth Plantation, 1620-1647*. New York: Alfred A. Knopf, 1959, p. 62.

[4] 程虹：《寻归荒野》，北京：生活·读书·新知三联书店，2001年，第26页。

这片上帝赐予的乐土。戴顿在《纽约记事》中写道："如果真有人间天堂，那必是这片遍地牛奶蜂蜜之地。"①巴罗威在其《北美大陆首航记》一书中写道：由海路接近新大陆时，会先有"阵阵清新怡人的香气入鼻，令新移民精神为之一振。……这里森林茂盛，树木高大挺拔，果实累累"②。新大陆丰富的物产资源，包括丰盈的渔产和木材、肥沃的土壤、爽朗的气候和满山满谷的飞禽走兽等几乎成为该书叙述荒野的"卖点"，作者以大多数普通读者能理解认同的方式呈现了新大陆的生态景象。

马克斯在其代表作《花园里的机器》中指出，早期"人们对美洲产生的种种意象中，一方面是可怕的荒野，而另一方面则是花园。从传统上说，这两种见解与关于人类和环境的基本关系的不同思想相关。我们可能称之为生态意象。它们每一种都是根深蒂固的隐喻，是一种诗意的理念，展现了价值体系的本质。……将美洲描绘成一座花园表达出一种被认为是乌托邦的愿望……一种向往富足、休闲、自由和更加和谐生存的愿望，而将美洲描绘成一片可怕的荒野则是将美洲想象成另一片施展身手的领域"③。

在布莱德斯翠特主要作品中，既有正面的荒野描写，也有负面的荒野展示。但纵观她的作品，我们发现她主要以正面方式呈现当时的荒野。在《一年四季》(Four Seasons of the Year)中，荒野是自由的花园。诗人用拟人手法把早期的殖民地比喻为一个活泼的少女："她身着泛绿的衣裳，笑靥盈面，/梳理着刚刚润泽过的刘海，/说话时口气温和，那气息/却可唤醒久久沉睡的大地。"④

传统上的荒野概念是荒凉、人烟稀少的旷野，到处是野生动物，充满着危险，对早期清教徒来说，荒野带来了生存的挑战。但布莱德斯翠特同

---

① Daniel Denton, *A Brief Description of New York: Formerly Called New-Netherlands with the Places thereunto Adjourning*. New York: Hill and Wang, 1983, p. 56.
② Arthur Barlowe, *The First Voyage Made to the Coasts of America*. In *Norton Anthology of American Literature*, 4th ed. (vol.1). New York: Norton & Company, 1989, p. 72.
③ Leo Marx, *The Machine in the Garden*. London: Oxford University Press, 1964, p. 42.
④ 安娜·布莱德斯翠特：《安娜·布莱德斯翠特诗选》，张跃军译，上海：东华大学出版社，2010年，第55—56页。

时又在诗歌中把北美的荒野描写成一片理想的田园之地。春天是万物生长之源泉,春天的到来让条件艰苦的殖民地充满了生机。农夫、园艺工、鸟儿、动物、花草树木、城市乡下……都在春天的大自然中忙碌。农夫在田里"松动严冬已冻结的土地",他们"希望种下的越多,收获越丰盛"[1];园艺工人修剪树枝,为树施肥;田野里青蛙在跳,鸟儿在歌唱;山上的小山羊在忘情地玩耍,用嘴啃着鲜嫩的草尖儿;果园里勤劳的蜜蜂在飞舞;春天的主妇"把本事派上用场"[2],用勤劳的双手制作各类美酒和营养品,享受着春天的阳光……,诗人笔下上帝的子民们享受着一片春意盎然。诗人具体描写了春天的"白天拉长了,空气也更加温和……。这个月份丰饶的雨水培育出／花草树木,既让人高兴又很实用"[3]。春天的大地,享受着上帝的恩惠;在诗人看来,春天温暖的阳光犹如上帝赐予的幸福。

　　诗人笔下的夏天,"令人想起火、胆汁和中年时光,／像春天对应着气、血和青春的芬芳"[4]。诗人突出了北美大地的炎热:"已然烤干了大地,并烘干了空气。／仿佛一只加热很久的火炉,／威力强劲……"[5]夏天虽然炎热,但是人们的心情却是快乐的:乡村牧羊小伙子"在凉爽的溪水中,玩得真快活"。他们用水冲洗羊群身上的污泥,把脏衣服洗得干干净净。六、七、八三个月的夏天,炎热而明亮。在夏天,淳朴的小伙子生活宁静幸福,幸福的牧羊人"白天仰观太阳,夜晚欣赏月亮"[6];这个季节,玫瑰的香味"让人们呼唤和平、远离战争"[7]。描写夏日的词语中不时跳出古希腊和古罗马的典故,显示出深厚的生态文化底蕴。诗人笔下的秋天,"葡萄弯枝头,美酒已酿就"[8],各类水果成了人们的美食。在深秋的十一月,人们享受着

---

[1] 安娜·布莱德斯翠特:《安娜·布莱德斯翠特诗选》,张跃军译,上海:东华大学出版社,2010年,第56页。
[2] 同上书,第59页。
[3] 同上书,第58页。
[4] 同上书,第60—61页。
[5] 同上书,第61页。
[6] 同上书,第63页。
[7] 同上书,第64页。
[8] 同上书,第68页。

丰衣足食以及炉膛里旺盛的火苗。诗人把冬日的十二月描写成躺在云层包裹中的婴儿,在白霜和雪片中长大。但是,不管是天寒地冻的一月,还是湿润飘雪的二月,"人们感受到太阳温暖的目光"[①]。

《一年四季》对自然和荒野同样有负面的描述:尽管在三月的春天,诗人感到"一场场的雪和一阵阵的暴雨/暗淡了太阳神明亮的脸颊,让我们脑中/重现寒冬里枯萎花草的凛冽的西北风"[②]。在六月的夏天,太阳发威,炙人的热气烤干了大地,并烘干了空气。七月夏日里的"割草人快速从事着他们的苦役,/承受着漫长白昼里炽热的阳光"[③]。诗人笔下的秋天"使人背叛、成了变节者:/因为此时的伊甸园中不独/枝叶茂盛、水果青黄待成熟,/成排的树桩干枯而死","老年安静地走向坟墓"[④]。天寒地冻的冬天冻僵了人们的耳朵、脚趾和手指,伤了鼻子,甚至冻结了血液。

在《人生四季》(*Of The Four Ages of Man*)中,布莱德斯翠特把青少年比作鲜花,与自然界融为一体:少年"身着白衣……用报春花、雏菊和紫罗兰,/大自然以花环来为他加冕。/春天适时送来淡冷的花儿,/趁太阳还没有把春天温暖"。青年们"盛装出场……/玫瑰、石竹和康乃馨的花环,/仿佛在他的头顶露珠点点;/他面颊鲜嫩美如曙光女神,/羞红了脸开启又一个清晨"[⑤]。

诗人把老年人比作巴旦木。尽管巴旦木脆弱,但它是春天最早开花的树,是大自然复苏的标志。在《疲惫的朝圣者》中,布莱德斯翠特描写了朝圣者面对荒野的状况:"疲惫的朝圣者正在休憩,/欣喜地蜷缩在静谧的小巢里/他疲惫的四肢松软地伸展/(它们曾跋涉泥泞的荒原)/……/不需要担心饿狼的追击/不会迷失方向重入歧途/不再野果代面包暂且果腹,……

[①] 安娜·布莱德斯翠特:《安娜·布莱德斯翠特诗选》,张跃军译,上海:东华大学出版社,2010年,第73页。
[②] 同上书,第57页。
[③] 同上书,第65页。
[④] 同上书,第69—70页。
[⑤] 同上书,第22—24页。

而拯救的力量来自基督/灵魂和肉体将会合二为一。"① 这首诗作于1669年,可以说是她作品思想的一个总结。她经历了拓荒者的艰辛痛苦,她感到宗教的力量使她转危为安。

什么促使布莱德斯翠特在如此荒野的环境中写作?殖民地时期,"人与自然、人与神、人与理性的矛盾冲突是并存的,而这种多元文化精神形态又引发了美国早期文学的复调性特征"②。他们中的一些人从意识形态角度来讲,建立了群体使命观的神话叙事模式,追求人的精神抽象物为主要内涵的神学文化形态。这一创作思想同时培养了他们对公共事务的参与意识,有助于建立政治意义上的北美自然地域概念。

《沉思录》中的自然与荒野描写

《沉思录》一诗是布莱德斯翠特的代表作。全诗共33节,前7节赞美太阳和大自然,布莱德斯翠特把大自然的世界比作伊甸园,是人间天国乐园;第8—20节反复提及《圣经》中该隐和亚伯的故事,讲述人类从伊甸园的堕落及赎罪的应许;第21—28节重新描述了自然的魅力及其中生长的万物;余下的诗节再次描述人类的生活以及对自然和宗教的思考。全诗在针对自然和宗教的沉思中展开,"呼应了《圣经》中所记载的四个阶段,即天堂—堕落—赎罪—拯救。作为一个清教主义诗人,她具有清醒的宗教自觉,借助诗歌这一媒介,以近乎说教的方式表达了自己对上帝的笃信与虔诚"③。

对于早期新英格兰清教徒来说,荒野是清教徒逃避政治和宗教迫害的避难所,也是他们在新大陆创建"山坡上城市"的试验田,是上帝赐予

---

① 安娜·布莱德斯翠特:《安娜·布莱德斯翠特诗选》,张跃军译,上海:东华大学出版社,2010年,第13—15页。
② 袁先来:《盎格鲁-新教源流与早期美国文学的文化建构》,北京:北京大学出版社,2016年,第81页。
③ 杨宝林:"诗为心声——安妮·布拉兹特里特及其诗歌艺术",《贵州大学学报(社会科学版)》,2010年第2期,第129页。

其虔诚信徒的应许之地,清教徒通过荒野中的辛勤劳动并且按照上帝的旨意建设新世界和新天堂,从而获得救赎。扎根荒野是在内心向上帝表示服从,是服从上帝安排的表现。移民在荒野之地开拓殖民地也完全是上帝的安排,而移民们登陆后所遭受的一切苦难均是上帝在展示自己的力量,并以此对他们的精神和心灵进行考验。在清教徒看来,他们的心灵深处也有一片荒野,要得到上帝的拯救,要有精神和心灵的纯洁,这一点诗人在《灵与肉》("The Spirit and the Flesh")中有明显的表述,因为肉是世俗世界的标志,灵是精神方面的代表,在诗人的眼里,灵是虔诚的宗教信仰,而荒野和自然则是成就虔诚灵魂的源泉。

在《沉思录》第 1 节,诗人写道:"来得颇有些时日了,秋之潮汐,/一小时后福波斯就要上床休息,/树木色彩纷呈,却无丝毫傲慢,/树梢处有一抹太阳金黄色的瑰丽。/树木的叶子与果实宛如画中景,/绿红黄三色织成斑斓彩绘,/胜景宜人,我心深深沉醉。"① 福波斯(Phoeus)是在古希腊神话中的太阳神和诗歌、音乐之神。在诗歌中福波斯是太阳的代名词。布莱德斯翠特以传统的、古典的话语方式称呼太阳,认为太阳在宇宙中和自然界具有举足轻重的作用。她笔下的自然景色有"秋之潮汐""色彩纷呈"的树木,也有"太阳金黄色的瑰丽"。这样的美景具有神圣的意蕴,仿佛自然就是上帝的化身,自然的神性也反映了上帝的万能。布莱德斯翠特笔下的神性既有自然的内在价值和目的,也意味着自然服从外在价值和目的,被全能的神圣意志虚无化,而这种意义上的神性只不过是人性的神圣化和理想化。诗人认为太阳的力量是无穷的,太阳在自然界中起着非常重要的作用,太阳滋养万物的力量也是来自上帝。在第 3 节中,我们发现诗人在她沉思的过程中,先是出现了"威武森然的橡树",而后才是太阳神。和太阳神一样,"威武森然的橡树"也被冠以基督的信仰加以阐述。布莱德斯翠特认为,和大自然的树木相比,人类生命显得短暂而脆弱,这或许

---

① 安娜·布莱德斯翠特:《安娜·布莱德斯翠特诗选》,张跃军译,上海:东华大学出版社,2010 年,第 124 页。

是她把自己的诗歌限定在自然界的原因。她情不自禁地问道:"打襁褓中算起你该经历了多少年度?/我更仰慕你的年轮,不只是力与高。"①

以太阳为代表的自然力量不断使布莱德斯翠特陷入沉思。在第4节中她继续写道:"之后我凝视着光芒四射的太阳,/其光束被树叶遮挡成片片树荫。/我看得越久,越是惊异又迷茫,/竟轻声说出,谁的荣耀可堪比您?"②布莱德斯翠特崇拜太阳,被神话中的太阳神所吸引。然而,清教思想的束缚使她又不得不离开大自然的声色世界,使她的沉思在一定的范围里展开。她既不完全沉溺于自然的美景之中,也不完全排斥宗教社会的影响。布莱德斯翠特赞美太阳,认为太阳依然是上帝的创造物,但是太阳本身不是神。她的崇敬之情体现在对万物的崇拜,赞美造物主创造的一切美好的东西。从严格的自然意义上说,赞美太阳,因为太阳是生命的源泉。片片的落叶、高大的橡树以及耀眼的太阳在她的思绪中或隐或现。然而随着她的注意力从树木转到太阳,她体会到一种内心的荡漾。这种内心的思考所产生的激情逐步升华为一种宗教上和精神上的荣誉感。可以说,她的思考是在正统的宗教神学思想——清教思想的影响下进行的。

布莱德斯翠特把太阳、宇宙、神灵和自己的思想融为一体,既是天人合一,又有人神一体。"天体、树木和地球/因为其美与力量更能持续久长。"上帝"无比慷慨地装饰了大自然",和大自然相比,人类"是多么的愚顽"③。布莱德斯翠特把树木拟人化:它"威武"的树梢被乌云所渴望;它的年轮被"我"所羡慕。在诗人的眼里,太阳"用自己的心把鸟儿、动物和昆虫,/借助于植物,从死亡和沉寂中唤醒,/在大自然丰产的黝黑子宫中潜行"④。布莱德斯翠特把自己置身于自然界中,身边有"草蜢正歌声飞扬",有"蟋蟀在为之伴唱"。她为其"小小的艺术而自豪",因为"它

---

① 安娜·布莱德斯翠特:《安娜·布莱德斯翠特诗选》,张跃军译,上海:东华大学出版社,2010年,第125页。
② 同上书,第126页。
③ 同上书,第128—135页。
④ 同上书,第127页。

们从同类觅到造物主的颂扬"。① 布莱德斯翠特描述中的早期殖民地荒野，是一片"美丽的伊甸园"，有"美味的苹果荡漾于树丛间"，但是她没有忘记作为一个清教徒所持有的态度，认识到"汗水和痛苦"是对"堕落的同胞的惩处"。② "堕落的同胞的惩处"指的是《圣经》里的人物和故事。布莱德斯翠特在把荒野描写成乐园的同时，时刻不忘回归到《圣经》这一精神源头。她在第 8 节中就感叹："伟大的造物主，我不禁称赞，/ 您无比慷慨地装饰了大自然"，面对上帝创造的大自然，诗人感到"是多么的愚顽"。接着，她以草蜢飞扬的歌声，蟋蟀的伴唱，从艺术的角度"觅到造物主的颂扬"。③

从《沉思录》的第 11—16 节，布莱德斯翠特的沉思叙事谈到该隐和亚伯的故事，并且把他们的故事与清教徒在荒野中的生存命运紧密结合。布莱德斯翠特在"幻想着美味的苹果荡漾于树丛间"的同时，在第 13 节中再次提及该隐和亚伯："该隐和亚伯来此向上帝献祭，/ 用幼畜和土地上结出来的果实，/ 上帝从空中落向亚伯的祭礼，/ 却无迹象出现于该隐的祭祀；他阴沉着脸走开，怀恨在心中，/ 想法多多欲结束兄弟的性命。"④

亚伯和该隐的故事似乎在暗示殖民地社区的社会秩序、社会环境问题。有学者指出："从作家的个人愿望来看，兄弟残杀，继而被团体排斥、疏远的神话，表明她急需防止此类颠覆性事情在殖民地发生。"⑤ 昆诺斯认为，这种兄弟关系颠覆了理想的社会秩序和制度。在昆诺斯看来，亚伯和该隐的故事：

> 发生在人类家庭的梦想之中，人们心中向往田园主义，勾勒出协调、团结、和睦的画面。他们想法如此单纯，就像兄弟姐妹之间那种无意识的纯真。然而，打破这种秩序，就会出现差异、不和谐、排

---

① 安娜·布莱德斯翠特：《安娜·布莱德斯翠特诗选》，张跃军译，上海：东华大学出版社，2010 年，第 129 页。
② 同上书，第 130 页。
③ 同上书，第 129 页。
④ 同上书，第 131 页。
⑤ Robert Boschman, *In the Way of Nature: Ecology and Westward Expansion in the Poetry of Anne Bradstreet, Elizabeth Bishop and Amy Clampitt*. North Carolina: McFarland & Company, 2009, p. 132.

斥；该隐和亚伯的故事时刻提醒着我们人类之间的关系是多么的脆弱。事实上，该隐和亚伯的故事，最重要的意义在于（无论情况如何）都要去解决已经存在的分歧，正确对待看待事物的分歧。①

对圣经人物的引用说明布莱德斯翠特对早期清教徒社会的思考。艰苦的生存环境使她渴望有一个和谐的社区，一个稳定和谐的社会，甚至有一个和谐而稳定的国家的建立。这恐怕也是她在这首诗歌里沉思的一个重要内容。

在《沉思录》的第18节，诗人又回归到自然的怀抱中。"地球尽管古老，依然身披绿装，/石头和树木浑然不觉岁月更替。"诗人感叹，虽然人在衰老，虽然冬天会使绿色消褪，但"春回大地，绿色则更现生机"②，荒野处处显示出生命力。在第20节中，诗人继续写道："我是否要夸赞天体、树木和地球/因为其美与力量更能持续久长，/我该希望成其一员、或索性不出丑，/因为它们远比人类体大而强壮？/不，它们会黯淡、消褪、腐朽，/一俟回归原态，它们便悄无声息，/而人之意义在于永恒的不朽。"③

诗人说"成其一员"，是指成为这个大自然界中的一员。诗人从内心深处希望"回归原态"，回归"永恒的不朽"。北美荒野中"永恒的不朽"使诗人"依偎着秀丽的河边威严的榆树，/享受着清新凉爽的树荫的庇护"，"凝视着这悄无声息的流水"。荒野中流水的力量使她"径直前行""手挽手肩并肩一起向前冲"。荒野虽然是"幽僻之处"，但是却有"庄严的快乐洋溢"。她"深深热爱着这树木的阴凉"④，愿意诗意地栖居于此。

---

① Ricardo Quinones, *The Change of Cain: Violence and the Lost Brother in Cain and Abel Literature*. Princeton: Princeton University Press, 1991, p. 3.
② 安娜·布莱德斯翠特：《安娜·布莱德斯翠特诗选》，张跃军译，上海：东华大学出版社，2010年，第135页。
③ 同上书，第135—136页。
④ 同上书，第136—137页。

《沉思录》与荒野中的动物描写

一个值得我们注意的现象是，布莱德斯翠特在《沉思录》中除了描写荒野之中的山山水水，还不时向我们展示了这片荒野之中的动物，尤其是鱼儿和鸟儿。鱼儿或鸟儿是自然界最具灵性的动物之一，通过鱼和飞鸟等动物来写北美自然与荒野是诗人在《沉思录》中进行自然写作的特点之一。布莱德斯翠特以拟人化手法描写了她所见到的鱼儿："鱼儿你居住在这液体的区域，/一年四季，拥有自己的居所。/你知道该去咸水区还是淡水区，/该去哪个海岸游览，若尚未去过。/在湖和塘里，你留下成群的鱼苗，/此乃自然之天性，你却不知晓，/你的水族伙计亦不知你的好运道。"[①]（第24节）

第一行中"液体的区域"一词特别引人注目，说明她了解自然的深度。她笔下的鱼儿是具有智慧的动物，它知道自己的居住点，知道自己的"家"在何处。家的概念也反映了早期殖民地开拓者希望建立自己永久的和谐之家的愿望。鱼儿能够分辨出咸水区和淡水区，在不同的地方生活繁殖后代，这一描写也说明了诗人和其他殖民开拓者希望延续后代，扎根北美的愿望。

在第25节，诗人继续描写鱼儿："贪玩的鱼儿跳出水面呼吸空气，/然后径直潜回凉爽清澈的水底，/随即赶赴海王晶莹剔透的宫殿"[②]，"贪玩的鱼儿"暗示了动物的"野性"，自然界的野性，也暗示了诗人回归自然的心情。"跳出水面呼吸空气"暗示了大自然中万物的力量，它们的力量能够跃出水面，尝试人类世界的感觉。"凉爽清澈的水底"暗示了诗人快乐的环境和心情，她和鱼儿一起"在广阔的绿色领地里寻觅"。诗人纯粹赞美大自然本身，只为表达自己的快乐，这快乐是在自然中，不受任何

[①] 安娜·布莱德斯翠特:《安娜·布莱德斯翠特诗选》，张跃军译，上海：东华大学出版社，2010年，第138页。
[②] 同上书，第139页。

清教徒的信条和戒律的束缚。"贪玩的鱼儿"原文是"the wantons frisk"。"wanton"一词作为形容词,意为"淫乱的""肆无忌惮的"和"无节制的";作为名词是"荡妇""水性杨花的女人"和"贪图享乐的人";作为动词是"放肆"和"挥霍"的意思。不管是哪个词性的意思,它代表的含义都是指早期殖民地时期被清教徒的戒律所禁止的行为或概念。这一单词的选用,或许暗示了诗人叛逆的一面,她似乎意识到自然界中许多事情与清教徒的思想相悖,更不受新英格兰清教教规的控制。但是,在上下文中,"wanton"象征着人们呼吸大自然清新空气,汲取人间养分的有机体的行为,而这一行为是属于自由的大自然。诗人用"宫殿"一词来形容水下世界,把水底世界幻想成田园牧歌般的天堂。鱼儿"在广阔的绿色领地里寻觅"。面对一个物产丰富的地方,一个海底聚宝盆,诗人发现这同样是一个没有清规戒律约束的自由空间。

从诗中可以看出,作者宗教与自然思想的释放和对鱼儿世界的遐想已进入高潮。这时,一只"快乐的鸟儿"用歌声打断了诗人的思绪:"正当我天马行空自在地想象,／千头万绪在脑海里嗡嗡作响,／嗓音甜美的夜莺住在我的上方,／歌声曲调舒缓、婉转而悠扬,／给我惊奇、喜悦,让我如痴如狂,／我自知听力远比视力更强,／多希望长出翅膀伴它翱翔。"[①] 鸟儿历来是文人墨客描写自然的主角。布莱德斯翠特用鸟儿的歌声演绎大自然间最自然的交流景象。美国学者利文斯顿曾经这样描述生态环境中主红雀歌唱后的情景:

> 鸣鸟的存在是如此神奇,它比鸟儿本身更加重要。鸟儿通过歌声把植物、动物、微生物、土地、水和阳光都融入了它的生命。进一步说,它使自己成为大自然中的一员。在它歌唱的那一瞬间,它的歌声却超越了自然,到达了一个精神的世界;神主宰不了夜莺歌唱的那片土地;在这里,神与鸟儿相关,与鸟儿互补,与鸟儿共同

---

① 安娜·布莱德斯翠特:《安娜·布莱德斯翠特诗选》,张跃军译,上海:东华大学出版社,2010年,第139页。

主宰着这片土地。①

布莱德斯翠特在这里描写夜莺首先出于宗教的考量，在欧洲历史文化语境中，夜莺不免有悲剧角色之嫌。在神话故事里，色雷斯国王泰诺斯（Tereus）面对普鲁丝妮（Procne）和菲勒美拉（Philomela）姐妹俩的复仇，把姐妹俩赶进森林。在林中，众神将普鲁丝妮变为一只燕子，将菲勒美拉变为一只夜莺。但是如果从生态角度看，夜莺是靠大自然的馈赠而生存。布莱德斯翠特是否将自己比作一只夜莺，希望自己像夜莺一样能够嬉戏作乐、无拘无束，不受清规戒律的约束？诗人是否在描写夜莺歌声的同时也反映出她个人的宗教观点？此刻她只想代表自己抒发个人感情而不是代表她所在的宗教团体发声。通过鸟儿的歌声，诗人希望把自己从宗教文化中解脱出来，沉醉于鸟儿的自在世界，并像夜莺一样，"用歌声来迎接黎明的曙光，……/然后伴随你进入更好的地域，/以便飞翔的歌者逃避冬的可怕"。尽管身处浓厚宗教环境中的诗人依然感到"人只是羸弱虚荣的生物，/他知识贫乏，力量又单薄/受制于悲伤、失落、疾病和痛楚"，但是自然的力量与神的信仰使她"在平静的水波中滑行"，在"波浪与海风"中到达"更加静谧的港湾"。②

布莱德斯翠特在"天马行空的想象"中，听到了荒野中"嗓音甜美的夜莺""曲调舒缓、婉转而悠扬"③的歌声。大自然中的美妙音乐让诗人惊奇，如痴如狂，同时也让她发出了由衷的感叹："啊快乐的鸟儿，我说，别怕陷阱，/巢穴里既无华美服装也无钱财，/既不悲伤，也不必痛苦地企图/谋取利益，或竭力避免伤害。/你服装不磨损、食物随处在，/你卧有树枝，渴则饮清泉，/不考虑过往，也不惧未来。"④（第 27 节）

布莱德斯翠特为什么要鸟儿"别怕陷阱"？她的诗歌记录了她在清教

---

① John A. Livingston, *Rogue Primate: An Exploration of Human Domestication.* Toronto: Key Porter, 1994, p. 96.
② 安娜·布莱德斯翠特：《安娜·布莱德斯翠特诗选》，张跃军译，上海：东华大学出版社，2010 年，第 140—142 页。
③ 同上书，第 139 页。
④ 同上书，第 140 页。

社会中所体验的喜悦与痛苦。这些诗歌大多非常感性,素材大都来源于她的日常生活,譬如疾病、死亡和离别等生活体验。对布莱德斯翠特来说,"陷阱"既有物质上的意义,也有宗教和精神上的意义。诚如她在《灵与肉》里写到"世俗的财富和虚荣""不朽的威名"以及"大地拥有的金银、珠玉和珍宝"[1],对清教徒来说,这些是诱惑也是陷阱。布莱德斯翠特重视精神生态的重要性:一旦在精神上"卧有树枝,渴则饮清泉",那么"你的财富对我毫无诱惑力"[2]。诗人坚信,"我的满足来源于我的思想",而这一思想"其源头是耶稣基督的宝座:/毋庸置疑,此乃生命之水,/永远纯净如斯、令人沉醉……因为荣光之源泉乃是上帝"[3]。布莱德斯翠特真实地记录了她对于所信奉的宗教的怀疑、矛盾和最终的顺从。《灵与肉》中的肉体想方设法劝诱灵魂将视线投放在地上的财富,但灵魂没有动摇;同样,布氏也没有被世界上的财富所吸引,尽管灵魂似乎很渴求天上的财富。诗人以鸟儿问答的方式阐释财富和上帝的关系。她曾经在《火烧房子》("Verses upon the Burning of Our House",1666)和三首哀悼她孙子/孙女的诗歌(1665—1669)中暗示上帝能够收回一切东西。但是,想到鸟儿"卧有树枝"、不惧未来的境界,想到鸟儿"用歌声来迎接黎明的曙光"的姿态,诗人也回归到自然,以平静的心情看待世间一切。

有学者指出,《沉思录》有三个叙述层次:一是从传统典故的神话角度叙述;二是以欧洲田园式风格来表达,诗歌中的情景不像是在新英格兰的荒野中,而是在欧洲古典的园林中;三是《圣经》意义上的叙述。[4] 布莱德斯翠特把自然现象与《圣经》意象结合,依据《圣经》文本阐释自然与荒野,在新英格兰背景下对基督教传统文化中上帝创造的万物进行思考,思考的地点是诗人居所附近的森林中。在一定意义上,她的这一行为

---

[1] 安娜·布莱德斯翠特:《安娜·布莱德斯翠特诗选》,张跃军译,上海:东华大学出版社,2010年,第146—147页。
[2] 同上书,第149页。
[3] 同上书,第151—152页。
[4] John Gatta, *Making Nature Sacred: Literature, Religion, and Environment in America from the Puritans to the Present*. Oxford University Press, 2004, pp. 40-48.

类似梭罗在瓦尔登湖畔的思考行为。但也有人认为,"如果将安娜·布莱德斯翠特完全放到浪漫主义者的阵营中是不公平的,将她完全视为传统上有信仰的清教徒诗人也同样是不公平的。"① 布莱德斯翠特表达了人类在自然世界中生存的矛盾。人是上帝创造的万物之一,人注定是要死亡的,但是人却能在大自然中找到精神归宿,走向永生。人既是大自然中短暂存在的生命体,又是大自然中超越时空的精神体。像梭罗一样,她以缓慢而娴静的方式,闲庭信步林中思考人生、思考宗教。这是她一种自然的、自发的精神行为。在布莱德斯翠特所处的时代,人们认为在大自然中思考可以提升人的灵魂。布莱德斯翠特一直把野外作为思考问题的最佳地方。可以说,她的内心思考是伴随着她在大自然中的运动而进行的,其《沉思录》是在大自然中进行思考的思想汇集。

小　结

布莱德斯翠特的荒野描写是否具有一定的政治历史意义?答案是肯定的。国内外学者认为,"从一定意义上说,北美殖民文学的根本精神,就是以清教观点认识、解释、参与殖民进程","而殖民地英语文学本身,就是清教移民在地理、政治、意识、文化等方面构建殖民地的努力的一个重要部分"。② "美国自然文学从一开始就包括一种连贯的自我感(sense of self)和地方感"③,"对于18世纪初乃至19世纪的新英格兰清教徒来说,'荒野'不仅仅是地理意义上的荒地,……更是信仰的避难所,新的栖息地"④。尽管布莱德斯翠特在《沉思录》中的荒野描写与早期殖民地时期的

---

① Alvin H. Rosenfeld, "Anne Bradstreet's 'Contemplations': Patterns of Form and Meaning." *Critical Essays on Anne Bradstreet*. Eds. Pattie Cowell and Ann Stanford. Boston: G. K. Hall, 1983, p. 132.
② 张冲主撰,刘海平、王守仁主编:《新编美国文学史(第一卷)》,上海:上海外语教育出版社,2000年,第51页。
③ Peter A. Freitzell, *Nature Writing and American: Essays upon a Cultural Type*. Iowa: Iowa State University Press, 1990, p. 154.
④ 袁先来:《盎格鲁-新教源流与早期美国文学的文化建构》,北京:北京大学出版社,2016年,第89页。

游记作家们描写荒野的角度不同，他们都面对荒凉的自然，选择的是与自然为伴，颂扬荒野。即使是布雷德福的描写，我们发现，与其说他是在渲染早期殖民者创业的艰苦，还不如说他在讴歌拓荒壮举。可以说，布雷德福和史密斯等人的荒野描写使他们置于一个荒野的国度，一个接近原始的时代。他们最初确定了人与自然的亲密关系，把自然作为描述的对象，体现了那充满活力的粗犷精神。布莱德斯翠特所处的早期殖民地时期，荒野意象的二元性是作为真实的历史加以记载的：一方面暗示这些早期殖民者不愿意屈服于陈规陋习，力求挣脱锁链，向往自由发展。因此，神奇而又遥远的美洲便成了他们的希望之乡，他们在那里可以自由开垦，缔造文明。另一方面又表明：荒芜的新世界险象丛生，他们将会遇到难以想象的困难，为了生存而不懈奋斗，因为威胁始终存在。这一背景下的荒野描写与当今的生态陈述有着本质上的不同：前者以人的理解和利益为中心（anthropocentric），通过命名、分类、书写等修辞手段，建立人类与自然生态间之权力支配关系，而后者则以生态本身存在之价值为出发点，强调保护日益被人类破坏了的生态环境，致力于以生态观点关注生态（ecocentric）。这些对新大陆的赞颂大多出自虔诚的清教徒，包括神职人员以及诗人的父亲和丈夫等殖民地管理人员，当然也包括布莱德斯翠特这样的有识之士。他们将神学论述与新大陆的生态自然相结合，把新大陆解释为"神的应许之地"，因此在描述新英格兰荒野的书写中，尽管不时见到"灌木丛林，八荒旷野"，但这阻止不了清教徒随处看见人间伊甸园的生态意象：青山绿水，物产丰饶，生态环境优美，令人心旷神怡。清教神学成就了天堂般的生态阅读和描写，而后者的文字也加强了前者的正确性，二者共同建立了对新英格兰的地域认同。这份认同，正是日后美国国家意识的滥觞。[①] 美国当代生态文学批评家埃文顿指出："大地万物之间微妙的相互关联（interrelatedness），是当代生态论述的基本前

---

① 参见朱新福："美国文学史上荒野描写的生态意义述略"，《外国语文》，2009年第3期，第1—5页。

提之一。"① 殖民时期美国文学的荒野描写,在叙述者的主体位置以及主要关注的内容方面,与后来的爱默生和梭罗等自然作家大相径庭,体现了人的主体与自然环境的微妙关联。从政治意义上说,清教思想与自然结合,不仅建构出美国新大陆这一空间的独特性,形成地域归属感,而且以此归属感为基础,建构了美国的民族意识认同。这或许正是以当代的生态观点阅读这些早期荒野描写所带给我们的一个重要启示。

---

① Neil Evernden, "Beyond Ecology: Self, Place, and the Pathetic Fallacy." *The Ecocriticism Reader: Landmarks in Literary Ecology*. Eds. Cheryll Glotfelty and Harold Fromm. Athens and London: University of Georgia Press, 1996, p. 92.

第二章

爱德华·泰勒的宗教自然诗

爱德华·泰勒（1644?—1729），美国殖民地时期著名牧师和诗人。他有生之年仅发表过两首诗歌，直到1937年人们研究他的手稿时才认识到他那虔诚的诗歌是多么的优美绝伦。像约翰·多恩（John Donne，1572—1631）和乔治·赫伯特（George Herbert，1593—1633）以及其他英国玄学派诗人一样，泰勒擅长运用精心选择的暗喻和丰富而唯美的比喻，也采用日常生活中的寻常措辞和比喻。《爱德华·泰勒诗集》（*The Poetry of Edward Taylor*，1939）收录了他的杰作，包括著名的《上帝对其选民有影响的决定》（*God's Determinations Touching His Elect*，1680）和《内省录》（*Preparatory Meditations*，1682—1725）。泰勒的诗作"体现了宗教精神和诗歌艺术的高度结合"[1]，他在诗歌中表现的沉思冥想或内省都和他的布道关系密切。他认为自然世界充满了象征。他的许多诗歌是"他在观察自然界或日常生活中得到灵感时而作。……体现宗教体验和皈依过程中的艰难和痛苦……一边是人的意志、欲望和对现世的热爱，而另一边是清教教义"[2]。泰勒经常借助暗喻来理解超自然的事物。"通过运用'自然事

---

[1] 张冲主撰，刘海平、王守仁主编：《新编美国文学史（第一卷）》，上海：上海外语教育出版社，2000年，第108—109页。

[2] 萨克文·伯科维奇：《剑桥美国文学史（第一卷）》，蔡坚等译，北京：中央编译出版社，2008年，第234—235页。

物'来阐述对上帝的认识。"①泰勒所处的时代，北美大陆还是一片荒野，他的诗歌在荒野之中给人以精神鼓励。他的宗教诗内容涉及天文学、地理学和植物学等学科领域。尽管这些诗歌与自然并没有直接联系，但我们发现，他在描写树木、花草以及花园等方面显得得心应手。"在泰勒看来，宇宙间大到日出月落，小如花鸟蜘蛛，都体现着上帝的存在……"②他的许多诗歌直接或间接地探讨自然与宗教的关系，并且体现了对人生的思考。本章认为，爱德华·泰勒的宗教自然诗歌阐述了自然与上帝的关系，具有一定的生态神学思想。其诗歌有三个特征：一、对自然界仔细观察，在观察中思考人与上帝的关系；二、直接描写自然界中的一草一木，在描写中融入宗教思想；三、运用"树"及其相关自然意象，阐释上帝、人、自然三者之间的关系。这三个特征具有宗教与环境保护之现实意义，其表达的传统基督教义与当今的环境关切一致，其中的神学思想和政治内涵则暗含了对早期北美殖民地的地域认同，成为日后美国国家意识的滥觞。

对自然界仔细观察：在观察中思考人与上帝的关系

泰勒相信上帝创造了一切，包括大自然中的一切。他对大自然中的一切有着细致入微的观察力，并在观察中思考人与上帝的关系。他认为自然世界体现了上帝的意志："自然界的事物并非不适合用来解释超自然的东西。因为耶稣在寓言里用自然事物阐释超自然事物。如果不是这样，那么我们就无法解释超自然事物，就看不到自然界以外的事物。"③这一点我们可以从《蜘蛛捕蝇》（"Upon a Spider Catching a Fly"）以及《小黄蜂在寒颤》（"Upon a Wasp Chilled with Cold"）这两首诗歌中看出。《蜘蛛捕蝇》

---

① 萨克文·伯科维奇：《剑桥美国文学史（第一卷）》，蔡坚等译，北京：中央编译出版社，2008年，第236页。
② 张冲主撰，刘海平、王守仁主编：《新编美国文学史（第一卷）》，上海：上海外语教育出版社，2000年，第109页。
③ 同上书，第234页。

起初读来像一首道德说教的诗歌。诗人在这首诗歌里展示了细致观察自然的能力以及如何把日常生活的细节与宗教教义结合起来的思考深度:"我看到一只急性子的黄蜂/误入您织的网窝。/可是您的织网与黄蜂抗争,/唯恐它会冲过/来蛰。/可是因为害怕,老远地站/在那里自我防护,/用您的小小手指敲击应战,/轻拍这只动物/背部。/您是如此温柔地友善待它/以便它收到恩宠,/可是它勃然大怒翅膀拍打,/激怒之下直冲/网中。/然而那只呆头呆脑的苍蝇,/它的脚被粘之时,/您张嘴急速就将那苍蝇擒,/脑袋缩咬下致/它死。"①一只蜘蛛编织蛛网,捕获到了一只黄蜂和苍蝇。蜘蛛因为害怕黄蜂的刺没有立刻杀死它,而是耐心地轻抚黄蜂,让它平静下来以免挣破了网而逃脱。当苍蝇落入网中,蜘蛛的反应截然不同,马上咬掉了它的头。诗人首先以拟人化的手法描写了蜘蛛自我保护的心理,然后注意到它小小手指的敲打这一试探性动作。蜘蛛的精明和苍蝇的鲁莽以及动物界的生存法则在此一目了然。泰勒聚焦野生动物,以动物为主角,运用心理刻画、情绪渲染和行为夸张的手法凸显动物情感、意志和智慧。对于早期清教徒来说,北美大陆不同于古老的欧洲大陆那片已经被滥用过的土地,她生机勃勃,充满活力和野性,预示着一种新生的机遇。同时,这又是一片陌生的土地,人们必须一切从头开始,去认知这个新的自然环境,在孤寂而危险的荒野中求得生存和发展。17—18世纪的北美大陆依然是充满危险的所在,荒野和丛林虽然意味着自由和解放,但同时也预示着迷失和冒险。泰勒借自然现象,赋予宗教含义,以诗布道,帮助早期移民确立生存之精神自信。

接着诗人由蜘蛛苍蝇之争联系到了亚当家族,使我们感到上帝的"和蔼可亲强大"。诗人同时暗示,自然界中的生物为了生存,要学会避免与更强大的生物发生正面冲突,尽量不要挑衅比自己强大的对手。人类也应该如此。"人类也应该避免与布网缠住亚当后人的地狱蜘蛛发生争斗,因为上帝会施展法力打破罗网。所以,诗歌想说明的似乎是圣徒们

---

① 爱德华·泰勒:《爱德华·泰勒诗选》,高黎平译,福州:福建教育出版社,2014年,第179页。

应该尽量避免撒旦的网,祈求上帝的恩赐。"[1] 诗歌的结尾,诗人再次回到大自然,描写大自然中的夜莺:"我们好像夜莺之鸟在鸣,/当梨子高高地结/在您荣耀之笼感到光明,/我们多么喜悦"。[2] 夜莺是自然的象征。在自然的召唤中,诗人让读者感到上帝的荣耀,希望人类要尊重自然界的客观规律,巧妙地传达了上帝就在自然中,上帝和自然是紧密联系在一起的思想。

《小黄蜂在寒颤》是泰勒观察自然的另一例子。诗歌中,诗人细致入微地描写了一只寒风中的小黄蜂:"身上赤裸裸迎面吹北风,/像电鲕一样麻木了黄蜂……冷得直咬牙,身体伸外面,/伸至太阳出,欲望溢外表……身体在扭动,伸直体收拢/梳理她头发,头脑清醒些。"[3] 诗人描写一只小黄蜂遭受寒风折磨的情景。小黄蜂既可怜又可爱,但是上帝创造的一个小生命。泰勒在《上帝的决心感动了选民》等多首诗歌中暗示,上帝已经决定了每个灵魂的命运,但是上帝还是让他的信徒们像小黄蜂一样,陷入各种危机的考验中,体验身体和精神上的痛苦。为了使读者感受到上帝的伟大和宗教的力量,诗人继续写道:"上帝替我擦湿润的眼睛,/从此我可能注视您神性。/从您的身上发出缕缕光/这只小黄蜂在其软体上。"[4] 为了突出上帝的救赎,泰勒借"自然之物"来阐述人们对上帝的认识。在泰勒看来,我们无法看清楚自然界之外的事物。诗人以小黄蜂的一举一动显示上帝拯救之博爱,探讨"'神性救赎'的可能性和证明某种被遮蔽的真理性"[5],因为"在那小体内,就不难发觉/聪明的精灵,大胆的谋略"[6]。

小小的黄蜂不仅在寒风中幸存,而且表现出"大胆的谋略",在诗

---

[1] 萨克文·伯科维奇:《剑桥美国文学史(第一卷)》,蔡坚等译,北京:中央编译出版社,2008年,第238—239页。
[2] 爱德华·泰勒:《爱德华·泰勒诗选》,高黎平译,福州:福建教育出版社,2014年,第181页。
[3] 同上书,第182页。
[4] 同上书,第183页。
[5] 张丽萍:"爱德华·泰勒诗歌的诗艺价值与文化意义",《鸡西大学学报》,2010年第3期,第120页。
[6] 爱德华·泰勒:《爱德华·泰勒诗选》,高黎平译,福州:福建教育出版社,2014年,第183页。

人看来，这是上帝救赎的结果。泰勒诗歌中一个常见的主题是"神爱世人"，他并没有在这首诗歌中将这一主题明显展示，而是奇思妙想，运用黄蜂这一意象，将上帝的形象陌生化，让人觉得上帝就在你的身边。这类积极的、有吸引力的自然意象将客观世界和上帝结合一起，象征崇高和神秘之神的恩赐，使得拯救令人向往。泰勒"试图从一些表面看来相互间毫无关系的事物背后，指出它们的联系，特别是同上帝和上帝意旨之间的联系"①。身居荒野的早期殖民者，面对的是艰苦险恶的陌生环境，面对的是自然的威胁以及印第安的敌视和侵袭，突出上帝之爱和上帝的救赎意义，或许是这首诗歌的另一目的。

直接描写自然界中的一草一木：
在描写中融入宗教思想

泰勒的宗教诗歌里，有一些直接描写自然界鲜花树木，以鲜花树木代表大自然，歌颂上帝。这方面的代表作品有《我是沙伦的蔷薇》（"I am the Rose of Sharon"）和《山谷的百合》（"The Lily of the Valleys"）等。

在《我是沙伦的蔷薇》（《沉思录》之四），泰勒通过对大自然中蔷薇的赞美，描写了上帝如何用"蔷薇油治愈我身上的病症，……治愈我衰竭的灵魂"。诗人首先赞美蔷薇的美丽："加兹亚园中没什么花这般艳丽，/世上也没什么美丽甜蜜如此精选。/那是沙伦的芬芳蔷薇花，那是/天国里最纯洁的蔷薇，滋生烂漫。/美丽灿烂的红色，纯洁的白色，荣耀/汗水中的红色在花叶上铺床筑巢。"②上帝让诗人走进这蔷薇的卧室，让灵魂和蔷薇在一起，感受蔷薇的治愈功能，享受大自然的精神财富和愉悦之情。诗人希望"把灵魂寄宿于这蔷薇的温床。/把灵魂与芳香的蔷薇排在一起"。作为自然界中的精华，蔷薇胜过财富，赋予我们"愉快之情"，并且在

---

① 张冲主撰，刘海平、王守仁主编：《新编美国文学史》（第一卷），上海：上海外语教育出版社，2000年，第110页。

② 爱德华·泰勒：《爱德华·泰勒诗选》，高黎平译，福州：福建教育出版社，2014年，第11页。

"精神上组合成我珍爱的灵魂"。泰勒详细描写了"蔷薇花血红又珍贵的汁液""蔷薇花中提取的蔷薇油"以及蔷薇"无畏的花朵"所具有的功能。蔷薇的汁液,可以制成灵丹妙药,可以治愈灵魂中的各类疾病,驱除一切病痛。蔷薇花中提取的蔷薇油,其药用价值"比主早发觉的棕榈油,药效大得多"[1]。它不仅可以涂抹伤口,更可以治愈衰竭的灵魂。诗人感叹,用蔷薇做的药物既是精神力量,又是灵魂的源泉。

泰勒的许多诗歌"是他在观察自然界或日常生活中得到灵感时而作"[2]。在《山谷的百合》开头第一句,诗人以自然为比喻,表明自然是上帝的化身:"我神圣的上帝,您是一朵百合花?"上帝扎根在人类的心灵。人类贫瘠的心灵需要上帝的恩泽来滋润。诗人写道:"您是我的百合花,我成树枝当陪衬;/ 您就是我的花朵,我愿当您的花盆……您就是我的百合,开在心里把我乐。"[3] 上帝是"亮晶晶山谷上的百合花",上帝荣耀的光芒照遍四周。在"山谷的百合"(续)中,诗人把自己比作上帝的钱币,上面有上帝的印花,表明上帝的光辉形象永远屹立在教徒的心中,而这种光辉形象同样来自百合,自然精华的意象。有学者认为,泰勒的诗歌创作具有"旷野巴罗克(wilderness baroque)"的特点。他注重创造隐喻和使用机智,擅长日常意象,在深情讴歌自然时"把貌似简单的旷野意象与严肃深邃的神学思想结合起来,让诗篇充满喜乐与惊奇"[4]。

自然是精神支柱,是灵魂的温床。在《归来》("Return")一诗中,诗人指出上帝的精神融进了他的精髓里,使他的灵魂与上帝亲密无间。他写道:"如果我 / 被迫丢下您的活儿离开您的葡萄园,/ 我的生命将毁灭,我的灵魂将紧锁 / 在我的躯体内……主啊!……让您的精神在我和谐的

---

[1] 爱德华·泰勒:《爱德华·泰勒诗选》,高黎平译,福州:福建教育出版社,2014年,第12页。
[2] 萨克文·伯科维奇:《剑桥美国文学史》(第一卷),蔡坚等译,北京:中央编译出版社,2008年,第234页。
[3] 同上书,第15页。
[4] 黄宗英:"爱德华·泰勒宗教诗艺术管窥",《北京联合大学学报》(人文社会科学版),2013年第3期,第36页。

琴弦上保存……"[1] 在《瞧！如果葡萄藤开花，石榴树发芽》("Look! If Grapevine Blooms and Pomegranate Tree Sprouts")一诗中，诗人这样描写："啊！我冰冷的想象如此飘动，/带有醉意的幻想越飘越高，/您的葡萄和石榴都在生长中，/在您园中苹果树和葡萄藤枝繁叶茂，/您的葡萄和石榴的果实在树上垂，/果实应该含有果汁并带有果香味。"[2] 上帝的博爱和恩惠犹如雨露，滋润着诗人的心田。葡萄树和其他树木不同，它的枝子不能做建房的木料，人们也不会采它的花来欣赏，因为葡萄花一开就转成果子。它唯一的用途是结果子。在《圣经》中，耶稣对门徒说："你们要常在我里面，我也常在你们里面。枝子若不常在葡萄树上，自己就不能结果子；你们若不常在我里面，也是这样"（《约翰福音》，15：4），"我是葡萄树，你们是枝子；常在我里面的，我也常在他里面，这人就多结果子；因为离了我，你们就不能作什么。"（《约翰福音》，15：5）《圣经》中还说"基督是葡萄树，神是栽培者，修理树枝，使葡萄树结出果子。枝子是所有称为基督徒的人，结果子的枝子就是真正的信徒，他们的生命与基督联结在一起，因此果实累累。不结果子的枝子就是表面上向基督做出承诺而内心却背弃他的人，不长进又没有生命力，终要被剪下丢掉"（《约翰福音》，15：1—8）。对虔诚的基督徒来说，这些话表明了基督徒和与主之间的关系：离了上帝，基督徒们的生命就枯干，好像葡萄的枝子被折下来之后只能枯死一样。葡萄不能像其他树木一样种下去就可以生长结果子，栽种的人必须为它搭一个棚架，让它沿着棚架生长，并要经常为它剪去多余的枝子，否则它就光长叶不结果。泰勒似乎在暗示，我们需要像葡萄树一样长大，一生都需要多方的扶持、修剪与照料。如果你看到地上有一根葡萄枝子，你就知道它很快会干枯，无法成活；如果看到一棵无人修剪的葡萄树，枝叶疯长，它不会结出甜美的果子来。泰勒的描述符合生态学原理。从基督徒角度看，把一生交在

---

[1] 爱德华·泰勒：《爱德华·泰勒诗选》，高黎平译，福州：福建教育出版社，2014年，第10页。
[2] 同上书，第156页。

满有慈爱与智慧的主手中,他是栽培的人,在他的照料下教徒才能长成一棵多结果子的葡萄树!

诗人追问:"果树何时来?如此华丽?"诗人自己回答说,这是"天堂的石榴树和葡萄藤"。然后,泰勒详细描写了石榴树:"您的石榴树长着红斑点点,/在可爱的外衣之下神清气爽,/树藤虽弱小,可高山果花鲜艳。"[1]石榴盛产于地中海沿岸,是人类最古老的栽种物之一,它颜色鲜红,造型优美。《圣经》中曾有多处提到石榴,从《列王纪》《民数记》,再到所罗门王写下的《雅歌》,都可以看到它的踪迹。早期的埃及人称石榴、无花果、橄榄与葡萄是迦南地四大主产的果实。"石榴"一词的希伯来文意为"上升"和"高举"。在以色列文化中,石榴象征丰富,所以是住棚节和新年时必吃的水果,石榴宝石般晶莹剔透的果肉也是甜美和满足的表征。每逢节日吃石榴,就是在提醒以色列人感谢上帝在旷野中赐下的恩典。石榴预示着生命的丰盛与多结果子,让人们联想到圣灵所结的果子,即仁爱、喜乐、和平、忍耐、恩慈、良善、信实、温柔、节制。这些果子正是一个人品格的彰显,也是我们影响他人的根本。泰勒不仅描写葡萄和石榴,而且还写到了"甘松香、甘蔗以及其他植物",包括"卡米尔的百合花,高山上的山花美……芍药和芦荟";海边有天堂吹来的徐徐轻风,"神圣的信风在海边上空飞翔"[2]。在诗人看来,上帝营造了这片人间天堂。

直接描写自然中的一草一木并在描写中融入宗教思想,体现了泰勒试图探讨人性、诗性与神性这三者之间的相互关系。作为一名诗人神学家,他的诗歌具有"诗性智慧"。"诗性智慧代表着人类寻找精神家园的文化努力,代表着人类中的某一分子在努力恢复被遮蔽已久的对神秘、象形、象征、无意识、灵感、生命、肉体、自然等词语的敬畏与崇拜……是人与万物接触的最佳方式,这种方式以心灵去体会、领悟、想象宇宙的本质和意

---

[1] 爱德华·泰勒:《爱德华·泰勒诗选》,高黎平译,福州:福建教育出版社,2014年,第156页。
[2] 同上。

义，以诗的方式暗示和描绘宇宙，解释世界"①。作为一名宗教自然诗人，泰勒试图在北美这片荒野中以诗性接近神性，试图完美地把诗性与神性结合起来。

从现实意义上说，直接描写一草一木和描写蜘蛛以及小黄蜂一样，关注的是早期的荒野以及殖民者生存状况。蔷薇、百合和葡萄树是当时荒野的象征。荒野对于早期新英格兰清教徒有着特殊的意义。荒野固然是艰苦的考验场所，也有很多清教徒移民是以迎接考验的心情面对荒野的挑战。在相当程度上，荒野和天堂也是同时并存的。荒野在《圣经》中的形象有正有恶，不过相较于花园般的伊甸园，荒野在《圣经》中大都是不讨好的。荒野对新英格兰清教徒的意义，多半源自以色列人出走埃及的宗教神话，因此至少有三层意义。"首先，荒野是逃避英国教会迫害的避难所；荒野也是存在于腐败的人世和天命乐土之间，用来考验上帝选民的中间地带；荒野同时也是在世界末日审判前，真正的上帝选民得以亲近上帝，在上帝的庇护下生存和发展的地方。"②无论就哪一层意义而言，不少清教徒眼中的荒野从来不是目的地，而只是过渡到乐土的必经阶段。事实上，对于许多清教徒来说，荒野与乐土之间也并无明显界限：因为上帝的神恩，荒野可以是乐园，而乐园也可能寄身于荒野，神更可以将荒野变成粮田以显示神恩浩荡。

运用"树"及其相关自然意象：阐释上帝、人、自然三者之间的关系

泰勒在创作中擅长用隐喻和意象来表达深刻的含义。其中"树"是他常用的一个意象和隐喻。泰勒通过树、树干、树枝以及和树有关的"嫁接"和"植入"等意象，阐述或探讨上帝、人类和人生的关系。

---

① 转引自张丽萍："爱德华·泰勒诗歌的诗艺价值与文化意义"，《鸡西大学学报》，2010年第3期，第121页。

② Roderick Nash, *Wilderness and the American Mind*. New Haven: Yale University Press, 1996, p. 16.

《圣经》中提到多种树木。除了上文提到的苹果树、葡萄树、石榴树，还有香柏树、无花果树、橄榄树等。它们都具有深刻的宗教含义。以香柏树和无花果树为例。香柏树是建造圣殿的栋梁之材，它长在高高的山上，需要很多年才能长成，这表明上帝用很多时间耐心地培植我们的生命。香柏树的材质坚固，可以承受极大的重量，因为山上的雪水和甘露常常降下来，使它得到滋润。同样，基督徒在上帝面前长大，需要上帝的话语来滋润其心田并使其茁壮成长。香柏树又长得高大俊美，向天而长，表明它是一个属于上帝的强大生命。它的木料芳香，可以防腐、防蛀，暗示具有对罪恶侵袭和世界诱惑的抵抗能力等。所以，每一个基督徒都希望自己成为神管理下的一棵香柏树。

　　无花果树的果实是由花托及小花长大发育而成的聚花果，为可食用的浆果，因外观只见果而不见花，故称为"无花果"。其实它不是没有花，而是把花隐藏了起来。上帝用这种树木告诉我们，他欣赏人的内在美以及人（教徒）在暗中付出的代价。就如《马太福音》第6章所说，无论是祷告，是施舍，是禁食，上帝不喜欢我们故意在他人面前表现自己。根据《圣经》，人类犯罪堕落后，就像无花果树，看上去好像只有果子没有花，其实它有花，在内部，因为神始终没有放弃救赎人类的后代。无花果的含义还表现在不求外在的荣华，不为荣耀自己，只求在上帝的教导下日日长进。

　　泰勒的"生命之树"意象在《圣经》中有迹可循。在《你我的神父对你我的主》("My Father, and Your Father, to My God, and to Your God")[《内省录》中《沉思》（一）之二十九]一诗中，"树"这一意象就是来自《创世记》和《启示录》中的"生命之树"："在上帝的花园里我看到了一棵金树／树心都是神圣的，树皮全是金色的。／有圣人相助，果实累累的树枝壮观／结实无比，聪明的天使挂满树枝上。"[1] 花园中央的生命之树，首先是能知善恶的智慧之树，但同时它也代表着堕落的人类。树也是一种等

---

[1] 爱德华·泰勒：《爱德华·泰勒诗选》，高黎平译，福州：福建教育出版社，2014年，第61页。

级制的体现。如果树的心脏是上帝,那么树枝上悬挂着的就是天上次一级的精灵、圣徒和天使。如果上帝和他的圣徒及天使是"金树",那么,人类是什么?为此泰勒写道:"我是枯萎的小枝,干枝当作插条投入／您的火炉很合适,由罪恶之火扭曲。"①作为一名清教徒诗人,泰勒认为,如果树既是上帝又是它创造的所有东西,那么人类是树上微不足道的部分,像一根枯萎的细枝,被扔进火中烧掉。

在诗歌的第四节中,泰勒使用"嫁接"这一意象来表达清教徒与上帝间的关系。诗人写道:"我就是您内心挂在树上的嫁接枝／您我之间的一切关系都是相互依存。"②泰勒从本质上将《创世记》中树的含义追溯到《启示录》中树的含义,并且把它与人类的生命联系在一起。但是细枝和树之间的关系并未在此结束,诗人继续展示嫁接的含义:"我就是您心目中的嫁接枝,被移植到／您身边,与您攀亲结戚在您家庭内,……我与圣人、天使之间的关系更加稳固。"③泰勒通过"嫁接"要表达的含义是,人类只有和上帝在一起才能结出生命果实。最后两行,诗人渴望与上帝融为一体,他觉得这种融合将会是创造性的:"让我当您的嫁接枝,您是我的金树干。／我将让您的荣耀使我的果实堆成山。"④泰勒借用科学意义上的嫁接行为,把嫁接的隐喻应用到人类的精神层面。"树可以指上帝、宇宙和神圣的等级秩序。嫁接这一隐喻具有精神意义。"⑤对泰勒而言,自然世界仿佛具有超自然的成分,人的全部认识中最关键的是精神认识以及对神的理解与沟通。

泰勒在《他是个新生人》[《内省录》中《沉思》(一)之三十]中用葡萄树和葡萄酒为隐喻和意象,通过描写耶稣血液里那压榨出的"葡萄酒"来表示耶稣的力量:"虽然大部分植物干枯萎缩是得修剪,／然而您仍

---

① 爱德华·泰勒:《爱德华·泰勒诗选》,高黎平译,福州:福建教育出版社,2014 年,第 61 页。
② 同上。
③ 同上书,第 62 页。
④ 同上。
⑤ 参见: Cecelia L. Halbert, "Tree of Life Imagery in the Poetry of Edward Taylor." *American Literature* 1966 (38:1): pp. 22-34.

然是大卫树枝依赖的树干，/ 您的树液滋润着王国的草地空间，/ 借此树液在修补的裂口上一滴滴灌，/ 亲切的树枝啊！被截断？流出丰富的 / 体液用来粘粘裂缝，主荣耀为之逊色？"[1] 在《内省录》中《沉思》（一）之二十九的开头，诗人指出，人类在堕落后已经破碎、毁灭、变质、败坏、污损。救赎人类的耶稣犹如树干里的根茎，尽管他在十字架上已经干裂枯萎，却仍然虔诚地侍奉着上帝，是真正的新鲜汁液，是细枝的活力所在。诗人乞求上帝怀着慈悲之心让他脱胎换骨，而他用的相关字眼都和树有关，可以说这不是巧合。泰勒最初在《内省录》中《沉思》（一）之二十九中全面阐述过上帝就是一棵大树。在《沉思》（一）之四十四中，泰勒将"正义的王冠"这一主要意象"和满载成熟果实的人类之树"这一次要意象结合起来，乞求上帝净化人类的罪孽："啊！但愿如此：那是纯洁真实的正义能够 / 固定在我的树枝上而且留在我的心房，/ 然后果树上所有忠实生长的果实都 / 好像果酱那样粘在王冠的每个地方。/ 那么它就把这顶王冠装饰起来，您会 / 使我的每一首歌都把您的王冠赞美。"[2]

在清教徒看来，人类是有罪孽的。人类只有得到仁慈的上帝救赎，才能成为一棵完美无瑕的树。在《哪些东西是预言》[《沉思》（二）之四]中，诗人发现人类的花园里满是杂草，遍地荆棘，堕落的人类极其渴望得到仁慈的上帝的救赎："我圣恩的主啊！我想拥有您的荣光，/ 可是我却发觉我的花园长满了杂草，/ 花园土壤为沙质，荆棘尽在上头长；/ 我的树干成长受阻碍，枝头果不好。/ 花园的杂草，肥沃我的土壤，可扼杀 / 我的树干，让花园开满您荣耀之花吧！"[3]

泰勒在一篇讲道文章中同样用到"人类之树"这一意象：

> 努力让来自耶稣的高尚而圣洁的生命贯穿到你所有的树枝中，那么你的生命也会变得高尚而圣洁。这是最为高贵的生命。在上帝看来没有生命比这更高贵。没有也不可能得到比这更高贵的生命了。耶稣

---

[1] 爱德华·泰勒：《爱德华·泰勒诗选》，高黎平译，福州：福建教育出版社，2014年，第65页。
[2] 同上书，第92页。
[3] 同上书，第108页。

是主要负责人，他有这种生命的种子，他恩赐所有植入他身躯的人类。他们将受到他的影响，有这样的生命，然后他们会影响他们枝条上的其他生命，那么，所有人将会蓬勃生长，将会被神圣之光照耀，并且硕果累累。①

可见，泰勒笔下的"生命之树"是一棵"金色大树"，象征着上帝以及上帝的恩赐。

在日常生活中，人们经常以树来代表婚姻，所以有"婚姻树"一说。泰勒也把美好的婚姻放置在大自然的环境中来描写。这里鸟语花香，象征着美好的家庭生活。然后，诗人引出了"生命之树"，用"生命之树"来阐释人间婚姻："当我植入婚姻这个结，我的树干/立刻长出枝节，一朵男性之花绽放。/开出花朵之后，枝节又长出一段，/花开再一朵，甜甜地呼吸枝头上。/一节又一节，花儿不断开放出。/每朵花的脸上都把笑意吐露。"②

一般来说，树根代表婚姻的稳固程度，越深长越稳固，根浅易动摇。树干代表配偶的性情特点，树枝代表婚姻缘分。但是，在泰勒的笔下，"树干""树枝"和"节"是"生命之树"的隐喻。泰勒多次使用"结"这一隐喻。上帝打下的结是与人类建立的亲密关系，是一种约束力，同时也是一朵有待成长的花蕾。与之类似，婚姻也是一种打不开的"结"。在殖民地时期的诗歌创作中，清教徒试图借助自然的意象，从一个意象去构建一组复杂的含义。美国学者皮尔斯指出："清教徒作家常常把《圣经》与日常实际生活联系起来并且加以发挥和利用。"③这种探索式的（通过沉思冥想）方式形成了一种不管是布道还是诗歌都是思维紧密、逻辑严谨的文学形式。评论家普遍认为，泰勒受玄学派诗人的启发，在《内省录》中频

---

① David G. Miller, *The Word Made Flesh Made Word: The Failure and Redemption of Metaphor in Edward Taylor's Christographia*. Selinsgrove: Susquehanna University Press, 1995, p. 89.
② 爱德华·泰勒:《爱德华·泰勒诗选》，高黎平译，福州：福建教育出版社，2014年，第186—187页。
③ Roy Harvey Pearce, *The Continuity of American Poetry*. Princeton: Princeton University Press, 1977, p. 93.

繁使用"嫁接"和"植入"等和树有关的隐喻和意象。通过嫁接，泰勒试图说明人与上帝是一个完整的统一体这一宗教含义。对基督徒来说，人类"干枯"的细枝只有植入生命之树中才能救赎其灵魂，人类只有嫁接到上帝这棵生命之树上才能有生机，精神意义上的嫁接是人类灵魂救赎的必要手段。泰勒认为，尽管树象征人类和上帝，但是人类之树仅仅只能通过植入上帝之树才能变得完美无瑕。人类融入上帝才能结出上帝的生命果实，上帝被嫁接进人类身上，人类也被植入了上帝的身躯。上帝是一棵树，人类同样也是。但是，人类虽然是一棵完整的树，却是树上最卑微的部分——细枝。同样，耶稣作为地球上人与上帝间的媒介，却也只是上帝这棵大树上的一根细枝。从生态学上说，这是一个完整的循环，一个完整的隐喻世界。泰勒的这一看法是符合生态学思想的，是完整生存思想的表现。自然存在，究其本质而言，是心灵的、精神的体现。泰勒"生命之树"的隐喻告诉我们："人类借观察、经验与推理发现自然规则，并从自然秩序和理性能力中推知上帝存在。"[1] 但必须指出的是，泰勒关于自然的想象力以及相关比喻象征的表述、上帝如何与人的心灵融合等等，不可与后来的爱默生相提并论，早期殖民地时期的历史环境决定了泰勒还不能像爱默生那样将上帝与自然、人与自然充分地融合，只能将自然视为上帝意志的具体表现。

小　结

今天阅读泰勒的宗教自然诗歌现实意义何在？泰勒虽然没有直接描写纯粹的自然风景，但在北美荒野这个大背景下创作是离不开自然的。泰勒兴趣广泛。论文开头提到，他的诗歌除了宗教主题外，内容还涉及植物学等自然科学。他对医学和化学感兴趣，哈佛毕业后，他在荒凉的小镇一边

---

[1] 袁先来：《盎格鲁-新教源流与早期美国文学的文化建构》，北京：北京大学出版社，2016年，第137页。

布道,一边行医,直到去世。他对古生物学和园艺学的了解,在诗歌和散文中都有表达。

泰勒认为上帝种植了"自然之树"(the Tree of Nature)并赋予其生命,自然界一切皆有生命,都要受到尊重。这一点和当代生态伦理思想是一致的。他著名的宗教自然诗歌除了上文提到的《蜘蛛捕蝇》《小黄蜂在寒颤》《我是沙伦的蔷薇》和《山谷的百合》,还有《在激流洪水上》("Upon the Sweeping Flood")等。《在激流洪水上》一诗是诗人对自然现象的有感而发,描写了1683年8月发生的真实水灾。当时,瓦偌扣河(Woronoco River)和康乃狄克河(Connecticut River)洪水泛滥,毁坏众多房屋以及树木。和其他清教徒一样,泰勒首先从宗教和道德的角度考虑这一自然灾难,认为是上帝对人类的惩罚:"泪突然从天而降,面前一片黑溜溜。……您瞧,他们又泻又吐,吐泻会使肠胃下垂?"[①]大地就像人体,洪水泛滥犹如体内腹泻,而有时腹泻是治愈身体不适的途径。诗歌和神学的共同使命是人类的救赎。有学者指出,这些比喻预示人类破坏环境的恶果,或预测了将来的环境灾难,上帝以灾难来惩罚人类的罪孽,并警示人类务必爱护大地,尊重自然规律。[②]

泰勒是一名关注自然的宗教诗人,他把一生奉献给了宗教事业和诗歌创作,"而泰勒创作诗歌是其牧师工作的延伸,折射其神学关怀"[③]。由此,他的宗教自然诗歌促使我们对下列问题进行思考:怎样的宗教倾向或宗教义务能够产生改善环境的正义之举? 自然崇敬是否成为宗教或能否引起更多的环保行为? 精神泛灵论(Spiritual Animism)、自然泛灵论(Naturalistic Animism)、盖娅灵性论(Gaian Spirituality)和盖娅自然主义(Gaian Naturalism)如何真正为人类的环保事业服务? 如何进一步思

[①] 爱德华·泰勒:《爱德华·泰勒诗选》,高黎平译,福州:福建教育出版社,2014年,第190页。
[②] 参见:John Gatta, *Making Nature Sacred: Literature, Religion, and Environment in America from the Puritans to the Present*. Oxford. New York: Oxford University Press, 2004, pp. 37-40.
[③] 袁先来:《益格鲁-新教源流与早期美国文学的文化建构》,北京:北京大学出版社,2016年,第102页。

考怀特（Lynn White）在1960年代提出的宗教与环境问题？[①] 自1970年代起，怀特的观点促成了基督教与环保关系的讨论。一个明显的事实是越来越多的基督徒同样关心环境问题，他们认为传统基督教义与环境关切是一致的，认为世间万物都从属于上帝，而人类只不过是受托对这一神圣领域进行照料和管理罢了，这就是生态神学所讨论的"托管"或"管理"（stewardship）问题。"托管"派生态神学思想认为，在上帝—人—自然这三者关系中，一切被造物都是上帝的财产，人是上帝委任的管家，人对包括自然在内的被造物的职责是看护和管理。把这一思想运用到人对自然的关系方面，要求人尽心尽责地为上帝管理地球。森林学家兼水利学家罗德米尔克（Walter C. Lowdermilk, 1888—1974）曾经提出"第十一诫命"（The 11th Commandment），试图补充摩西"十诫"，认为这是人类履行对上帝、对同胞和对地球母亲的"三位一体"的责任。在"第十一条诫命"中，罗德米尔克模仿"十诫"的语气写道："你们当以忠心管家的身份，继承神圣的土地，并一代一代地保护其资源。你们当保护你们的田地免遭土壤侵害，保护你们的水免遭干涸，保护你们的森林免遭荒漠，保护你们的山丘免遭过度放牧；以使你们的子孙永远富足。若有人不能完成管理土地的职守，那么他们丰饶的田地就会变成贫瘠的石头地和废水坑，他们的后裔就会数目衰微，生活贫困，甚至从地球表面灭绝。"[②] "托管"是指人类的使命不是征服地球而是热爱地球和爱护地球。托管的本质在于承认人与非人类自然间的相联。人类作为大地身体上的细胞，他们的真正"统治权"在于将地球领入避难所，将地球保护起来。由此可见，泰勒的宗教自然诗歌具有明显的现实意义。

泰勒的宗教自然诗歌还有它的政治意义。和其他殖民者一样，泰勒"通过布道文、传记、历史记录和诗歌等一系列语言手段来肯定这个群体自我，

[①] 参见：Lynn White, "The Historical Roots of Environmental Crisis." *The Ecocriticism Reader: Landmarks in Literary Ecology*. Eds. Cheryll Glotfelty and Harold Fromm. Athens: University of Georgia Press, 1996, pp. 3-14.

[②] 转引自何怀宏：《生态伦理：精神资源与哲学基础》，保定：河北大学出版社，2002年，第463页。关于基督教托管派生态神学，请参见此书第149—195页。

界定和修改这个群体自我的形象。……记录殖民地开放的过程的目的,就是要表达一种神圣的历史使命:建立上帝之城,获得救赎的机会。这一思想为后来革命时期的共和主义——强调对公共领域的积极参与,个人兴趣服从国民整体利益——奠定了重要的思想基础"[1]。无论是诠释《圣经》的神学论述,还是道德说教的自然描写,以泰勒为代表的清教徒试图以文本建立自我认同。和第一章讨论的布莱德斯翠特的自然诗歌一样,泰勒的自然诗歌包含的清教神学思想同样成就了北美荒野的正面意义,而描写自然的文字也加强了神学的正确性,二者共同建立了对早期北美殖民地的地域认同。这份认同,也是日后美国国家意识的滥觞。清教思想与自然结合,不仅建构出美国新大陆这一空间的独特性,形成地域归属感,而且以此归属感为基础,建构了美国的民族意识认同。宗教和国家意识乃属精神层次,与物质层次的自然环境并无直接接触,然而在泰勒的宗教诗歌中,我们看到三者紧密地环环相扣,相辅相成,可谓"天人合一",印证了万物间的相互关联,这或许正是以当代的生态观点阅读泰勒宗教诗歌所带给我们的一个重要启示。

---

[1] 袁先来:《盎格鲁-新教源流与早期美国文学的文化建构》,北京:北京大学出版社,2016年,第83页。

第三章

布莱恩特的自然书写与环保事业

威廉·柯伦·布莱恩特（William Cullen Bryant, 1794—1878），美国19世纪著名自然诗人，美国第一位知名浪漫主义诗人。布莱恩特的主要诗歌作品包括《诗集》(*Poems*, 1821)、《泉水与其他》(*The Fountain and Other Poems*, 1842)、《森林颂》(*A Forest Hymn*, 1860)、《林中行》(*Among the Trees*, 1874) 以及《似水年华》(*The Flood of Years*, 1878) 等。家喻户晓的单个诗篇有《死亡随想曲》("Thanatopsis")、《致水鸟》("To a Waterfowl")、《黄香堇》("The Yellow Violet") 和《森林颂》("A Forest Hymn") 等。体现他诗学思想的著作有《论诗的本质》(*On the Nature of Poetry*)、《论诗的价值和应用》(*On the Value and Uses of Poetry*)、《论诗以及我们的时代和国家的关系》(*On Poetry in Its Relation to Our Age and Country*) 以及《论独创性和模仿》(*Originality and Imitation*)。他在晚年采用无韵体翻译了荷马史诗《伊利亚特》(1870) 和《奥德赛》(1871—1873)。

布莱恩特从小除了喜欢文学，喜欢写诗歌，还擅长自然科学，自学了不少自然科学方面的课程。[①] 他自学了化学，曾在著名植物学家阿莫斯·伊顿（Amos Eaton）指导下学习植物学。在邻居的眼里，他"是一个充满激

[①] Parke Godwin, ed., *A Biography of William Cullen Bryant*, with extracts from his *Private Correspondence*. 2 vols. 1883. New York: Russell & Russel, 1967, vol.1, p. 36.

情的植物学家，熟悉每一种花草和树木"[1]。他作为主编在《晚报》上发表的文章内容丰富，涉及医学、地理学、矿物学、水文学、气候学、农学、园艺学以及植物学等众多领域知识。布莱恩特对园艺学和草药（相当于中国的中草药）感兴趣。他的父亲精通草药疗法，时常采摘草药给家人治病。[2] 在父亲的影响和指导下，诗人也熟悉众多野生植物的药用价值，并不时地将它们付诸实践。这一事实从侧面反映了诗人爱好自然、亲近自然的性格。据统计，他的自然诗歌中描写了50多种鲜花以及同样数量的树木和鸟类。这一点"表达了一个业余博物学家的耐心和准确性"[3]。他本人曾经说："崇尚自然可以弥补人生的许多不足之处，可以纠正我们许多错误，可以看到上帝创造的万物之间的不同关系，可以向一个人展示这个世界的秩序之美，可以发现无数万物的和谐之美。"[4] 他不同意"科学使诗歌堕落"的说法，认为自然科学可以使作家开阔眼界，可以提升文学创作的深度和广度。

布莱恩特同时代的主要作家都对他有过较高的评价，这一点也同时证明了他的自然诗歌在美国文学史上的地位。库珀（James Fenimore Cooper）说"其他作家只是偶尔受到大众的赞扬，而布莱恩特则成了美国人民一贯喜欢和赞扬的诗人"[5]。华盛顿·欧文（Washington Irving）曾竭力向出版商推荐布莱恩特的作品，并认为"他的诗歌是同时代诗人中最优秀的"。林肯总统曾专程拜访布莱恩特，并且说"不虚此行"。[6] 惠特曼也高度赞扬布莱恩特，指出布莱恩特的诗歌具有"非凡的清新感，……一种难以表述的

---

[1] Parke Godwin, ed., *A Biography of William Cullen Bryant*, with extracts from his *Private Correspondence*. 2 vols. 1883. New York: Russell & Russel, 1967, vol.1, p. 36.

[2] Michael P. Branch, "William Cullen Bryant: The Nature Poet as Environmental Journalist." *ATQ*. Sep 98, Vol.12, Issue 3, p. 185.

[3] Norman Forster, *Nature in American Literature*. New York: Russell & Russell, 1923, p. 10.

[4] Charles I. Glicksberg, "William Cullen Bryant and Nineteenth-Century Science." *The New England Quarterly* 23 (March 1950): (91-96), p. 92.

[5] Parke Godwin, ed., *A Biography of William Cullen Bryant*, with extracts from his *Private Correspondence*. 2 vols.1883. New York: Russell & Russel, 1967, p. 368.

[6] 参见：Louis Untermeyer. *An Introduction to The Poems of William Cullen Bryant*. New York: Heritage Press, 1947, pp. xi, xii, xiii.

美"①。爱默生在1864年的日记中写道:"布莱恩特知道如何挖掘写作素材。他首先想到的是秋天的树林,冬日的清晨,雨水和小溪,高山和丘陵,晚风和林中的飞鸟。说到这些,你不得不想起布莱恩特。"② 爱默生强调,"布莱恩特是第一个,也是唯一的一个,向世人揭示我国的北方景色——夏日的盛装、秋天的斑斑褐色以及隆冬的明与暗",并肯定布莱恩特是一位"本乡本土的、诚挚的、独创的爱国诗人"。③19世纪末著名的自然散文作家巴勒斯(John Burroughs)曾说:"布莱恩特为后来的作家描写自然树立了榜样。"④

布莱恩特生活的时代正是超验主义思想盛行的时代,深受爱默生和梭罗以及超验主义思想的影响。超验主义主要精神和思想包括五个方面:个人主义(individualism)、自力更生(self-reliance)、回归自然(returning to nature)、超验与直觉(oversoul and intuition)和国家意识(national consciousness)。这五个方面在一定程度上都在他的作品中有所反映。布莱恩特出生在马萨诸塞州的卡明顿。其祖父是一名加尔文教徒,小时候就受到加尔文教的影响。他的出生地是一个山清水秀的美丽小镇,家乡四周的大自然美景给诗人留下了深刻印象。对自然的热爱使他最终放弃加尔文教而转向信奉自然神教和唯一神教(Unitarianism)。然而,他在参加了一系列唯一神教活动后放弃了该教。

布莱恩特一生中与同时代的爱默生有过多次接触。1821年爱默生在哈佛大学朗诵名作《年代》("The Ages")时,布莱恩特第一次远距离见到了爱默生。后来二人多次在集会上见面,并且就诗歌创作有广泛的交流。超验主义主张回归自然,强调万物本质上的统一,万物皆受"超灵"制约,

---

① Stanley Brodwin and Michael D'Innocenzo, eds. *William Cullen Bryant and His America: Centennial Conference Proceedings, 1878-1978*. New York: AMS Press, 1983, p. xii.
② Ralph Waldo Emerson, *The Journals and Miscellaneous Notebooks of Ralph Waldo Emerson*. Ed.William Gilman, et al.16 vols. Cambridge, Mass: Harvard University Press, 1960-1980, 15:449.
③ 董衡巽、朱虹等编著:《美国文学简史(上册)》,北京:人民文学出版社,1986年,第56页。
④ Alan B. Donovan, "William Cullen Bryant: 'Father of American Song.' " *New England Quarterly* 41 (December 1968): 505-520, p. 511.

而人类灵魂与"超灵"一致。超验主义强调精神或超灵，认为这是宇宙中最重要的存在因素。布莱恩特的自然观受超验主义影响。他认为自然界充满着自然美，认为我们应该回到自然中聆听大自然的教诲，因为自然本身具有理性和神性。

布莱恩特的第一部诗集《诗集》发表于1821年。不少学者认为这是他早期作品中最好的一部，并认为这部作品的诗学思想既具有清教徒特征，又具有明显的浪漫主义特点。国外布莱恩特研究主要集中在诗歌主题、韵律特色、成就影响以及宗教思想等方面。布莱恩特从小喜欢蒲柏翻译的荷马史诗《伊利亚特》，熟悉古典英诗风格。受蒲柏影响，布莱恩特的大部分诗歌以"英雄双韵体"（heroic couplet）写成。不少学者认为，就诗歌韵律而言，美国很少有人能超越布莱恩特，其诗歌形式有其独特的地方。也有评论认为，布莱恩特的诗歌同时受到欧洲其他国家诗人的影响，包括受到法国诗人的影响。有布莱恩特研究专家指出，布莱恩特同时代的诗人，例如科尔（Thomas Cole）和埃利森（Archibald Alison）对其创作也有影响。埃利森对待大自然的态度以及关于自然与人类道德关系的看法对布莱恩特颇有启发。美国当代诗人评论布莱恩特的观点主要收集在《天空下：美国诗人论布莱恩特》（*Under Open Sky: Poets on William Cullen Bryant*, 1986），此书对当代读者了解布莱恩特起了一定的作用。

一些学者试图从宗教角度来分析诗人的作品。斯特朗（August Hopkins Strong）在其《美国诗人及其神学思想》（*American Poets and Their Theology*, 1968）一书中提出，布莱恩特的某些诗作体现了传统的基督教救赎思想。另一部有关布莱恩特宗教主题的专著是卡德（Frank Cado）的《布莱恩特：一种美国声音》（*William Cullen Bryant: An American Voice*, 2006）。卡德指出，布莱恩特的诗歌中至少有数十首诗作涉及诗人的泛神论思想。布莱恩特相信自然是连接人与上帝的通道，他认为人并非生而有罪，人生来是善良的。

国内研究主要有莫莉莉的"献给自然的歌：比较菲利普·弗伦诺与威廉·柯伦·布莱恩特的两首自然诗"，阐述了两位诗人相似的哲理和价值取向。王学鹏和文晓华的"从认知诗学的角度来解读威廉·柯伦·布莱恩特的《致水鸟》",通过图形/背景理论解读诗歌中的美学意境。李蓓蕾的"忧郁的愉悦中再生与感伤的豁达中升华"和"意象构建的斑斓世界:自然与心灵完美融合",分别阐述了诗人如何在自然诗中达到灵魂的复归再生与自我的重塑升华,以及布莱恩特是如何在其自然诗歌中运用微观的意象来构建多彩的艺术世界。张冲在《新编美国文学史》第一卷中,以"坡和布莱恩特与美国浪漫主义诗歌"为标题,分析了其著名诗作《死亡随想曲》、《黄香堇》以及《大草原》("The Prairies")等作品,并对坡和布莱恩特的诗歌做了比较。

本章将在分析国内外对布莱恩特的研究基础上,概述其代表作对自然的描写并且从五个方面阐述其自然诗歌的生态意义。本章认为,布莱恩特的代表作《黄香堇》《死亡随想曲》《致水鸟》以及《森林颂》等分别阐述了布莱恩特自然诗中的内在美与道德感、死亡与自然的关系、人生与自然的关系以及森林、上帝和自然三者融合所表现的精神之美。本章同时指出,布莱恩特所从事的新闻事业与环境保护密切相关,为美国的环境保护事业做出了一定的贡献。

童明在他的《美国文学史》中指出:"布莱恩特是一位对美国荒野充满激情的浪漫主义诗人。"[①]布莱恩特所处的时代,人们面对的自然世界包括两个方面,一是荒野世界中常常遇到的恶劣的地理环境,包括风雨交加的夏日和大雪纷飞的严冬;二是自然界的鲜花、树木以及飞禽走兽带来的浪漫色彩。根据尚德文(Parke Godwin)著《布莱恩特传》(*A Biography of William Cullen Bryant*, 1967),布莱恩特从小喜欢大自然,喜欢山川田野。他不仅喜欢大自然,而且善于仔细观察大自然,并把观察的内容付之于诗歌、散文和书信。自然是他书写的对象,他通过描写自然来阐发自己的诗学思想。布莱恩特对美国文学的主要贡献表现在对死亡的随想、对历史的思考以及对美国新大陆大自然荒野大地的赞美,通过对神秘的云雀、

[①] 童明:《美国文学史》,南京:译林出版社,2002年,第83页。

无边无际的美国大草原以及新英格兰美丽的山川、花鸟、森林和动物的描写，净化读者的道德世界，给读者以美的享受、哲理的启迪以及精神上的暗示。①

布莱恩特自然诗中的内在美与道德感：读《黄香堇》

布莱恩特创作的诗歌中，有的描写日月，有的关注四季；有的写山川，有的写河流；他的诗歌中有日出日落的浪漫，也有风雨交加的危险。即使写树木和鲜花，其中也有深刻的含义。这些自然诗歌向读者展示了自然的内在之美，表达了自然的启示以及诗人的道德感。《黄香堇》就是一例：

> 当山毛榉开始爆出嫩芽，/ 当蓝知更鸟在林中啼啭，/ 黄香堇绽出了谦卑的花，/ 在陈年旧叶下悄悄觑看，/ 我爱同你相会在秃林里——/ 在土黄色田野返青以前：/ 可爱的花呀，这时只有你 / 把幽香吐在清新空气间。/ 春天的手在她的扈从里 / 先挑你栽在润湿的土上；/ 我呀，还见过开着花的你——/ 在冰冷的雪堤和雪堆旁。/ 你的太阳父亲啊，叫你看 / 淡淡的天，吸凉凉的水汽，/ 用黑玉描你鲜艳的唇瓣，/ 用它明亮的光为你梳洗。/ 可你形姿纤细，置身低处，/ 你柔和的眼只朝向大地——/ 不爱看转眼即逝的景物 / 任身边高枝上的花得意。/ 四月阴天里，你先露笑容，/ 常常留住了漫步中的我，/ 但五月时一片万紫千红，/ 我却踏着你矮梗儿走过。/ 是啊，变得富起来的人们 / 忘记了朋友正在受煎熬。/ 我悔恨，自己步他们后尘，/ 竟然会模仿他们的倨傲。/ 待温和的时节再次经过，/ 使色彩鲜艳的花儿醒来，/ 我不会把谦卑的它冷落——/ 是它给四月之林添光彩。②

春天来临，黄香堇静悄悄地开着那"谦卑的花"；衬托她的是"陈年

---

① 张冲主撰，刘海平、王守仁主编：《新编美国文学史（第一卷）》，上海：上海外语教育出版社，2000年，第267页。

② 黄杲炘译，参见 http://www.jitaofushi.com/345420.html。个别文字有改动。

旧叶"，与林中啼啭的知更鸟相比，她"悄悄觑看"。她不愿在万花丛中争宠，只是默默地把幽香散播在大地。读者读完第一节得到的第一印象是，黄香堇就像一个低调不愿张扬的人，谦虚中带着宁静。接着，诗人以拟人的手法，描写了黄香堇优美的形象：她是那么的可爱，"把幽香吐在清新空气间"，把花儿开"在冰冷的雪堤和雪堆旁"。她"形姿纤细"，有"柔和的眼"和"鲜艳的唇瓣"，形象优美动人。诗人笔下展示的白色的雪、鲜红的唇、墨黑的玉，衬托了黄香堇的神秘与高贵。然而，她不光有迷人的外表，更有令人敬佩的品质：她谦卑，清雅低调。她的谦卑让我们在不知不觉中回归到一种轻松怡然的生活态度中。最后，诗人给黄香堇道德的花环："变得富起来的人们／忘记了朋友正在受煎熬。／我悔恨，自己步他们后尘，／竟然会模仿他们的倨傲。"如果说布莱恩特擅长在诗歌中借物言志，那么在《黄香堇》中，诗人"以花咏情，……以'物我两忘'结束。诗人在对鲜花、田野、森林、空气等大自然造物的体验和沉思中获得了心灵的安慰，获得了自己理趣和志向的寄托"[①]。在诗人的眼里，黄香堇朴实无华、花小而谦卑，她作为自然的一部分始终按照自己的规律生长开花。这种品质恰如一个人所具有的人品。她不仅外表美，而且具有内在的美。在现实生活中，有人攀富结贵，忽视谦卑的品质。卑微的花朵提醒人们：在攀富结贵的过程中不要忘记朋友。

布莱恩特论死亡与自然：《死亡随想曲》

布莱恩特的自然诗歌涉及死亡这一主题。《死亡随想曲》创作于1817年，布莱恩特当时只有17岁。该诗表现了他对自然和生命的看法，其主题是死亡不可避免，人类可以通过他特有的信仰毫不畏惧地面对死亡。诗歌风格超然，冷静。诗是以这样几句开头的：

---

① 张冲主撰，刘海平、王守仁主编：《新编美国文学史（第一卷）》，上海：上海外语教育出版社，2000年，第267—268页。

对于热爱自然而与她的/可见形体相交流的人，她说一种/丰富的语言；当他心情愉悦，/她总有欢乐的语言、盈盈的笑意/和奔放的美。而她还潜入/他阴郁的沉思，带去柔和/而宜人的同情，不知不觉/携走了那份痛苦，当弥留之际的/惨状像瘟疫般掠入/你的脑海，难熬的病痛，/裹尸的黑布，覆于棺上的枢衣，/那毫无声息的黑暗与狭窄的墓室，/这些凄凉的景象使你颤抖恶心——/到浩瀚的天空下面去，去倾听/大自然的告诫……①

诗人一上来就把自然拟人化，指出作为大自然的"她"是和蔼可亲的，作为人类的"他"随时可以和自然交流。自然有"丰富的语言""有欢乐的语言"，更有那动人的"盈盈的笑意和奔放的美"。诗人让读者在"她"身上看到了少女的形象，也看到了大地母亲的影子，因为作为大自然的"她"懂得人类"他"的心思。当人们面临死亡时，大自然的"她"给"他"带去"柔和而宜人的同情"，让"他"在"弥留之际"减轻痛苦。"人生千变万化，但是殊途同归；死亡对于每一个人都是最公正的，无论他是王子还是平民。诗歌的整个语调没有带任何面对死亡的悲伤和惆怅，而是表现出人生的勇敢和坚强，充满一种斯多葛主义的淡泊与凛然。"②

诗人继续写道："泥土抚育了你，它将/让你在泥土中获得最后的安息。/而你，丧失了人的一切行迹，/委弃了你个体的生存，将去/同尘埃永为一体，/成为顽石与土块的兄弟"从宗教意义上说，死亡是对上帝和对自然的回归，是与天地间万物的整体融合，从而达到生命的完美。回归自然的作家往往都热爱泥土，布莱恩特也不例外。对于人类来说，泥土"她给予我们生命、思想与感情，我们也不能与她断绝联系，更不能将她抛弃。将来的某一天，我们每个人还都必须回到她的怀抱，化身为泥。其实，泥土中包含了生命的真谛、自然的法则和天地的情怀……泥土是生

---

① 邹羽译，出自芍锡泉编《美国主要诗人作品选介》，上海：上海外语教育出版社，1990年，第344页。

② 张冲主撰，刘海平、王守仁主编：《新编美国文学史（第一卷）》，上海：上海外语教育出版社，2000年，第269页。

命、善良、智慧和快乐的源泉,人置身泥土就会像扎根大地的树木一样,有着葱葱郁郁的生命,有着仁厚的宅府,有着灵性的悟性,有着诗样的审美人生"[1]。这几行诗句很有宗教意味。诗人生于一个清教徒家庭。他的祖父是信奉加尔文教的清教徒,诗人本人信奉清教主义的正义原则。清教主义主张人与自然和谐相处以及对道德纯正意义和行为的追求。上文提到,诗人所处的时代正是超验主义思想在美国兴起的时代,他在很大程度上受到爱默生等超验主义者的影响。超验主义视死亡为自然的一部分。从上述几行诗句可以看出,诗人以坦然的心态描写死亡。"泥土抚育了你,/它将/让你在泥土中获得最后的安息"与《圣经》所说一致,即人本来就是泥土,最终也将回归泥土。但"诗人并没有表现传统的基督教教义中'死后进入天堂'的梦想,而是抒发融于自然、回归大地的渴望。自然就是'教堂',就是上帝永久居住并主导人生的地方"[2]。诗人强调,入土为安,在泥土中找到安息,就"委弃了你个体的生存,将去/同尘埃永为一体,/成为顽石与土块的兄弟"。从超验主义思想看,宇宙万物都是大自然的一部分,人死了回归土地就是回归自然。众所周知,爱默生和梭罗都受到东方哲学思想和佛教思想的影响,我们尚不清楚布莱恩特是否也受到东方文化的影响。但是,《死亡随想曲》确实包含了佛教生态死亡观以及东方人看待死亡的态度。对死亡的恐惧是与生俱来的,因为每个人或多或少都会对"未知"产生恐惧,但许多人得以最终克服恐惧,是他们"已知","已知"的基础除了是对死亡这一自然现象的理解外,他们的信仰也指引着他们摆脱恐惧,比如佛教。佛教对死亡之看法,与科学不谋而合。佛教云死亡为"往生",乃"舍此投彼"之意。生命系由色身及灵魂构成。物质性之色身必随因缘而变化、死亡,精神性之灵魂(佛教谓神识)则是由原有生命形态,转化为另一生命形态,并未死亡。所谓"蝼蚁尚且贪生","生存"乃

---

[1] 王兆胜:"'慢'的现代意义",载鲁枢元主编《精神生态与生态精神》,海口:南方出版社,2002年,第363页。

[2] 张冲主撰,刘海平、王守仁主编:《新编美国文学史(第一卷)》,上海:上海外语教育出版社,2000年,第269页。

生物之本能欲望，生活中固诸多不遂或生命中时值苦难，众生仍欲求生而不欲求死。佛教思想教导人们认识苦难，摆脱生死轮回，积极战胜死魔。在未能摆脱生死，因业力取得人身时，要懂得珍惜，生命短促无常，要以人生无常为动力，积极向上，多做利己利人之事，勿做损人利己的缺德事，临终时没有恶业的沉重包袱，没有内疚，轻松愉快，顺其自然地回归泥土。与上述佛教死亡观一致的是，诗人在下面的诗句中描写了为什么不必害怕死后："然而你不会独自一人回到你的 / 长眠之地……你将同 / 远古的长老们共卧——同国王，/ 大地的权威——智慧、善良、/ 纯洁的人们，还有古时苍老的预言者。/ 他们与你共有一个伟大的坟墓。"死后既然能和这么多的伟人、智者一起，这是何等的欣慰？死有何惧？不仅如此，死后你会回归到大自然山山水水中："古老如太阳的怪石嶙峋的群山——其间 / 有深谷在沉思中延展；/ 荒古神圣的森林——流淌汹涌的 / 大河，浇灌草原的幽幽 / 溪水，而环流万物之外，/ 那古老的海洋……金色的太阳。"[1]

布莱恩特认为，每个人最终会带着他的信仰走向坟墓，唯有大自然是永恒的，大自然是人的最佳归属。布莱恩特在这里还希望借助讨论自然的功效，来陈述人与人之间、人与社会之间的关系。布莱恩特是一位坚定的自由主义者，他的社会信念和态度都体现在他对自然的态度上。诗人开头写自然的语言，其目的之一是用自然的语言表达自己的价值体系，通过与自然的交流，阐释人间万象，包括人们对死亡的看法。他成功地将内心世界与外界自然物联系起来，通过与自然建立的话语模式吐露自己的思想，巧妙地将人类道德价值观与自然物体融合一起。

评论家认为这首诗歌的创作是诗人一生中的一个重要转折点。"这首诗歌发表以后，即 1817 年以后，诗人从表现死亡和崇高永恒的主题渐渐地转向对美国自然荒野的关注和思考上。"[2] 作为"一首哲理诗，它抒写了

---

[1] 邹羽译，出自苟锡泉编《美国主要诗人作品选介》，上海：上海外语教育出版社，1990 年，第 345 页。

[2] 张冲主撰，刘海平、王守仁主编：《新编美国文学史（第一卷）》，上海：上海外语教育出版社，2000 年，第 266 页。

自然界的美对人的精神的陶冶，使人获得力量去无畏地迎接死亡，回到大自然的怀抱中"[1]。在诗歌的最后，诗人再次强调"朝着神秘之土迈进"，永恒地躺在她的怀抱里"做起愉快的梦"。国外学者指出，"这首诗歌的语言是源于大自然还是诗人，一直是人们无法解答的一个问题。不管是有意还是无意，这种模糊具有启迪作用：它显示了人类与自然的融合。这种融合暗示诗人正在以平常的、'自然的'声音与他人交流，与非人类的他人交流。"[2] 除了《死亡随想曲》，诗人还在《死亡赞美诗》("Hymn to Death")和《花儿之死》("The Death of the Flower")等诗作中讨论上帝与死亡、自然与死亡的关系。《死亡赞美诗》指出，死亡是上帝惩罚人们的方式，是对一切罪行的洗涤。如果要清洗自己的灵魂，回归自然是最好的途径。《花儿之死》开头以自然的萧条景象来象征死亡："坎坎坷坷／忧伤的日子已经来临／一年中最悲伤的时刻／哀号的西风，裸露的森林，／草地牧场干枯凋零，／堆积在森林中的山洞，／秋天的树叶已经死亡！／秋风阵阵，树叶飒飒……"诗人问：花儿在何处，那盛开的鲜花？答复是"它们都已进入坟墓"，躺在低矮的床上，只有寒冷的秋雨相伴。然而诗人看到，它们的心是平静坦然的，它们依然看见松鼠在跳跃、蜜蜂在飞舞。它们感到生命将在来年复生，死亡只是对自然满怀深情的回归。

布莱恩特诗歌中的森林、上帝和自然的精神之美

布莱恩特一生创作多首自然诗歌来歌颂森林，其中著名的有《森林颂》以及《森林入口处题词》("Inscription for the Entrance to a Wood")。它们和《上帝之爱》("The Love of God")、《护佑悲伤的人》("Blessed Are They That Mourn")、《飓风》("Hurricane")等诗作一起，表达了诗人将自然与宗教和精神融合一体的诗学思想。

---

[1] 董衡巽、朱虹等编著：《美国文学简史（上册）》，北京：人民文学出版社，1986年，第57页。
[2] 萨克文·伯科维奇：《剑桥美国文学史（第一卷）》，蔡坚等译，北京：中央编译出版社，2008年，第586页。

布莱恩特出生在一个宗教氛围很浓的家庭。他的祖父是一个坚定的加尔文教信仰者。受家庭影响，他从小就相信上帝的存在。《上帝之爱》表达了诗人对造物主的崇敬之情，其主题是世上万物都将消逝，唯有上帝之爱永存。诗歌全文如下：

> 世上万物都将消逝，/唯有上帝之爱永存。/人类犹如从未存在，/枯竭的森林无翠绿。/林中的鸟儿失歌声，/草原牛群全被猎杀，/山坡的羊儿都死光。/那长着多角的雄鹿，/成群的野狼和狐狸，/树林里无数的野猪，/石坡上成群的羚羊，/雄壮而无畏的大熊，/躺在踩踏的灰土里，/大海里飞驰的海豚，/和强大无比的鲸鱼，/这一切全部会消亡。/所有王国不再存在，/世界上不再有帝国。/死神最终统治世界，/正如《圣经》中所预言。/地球世界天空之下，/随同苍穹繁星点点，/世界万物不再存在，/唯有上帝之爱永存！[①]

诗歌中描写了森林、鸟儿以及众多的动物。所有这些都是在上帝的庇护下存在着。没有上帝的爱，它们最终都会消亡。神存在于所有的自然物中，环境的所有构成物（生物和无生物）都拥有某种神性；大自然不是一个纯粹的某物，而是具有某种精神或意识的主体。"死神最终统治世界，正如《圣经》中所预言"，也表达了诗人的宗教态度。根据《圣经》，地球上有太多的邪恶和罪孽，上帝迟早会用洪水、灾难或大火来警告人类必须爱护地球。

在《护佑悲伤的人》中，诗人指出，上帝"微笑的神光，再次照亮你流泪的眼睑/痛苦的时刻，将变成幸福的时刻"。《飓风》中我们看到上帝的威力：他展开长袍，带来了飓风。上帝化作风之神，在天空中呼吸，在无边无际的大地上隆隆向前移动，展示了自然的力量。在《森林颂》中，诗歌开头第一句就说"森林是神的首选神庙"，点出了森林作为大自然的神圣意义，指出森林是上帝精神的体现。布莱恩特写道："森林是神的首选

[①] 诗歌来源：The Project Gutenberg EBook of Poems by William Cullen Bryant. Release Date: July 21, 2005 [EBook #16341]. http://www.pgdp.net.

神庙！/在人类学会砍树造房之前/置上一根横梁/盖好屋顶之前，/——在他建好高高的圆拱形之前，/传颂那颂歌；在黑暗的树林之中，/在冷静和沉默中，/他跪在地上，向最伟大的神表示感谢，/由衷地祈祷！"①

诗人希望我们在"见证了岁月的森林中，/在神的耳边歌唱森林的颂歌"。在诗人看来，神的力量是无限的："神父啊，您的手可以举起这些庄严的柱子，/您编织着翠绿的森林之顶。"布莱恩特常常把森林作为重要的自然意象写进诗歌里。在《森林颂》中，诗人把森林看成是体现上帝意志的地方。在这首诗歌中，诗人从描写祥和静谧的小树林转向对自然环境重要性的反思："愿自然促使我们思索，/在她温和的庄严中，在宁静的树荫下，/让我们领会她优雅的安排，/让我们在生活中顺从她的旨意。"②

罗尔斯顿曾经指出，森林具有十类"新增价值"，分别是生命支持价值、经济价值、科学价值、消遣价值、美学价值、野生生物价值、生物多样性价值、自然历史价值、内在价值和精神价值。在论述森林的精神价值时，罗尔斯顿说：

> 丛林是上帝的原始住所。献祭丛林的罗马人被称为"lemplum"，凯尔特人在许多"神圣的栎树林中"面树而思。森林划破天空，仿佛大教堂的塔尖；阳光从树的上部透射下来，就像透射过有色玻璃一样五彩缤纷。森林似乎是超验的，不只是超越人们所发明的各种符号。因为森林是神圣的地方。③

《森林入口处题词》写于1818年，属于诗人的早期作品。诗歌写道："如果你已经见证/那足够的悲伤、痛苦与罪行，/并讨厌这些——那么来到这树林中！/欣赏这自然的栖息之地。/恬静的树荫，将带来宁静的心情，/和煦的微风，让绿叶飞舞/让树枝散发清香，/沁入心扉……"在诗人看来，这是一个充斥着"悲伤、痛苦与罪行"的世界，这个世界让人们

---

① 诗歌来源：The Project Gutenberg EBook of Poems by William Cullen Bryant. Release Date: July 21, 2005 [EBook #16341]. http://www.pgdp.net.
② 萨克文·伯科维奇：《剑桥美国文学史（第一卷）》，蔡坚等译，北京：中央编译出版社，2008年，第584页。
③ 鲁枢元：《精神生态与生态精神》，海口：南方出版社，2002年，第472页。

感到厌倦和厌恶。诗人一上来就以伤感的语调诉述在这个世界上的无奈。但是，紧接着就描写了大自然中的宁静与欢乐，指出如果我们能够来到大自然的森林中，就可以远离烦恼，感受到"和煦的微风"和"树枝散发清香"。诗人继续写道："啊，这些树荫是快乐的所在，那厚重的树叶／绿色跳动的树枝，布满／鸟儿的欢快歌声，在歌唱，在跳跃／激情高涨；／树下的松鼠，直立着爪子，／快乐地叫着。／树荫下成群的昆虫，舞动细小的翅膀……"读者除了看到欢乐的动物和昆虫，还有欣赏"透过蓝天射进的阳光""长满苔藓的岩石""清澈的小溪"等。走进森林"就是回归自然，就是在上帝创造的世界里获得永恒的生命"。① 自然风景犹如一幅水墨画，既灵秀生动，又充满生活气息，流露出一派和谐气氛。诗人无疑在告诉我们"大自然是人们远离社会烦恼和忧虑的庇护所，大自然是道德真理和精神复兴的源泉"。②

在《冬日》（"A Winter Piece"）中，诗人再次描写森林给一个人精神带来的安慰：

多少年来，荒野中的孤独／恰如荒野那样美丽，／荒野多少次被我踩踏。／当生活中的不幸折磨我的心灵，／当不平静的心里装满烦恼，／我漫步森林，走入林中。／洒在林中小道上的阳光是我的朋友。／起伏的山坡，静静的山谷／悄悄地邀请我走在蜿蜒的山川。／和谐的社会，与我交流畅谈，／安抚我的心灵。鸟儿的歌声，／潺潺的流水，清新的空气／让我忘却，打断我平静的思绪，／而我又在山林泉水旁，沉醉在白日梦中……③

纳什指出，大自然作为上帝创造的一部分，它"赞美并荣显上帝"，自然是"上帝的荣光和伟大的见证"，"对上帝来说，自然中的所有事物都

---

① 张冲主撰，刘海平、王守仁主编：《新编美国文学史（第一卷）》，上海：上海外语教育出版社，2000 年，第 269 页。

② 萨克文·伯科维奇：《剑桥美国文学史（第一卷）》，蔡坚等译，北京：中央编译出版社，2008 年，第 584 页。

③ 诗歌来源：The Project Gutenberg EBook of Poems by William Cullen Bryant Release Date: July 21, 2005 [EBook #16341]. http://www.pgdp.net.

具有内在价值。上帝关注的是自然中所有的事物，有生命的和无生命的，人类和人类之外的，动物和植物"。① 对许多认为自然是上帝精神之体现的人来说，这种提法是有生态科学知识根据的：不仅自然中的各种客体，而且它们之间的相互关系也是上帝创造的组成部分。上帝高度评价生态系统、系统过程、运行良好的整体，即整个"生命之网"。我们可以从这一同时具有生态学和神学色彩的前提中推出这样的生态伦理规范：不负责任地毁坏我们这个整体性的相互关系的环境，就是犯了破坏上帝所创造的这个世界的结构的罪过——这是从宗教角度谴责污染环境和掠夺大自然行为的又一根据。

自然是上帝精神的体现，自然是灵魂的归宿，是人们精神的寄托和体现。这一思想和超验主义哲学家爱默生基本一致。爱默生在《论自然》中写道："自然是精神的象征。……一切自然事实都是精神事实的象征。自然界的每一种外表都和一种心灵状态相呼应，那种心灵状态只有在把那种自然的外表作为它的图像提供出来时，才能被描摹出来。"② 值得注意的是，布莱恩特在诗歌创作的后期，也从宗教的角度关注城市。国内有学者认为："布莱恩特对自然的定义不仅仅限于天然的自然界，也包括人工建筑的城市。在英国浪漫主义诗歌传统中，诗人对人工化的城市有两种截然不同的态度。一种认为城市是自然的一部分，所以自然的美与恬静也可以在城市中发现；另一种观点认为城市是丑陋和罪恶的象征，与自然秩序绝对相悖。布莱恩特继承前者的诗歌传统，认为城市也是圣灵之所在，所以人与上帝的交流不仅仅在原始状态的森林，也可以在人口众多的城市。"③《城市颂歌》("Hymn of the City")就表现出这一主题："不仅仅在孤独无助时，/ 与上帝交流对话；/ 不只是在荒野森林中，/ 见到阳光灿烂的山谷和神明，/

---

① R. F. 纳什："大自然的权利"，载鲁枢元主编《精神生态与生态精神》，海口：南方出版社，2002 年，第 451 页。

② Ralph Waldo Emerson, "Nature." *The American Tradition in Literature,* Vol. I. Eds. George Perkins and Barbara Perkins, ninth edition. New York: McGraw-Hill College, 1999, p. 889.

③ 张冲主撰，刘海平、王守仁主编：《新编美国文学史（第一卷）》，上海：上海外语教育出版社，2000 年，第 270 页。

听到神明的声音,/与轻风同语,/与海浪同舞。/在城市里,我见到上帝的脚步,/在城市里,在熙熙攘攘的人群中,/整个伟大的城市/发出时而低沉、时而高亢的声音……/金色的阳光/来自苍穹,神明就在那——/无限的天空。/……/当巨大而无助的城市进入梦乡,/人们听到了上帝轻轻的呼吸!"① 在布莱恩特看来,上帝不仅存在于人们的心里,而且存在于山川大地、原野森林和新兴城市的每个角落。

布莱恩特诗歌中的人生与自然:
《致水鸟》的人生感悟

在19世纪前半叶以布莱恩特为代表的美国浪漫主义诗人中,"一部分诗人从自然中寻求艺术创作灵感,从上帝创造的灵的世界寻求生活永恒"②。这一类诗人"以探索大自然的方式探索人生存的本质,以探索外部的自然世界来理解人的内心世界,以赞扬自然的美来赞扬上帝所创造的美。……他们着重表现自然与灵魂的和谐关系,表现人类接近自然,从自然中寻求教诲的探索过程,……主张借物言志,通常表现自然与人类灵魂的伟大,情调比较乐观、宏大"③。这一类作品反思当时人类的生存状况,记录那个时代精神探索的轨迹。

《致水鸟》一诗曾被马修·阿诺德(Matthew Arnold)称为"英语中最完美的短诗"④。在浪漫主义诗歌中,大自然成了主角。这首诗可以说是一个典型的例子。布莱恩特通过一只水鸟试图阐发自然之美以及人与自然"天人合一"的环境思想,同时,"作者先是描写外界景物,然后直接联系到自己,联系到人类,并将人与自然融为一体,以自然规律来感染自己,

---

① 诗歌来源: The Project Gutenberg EBook of Poems by William Cullen Bryant Release Date: July 21, 2005 [EBook #16341]. http://www.pgdp.net.
② 张冲主撰,刘海平、王守仁主编:《新编美国文学史(第一卷)》,上海:上海外语教育出版社,2000年,第259页。
③ 同上书,第260页。
④ 杨岂深、龙文佩:《美国文学选读(第一册)》,上海:上海译文出版社,1985年,第97页。

来告诫人类，从而为自己寻求精神上的慰藉和超脱，为自己带来安宁的心境和积极乐观的人生观"①。诗歌如下：

露滴儿正在凝坠，/ 行将退去的白昼使天际辉煌，/ 你在一片玫瑰红中孤独远飞——/ 你要去什么地方了？/ 也许，猎鸟的人 / 正看着你远飞，但没法伤害你——/ 只见满天的红霞衬着你身影——/ 而你呀飘逸远去。/ 你想要飞往何处？/ 要觅杂草丛生的、泥泞的湖岸？/ 寻起伏的波涛拍打着的滩涂？/ 要找江河的边沿？/ 在那无垠的长空，/ 在渺无人迹的海滨和沙漠上，/ 有神明关切地教你孤身前进，/ 使得你不会迷航。/ 你整天扑着翅膀，/ 扇着高空中冰冷的稀薄空气，/ 尽管疲乏的你看到暮色已降，/ 却不肯光临大地。/ 这辛苦不会久长，/ 你很快会找到一个歇夏的家，/ 在同伴间欢叫；你荫里的窝上，/ 芦苇将把腰弯下。/ 你的形象已消失，/ 深邃的天吞没了你；但我心上，/ 却已留下了一个深刻的教益，/ 它将很难被遗忘：谁教你南来北往，/ 指引你穿越长空、直达终点处，/ 也会在我的独自跋涉的征途上 / 正确引导我脚步。②

中国古诗《天净沙·秋思》中有枯藤、老树、昏鸦的自然意境，诗人表现的情感和他所描写的景物二者之间水乳交融，在情感色调上有一丝凄凉；在地理文化意义上，它有清冷和荒凉的意蕴。《致水鸟》中有相同的意境：落日、晚霞和飞鸟。具体的意象和背景描写让读者感到诗人的困惑和迷茫，也让人联想到自己人生的处境。夕阳西下，一只水鸟独自飞行在高空中，绯红的天空中还有"露滴儿正在凝坠"。诗人问道"你要去什么地方了？"在茫茫的苍穹中，在芸芸众生的大千世界里，鸟儿 / 诗人 / 读者在追问自己的方向和自己的位置。淳朴自然的意境"有意凸显水鸟，并把自己比作那只孤独的水鸟，不仅孤独，还不知何去何从，对未来充满

---

① 莫莉莉："献给自然的歌：比较菲利浦·弗伦诺与威廉·柯伦·布莱恩特的两首自然诗"，《四川外语学院学报》，1999年第2期，第6页。

② 黄杲炘译，出自苟锡泉编《美国主要诗人作品选介》，上海：上海外语教育出版社，1990年，第348页。

了不确定性"①。据称，诗人写此诗歌时正处在人生的迷茫时期，当时他刚刚开始律师生涯，更没有从事后来的新闻工作，"不知在这个大千世界中自己将走向何方"②。诗人有感而发，遇景抒情，完全在情理之中。在漫天的晚霞映衬下，鸟儿的形象令我们羡慕。它高高地飞翔，猎人对它毫无办法。诗人似乎在暗示，人不如鸟，因为再高明的猎人也伤害不了这一飞翔的水鸟。在大自然面前，人类往往显得苍白无力，而鸟儿却能在自然界中自由远行。诗人突出了爱护自然、与自然和谐相处的意义。

诗人连续提问，追问水鸟飞行的目的地。水鸟的目的地不是繁华的城市或其他舒适的地方，而是大自然中的湖岸和滩涂等。诗歌同样强调了自然与宗教的主题。诗人对鸟儿说："有神明关切地教你孤身前进，使得你不会迷航。"诗人用首字母大写的 Power 来指上帝。有神的指引，水鸟不仅能摆脱猎人的射杀，而且在独行的情况下不迷路，在浩瀚的天空和无边的沙漠中对目的地充满信心。布莱恩特"通过描写一只水鸟，告知人们一个守护神正指引它在无边无际的天空飞翔而永不迷失方向；诗人由此联想到那个守护神也同样在引导诗人自己包括读者正直不阿地走过人生道路"。③所以，人，是否更加需要上帝的指引，更加密切地和自然融合在一起？诗人虽然没有提出问题，但读者情不自禁要问："暮色已降"（dark night is near）象征什么？为何飞鸟"不肯光临大地"（stoop not to the welcome land）？诗人是否在暗示自己的奋斗和努力。此处的意境，不禁使我们想起弗罗斯特的名句"还要赶多少路才安眠"（And miles to go before I sleep）。接下来诗人指出水鸟辛苦飞行的时间不会太长久，因为它将找到安息的家。同伴将加入它的飞行行列，迎接它的还有那阴凉的鸟窝。总之，自然界的伙伴使它不再孤独。接下来诗人的语调显得越来越伤感，似乎暗示着悲剧即将发生："你的形象已消失"和"深邃的天吞没了你"是否

---

① 王学鹏、文晓华："从认知诗学的角度来解读威廉·卡伦·布莱恩特的《致水鸟》"，《名作欣赏》，2013 年第 3 期，第 29 页。
② 张冲主撰，刘海平、王守仁主编：《新编美国文学史（第一卷）》，上海：上海外语教育出版社，2000 年，第 258 页。
③ 董衡巽、朱虹编著：《美国文学简史（上册）》，北京：人民文学出版社，1986 年，第 57 页。

暗示水鸟不再存在？是否因为自然如此强大，而离群的水鸟终究逃不过一劫？为什么诗人说他的心上留下了被遗忘的教训？作为一个孤独的个人，我们是否都应该尊重自然、服从自然的安排？

在最后，诗人似乎明确表明了这首诗歌的主题或哲理所在。鸟儿长途跋涉，尽管有神明指点，还是一路艰辛，试想人的一生不也是如此吗？全诗用第二人称"你"（thou）称呼水鸟。在最后一节的倒数第二行诗人提到"我"，并且强调"我"独自跋涉在征途上，"我"的脚步需要正确的引导。显然，诗人通过水鸟的飞行来借鸟言志，将自然界的美与人生真理有机地加以综合，表达自己的人生经历以及对人生的理解和看法："生活中不免会有失意，会有困惑，然而正如这只水鸟，在迷茫之中不懈地努力与探索，终会找到出路和归宿……布莱恩特正是从这只水鸟的身上感受到神灵的力量……他认为自然界不仅仅向人们揭示物质规律，而且也启示了道德真理。"[①] 从生态环境的角度看，19世纪生产力的发展推动了科学技术的进步，人类渴望征服自然的欲望也愈加强烈。布莱恩特《致水鸟》的另一层意义在于，诗人主张消除人与自然之间的对立。如果我们把自然看作是与我们相分离的，那么我们就会成为孤立的个人；如果我们能够换一种思维方式，用一种新的眼光看待自然，认为它具有一种我们也具有的秩序，我们就会感觉到自己与自然融为一体了。布莱恩特的这一自然思想与爱默生的自然观一致。爱默生所提出的以直觉和顿悟的方式而达到人与自然的结合，其实是一种主张人与自然相互融合的整体主义的生态自然观。

从事新闻环境保护事业的自然诗人

布莱恩特是一位"杰出的从事新闻环境保护事业的自然诗人"[②]。国内

[①] 莫莉莉："献给自然的歌：比较菲利浦·弗伦诺与威廉·柯伦·布莱恩特的两首自然诗"，《四川外语学院学报》，1999年第2期，第6页。

[②] Michael P. Branch, "William Cullen Bryant: The Nature Poet as Environmental Journalist." *ATQ*. Sep 98, Vol.12, Issue 3, p. 185.

外在介绍布莱恩特的生平时,都会提到这样一个事实:在美国文学史上,布莱恩特首先是一名杰出的诗人,除了写诗,他还从事律师和新闻工作。1821年出版第一部《诗集》后,他把主要精力放在新闻工作以及其他政治事务上(包括环保事业),尽管他依然坚持写诗。可以说,布莱恩特在美国的影响很大程度上和他从事的新闻事业有关。

美国文学史上许多著名作家都做过记者或者新闻工作者,19世纪和20世纪初的著名作家中,惠特曼、布勒特·哈特(Bret Harte)、马克·吐温(Mark Twain)、安布罗斯·比尔斯(Ambrose Bierce)、斯蒂芬·克莱恩(Stephen Crane)、杰克·伦敦(Jack London)以及西奥多·德莱塞(Theodore Dreiser)等都有从事新闻工作的经历,都和新闻事业结下了不解之缘。从1829至1878年,布莱恩特在近50年的时间里担任《纽约晚报》主编。当时的报纸已经成为美国人了解各类信息的主要手段。布莱恩特利用报纸的影响力以及自己作为主编的身份,宣传自己的政治理念及文学思想。1850年左右,他已经是美国最有名的报刊作家之一。[1] 他的写作几乎涉及他那个年代所有的大事,包括当时的总统安德鲁·杰克逊(Andrew Jackson)的经济外交政策、墨西哥战争(The Mexican War)、美国吞并得克萨斯、美国奴隶制度、美国内战、内战以后的南部重建、美国城市化运动、妇女权利等等。他利用报纸这个阵地,利用主编的身份,通过自然写作的方式,在关注上述国家大事的同时,歌颂美国自然环境中的山山水水,并从美学、文化和精神等方面,提倡环境教育和环境保护。

布莱恩特认为诗歌是一种联想艺术,它用象征而不是直接模仿生活的方法来激起读者的想象,把握读者的感情,唤起他们满怀激情地去行动。他歌颂美国大好河山,把美国的山山水水作为美国文化的源泉,体现了他的民族文学思想。19世纪初的美国文学依然呈现出两大趋势:一是模仿欧洲文学,在内容和风格上摆脱不了欧洲文学的影响;二是极力想开创美

---

[1] James Boylan, "William Cullen Bryant." *Dictionary of Literary Biography: American Newspaper Journalists, 1690-1872* (vol.43). Detroit: Gale, 1985, p. 85.

国本土的文学创作风格，使文学具有明显的美国特色。也就是说，美国不仅要在政治、经济、军事和外交等方面独立，也要在文学和文化等方面独立；美国要有自己的民族文学，要体现自己的文化民族性。他主张从国外的浪漫主义流派同龄人那里学习自由创作的态度，坚持在自己的国家里把文学运动从模仿引向创新。布莱恩特曾批评美国诗歌"带有隐私病态的、做作的特征，模仿英国某些去世的诗人"①。他认为，要避免"卑屈的、奴性的模仿或抄袭"，就必须关注美国本土的自然环境，必须把美国的自然环境作为重要的文化和文学创作源泉。1824年，他在评论凯瑟琳·塞奇威克（Catherine Sedgwick）的小说《红杉》（Redwood）的书评中指出："美国小说家应该面对富饶而广阔的美国田野，……因为它们具有独特的庄严与美丽。"②他曾经预言，美国大地的自然风光将激发美国独特的历史和文学传统，大自然是文学创作的源泉。他认为这种新的文化表述模式将"促使美国作家与每一座山、每一片树林、每一条河流以及每一条小溪心心相印，息息相通"③。布莱恩特一贯坚持自己的创作原则，即"一切诗歌素材皆在自己的祖国内"④。董衡巽和朱虹等在《美国文学简史》中这样写道："他强调在诗歌中描写自己熟悉的乡土景色。有一次他批评他的弟弟不该在诗歌中讴歌夜莺，他说：'夜莺是英国的鸟，你又没有见过，怎能为它而激动呢？'他宁可写自己家乡的湖面上常见的水鸟和在森林中散步时碰见的野花。"⑤

布莱恩特早期的自然诗歌，包括前面已经讨论的《死亡随想曲》《黄香堇》《致水鸟》以及《森林入口处题词》等等，大多发表在《北美评论》（North American Review）上。另外，他在《闲人》（Idle Man）上发表了《绿色河流》（"Green River"）、《散步夕阳下》（"A Walk at Sunset"）、

---

① William Cullen Bryant, *Prose Writings of William Cullen Bryant,1884*, 2 vols. Ed. Parke Godwin. New York: Russell & Russell, 1964, 1:54.
② Ibid., 2:352.
③ Ibid., 1:25.
④ Ibid., 1:34.
⑤ 董衡巽、朱虹等编著：《美国文学简史（上册）》，北京：人民文学出版社，1986年，第56页。

《冬日风景》("Winter Scenes")以及《西风》("The West Wind")等，也有不少发表在《纽约评论》(New York Review)、《美国文学报》(United States Literary Gazette)以及《大西洋月刊》(The Atlantic Monthly)等著名刊物上。布莱恩特通过在各大报纸杂志发表诗歌，大大提升了他的诗歌影响力；反过来说，其中的自然诗歌也大大影响了美国人民，它们向美国人民传递了这样一个信息，即美国广袤的自然是美国文化的一部分。

1829年布莱恩特担任《纽约晚报》主编。他从一开始就秉持的办报宗旨之一是为读者提供环境教育。上文提到，布莱恩特在报刊上发表了他的大部分诗歌。除了发表诗歌，他在报纸上发表了大量书评、书信和社论。可以说，他对早期美国环境教育的贡献表现在他的书评、书信和社论三个方面。通过书评向读者介绍自然历史；通过书信（主要是向《纽约晚报》发回的旅游书信）向读者介绍国内外风景胜地，提醒读者破坏自然资源所带来的危害；他的社论涉及重视本土、建立国家公园以及森林保护的重要性。[①] 他的书评涉及的专业著作包括《南卡罗来纳州农学交流》(Communications of the Agricultural Society of South Carolina)、《试论地球水资源的自发流向》(An Essay on the Art of Boring the Earth for the Obtainment of a Spontaneous Flow of Water)以及《美国北部及中部植物群分布概略》(Compendium of the Flora of the Northern and Middle States)等。

布莱恩特一生曾在美国国内和欧洲多国广泛旅行。他是一个不知疲倦的旅行者，几乎走遍美国。所以，世人只知道他是一个诗人，一个描写自然的诗人，很少有人知道他还是一个献身环保事业的新闻人士。旅行途中他一直坚持写作旅行见闻并且以书信的形式寄到《纽约晚报》发表。这些书信最终结集出版，分别是《旅行者来信》(Letters of a Traveler, 1850)、《旅行者来信之二》(Letters of a Traveler. Second series, 1859)和《东方

---

① Michael P. Branch, "William Cullen Bryant: The Nature Poet as Environmental Journalist." *ATQ*. Sep 98, Vol.12, Issue 3, p. 190.

来信》(*Letters From the East*, 1869)。[①] 在国内旅行时,他一方面向读者描述美国风景的动人优美,激发国民的爱国热情和民族意识,一方面提醒人们美国大地广袤荒野的不断消失及其带来的危害。他曾经一日步行 40 英里去探索并报道富饶的美国荒野状况。正是通过布莱恩特,美国民众了解了美国中部大平原、东北部新英格兰佛蒙特州的山脉、美国佐治亚州的河流沼泽地以及佛罗里达州的珊瑚和珊瑚礁等等。布莱恩特的书信文笔优美,他关于草原小狼、鲟鱼、鳄鱼、铜头蛇、野生水果、棕榈树的描写深深地吸引了市民,增强了老百姓家园意识和地域归属感。他认为这些荒野与动物是美国文学创作的基本素材,也是美国文化的特色所在。

这里有必要提一下布莱恩特的旅行书信。1850 年布莱恩特出版《旅行者书信:欧洲与美国见闻录》(*Letters of a Traveler: Notes of Things Seen in Europe and America*),记录了诗人从 1834—1849 年之间在美国本土和欧洲的旅行经历及感想。1834—1835 年,布莱恩特在意大利、法国和英国等地旅行,记录了在比萨、佛罗伦萨、巴黎以及伦敦等地的所见所闻。1845 年 6—10 月,重回欧洲,到了爱丁堡、都柏林、罗马等地。1849 年,诗人还去了古巴,详细记载了在哈瓦那的旅行经历。1843—1849 年,诗人主要在美国国内旅行,所游历的地方主要集中在美国东部、东南部和东北部新英格兰地区。[②] 所到之处,诗人除了描写风俗人情等内容外,一直关注各地的自然风光,自然描写比较突出。例如,在 1843 年 3 月 6 日的书信(Letter X: A Journey from Richmond to Charleston)中,诗人写道:"黎明时分,在北卡来纳州北部到处是一望无边的松树林……在寒风中发出呼呼的声音。"诗人发现许多松树由于树质不好,被大量毁掉,留下了无数的树桩。诗人还发现,当地居民对建造住宅的环境非常重视。"每家

[①] Michael P. Branch, "William Cullen Bryant: The Nature Poet as Environmental Journalist." *ATQ*. Sep 98, Vol.12, Issue 3, p. 191.

[②] 资料来源: *Project Gutenberg's Letters of a Traveller, by William Cullen Bryant*. Release Date: February 9, 2004 EBook, ISO-8859-1, p. 11.

每户独立而建。院子里树木葱葱,寒冷的天气中随处可见鲜花盛开。"①

他的旅行书信还关注地方色彩和边疆风俗,提醒人们人类的工业行为已经威胁到了非人类生命的生存。1843年,他从南卡罗来纳州寄到《纽约晚报》的书信中警告说,人们为获取松脂而大量砍伐松树"是地道的破坏行为",因为这不仅会造成长叶松几乎绝种,而且还会导致水土流失。(Letter 79) 1846年他曾在五大湖流域乘船旅行,发现白人在湖里设置的拖拉大围网不仅损害了鱼类的生长,而且严重影响了当地印第安人的生存能力。(Letter 282)他的一些书信带有哀歌色彩,描述了土地的大量流失。1846年的一封书信揭示了美国密歇根州马基诺岛(Mackinaw Island)森林和荒野遭受破坏的状况:"原始的荒野和树林中间正在不断出现纵横交错的公路,到处是房屋和厂房。不久的将来人们会对此深感懊悔。"(Letter 302)②

布莱恩特利用书评和书信关注自然,宣传环保思想。他的社论同样离不开这一主题。如果说他的书评和书信主要是以对自然与环境的描述为主,他的社论则是以说服读者加强环保意识和宣传环保改革为主。他不时提醒读者,为了人类社会的发展,有必要从美学和精神角度来保护某些自然区域。1842年前后,他利用《纽约晚报》作为阵地,大力宣传在纽约市建立城市公园(urban park)的重要性,并发起了城市绿化运动。他建议城市中应该尽量保存一些自然的原始风景和地貌。布莱恩特是第一位提出建立公园(public park)的人士。1844年他在《纽约晚报》一篇题为《一种新型的公园》社论中呼吁,公园"能提供广阔的娱乐空间,供人们消遣和休息。公园里的道路两旁可以栽种各类树木,使之成为'一片美丽的森林地'(beautiful woodland)"。针对环境问题,他警告说:

> 我们正在沿着岛屿建造一座泥泞不堪的码头。我们应该留出一小部分岛屿不受码头的影响,一个起码能让纯净的潮水流动的地方,让

---

① 资料来源: *Project Gutenberg's Letters of a Traveller, by William Cullen Bryant*. Release Date: February 9, 2004 EBook, ISO-8859-1, pp. 43-44.

② Ibid., pp. 70-89.

> 海边古老的岩石保留其原始的风貌。商业和贸易在不断蚕食岛屿的海岸,为了健康地生存,该是我们行动的时候了。①

在布莱恩特的倡导下,1853年纽约州通过法案购买土地建造纽约中央公园,此举不久被其他州效仿。至19世纪中叶,大多数美国城市拥有一个或多个城市公园。布莱恩特称这些公园为"城市之肺"。他强调,城市公园是城市的起居空间,它有助于陶冶市民的情操,提高市民的整体素质,是一种独特的大众文化。城市公园是城市中最具自然特性的场所,它所具有的大面积绿化,在改善环境污染状况、有效维持城市的生态平衡等方面具有重要的作用。这些都和布莱恩特作为一名新闻工作者的身份是分不开的。

---

① William Cullen Bryant, *Representative Selections*. Ed. Tremaine McDowell. New York: American Book Co., 1935, pp. 319-320.

第四章

《杜鹃花》与爱默生的自然思想

《杜鹃花》是拉尔夫·沃尔多·爱默生（1803—1882）创作的众多自然诗歌中的一首。在这首十六行的诗歌中，诗人通过描写杜鹃花的生长和生存环境来反映殖民地时期北美大陆的荒野状况，并试图以杜鹃花来象征早期北美殖民地开拓者的精神和品质。诗歌中的杜鹃花是自然美与精神美的结合体，也是外在美与内在美的象征。《杜鹃花》不仅体现了爱默生在《论自然》中强调的自然的精神意义和内在价值，而且还阐述了"美为美存在"以及"人与花都是同一造物主的安排"这两大中心思想。《杜鹃花》充分体现了爱默生的诗歌特色，即诗的哲化与哲的诗化以及诗哲一体化的思想，让我们可以重新认识人与自然的关系。

爱默生是19世纪初在美国兴起的超验主义（transcendentalism）思想运动的代表。1836年他的代表作《论自然》发表，迄今为止都被认为是最经典的生态文本之一。爱默生在《论自然》中指出，自然是普遍的精神存在的产物，自然反映了精神的存在，自然也是人的精神的象征。《论自然》反映了爱默生的整体主义自然观，强调了重建一种人与自然的共存关系的必要性。从爱默生的自然观出发，我们便可重新解读人和自然的价值：在一个共同体内，人和自然既具有相互依存的工具价值，又具有各自独立的内在价值。《论自然》中表达的生态思想对于今天的环境保护事业具有明显的指导意义。

爱默生的自然诗歌同样具有生态环境意义。他创作的具有代表性的自然诗歌有《四月》("April")、《美》("Beauty")、《暴风雪》("The Snow Storm")、《自然之歌》("Song of Nature")、《两条河》("Two Rivers")、《单个与整体》("Each and All")以及《林中日记（Ⅰ，Ⅱ）》("Woodnotes", Ⅰ, Ⅱ) 等。在《暴风雪》中，诗人描写了原野上飘舞的大雪，大雪与群山、江河、树林以及天空汇成一体的壮观景象，展示了家人围坐壁炉旁欣赏石匠手艺的愉悦心情，暗示了大自然造就的艺术之魅力。《自然之歌》歌颂了大自然的威严、力量和深奥。《单个与整体》体现了爱默生诗歌中一个很重要的方面，即自然界万事万物相互联系，相互依存。诗歌开篇描绘了一幅自然界的和谐景象，在引出全诗的主题句"一切皆互相需要，/ 没有什么独自完美"之后，作者列举了三个场景，分别以空中的鸟雀、海边的贝壳和美丽的少女为例，以充满动感的画面说明了万物在宇宙间的互相联系，指出脱离了整体的个体便不复有意义。《林中日记》这两首长诗探讨了人与荒野的关系，向读者展示了发现荒野的过程。叙述者是一个梭罗式的人物，他是一个森林看管人。他与荒野为伍，与鸟儿、树林交流，对森林情况了如指掌。在一定程度上，这两首长诗是森林之歌，主题涉及自然的精神作用，特别是自然的象征意义。爱默生曾说："我之所以是一个诗人，是因为我站在它们（花朵、石头、树木等）旁边，能理解它们的话语，它们也能听到我想要说的话。"[1]

在爱默生众多的自然诗歌中，《杜鹃花》是最有代表性的一首。在这首诗歌中，"诗人围绕杜鹃花这个核心意象，从花的生存环境写起，继而写到花本身之美，再写到花之源头，展现了人感受自然、探寻自然之美的内涵"[2]。爱默生从自然中选取意象并借助自然意象折射自己的超验主义哲学思想，正如他本人所说："造就一首诗的不是韵律，而是催生韵律的主题（metre-making argument），即充满激情、生气勃勃的思想。"[3]《杜鹃花》体

---

[1] David A. Galens, "Overview: 'The Rhodora.'" *Poetry for Students* 17: 198-200.
[2] 齐聪聪："论爱默生诗中的自然之美与'超灵'的启示：以《杜鹃花》为例"，《外文研究》，2017年第4期，第48页。
[3] 爱默生：《爱默生集：论文与讲演录（上）》，波尔泰编，赵一凡等译，北京：生活·读书·新知三联书店，1993年，第499页。

现了爱默生诗歌的特色,即诗的哲化与哲的诗化以及诗哲一体化的思想。本章试图以他的《杜鹃花》为例,探讨爱默生在自然诗歌中表达的自然思想。

The Rhodora
On being asked, whence is the flower.

In May, when sea-winds pierced our solitudes,

I found the fresh Rhodora in the woods,

Spreading its leafless blooms in a damp nook,

To please the desert and the sluggish brook.

The purple petals fallen in the pool

Made the black water with their beauty gay;

Here might the red-bird come his plumes to cool,

And court the flower that cheapens his array.

Rhodora! if the sages ask thee why

This charm is wasted on the earth and sky,

Tell them, dear, that, if eyes were made for seeing,

Then beauty is its own excuse for Being;

Why thou wert there, O rival of the rose!

I never thought to ask; I never knew;

But in my simple ignorance suppose

The self-same power that brought me there, brought you.

杜鹃花
有人问:此花来自何处?

五月的海风刺穿了孤独的大陆,

森林中竟有一片片盛开的杜鹃。

瞧那潮湿幽暗的角落,只见花儿朵朵无绿叶,

你在讨好这荒芜大地,取悦那懒散的溪水。

紫色的花瓣散落在小溪中,

墨色的池水更显美丽娇艳。
　　红鸟飞临，试以溪水净羽翼，
　　花羞红妆，雀表爱意诉衷肠！
　　杜鹃花，圣贤哲人询问，
　　天地之间你为何徒然耗损惊艳魅力？
　　亲爱的，请告诉他们：
　　眼为视而生，美为美存在！
　　敢与玫瑰竞色，在此无需理由。
　　我从不知晓，也不敢追问。
　　我满足于朴素的无知，
　　人与花都是同一造物主的安排！①

诗歌的背景是，春日的某一天，诗人来到一片荒野之地，忽见一丛盛开的杜鹃花。鲜花的清新美丽特别是它那在寒风中表现的强大生命力使诗人惊叹不已，有感而发。副标题"有人问：此花来自何处？"本身就是一个哲学问题，指出了自然的本源。全诗共16行。前8行为描述（descriptive），后8行是反思（reflective）。前8行诗人首先描写殖民地时期北美大陆的荒野状况，以突出杜鹃花生长和生存的环境，同时也以杜鹃花代表早期开拓者建设北美大地的精神和品质，因为五月的海风或许使读者想到了"五月花号"上的第一批移民。"海风刺穿了孤独的大陆"暗示了早期移民所面临的艰苦的生存环境。然后，诗人笔锋一转，展示了荒野中一片盛开的杜鹃花。诗人犹如一名摄影师，镜头由远而近，采取拟人手法对花儿进行特写：盛开的鲜花只见花朵不见绿叶，衬托杜鹃花的茂盛和鲜艳。花儿讨好荒芜大地，取悦溪水，暗示了她和谐友好的生存态度。"紫色的花瓣"来说明她的妖艳和美丽以及她"红得发紫"的自然状态。散落在小溪中的花瓣使水池在花儿的映衬下显得像一幅水墨画；"black"

---

① 英文诗歌出自：Ralph Waldo Emerson, "Rhodora." *The American Tradition in Literature,* Vol.I. Eds. George Perkins and Barbara Perkins, 9th edition. New York: McGraw-Hill College, 1999, p. 873.

一词此处应该理解为"墨色"而非"黑色",暗示此景如一幅水墨画,以突出诗意。接下来诗人以红鸟求爱来进一步突出杜鹃花的不同之处。高傲的红鸟一身红妆,自以为是天下最俊的雄性动物,没想到遇见杜鹃花后态度急转直下,立刻心生爱意诉衷肠。诗人在这里也借红鸟表达了自己对杜鹃花的心仪之情。在后 8 行中,诗人通过"圣贤哲人询问"、"敢与玫瑰竞色"、我的"朴素的无知"等深刻的哲理性阐述来强调杜鹃花所代表的精神内涵及其哲学意义。诗中的"紫杜鹃"是普遍意义上的自然的一个象征物,"我"则可以被概括成人类的代表。尾句"人与花都是同一造物主的安排!"意为人类与自然界万物平等,人类的存在和紫杜鹃的存在都是上帝的安排,都是上帝意志的反映,表达了诗人的宗教自然观以及诗人的"泛神论"思想。

《杜鹃花》首先体现了以爱默生为代表的浪漫主义诗人对荒野的重视。在北美寒冷的五月里,在早期北美的荒野之中,读者发现具有顽强生命力的杜鹃花吸引了爱默生的视线,杜鹃花成了一个动人而美丽的目标。诗人不是有意来到这里与花儿相遇,他们是偶然相遇。爱默生的时代,美国依然是一个以荒野为主的大陆。和其他浪漫主义作家一样,爱默生对北美早期的荒野也情有独钟。"荒野"这一概念在美国环境思想史上有着重要的意义。爱默生和梭罗历来强调荒野的意义。自新大陆被发现以来,北美这片荒野所具有的空旷和富饶吸引了大批来自欧洲和其他地方的"美国梦"追梦者。对他们来说,北美大陆不同于古老的欧洲大陆那片已经被滥用的土地,她充满活力,生机勃勃,因为荒野预示着一种新生的机遇。正如美国自然诗人布莱恩特所强调:"这是荒漠中的花园,这是未加修整的原野,无边无际,美丽动人,对此英格兰的语言尚无名称。"[1] 同时,这又是一片陌生的土地,意味着人们必须一切从头开始,去认知这个新的自然环境,在孤寂和荒野中求得生存和发展。18 世纪初美国主流文学的内容之一就是

---

[1] Howard M. Jones, *Belief and Disbelief in American Literature*. Chicago: The University of Chicago Press, 1967, p. 30.

以文字建构"美国——自然之国"。① 19世纪初，爱默生、梭罗、惠特曼以及梅尔维尔等浪漫主义作家，更是提倡以新大陆的自然对抗旧大陆的历史，以纯朴天然的大地神话激扬国家自尊，建构美国文化的基础。相对于欧洲大陆那些过于造作迂腐的花园景观，美国未经开发的原始大陆，象征着自由、纯朴、无尽的希望、机会以及美好的未来。②

诗歌首行中的 solitudes 一词，不仅描述了当时的荒野状况，还体现了爱默生所推崇的隐逸生活方式。古今中外的许多学者，特别是一些自然作家，都以自然山水作为主要描写对象和审美对象，把隐逸作为寻找精神家园的方式，在隐逸中崇尚自由闲适的生活，在孤独中品味"天人合一"的境界。爱默生说过："一个人要想达到真正的隐逸，他就得既从社会中退隐，又从他的居室退隐。"③ 孤独和沉默是一个真正的学者熟悉自己的思想、表达自己的思想的生活态度。"那种崇高的、富有人性的、正义的思想，是上帝要求你必须具备的东西，可它只有经过独处才能得到，而不是人群赋予的启示。"④ 在这里，爱默生所说的"独处"不仅仅限于封闭在某个地方，不仅仅能够自得其乐，感觉到万物皆备于我，更重要的是精神的独处，自然带来的精神意义在此可见一斑。

诗歌中的杜鹃花是精神美与自然美的结合体，是精神美和自然美的象征。杜鹃花生在荒野与森林之中，周围是刺骨的海风、幽暗的树林以及孤零零地流淌着的小溪。然而，羽衣华贵的红鸟向她求爱。诗人也以拟人化的口吻向她表达敬意，称呼她为"亲爱的"，并且认为她的美丽足以与玫瑰竞色。在爱默生的眼里，杜鹃花作为自然界的精华，是美的化身，是美的反映。"人类创造的每一个名词都可以从自然界中找到它相对应的形象。人类在自己的个性和思想当中，以一种或愁或喜的方式复制着自然界的万

---

① Perry Miller, *Errand into the Wilderness*. New York: Harper & Row, 1956, p. 210.
② 朱新福："论早期美国文学中生态描写的目的和意义"，《解放军外国语学院学报》，2004年第3期，第72页。
③ 爱默生：《自然沉思录》，博凡译，上海：上海社会科学院出版社，1993年，第4页。
④ 爱默生：《爱默生集：论文与讲演录（上）》，波尔泰编，赵一凡等译，北京：生活·读书·新知三联书店，1993年，第117页。

物。大自然就是人类生活的一本巨幅画册，画册中的每一个事物都是人类生活的一种反映。"① 万物作为宇宙的一部分相互联系着，尽管千姿百态，"最终必然统一为一体"。②

爱默生在诗中不仅要让读者看到杜鹃花的外在美，而且要展示她的内在美。这种"内在价值"，是自然的内在"美"，也是爱默生在《论自然》中提到的自然的精神意义和价值。"每一种自然现象都是某种精神现象的象征物……在自然界的背后，浸透着自然界的一种精神的存在。"③ 长期以来，人们重视的是自然界比如广大的原始森林所提供的实用价值，因为它是人类赖以生存的先决条件和物质资源。在此我们不讨论爱默生如何看待自然的人性、神性和物性，但爱默生则要人们用全新的眼光看待自然，撇开实用价值，捕捉其灵性；他认为整个自然界本身就是神对人的启示；自然有其神性，这种神性是自然的内在价值、意义和目的的象征。他强调："自然界就是思想的化身，又转化为思想……每一种存在物都时刻在教育着人们，因为一切存在形式都注入了智慧。"④ 在《论自然》第七章中，爱默生更加明确指出："我们领略到精神在创造着，在自然的后面，自然的各部分中都有精神；……这精神，这'最高的存在'，并不在我们周围形成自然，而是通过我们促发自然，犹如树上的生命从老树枝的空隙中抽发新枝；犹如植物立于大地之上，人栖息在神的胸上；他被源源不断的泉水滋养着，随其所需地汲取着不竭的力量。"⑤ 爱默生在这里区分了什么是精神、什么是灵魂以及灵魂与身体的关系。在爱默生看来，精神体现出爱、美以及力量，精神是爱、美以及力量的统一体。

《杜鹃花》除了传达自然是精神的体现这一重大主题，还体现了"美为美存在"（beauty is its own excuse for Being），以及"人与花都是同一造

---

① 爱默生：《不朽的声音》，王久高、李双伍译，北京：当代世界出版社，2002年，第291页。
② 同上书，第290页。
③ Ralph Waldo Emerson, "Nature." *The American Tradition in Literature,* Vol.I. Eds. George Perkins and Barbara Perkins, 9th edition. New York: McGraw-Hill College, 1999, p. 873.
④ Ibid., p. 891.
⑤ Ibid.

物主的安排"(The self-same Power that brought me there, brought you)这两大中心思想。浪漫主义提出的口号之一就是"真就是美,美就是真"。在爱默生看来,自然之美也指向一种精神的或道德的要素,因为"美是上帝赋予美德的标记"。① 爱默生的超验主义包含着世界的整体性和统一性的美学思想,正如他所说的那样:"一片树叶、一滴水、一块水晶或一段时光,无不牵涉到整个世界,并且有助于整体的完美。"② 在华兹华斯等浪漫主义诗人看来,诗人心中常常有三层意识:第一层是上帝的灵魂,第二层是大自然的灵魂,第三层是人类的灵魂。③ 大自然是联系上帝和人类的纽带,它不仅具有神性,也具有理性和人性。自然是神性、人性、理性的结合体。④ 在爱默生看来,世界不是多种力量的产物,而是一种意愿,一种信仰的产物。这种信念无处不在,它在每一束星光里,它在池塘的每一个涟漪里;……一切皆出于此,一切又都仰仗于此。他在《论自然》中指出,自然"它是上帝的更遥远、更低级的化身,是上帝在无意识中的投射"。⑤ 认为自然是上帝的化身是符合当今生态伦理思想的。大自然作为上帝创造的一部分,"对上帝来说,自然中的所有事物都具有内在价值。上帝关注的是自然中所有的事物,有生命的和无生命的,人类和人类之外的,动物和植物"⑥。我们可以从这一同时具有生态学和神学色彩的前提中推出这样的生态伦理规范:不负责任地毁坏我们这个整体性的相互关系的环境,就是犯了破坏上帝所创造的这个世界的结构的罪过,这是从宗教角度谴责污染环境和掠夺大自然的行为的又一根据。可见,爱默生的生态自然思想对今天教会介入环境保护运动、倡导"绿色宗教"具有重要的指导意义。

---

　　① 爱默生:《爱默生集:论文与讲演录(上)》,波尔泰编,赵一凡等译,北京:生活·读书·新知三联书店,1993年,第17页。
　　② 同上书,第33页。
　　③ 参见孙益敏:《自然是一首失传的诗》(硕士论文),2009年。上文提及的《爱默生集:论文与讲演录(上)》亦转引自该论文。
　　④ 参见孙益敏:《自然是一首失传的诗》(硕士论文),2009年,第23页。
　　⑤ Ralph Waldo Emerson, "Nature," *The American Tradition in Literature*, Vol.I. Eds. George Perkins and Barbara Perkins, 9th edition. New York: McGraw-Hill College, 1999, p. 891.
　　⑥ R. F. 纳什:"大自然的权利",载鲁枢元主编《精神生态与生态精神》,海口:南方出版社,2002年,第451页。

诗歌的最后一行"人与花都是同一造物主的安排"这一重要主题说明了上帝与自然的关系，也暗示了爱默生的宗教自然观，即众生平等，天下之物，无贵无贱。根据《圣经》，上帝创造了万物。《创世记》第一章记载了上帝创造天地万物。神造万物，各从其类，万物自然生长，一切循环有序，充满和谐。《圣经》里指出，上帝赋予人类管理大自然的权利。"管理"或者"托管"（stewardship）一词意味着人是受上帝之托管理大自然，而不是大自然的拥有者。当今"托管"派生态神学思想，认为在上帝—人—自然这三者关系中，一切被造物都是上帝的财产，人是上帝委任的管家，人对包括自然在内的被造物的职责是看护和管理。把这一思想运用到人对自然的关系方面，要求人尽心尽责地为上帝管理地球。人作为自然界的一分子，与自然互相依赖，共同生存在这个世界上。由此可见，世间万物都有其存在的价值。"人与花都是同一造物主的安排"充分体现了爱默生的神、人、自然共生于有机整体之中的思想，是对"人与自然共生"的生态伦理的确认。

《杜鹃花》虽然只有短短的十六行，但是它却体现了爱默生的自然思想，表现了一种人与自然共存关系的必要性。爱默生虽然承认自然的实用价值和物质价值，但同时他坚持自然可以满足其他更高的目的，包括精神的和宗教的目的。大自然中被感知的美只是低层次的美，例如皎洁的月光、雨后的彩虹、斑斓的彩林、缭绕的云雾、壮丽的雪山、青蓝色的湖水，诸如此类，而爱默生眼里的美是更高一级的美，这种美是人类意志的体现，是上帝加之于善的标记。[①]对自然而言，善表现为自然美；对人而言，善表现为精神和道德美。爱默生自然观的核心之处在于对自然中相互依存和关联的强调，以及一种强烈的要使人类恢复到与组成地球的广阔有机体有着密切联系的位置上去的愿望。总之，自然既包括以紫杜鹃为象征的普通自然，也包括以"我"为象征的人类的精神，宇宙就是由紫杜鹃为

---

① 参见：Ralph Waldo Emerson, "Nature." *The American Tradition in Literature,* Vol. I. Eds. George Perkins and Barbara Perkins, 9th edition. New York: McGraw-Hill College, 1999, p. 876.

代表的物质自然和以"我"为代表的人类精神组成的。《杜鹃花》可以帮助我们重新审视人和自然的价值。今天，工业的发展和人类对自然的过度开发，人与自然的矛盾不断激化，爱默生的自然观让我们可以建立一种新的整体主义生态自然观的思维方式，并从自然共同体的高度在人与自然之间建立一种平等、和谐的关系，使人类能超越自身狭窄的视野，实现对非人自然的尊重。《杜鹃花》作为诗哲一体化的一首诗歌，阐述的正是关于世界、人与自然的关系的本质。

第五章

惠特曼诗歌中的民主精神与现代化意识

以生态批评理论重读经典作家和经典作品是文学研究的一个新动向。美国现代著名诗人沃尔特·惠特曼（1819—1892）在《草叶集》（*Leaves of Grass*）中通过对大自然的歌颂抒发了诗人热爱自然、回归自然的思想，《草叶集》中包含了生态思想的萌芽；而惠特曼的另一部散文集《典型的日子》（1882，又译《采集日志》或《采集生活标本的日子》）同样蕴含了深刻的生态诗学思想：自然是文学创造的源泉，诗人的使命是把大自然与人的灵魂联结起来，把常人眼中只看作物质世界和物欲对象的大自然所具有的生命气息、精神韵致和神性内涵揭示给人们，使诗歌变成大自然沟通、走近和融入人的灵魂的精神通道。《典型的日子》包含了对诗歌在人类与大自然之间生态功能的深切感悟。[①] 本章研究发现，惠特曼的自然诗歌具有明显的时代感，他的《草叶集》包含着与时代一致的民主精神、现代化意识以及国家发展意识。"现代化"作为一个宏观化的辩证理念，象征着人类文明永不停息发展进步的历史过程，是人类思想理念、价值追求的全面革新，而惠特曼的诗作作为美国发展转折时期继往开来的重要成果，充分体现了美国民主思想在工业化、城市化时代大潮之下的全新发展与演进，是美国民主精神由抽象到具象，由理想化到世俗化转变的生动例证。本章拟从当时美国发展的历史大背景入手，结合美国本土的民族文化

---

① 参见朱新福："惠特曼的自然思想和生态视域"，《苏州大学学报》，2006年第2期，第80—84页。

特征，从惠特曼的具体自然诗歌文本出发，以批判态度具体分析惠特曼《草叶集》等作品中美国民主精神的现代化表现和诗人对于未来美国民主发展的展望和期待。

惠特曼作为美国19世纪一名伟大的民族诗人，凭借他个人磅礴的气势与超凡的艺术天赋，直率地表达了真正原汁原味的美国精神。他开创的"自由体"创作手法打破了美国诗坛长期以来对于欧洲诗风的依赖与模仿，通过长短不一但却极富音乐性的诗句极大地扩充了诗歌的表现能力，将当时美国社会的发展走向淋漓尽致地表现了出来。惠特曼生活在美国工业革命逐步深入、由传统农业社会向工业社会过渡的关键时期，他的诗作抛弃了以往怀旧式的模仿欧洲大陆的古典文风，大量采用口语、方言，真正扎根于美国本土的自然与风土人情，蕴含了最为饱满的热情和最为开阔的视野，将自然、人民以及整个世界融为一体，具有极为鲜明的美国特色。他笔下的美国人形象也不再是传统的勤劳朴实、沉默坚韧的农夫，而更像是一个登高远望、信心百倍的行者，永远执着地追求着远方的风景，展现出了一种勇于探索、积极乐观的现代精神。罗纳德·英格尔哈特（Ronald Inglehart）认为"现代化概念的核心内涵是，经济和技术发展会带来大致可以预期的社会和政治变革"[1]。即经济基础、物质生活的日渐丰富同样会加速总体意识形态的现代化演进，带来精神层面思想理念的进一步更新。从当代的视角来看，现代化作为自文艺复兴以来人类社会发展的总趋势，代表着人类摆脱蒙昧、摆脱封建等级束缚，追求社会民主和谐、人民自由全面发展的时代走向。美国自建国以来一直推崇与弘扬的自由民主精神理念，在惠特曼笔下已不再那般抽象和遥不可及，这些理念在其宣言式的诗歌浪潮中与广大人民的日常生活相结合，在资本主义高速发展的时代背景之下展现出一个特殊的世俗化过程，充分表现了普通大众所拥有的神圣民主权利。惠特曼的《草叶集》及其自然诗歌，体现了美国国家现代化背景

---

[1] 罗纳德·英格尔哈特："现代化与民主"，载弗拉季斯拉夫·伊诺泽姆采夫主编，俞可平译《民主与现代化——有关21世纪挑战的争论》，北京：中央编译出版社，2011年，第131页。

之下美国民主精神的内涵以及诗人心目中美国民主融入世界发展大潮中的光辉未来。

自然诗歌与民主精神的文化根基
——美国现代化的民主国家建构

　　民主精神的发展与民主国家的建设相辅相成，密不可分。民主国家的建设作为美国民主理念的物质基础，是推动美国人民民主权利、民主理念永续发展的根本保障。故而《草叶集》历经先后多次的扩充与修订，其根本目的便在于打破束缚美国未来发展的僵化思维模式，真正将贯穿于美国建国思想中的民主理念付诸实践。惠特曼作为一个跨时代的开创性诗人，在诗作中展现其民主国家构想可谓是他毕生的心愿所在。他的诗作推陈出新，将自然书写、文化发展与政治建设三方面融为一体，为新时代下美国走向现代化历程中的民主建设指明了前进的方向。

　　惠特曼认为在大自然和谐而生气勃勃的自然意象和城市意象中处处渗透着纯粹的民主精神，故而民主国家构建与美国优美的自然景观和人文景观密不可分。在《为了你，啊，民主！》("For You, O Democracy")一诗中，诗人把民主放在大自然的背景中来展示，在"大陆""国土""河川"及"大草原"中阐释民主的含义："请听我说，我将使这个大陆不可溶解，/我将缔造太阳照耀下最光辉的人种，/我将使具有巨大吸引力的国家变得神圣，/……我要沿着美利坚所有的江河，/沿着大湖的湖岸，遍及所有的大草原，栽植像树木一样密集的友爱……"① 从人文地理学的视角而言，城市景观从某种意义上仍旧是当时当地独特自然风貌与气候条件的延展与发扬，是自然风光在人文精神、生态理念透视之下的物质形态迁移。故而唯有充分认识到原始自然景观的独特价值，正确看待人与自然之间的关系，城市景观的建设才会实现由农业文明向工业文明转化的和平过渡。

---

① 沃尔特·惠特曼：《草叶集》，赵萝蕤译，上海：上海译文出版社，1991年，第201页。

生态批评学者乔治·B.汉德利（George B. Handley）说："新的世界诗学意味着，对自然环境的健康进行美学欣赏和伦理关怀与在美洲寻求社会正义和广泛的团结互助并不冲突。"① 这一论断深刻地揭示出了维护生态和谐和推动人类民主文明社会建设相辅相成的重要联系。惠特曼的诗作中也充分发扬了这种辩证的生态发展理念。他一方面继承了以往美国田园风格的诗歌传统，以更为饱满的热情讴歌自然，讴歌那广袤无垠的荒野下壮丽恢宏的美国气度。"民主与户外的关系最为密切，只有与自然发生关联，它才是充满阳光的、强壮的和明智的，就和艺术一样。"② 在他的心目中，脱离了自然而空谈民主建设便犹如无源之水，无本之木，将会不可避免地走向停滞与衰竭。因此荒野意识在惠特曼的自然诗歌中与人文主义化的民主精神融为一体，重塑了美国伊甸园般神圣梦幻的文化氛围。在《我自己的歌》（"Song of Myself"）中，诗人通过艺术化的表达方式将自我与广袤的美国大地融为一体，巧妙地借助了大自然的浩瀚无垠来彰显他开天辟地、不畏世俗权威的精神风貌。诗人写道："信条和学派暂时不论，/且后退一步，明了它们当前的情况已足，但也绝不是忘记，/不论我从善从恶，我允许随意发表意见，/顺乎自然，保持原始的活力。"③ 但另一方面，城市作为国家走向文明、走向现代化的重要标志，在惠特曼的民主思想体系中同样不可或缺。与以往诗人憎恶城市、将城市视为生态自然的异化与反动有所不同，惠特曼的城市观显得更为辩证。"惠特曼对于城市同样保持着坚定的信念，而之前大多数先验论者都抛弃了城市，他开始让我们不再把城市看作民主的敌人，而是把它看作民主发展的根本要素"④。诗人一方面指出大城市商业化潮流对于人类完整性与自主性的破坏，另一方面却也积极肯定了城市文明对于理想美国建设的重要时代价值。曼哈顿城在《草叶

---

① George B. Handley, *New World Poetics: Nature and the Adamic Imagination of Whitman, Neruda, and Walcott*. Athens: University of Georgia Press, 2007, p. 6.
② 瓦尔特·惠特曼：《典型的日子》，马永波译，天津：百花文艺出版社，2008年，第219页。
③ 沃尔特·惠特曼：《草叶集》，赵萝蕤译，上海：上海译文出版社，1991年，第59—60页。
④ Ed Folsom, "'A Yet More Terrible and More Deeply Complicated Problem': Walt Whitman, Race, Reconstruction, and American Democracy." *American Literary History*, vol. 30, no. 3, Fall 2018, pp. 531-558.

集》中作为城市意象的集中代表,深刻反映着美国世事变化的万千气象,是美国文明与民主发展的风向标。如《曼纳哈塔》("Mannahatta")一诗中,这片原本荒无人烟的小岛在经历工业化的洗礼过后却是生气勃勃,井然有序,充满了民主的朝气:"铁制的,苗条的,强有力的,轻重/量的高建筑物,辉煌地直升到那晴朗的天空……"[1]城市文明刚健雄浑的力量美感跃然纸上,其间诗人通过对其中生活、劳动的机械工、老板以及广大青年的描绘,展现出了城市之下健康民主的人际关系。在惠特曼的眼中,城市的崛起并非意味着对于美国最初荒野精神和平等理念的背离,相反,城市作为局部地区经济与文化的中心,是新旧思想激烈交锋的战场和先进价值理念萌发的起源之所,具有很强的革新与先锋色彩。挖泥机、火车头、工人等现代化意象在他的笔下与淳朴优美的自然环境融合得天衣无缝,体现出了诗人对于现代科技力量促进文化交流、推动全人类民主事业进步重大作用的积极肯定,城市已然在无形之中成为了文明力量、民主现代化的显著标志。在《从海湾眺望曼哈顿》("Manhattan from the Bay")中惠特曼描绘了他游历曼哈顿的真切感受:"在分外蔚蓝的天空之下,金色的阳光普照,六月份的雾气缥缈于城市之上,在这里我发现绿色的树木,和所有的白色、棕色和灰色建筑结构完美地融合了起来。"[2]在这如梦如幻的氛围之下,自然景观与城市景观水乳交融,和谐共生,将田园文明与工业文明融为一体,共同构建了诗人心目中最为生动融洽的社会氛围,充满了朝气和无限的发展潜力。

惠特曼在其诗作中充分展现了生发于美国本土自然风貌中民族文学的强大魅力,将自然景观中的生命力与美国民主建设所强调的勇于变革、大胆创新的思想理念融合在一起。追崇精神自由,反对僵化体制一直是诗人反复咏颂的主题,而要想切实保证人民自我教化、自我完善的实现,诗人给出的最好方案便是师法于自然,从美国独有的自然环境中创造出伟大

---

[1] 沃尔特·惠特曼:《草叶集》,赵萝蕤译,上海:上海译文出版社,1991年,第818页。
[2] Walt Whitman. *Complete Prose Works: Specimen Days and Collect, November Boughs and Good Bye My Fancy.* London and New York: D. Appleton & Company, 1892, p. 110.

的文学作品和民族史诗,以此来指导人民领悟民主的深刻内涵。当然,惠特曼对民族文学的重视同样具有现实方面的思索与考量,是针对美国社会发展走向做出的必要反拨。一方面,伴随着美国国家政权的日益稳固,工业革命蓬勃开展,印第安人、黑人和大批欧洲移民的不同文化和生活理念交融混杂,日益促成了美国社会民族与文化大熔炉的时代走向。面对大机器生产的初步普及和美国城市化的快速发展,以往古典式的贵族文化已然无法满足时代发展的需求,以现代化的新型美国文学来反映日新月异的现代生活,增强民族凝聚力和认同感,重塑美国现代化进程中的民主发展理念已然是大势所趋。另一方面,随着亚当·斯密(Adam Smith,1723—1790)经济理论和亚历山大·汉密尔顿(Alexander Hamilton,1755—1804)所倡导的重商主义在美国发展过程中的日趋流行,华盛顿·欧文式的淳朴田园美国梦想逐步走向解体,社会风气转变所带来的生态破坏、政治腐败问题层出不穷,利益至上的发展理念给美国原本的民主理想带来了严重的腐蚀与扭曲。可以说现代化带来的物质主义的普遍强化造成了人类民主精神信仰的日渐疏离,伴随着产业化而来的便是美国阶级分化的扩大、文学的商业化以及审美视域的庸俗化趋向,消费主义的逐步兴起对于个人世界观的改变影响非常深远。正如超验主义者对当时美国的批判那般,美国人民正在逐步地丧失个体的自主性和独立的身份意识,日益成为商品化发展壮大历程中物质的附庸。针对美国道德问题、身份认同问题的日趋加重,惠特曼毫不掩饰他对于美国民主发展建设之未来的忧虑:"我们最好以审视的态度来认真看待我们的时代,就像医生诊断某种严重的疾病一样。也许美国从来都没有比现在更加空虚的时刻了。真正的信仰似乎已经离开了我们。"[①] 而要想从根源上打击拜金主义的蔓延,重新树立人民对于民主和正义事业的推崇,巩固美国民众个体的文化身份定位,大力推动民族文学的发展不啻于一剂最为有效的精神良药。"也许在任何一个民族

[①] Walt Whitman, *Democratic Vistas* (Iowa Whitman Series). Iowa City: University of Iowa Press, 2010, p. 11.

中，民族文学，尤其是民族诗歌，始终是最重要的，最能左右一切的。"①将民族诗歌、史诗奉为文学中旗帜式的精华所在，惠特曼非常重视诗人在引领国家发展历程中作为精神导师的作用。在《那成熟的诗人到来时》("When the Full-Grown Poet Came")中诗人这一角色便发挥了关键的调和者的作用，实现了人与自然的和谐归一："那成熟的诗人到来时，/高兴的大自然说话了（那在白昼黑夜永远在表演着的冷漠的圆形地球），它说：他是我的；/但是人的灵魂也说话了，它骄傲、嫉妒、不妥协：不，他是完全属于我的；/——于是那成熟的诗人站在两者之间，/拉住他们各人一只手；/而且今天和此后总是那么站着，/紧握着手，/作为调和者和联合者，/直到使两者和好他决不放手，/定要完全而欢乐地使它们成为一体。"②诗和诗人应是自然和灵魂（人）之间的"调和者和联合者"，他们欢乐地成为一体。这就是说，本来就是从自然而生的人及其灵魂，应当通过诗和诗人的结合，复归于和解和统一。

惠特曼认为，诗人的使命就是指出现实与他们灵魂之间的通道，这里说的现实首先就是自然。他早在《草叶集》的出版序言中指出，"大陆和海洋，植物、鱼类和禽鸟，天空和星体，树木、山岳和河流，这些都不是小题……但人民所期待于诗人的，不只是指出那些无言之物所常常具有的美和尊严而已……他们期待他指出现实与灵魂之间的通道。"③"指出现实与灵魂之间的通道"，也就是把大自然与灵魂联结起来。惠特曼在这里强调了大自然所具有的生命气息、精神韵致和神性内涵对诗人创作的重要性。《在蓝色的安大略湖畔》(By Blue Ontario's Shore)中，诗人的热烈情绪更是溢于言表："在所有的民族和年代里，只有血管里充满着诗意的这个国家才最需要诗人，它将拥有并重用那些最伟大的诗人"④，惠特曼在此从时代进步的宏观高度，重新定义了诗人在未来民主社会建设中的艰巨任务与崇

---

① Walt Whitman, *Democratic Vistas* (Iowa Whitman Series). Iowa City: University of Iowa Press, 2010, p. 6.
② 沃尔特·惠特曼：《草叶集》，赵萝蕤译，上海：上海译文出版社，1991年，第983页。
③ 转引自李野光：《惠特曼：名作欣赏》，北京：中国和平出版社，1995年，第548—549页。
④ 沃尔特·惠特曼：《草叶集》，赵萝蕤译，上海：上海译文出版社，1991年，第598页。

高使命。他笔下的大自然抛却了古典主义中的威严与肃穆，其中的任何一草一木都是他心中广泛民主与平等理念的代言人。惠特曼笔下的东部是美国现代文明发展成果的集中体现，广袤无垠的西部荒野则是美国民主和民族文学发展的未来和希望。

惠特曼的自然诗歌伴随着美国现代化民主国家的建构过程以及国家发展的过程，他以自己大胆的想象、蓬勃的热情和独特的艺术表现力构筑了一个极具特色的生态文学场，将个人的、国家的梦想与美洲广袤大地上的瑰丽风景糅合到了一起，实现了生态文明和社会文明的价值统一。在《拓荒者！啊，拓荒者！》("Pioneers! O Pioneers!")一诗中，诗人以慷慨激昂的语调描绘了广大青年不畏险阻、前往西部拓荒逐梦的壮丽场景，对他们在西部播撒民主的理念、构筑最为纯粹的美国信仰寄予厚望，"啊，你们年轻人，西部的年轻人，/这样沉不住气，浑身是行动，浑身是男子的傲气和友谊，/我清楚地看见你们，西部的青年，看见你们在最前列大踏步前进，/拓荒者！啊，拓荒者！/……走下悬崖峭壁，穿过山间小路，直登高峰，/在陌生的路上征服着、占领着，壮着胆子，冒着风险，/拓荒者！啊，拓荒者！"[1]惠特曼的爱国主义思想以及民主思想中"包含着民族扩张主义的因素。但是这并不影响我们对于他那些歌唱国家和时代的诗篇的欣赏"。[2]今天我们首先要用批判的视角来解读惠特曼的这一类诗歌。从历史发展的观点来看，他歌颂的那些方面也是符合当时美国国家发展的思路。就《拓荒者！啊，拓荒者！》这首诗歌而言，就其主题来说，"我们应当承认，美国的西部开发尽管建立在兼并邻国领土和摧残土著人的历史基础上，但其本身仍不失为一桩拓荒性、建设性的壮举。广大人民跋涉千万里，披荆斩棘，凭自己的艰苦劳动创造自己的新的生活，在偏僻荒芜的'处女地'上开辟一个新的天地，这不是壮丽的历史景观，伟大的人民运动吗？何况这首诗的主题还不局限于实际的西部开发，还包含有对整个

---

[1] 沃尔特·惠特曼：《草叶集》，赵萝蕤译，上海：上海译文出版社，1991年，第383页。
[2] 李野光：《惠特曼：名作欣赏》，北京：中国和平出版社，1995年，第219页。

美国建设和美国人民在西半球开创新世界的豪迈精神的歌颂呢？"①另外，相对于东部日趋发达的商业文化和欧式的文化思想气息，西部的文化质朴、粗犷，它作为惠特曼笔下民主进一步延展开拓的先头阵地，融合了印第安人文化以及在特殊的时代背景下别具一格的西部牛仔文化，更加具有本土特色，彰显出美国开拓进取的个人英雄主义理念和时代文化精神，是平民民主信仰的忠实体现和美国民众追求自由和平等的理想乌托邦。

由此可见，惠特曼笔下真正的民主美国构想必将是一个开放包容的多元文化环境，民族文学的精神指导作用不容忽视，在这里每一个普通的美国公民都要积极维护自然与文学之间血肉相连的紧密联系。而要保障美国民主精神的生生不息，继往开来，无形中便要求广大人民要处理好美国生态文明与城市文明之间的对立统一关系，在工业化的进程中始终秉持荒野意识和创新理念，这样每一个独立的个体才能够获得良好的生态发展空间而不受体制的干涉与破坏，摆脱形为物役的思想文化窘境，从生意盎然的美国社会大背景中汲取自我完善发展的不竭动力。

自然诗歌与民主精神的时代内涵
——惠特曼的个人主义思想与平等理念

"我"这一称谓是惠特曼的诗作中最为突出与耀眼的特色之一，是将个人主义和平等理念融为一体的关键所在。《草叶集》中的大量诗作均是以"我"作为发言人才得以展开的。这一独特的文化理念与当时美国崇尚资本主义自由竞争和对外的频繁扩张密切相关，伴随着经济的快速发展和民主制度的逐步完善，以"我"这一桀骜不驯的个体形象来展现人权，展现大众对自由的追求，具有鲜明的时代特征。正是通过"我"在广大集体之中发表宣言的这种方式，诗人对以往抽象笼统的美国民主理念做了最为精细的浓缩与提炼，要求美国民主现代化建设要充分重视与尊重个人所蕴

---

① 李野光:《惠特曼：名作欣赏》，北京：中国和平出版社，1995年，第219页。

含的强大创新能量，积极维护个人在国家与社会中的主人翁地位和与生俱来的民主权利。《草叶集》之所以取名为"草叶"，无疑就强调了最普通百姓大众的形象与地位。草是最平凡最普遍之物，是自然界的芸芸众生，它象征着人民大众和民主的品格。"尽管许多超验主义者热衷于社会改革，但他们仍然强烈地排斥人民大众，反对涉足国家政治，避免直接参与公共生活，这种思维方式使他们的个人主义倾向于社会精英主义。"① 惠特曼深受超验主义的启发，但他的个人主义摆脱了精英主义的桎梏，具有明显的大众化倾向。诗集中"我"作为一个指意丰富的人称概念，拥有极为深刻的思想内涵，既可以指代诗人自我，化为先知圣人的角色，亦可指代美国千千万万普通劳动大众中的任何一个个体。诗人从"我"的广阔视角来为美国、为整个世界下定义，做论断，便从侧面将"我"推举到一个至高无上的思想高地，无形中构筑起了以"我"为主、世界为辅的观照与被观照的二元关系，主人翁的思想理念尽显无遗。让"我"这一独立个体拥有最大的主动权与发言权，得以摆脱约束，尽情地展现自己的观点与看法，这便是惠特曼心目中最基础、最直接的民主。然而正如马林诺夫斯基所言："自由是一个相对的概念，包含着平衡与关系。自由是基于对规则、标准和束缚的不可避免的服从而获得的成就的附加价值。"② 从这一观点来看，惠特曼过于强调解除对个人的束缚，鼓吹个人英雄主义的极致能量未免显得失之偏颇，曲解了规则和个人自由之间的辩证关系，但基于"我"这一称谓所蕴含的深刻的群众基础和广泛的象征意义，他对个人力量的崇拜在反抗守旧势力和奴隶制余毒的大背景下充分调动了广大民众参与民主建设的热情和勇气，仍有明显的积极作用和时代价值。

在宣扬"我"无上自由的同时，惠特曼试图弘扬平等价值理念。伊诺泽姆采夫曾对民主建设的可能性做了充分的论述："民主作为政治制度建

---

① Carla Billitteri, *Language and The Renewal of Society in Walt Whitman, Laura (Riding) Jackson, and Charles Olson: The American Cratylus.* New York: Palgrave Macmillan. 2009, p. 46.

② 布劳尼斯娄·马林诺夫斯基:《自由与文明》，张帆译，北京：世界图书出版公司北京公司，2009年，第27页。

立的条件是，社会日益世俗化，人类摆脱了宗教偏见，普遍平等的思想得到了广泛的传播"①，而上述这些条件正是惠特曼所处的美国工业化时代最为鲜明的特色，《草叶集》充分展现出了诗人内心中的平民主义倾向，在自然神论的指引下充分表达了对于生命和民主权利的尊重和敬畏。他在无形之间抹去了不同个体之间的阶级差异和贫富悬殊，试图以一视同仁的态度把他们视作平等享有民主与自由权利的美国公民，这在那个特殊的时代背景之下显得难能可贵。在《我歌唱"自己"》("One's Self I Sing")中，诗人从民主和全体的政治角度歌唱一个能够表现其时代和国家的包括肉体和精神两个方面的个人。在《给一个普通妓女》("To a Common Prostitute")中，"只有流水拒绝为你闪光，树叶拒绝为你发出响声，我的话才会拒绝为你闪光并发出响声"②。妓女作为社会底层以及女性身份的双重弱势形象，在诗人的笔下却能与"我"平等交流，这充分彰显了惠特曼笔下民主的广泛性与深刻性，表明了现代化民主理念之下对于社会、对于平等理念更为开明的思想认识和更强烈的人文主义关怀。同样，《有那么一个孩子出得门来》("There Was a Child Went Forth")中诗人巧妙地借用了一个孩子天真无邪的单纯视野，自然而然地将不同社会地位的人置于平等的观照之下，勾勒出了田园风光中美国理想的家庭关系和生动和谐的社会氛围，展现出人民在平等理念指引下重归本性、自我民主实现之时的质朴与祥和，映射出人与自然融为一体的极致美感："那早春的紫丁香成了这个孩子的一部分"，"四月五月的野生嫩枝成了他的一部分，/冬天谷物的嫩叶和浅黄色玉米的嫩叶，还有园中可食用的球根，/开满花的苹果树和后来的果实，林中浆果，/和路旁最常见的野草"，"所有那些城里乡里的变化……/他们成了他的一部分"，"街上挤满了男人和女人"，"运输工具，兽拉车，厚重木板架成的码头"，"小船的船尾懒懒地被拖拉着"，

---

① 弗拉季斯拉夫·伊诺泽姆采夫："'自然边界'有'普遍价值'"吗？"载弗拉季斯拉夫·伊诺泽姆采夫主编，俞可平译《民主与现代化——有关21世纪挑战的争论》，北京：中央编译出版社，2011年，第30页。

② 沃尔特·惠特曼：《草叶集》，赵萝蕤译，上海：上海译文出版社，1991年，第669页。

"飞着的海鸥、盐碱滩和岸上泥土的香味,这些都变成了那个孩子的一部分,他每天出门去,现在出门去,永远会每天出门去"①。诗歌中的孩子首先是在自然环境中成长,自然是他成长的一部分。在名作《我自己的歌》中,惠特曼的平等理念已然超越了人类种族的局限,打破了传统美学观的狭隘视野,力图展现一种众生平等、万物共荣的极致美学。"我相信一片草叶就是星星创造下的成绩,/一只蝼蚁,一颗沙粒,一枚鹪鹩产下的卵也一样完美,/雨蛙是造物者的一件精心杰作,/那蔓生植物悬钩子能够装饰天上的厅堂,/我手上一个最狭小的关节能使一切机器都黯淡无光,母牛低头嚼草的形象超过了任何雕像,一只老鼠这一奇迹足以使亿万个不信宗教者愕然震惊。"②《我自己的歌》中的"我"具有多重意义。"我"首先是指诗人自己,即惠特曼本人;其次"我"指读者,或者是作为一个一般的人,一个人的象征的"我",他代替各种各样人的发言、感受、行动等;再者,"我"在一定情况下则是宇宙万物乃至宇宙本身的"我",是一种泛神论生命力的人格化。《我自己的歌》是《草叶集》的缩影,其主题思想也就是《草叶集》的中心思想。它代表了惠特曼的愿望和信念,即他的身体的、感情的、道德的、智力的和审美的个性,也可以说它代表了那个时代部分知识分子(比如爱默生等人)的个性。19世纪上半叶,美国在政治、经济和文化等方面依然没有摆脱欧洲和英国的影响,在文学创作方面还没有建立起本民族的与合众国相适应的民主主义文学。当时爱默生等提倡个性解放,主张在美国进行一次文艺复兴,确立本民族的独立人格。有评论家指出:"此诗是一种'特殊的结合',它所包括的主要是对于诗人所处的那个'特殊时代和环境、美国、民主'的描写、沉思、议论和赞美,而他是通过一个个性即'我自己'来写的。可以说它是'我自己'由内而外、由近而远、由小而大的发展,逐步与集体、国家、全人类乃至永恒世界相结合,最后形成一支歌唱民主精神和宇宙一统的狂想曲。"③故而惠特曼力

---

① 沃尔特·惠特曼:《草叶集》,赵萝蕤译,上海:上海译文出版社,1991年,第631页。
② 同上书,第103页。
③ 李野光:《惠特曼:名作欣赏》,北京:中国和平出版社,1995年,第57页。

图向我们证明唯有切实培养普通群众真正的主人公意识,积极弘扬平等理念,完全摆脱任何凌驾于道德理念之上的社会偏见和不合理的制度约束,充分尊重世间万物存在的价值和意义,这才能为真正民主的实现打下坚实的基础。

鉴于万物平等的全新价值理念,惠特曼从某种意义上解构了官方与民间、社会观点与个人理念之间的强弱等级关系,呼吁广大人民打破桎梏,勇于创新,敢于坚持真正的自我。"信条和学派暂时不论,……/不论我从善从恶,我允许随意发表意见,/顺乎自然,保持原始的活力。"①这之中诗人已然真切触及到了他心目中民主的真正内核:个人应当顺其自然与天性,拥有不为外部势力所左右、坚持自我本真的权利。其中个体不论善恶和身份的高低贵贱,均拥有同等的话语权,体现了惠特曼心目中民主的包容性,也从侧面流露出了诗人对所谓世俗化的善恶标准、道德理念发自内心的不屑与怀疑。毕竟在当时趋向保守的社会大背景之下,《草叶集》发表伊始便备受当时学术主流的嘲讽与指责。不少评论家认为《草叶集》抛弃格律的自由体手法无异于离经叛道,亦有人因《草叶集》中触及了当时为人所难以接受的性的描写而斥之为淫秽之作:"文学评论界中许多人嘲讽他的诗是'野蛮诗歌''痉挛呓语'"②,面对强大的社会压力与种种攻击,惠特曼从未低头,恰恰相反,他认为性的释放是最为纯粹的人类天性的流露,是人类延绵不绝、始终保持生机与活力的关键所在,故而在真正现代化的社会里自由探讨性的话题同样是民主进步的积极体现。他对于性与裸体美的崇拜与古希腊的艺术理念不谋而合,古希腊艺术中一座座典雅古朴的雕塑再现了那些比例匀称、健壮美丽的肌体,体现了纯真的人类本性和健康向上的精神风貌,而众所周知,也就是在那个思想开放、价值多元的黄金年代,希腊文明为后人留下了最为宝贵的精神与思想财富。③由此可

---

① 沃尔特·惠特曼:《草叶集》,赵萝蕤译,上海:上海译文出版社,1991年,第59—60页。
② 王清:"《草叶集》标新立异招攻讦,惠特曼针锋相对不低头",《新闻出版交流》,1996年第4期,第7页。
③ 关于对惠特曼诗歌中古希腊美学的赏析,参见李咏吟:"荷尔德林与惠特曼诗学中的希腊理念",《温州大学学报(社会科学版)》,2016年第2期,第47—57页。

见，在《草叶集》中多次论述的性的话题与裸体的意象具有更为深刻的思想内涵，暗示了惠特曼对于人类解除束缚、重归天性的无限向往与渴求。而在《顺从天性的我》（"Spontaneous Me"）中，诗人回溯生命的源头，以异常奔放的语言描绘出了自然、性与自由之间密不可分的天然联系，认为人类打破世俗陈规的羁绊束缚，以裸体的形象奔向自然、在自然的怀抱中释放人类本真的渴望与追求，同样是实现个体民主的重要方式之一。"如果鸟类和动物从不躲闪或自认为邪恶，而我却躲躲闪闪并自认为邪恶，那我就是卑鄙"[1]，这一诗句既是对于人类本性的维护与发扬，又一针见血地回击了评论家对他诗作所谓"下流"的质疑，在他的视域下，"地球上的一切政府、法官、神、被追随的人们，/ 这些都包含在'性'里面，即它本身的各个部分和它本身存在的正当理由"[2]。诗人正是通过自己的不懈抗争来向人们证明不畏偏见的意义。正如国外学者所述，惠特曼"十分看重事物的具象化，感觉、情感的表达和个人内心自发的、不可限量的创作艺术，而这种个性化创作艺术的实现则是由个体与他人的交流接触和个人自愿选择所融合的共同结果"[3]。这一点表现出了惠特曼对于个人创造能力（个性化创作艺术）的充分肯定，也进一步突出了个体与群体之间相互促进、共存共荣的积极关系。在《职业之歌》（"A Song for Occupations"）中，诗人以高亢的热情赞美个人的自由和独立，宣扬在美国的民主之下不分贫富贵贱一律平等的理想画面："凡是属于这个国家和别的国家，不论室内和室外的已长成、半长成和还是婴儿的，我看大家都一样"[4]，这种普世化的平等理想即惠特曼对于美国未来的衷心祝愿，也是对美国当时种族歧视、身份歧视等恶劣社会风气的无声抗议，诗人正是借由这一平等理念的延展来进一步明确人民在国家建设中的核心地位，向人民的平凡伟大

---

[1] 沃尔特·惠特曼：《草叶集》，赵萝蕤译，上海：上海译文出版社，1991年，第175页。
[2] 同上书，第170页。
[3] Luke Philip Plotica, "Singing Oneself or Living Deliberately." *Transactions of the Charles S. Peirce Society*, vol. 53, no. 4, Fall 2017, pp. 601-621.
[4] 沃尔特·惠特曼：《草叶集》，赵萝蕤译，上海：上海译文出版社，1991年，第355页。

致敬:"我把人间所有的敬意加起来的总和都归于你,不管你是谁,/总统待在白宫是为了你,你待在这里却并非为了他,/部长们在部里的行动是为了你,不是为了他们你才在这里,/国会每隔十二个月是为你而开会,/法律,法庭,各州的成立,各个城市的宪章,商务和邮件/往来都是为了你。"[1]由此可见,诗人在强调集体、社会普遍价值理念的同时,也更加鼓励坚持与保护个体的独立身份,在追求卓尔不群的同时也呼吁大众正确地看待朴素的日常生活,他的诗歌可谓是奏响了个人主义时代的最强音。他笔下的"我"更像是一个漂泊不羁的浪子,以游离来开阔视野,以永远奔向远方的干劲来实现个人主义的野心和志向,因此"海洋"在他的诗作中作为一个动态、变化、充满生命力而又蕴含危机与考验的神秘领域,是与诗人资本主义精神一脉相承的动态生态景观。在《歌唱所有海域,所有船只》("Song for All Seas, All Ships")中,诗人以对船员、水手的热烈赞扬歌颂了他们不屈不挠的资本主义开拓精神:"这个民族是大海你及时选出并提拔的,还团结了各国。/是受你哺育的,沙哑的老保姆,吸取了你的形体,/像你一样不屈不挠,不可征服。"[2]将美利坚民族誉为"海洋的民族",将个人主义化独立、自由的美国民族精神与大海紧密联系到了一起;在《在巴尼加特海湾巡逻》("Patroling Barnegat")中,诗人以第一视角下的"风暴""死亡""波涛""黑暗"[3]来展现海洋的暴虐无情;以冰冷的死亡触觉、以海洋的非人性的暴虐来对比凸显巡航者乘风破浪的大无畏气概;以人文主义的力量来对抗海洋;乃至于整个非人类世界的凝视,克服人类对于未知的恐惧和对未来的迷惘;以海洋的深邃无垠来表征美国民族精神,以海洋为跳板促进美国与世界的互通有无,满足美国人资本主义化躁动不安的狂野内心。惠特曼的诗歌可以说在一定程度上反映了美利坚民族当时国家发展的思想。

---

[1] 沃尔特·惠特曼:《草叶集》,赵萝蕤译,上海:上海译文出版社,1991年,第358—359页。
[2] 同上书,第436页。
[3] 同上书,第438页。

自然诗歌与民主精神的政治实践
——民主理念的兼容并蓄和文化输出

惠特曼通过对自然描写、自然象征以及自然的概念来表达他的政治理念、政治抱负、民主思想和民主精神等。在《草叶集》中，他常常把自然与政治联系在一起。《草叶集》里的草代表着平等，无论是白人、黑人和印第安人，他们的脚下都是同样的草；草叶象征着人民的追求以及政治与民主的活力和生机。在一定程度上，《草叶集》暗示 19 世纪初美国新的政治理念犹如"草叶"一般充满顽强的生命力。民主精神的闪光是惠特曼自然诗歌的思想核心之一，也是其对于美国精神的最佳阐释，他诗作中的自然描写与传统诗作中的静谧伤感截然不同，而是从骨子里张扬出乐观与动态的美感，犹如一条奔流不息的大江，被赋予蓬勃的朝气和永不停歇的前进动力。鉴于此，惠特曼笔下的民主理念也同样是一个动态的、不断更新修复的渐进过程，广大民众同呼吸、共命运的共同体理念进一步拉近了诗人与读者间的距离，使诗人成为了美国民主理念的发声筒和国家形象的代言人。《草叶集》对生命的珍视和独特的人文主义关怀决定了惠特曼的平民主义理念和对封建压迫的强烈憎恨，这种为世界人民鸣不平的正义感和使命感赋予了他的自然诗歌战斗般的火热激情，广袤的生态景观成为了他个人感情外化的有力工具。在《向着他们走过的已经发酵的土地》（"To The Leaven'd Soil They Trod"）中，诗人向读者说明经历了战争洗礼的斗士将更加乐观与坚强："大草原把我叫到身边，就像父亲把儿子搂在宽阔的胸前，/生下我的北方的冰和雨始终哺育着我，/但是南方火热的太阳将充分使我的诗歌成熟起来。"[1] 作为南北内战的亲历者，惠特曼得以更为真切地体会到战争与分裂给整个国家、整个民族带来的巨大创伤。国家的统一安定需要坚实的物质基础和群众基础，因此民主的建设始终要依赖动员广

---

[1] 沃尔特·惠特曼：《草叶集》，赵萝蕤译，上海：上海译文出版社，1991 年，第 567—568 页。

大劳动人民的力量，符合广大美国普通民众的利益，这是惠特曼民主理念进行政治实践的重中之重。

自然景观作为国家形象中独一无二的文化名片，对诗人以自然诗歌宣扬民主理念有着莫大的帮助。在《我默默沉思》("As I Ponder'd in Silence")里，诗人与那"古国诗人们的守护神"的勇敢辩护，认为他的自然诗歌同样也是"各个战役的颂歌""我的特殊任务是缔造勇敢的战士"，[1]这里的"战士"便是能够担当时代重任的全新公民形象，诗人借此强调了自然诗歌不仅是个体勾勒时景的遣怀之物，而且是具有鲜明时代感和教化功能的改革宣言。美国的政论文自托马斯·潘恩以来一向以通俗易懂、简洁明快、气势磅礴闻名，具有极强的感染力和明确的价值立场，惠特曼的自然诗歌恰恰是将政论文流畅的风格和田园诗歌清新婉约的手法结合起来，在打破传统韵律限制的同时强化了诗歌的先验性和价值引导作用，这种诗歌创作手法是他形而上的民主理念走向实践、走向具体化的重要一步。"需要改革吗？是通过你吗？/需要的改革越大，你完成它所需要的'人格'也就越伟大。"[2]这一诗节暗示了惠特曼的民主政治意识以及对美国未来资本主义的时代认同感。

惠特曼笔下的自然环境是农业文明和工业文明的混合产物，人民的形象也带有独特的城市化印迹，是当时资本主义殖民精神在文学作品中的生动体现，这种对于时代文化气质的自然移情使惠特曼笔下的自然诗歌成为了如何完善自我的新道德风向标。在《回答问题者之歌》("Song of the Answerer")中，诗人便经由多变的隐喻，以热情洋溢的笔调勾勒出他心目中理想的政治公民："而且机械工们把他当机械工，/士兵们把他当士兵，水手们认为他是在海上就业的，/作家们把他当作家，艺术家们把他当艺术家，/劳动者见他能够和他们一同劳动而且待他们情谊很深，/不管是什么工作，他都拿得起来，或者已经拿起来了，/不管是什么国家，他都能

---

[1] 沃尔特·惠特曼：《草叶集》，赵萝蕤译，上海：上海译文出版社，1991年，第9页。
[2] 同上书，第676页。

在那里找到他的兄弟和姊妹"①，这样的美国公民具有无与伦比的亲和力和对于政治生活、社会生活的深切热爱，具有入乡随俗、随机应变、适应一切社会环境变化的宝贵品质："他在招待会上和总统说话也像和别人一样随便：朋友，你好吗？/他对在甘蔗地里锄地的黑奴说：你好，我的兄弟，/两者都理解他，都知道他的语言是正确的。"②这种摒弃种族观念、阶级差距，推动平等、民主理念的渴望映射出惠特曼真挚的政治理想和多元文化色彩，这样的理想公民才是惠特曼心目中推动政治变革的最强助力："这里公民永远是首脑和理想，总统、市长、州长等等是有报酬的雇员，/这里的孩子们学会以自己为法则，完全依靠自己"③，从这一点而言，惠特曼已然通过诗歌颠覆了以往统治阶层和广大民众间压迫与被压迫、奴役与被奴役的社会关系，这种民主的公民观是对美国自《独立宣言》以来所标榜的自由理念的进一步延伸，即一切政治体制都是在维护公民自主权利的前提之下才拥有存续发展的意义，要敢于以公民的权利来制约以往封建式政府的暴虐和独裁倾向，实现政府由统治型、压迫型到服务型、领导型形象的转变，这一点蕴含了诗人对于当时美国广大人民的殷切希望。

惠特曼虽然早已预见到了资本主义政府形态下财富两极分化和上层建筑的腐化倾向，"我国商业阶层的堕落并不比人们想象的少，而是大得多。美国所有国家、州和市的所有部门，除了司法部门，都充斥着腐败、贿赂、谎言和不当管理；司法系统也被玷污了"④。但出于其特定的阶级局限性，他渴望以政治改革而非革命的方式来弥合资产阶级所无法克服的固有缺陷，以对真正民主的乌托邦式幻想来淡化、粉饰现实社会中美国政治的阶级压迫和体制僵化。民主政治的真正实现需要对于旧制度的扬弃和锐意改革的思想理念，这让诗人的诗作对未来政府建设提出了更高的文化期待。政府是人文主义和启蒙思想下维护社会稳定和文明延续的制度保障，

---

① 沃尔特·惠特曼：《草叶集》，赵萝蕤译，上海：上海译文出版社，1991年，第290页。
② 同上书，第289—290页。
③ 同上书，第319页。
④ Walt Whitman, *Democratic Vistas* (Iowa Whitman Series). Iowa City: University of Iowa Press, 2010, p. 12.

而这种对于未来高效政府的期待在自然界中则体现为宁静祥和、充满活力的生态秩序,自然生态圈的稳定、均衡和顺畅的生命轮回预示着资本主义社会制度在对抗蓄奴势力、分裂势力后的发展与振兴。在《看不见的蓓蕾》("Unseen Buds")一诗中,诗人以胚芽预示希望,蓓蕾"像子宫里的婴儿,潜伏着,蜷拢着,很结实,在熟睡着,/它们在成亿成亿成兆成兆地等候着"①。取单词"Bud"的多重引申含义,借由众多花朵的蓄势待发来抒发诗人对于美国光明未来的坚定信念,以"成亿""成兆"的规模数目来暗示广大人民的巨大改革推动力。在《转动着的大地之歌》("A Song of the Rolling Earth")中,诗人以古老的大地意象为切入视角,解析了传统与现代、历史与未来之间的价值辩证关系,潜在地指出了美国国家政治改革的必要性和刻不容缓:"'改善'就是大地的词汇之一,/大地既不滞留也不急进,/它自身中一开始就潜伏着各种属性,生长技能,效益,/它不仅只有美的一半,而且缺点和赘疣也和优点一样表现无遗。"②暗示了美国政治和国家的变革绝不可能是一片坦途,对于美好不要谦逊,对于丑恶也不能遮蔽,以大地对于美与丑的坦诚暗示出了诗人对于国家政治透明,能够直面困境、除污纳垢的殷切期望。"啊,各地啊,你们想不想比过去的各地更加自由?/如果你想比过去的各地更加自由,那就请听我说。要畏惧斯文、典雅、文明、细致,/要畏惧甘醇和一味啜饮蜜水,/要小心得寸进尺的大自然致命的早熟,/要小心那些促使粗胚状态和粗壮人物腐烂的一切。"③诗人以生态世界的"早熟""腐烂"等有机现象来喻指现实生活中政治腐化、蜕变对于民主和自由精神的严重戕害,以"粗壮人物"暗指资产阶级骄奢淫逸的上流社会人士,通过这种回归大地的呼告进一步突出了人民在民主建设中基础性的政治地位,在创作中将坚持反映现实与诗歌传统中的浪漫主义手法融合起来,表现出了浓厚的美国性。如在《从鲍玛诺克开始我就像鸟儿那样飞翔》("From Paumanok Starting I Fly Like a Bird")

---

① 沃尔特·惠特曼:《草叶集》,赵萝蕤译,上海:上海译文出版社,1991年,第998页。
② 同上书,第366页。
③ 同上书,第592页。

中，诗人以强有力的自我形象来捍卫国家民主的神圣不可侵犯："我要为各州写一支歌，不容许任何一州在任何情况下受另外一州的支配，/我要写一支歌，使各州和任何两州之间能够夜以继日地互敬互让"[①]，突出了惠特曼对于国家民主发展的长远展望和乐观主义情怀，在他的笔下，美国的民主展望的鲜明特点便是对于专制力量的改写和制衡，力图使政府成为消解国家内部矛盾的政治砝码："我要写一支歌给总统听，里面充满带有威胁性锋芒的武器，/在这些武器背后是数不尽的愤懑不平的人脸；/我还要写一支歌，从全体事物中提炼出一个个体，/那牙齿犀利、闪烁发光的个体，它高过全体，/那坚定而富有战斗性的个体包括全体，又超过全体，/(不论其他头颅耸得有多高，它仍要比全体超出。)"[②]，进一步突出了个人主义化平民至高无上的生命权利，圆满地阐释了美国资本主义民主制度下个人与集体之间的政治关系，但惠特曼对于大众权利的推崇并不意味着他对于政府、政治领袖领导力量的忽视与厌弃。在《驯牛人》("The Ox-Tamer")一诗中，诗人以自己农民朋友的驯牛经历来展现人类与动物之间和谐共处、相互热爱的生动场景："他在他生活的农庄那里受着一百头牛的热爱，/在遥远的北方一县，在那平静的牧区。"[③] 虽然人民之于政府并非是驯顺的公牛，但人民要想维系个人自由权利不受侵犯，营造和谐的社会政治关系，同样需要犹如驯牛人这般充满亲和性的领导力量和至上的感染力与号召力，诗人成功地以人与动物生态的和谐来暗示民众与政府间政通人和的良好互动关系，他的诸多作品之所以将林肯视为继承华盛顿自由民主事业的伟大领袖，就是基于他强大的政治号召力和为避免美国分裂而不惜牺牲自我的强大领袖魅力。可以说惠特曼的自然诗歌从本质上而言便是具有鲜明政治色彩和大美国主义情怀的政治宣言，其中所述的一切众生万象、草木虫鱼都是对于美国所谓自由与民主精神的鼓吹与具象化，因此，从另一个角度看惠特曼的作品，便不难看出他的许多诗歌都在以宏大叙事和理想

---

① 沃尔特·惠特曼：《草叶集》，赵萝蕤译，上海：上海译文出版社，1991年，第44页。
② 同上。
③ 同上书，第692页。

主义描写来掩盖美国的社会问题和种族主义倾向，这是惠特曼某种程度上的"强作欢颜"和对美国不合理现状的辩解抑或回避。在诗作《红杉树之歌》("Song of the Redwood-tree")中，古老而历史悠久的红杉树林遭到众多美国伐木人无情的大规模砍伐，面临着行将灭绝的灾难："被锋利的斧刃劈得很深，也就是在那红杉木的密林里，/我听见那巨大的树木在唱着它临死前的哀歌。"[①] 纵然诗人承认红杉树以及世界万物都具有灵性："要知道我怀里有符合我身份的灵魂，我也有意识，个性，/所有的岩石和山岳也同样有，包括所有的大地"[②]，但诗人敏锐的诗性天赋和感知力并未使他对古老红杉树的悲惨遭遇表示同情，恰恰相反，他却以红杉树的口吻放声高歌，心甘情愿地交出土地，接受自己被砍伐的命运："早已预料到他们的到来，/作为更加优秀的民族，他们也将庄重地利用他们的时间，/我们给他们让出位置，在他们身上看到了我们自己，你们这些森林之王！/他们将拥有这些天空和空气，这些山峰，沙斯塔山和内华达山脉，/这些巨大陡峭的悬崖，这种宽阔度，这些山谷，遥远的约塞米蒂，/都将被他们所吸收，同化。"[③] 以红杉树的内心独白表示屈服，将红杉树眼中的伐木人描绘为"森林之王"，我们不难看出惠特曼为美国所谓文明制度的野蛮扩张摇旗呐喊的殖民意图，而借由红杉树与印第安人之间的强烈映射关系，也不难推测出惠特曼之于"更加优秀的民族"而将印第安人视为低等、野蛮民族的种族优越论调。这种歧视在《在遥远的达科他峡谷》("From Far Dakota's Canyons")中有更为露骨的表现，诗人无视美国士兵屠杀印第安人的累累恶行，却反将印第安人的英勇抵抗摆到了美国国家形象的对立面，将率大军前来屠戮印第安人却反遭围歼的卡斯特将军一行人视为为国捐躯的英雄形象："你经过了多次战斗却从来没有缴过一支枪，一面旗，/给兵士们留下了甜蜜的回忆"[④]，借由达科他峡谷的静谧与安宁来预示美国

---

① 沃尔特·惠特曼:《草叶集》，赵萝蕤译，上海：上海译文出版社，1991年，第346页。
② 同上书，第346—347页。
③ 同上书，第347页。
④ 同上书，第834页。

白人为这片土地所带来的安定与和平:"一声悲愁的哀号,也可能是一声为英雄们吹响的小号"①,潜在地反映出了惠特曼白人至上、种族主义倾向的狭隘视野,表明在美国现代化进程中印第安人等原住民愈发成为了国家建设和白人"美国梦"实现的严重阻碍,成为结构化体系中野蛮与凶残的符号指涉。

相较于惠特曼民主理念在国内的显著影响力,他在自然诗歌中同样展现了美国民主理念潜移默化的对外输出趋向。"永远领先的一个思想——/那就是在逆着时间空间而进的世界这艘神圣的船里,/全球的各族人民在一起航行,进行着同一航程,驶向同一目的地。"②这种世界各国文明终将相互交融、殊途同归的文化理念展现出诗人对于文学、人文主义普适性规律的认同与尊重。但这种文化交流的渠道并非建立在平等互信的前提之下,而是具有鲜明的阶级性和东方主义立场。在《我自己的歌》中,"我歌颂'扩张'或'骄傲',/我们已经低头求免得够了"③。"扩张"一词的反复出现一方面表现出了诗人心中蓬勃的自由激情难以遏制,另一方面却也暗示了诗人潜意识下的文化殖民主义欲望。他以对美国民主政治所抱有的强烈文化优越感来居高临下地教化其他民族和国家,无形中将美国塑造成未来的世界政治和文化领袖,标志着美国政治理念向世界范围内的迁移和文化渗透。"惠特曼认为,陆地因海洋而分离,人类因种族不同而分裂,这一切都是我们当下要想实现更高目标与追求的明显障碍:上帝的意旨便是要竭力把这些元素重新'接合'到一起。"④他的世界主义眼光和对于未来全球文化一体发展的预言具有鲜明的前瞻性。这在他的自然诗歌中首先表现为鲜明的"世界即美国、美国即世界"的一体化倾向,在《有感》("Thoughts")中,诗人以恣肆汪洋的笔调歌颂了美国东部联邦建立

---

① 沃尔特·惠特曼:《草叶集》,赵萝蕤译,上海:上海译文出版社,1991年,第833页。
② 同上书,第1008页。
③ 同上书,第88页。
④ Guiyou Huang, "Whitman on Asian Immigration and Nation-Formation." *Whitman East and West: New Contexts for Reading Walt Whitman* (Iowa Whitman Series). Ed. Ed Folsom. Iowa City: University of Iowa Press, 2002, p. 163.

的丰功伟绩,而后便在慨叹"巍峨的内陆城市还没有丈量,还没有被人意识到"①,"在遥远的西部,在阿纳瓦克(墨西哥的印第安部落)两旁,未来的年月将取得巨大精神果实"②,已然在预测和鼓动美国的文明事业向西、向南扩张。这种文明输出倾向在他的自然诗歌《州际旅行》("On Journeys Through the States")中表现得更加直白,诗人以"州际旅行"来表述"环球旅行"的概念,无疑已将美国这一地理范畴泛化为延展向整个世界的文化范畴,"我们在每一座城镇逗留片刻,/我们经过加拿大,东北部,密西西比的大河谷,和南方诸州,/我们按照平等的条款和每个州交换意见"③,毫无疑问已将"加拿大"视作美国的一个州,纳入到了美国的文化控制领域。在其名作《我自己的歌》等一系列自然诗歌中,诗人运用他磅礴的罗列之法展示了"我"的广泛影响力,多次以"我"为民主的发言人对读者耳提面命,一方面表达了诗人对美国民主的高度自信,另一方面却带有鲜明的"我即世界"的妄自尊大情绪,不知不觉中将读者拉入诗人所构造的西方价值体系中,使他们将美国的现代化与整个世界未来建设的理想方案混为一谈。"我跨越大草原,/在它们的胸口睡觉,/我横跨内华达,/我横跨高原,/我沿着太平洋攀登高耸的岩石,/我出海去航行,/我在风暴中航行,风暴使我的精神爽朗。"④凸显出在美国,乃至整个世界上"我"的无所不能,世界上任何一个角落都少不了"我"的身影。而"我"的每一个脚步所触及之处,都将会给这些地方打上深刻的美国性和美国文化烙印,正如前文所述,这里的"我"将开拓者、传教士、建设者、殖民者等多重身份融为一体,生动展现了惠特曼民主政治理念的多面属性。正如国内学者所述,惠特曼诗作中蕴含着一定的大国沙文主义倾向:"惠特曼一再坚持、反复强调他所在的美国是一个比他国更为优越的国家,这一主张似

---

① 沃尔特·惠特曼:《草叶集》,赵萝蕤译,上海:上海译文出版社,1991年,第854页。
② 同上。
③ 同上书,第26页。
④ 同上书,第500页。

乎危及到了他对于平等与团结理念的一贯追求。"[1] 在诗作《从加利福尼亚海岸朝西看》("Facing West From California's Shores")中，诗人借自我前往亚洲旅行的想象潜在地比较了东西方文明的差异："从我的西海的岸边望去，几乎转完了一圈；因为从印度斯坦向西去，从克什米尔河谷，/ 从亚细亚，从北方，从上帝，那圣贤和英雄那里，/ 从南方，从花朵盛开的半岛和盛产香料的岛屿那里起步，/ 我已经游逛了很久，曾经绕着地球游逛，/ 现在我又回到了家乡，非常满意，高兴，/（但是我许久以前动身去寻找的东西在哪里？为什么还没有找到？）"[2] 诗人以"追寻—回归"的模式来暗示他怀揣理想周游世界却最终一无所获，而唯有故乡美国才能给他内心最终的满足、高兴和慰藉，已然暗示了他所追寻的理想之地唯有美国，不在他处，虽然其中的爱国主义情怀占据了主导，但其中对于东方文明，乃至于对整个世界文明的轻视依旧不言而喻。和西方所谓的科技文明、优雅的艺术与歌剧相比，惠特曼笔下的东方文明具有笼统的神秘主义化倾向，其诗作如《波斯教的一课》("A Persian Lesson")，多以西方对于佛教、伊斯兰教思想等的单一论述来片面取代东方博大精深、繁复多变的文化内涵。因此，从某种意义上而言，惠特曼在强调美国民主思想向东方文明学习的同时，也不着痕迹地以西方自启蒙运动以来就一直标榜的理性、科学来反衬东方宗教式的蒙昧与落后，从而贬低了东方文明自在的深刻文化价值，潜移默化地将美国的现代化民主模式向全世界进行输出与推广，表现出鲜明的政治倾向性和大美国主义立场。

小 结

惠特曼作为与朗费罗（H. W. Longfellow，1807—1882）和布莱恩特

---

[1] Guiyou Huang, "Whitman on Asian Immigration and Nation-Formation". Ed. Ed Folsom (2002). *Whitman East and West: New Contexts for Reading Walt Whitman* (Iowa Whitman Series). Iowa City: University of Iowa Press, p. 163.

[2] 沃尔特·惠特曼：《草叶集》，赵萝蕤译，上海：上海译文出版社，1991年，第188页。

几乎同时代的伟大诗人,在前两位诗人影响力日趋式微的当代,他的作品却得以长盛不衰,获得了更大的国际影响力,究其根本便在于他诗歌中革命性的创新和丰富的现代化内涵。他诗作中的叙述视野频繁切换,叙述内容包罗万象,堪称当时美国历史文化的大百科全书。借由这种别具一格的艺术表达魅力,他将美国文学从毫无特色、亦步亦趋的模仿中解放出来,真正成为那个时代美国国家发展、民主建设的喉舌和解放人民思想的顽强斗士。"惠特曼强调文学的功用和目的性。……具体而言,他的目的就是观察和描述自己的时代、国家和环境的实际情形,……赋予诗人严肃的哲学和社会责任。"① 诗歌在他的改造下不再是文人雅士简单的聊以明志、慨叹人生的阳春白雪,而是融入了音乐、绘画、讲演等多样化的表现手法,成了沟通大众、捍卫民主与自由、展现美国国家名片的有力手段。故而在他的笔下,美国自建国以来日益壮大的个人主义理念得以巩固,民族意识、国家意识得以进一步强化;他的诗歌中那份应对困难、应对危局的从容和自信已然成为那一特殊时代美国文化的标志。纵然惠特曼的诗歌中没有明确的宗教思想倾向,但从他的诗作中不难看出自然神论思想的影子,诗中无论是不同职业、不同阶层的民众还是草木虫鱼,其生命活动都浸染了一层神圣的光辉,都可被视作上帝和平与自由的意旨在世间的重现,这种对生命、对人性由衷的欣赏与赞美毫无疑问是基督教博爱精神的世俗化体现。将民主与专制、思想自由与保守封闭、白人与印第安人纳入到基督教天使与魔鬼的二元对立范畴中,大大增强了惠特曼作品的说服力,也使他笔下的民主建设蓝图吸纳了不少原型化的圣经色彩。由此可见,惠特曼的诗作并非传统视阈之下那般离经叛道,相反,他的创新理念可谓是古老欧洲诗歌传统的一种全新的现代化表达,纵然具体的写作手法已然天差地别,但诗歌的教化作用,诗歌中饱含的人文主义关怀和对民主理想生活的追求却从未真正改变。美国作为当时世界上民主制度较为完善的国家之一,惠特曼所弘扬的民族文化理念确有值得借鉴之处,他诗歌创作中所宣

---

① 李维屏:《美国文学思想史(上卷)》,上海:上海外语教育出版社,2018年,第241页。

扬的民主理念是对推进世界民主建设发展的一次有益尝试。但民主作为一个多元化的文化、政治理念，在不同的文明体系和文化发展氛围中往往呈现出不同的物质表达形式，诗人在作品中隐含的以美国民主构想来规划世界民主发展的思维惯性，便无形中忽视了美国历史发展条件的特殊之处以及不同国家、不同民族文化间的个体差异，同样体现出了他创作思想和民主理念的局限所在。

第六章

惠特曼诗歌中丰富多彩的自然世界

不少学者从生态批评和自然写作视域研究惠特曼，这方面代表性作品有汉德利（George B. Handley）的《新世界诗学：自然和惠特曼、聂鲁达以及沃尔科特的亚当般想象》(*New World Poetics: Nature and the Adamic Imagination of Whitman, Neruda, and Walcott*, 2007)，作者从生态批评和比较文学视角出发，将惠特曼与另外两位美洲诗人并列研究。作者首先介绍了美洲自然历史，分析了三位诗人的自然诗歌，并重点探讨了《草叶集》中的生态伦理诉求。基林斯沃思（Jimmie Killingsworth）的《惠特曼和地球：生态诗学的研究》(*Walt Whitman and the Earth: A Study in Ecopoetics*, 2004)，以生态批评为理论支撑，从惠特曼语言的生态性和自然属性入手，通过对具体诗作的分析，着重探讨了惠特曼作为都市生态诗人的一面以及他的生态诗学思想。

国内论述惠特曼自然诗歌生态特性的成果有：程虹的《寻归荒野》（2001）在第三章论述了惠特曼作为美国浪漫主义时期"自然的歌手"的意义；王诺的《欧美生态文学》（2003）在第二章点评了惠特曼的自然诗中体现的生态责任感以及对人类中心主义思想和当代人类滥用科技文明行为的批判。鲁枢元的《自然与人文：生态批评学术资源库》（2006）收录了惠特曼论述自然与人类文化的四首自然诗歌。在期刊论文方面，最近几年国内主要代表作有马特的"惠特曼的城市想象与生态整体观——兼议与中国古典道家思想的契合"（《文史哲》，2022年第3期），认为惠特曼的城市想象颠覆了城市作为自然对立面的扁平化形象,指出城市文本并非以人类声音为单一主调而构成的平面图景。惠特曼笔下的城市是打破自然沉默的"怒者",能够激起城市空间中的多维声音,使之交织成城市生态复调。惠特曼建构的生态环境没有延续以自然/人文为双圆心的椭圆范式,而是转"一分为二"为"合二为一",构成了自然环境与人造空间相杂糅的同心圆结构的生态网络。惠特曼的城市生态思想与中国古典道家的哲学思想相契合,彰显出深刻的生态整体观。另一篇为王红阳、陈雨涵的"生态语言学视角下的海洋诗歌分析——以惠特曼的《给军舰鸟》为例"(《宁波大学学报》,2020年第4期),该论文运用生态语言学理论对海洋诗歌《给军舰鸟》进行分析,探索惠特曼如何通过语言形式和内容表达来构建非人类生命体的生态身份,人类与非人类生命体之间的生态关系以及生态影响。其他主要期刊论文有:杜璇、周中明的"论郭沫若与惠特曼诗歌的精神关系——兼与史记先生商榷"(《学术界》,2017年第3期)、周春生的"英国诗人历史学家西蒙兹的性格文化史研究——由《米开朗基罗传》《惠特曼研究》引出的历史思考"(《世界历史》,2017年第1期)、史记的"政治与诗歌之舞——惠特曼《草叶集》的政治意识"(《文艺争鸣》,2016年第11期)以及刘树森的"中国的惠特曼研究:历史与现状"(《国外文学》2014年第2期)等。与本章自然诗歌主题有关的论文主要是范景兰的"感恩大地 诗意栖居——昌耀与惠特曼诗歌'土地'意象比较阐释"(《青海社会科学》,2012年第4期),原一川、吴建西合著的"'人与自然'的歌唱者——现代自由诗先驱沃特·惠特曼新评"(《云南师范大学学报》,2001年第5期)、李剑锋的"惠特曼自然观初探——从生态批评的角度解读《自我之歌》"(《西南农业大学学报》,2006年第4期)、迟学旺的"生态批评视野下的惠特曼诗歌研究"(《黑河学刊》,2009年第5期)、马特的"惠特曼城市书写中的生态意识"(《河南大学学报(社会科学版)》,2013年第2期)和"论惠特曼城市生态诗学中的'道'"(《社会科学辑刊》,2015年第3期)、田俊武的"论惠特曼诗歌中的'大路旅行'意象"(《外语教学》,2017年第3期)等。本章认为,惠特曼的《草叶集》是一个丰富多彩的自然世界。除了表达诗人的民主思想、超验主义思想、政治抱负以及国家意识和民族意识以外,《草叶集》描写了大地、海洋、城市、乡村、风雨、鸟儿、动物、花园,甚至小得不起眼的一堆粪肥也是他笔下的闪光之点。惠特曼在描写自然界万物的同时,还试图在自然万物中表达他的哲学思想,包括他的生态自然思想。

惠特曼笔下的土地

随着人类物质文明的发展,人类越来越多地对土地实施征服、索取和占有,人类对土地的敬畏之情、谦卑之心越来越减弱。重读惠特曼充满"土地情结"的诗歌,使我们"就人类对土地的姿态、情感及认知做出思考,为重建人与自然的和谐、重拾'诗意栖居'的价值建构寻求一种可能性"[①]。

惠特曼对于土地的热爱在众多诗歌中可见一斑。在《转动着的大地之歌》中他这样写道:"我敢说对于那将是完整的男子或妇女说来,大地也肯定将是完整的,/……我敢说如果不向大地的伟大力量看齐,就不可能有伟大的力量,/除非能进一步确证大地的理论就不可能有任何有价值的理论,/除非能和大地的宽厚比美,就不可能是有价值的政治,诗歌,宗教,行为,等等,/除非它能正视大地的准确性,活力,无私,正直。"[②]作为一位具有很浓的"土地情结"的诗人,惠特曼在这里直截了当地写出了土地的伟大和神圣。

在惠特曼看来,土地是万物生长的根本。在《阔斧歌》("Song of the Broad Axe", 1856)、《从鲍玛诺克开始我就像鸟儿那样飞翔》、《向着他们走过的已经发酵的土地》、《拓荒者!啊,拓荒者!》等诗篇中,惠特曼把土地当作万物生长的根本。《阔斧歌》描写了劳动人民从物质文明到精神

[①] 范景兰:"感恩大地 诗意栖居——昌耀与惠特曼诗歌'土地'意象比较阐释",《青海社会科学》,2012年第4期,第167页。

[②] 沃尔特·惠特曼:《草叶集》,赵萝蕤译,上海:上海译文出版社,1991年,第371页。

文明的创造功能和成就，反映了惠特曼所处时代的国家发展事业，指出劳动人民在自己的土地上开拓新的生活天地，强调国家发展要靠辛勤劳动，而劳动又离不开斧头。他在《阔斧歌》的第二段连续用了十个首尾重复的平行句对土地表示"欢迎"："欢迎地球上的一切土地，各有自己的类别，/欢迎松树与橡树的土地，/欢迎柠檬与无花果的土地，/欢迎黄金的土地，/欢迎小麦与玉蜀黍的土地，欢迎葡萄的土地，/欢迎糖与米的土地，/欢迎棉花的土地，欢迎马铃薯和甘薯的土地，/欢迎山岳，平地，沙洲，森林，草原，/欢迎江河两边的富饶土地，高原，林间空地，/欢迎广阔无边的牧场，欢迎那到处是果园，亚麻，蜂蜜，大麻的肥沃土壤；/也同样欢迎其他那些表皮更加坚硬的土地，/像黄金的土地或小麦与果树的土地那样富饶的土地，/矿藏的土地，雄伟而嶙峋的矿石之地，/煤、铜、铅、锡、锌的土地，/铁的土地——造就斧头的土地。"[1] 这是一片万物生长的土地，也是辽阔、坚实和厚重的土地。诗人吟唱着土地的丰收和富饶。对于惠特曼来说，土地是形形色色的生灵生存之土地，是人类繁衍生息的地方；土地，乃人类生存之依托、生命资源之本、安身立命之根。在这里，斧头与大地结合创造了一切：松树和橡树等各类树木、柠檬和无花果等各种水果、小麦和玉米等各色谷物、高山和平原等各类地形……最初的人类需要挖掘植物的根茎来食用，而神奇的大地就成了犹如母亲一样的生命之源。"在辽阔的大地上，各种各样的生物、植物都因土地丰富的滋养而自由、健康地生长，其深层寓意便是土地的无私、土地的仁义、土地的宽厚与包容。"[2]

土地是惠特曼诗歌创作的源泉。他在《草叶集》的卷首题诗中写道："来吧，我的'灵魂'说，/让我们来为我的'肉体'写几句诗吧，（因为我们是一体）/万一我死后不知不觉地回来了，/或是距今很长很长的一段时间里，来到了别的领地，/在那里又给某些同伴们歌唱，（数说大地的土

---

[1] 沃尔特·惠特曼：《草叶集》，赵萝蕤译，上海：上海译文出版社，1991年，第313页。
[2] 范景兰："感恩大地 诗意栖居——昌耀与惠特曼诗歌'土地'意象比较阐释"，《青海社会科学》，2012年第4期，第171页。

壤、树木、风向、奔腾的浪头，）/我还可能永远欢喜地微笑着唱下去，/永远永远认下这些诗句。"①大地的土壤是诗人创作的灵感来源，也是他的精神之源。土壤也是"草叶"生长的根本，所以，诗人《草叶集》的创作完成离不开他脚下的那片热土。可谓是"哪里有土，哪里有水，哪里就长草"，哪里就有诗歌的产生。作为一位自然诗人，他的诗歌灵感源于土地。"惠特曼意识到信心对人的灵魂及未来社会产生的深远影响，他把土地与永恒、自然与劳动、生活中的劳动者联系在一起。这是诗人创作和生活的立足点，也是他灵感的源泉。"②

　　土地是惠特曼创作的精神家园，是人们"诗意地栖居"的场所。人们通常把大地比作母亲，惠特曼将"土地"喻作"母亲"而自然产生的"精神家园"情感的抒写与表达，在《我自己的歌》中有明显表达："微笑吧！啊，妖娆的、气息清凉的大地！/生长着沉睡而饱含液汁的树木的大地！/夕阳已西落的大地，——山巅被雾气覆盖着的大地！/满月的晶体微带蓝色的大地！/河里的潮水掩映着光照和黑暗的大地！/为了我而更加明澈的灰色云彩笼罩着的大地！/远远的高山连着平原的大地——长满苹果花的大地！/微笑吧，因为你的情人来了。"③惠特曼希望用自己的歌来表达他所处的环境。从历史的、经济的角度来考察，19世纪初开始，美国资本主义快速发展，对土地的需求也越来越显得重要，有识之士已经意识到珍爱土地的重要性。惠特曼内心深处对"土地"如对母亲一般感恩。土地不仅是母亲，而且还担当着浪漫的情人的角色。她面容娇娆，口气清新；她孕育着树木森林；她与明月、星星交相辉映；她与山川河流融为一体；她的四周鲜花围绕……这样的地方不但是供身体栖居之地，更是心灵、精神的栖居之地。这是诗人笔下的乐园，也是我们追求的理想之地。诗人在这里告诉我们，土地犹如伟大的母亲养育了自己的儿女，因此，人类应该以

---

① 沃尔特·惠特曼：《草叶集》，赵萝蕤译，上海：上海译文出版社，1991年，第3页。
② 范景兰："感恩大地 诗意栖居——昌耀与惠特曼诗歌'土地'意象比较阐释"，《青海社会科学》，2012年第4期，第169页。
③ 沃尔特·惠特曼：《草叶集》，赵萝蕤译，上海：上海译文出版社，1991年，第89页。

感恩、谦卑和敬畏的姿态对待土地。惠特曼，这位来自乡村的诗人，对大自然，尤其是对土地的情感，已深深楔入他的生命之中、灵魂深处。"诗人将自己的精神融于自然，融于广阔的大陆与孕育人类的土地，或从自然中发现自身的灵魂，灵魂不再是抽象而空虚的，从而赋予诗清新的生命。"[1] 根据海德格尔"人诗意地栖居于大地之上"的思想，土地是类人文精神和文化底蕴的载体，更重要的是，大地折射出人与自然的关系以及由土地而生发出来的生态环境情怀。

土地是惠特曼表述国家意识和民族思想的符号，也是他用来表达国家发展的标志。到19世纪60年代，美国政府通过各种手段获得了大量土地，美国的面积不断增加，国家发展也不断加快。随着美国人口从东部向西部不断迁移，形成了声势浩大的向西部扩张，到西部开发的高潮。在惠特曼身上，他的爱国主义思想中包含着强烈的国家意识和民族扩张主义的因素，但是这并不影响我们对于他那些歌颂国家和时代的诗篇的欣赏，也不影响我们对于他的自然思想和环境意识的了解。诗人在《拓荒者！啊，拓荒者！》中写道："我们出现在一个更新、更强大、更多样化的世界上，……/我们经常派遣分队，/走下悬崖峭壁，穿过山间小路，直登高峰，/在陌生的路上征服着、占领着，壮着胆子，冒着风险，/拓荒者！啊，拓荒者！"[2] 惠特曼在1855年《草叶集》第一版的前言中强调，美国诗人"要赋予美国的地理、自然生活、河流与湖泊以具体的形体"[3]：

> 每年一次泛滥和湍流变化的密西西比河，有着瀑布和阳刚之美的哈德逊的哥伦比亚、俄亥俄和圣罗伦斯河不在它们流入诗人脑中少而自身消耗多的地方流入平原。……当大西洋海岸延伸得更长，太平洋海岸延伸得更长的时候，他很容易地和它们一道从北到南伸延，他也

---

[1] 范景兰："感恩大地 诗意栖居——昌耀与惠特曼诗歌'土地'意象比较阐释"，《青海社会科学》，2012年第4期，第169页。
[2] 沃尔特·惠特曼：《草叶集》，赵萝蕤译，上海：上海译文出版社，1991年，第383页。
[3] Walt Whitman, "Preface to the 1855 Edition of *Leaves of Grass*." *The American Tradition in Literature*, 9th ed.Vol. I. Eds. George Perkins and Barbara Perkins. New York: McGraw-Hill College, 1999, p. 1943.

从东到西横跨它们之间并且反映它们之间存在的一切。[1]
国外一些学者,包括《处女地:作为象征和神话的美国西部》(*Virgin Land: The American West as Symbol and Myth*,1950)的作者亨利·纳什·史密斯(Henry Nash Smith),都把惠特曼对美国大地的热爱与美国的"命定扩张论"相联系,认为惠特曼未来的读者在美国的西部,他的目标是在美国的内陆。其实,惠特曼胸中的大地不仅包括美国本土大陆,而且包括整个美洲大陆,甚至整个拉丁美洲大陆。他的名诗"I Hear America Singing"从内容上说应该翻译成"我听到美洲大陆在歌唱",而不是"我听到美国在歌唱"。从后殖民角度看,惠特曼或许是一个殖民扩张者。但他那宽广的胸怀,对大地的一片灼热之情,是值得我们崇敬的。诗人在《向着印度行进》中写道:"向着印度行进!……/大地将被跨越,为网状物所连接/各个民族,近邻将通婚/,海洋能够逾越,遥远的将成为靠近,不同的国土将结合在一起。"[2] 在惠特曼看来,人类不能仅仅满足于地理上、物质上或生活上的联系。我们"要探索人类生活的目的及其内在联系和意义,以及人与自然的正当关系"[3]。只有这样,人类才能"恢复已经失去的人与自然的和谐",并且希望人类"充分了解自然并永远令人满意地和她产生感情上的交流"[4]。

惠特曼的诗歌表达了19世纪中叶边疆文化的特征,即美国是文化与自然(文明与野蛮)的两相汇合。惠特曼的自然诗歌包含了美国文化与美国精神,即粗犷务实、活力与信心,体现了美国历史学家所说的"花园神话"和"帝国神话"特征,因为"美利坚帝国的特性是……由人与自然之间的关系决定的"[5]。惠特曼从来就不认为城市文明(美国东海岸和欧洲)

---

[1] 亨利·纳什·史密斯:《处女地:作为象征和神话的美国西部》,薛蕃康、费翰章译,上海:上海外语教学出版社,1991年,第45—46页。
[2] 沃尔特·惠特曼:《草叶集》,赵萝蕤译,上海:上海译文出版社,1991年,第715页。
[3] 李野光:《惠特曼:名作欣赏》,北京:中国和平出版社,1995年,第457页。
[4] 亨利·纳什·史密斯:《处女地:作为象征和神话的美国西部》,薛蕃康、费翰章译,上海:上海外语教学出版社,1991年,第49页。
[5] 同上书,第 iii 页。

的文明是腐败的或者正在变得腐败,美国没有所谓好的自然与坏的文明之间的对立。整个《草叶集》表达的是对一个生气勃勃、欣欣向荣的国家的热爱,特别是对这片国土上大自然的热爱。惠特曼笔下的"花园神话"是土地肥沃、果实丰盛、自给自足的理想之国,是自由民主的完美典型。李野光在《惠特曼:名作欣赏》的"序言"中指出:

> 惠特曼诗学的核心,可以说是在《草叶集》序言中宣布的那个"实现与灵魂之间的通道"。这似乎是要诗歌在读者心灵和客观世界之间起内在的沟通作用,即让读者与诗人笔下的事物在精神上融为一体。为此,便必须赋予事物以灵性。事实上,惠特曼像所有的浪漫主义诗人一样,经常以泛灵主义眼光看待宇宙万物,而在创作中则特别重视灵感,强调诗歌不能是自觉的理智的产物,而是一种捉摸不着的内在的东西,"其特性寓于灵魂之中"。[①]

与土地意识相关的另一首代表作是《这堆粪肥》("This Compost",1856)。这首诗歌收录在《草叶集》之《秋天的溪流》("Autumn Rivulets")。诗歌的主题涉及死亡与再生、自然的力量以及生态的审丑描写等众多方面。诗歌第一句"我认为我是在最安全的地方时一件事情惊动了我",也让读者感到意外。作为热爱自然的诗人,为什么"我离开了我那心爱的寂静的树林,/我现在不去牧场散步了,/我不会从身上脱下衣服去和大海我的情人见面了,/我不会为了使我振作而用我的肉体像和别的肉体那样去接触大地了?"[②]究其原因,是因为这堆粪肥。诗人特意让读者"好好看一看"这堆粪肥。诗人接着详细描写了这堆粪肥的"功效":它为健康提供香草、树根、果园、谷米的血浆,它为春天的大地提供了养料,它表达了自然界的"周期",它是"多好的化学作用!",给我们这个世界带来了"甜蜜的东西"。[③]

诗人首先描写了这堆粪肥给春天大地带来的活力。植物、动物、农作

[①] 李野光:《惠特曼:名作欣赏》,北京:中国和平出版社,1995年,第5页。
[②] 沃尔特·惠特曼:《草叶集》,赵萝蕤译,上海:上海译文出版社,1991年,第636页。
[③] 同上书,第637—638页。

物以及鲜花和水果等在粪肥的支撑下，获得了新生：

> 豆角毫无声息地从园中的沃土里钻了出来，/葱头的嫩叶往上穿刺，/苹果枝上成球地长着苹果花苞，/小麦的复活使它苍白的面目又从它的坟墓里出现，/柳树和桑树的浅淡颜色苏醒了，/雄鸟日夜欢歌，雌鸟在抱窝，/雏鸡从蛋壳里啄壳而出，/初生的动物出现了，小牛出自母牛，小马出自母马，/从它的小山头忠实地长出了土豆的深绿色叶子，/从它的山头长出了黄色的玉米秆，前院的紫丁香开花了……①

这是一首"主题复合体"诗歌。因为它既赞扬了自然之美，讴歌了传统诗歌中常常出现的花草动物等主题，又有对自然界丑的阴暗面的东西进行描述。在对粪肥赞美的同时，我们看到了"患病的尸体""酸臭的死尸""腥臭的液体和腐肉"及"腐肉"②等许多负面的描写。这些负面描写的目的是"着力表现被传统自然诗歌忽略、遮蔽、排斥甚至打压的那部分自然，那部分表面上看来鄙陋卑丑、令人感到不快和厌恶的自然，揭示丑中所蕴含的深层的、内在的自然美"③。

惠特曼在这首诗歌中大胆表达了对自然的"审丑"倾向影响了一批当代美国生态诗人。斯奈德的《正好在路上》("Right on the Trail")、阿蒙斯（A. R. Ammons）的《垃圾》("Garbage")、奈莫洛夫（Howard Nemerov）的《城市垃圾堆》("The Town Dump")、威尔伯（Richard Wilbur）的《废物》("Junk") 以及库明（Maxine Kumin）的《排泄物之诗》("The Excrement Poem") 在一定程度上受到了惠特曼的影响。这些诗人对美国当代社会所产生的"丑陋现象"，从生态环境视野出发，结合宗教、精神、文化意义，对工业社会的垃圾、死亡以及有害物质进行"反田园式"描写，试图建构一种不同于传统意义上的生态美学和生态价值观。

在惠特曼丰富多彩的大地上，到处都有美妙的自然歌声。惠特曼擅长用鸟儿来表达诗歌主题和生态自然意蕴。《草叶集》中有《候鸟集》。诗

---

① 沃尔特·惠特曼：《草叶集》，赵萝蕤译，上海：上海译文出版社，1991年，第637页。
② 同上书，第636页。
③ 闫建华："当代美国生态诗歌的'审丑'转向"，《当代外国文学》，2009年第3期，第103页。

人以此命名该专辑,似乎是将生活比作鸟类的移栖,暗示人类在大自然的时间长河中的进化和迁徙历程。惠特曼研究专家李野光在《惠特曼:名作欣赏》中详细介绍了惠特曼在《最近紫丁香在前院开放的时候》("When Lilacs Last in the Dooryard Bloom'd")中如何通过紫丁香、金星和画眉鸟三者来描写人民对林肯的敬爱和悼念之情。① 从自然规律来讲,四月是紫丁香开放的季节。林肯在四月初遇害,这意味着每年的此时正是诗人和大众纪念林肯的日子。据说,画眉鸟是惠特曼从小在故乡山野认识和熟悉的鸟儿。惠特曼从小就和鸟儿结下了不解之缘,常把鸟儿称为"歌者",认为鸟儿(例如画眉鸟)具有自然界最美妙的声音。惠特曼以人的情感写鸟儿,将鸟儿拟人化。在诗人看来,鸟儿就是诗人,"是诗人在困惑和哀伤时寻求启示的对象,是生与死的解释者和调和者。它代表自然,也是自然的喉舌,并显示着生命的内在意义"②。

在《来自不停摆动着的摇篮那里》("Out of the Cradle Endlessly Rocking")一诗中,惠特曼写了诗人、小孩、大海和鸟儿。这一长诗的开头这样写道:"来自不停摆动着的摇篮那里,/来自学舌鸟的喉头,穿梭一样的音乐,/来自九月的午夜,/在那不毛的沙地和远处的田野里,那个孩子从床上起来,一个人慢慢游逛着,光着头,赤着脚,/在阵雨般洒落的月晕下面,/……/在生长着荆棘和黑莓的小块土地上,/从那对着我唱歌的小鸟的回忆中,/……/我把自己全身扑倒在沙滩上,面对着海浪,/……/我,……歌唱一件往事。"③ 诗歌写一只学舌鸟。它那凄婉的歌声勾起了诗人童年的回忆,也唱出了诗人的心声。诗人在这只鸟儿身上找到了对大自然热爱的寄托,也表达了他的精神所在,即对真、善、美的追求,因为鸟儿是他的精灵,她那"一种婉转的回声已开始在我胸中取得生命,永不会死去"④。鸟儿的歌声,诗人的精神,再加上海之魂魄,汇合成一曲自然的咏叹调。在这首诗

---

① 李野光:《惠特曼:名作欣赏》,北京:中国和平出版社,1995年,第387—391页。
② 同上书,第387页。
③ 沃尔特·惠特曼:《草叶集》,赵萝蕤译,上海:上海译文出版社,1991年,第413—414页。
④ 同上书,第421页。

歌中，"男孩"是诗人过去的"我"，大海是诗人的母亲，是诗人心灵永远摇荡着的摇篮，鸟儿的歌声是大自然的符号，整个诗篇仿佛"就是诗人的'宣叙'和'咏叹'"。在诗歌的语音和格律上，诗人采取了具有生态自然语音特征的"有机韵律"。诗人以一种主要由短语和词语构成的隐约的节奏来取代传统的格律，"采用歌剧宣叙调和咏叹调交替运用的手法，以'渐强''极强''渐弱'的旋律形成了波卷浪回、高潮涌出的气象"[1]，而这一高潮涌出的气象正是大地间人类与自然的通道所在。

《致军舰鸟》（1876）是诗人参照法国19世纪作家米什莱的抒情散文《鸟》创作的。在这首诗歌中，诗人把自己看成是一只军舰鸟："我自己是一个微粒，是浮游着的广阔世界上的一点。"在诗人看来，他和这一海鸟有着相同的特征，"你生来就和大风匹配，（你全身是翅膀）/能对付天空、地球、大海和飓风"，因为"在其中，在你的经历中，你有着我的灵魂"[2]。诗人不是纯粹写一只鸟。诗人于拟人中寄托自己的心绪和志向，通过某些形象化的描写来抒写自己面对大自然时所展示的宽大的胸怀。同时，惠特曼"通过语言形式和内容表达来构建非人类生命体的生态身份，人类与非人类生命体之间的生态关系，以及生态影响。选择'海鸟'作为物质过程的施事者以及行为过程的参与者，提高非人类生态位的能动性和参与程度；主位和信息结构围绕'海鸟'在海上对抗暴风展开，塑造非人类生态成分的正面形象，增加读者对非人类生命体的关注度；发声体——惠特曼的身份和地位，语气和情态系统的结合对信息传播产生积极效果，有利于传达正确的生态理念"[3]。

《我的金丝鸟》（1888）写于诗人的晚年，收集在《草叶集》之《七十生涯》。诗歌虽然写于暮年，但其表达的思想并不消沉，体现了诗人作为一个浪漫主义作家一贯的精神面貌。全诗只有短短的五行，却表达了诗人

---

[1] 李野光：《惠特曼：名作欣赏》，北京：中国和平出版社，1995年，第251—252页。
[2] 沃尔特·惠特曼：《草叶集》，赵萝蕤译，上海：上海译文出版社，1991年，第429—430页。
[3] 王红阳、陈雨涵："生态语言学视角下的海洋诗歌分析——以惠特曼的《给军舰鸟》为例"，《宁波大学学报》（人文科学版），2020年第4期，第37页。

与自然融为一体的情感:"深入到权威书籍的主题中去,从各种思想、剧本、推理中,/深刻又饱满地吸收了东西,就算伟大了吗,啊,灵魂?/但是现在从你那里到我这里,笼中的鸟儿啊,能够感受你那欢乐的鸣啭,/让它灌满空气,这间寂寞的房间,这个漫长的上午,/不也一样伟大吗?啊,灵魂?"① 笼中的金丝雀给晚年的诗人带来了一些快乐,消除了他晚年岁月的孤独和寂寞。鸟儿不仅有灵性,其意义像一部"鸿篇巨制"的作品,它那"欢乐的鸣啭"中包含着大自然中深邃而丰盈的东西,而这些深邃的东西也是诗人的灵感来源。通过一只小小的金丝雀,惠特曼"不在语言中融合,只在彼此的对视中融合,使他的每篇整体都在一个个细节中自然形成,似乎惠特曼只需要将笔尖往大自然深入,抓住每一个在眼前出现的细节,它们便自动形成自足的存在"②。短短的几句诗表达了诗人对金丝雀的感情,反映了他热爱自然的天性,"阐发了惠特曼的一种体会,即人们的思想灵感往往更直接、更多地来自大自然的物类而不是前人的著作"③。

惠特曼与大海

惠特曼描写土地,热爱土地,是大地之子;同样,他也描写大海,热爱大海,"是大海之子,他对海洋有着赤子一般的爱。《草叶集》的海洋描写内容丰富,手法多样,惠特曼笔下的海岸意象、海洋世界具有弥足珍贵的现代生态意义"④。他的出生地在纽约北面的长岛,从小在海边长大,大海陶冶了他的情操,也给他创作诗歌带来了灵感。据相关学者统计,《草叶集》收录的430多首诗歌中,书写"海"的诗篇就多达160首。其中,《铭文》("Inscriptions")中有8首,《亚当的子孙》("Children of Adam")中有4首,《芦笛》("Calamus")中多达22首;《鼓声哒哒》

---

① 沃尔特·惠特曼:《草叶集》,赵萝蕤译,上海:上海译文出版社,1991年,第889页。
② 远人:"进入大自然的笔尖"(外一篇),《芒种》,2019年第1期,第66页。
③ 李野光:《惠特曼:名作欣赏》,北京:中国和平出版社,1995年,第518页。
④ 参见刘翠湘:"惠特曼的海洋诗歌及其生态意义",《世界文学评论》,2009年第1期,第157—159页。

("Drum-Taps")中也涵盖了与"海"意象有关的诗篇;《纪念林肯总统》("Memories of President Lincoln")中的《最近紫丁香在前院开放的时候》等3首诗歌中写到了"海";在《草叶集》附录一中的《纳夫辛克小唱》八首组诗中"惠特曼也通过大海的节奏表达了生命轮回的观点,对海潮的神秘性作了最充分的描述。……许多非海洋题材的诗歌,都充溢着奔涌不息的运动,只不过有时是温柔的起伏,有时是更为激烈的波动"[①]。此外,《秋天的溪流》以及散文集《典型的日子》(*Specimen Days*)中都写到了"海"。而《草叶集》中的诗辑《海流》(*Sea-Drift*)更是把"海"作为唯一的描写和抒情对象。正因为如此,才有评论者认为"惠特曼是美国文学中的第一个海洋诗人"[②]。

惠特曼和大海有着深厚的感情。以《草叶集》中的《海流》为例,其中收录的描写大海的作品包括《来自不停摆动着的摇篮那里》(1859)、《在我随着生活的海洋落潮时》("As I Ebb'd with the Ocean of Life",1860)、《在船上的舵轮旁》("Aboard at a Ship's Helm",1867)、《黑夜,独自在海滩上》("On the Beach at Night Alone",1871)、《歌唱所有的海域,所有船只》("Song for All Seas, All Ships",1873)以及《紧跟着海船》("After the Sea-ship",1874)等。海洋是人类生命的摇篮,在《来自不停摆动着的摇篮那里》中,诗人"我把自己全身扑倒在沙滩上,面对着海浪",享受着海鸟的歌声。诗人用拟人的手法对大海说:"但是轻些,低声些,/轻些,/让我只是喃喃细语",诗人把海魂与自己的心灵结合在一起,并且引发出哲学意义上的思考——对死亡的阐释:"大海朝着这里回答,/不迟延,也不匆忙,/整个夜里向着我悄语,拂晓时已十分明确,/向我喃喃吐出的是那低沉、甜美的词:/'死亡'……"[③]在惠特曼的哲学思想中,死亡并不意味着生命的结束,而是生命的开始,是一种再生,也是一种生

[①] 段波、张泉:"19世纪美国海洋诗歌主题述略",《浙江海洋学院学报(人文科学版)》,2014年第1期,第19页。
[②] 廖彬:"惠特曼和郭沫若的诗歌意象论",《郭沫若学刊》,1992年第3期,第62页。
[③] 沃尔特·惠特曼:《草叶集》,赵萝蕤译,上海:上海译文出版社,1991年,第418—421页。

命的循环和继续。

在《在我随着生活的海洋落潮时》中，诗人描写了自己在海岸上对海洋的所见所感，并且把生命之海和现实之海相联系。面对大海，诗人想到自己被海面和那代表地球全部水陆的沉淀所征服，想到了"糠秕、稻草、木片、杂草和海面筋"等。在大海面前，诗人感觉到自己的渺小，只是泥沙和海上漂流物的一部分。大海是诗人思想的源泉，每当诗人走向那熟悉的海岸时，诗人感到了"那传电的自我寻找各种模式的时候"。大海也是诗人诗歌创作的源泉。诗人说，尽管面对大海时"大自然捉弄我，向我扑来，并刺痛我"，但是大海依然让他"张大了嘴歌唱"[①]。他把大海称为母亲，把海滩比作父亲。诗人在谈到他的诗歌与大海的渊源时曾经写道："我头一次想写点什么，就是当我看见一只满帆的船在海上漂行的时候……我幻想要写篇东西，也许一首诗，关于海涛……固态的与液态的结婚了，现实的同理想的结合在一起。"[②]诗人把自己想象成是泥沙和海上漂流物的一部分时，他觉得是回到了母亲的怀抱，躺在父亲的胸脯上。他希望父母亲般的大海能帮助他面对"那些他自己无法解答的'秘密'，生与死、现实与理想、外表与实质之间的矛盾那一类的问题……诗人祈求他的'老母'大海不要拒绝他，并且相信随着暴风雨和黑暗到来的将是浪潮，他的生命的潮流还会有再涨的一天"[③]。相同的主题还体现在另一首诗《黑夜，在海滩上》("On the Beach at Night")。诗人在这里描写了一幅秋夜图：海滩、夜空、乌云、星星、孩子和父亲。"在海滩上孩子紧拉着她父亲的手／那些压下来埋葬一切的云彩不久就将胜利地吞食一切"，这时候父亲不仅安慰孩子不要害怕，而且就生与死再次给出了哲学意义上的答案："有某种东西，／（我用嘴唇安慰你，还要悄悄对你说，／我向你提出第一个暗示、问题和间接的含义，）／有一种东西甚至比星星更加不死，／（埋葬已多次，不少个日日夜夜正在过去，）／有一种东西甚至比明亮的朱庇特还要持久，／胜

[①] 沃尔特·惠特曼：《草叶集》，赵萝蕤译，上海：上海译文出版社，1991年，第423—424页。
[②] 李野光：《惠特曼：名作欣赏》，北京：中国和平出版社，1995年，第261页。
[③] 同上书，第262页。

似太阳或任何旋转着的卫星，/胜似那七颗灿烂的姊妹明星。"[1] 诗人所指的"有一种东西"，便是万物所有的、体现大自然规律的那个生—死—再生的循环过程的不朽性。上面的两首诗歌，也让我们看到了惠特曼不同一般的自然观。首先，惠特曼的自然观中折射着一定的神性，并且带有泛神论的色彩。一方面他的自然观蒙上了"神秘主义"色彩，蕴含了作者对于生与死深沉思考的宇宙意识，就像上面两段诗歌中表达的那样；另一方面他对自然景物的直接描写，则显示了他对自然单纯美的欣赏，这使泛神论自然观蕴含的审美意义得以呈现。在《歌唱所有的海域，所有船只》中，海洋、世界和人类这些不同的意象在这里汇合成一个整体。海洋连接了大陆，人类的生命或许最初就来自海洋，人类是经由海洋彼此交往并形成一个整体的。在《在海上备有舱位的船只里》(1871)，诗人指出"这里是我们的思想，航海者的思想/……/一望无际的前景和遥远而昏暗的水平线也都在这里，/这是一首海洋的诗。……永远充满信心"[2]。诗人在这里生动描写了他与大海及海船的缘分。在诗人的意识中，"大海是与民主、群众、时代和人生紧密地联系着的"[3]。《船儿在起航》(1881)描写了一艘张着帆的船在无边的大海上起航。在《我自己的歌》中，诗人和朋友在海边漫步、捕鱼，在海里游泳。在这首诗歌的第 22 节，诗人热情洋溢地赞颂了大海："你这大海啊！我也把自己交托给了你——我猜透了你的心意，/我在海滩边看到了你那屈着的、发出邀请的手指，//……请在昏昏欲睡的波浪里摇撼我，/用多情的海水泼在我身上吧，我能报答你。"[4]

海洋环境论认为，大海是孕育生命的有机体，它是一切有生命的万物之源。诗人把自己委托给大海的行为和意义与梭罗的呼吁是一致的："给我大海，给我沙漠，给我荒野吧！"[5] 和梭罗一样，惠特曼不仅看到了海洋的

---

[1] 沃尔特·惠特曼：《草叶集》，赵萝蕤译，上海：上海译文出版社，1991 年，第 432—433 页。
[2] 同上书，第 10—11 页。
[3] 李野光：《惠特曼：名作欣赏》，北京：中国和平出版社，1995 年，第 7 页。
[4] 沃尔特·惠特曼：《草叶集》，赵萝蕤译，上海：上海译文出版社，1991 年，第 89 页。
[5] Henry David Thoreau, *Walking in Henry David Thoreau: Essays, Journals, and Poems*. Ed. Dean Flower. Greenwich: Fawcett Publications, Inc., 1975, p. 524.

美丽风光，更是认识到了海洋的内在价值。大海赋予惠特曼蓬勃向上、积极进取的精神；大海那清新的气息、洋溢着生命的活力的特征正是惠特曼作为一名自然诗人所拥有的特征。大海纯净的自然风光也让他身心得到升华。国内有学者指出，惠特曼的海洋诗歌体现了生态整体论思想，因为海洋是个完整的有机体；大海不仅具有自然属性，而且富有人文情怀。这一看法是有一定道理的。惠特曼所歌颂的"自然"不再局限于自然界中的荒野、群山、河流和"海"，还包括人所创造出的一切，这时的"自然"更接近于"人类环境"这个概念。惠特曼将城市文明即人化自然，纳入生态文学的考察范围，有着极其深刻的意义，它迫使人类将目光转向人化的自然，而不仅仅只关注未经人工改造的"自然"，从而为探寻人类与生态系统的关联与交互作用提供了更广阔的视角。[1] 李野光在谈到惠特曼笔下的大海时说："它显然是惠特曼得益最大的灵感之源。据说诗人童年时代在海滩上玩耍时，脑子里便出现了海涛这个'流动而神秘的主题'。他觉得一首伟大的诗也必须'缓缓不停地'向前奔流，并毕生追求这样的神态。"[2] 英国哲学家怀特海（1861—1947）认为自然界是生命有机体的创造进化过程，整个世界是一个共生互滋、动态相连的网络式整体。[3] 利奥波德（Aldo Leopold，1887—1948）的"生命共同体"思想和洛夫洛克（James E. Lovelock，1919—2022）的"盖娅"概念，都体现出生态整体主义思想。重读惠特曼的海洋诗歌，把海洋当作人类生存必要的生命共同体，把大海看作比陆地更大的生命家园，看作一个有机体文学隐喻的开始，有利于我们培养海洋生态责任心，也有利于我们更加深刻地领会惠特曼的自然诗歌，因为"在惠特曼的眼里，海洋不是孤立于大地而存在的，海洋是世界与人类的生命共同体。……惠特曼认为，海洋自身是一个完整的、有机的'世界'。……大海让世界流动，它是地球上需要观照的最重要的生命共

---

[1] 参见王敏：《惠特曼笔下的"海"》（硕士论文），2012 年，"中文摘要"部分。
[2] 李野光：《惠特曼：名作欣赏》，北京：中国和平出版社，1995 年，"序言"第 7 页。
[3] Alfred North Whitehead, *Process and Reality: An Essay in Cosmology*. London and New York: Harper & Row, 1960, pp. 27-35.

同体。……惠特曼的海洋诗是惠特曼生态情怀、生态人格的诗意呈现与诗意写照。惠特曼对海洋的拳拳之心、殷殷之意唤醒我们的海洋意识特别是海洋生态意识,激励我们勇敢地承担起海洋生态责任"[1]。

小结:惠特曼哲学意义上的自然观

有评论家认为,惠特曼的自然观是唯物主义和唯心主义的自然观的结合体。这一观点是有一定道理的。对《我自己的歌》进行解读,我们发现,首先唯物主义对惠特曼的自然观有重要影响:"我接受'现实',不敢对它提出疑问,/唯物主义贯穿始终。"[2]《我自己的歌》一诗到处可见表现唯物主义思想的词汇和表述。惠特曼试图在诗中谈论物质及其属性、原子、能量以及相关自然之规则。约瑟夫·比弗(Joseph Beaver)在《沃尔特·惠特曼——科学诗人》(*Walt Whitman, Poet of Science*)一书中指出,惠特曼对科学的兴趣并非偶然,他把惠特曼称作"第一个把现代科学概念应用到其诗作中的(美国)人"[3]。同时,《我自己的歌》中所涉及哲学唯心主义的思想同样引人注目。对惠特曼来说,"非物质的"与"无形的"跟"物质的"与"有形的"同样重要。上帝正是他所认识的物质构成的一部分:"为什么我应当要求比今天更好地认识上帝呢?二十四小时中我每小时,甚至每一分钟都看到上帝的某一点,/在男人和女人的脸上,也在镜子里我自己的脸上看见上帝,/我在街上拾到上帝丢下的信件,每封信上都签署着上帝的名字。"[4]

惠特曼的诗歌中既有唯物主义思想又有唯心主义的元素,两者的哲学统一是他的真正目的。他写道:"我发现一边是某种平衡,和它对立的一

---

[1] 参见刘翠湘:"惠特曼的海洋诗歌及其生态意义",《世界文学评论》,2009年第1期,第157—159页。
[2] 沃尔特·惠特曼:《草叶集》,赵萝蕤译,上海:上海译文出版社,1991年,第92页。
[3] Joseph Beaver, *Walt Whitman, Poet of Science*. New York: King's Crown Press, 1974, p. ix.
[4] 沃尔特·惠特曼:《草叶集》,赵萝蕤译,上海:上海译文出版社,1991年,第145—146页。

边也是某种平衡,/软性的教义和稳定的教义都必然有益。"①爱默生在《论自然》中早就看到这种和谐共存感。他在《论自然》序言的开篇部分感叹道:"我们的先辈们与神灵,与自然直接晤面,领承天启;而我们,和他们一样长有双眼的我们,却只能借助他们的双眼来'目睹'神灵和自然。我们为什么不能拥有由我们的亲眼所见激发出来的而不是由我们的先辈留给我们的诗和哲学?我们为什么不能拥有上苍直接启示给我们的宗教本身而不是宗教的历史或历史中的宗教?"②

爱默生认为,对有形世界的直接观察就能验证一个人的自然观:"所有的科学都有一个目的,这就是找到一种关于自然的系统的学说。我们有众多关于自然中各种类别和机能的理论,但这些理论还远不能用以解释造物主之'创造的神秘'。而今我们还远离通往真理的大道,宗教的教士们互相攻讦,彼此仇视;也有一些的确在思索这些问题的人,但是他们又把一些鄙陋的俗见奉为圭臬。然而,对于一个完满的判断来说,最抽象的真理反而是最实际的。"③爱默生还认为"物质是现象,不是存在":"当我看到一片绮丽的风景时,我的目的不是为了准确地分辨出这片风景中远远近近的各层次之间的关系,我只是想知道,我的纷繁的思绪为何都消融在这种平静的整体感之中,只要我看不到能够解释事物和思想之间的关系的暗示,我就不能将细微处的精神发扬光大。"④

惠特曼深受爱默生超验主义思想的影响,他的自然观在承认其存在与现实的同时,阐释了爱默生对自然的认识。对惠特曼来说,宇宙中存在统一性,这种统一性存在于任何一个时间段和任何一个事物中。他认为我们可以在事物的具体构造中寻找普遍规律,我们不仅在人类的宏伟巨作中,而且在日常生活的方方面面找到普遍规律:

我仍作为我而站立,/感到有趣,自满,怜悯,无所事事,单一,/

---

① 沃尔特·惠特曼:《草叶集》,赵萝蕤译,上海:上海译文出版社,1991年,第91页。
② 爱默生:《自然沉思录》,博凡译,上海:上海社会科学院出版社,1993年,第1页。
③ 同上书,第2页。
④ 同上书,第56—57页。

俯视，直立，或屈臂搭在一无形而可靠的臂托上，/ 头转向一旁望着，好奇，不知下一桩事会是什么，/ 同时置身于局内与局外，观望着，猜测着。①

在惠特曼看来，如果我们对每一事物都有一个比较充分的认识，我们就能对自身在宇宙中所处的地位有一个更清晰的了解，这种了解不必通过科学家或者牧师来帮你达到，因为逻辑和说教或许没有说服力，顺乎自然才能保持原始的活力。惠特曼的自然观或者说他的存在主义哲学观开阔了传统观念对有形肉体的认识，并否定了灵魂是无形的传统观念："我是肉体的诗人也是灵魂的诗人，/……/ 前者我把它嫁接在自己身上使它增值，/ 后者我把它翻译成一种新的语言。"②惠特曼相信，唯物主义不只局限于阐释有形世界中形态和外形的存在，它还包括一些有关能量的概念。对惠特曼来说，能量的概念同物质的概念一样重要。他认为宇宙中充满物质，但他也认同宇宙中充满了"非物质的"能量。惠特曼认为，对宇宙的解释如果只重视物质而不重视能量，都是对现实的扭曲，物质和能量同样重要且不可分割。他认为世间万物都是有生命的，所有的事物都是由充满受目的所驱使的能量的原子构成的。惠特曼在《我自己的歌》第6节中写道："一个孩子说：'这草是什么？'两手满满捧着它递给我看；/我哪能回答孩子呢？我和他一样，并不知道。/ 我猜它定是我性格的旗帜，是充满希望的绿色物质织成的。/……其含义是，在宽广或狭窄的地带都能长出新叶，/ 在黑人中间和白人中一样能成长……"③这里惠特曼提到了"草"和"芽"，从嫩芽到草叶，通过转变其中的比喻意义，惠特曼把单独对形状的关注转移到形状和目的上。(为什么叫作"草叶"？这是他留给读者的问题。)对惠特曼来说，如果把嫩芽当作肉体，那么草叶就是肉体与灵魂之和。每一片草叶都揭示了宇宙永恒的关联性："宇宙间从四处汇集拢来的事物，在不断

---

① 沃尔特·惠特曼：《草叶集》，赵萝蕤译，上海：上海译文出版社，1991年，第64页。
② 同上书，第88页。
③ 同上书，第66页。

朝着我流过来，/一切都是写给我看的，我必须理解其含义。"[①]惠特曼认为人类思维对宇宙相关性的认识能力是与生俱来的，如果不能意识到自我与所见事物之间的联系，那么所有事物就毫无生机可言。他希望能在诗歌中呈现他所描绘的自然，一个广阔无垠但却相互关联，瞬息万变却又亘古不变的自然，其中每个物体都相互关联，呈现出一个整体，这就是国内外一些学者提到的惠特曼的自然整体观。有诗为证："我听见你们在那里悄语，啊，天上的星星，/啊，恒星——啊，坟上的青草——啊，不断的调换和前进。"[②]

有学者指出，惠特曼的诗歌有着独特的内在结构，这一结构包括三个要素：一、诗人通过时间和空间在自然界看到了万物循环轮替规律；二、诗人在时间和空间中看到了每个处于不断变化的特定物体与其他物体之间的外在联系与内在关系。三、通过时间和空间诗人看到了万物之间，不管是近在咫尺或是遥遥相望，不管是形态相似还是形态各异，有目的地相互联系。[③]惠特曼遵循这三个要素进行诗歌创作："我俯身悠然观察着一片夏日的草叶。/我的舌，我血液的每个原子，是在这片土壤、这个空气里形成的，/……/我把我自己交付给秽土，让它在我心爱的草丛中成长，……"[④]由此可见，惠特曼"以浪漫主义的热情讴歌天空、大海和植物，写树、花蕾、阳光、动物、性和身体，写无限的宇宙。他企图借助自己充满自然活力的诗歌能对美国生活产生积极的影响"[⑤]。

[①] 沃尔特·惠特曼:《草叶集》，赵萝蕤译，上海：上海译文出版社，1991年，第86—87页。
[②] 同上书，第147页。
[③] Diane Kepner, "From Spears to Leaves: Walt Whitman's Theory of Nature in 'Song of Myself.'" *American Literature*, 51.2 (May 1979) 179-204, p. 189.
[④] 沃尔特·惠特曼:《草叶集》，赵萝蕤译，上海：上海译文出版社，1991年，第59、150页。
[⑤] 李维屏:《美国文学思想史（上卷）》，上海：上海外语教育出版社，2018年，第246页。

第七章

艾米莉·狄金森的自然诗

狄金森诗歌研究概述

国外的狄金森研究涉及她的诗歌、书信以及自传等多个方面，内容丰富，主题众多。在狄金森自然诗歌研究方面，早在1930年代，学者坡荷（Frederick J. Poher）就发表了"艾米莉·狄金森的争议"（"Emily Dickinson Controversy"，1933）一文，讨论诗人的自然情结，并且揭示诗人对待自然的科学态度。1950年代，安德森（Charles Anderson）撰文指出，狄金森笔下的自然是变化的自然，在狄金森眼里，自然是神秘而难以捉摸的。1970年代，有两部涉及狄金森自然诗歌的专著，其中有菲拉左（Paul J. Ferlazzo）的《艾米莉·狄金森》（*Emily Dickinson*，1976）。1980年代，学者重点分析了爱默生和梭罗对狄金森自然诗歌的影响，代表作有阿蒙德（Barton Levi St. Armand）的《狄金森及其文化研究》（*Emily Dickinson and Her Culture*，1987），作者一个重要观点是，狄金森的自然观是矛盾的，最好能从黑暗与光明、现实与理想、外部与内部的两极之间去理解。1980年代出版的其他狄金森代表性研究专著还有贲费（Christopher E. G. Benfey）的《狄金森及他人的问题》（*Emily Dickinson and the Problem of Others*），巴克（Wendy Barker）的《失常的光明：狄金森及隐喻的经验》（*Lunacy of Light: Emily Dickinson and the Experience of Metaphor*）；1990年代，美国权威文献《诺顿美国文学选读》（*Norton*

Anthology of American Literature)（第 5 版）认为狄金森的诗歌分为生命、爱情、自然、时间和永恒五个方面，其自然主题的诗歌传达了"精确观察中的喜悦，但又夹杂了狂喜和痛苦"[①]。1990 年代的其他代表性作品还有丹丽（Susan Danly）的《语言作为目标：狄金森与当代艺术》（*Language as Object: Emily Dickinson and Contemporary Art*），贝耐特（F. R. Bennett）的《狄金森作品中的圣经元素研究》（*A Reference Guide to the Bible in Emily Dickinson's Poetry*）。进入 21 世纪，狄金森研究依然是势头不减。在狄金森自然诗歌研究方面，权威评论家马丁（Wendy Martin）指出，对狄金森来说，自然既具有毁灭性，又是崇高令人尊敬的。[②] 马丁是著名文学评论家。她主编的《剑桥狄金森研究导论》（*The Cambridge Introduction to Emily Dickinson*，2007）是狄金森研究的权威作品。马丁将诗人置于美国内战、妇女解放运动以及工业化等大背景下来讨论，其中关于狄金森与自然关系的论述很有说服力。2004 年出版了两部和狄金森自然诗歌研究有关的专著，一部是菲尔（Judith Farr）的《狄金森的花园》（*The Gardens of Emily Dickinson*），另一部是麦克杜维尔（Marta McDowell）的《狄金森的花园：诗人与园丁的颂歌》（*Emily Dickinson's Gardens: A Celebration of a Poet and Gardener*）。从题目就可以看出，这两部作品（特别是前者）详细阐述了诗人对鲜花的热爱，对自然的崇敬。菲尔指出，狄金森拥有三种花园：栽培花草的真实花园、诗歌与书信的想象花园以及天堂中的理想花园，并且将诗人对花园的热爱置于当时的历史文化语境中进行研究。

艾米莉·狄金森国际学会（The Emily Dickinson International Society，1989 年成立）也是我们了解狄金森的一个重要渠道。例如，该学会 2015 年年会的主题是"狄金森在她的元素中"，聚焦于狄金森与物质四元素气、土、火、水的关系。会议的论文成果对我们进一步了解诗人的自然主题有

[①] Nina Baym, ed. *The Norton Anthology of American Literature,* 5th. edition. Vol. 2. New York: W. W. Norton & Company, 1998, p. 1192.

[②] Wendy Martin, *Emily Dickinson*, Cambridge: Cambridge University Press, 2007, p. 21.

一定的帮助。

　　国内学者对狄金森的自然诗歌早有许多论述。中国期刊网等是我们了解这方面信息的必要渠道。国内的狄金森研究涉及众多方面，大致包括：从现代性的角度解读狄金森，认为狄金森作为现代诗人的引路人对现代诗歌的发展具有不可磨灭的影响；从超验主义的角度解读狄金森，爱默生的超验主义思想为她的诗歌创作提供了必要的源泉，但她并未一味接受超验主义的自然观，而是在其理论基础上进行了创造性的开拓；从心理分析的角度解读狄金森，试图通过从心理学角度对狄金森的作品进行分析探讨来追溯其创作根源；从生态主义的角度解读狄金森，认为狄金森的自然诗思考的正是人类与自然之间的关系；从女性主义的角度解读狄金森，认为女性身份、女性自我意识以及反对男性父权制思想等在其死亡、自然、爱情和婚姻等主题诗歌中均有明显体现；从神学的角度解读狄金森，认为狄金森的诗歌蕴含着深刻的宗教文化特质；从存在主义的角度研究狄金森，试图揭示其诗歌中"存在先于本质"的存在主义主题。[1]在狄金森的自然诗歌方面，国内的各类期刊论文达150多篇，硕士论文有数十篇，具体内容详见中国期刊网等学术信息渠道。

　　最近几年，国内研究狄金森的专著有金文宁的《艾米莉·狄金森诗歌的自我否定研究》（上海大学出版社，2014）。本书通过详细评析65首狄金森的诗歌，梳理了狄金森诗歌中有关死亡、痛苦、暴力，有关情欲和女性的自我压抑等方面的内容，认为这些有着自我否定意味的诗歌是狄金森作品最重要的组成部分，而狄金森正是以自我否定的方式实现了自我的价值，因此这些诗歌具有独特的意义。李超慧的《艾米莉·狄金森诗歌中的隐喻研究》（西南交通大学出版社，2016）认为，艾米莉·狄金森的诗

---

[1] 相关信息可参见周建新的博士论文《艾米莉·狄金森：文体的言说》（2004）、金文宁的博士论文（已出专著）《以自我否定形式成就自我：狄金森的诗歌创作论》（2012）、王金娥的博士论文（已出专著）《孤寂的风景：论艾米莉·狄金森诗歌中的孤独意识》（2011）、王巧俐的博士论文《狄金森的宗教观与诗歌创作关系研究》（2016）、王维的硕士论文《海德格尔存在论美学视野下的狄金森诗歌》（2014）以及张淼的硕士论文《从评价理论角度分析艾米莉·狄金森自然主题诗歌中矛盾的自然观》（2011）。

歌作品一向以独特的隐喻著称。该书主要介绍了隐喻的四大构成种类，对艾米莉·狄金森作品中疯狂隐喻、爱情隐喻和死亡隐喻这三种典型隐喻进行了剖析解读，阐释了其诗歌中大量隐喻的运作机制，并对其诗歌中的隐喻和转喻进行了对比分析。本书还探讨了艾米莉·狄金森如何运用自己独特的不同于传统的隐喻来创造奇特的想象和意象，阐明其隐喻的生成和理解，具有理论参考意义。王金娥的《孤寂的风景：论艾米莉·狄金森诗歌中的孤独意识》（山东大学出版社，2012）。本书作者力求展现一个可信的狄金森形象，认为弥漫在她生命及作品中的孤独，除却其腐蚀性外，已然上升到一种生存哲学的高度。对狄金森而言，孤独是一种彰显人的意志品质的生存状态，更是一种智慧的境界，她的诗歌也因此成为美国文学乃至世界文学中一片独特的风景。

国内狄金森研究另外一项值得关注的是狄金森诗歌和书信的翻译。国内目前已经出版的狄金森诗歌译本有多种。1980年代湖南人民出版社的"诗苑译林"书系就出版了由江枫翻译的《狄金森诗选》，以后他的译作多次再版，对国内读者了解、认识狄金森诗歌起到开拓的作用。另外还有王晋华的《狄更生诗歌精选》（北岳文艺出版社，2000），对读者了解狄金森也起了很大作用。最近几年，主要有蒲隆的《狄金森全集》（上海译文出版社，2014），这是国内首部也是最权威的一部狄金森全集。蒲隆在1994至1995年间作为富布莱特学者在哈佛大学和狄金森的家乡专门从事过为期一年的狄金森研究工作，归国后继续潜心钻研多个狄金森诗集版本与国外学术资料，许多诗歌译文经过反复修改，数易其稿。本套全集完整编译了由托马斯·约翰逊（Thomas H. Johnson）与富兰克林分别主编的两个版本的狄金森诗歌全集，两版的差异之处都有注释说明，此外蒲隆还详尽考证了多首重要诗作的写作背景并附于对应的诗文之后。第四卷为约翰逊主编的狄金森书信选集译文，收录了诗人整个创作生涯中最有价值的书信，蒲隆同样在多篇书信译文后附有背景考证。不论是对于诗歌文学爱好者还是对于研究狄金森的学者来说，这套狄金森全集都是不可多得的瑰宝。[①]蒲隆还翻译出版了《我从未见过荒野：狄金森诗与书信》（译林出版社，2017），收入狄金森最具代表性的诗歌与书信。

除蒲隆外，对狄金森诗歌翻译做出贡献的还有屠岸和章燕。屠岸和章燕翻译的《我知道他存在：狄金森诗歌选》（中央编译出版社，2013）分五大部分，共152首诗歌。所选诗作均出自由托马斯·约翰逊编辑、费伯出版社1970年出版的《艾米莉·狄金森诗全集》（*The Complete Poems of Emily Dickinson*）。约翰逊的《艾米莉·狄金森诗全集》迄今为止仍然被公认为是狄金森诗歌最权威的版本之一。屠岸和章燕在翻译过程中参考了前人的译作，在借鉴的基础上译出了自己的风格特点。首先，在诗的形式上，他们的译本保存了约翰逊《艾米莉·狄金森诗全集》版本中原诗的形式特征，尽可能依照原来的标点进行翻译而不做改动。在韵式方面，狄金森的诗并不是无韵的自由体诗。她的诗大多采用或押全韵，或押半韵、邻韵，甚至押视韵、非重音韵等的押韵方式。这种灵活多变的押韵方式在译诗中是很难体现的。屠岸和章燕的译本尽量采用隔行押韵的方式，但不勉强，而力求达到音韵自然流畅又不乏诗歌乐感的效果。在风格方面，狄金森的诗虽然带有一定抒情意蕴，但更多体现出跳跃、灵动、隐秘、幽默的风格特点，有些语言表达不符合正常的语法规范，其效果却是把读者拉入创作的过程，要求读者在阅读其诗歌时带入更多敏感性和悟性，这样才能在想象中获得对她诗作的解读。在翻译过程中，两位译者尽力传达出她诗作中的这些风格特点。[②]张芸翻译的《宁静的激情：狄金森诗歌书信选》包含精选诗歌和书信两大部分，主体诗歌部分是在二十年前以单行本出版的诗选基础上重新增译并加润饰而成。张芸是中国最早介绍狄金森诗歌的译者之一，1980年代初即在国内各文刊发表狄金森的译诗。1986年在美国马萨诸塞州狄金森的家乡居住近半年的时间，

[①] 参见译者和编辑写的"序言"和"编辑推荐"。
[②] 参见译者写的"序言"。

研究狄金森生平，同年发表译著《狄金森诗抄》。石厉的《天空中的紫丁香：艾米莉·狄金森诗选》（外文出版社，2016）也是根据托马斯·约翰逊编辑的《艾米莉·狄金森诗全集》翻译。共100多首。中文版标明了其原有的诗歌序号，并撷取每首诗中的关键词语作为译诗的标题，中文版的书名也取自其中一首诗的标题。其他还有周建新的《艾米莉·狄金森诗选》（华南理工大学出版社，2011），对于了解狄金森的诗歌风格也有一定的参考价值。由于篇幅有限，在此不再介绍有关狄金森研究的期刊论文以及博士论文。

狄金森对自然的定义

什么是自然诗歌？有人说，自然诗歌就是描写大自然的诗，是关于保护大自然的诗歌。关注生态环境的自然诗歌是生态诗歌的一部分。生态诗歌是生态意识和生态审美相融合，并探索相应的独特诗歌语言艺术的诗歌。作为一种工业时代孕生的但又批判和反思它的积习的文化现象，生态诗歌并不是简单的生态加诗歌。生态诗歌把自然和人放在同一位置上作为表现主体，它借助语言的梦想回到自然并重构自然和人的和谐关系；它是现代性的批判和生态危机的警醒。自然诗歌通过对大自然的描写来表达深刻的哲学思想。狄金森一生创作了近1800首诗歌，其中描写自然的诗歌有500多首。狄金森的自然诗歌包括对植物、动物、飞禽走兽以及自然现象的描写。具体地说，狄金森的500多首自然诗大致可以分为三大类。第一类是关于动物，第二类是关于植物，第三类是描写自然景观和自然现象。狄金森创作自然诗歌和她的家庭宗教背景、超验主义影响以及生活的自然环境有直接关系。通过自然诗歌，狄金森试图表达她对妇女状况的关注，对妇女写作的关注，对真与美的追求，对婚姻、爱情、孤独的思考。她的自然诗歌表达了她独特的自然观。

狄金森笔下的自然是什么？我们可以通过她的自然诗歌来回答这个问题。在《"自然"是我们眼见的一切》（"'Nature' is what we see", No. 668）

中,[①] 诗人是这样描写自然的:

"自然"是我们眼见的一切——
山峦——下午——
松鼠——月蚀——营营的蜜蜂——
唔——自然是我们头顶的蓝天——
自然是我们耳朵所听到的——
食米鸟的啼声——大海的涨息
雷鸣——蟋声——
唔——自然是和谐——
自然为我们所感知——
可我们却说她不出——
我们的智慧是如此的苍白无力——
面对她的淳朴。[②]

"Nature" is what we see—
The Hill—the Afternoon—
Squirrel—Eclipse—the Bumble bee—
Nay—Nature is Heaven—
Nature is what we hear—
The Bobolink—the Sea—
Thunder—the Cricket—
Nay—Nature is Harmony—
Nature is what we know—
Yet have no art to say—
So impotent Our Wisdom is
To her Simplicity.

[①] 由于引用狄金森诗歌作品较多,本章在讨论时提供中英文两个版本。中文译文出自王晋华译《狄更生诗歌精选》和江枫译《狄金森诗选》。个别诗歌为笔者所译。狄金森的英文诗歌出自 The Complete Poems of Emily Dickinson, ed., Thomas H. Johnson, Little Brown Company, 1960.

[②] 艾米莉·狄更生:《狄更生诗歌精选》,王晋华译,太原:北岳文艺出版社,2000年,第100页。

在狄金森看来，自然是指松鼠、蜜蜂和鸟儿等自然界的动物；自然是小草、鲜花以及森林；自然指云彩、晨光以及太阳和浓雾等自然现象；自然是大海和溪流、小石和沟渠；自然是我们看到的和听到的，它代表着和谐；自然是淳朴的，是我们的智慧所无法感知到的。狄金森在这里通过自然界的具体的存在物来给自然下定义。如果我们从存在主义的角度来看这首诗，我们发现这是一首表现大地之光芒的诗。不论是光影还是山峦，我们可以看到自然的美，不论是大海还是鸟鸣，我们可以听到自然的美。诗人通过质朴、简单、直接且不加修饰的自然语言，描写扑面而来的自然存在物，让我们在吵嚷中获得宁静，在繁复中寻到简单，这便是我们存在于自然之中获得的状态。再者，自然在狄金森看来不仅是"超灵"的化身，与"知识"更同属一体，然而"我们的智慧"（无论逻辑，还是悟力）最终无法洞悉这淳朴而简单的自然。狄金森对超验主义自然观的继承和同时衍生的不自觉的背离在这首诗中已可见一斑。[①]

诗人清楚地知道大自然的功能以及自然与诗人的关系：

> 轻轻地拨动大自然的美好琴弦
> 如果你不懂得它的曲调
> 否则每一只鸟儿都指着你
> 嫌你这位诗人太毛躁[②]
> Touch lightly Nature's sweet Guitar（NO. 1389）
> Unless thou know'st the Tune
> Or every Bird will point at thee
> Because a Bard too soon——

这首诗歌让人想起王维那句"清风拂袖过，弦音抚琴生"。相约在这片大海，夕阳下如此的美！海浪在轻轻地舞动，远方那船儿已归航。拨动着悠扬的琴弦，忘掉那烦恼忧伤，伙伴们欢快地游动！就像那鱼儿游荡。感受

[①] 张雪梅：《艾米莉·狄金森对超验主义自然观的再定义》，《外国文学研究》，2005年第6期，第65页。

[②] 艾米莉·狄更生：《狄更生诗歌精选》，王晋华译，太原：北岳文艺出版社，2000年，第228页。

大自然的风采，体会这狂野的精彩……大自然好像一首无边无际的曲子，每个音符都有动听的音律，每个音节都带着欢快的节奏，每个音段都带有柔美和安适，使倾听者感受曲中大自然的鸟语花香。

人们常说大地母亲。狄金森诗歌中的《大自然是最温柔的母亲》（No.790）是对自然最好的写照，也是对自然最好的定义：

> 大自然，是最温柔的母亲，
> 对每一个孩子都有耐心
> 无论是对最柔弱的还是对最桀骜不逊的
> 她都给予最温柔的劝导
>
> 在森林里，在小山上
> 旅人听见了
> 猖獗的松鼠
> 以及粗放的鸟儿有节奏的声音
>
> 自然中的一切交流真美好
> 在夏日的午后
> 在她的家园，在她的集会所
> 太阳下山之后
>
> 走廊传来她的声音
> 激起了虔诚的祈祷
> 和最小的蟋蟀
> 以及最不起眼的花
>
> 当所有的孩子入眠后
> 她远远地不去打扰
> 到她该点灯的时候
> 她从苍穹弯下了腰

她的深情是无限的
更无限的是她的关爱
她放在唇上的金手指
让全世界都庄严肃穆

Nature—the Gentlest Mother is,

Impatient of no Child—

The feeblest—or the waywardest—

Her Admonition mild—

In Forest—and the Hill—

By Traveller—be heard—

Restraining Rampant Squirrel—

Or too impetuous Bird—

How fair Her Conversation—

A Summer Afternoon—

Her Household—Her Assembly

And when the Sun go down—

Her Voice among the Aisles

Incite the timid prayer

Of the minutest Cricket—

The most unworthy Flower—

When all the Children sleep—

She turns as long away

As will suffice to light Her lamps—

Then bending from the Sky—

With infinite Affection—

And infiniter Care—
Her Golden finger on Her lip—
Wills Silence—Everywhere—

诗人在第一段里直接点明主题——大自然是最温柔的母亲。诗人用了"最温柔"和"有耐心"等来形容自然母亲的特点。人类是大自然的一员，是大自然的孩子，每时每刻都在享受自然的关爱。最后一节概括了大自然作为母亲的伟大之处：她有无限的深情，无限的关爱。自然就像上帝一样万能，她放在嘴唇上的金手指"让全世界都庄严肃穆"；尽管狄金森一生对上帝持怀疑态度，而对大地母亲，她却有充分的理由去热爱，去歌颂。狄金森的诗歌一般都很短，不超过 20 行。在她这首 24 行的"长诗"中，狄金森从时间、地点、"人物"三个方面来看待自然母亲。从时间上看，诗人从"夏日的午后""太阳下山之后""当所有的孩子入眠后"，一直写到"点灯的时候"。一天之中，母亲一直在忙碌着。从地点上看，不管是"在森林里，在小山上"，还是"在她的家园，在她的集会所"，母亲的形象无处不在。至于其中的"人物"，诗人写了"旅人""松鼠""鸟儿""蟋蟀"和"孩子"，一个人类与非人类和谐相处的自然世界。在第二节中，诗人刻画了大自然的代表，即大山、森林、松鼠和鸟儿。鸟儿作为诗人笔下的自然代表，下文有详细论述。"对狄金森而言，自然母亲的作用不仅仅在于让飞禽走兽过着惬意的生活，更在于万物的和谐运作"。[①] 第三节的关键词是"交流"。自然界万物之间的和谐交流带来了"天人合一"的情景：交流带来了美好的声音，激起了虔诚的祈祷，使万物享受到了无限的关爱。这首诗歌的现实意义在于，它使我们越来越认识到大地母亲的重要性。麦茜特在《自然之死》一书中指出："随着科学革命的推进和自然观的机械化与理性化，地球作为养育者母亲的隐喻逐渐消失，而自然作为无序的这第二个形象唤起了一个重要的现代观念，即驾驭自然的观念。这种新的观念，即机械论，对自然的征服和统治，成了现代世界的核

---

① 徐翠华："爱米莉·迪金森：大自然是最温柔的母亲"，《电影评介》，2006 年第 15 期，第 99 页。

心观念。"① 机械论的自然观否认了诗意的生存观。在环境危机日趋严重的今天，我们必须更加重视大地母亲的养育作用。

狄金森自然诗歌创作的源头

狄金森创作自然诗歌和她的家庭背景、超验主义影响以及生活中的学习环境和自然环境有关。童年时代的狄金森沐浴在自然阳光中。狄金森对自然的亲近与她童年和少年的成长环境有着密切联系。她熟悉的沼泽、森林、多彩的天空以及瞬息万变的风雨，充满大自然神奇的美丽与灵性。迷人的自然美景滋养着人们丰富深邃的灵魂与敏锐的艺术感悟，在这种自然环境和人文环境中生长的少年狄金森，天生有一种对大自然超乎寻常的亲近。与自然的朝夕相处培养起狄金森对大自然、对荒野的挚爱与钟情，更发展了她敏锐的视觉、听觉、嗅觉以及将自然发现转化为精神感悟的能力。

狄金森被称为"阿默斯特镇白色的小飞蛾"（the white moth of Amherst）。这一称呼至少形象地说明了诗人被自然化的程度。"白色的小飞蛾"仿佛就是诗人的意象。成年后，由于个人感情方面的经历，她把自己关闭在屋里，远离外部世界，但她想象中的自然世界依然是那么丰富多彩，她诗歌中的自然世界更是那么绚丽多彩。而这一切在很大程度上都源于她童年和少年时期与自然的接触。诗人世界中的自然与动物都是具有象征意义的。狄金森所认同的自然世界是超越理性控制的。

狄金森在隐居期间，对于物欲横流的世界深感不满。除了写诗创作，她几乎每天都在花园里为花草浇水施肥，种植蔬菜。户外的劳作对于她来说是一件快乐的事情。她所处的时代已经是一个资本主义高度发展的时代。人类对于资源无限制的滥用，一方面已经导致了生态环境的恶化，另一方面则使人类越来越具有"征服自然"的"人类中心主义"思想。

狄金森从大自然中获得了丰富的感受，更把它们直接写在自己的诗

---

① 卡洛琳·麦茜特：《自然之死》，吴国盛等译，长春：吉林人民出版社，1999年，第2页。

歌中。狄金森的诗歌将风景描写和哲理探寻结合,描绘了丰富多彩的大自然,用声音传达出人类语言无法表达的美妙。大部分时间居住在乡村,与自然保持着密切的接触。潜心观察着乡村广阔的自然景色,吸收、记忆着一切的声音、气味和色彩。作为一名细心的自然观察者,狄金森对自然现象有详细的描写,包括太阳的余晖、太阳和浓雾、天低云黯、云彩、晨光以及春水等等。诗人笔下那"太阳斜照的余晖/于冬日的下午里——/就像教堂里的音乐那般/给人以压抑——"(No. 258)。诗人以拟人的手法形象地展示了太阳和浓雾的"战争":"太阳和浓雾在争夺/对白昼的支配权——/太阳甩起那金黄色的鞭梢/把云霭驱散——"(No. 1190)。诗人笔下的自然现象并非都是动人的景象,例如:"天幕低垂——云层黯淡/一片飘舞的雪花儿/……/大自然像我们一样有时也会让人瞥见/她不戴皇冠的样态。"[1](No. 1075)

狄金森的自然诗歌和她的文学素养密切相关。欧美经典作家的名著提高了狄金森的文学素养。她熟读《圣经》和莎士比亚的作品,大量阅读英国文学中弥尔顿、华兹华斯、济慈、狄更斯、勃朗宁夫妇和乔治·艾略特等作家的作品。她不仅受到华兹华斯等英国浪漫主义诗人的影响,而且受到美国浪漫主义诗人、她的前辈们的影响,包括爱伦·坡、麦尔维尔、爱默生和惠特曼等。特别值得一提的是,她受到爱默生超验主义的影响,无论在生活还是在诗歌创作领域都表现出她超验个人主义的独特风格。超验主义思想的主要内容包括五个方面:个人主义、自力更生、回归自然、超验与直觉和国家意识。超验主义的这五个方面,特别是回归自然这一点,在狄金森的诗歌中都有明显体现。爱默生的《论自然》集中探讨了人与自然的关系、美的存在、自我意识的价值等。他的《论诗人》明确指出,诗人向我们展示的不是自己的财富,而是整个人类所共有的财富。他还强调,美国本身就是一首诗,天才的诗人应

---

[1] 艾米莉·狄更生:《狄更生诗歌精选》,王晋华译,太原:北岳文艺出版社,2000年,第44、176、206页。

该为这个时代和这片国土写作,他的主题应该是宽广的、富于时代感的。爱默生认为,真正的诗人应当是"完整的人",他具有超越一切个人特征的"人"的本质,并在"真""善""美"的三位一体中代表其最高境界的"美"能够没有阻碍地同自然、同本我交流。这些思想都深深地影响了狄金森,使狄金森在诗歌中通过具体的形象体现思想,借助诗人的内省以生动的意象表达抽象的概念。在她的书信和诗歌中,她多次引用过爱默生的诗句。1882年爱默生辞世时,狄金森在给友人的信中说:"爱默生……触及了秘密之泉。"[①] 爱默生帮助她找到了她的信仰、她的教堂。自此,她达到了超然物外、与自然融为一体的境界。然而由于作者所处的特殊历史时期和她独特人生经历,尤其是长达15年的离群索居和与世隔绝的生活,使得她的自然观没有完全按照爱默生超验主义自然观的方向走下去,而是出现了某种程度的偏离,也就是说,自然在作者眼中时而呈现出美丽和谐的一面,时而又呈现出疏离、残忍、难以捉摸、不和谐的一面。狄金森之所以形成这样矛盾而又复杂的自然观,一方面是受到了爱默生超验主义诗歌创作的影响,同时也受到了她所处的社会环境和她本人特殊的人生经历的影响:美国南北战争爆发,科学技术迅猛发展,强调克己,刻板清教主义思想已经淡化和泛化,等等。

虽然她没有像梭罗那样离群索居独自生活在瓦尔登湖湖畔,而是每天徜徉在家乡优美的自然环境中,在徜徉中沉思,通过内省去挖掘人们内心深处的隐痛与希冀,在细节中顿悟,在孤独中描绘死亡、爱情、大自然以及生命和永恒,而这一切也和爱默生的影响有关。但是狄金森并非完全按照超验主义的自然思想去创作。她有自己的自然观,诚如有学者所说:"她有意识地在诗歌创作中进行了极富独创精神的'再定义':'自然'等同于'知识',为直觉或'超灵'难以洞悉;'自然'独立于人的意志之外,

---

[①] 魏兆秋:"爱默生的超验主义思想对艾米莉·狄金森的影响",《辽宁师范大学学报》,2001年第2期,第75页。

它对人的基本利益漠不关心，两者之间的疏离感无法打破。因为不能体悟'自然'的本质，诗人对'自然'的敬畏感逐渐加深，也构成了她对超验主义自然观冷静的质疑。"[1]

虽然狄金森时代没有人提出生态环境的思想，但狄金森从小就具有"生态中心"意识。所谓的"生态中心"就是指一个人的所作所为和生态环境密切相关，如果说西方哲学中一个重要的哲学思想是"人类中心主义"，那么，"生态中心"思想就是"非人类中心主义"。当然，童年时期的狄金森对这些哲学概念并不了解。她的传记作家们早就指出，狄金森从小喜欢野外自然生活，许多时光都是在树林和花草丛中的野外度过的。狄金森喜欢收集植物标本，她的家乡阿默斯特镇附近风景优美，为她提供了充分了解自然的条件。小鸟、蜜蜂、青蛙和小蛇等这些"自然之人"随时随地陪伴着她，她把这些写进了她的诗歌中。狄金森的诗歌中时常出现科学名词和植物学方面的专业术语。她的自然诗歌或者说她与自然的关系（例如她对鲜花的描写），与其说是植物学方面的，还不如说是文化方面的。虽然她的诗歌描写的是植物，但表达的内容是文化方面的。她时常把花儿当作女性，把鲜花与四季相联系，对家乡附近的植物了如指掌，写出了季节的精华所在。对她来说，外面的世界安全而可靠，没有危险。她曾经说："小时候在外面玩耍，大人总是嘱咐当心被蛇咬，小心毒蜂和有毒的花草，不要被山中的精灵抓走，但我在野外遇到的只是天使。"[2]

学校里学到的科学知识使狄金森在自然世界中充满想象和求知欲。在阿默斯特学院读书时，她特别喜欢植物学和地理学两门课程。根据相关自传信息，她的自然科学老师对她影响很大。这位老师曾经很严肃地告诉她，对自然的研究可以使一个人更加接近上帝，更加深刻地认识上帝。[3] 狄金森诗歌中有丰富的科学词汇。据统计，超过 200 首诗歌涉及

---

[1] 张雪梅："艾米莉·狄金森对超验主义自然观的再定义"，《外国文学研究》，2005 年第 6 期，第 64 页。

[2] Scott Knickerbocker, "Emily Dickinson's Ethical Artifice." *Interdisciplinary Studies in Literature and Environment* 15.2 (Summer 2008): 185-197, p. 189.

[3] Ibid., p. 187.

科学主题，包括数学、物理、化学、解剖学、医学、心理学等学科。可以说，狄金森借助科学走进自然，借助科学展示精神之旅。《信仰》一诗可以为证：

"信仰"是一个美好的发明	"Faith" is a fine invention
当绅士们能理解的时候；	When Gentlemen can see;
但是显微镜更加谨慎	But Microscopes are prudent
在那紧急的情况下。	In an Emergency.

"信仰"可以增加一个人内心的力量，而自然的力量更能使人们感受到上帝的存在。狄金森对科学方法和科学态度同样感兴趣。在创作诗歌的时候，她时常流露出"科学家的冲动"。而一个科学家的态度使她能够冷静地看待自然界的"奇迹"和"奇景"。[1]上文提到，狄金森对自然的态度直接源于她与大自然打交道的经历。举例来说，她把花草分类，其过程科学有序。她曾在一封书信中说："童年时，我听说有一种花叫红门兰（orchis）。现在每次遇到它时，我发现它依然是那么动人。"[2]她在多首诗歌中描写过类似的经历。例如诗歌《"大角"是他的另一个名称》（"'Arcturus' Is His Other Name"）。诗歌中所流露出的青春活力以及对科学和宗教的态度，表达了诗人自从孩提时就渴望回归自然的情怀。诗中她称大角星花为"星星"。狄金森无数的花草标本表明，她很清楚什么是个人总结的自然知识，什么是书本上讲授的知识。她在诗歌中写道：

"大角"是他的另一个名称	"Arcturus" is his other name
我宁愿叫他"星星"	I'd rather call him "Star."
……	…
我从林中采来一朵花	I pull a flower from the woods—
一位戴眼镜的怪物	A monster with a glass

---

[1] Fred D. White, "'Sweet Skepticism of the Heart': Science in the Poetry of Emily Dickinson." *College Literature* 19(1992):121-128, p. 123.

[2] Emily Dickinson, *The Letters of Emily Dickinson*. Eds. Thomas H. Johnson and Theodora Ward, Cambridge: Belknap Press, 1958, p. 552.

| 一口气数清了雌蕊的数目 | Computes the stamens in a breath— |
| 给她分"科"归"属"①！ | And has her in a "class"! |

诗人清楚花朵雄蕊和雌蕊的功能作用和生长规律。根据植物学里的分类法，雌蕊的数量决定花儿的"目"（order），而雄蕊的数量决定其"纲"（class）。诗人借助植物学和生物学方面的知识对她收集的花草标本进行分类，并乐在其中。当然，她深知自己植物学知识的不足，只能借助诗歌的想象力来完成她的愿望。

《解剖一只百灵鸟，你会发现音乐》（"Split the Lark—and you'll find the Music—", No. 861）这首诗同样可以看出狄金森的自然诗与科学的关系：

解剖一只百灵鸟，你会发现音乐！
一个个的音符，银色般回荡
无法满足夏日的晨光
琵琶琴已旧，但依然可以饱尔耳福

如滔滔洪水在流淌，你会昭然而见——
滔滔不绝，为你独蓄——
猩红色的体验，多疑的托马斯②
现在，你还怀疑这是一只真实的鸟儿吗？

Split the Lark—and you'll find the Music—
Bulb after Bulb, in Silver rolled—
Scantily dealt to the Summer Morning
Saved for your Ear when Lutes be old.

Loose the Flood—you shall find it patent—
Gush after Gush, reserved for you—

---

① 艾米莉·狄金森：《狄金森诗选》，江枫译，长沙：湖南人民出版社，1984年，第22页。
② 托马斯为《圣经》中的人物。

Scarlet Experiment! Sceptic Thomas!

Now, do you doubt that your Bird was true?

这首诗歌语言简洁、意象丰富，也反映了诗人对科学的矛盾态度。"解剖一只百灵鸟"似乎告诉我们，为了揭示鸟儿美妙的歌声，"你"不得不杀死鸟儿。诗歌中的"你"为了得到，却又必须失去。为了这个实验，"你"必须做出牺牲，以至于最后还怀疑这是不是一只真实的鸟儿。诗歌中的"你"既以"观察者"的身份注视着实验，又以"旁观者"的姿态对待百灵鸟，而"你"（包括诗人）的内心深处是想揭开鸟儿歌唱的神秘性（这又是一种什么样的动物伦理观？），难道我们必须解开自然界的神秘性？难道我们一定要占有一切美好的事物从而毁灭我们的好奇心和想象力？诗歌中的"滔滔洪水"指解剖时流淌的鲜血，这句的原文"Loose the Flood"本身就是音乐术语，通常指音乐中的"声音渐高"。诗歌中的"你"最终得到的是一个视觉上的音乐发声体，而不是听觉上的悦耳歌声。诗歌的讽刺之处还表现在持怀疑态度的托马斯本身受到了质疑和讽刺——"现在，你还怀疑这是一只真实的鸟儿吗？"狄金森以温和而中性的语调写这首诗歌。诗歌中的"你"不管是作为"观察者"还是"旁观者"，面对开膛破肚的鸟儿，并没有流露出强烈的感情。这是否同样反映了狄金森复杂而矛盾的科学态度？是否与超验主义哲学思想有关？当然，诗歌中的"你"对鸟儿的身体构造感到震惊。百灵鸟是大自然中精灵般的奇迹，它在被解剖后也同样散发出音乐的魅力，这也是它作为自然界的一员能够吸引诗人的原因所在。

狄金森自然诗歌中花草植物的代表：玫瑰

刘保安教授在"论狄金森诗歌中花草的象征意义"一文中指出，狄金森诗歌中涉及的不知名的花草很多，但在她诗中经常提及的花草有玫瑰、雏菊、郁金香、康乃馨、蒲公英、蝴蝶花、紫菀、丁香、龙胆、蓝铃花、牡丹、金凤花、野草莓花、睡莲、苜蓿（或三叶草）、紫罗兰、百合、红门兰、水仙、月桂、紫丁香、铁线莲等。狄金森描写花草的诗歌中，花草意象颇具象征意义。而她在继承传统花草意象的象征意义的同时，赋予了花草新的内涵和意蕴。①狄金森常以鲜花来抒发自己的感情，其中最为常见的是玫瑰。据不完全统计，狄金森诗歌中涉及玫瑰的诗有 30 余首。例如在《一片花萼，花瓣，一根芒刺》("A sepal, petal, and a thorn"，No. 19) 诗人写道：

一片花萼，花瓣，一根芒刺

在一个寻常的夏日早晨

一瓶露水——一只或两只蜜蜂——

一阵微风，树上的一只雀跃

而我是玫瑰！

A sepal, petal, and a thorn

Upon a common summer's morn—

A flask of Dew—A Bee or two—

A Breeze—a caper in the trees—

And I'm a Rose!

在诗人狄金森的玫瑰世界里，我们看到露水、蜜蜂、微风和鸟儿。诗人希望通过玫瑰来展示一个核心的自然世界。但她的目的远非如此。"花草如同她的诗歌一样，架起了她与外界沟通交流的桥梁，彰显她作为人类一分子在人类交往活动中的主体性在场，弥补了她在现实生活中与外界交流的缺少。……狄金森在养花植草劳作的同时，其笔端在诗歌王国里耕耘不辍，以花草为载体书写她对人生的认知和体悟。她把自己亲手栽培的花儿视为自己的精神子嗣，把写成的诗歌当作花朵，将诗歌和花卉与自己的生命融为一体，献给她身外的整个世界"。②

在《没有人知道这朵小小的玫瑰》("Nobody knows this little rose"，

---

① 参见刘保安："论狄金森诗歌中花草的象征意义"，《江西教育学院学报》，2011 年第 2 期，第 143—146 页。

② 刘保安："论狄金森诗歌中玫瑰的象征意义"，《乐山师范学院学报》，2010 年第 10 期，第 25 页。

No. 35）中诗人描写了玫瑰、蜜蜂、蝴蝶、鸟儿以及清风，尽管玫瑰花默默无闻，很容易凋谢，但是蜜蜂会思念它，蝴蝶来陪伴它，鸟儿为它歌唱，风儿为它起舞，从侧面反映了和谐的自然环境：

没有人知道这朵小小的玫瑰	Nobody knows this little rose—
它可能只是花儿沦落在郊野	It might a pilgrim be
如若不是我从蹊径把它摘下	Did I not take it from the ways
将它举到你的面前。	And lift it up to thee
只有蜜蜂会对它思念——	Only a Bee will miss it—
只有蝴蝶，	Only a Butterfly,
从远途匆匆地飞来——	Hastening from far journey—
在它的花蕊上落卧——	On its Breast to lie—
只有鸟儿会诧异——	Only a Bird will wonder—
只有风儿会叹嗟——	Only a Breeze will sigh—
啊，小小的玫瑰——你的	Ah Little Rose—how easy
花儿多么容易凋谢。①	For such as thee to die!

诗人以玫瑰来抒发自己孤独的感受。或许诗人自比玫瑰，但是玫瑰虽然绚丽，却"没有人知道"。在当时的社会，诗人的才华没有被人们所认识到，更不用说被欣赏。诗中的玫瑰是那么容易凋谢，那么脆弱。但是，如果说凋零的玫瑰象征人类生命的脆弱，诗人在这里表现了对生命个体的关注。"传统诗人用玫瑰象征爱情的甜蜜和忠贞，而狄金森却用玫瑰短暂的生涯和不为人知的处境来影射自己多舛的命运和隐居的一生。"[2] 从美学意义上看，诗中的玫瑰是被忽视、被遮蔽的美，它存在于自然世界的某个地方，"如若不是我从蹊径把它摘下"，并且"将它举到你的面前"供你观赏，它的美将永远是被自然界物质化的存在，既没有使用价值，也没有观赏价值，直至枯萎凋零。在诗人看来，玫瑰的价值存在于与某个欣赏它的心灵

---

① 艾米莉·狄更生：《狄更生诗歌精选》，王晋华译，太原：北岳文艺出版社，2000年，第5页。
② 刘守兰：《狄金森研究》，上海：上海外语教育出版社，2006年，第221页。

的关系中,强调了自然界主体与客体的平等关系。意大利批评家艾柯曾指出:"关于玫瑰,由于其复杂的对称性,其柔美,其绚丽的色彩,以及在春天开花的这个事实,几乎在所有神秘传统中它都作为新鲜、年轻、女性温柔以及一般意义上的符号、隐喻、象征而出现。……马凌在《后现代主义中的学院派小说家》中指出,玫瑰是西方最复杂的符号象征系统之一,至少有三个层次。一是在古希腊罗马的神话系统里,第一束红玫瑰是从维纳斯的情人阿多尼斯的鲜血中长出来的,因此象征了超越死亡的爱情。二是在基督教象征系统里,……红玫瑰代表基督在十字架上流的血,因而也代表了上帝之爱;同时玫瑰又是马利亚的象征。三是在民间传统里,红玫瑰代表着世俗的爱,白玫瑰则代表死亡。"① 在西方文化中,玫瑰象征着纯洁、美丽、爱情和再生,而在狄金森的笔下,玫瑰是诗人思想的象征,是自然的代表。

狄金森自然诗歌中的动物与昆虫:
蝴蝶、蜘蛛、小蛇以及鸟儿

狄金森自然诗歌中有不少是描写动物和昆虫的。和前面我们提到的植物一样,这些动物与昆虫具有丰富的意象。她的诗歌中常常用很饱满的意象,初看或许一头雾水,仔细看才恍然大悟。意象是融入了主观情意的客观物象,或者是借助客观物象表现出来的主观情意。简而言之,意象就是客观事物与主观情感在相互碰撞下,幻化而成的艺术形象。而"动物意象"即指以动物为载体的审美意象,它是通过动物的一些生活习性折射出人对现实生活的感受和体会。"对动物的认识常常能唤起我们人类沉睡的美好的感情,使我们获得更为和谐美好的两性生活参照。"②《两只蝴蝶午间

---

① 转引自程锡麟:"献给爱米莉的玫瑰在哪里?——《献给爱米莉的玫瑰》叙事策略分析",《当代外国文学》,2005年第3期,第72页。
② 姚立江、潘春兰:《人文动物——动物符号与中国文化》,哈尔滨:黑龙江人民出版社,2002年,第12页。

外出》("Two Butterflies went out at Noon", No. 533)是一首简洁而含义深刻的短诗,同时它也反映了狄金森的科学态度。

两只蝴蝶午间外出
在农场上空跳起华尔兹舞,
接着径直跃入天空
在一艘船的横梁上歇息;

然后双双离开横梁
飞到一片闪光的海面上,
然而,在任何港口
她们的到来都未被提及。

如果远方的飞鸟谈起,
或者是在苍茫的大海上
护卫舰或商船与她们相遇
请不要对我提起。

Two Butterflies went out at Noon—
And waltzed upon a Farm—
Then stepped straight through the Firmament
And rested, on a Beam—

And then—together bore away
Upon a Shining Sea—
Though never yet, in any Port—
Their coming, mentioned—be—

If spoken by the distant Bird—

If met in Ether Sea

By Frigate, or by Merchantman—

No notice—was—to me—

两只蝴蝶雄心勃勃朝太阳飞去，后果可想而知，它们的行为像古希腊神话中的伊卡洛斯（Icarus）。伊卡洛斯使用蜡和羽毛做的翼逃离克里特岛时，因飞得太高，双翼上的蜡遭太阳融化，跌落水中丧生。诗歌的结尾，诗人用"愚蠢"（fatuity）一词来警告幸存的蝴蝶并且对昆虫学提出建议。显然，蝴蝶只是一个隐喻。"午间"（noon）一词在狄金森的诗歌中常常指"永远"和"不朽"，在这首诗歌中，"午间"代表着知识。或许，狄金森借这首自然诗歌来暗示相关的科学知识。科研人员如果不尊重科学规律，其后果只能是失败。在科学领域，某些科研人员的行为就像这两只蝴蝶的莽撞行为一样，行动盲目，自以为是。总之，在狄金森看来，走向绝对的科学行为是违背科技伦理的。科技伦理是指科技创新活动中人与社会、人与自然和人与人关系的思想与行为准则，它规定了科技工作者及其共同体应恪守的价值观念、社会责任和行为规范。科技伦理规范是观念和道德的规范。简单地说，就是从观念和道德层面上规范人们从事科技活动的行为准则，其核心问题是使之不损害人类的生存条件（环境）和生命健康，保障人类的切身利益，促进人类社会的可持续发展。

蝴蝶作为一种小小的昆虫，在狄金森的笔下还有另一层含义。在《我的茧衣在变紧》（"My Cocoon tightens", No. 1099）一诗中，诗人描写了小小蝴蝶的力量：

蝴蝶的力量须体现在	A power of Butterfly must be—
它善于飞翔	The Aptitude to fly
须隐含了在浩瀚无垠的草原	Meadows of Majesty implies
和天空能任意地徜徉——	And easy Sweeps of Sky—

诗人渴望自己能像蝴蝶一样飞翔在浩瀚无垠的草原，能在天空任意地徜徉。狄金森常年深居简出，很少与外界联系。但是通过在书房里的阅读和写作，她可以展示内心深处无比丰富的想象世界，以此来表达她的真实自我。

另一首关于昆虫的诗歌是《蜘蛛夜间织网》("A Spider sewed at Night", No. 1138)：

蜘蛛夜间编织	A Spider sewed at Night
没有灯光	Without a Light
缝上白色的弧形。	Upon an Arc of White.
是女公爵的轮状皱领	If Ruff it was of Dame
还是土地神的寿衣	Or Shroud of Gnome
他心领神会	Himself himself inform.
至于他的策略	Of Immortality
如何永垂不朽	His Strategy
在于了解其外貌特征。	Was Physiognomy.

在中国古诗中就有赞美蜘蛛勤劳的词句，例如："蜘蛛结网，于树之枝。大风忽起，吹落其丝，蜘蛛勿惰，一再营之。人要不勉，不如蜘蛛。"蜘蛛的编织功夫在唐诗中也有生动描述，例如"缝隙容长踦，虚空织横罗"（唐·元稹）。在西方，因为古希腊神话中雅典娜女神曾经向远古的人类传授纺织技巧，人们便把雅典娜女神当作工艺和妇女手工之神来敬奉。而古希腊也曾有一位染匠的女儿，名叫阿拉克涅，十分善于纺织刺绣，她骄傲而得意忘形地宣称，无论是凡人还是雅典娜女神，都无法在纺织技术上超过她。于是雅典娜女神化作一个老妇人和阿拉克涅比赛织布。阿拉克涅不仅不认输，还对神不敬，于是遭到了惩罚。她变成的蜘蛛悬在空中，永远不停地编织蛛网。狄金森这首描写蜘蛛的诗歌首先流露出诗人的宗教思想。或许，蜘蛛是上帝的化身。它的"编织"行为象征着上帝"创造"万物之举。上帝创造了大地的一切，不管是人类的还是非人类的，其创造行为犹如蜘蛛的编织行为。"白色的弧形"好像上帝使用的调色板，在大地上画出了山川美景。蜘蛛肚子里吐出的丝，象征着上帝无穷的能力。上帝的能量有多大，只有上帝自己"心领神会"。狄金森认为人的精神表现在

自然里，可以在人和自然的每个地方找到上帝。她无时不在用自己那双经过广泛阅读和对周围世界、家庭和朋友的观察而训练有素、敏感的双眼去观察一切。她用心观察牧场、森林、山丘、花卉和一些常见的小动物，从而获得了既适合个人想象的创作素材，又能表达她内心冲突的感人至深的意象。①

蜘蛛代表诗人，编织的过程就是创作诗歌的过程。蜘蛛肚子里源源不断的丝代表着诗人丰富的创造力。长丝绵绵，诗意浓浓。诗人诗兴大发之时，正如华兹华斯所言："所有的好诗都是强烈情感的自然流露"（poetry is the spontaneous overflow of powerful feelings）。同样，自然界的万物生长，也可以从这一意象中找到答案。在用词方面，狄金森可谓独具匠心。Gnome 意为"土地神"，而最后一词 Physiognomy 中就包含了 Gnome。诗人创造了一种视觉上的意象。万物相关，你中有我，我中有你。诗歌的韵律节奏仿佛来自蜘蛛织网的节奏，简明轻快。最后三行多音节词的复杂性说明了诗人在诗歌创作上高超的艺术性。诗歌韵律与主题一致：诗歌的每节中有八个韵脚，犹如蜘蛛的八只脚，体现了某种自然规律。诗歌是自然的语言，写诗歌也要遵循自然规律。爱默生在《论自然》中说"语言是自然赠予人类的第三个礼物。自然是思想的载体，这一点可以从三个方面来阐释。一、词语是自然存在的符号表达。二、特定的自然存在是精神存在的象征。三、自然是精神的象征。"② 当代诗人加里·斯奈德曾这样谈论自己的诗学思想："诗人面对两个方向：其一，向人群、语言、社会的世界和他传达的媒体工具；其二，向超乎人类的无语界，就是以自然为自然的世界，在语言、风俗习惯和文化发生之前，在这个境中没有文字。"③ 狄金森是深受爱默生影响的。爱默生强调直觉，将"人的精神""自我修养"以及"人与自然的融会贯通"提升到神圣的高度，超验主义试图通过感觉和

---

① 李安斌：《清教主义对17—19世纪美国文学的影响》(博士论文)，2006年，第212页。

② Ralph Waldo Emerson, "Nature." *The American Tradition in Literature,* 9th edition. Vol. I. Eds., George Perkins and Barbara Perkins. New York: McGraw-Hill College, 1999, p. 901.

③ David Kheridian, *A Biographical Sketch and Descriptive Checklist of Gary Snyder*. Berkeley: University of California Press, 1965, p. 13.

直觉，而不是用逻辑去发现真理，在许多方面，自然本身就是超验主义者的《圣经》，鸟、云、树和雪等对他们来说有特别的含义，诸如此类的自然意象创造了一种语言，从这种语言中他们发现了植根于人类心灵的思想、观念。[①] 惠特曼也曾经写过一首著名的蜘蛛诗歌《一只沉默而耐心的蜘蛛》("A Noiseless Patient Spider")：

> 一只沉默而耐心的蜘蛛，
> 我注意它孤立地站在小小的海岬上，
> 注意它怎样勘测周围的茫茫空虚，
> 它射出了丝，丝，丝，从它自己之中，
> 不断地从纱锭放丝，不倦地加快速率。
> 而你——我的心灵啊，你站在何处，
> 被包围、被孤立在无限空间的海洋里，
> 不停地沉思、探险、投射、寻求可以联结的地方，
> 直到架起你需要的桥，直到下定你韧性的锚，
> 直到你抛出的游丝抓住了某处，我的心灵啊！

A noiseless patient spider,
I mark'd, where, on a little promontory, it stood, isolated;
Mark'd how, to explore the vacant, vast surrounding,
It launch'd forth filament, filament, filament, out of itself;
Ever unreeling them—ever tirelessly speeding them.
And you, O my Soul, where you stand,
Surrounded, surrounded, in measureless oceans of space,
Ceaselessly musing, venturing, throwing, —seeking the spheres, to connect them;
Till the bridge you will need, be form'd—till the ductile anchor hold;
Till the gossamer thread you fling, catch somewhere, O my Soul.

[①] 李安斌：《清教主义对17—19世纪美国文学的影响》（博士论文），2006年，第212页。

惠特曼的这首诗歌旨在说明人的心灵与自然在冥冥中相融相通的奇妙状态。诗人通过观察蜘蛛如何在沉默中以其微妙的方式，耐心地吐丝结网以期与身外的自然界接触，进而联想到自己的心灵也必定以同样的方式构成与外部现实的联系，达到与宇宙万物认同的境地。诗人将用于蜘蛛的意象转用于心灵，使人从蜘蛛吐丝结网中，体悟到心灵与自然互相依存，永不休止的相通的超验哲理。这首诗应是在惠特曼倍感孤独的时候写成的。伟大的作家、伟大的诗人都是孤独的。惠特曼和狄金森无疑都是孤独的。他们都像"无声的坚忍的蜘蛛"，将自己的灵魂与蜘蛛比较，表现自己孤独但不悲观、寻求理解永不泄气的坚强意志，是诗人自身的真实写照。从思想渊源上看，惠特曼和狄金森都受到爱默生超验主义哲学的深刻影响，但是他们并不对爱默生亦步亦趋，各有其独到之处。爱默生着重"探讨天性"，而惠特曼则从脚边片片小草去认识天和人的关系，狄金森从身边的小小昆虫、小小动物来认识自然，表达内心的情感。

在《作为艺术家的蜘蛛》（"The Spider as an Artist"，No. 1275）一诗中，狄金森写道：

作为艺术家的蜘蛛	The Spider as an Artist
从来没有人雇佣	Has never been employed—
它那非凡的才华	Though his surpassing Merit
早已经被充分证明。	Is freely certified.

作为艺术家的蜘蛛首先是作家、诗人的象征。蜘蛛是很伟大的编织家。每种蜘蛛都有自己独特的织网方法，根据生存环境编织不同的蛛网。形状各异、变化万千的蛛网充满了神秘的色彩。从深层意义上说，狄金森希望通过小小的蜘蛛意象来确立她女性叙事的中心地位，并以对动物的写作来挑战男性的权威。这首关于昆虫的短诗是"一种结构自由、毫不做作的文学形式……采用一种更加开放、流动、可自由伸展、没有明确界限的方法写作，而女人的故事也能因此讲得更加精彩"[1]。从妇女写作的历史意义

---

[1] Judith Fetterley, ed., *Provisions*, Bloomington: Indiana University Press, 1985, p. 15.

上说，蜘蛛编织暗示妇女的写作，同等于缝制百衲被（quilting）这一行为。百衲作为一种女性话语，为妇女发挥想象力和创造力提供了空间。它与妇女的写作过程非常相似：先选择材料，然后是布局，按照一定的主题和结构，运用各种艺术技巧完成一部作品。美国当代著名女权主义批评家伊莱恩·肖瓦尔特（Elaine Showalter）在其专著《姐妹的选择：美国妇女文学的传统和变化》（*Sister's Choice: Tradition and Change in American Women's Writing*, 1991）一书中辟专章对"百衲被"的历史、美学意义及其对妇女文学（尤其是妇女小说）形式和结构的影响进行了重点论述。狄金森时代依然流行着这一女性活动。尽管诗人在诗歌中没有用 quilting 这个单词，但是其表达的内涵是一样的。

在狄金森的动物诗歌中，《一条细细的家伙》（"A Narrow Fellow in the Grass", No. 986）描写了一条草丛中的小蛇。诗歌如下：

　　一条细细的家伙有时
　　会在草里穿行——
　　你也许碰到过他——不是吗
　　他的出现突然得很——

　　草丛像是梳过一般向两边分开
　　现出草叶斑驳的通道一条——
　　当草丛在脚下合拢了时
　　它又在前面分出了道——

　　他喜欢沼泽似的地域
　　这阴湿地可不适于玉米的种植——
　　在童年时，于中午时分——
　　我光着脚不止一次
　　走过这里，以为看到一根
　　缠开了的鞭梢在阳光里

当我俯身要捡起它时
它却身子一缩,不知溜到了何地——

我认识好几个自然之子
他们对我也很熟悉——
他们的纯真率直总会令我
心旷神怡——

可是每当我遇到他时
不管我是有人相随还是单独一人
我都会屏住呼吸
从骨子里面发冷——①

A narrow Fellow in the Grass

Occasionally rides—

You may have met Him—did you not,

His notice sudden is—

The Grass divides as with a comb—

A spotted shaft is seen—

And then it closes at your feet

And opens further on—

He likes a Boggy Acre,

A Floor too cool for Corn—

Yet when a Boy, and Barefoot—

---

① 艾米莉·狄更生:《狄更生诗歌精选》,王晋华译,太原:北岳文艺出版社,2000年,第167页。

I more than once at Noon,
Have passed, I thought, a whip-lash
Unbraiding in the Sun
When stooping to secure it,
It wrinkled, and was gone—

Several of Nature's People
I know, and they know me—
I feel for them a transport
Of cordiality—

But never met this Fellow,
Attended, or alone,
Without a tighter breathing
And Zero at the Bone—

诗人在这首诗歌中用蛇这个隐喻来表达对"自然之子"（nature's people）的感受，通过这个隐喻，狄金森试图表现人与自然的关系。诗人最初并不知道这是一条蛇，她只看到"一条细细的家伙""在草里穿行"，而且它出现得很突然。在第 2 节中，诗人把重点放在"草"上，以草来暗示蛇的行为：草丛"像是梳过一般向两边分开""草叶斑驳""草丛在脚下合拢"，突出了现实与外表的关系。在第 3 节里，诗人回忆了童年遇蛇的经历。童年时代的诗人光着脚走在玉米地里。她误把蛇当作一支鞭梢。而当她俯身拾起鞭梢时，蛇却不知溜到了何地。第 4 节直接点出了诗歌的主题：蛇是自然之子。它纯真率直，令我们心旷神怡。在写作手法上，诗人没有直接使用"蛇"这个词，而是通过"细细家伙"的"穿行"以及"鞭梢""自然之子"和"他"（有时用"它"）来描写蛇的身份。诗人在诗歌里没有丝毫憎恨蛇的意思，更没有杀死蛇的动机。在诗人的眼里，蛇具有灵性。诗人选择"fellow"（家伙）来称呼小蛇，流露出亲近而友好的态度。拟人化的手法进一步衬托了人与自然的关系,表现出狄金森明显的动物伦理思想。

那么,诗人为什么在结尾时提到"每当我遇到他时",我"从骨子里面发冷"呢?诗人内心感到冷,不是因为对蛇的恐惧,而是由于她内心的孤独。婚姻的不幸等原因使狄金森变得孤独冷漠,"灵魂选择好自己的伴侣——/ 然后——关闭了窗户"。① 平时她很少与外界联系,简单而又神秘的自然是狄金森最熟知却又最陌生的灵感来源。有诗为证:

这是我写给世界的信,
那从未写信给我的世界,
自然以温柔的庄严,
告诉给我的简单的消息。

她的信息发送给
我无法看见的手;
为了爱她,亲爱的同胞,
请温和地把我评判!

This is my letter to the World(No. 441)
That never wrote to Me—
The simple News that Nature told—
With tender Majesty.

Her Message is committed
To Hands I cannot see—
For love of Her—Sweet—countrymen—
Judge tenderly—of Me.

"蛇"这一意象代表狄金森爱的寂寞,即沉浸在相思之中为爱而寂寞的一

---

① 艾米莉·狄更生:《狄更生诗歌精选》,王晋华译,太原:北岳文艺出版社,2000年,第49页。

种抽象、虚无的情绪。孤独的心情促使狄金森把目光转向自然，包括动物以及动物世界中的蛇。

从传统的自然诗学的角度来看，蛇这类令人感到恐怖的动物应该是无法入诗的，但是狄金森偏偏把蛇、苍蝇以及蜘蛛等写进诗歌里，其原因是"作为诗人的狄金森在进行'接受和聆听自然的真谛'的不间断的尝试之后，'传授'给她的读者最深切的体悟之一便是'敬畏'。狄金森这种肯定'自然'的自身价值与爱默生过分精神化自然的趋势相悖，却在不自觉中与梭罗的自然思想契合，即：'自然'有着远远超出感官所能把握的意义，它不是科学所能穷尽的；'自然'的价值绝不能隶属于人的精神价值"[①]。关于这首诗我们最后还要提到的是，狄金森写蛇，是她创作时内心的独自体验，表现了她的细微情感、狭小的自我世界以及难以与外界沟通的苦恼。一首关于蛇的小诗不仅表达了丰富的文化内涵，也表达了诗人从来就具有的对待自然的矛盾心情：对自然的畏惧与崇拜同在。这种矛盾性在狄金森的自然诗歌中常常出现。

谈了蝴蝶、蜘蛛和小蛇，再来看看狄金森笔下的鸟儿。王晋华编译的《狄更生诗歌精选》中，我们可以看到多首关于鸟儿的诗歌，其中第一首为《我有只春鸟》（"I have a Bird in Spring", No. 5）。在这首诗中，诗人以春鸟为意象，把春鸟作为她心灵的引导者："我有只春鸟 / 它为我鸣啭啼叫——/ 并把春天引到"（I have a Bird in Spring/Which for myself doth sing/The Spring decoys）。鸟儿的叫声带来了玫瑰花的开放，驱散了诗人的烦恼，"并带回新学下的曲调"（Melody new for me）。新的曲调意味着新的生活，因为鸟儿代表着美好，它使"人儿更善 / 风情更淳"（Fast in a safe Hand/Held in a truer Land）。在这首诗歌里，鸟儿给诗人带来了信心和力量，它使诗人走进"一片更为安详的亮色里"（In a serener Bright）和"一片更为辉煌的光照里"（In a more golden light）。春鸟带来的自然力量驱散

---

① 张雪梅："艾米莉·狄金森对超验主义自然观的再定义"，《外国文学研究》，2005 年第 6 期，第 68 页。

了诗人内心深处的"恐惧和疑团"(doubt and fear)以及"每一丝儿的忐忑和不安"(each little discord/Removed)。诗人最后写道:鸟儿虽然会飞走,但是它还会回来。它会"栖息在这里的树丛里/向我再展欢快的歌喉"(Shall in a distance Tree/Bright melody for me/Return)。① 在《那并不会令我惊奇》中("It did not surprise me", No. 39),诗人描写了一只雏鸟,它"把巢儿遗忘,/飞到更阔的树林——/在欣怡的枝条上筑巢"(And the nest forgot/Traverse broader Forests/Build in gayer boughs)。这只鸟儿是诗人"心中的最爱"(One within my bosom),它的出现帮助驱走了诗人心中的孤独,在她孤独的心灵深处搭建了一个希望的窝。② 诗人的孤独只有她本人清楚:

在夏季的鸟鸣之外	Further in Summer than the Birds(No. 1068)
草丛里有哀婉乐音	Pathetic from the Grass
一个小小族类的弥撒	A minor Nation celebrates
在隐蔽处举行。	Its unobtrusive Mass.
看不见任何仪式	No Ordinance be seen
感恩祈祷如此徐缓	So gradual the Grace
成了忧郁的陈规旧例	A pensive Custom it becomes
扩大寂寞之感。	Enlarging Loneliness.

在《我的朋友是一只鸟》("My Friend must be a Bird", No. 92)中,诗人把朋友比作一只鸟,"因为它能飞跑"(Because it flies!)原文中的"它"是it,这里的它可能指人也指自然万象(译者注)。③ 在《女主人给她的小鸟喂食》("The Lady feeds Her little Bird", No. 941)中,我们看到了人与鸟儿(动物)的和谐相处和彼此的理解。"小鸟没有怨言没有异议"(The little Bird would not dissent),女主人和它之间没有"鸿沟",只有"附

---

① 艾米莉·狄更生:《狄更生诗歌精选》,王晋华译,太原:北岳文艺出版社,2000年,第2页。
② 同上书,第6页。
③ 同上书,第13页。

身温顺地称慕"(Fall softly, and adore)。① 《当知更鸟飞来时》("When the Robins come", No. 182)暗示了诗人对知更鸟的谢意。诗人说:"如果我不再活着,/请代我给那只头上长红羽的鸟儿/一把食以示纪念(If I shouldn't not be alive/When the Robins come/Give the One in red Cravat/A Memorial crumb)。"② 而在《我非常害怕第一只知更鸟》("I dreaded that first robin", No. 348)中,诗人表达了她对自然的矛盾心情:她热爱自然,但是自然的神秘与冷漠又使她感到在自然面前无能为力。当自然之子在大自然的王国里自由自在地生活时,诗人却在自然的美景中感到烦恼甚至恐惧:

我非常害怕第一只知更鸟,	I dreaded that first Robin, so,
可是现在他是主角,	But He is mastered, now,
习惯了长大的他,——	I'm some accustomed to Him grown
虽然伤害还是有一点。	He hurts a little, though—

作为自然界代表的知更鸟现在是大自然的主角。但诗人为什么对知更鸟感到害怕呢?这一段诗歌中我们可以看到诗人"内心深处对自然之谜的疑惑","体现了她超前的与'自然的复魅'一致的生态思想"③。概括地讲,复魅就是主张返回事物的自然状态,恢复事物的本来面貌,对自然神性的回归。在狄金森看来,自然代表着科学和知识。诗人深受超验主义思想的影响,还是不能完全理解自然的本质和特性,这可能是她为什么非常害怕知更鸟的原因。然而,她知道自然是"超灵"的化身:

我想如果我只能活到	I thought if I could only live
第一只知更鸟啼叫着飞过,	Till that first Shout got by—
并非森林中全部的钢琴	Not all Pianos in the Woods
都有力量弄糟我。	Had power to mangle me—

| 我不敢和水仙见面 | I dared not meet the Daffodils— |

---

① 艾米莉·狄更生:《狄更生诗歌精选》,王晋华译,太原:北岳文艺出版社,2000年,第159页。
② 同上书,第28页。
③ 参见宋秀葵、周青:"艾米莉·狄金森的自然诗作:生态文学的典范",《山东社会科学》,2007年第9期,第126—128页。

因为害怕她们黄色的长袍	For fear their Yellow Gown
非常迥异于我的式样	Would pierce me with a fashion
会刺痛我——	So foreign to my own—

人在自然的面前是渺小的,诗人如果只能"活到第一只知更鸟啼叫着飞过",说明自然的冷漠与疏离引发狄金森在自然面前的自我悲悯。诗人甚至"不敢和水仙见面",水仙那"黄色的长袍""会刺痛我",同样表达了诗人在面对自然时的伤感和孤独之情。但是诗人很快又表达了乐观的态度,毕竟自然之美能"激活生命节奏感应以调节生命状态的动力":[1]

我希望绿草会快点,	I wished the Grass would hurry—
因为到看见他们的时候了,	So—when 'twas time to see—
他们会长得很高,最高的一株	He'd be too tall, the tallest one
能伸出来看见我。	Could stretch—to look at me—

诗人以拟人化的手法希望绿草快点成长,"最高的一株/能伸出来看见我"。可以看出,狄金森主张人与自然主体间的平等关系,她在观察自然时带着真诚与欣赏,而非居高临下的冷眼旁观。在《天空保守不住它们的秘密》("The skies can't keep their secret", No. 191)中,狄金森道出了她与小鸟的相互信任以及心灵上的沟通,因为她能知道小鸟的秘密,而这一点上帝都难以做到。[2] 而在《一只鸟飞到路上》("A Bird came down the Walk", No. 359)则再次表达了诗人矛盾的自然观。

一只鸟飞到路上:

不知我在看着;

他把蚯蚓撕成两半

活着吃下了。

后来他就着身边的草

饮了一滴露水,

---

[1] 曾永成:《文艺的绿色之思》,北京:人民文学出版社,2000年,第28页。
[2] 艾米莉·狄更生:《狄更生诗歌精选》,王晋华译,太原:北岳文艺出版社,2000年,第29页。

又跳到墙角边

给一只甲虫让路。

他锐利的双目

四处飞顾

小眼珠似乎透着害怕，我自忖道。

他抖了抖头顶的羽毛。

小鸟像是受了惊；于是小心地，

我喂了一些面包屑，

他张开双翼

摇他回家的羽桨

如同划桨分开海洋，

显出银色的接缝，

连午后岸边的蝴蝶，

也禁不住翩飞起舞。

A Bird came down the Walk—

He did not know I saw—

He bit an Angleworm in halves

And ate the fellow, raw,

And then he drank a Dew

From a convenient Grass—

And then hopped sidewise to the Wall

To let a Beetle pass—

He glanced with rapid eyes

That hurried all around—

They looked like frightened Beads, I thought—
He stirred his Velvet Head

Like one in danger, Cautious,
I offered him a Crumb
And he unrolled his feathers
And rowed him softer home—

Than Oars divide the Ocean,
Too silver for a seam—
Or Butterflies, off Banks of Noon
Leap, plashless as they swim.

这首诗歌描写了诗人对自然界的细心观察，生动地描写了一只鸟儿的灵性和人性。全诗分五节。题目暗示了鸟儿从天上飞到了地上这个充满危险的人间世界。前三节中诗人以隐蔽的观察者的身份出现。鸟儿不知道"我"在仔细观察着他（注意诗人用的是"他"而不是"它"）。他似乎很有自信，很傲慢，似乎来到人间也不把人类放在眼里。他"把蚯蚓撕成两半/活着吃下了"，诗人一上来就写出了鸟儿的野性，好像是一个充满暴力的闯入者。他悠闲地饮着天然的露水，还给一只甲虫让路，显出一副绅士风度。他那锐利的眼睛透露出一丝威严，同时又流露出一丝担心害怕。于是，诗人情不自禁地给他一些面包屑，立刻拉近了彼此的距离。但遗憾的是，诗人的善意举动却把他吓走了。最后一节诗人通过划船的桨、海洋以及飞舞的蝴蝶等意象来描写鸟儿在自然界中的自由，暗示诗人渴望像小鸟一样回归自然的愿望。"从判断角度讲，作者对自然的态度总体上是积极的；从鉴赏角度讲，作者对自然的态度既是积极的又是消极的。……从介入角度说，本诗主要采用了单声的介入模式，狄金森主要通过她自己细微的观察来对鸟儿做出评价，这意味着作者试图直接表达自己的自然观，没有提及其他的信息来源或可选择的立场。"① 国外学者科那普（Bettina L. Knapp）指出，本诗中的小鸟不再是友谊、善良、可爱的象征。尽管它外表美丽，狄金森却发现它既是美丽的，又是丑陋的；既是迷人的，又是危险的。为了生存，它必须要以其他生物为食，同时摆脱不了人类的控制。②

狄金森在描写禽鸟、昆虫、爬虫等动物时能理解并且感受到它们的生活体验，把它们视为平等的生活主体，我们这个世界大家庭中的一员。下面我们来看看诗人是如何写小蜜蜂的吧。

余一力在"寂静的声音：论妇女写作的意义——以狄金森自然诗歌中的蜜蜂形象为例"一文中指出，狄金森自然诗歌中的蜜蜂描写有三个层次，第一层次是"作为景观的某一部分的蜜蜂形象……作为自然世界整体的一个部分"；第二个层次把蜜蜂放到了主体性地位，"以蜜蜂为眼光，与自然发生联系和对话……隐喻地表达了作者不甘传统写作中妇女沉默无言的状况"；第三个层次"借助蜜蜂，挑战男性主导下，包括写作在内的整体历史所确立的、知识和逻辑体系的合法性、反叛惯例和'真理'"。③ 这篇论文分析了诗人作品中蜜蜂的意象和象征意义，概括了诗人以蜜蜂作为写作切入点的历史意义。有学者发现，蜜蜂作为意象在狄金森诗歌中出现的频率非常高，"蜜蜂是她非常喜爱的大自然的子民，在她的诗歌中出现过 52 次"④。有的描写了她与蜜蜂的亲密关系："蜜蜂不怕我，……待我好亲切——"；有的描写了自然世界的和谐："松鼠——月蚀——营营的蜜蜂——"；有的则表达了蜜蜂世界的壮观："贵族般的蜜蜂 / 一个个 / 成排挺进"；等等。诗人在《因为蜜蜂可以不受责备地嗡嗡》（"Because the Bee may blameless hum", No. 869）中写道：

---

① 参见张淼：《从评价理论角度分析艾米莉·狄金森自然主题诗歌中矛盾的自然观》（硕士论文），2011 年，第 62 页。
② Bettina L. Knapp, *Emily Dickinson*. New York: Continuum, 1989, p. 28.
③ 余一力："寂静的声音：论妇女写作的意义——以狄金森自然诗歌中的蜜蜂形象为例"，《湖北师范学院学报（哲学社会科学版）》，2012 年第 3 期，第 19—20 页。
④ 王誉公：《埃米莉·狄金森诗歌的分类和声韵研究》，济南：山东大学出版社，2000 年，第 54 页。在《狄金森诗歌全集》（*The Complete Poems of Emily Dickenson*. Ed. Thomas H. Johnson）中蜜蜂这个词出现近百次。

因为蜜蜂可以不受责备地嗡嗡
为了你我愿意变成一只蜜蜂
这样我便可以向你倾诉。

因为不知畏怯的鲜花可以
大胆地瞅着你，
我也愿意做一枝花朵。

知更鸟儿也不必藏避
当你闯进它的巢穴时
所以请让我长出翅膀
或者变作花瓣，变作盈盈飞舞的蜂儿，
或荆豆的花朵
啊，我就是这样全身心地将你爱慕。①

Because the Bee may blameless hum

For Thee a Bee do I become

List even unto Me

Because the Flowers unafraid

May lift a look on thine, a Maid

Always a Flower would be.

Nor Robins, Robins need not hide

When Thou upon their Crypts intrude

So Wings bestow on Me

---

① 艾米莉·狄更生：《狄更生诗歌精选》，王晋华译，太原：北岳文艺出版社，2000年，第146页。

>   Or Petals, or a Dower of Buzz
>   That Bee to ride, or Flower of Furze
>   I that way worship Thee.

诗人首先希望自己变成一只蜜蜂，成为蜜蜂的知心朋友，倾诉内心深处的情感。同时她也希望做一朵鲜花，大胆地看着蜜蜂，和蜜蜂亲密接触。最后诗人想象自己成为一只知更鸟，全身心地爱慕着蜜蜂。狄金森并没有站在动物世界之外看动物，相反，她把自己的感情全部融入到她所描写的动物（蜜蜂）之中，并与之神识交汇融为一体。诗歌的最后一行"啊，我就是这样全身心地将你爱慕"描写了诗人融于自然时的陶醉心情。正如有学者指出的那样，如果说"华兹华斯善于从大自然汲取诗的灵感，那么狄金森则擅长从想象世界获取灵感"[1]。

在《蜜蜂驭着他锃亮的车驾》（"A Bee his burnished Carriage", No. 1338）中，诗人描写了蜜蜂和花之王玫瑰的融洽关系：

蜜蜂驭着他锃亮的车驾	A Bee his burnished Carriage
大胆地奔向了玫瑰——	Drove boldly to a Rose—
并将他和他的车子——一起	Combinedly alighting—
在她的上面落了脚——	Himself—his Carriage was—
玫瑰坦诚平静地	The Rose received his visit
将他的造访接受	With frank tranquility

蜜蜂为什么大胆地奔向玫瑰？玫瑰是美好生活的象征，蜜蜂的行为是否象征着诗人追求幸福生活的大胆举动？蜜蜂在玫瑰花上落了脚并且受到她的坦诚接受，是否暗示着诗人期待社会对她的接受？或者，狄金森作为一个诗人，她是否在暗示自己作为一个女诗人被社会接受的程度？答案是肯定的，因为"在狄金森所生活的19世纪，妇女还未迎来属于她们的历史解放时刻。作为妇女的写作，彼时仍不为社会大众所接受。女性的声音，在这和这之前的历史里，都是被压制乃至沉默的，而妇女写作则是对这

---

[1] 刘守兰：《狄金森研究》，上海：上海外语教育出版社，2006年，第49页。

一压制的反叛,是妇女重获身体、能力和资格的途径"①。诗歌中的蜜蜂意象表明,狄金森通过书写蜜蜂来进行自我表述,表达女性心中的需求。

除了蝴蝶、蜘蛛、蜜蜂、小蛇以及鸟儿,狄金森的自然世界里还有许多小草和其他动物。在第 285 首("The Robin's my Criterion for Tune")中,诗人将知更鸟作为"我"心仪旋律的标准,展现了自身的审美情趣和爱好。第 1508 首("You cannot make Remembrance grow")以雪松的花蕾象征自己的作品历久不衰:"真正的记忆,/像雪松的足根/能穿透岩石无比坚硬——/你也不能将记忆砍掉/当它一旦已扎根生长——/任凭你刀砍斧劈/其钢芽铁花仍会开放——"②诗人希望自己成为一棵小草,因为小草的品格是伟大的、神圣的,它谦恭可敬、华美脱俗。即使它已经枯朽,也散发出芬芳;而它那自由自在的特性,更是令人向往:

即便在它衰朽以后——依然发出
圣洁的芬芳
犹如葡萄生长的香料植物进入梦乡
又犹如甘松,在消亡

临了,它居住在高大宽敞的仓里
小草真是逍遥
做着梦儿打发着时光
我希望我也是一棵小草③

And even when it dies—to pass(No.333)
In Odors so divine—
Like Lowly spices, lain to sleep—
Or Spikenards, perishing—

---

① 余一力:"寂静的声音:论妇女写作的意义——以狄金森自然诗歌中的蜜蜂形象为例",《湖北师范学院学报(哲学社会科学版)》,2012 年第 3 期,第 20 页。
② 艾米莉·狄更生:《狄更生诗歌精选》,王晋华译,太原:北岳文艺出版社,2000 年,第 237 页。
③ 同上书,第 52 页。

And then, in Sovereign Barns to dwell—

And dream the Days away,

The Grass so little has to do

I wish I were a Hay—

朴实无华的三叶草,三叶草虽然没有华丽的外表,但却独放异彩,象征诗人自己质朴的创作风格和朴素的人生。

三叶草的小小名声

虽然只有乳牛记着

却也胜过经过包装添彩的

名声远播

如若名声察觉到它自己

那会有损于花的芬芳

回头频频顾盼的雏菊

已经减少了它的力量①

The Clover's simple Fame (No.1232)

Remembered of the Cow—

Is better than enameled Realms

Of notability.

Renown perceives itself

And that degrades the Flower—

The Daisy that has looked behind

Has compromised its power—

三叶草的简单和谦逊的形状与诗人的外表及性格气质一致,她们都不需要用华丽的外表来吸引人们的目光。三叶草通过独特的三叶形状和浓郁的绿

---

① 艾米莉·狄更生:《狄更生诗歌精选》,王晋华译,太原:北岳文艺出版社,2000年,第213页。

色来展现自己的美丽，狄金森通过描绘三叶草的生长环境来表达对大自然的赞美和敬畏，通过精练而充满哲理的语言来表达复杂的情感和思想。三叶草在青青草地上生长，在清晨的露珠中闪烁，它那简单而微小的存在，尽管微不足道，却暗示了诗歌的力量和生命的价值，象征着诗人自己质朴的创作风格和朴素的人生。这首诗歌传达了一种重要的思想：即使是最微小的存在也有其独特的价值和意义。

她写过《一只小狗高兴地摇晃着尾巴》（"A little Dog that wags his Tail", No. 1185）、《一只快要死去的老虎》（"A Dying Tiger—moaned for Drink—", No. 566）以及《一只受伤的鹿》（"A Wounded Deer", No. 165）。在《一只快要死去的老虎》中，诗人为了救活一只垂死的、"呻吟着要水喝"的老虎，"寻遍了沙滩——/ 接住一些从石缝中渗出的水滴 / 用手捧着往回赶"（I hunted all the Sand—/I caught the Dripping of a Rock/And bore it in my Hand—）。① 这里我们看到了诗人对待动物的"恻隐之心"，那种对待动物的不忍之心，可谓是"君子之于禽兽也，见其生，不忍见其死"（《孟子·梁惠王上》）。用西方动物保护伦理倡导者辛格（P. Singer）的话来说："如果一个存在物能够感受苦乐，那么拒绝关心它的苦乐没有道德上的合理性。"②

总之，狄金森的自然在现实层面上是人类可居的理想家园；在精神层面上是生命旅程的伴侣，向人揭示生活的哲理；在政治层面上，"狄金森诗歌中的花草意象与其特定的社会环境紧密相关。她以花草象征美丽的女性，以及女性坚毅的品格。她还用花草象征自己鲜为人知的一生、反叛精神、不朽的作品、创作风格以及自己的审美趋向等。"③

狄金森为什么要写自然诗歌？

作为一个擅长描写自然的诗人，狄金森大量描写了山水、动物、植

---

① 艾米莉·狄更生：《狄更生诗歌精选》，王晋华译，太原：北岳文艺出版社，2000年，第83页。
② 辛格："所有的动物都是平等的"，江娅译，《哲学译丛》，1994年第5期，第2页。
③ 刘保安："论狄金森诗歌中花草的象征意义"，《江西教育学院学报》，2011年第2期，第144页。

物、昆虫、鲜花以及一年四季中的阳光、风暴、日落等。戴维·杨（David Yang）曾说，狄金森的自然诗歌充满想象力，她笔下鲜艳的花草、忙碌的蜜蜂、迷人的日出和晚霞等，已经成了自然描写的样本。[1] 国外还有学者从认识论和神学怀疑主义的角度来分析她的自然诗歌，认为其自然诗歌具有形而上的忧郁的怀疑主义倾向。更有学者从生态伦理学角度来看待她写的动物、昆虫和植物的诗歌，可谓观点众多，百花齐放。"大自然是她每天要面对的大环境……而人生的目的和意义则使有头脑的人不断思考着问题，狄金森在这些主题方面花费了较多的笔墨，也是和她的性格及其独特的生活方式相吻合的。"[2] 总之，狄金森的自然诗歌充满激情，字里行间饱含隐喻和意象。这些隐喻和意象源自自然世界，又超越了自然世界。

狄金森对自然主题有偏好。她借助自然中的隐喻和意象来描写人与自然的关系。传统的诗人都擅长使用隐喻和意象来加强"修饰性语言"（figurative language）的效果。从广义上讲，隐喻是政治的，具有政治意义。"狄金森擅长对于意象的捕捉和再创造，在她的自然诗歌中，对外在世界的想象和感悟往往通过一些细微而生动的意象表现出来。"[3]

西德尼（Philip Sidney）在《为诗歌辩护》（"The Defense of Poesy"）中曾指出，真正的诗人在于能够提供教育和愉悦。[4] 贺拉斯也说，艺术必须"甜蜜而实用"，或者说美妙而实用。[5] 有人习惯把美学与伦理学相对立，认为两者是矛盾的。狄金森并不这样认为。今天，由于政治原因和环保运动的现实意义，美国学者在研究生态环境文学时基本上都遵循爱默生和梭罗的自然思想，强调创作的真实性，主张直接面对现实。对狄金森来

---

[1] David Young, "Electric Moccasins." *Field: Contemporary Poetry and Poetics* 55 (1996): 39-47, p. 40.
[2] 艾米莉·狄金森：《我们无法猜出的谜：狄金森选集》，蒲隆译，北京：作家出版社，2001年，第15—16页。
[3] Scott Knickerbocker, "Emily Dickinson's Ethical Artifice." *Interdisciplinary Studies in Literature and Environment* 15.2 (Summer 2008): 185-197, p. 189.
[4] Philip Sidney, "The Defense of Poesy." *Sir Philip Sidney*. Ed. Katherine Duncan-Jones. New York: Oxford University Press, 1989 (212-250), p. 231.
[5] Horace, *Satire, Epistles, and Ars Poetica*. Trans. H. Rushton Fairclough. Cambridge: Harvard University Press, 1987, p. 347.

说，伦理思想的表达和语言机制密切相关。诗人对大众的影响力取决于诗人对语言的使用。语言绝对是一门艺术。狄金森从创作之初就十分重视对语言力量的掌控和把握。她诗歌中的修饰语、声音效果、文字效果、表达方式以及读者最终的接受方式，体现了她作为语言大师的一面，展示了她擅长描写自然万物"自主性"的艺术魅力。美国生态批评学者埃弗顿（Neil Evernden）指出："环境主义如果缺乏美学思想仅仅是一种地方性行为。"[1] 诗歌之功能在于"教育"，如果试图回避语言的艺术性，那生态环境文学就失去了它的现实意义和政治效应。

狄金森将自然世界当作真实的艺术场所。王尔德为了捍卫美学思想，曾公开声称"自然模仿艺术"。生态美学认为，艺术来自自然世界，艺术超越了人类的日常生活。但是，狄金森对科学的态度又反映了她经验主义的哲学思想。她反对不切实际的想法以及傲慢的科学态度。"狄金森主张用科学原理来解释自然现象和精神现象，但她却对严格而拘谨的科学分类方法不屑一顾，认为科学分类不能解决自然界的问题。她有时热衷形而上学思想，有时又对它产生抵制情绪，转而对自然神学思想感兴趣。"[2] "自然之书"可以使人们在物质和精神之间找到平衡。从哲学的角度来看，她的自然诗歌反映了她的唯我论思想。大自然的宏伟壮观及其表现出的无限性反映了人类认识自然的有限性，这一点又使狄金森产生了对自然的矛盾态度：自然既可以被我们认识，又超越了我们的认识。自然既让人们恐惧，又给人们带来快乐。于是，狄金森想探索自然，认识自然，发现自然，最终又使她热爱自然。

回到上面的问题，狄金森为什么写自然诗歌？

首先，狄金森作为19世纪的女诗人，她想通过自然描写来表述自我，表达那个时代的妇女意愿。她的周围不再是一个非人类的客体，而是一个

---

[1] Neil Evernden, "Beyond Ecology: Self, Place, and the Pathetic Fallacy." *The Ecocriticism Reader: Landmarks in Literary Ecology*. Eds. Cheryll Glotfelty and Harold Fromm. Athens: University of Georgia Press, 1996 (92-104), p. 98.

[2] Scott Knickerbocker, "Emily Dickinson's Ethical Artifice." *Interdisciplinary Studies in Literature and Environment* 15.2(Summer 2008): (185-197), p. 195.

有血有肉的充满情感的世界。她用所有的感官以及她的心灵去观察,去接受,去感悟一切。这样的感受"代表了她的温情、诗意和生态思想的集结,仿佛是从生活的长卷上随意剥下的片段,其实完全统摄于整体情境和隐藏在文字后面的主题思想——都是她对发生在大地上的事情的了悟,对最原初风景的深情一瞥和缅怀,对善良而微小的事物的关注,与之相应的温厚、亲切、不端任何架子的文体本身,以及让自然自己活动起来言说的叙述方式,已把人过去在自然面前的傲慢态度抹去,成为接受大自然的前理解"[1]。

狄金森在自然诗歌中描写动物、植物、自然现象以及自然世界,目的之一是"表述自我,挑战传统和历史对于妇女的压制。隐喻地表达了作者不甘传统写作中妇女沉默寡言的状态,试图通过写作,建立妇女主体性地位,恢复自由表达思想和姿态的权利"[2]。杰尔佩在《艾米莉·狄金森:诗人的思想》(*Emily Dickinson: The Mind of the Poet*, 1996)中指出:"对于狄金森来说,在草地牧场上的嬉戏奔跑只是一种内心体验,这些体验之所以重要,是因为它对自我的改变。"[3]

其次,受浪漫主义思想的影响,狄金森一生都在追求真与美的浪漫主义美学思想。从哲学意义上说,狄金森的自然诗歌是真与美的思想,一种崇高而清净之美,这在她著名的《我为美而死》(No. 449)中早就表达了:

我为美而死——当我

刚被安顿到坟里

为真理而死的那一位,便把

声音从隔壁的屋里——

轻轻地传过来:"你为啥而死?"

"为美,"我回答说——

---

[1] 宋秀葵、周青:"艾米莉·狄金森的自然诗作:生态文学的典范",《山东社会科学》,2007年第9期,第127页。

[2] 余一力:"寂静的声音:论妇女写作的意义——以狄金森自然诗歌中的蜜蜂形象为例",《湖北师范学院学报》,2012年第3期,第18页。

[3] Albert Gelpi, *Emily Dickinson: The Mind of the Poet*. Cambridge: Harvard UP, 1996, p. 95.

"我为真理,两者本一体;
我们是两个兄弟。"他说。

于是像亲人在夜里相遇
我们便隔墙谈天谈地
直到青苔爬上了唇际
掩盖了我们的姓氏——①

I died for beauty—but was scarce
Adjusted in the Tomb,
When One who died for Truth, was lain
In an adjoining Room—

He questioned softly "Why I failed"?
"For Beauty," I replied—
"And I—for Truth—Themselves are One—
We Brethren, are", he said—

And so, as Kinsmen, met a Night—
We talked between the Rooms—
Until the Moss had reached our lips—
And covered up—our names—

这是狄金森阐述真与美的诗歌中最著名的一首。诗歌中的"我"和"你"是"美"和"真理"的言说者,是一对兄弟。他们的对话告诉我们,真理与美是同源。从自然美的意义上看,诗歌的精华包含在最后两行中:"直到青苔爬上了唇际 / 掩盖了我们的姓氏。"青苔遮掩了石碑上的名字,可以

---

① 艾米莉·狄更生:《狄更生诗歌精选》,王晋华译,太原:北岳文艺出版社,2000年,第67页。

说美和真理就一起被埋入了大地，与自然界万物共存，美和真理最终回归大地，回归自然。狄金森描写自然最终是为了追求大自然真与美的统一。狄金森在自然诗歌中描写的是一种自然的美，一种纯真的美。正如她在《美——不能刻意——求得——》("Beauty—be not caused—It Is—", No. 516) 中写的：

> 美——不能刻意——求得——
> 你追它，它便没了踪影——
> 你不追，它倒留住了脚儿——
>
> 并为你拂去凿痕
>
> 恰如草原上——有风吹过时
> 草浪的翻滚起伏——
> 这一自然之造化
> 我们怎能僭越——①
>
> Beauty—be not caused—It Is—
> Chase it, and it ceases—
> Chase it not, and it abides—
>
> Overtake the Creases
>
> In the Meadow—when the Wind
> Runs his fingers thro' it—
> Deity will see to it
> That You never do it—

可以说这是狄金森论美之本源的一首诗歌。诗人认为，美是不能刻意求

---

① 艾米莉·狄更生：《狄更生诗歌精选》，王晋华译，太原：北岳文艺出版社，2000年，第76页。

得,不能制作。美自然地在这个世界里存在,你可以看到,可以感受到,就像清风吹过草原,"风吹草低见牛羊",这就是大自然给你带来的美,是自然的造化。美不是主体凭空想象出来的,它是一个被发现被揭示的过程,并不是一个被创造的过程。

再者,狄金森通过描写自然界中的动物、植物以及自然现象,旨在表达一种哲理,一种狄金森式的哲学思想。例如下面这首诗(No. 782):

  有一种乏味的欢乐——
  他,不同于喜悦——
  正像霜,不同于露——
  虽然是相同的元素——

  然而一个,喜爱花草——
  另一个,花草畏惧——
  最好的蜜一旦变质——
  对于蜂,毫无价值——[①]

  There is an arid Pleasure—
  As different from Joy—
  As Frost is different from Dew—
  Like element—are they—

  Yet one—rejoices Flowers—
  And one—the Flowers abhor—
  The finest Honey—curdled—
  Is worthless—to the Bee—

诗歌短小而充满哲理,这是狄金森诗歌的一大特点。每个人都清楚什么是人生欢乐,什么是喜悦,但是普通人难以从哲学意义上来区分。同样,普

[①] 艾米莉·狄金森:《暴风雨夜,暴风雨夜》,江枫译,北京:机械工业出版社,2010年,第279页。

通人也难以从哲学层面来思考霜与露的不同。霜和露虽然是由同一元素构成（人类主观的科学论调），但在存在方式上却大相径庭，一个对于花草来说是甘露，一个则是毒药，如果无法分辨出事物在存在方式上的差异，而按照主观的、形而上的方式私自编排，那么人类所获得的欢乐将永远是乏味的，将永远无法企及真正的喜悦，真正的美和真理。"狄金森通过这首自然诗歌从一个否定的角度向我们揭示了真理怎样才能得以显现，真理不能以主观的、逻辑的方式显现，真理需要我们看到事物与其存在方式之间的差异。"①

除了上面提及的妇女政治、真与美和哲学思想等原因以外，我们研究狄金森为什么要写自然，还要考虑到她的人生经历等一些现实情况，而这些现实情况中，最突出的是她作为一个普通女性在当时那个社会所遭受的孤独感。爱情的不如意、宗教的压抑等是造成她孤独的主要原因。"对于生命，倦怠比痛苦／更能切入肌肤——／它是痛苦的后嗣——来自灵魂／已尝尽了痛苦之后——"（There is a Languor of the Life/More Imminent than Pain—/'Tis Pain's Successor—/When the Soul/Has suffered all it can).② 狄金森诗歌中表达孤独的有上百首之多，这里不一一赘述。总之，狄金森有充分的书写自然的理由，因为：

　　每个生命都在朝着某个中心汇集——
　　无论是显露——还是蛰伏着——
　　总有一个目标在每个人身上
　　存活——③
Each Life Converges to some Centre— (No. 680)
Expressed—or still—
Exists in every Human Nature
A Goal—

---

① 参见王维："海德格尔存在论美学视野下的狄金森诗歌"（硕士论文），2014年，第26页。
② 艾米莉·狄更生：《狄更生诗歌精选》，王晋华译，太原：北岳文艺出版社，2000年，第60页。
③ 同上书，第104页。

第八章

罗宾逊·杰弗斯的生态文明思想

本章主要讨论美国现代自然诗人罗宾逊·杰弗斯（1887—1962）的自然诗歌。杰弗斯的自然思想首先来自他的"非人类主义"（Inhumanism）生态诗学思想。[①]杰弗斯的这一生态诗学思想在一定程度上类似"非人类中心主义思想"，表现在对人类和人类社会的批判，强调人类不是世界万物的中心，不能以人作为衡量一切的标准，一定程度上体现了宇宙是一个整体的泛神论思想。杰弗斯作品中两样特殊的自然对象是岩石与老鹰。石与鹰，作为自然界"非人类的"存在，是杰弗斯"非人类主义"生态诗学思想的象征。岩石是自然的精华，赋予诗歌一种正能量；鹰是自然的灵魂，也是诗人本人的象征。杰弗斯的自然诗作涉及自然永恒、人类在自然面前渺小以及对人类命运的警示等主题。在诗歌形式上，杰弗斯的"非人类主义"诗学思想表现在回归英语古体诗歌的创作模式。从美国自然诗歌流变看，杰弗斯的生态诗学思想既受到前人的影响，也影响了后人。作为一位激进诗人，杰弗斯提出"非人类主义"思想，其目的是追寻真正的人类价值，启迪人类拥有回归自然的心态。他把这一思想注入到他诗歌作品的格律和韵律中，体现了一种独特的诗学理念。

罗宾逊·杰弗斯也是美国最早投身于生态文明构建事业的诗人之一，

---

① 参见朱新福："罗宾逊·杰弗斯的'非人类主义'生态诗学思想"，《苏州大学学报》，2014年第2期。

他继承了美国本土的超验主义思想，通过自然主义式的生态书写展示了原生自然的残酷多变与无穷魅力。诗人贯彻了批评西方文明的价值理念，以辛辣的笔调批判了西方现代人破坏自然、庸俗腐化的物质主义倾向，直率地指出正是自然精神的丧失造成了西方现代人思想的空虚与迷惘。他的诗作虽颇有喜爱动物尤胜于人的非人类中心主义特色，但野性与人性之间的互通之处依旧鲜明，对动物淳朴天性的赞美反衬了诗人对于理想化人性的观照与追求。以非人格化的书写来反映人类生活，身居山野却仍心怀天下，这赋予了杰弗斯的自然诗作以更为广博的社会价值和象征意义。

杰弗斯是美国现代文学史上一位独特的诗人。他一生创作了20多部诗集和2个剧本。主要诗集有：《花斑骏马、塔玛尔及其他》(*Roan Stallion, Tamar, and Other Poems*, 1925)、《冬至及其他》(*Solstice and Other Poems*, 1935)、《美狄亚》(*Medea*, 1946)、《双斧及其他》(*The Double Axe and Other Poems*, 1948)、《悲剧之外的塔楼》(*The Tower Beyond Tragedy*, 1950)等。目前学术界常用的诗集是他的《罗宾逊·杰弗斯诗歌选集》(*The Selected Poetry of Robinson Jeffers*)。杰弗森的诗名在1930年代达到高峰。近年来，他的生态自然思想使他再次受到学术界的关注。国内外对他的研究主要涉及其诗歌所表达的美学理念、宗教思想、自然思想等方面。

杰弗斯作为美国20世纪杰出的自然诗人、剧作家，在商业化气息日趋浓重的美国现代发展道路之上回流溯源，以其别具一格的冰冷视野重塑了一个神话般的美国荒野世界。布鲁斯·墨菲曾称赞说："杰弗斯之于当代美国诗歌，就像《格尔尼卡》之于马克·罗斯科（Mark Rothko）的画作一样珍贵。"[1]他长期蛰居于加州的卡梅尔小城，践行了往昔爱默生与梭罗所倡导的独立自足的生活理念，投身于充满野性魅力的自然怀抱，尽情体验远离尘嚣隐居生活的静谧与快乐。杰弗斯倾力打造的"石屋"与"鹰塔"既是撑起他自然想象的有力物质基础，也是他对抗俗世潮流和现代美

---

[1] Bruce F. Murphy, "The Courage of Robinson Jeffers." *Poetry*, vol. 182, no.5, Aug. 2003, pp. 279-286.

国发展模式的先头堡垒。他的诗歌创作灵感便取自于他所钟爱的这片纯净的天地，风格硬朗沉着，冷峻超然的客观自然描写当中潜藏着他内心狂野乃至于偏激的思想感情，具有浓厚的寓言性色彩，暗含了诗人虽身居庙堂之外却仍心怀天下大事的道德情怀。当代学界的杰弗斯研究逐渐挣脱了其作品中罪恶、宗教伦理、复古主义理念的拘囿，开始结合美国当时社会发展的特殊时况，从文化批评和生态建设的视角来反思杰弗斯诗作深刻的社会历史价值。本章试图透过杰弗斯肃穆、粗犷的诗风和宏大的书写视野，来分析诗人对于个人与自然之关系的诸多思考，剖析他冷漠笔调下对于未来文明发展的预言与忠告。

神秘主义化的反西方文明实践
——杰弗斯的自然生态发展理念

反西方文明思想由来已久，与无政府主义理念以及乌托邦思想类似，它是物质化社会发展模式背离人文期待、造成精神污染后的必然结果，其根源是人本主义思想与资本化物质主义间难以调和的深层矛盾。20世纪初工业革命基本完成，资本家在全世界范围内的掠夺和殖民严重破坏了自然的自我调节机制，使文明发展的道路陷入了破坏生态文化、危及民众安全的伦理困境，因此反西方文明思想也在早先反对资本主义阶级压迫的道路上更进一步，被赋予了全新的时代内涵与价值。"反文明无政府主义，通常也被称为绿色无政府主义或无政府原始主义……它主张文明与教化是当今破坏生态环境、压迫人类的根源所在。"[①] 细读杰弗斯的经典代表作品，我们可以很直观地感受到其诗作中致力于生态和谐的反西方文明思想。他摆脱了以往田园诗歌抒发个人哀思、缅怀人生变迁的狭隘视域，而是以自然整体为投射对象，借由广泛的历史和文化书写来表达他对现代西方文明

---

① Sean Parson, "At War with Civilizational: Anti-Civilizational Anarchism and the Newest Social Movements." Conference Papers—Western Political Science Association, Annual Meeting 2009, pp. 1-20.

的不满与憎恶，引导读者在严酷肃穆的环境中思考国家的前景和生命的本质等重大问题。美国早期浪漫主义诗人笔下的大自然是生机与活力、独立与自主的象征，是色彩瑰丽、情感激昂澎湃的理想世界，而杰弗斯笔下的自然却显得深沉、肃穆而苍凉，暗含了西方现代社会自然精神的消逝以及人性的破碎和异化。诗人以粗犷的笔调抒发了他对于冷静、孤傲、坚韧品质的赞美，表达了对回归自然野性、拥有原始狂野力量的新型人格的呼唤，哲理色彩浓厚，在某种程度上实现了诗歌功能由感情抒发到理性思辨的迁移，是对以艾略特《荒原》为代表的现代诗歌艺术理念的进一步发展。在工业化和现代化日趋加速的近代美国社会，诗人敏锐地察觉到了人类与自然联系由和谐归一日益转向对立与疏离的状况。与此同时，伴随着美国族裔身份的日趋混杂和流散文学的常态化，本土传统文化与欧洲现代文化间的冲突与杂糅愈演愈烈，杰弗斯作为当时美国发展的时代见证者，愈发感觉到现代文明将会置整个社会于腐朽堕落的艰难境地，其反西方文明的思想倾向日趋强烈。在著名短诗《海岸公路》("The Coast-road")中，杰弗斯化身一名骑手，登高望远，描绘了公路通入加利福尼亚海岸时他内心复杂的状态。一方面，诗人承认公路的修筑会给乡间带来财富和机遇，但对于传统的道德信仰而言，公路无异于工业文明入侵乡野的先头部队，是对人类精神生态和自然万物生存空间的极大破坏："我也/相信那些骑手，山上牧场的牧人，远方的耕者/都能在贫困却自由的荒僻农场里过上美好的生活。"[①] 将贫困与自由并置，愈发凸显了以诗人为代表的乡野隐士对于独立个性的弥足珍视和对物质财富的不屑一顾。而与山村的宁静和谐相对，外来文明则是一个"富足、粗俗、令人困惑的文明，其核心正在消亡"，充满了"邪恶的战争"与"残酷的暴政"，诗人将现代文明社会的工作者喻作"喝醉酒的老妓女"[②]，认为他们力图向乡间淳朴的民众施展她那可怕的魔法，这一形象化的描述表现了诗人对资本主义生产模式无孔不

---

① Robinson Jeffers, *The Selected Poetry of Robinson Jeffers*. New York: Random House, 1938, p. 581.
② Ibid.

入的强大破坏力的愤怒和鄙视。为了抗拒城市发展所带来的异化力量和现代物质社会对自然的掠夺，他不惜长期隐居于"石屋"与"鹰塔"，以神秘主义理念和叛逆的文化思维来建构自我全新的社会体系。

　　神秘主义作为杰弗斯创作理念的一大特点，既强化了其诗歌的文化内涵和隐喻色彩，又在另一方面宣示着诗人对于传统宗教理念、人文信仰的摒弃。"神秘主义的关键是强调理性和表象的不足；与上帝（或其他内在神性）的交流不仅是客观需要的，而且最终必须发生在既定的意识形式和有序的语言之外"。[①] 换而言之，神秘主义价值观正是通过揭示理性与规则世界的肤浅与片面性，来凸显神秘化的心灵感应与顿悟等个人体验的宝贵与不可或缺。文学史中的现代主义诗人，无论是叶芝、庞德还是艾略特，在反映与解决现代文明下的精神危机时，无不诉之于神秘主义化的宗教力量。通过游离于理性之外、超然于世俗化的生活经验，来展现形而上的玄妙艺术美感，这一点赋予了诗作以丰富的隐喻色彩和无上的神圣光辉。但伴随着工业革命的日趋深入，宗教信仰逐渐分崩离析，征服自然、人定胜天的思想逐步取代了往昔对自然力量的崇拜与敬畏，可以说人类与自然关系的恶化部分就源自于自然神秘主义光辉的日渐褪去。基于这一理念，神秘主义的重塑便成了杰弗斯遏制人类中心主义、抵制现代工业文明的有力武器。他的神秘主义手法虽然承接过往传统，却又有自己独到鲜明的特点。以往诗人侧重于借神秘化描写来表现宿命论的基调和难以掌控时代变迁的无奈情绪，具有明显的麻醉读者乃至自我麻醉的消极倾向，但在杰弗斯的创作中，神秘主义是自然文明无尽魅力的象征，蕴含着野性和现代社会最为匮乏的原始力量，神秘主义在他的笔下摆脱了形而上的学院主义风气，真正成为医治现代人类麻木灵魂的济世良方。正是通过这种神秘力量在诗中种种扭曲化的主观呈现，杰弗斯使读者脱离了现代文明所带来的安逸和舒适，重新感受到丛林时代所独有的野性气息。他的诗歌笔法恣意，

---

　　① Philip Leonard, *Trajectories of Mysticism in Theory and Literature*. Palgrave Macmillan UK, 2000, p. xi.

选材随性狂放，以内在的自然主义气质勾勒出独特的神学价值体系，彻底打碎、消解了传统《圣经》以上帝、以人类为中心的实用主义倾向，借由上帝和中心的缺席来打造其诗学体系中的全新信仰图腾，表达出他对现行时代文明正义与否的深刻怀疑。

杰弗斯的成名作《泰玛》("Tamar")是他展现其神秘主义理念的代表作品，深刻揭示出人类本性中潜在的欲望和罪恶，俨然具有了现代文明史诗的气质。其间噩梦、疯狂、死亡等主题经由神话般的叙事风格，反映了形而上宗教信仰崩溃后社会文化的无序和游牧倾向，以小见大，极富象征色彩，暗含了诗人对于现代西方文明发展的悲观看法。这种秩序破碎、信仰丧失的神秘氛围在他其后的数部悲剧化史诗中表现得更为鲜明。他诗作中的阴郁、黑暗与美国传统的哥特风格和自然主义书写一脉相承，但也有自己的特点。如果说爱伦·坡通过空间和时间的颠倒错位及生态失衡的主观化镜像来展现自然中潜在的惊悚美感，那么杰弗森则是借由伦理价值体系的重构来展现大自然由传统的人性化观照转向客体化、去中心化的独特心理体验，是20世纪初期逆工业美学潮流而上的伟大思想革新。在《为噩梦道歉》("Apology for Bad Dreams")中，诗人以现实主义的笔法描绘了母子二人对一匹马的鞭打与折磨，暗示了上帝对这般恶行的纵容和无能为力。正如评论家所述："杰弗斯后来作品中的主人公都是男性，他们没有反抗或颠覆神权的欲望，他们甚至几乎不承认神的存在。"[1] 对神性的漠视同样意味着现代人对于尊严、对于生命价值的无视与困惑，诗人在其诗作中无时无刻不在拷问着人类存于世间的目的与意义。纵然他的诗歌具有鲜明的问题意识和批判理念，但不同于以往诗歌中的道德说教，他往往从生活中的细节入手，通过对社会现象的深入剖析来揭示现代文明之下潜藏的精神危机。在《新墨西哥的山》("New Mexican Mountain")中，诗人以第一人称视角描绘了印第安人祈求丰收的古老舞蹈仪式，直白地表达

---

[1] John R. Zaller, "A Terrible Genius: Robinson Jeffers' Art of Narrative." *Western American Literature*, 2011, 46(1): (26-44), p. 29.

出都市文化对于淳朴印第安文明的破坏与侵蚀，反映出神秘主义退化之后所带来的深刻思想危机。诗中一方面指出城市文明繁华之下人民内心的空虚与困惑，他们不辞辛苦回归乡野来欣赏古代文明的余晖，渴望得到精神与思想方面的救赎；而另一方面，备受城市文化浸染与同化的印第安年轻一代却已丧失了对舞蹈这一文化传统仪式的归属感，"他们不情愿地跳舞，变得越来越文明"[1]，神秘的印第安舞蹈仪式的日渐消亡伴随的是整个美国迷惘的文化寻根之旅，观众的渴望和舞者的懈怠形成的强烈视觉反差表现出诗人对于美国社会文化发展的嘲讽和忧虑："印第安人被掏空了，/这里当然也没有足够的宗教，没有足够的美，没有足够的诗歌……来填补美国人。"[2] 全诗消沉的氛围中，唯有那昂扬的鼓声仍旧彰显了野性与神秘的气息，流露出印第安文化的活力所在，时刻提醒读者"文明是一种短暂的疾病"。段义孚曾准确地论述了"逃避自然"与"逃向自然"之间的辩证关系，指出人们早先逃避自然是为了在文明社会中更稳定、安全地生活，而今逃向自然的趋势则是出于人类对于现实生活的失望和沮丧。[3] 这一论述充分揭示了诗歌中工业文明与生态文明冲突下美国大众进退维谷的复杂心态，反映出工业化阶段人类整体躲入城市的庇护，走向自然对立面时内心的挣扎与彷徨。诗人借印第安文明的没落与消亡反映出传统文明下自然界本质主义信仰的破碎，潜在地批判了西方现代人无视历史传承、沉溺于功利主义化的社会构建法则，表达了人类要摆脱现代社会思想文明的枯竭状态，回归自然、复兴生态文明将是无可争议的必然选择。

西方工业文明下的孤立臆想
——杰弗斯的社会生态发展理念

从某种意义上说，杰弗斯诗作中的孤立思想是美国民族文化中个人主

---

[1] Robinson Jeffers, *The Selected Poetry of Robinson Jeffers*. New York: Random House, 1938, p. 363.
[2] Ibid.
[3] 段义孚：《逃避主义》，周尚意、张春梅译，石家庄：河北教育出版社，2005年，第19页。

义理念的进一步发展延伸，也是世界主义文化建构中个体身份边缘化处境下的无奈选择。他的诗歌具有鲜明的问题意识和批判理念，但是不同于以往诗歌中的道德说教。他往往从生活中的细节入手，通过对社会现象的深入剖析来揭示现代西方文明之下个体独立身份的丧失。罗尔斯顿（H. Rolston Ⅲ）认为人类不可能处于完全的孤独之中，但"有一种相对的孤独，是个体人格保持完整所必须的，这是与社会生活相反相成的从社会的分离"①，而杰弗斯的孤立思想便是这样一种从人类社会有目的的、选择性的撤离，这种撤离是为了保持个人独立发展空间完整无缺的积极尝试。空间在现代的文化范畴里作为历史发展的客观载体，日渐成为不同权力观、价值观交织斗争的多维文化力场。整个杰弗斯的诗歌体系便是一部对于个体与群体、自然与人类发展空间的争夺历史。诗人之所以建造石塔，远离城市，目的便在于要在世俗化的社会人文背景下重构其理想主义的域外空间，在他者社会理念的侵蚀下保持自我主体个性和人格的完整。面对整个美国工业文明下环境非正义行为愈演愈烈的背景，杰弗斯的孤立主义思想既彰显了其不肯与美国主流发展模式同流合污的坚定决心，也同样是对美国乃至于整个西方世界工业文明理念的消极抵抗。在《发光、毁灭的共和国》（"Shine, Perishing Republic"）一诗中，诗人认为西方工业文明的演进让美国的民主体制日趋沦丧为一个"独裁的帝国"，毫不留情地对美国庸俗化的物质文明进行了强烈的批判。② 在诗人的创作理念中，城市空间与生态空间之所以无法共存，完全是由于前者倚仗现存社会权力机制对后者进行无休止掠夺所造成的恶劣后果。他在自然诗歌中所构筑的理想空间中将自然人性化，为自然界赋予了强烈的男性气质，标榜了个体自力更生、与自然相辅相成的健康生态理念，以其特立独行的生活方式嘲讽了当下社会中美国民众软弱、空虚的思想窘境。由此可见，杰弗斯对于个体孤立独处的推崇并非因为他对人类社会真的毫无感情，而是源自他对于人

---

① 霍尔姆斯·罗尔斯顿Ⅲ：《哲学走向荒野》，刘耳、叶平译，长春：吉林人民出版社，2000年，第419页。
② Robinson Jeffers, *The Selected Poetry of Robinson Jeffers*. New York: Random House, 1938, p. 168.

性、对于群体意识的万分失望和全盘否定。为此他不惜割裂自我与群体的联系，通过个体文化的再生产来改变现代化潮流下空间生产的发展走向，以空间独立谋求思想独立，从而为未来社会中个体和自然文明的健康发展提供坚实的物质与文化保障。

　　如果说岩石、鹰是他对于抽象自然精神的高度概括，那么"石匠"这一形象便是诗人笔下人类在自然中最好的身份定位。他在《致凿石工》（"To the Stone Cutters"）中指出，人类在自然界中是微不足道的，而自然中的山水、江河、海洋、岩石以及动物等却有着永恒的价值。"石匠用大理石来抗争时间的流逝，/ 遗忘的挑战者们，/ 你们赢了"。[1]凭借个人杰出的技艺，石匠成为诗人笔下大自然奇迹与荣耀的见证者，别开生面地书写了自然和文明发展演进的历史。诗人以石匠的身份来排解人类在自然界中地位缺失的窘境，表现出了对自然力量虔敬的学习态度和应有的尊重，也从侧面反衬出了诗人在面对自然时渴望与世无争的淡泊心性和将人类个体化、独立化的主观意愿。杰弗斯把石头比作母亲大地的骨肉。在造石屋和石头打交道的过程中，杰弗斯发现了石头的灵性，觉得自己和这些粗糙的巨石有些相似之处。杰弗斯"开始意识到自身蕴藏的巨大力量，就像一个青春少年或一个宗教皈依人士所经历的觉醒"[2]。岩石赋予他的诗歌一种正能量，诗歌所蕴含的力量恰好与这种原始的自然力量相通："我不能想象，美酒的味道怎么能与花岗石相提并论，/ 蜂蜜与牛奶更是不能讨好你，但是它们温和地 / 与苔藓中海浪冲刷的裂缝相融合……这岩石，其长达数百万年的存在 / 成了石屋的奠基石，这是上帝的意愿。/ 给我岩石的力量，我会给你 / 将来的翅膀，因为我拥有它们。/ 你对我们来说是多么的珍贵。"[3]杰弗斯清楚石头的价值不仅具有地质学意义而且还具有历史意义和文化意义："我告诉你 / 世界是什么样的：世界就像一块石头。"[4]"被岁月浸

---

[1] Robinson Jeffers, *The Selected Poetry of Robinson Jeffers*. New York: Random House, 1938, p. 84.
[2] James Karman, *Stones of the Sur*. Stanford: Stanford University Press, 2001, p. 10.
[3] Ibid., p. 29.
[4] Ibid., p. 57.

透而显出红颜色的花岗石/那是世界的摇篮。"① 从高山上的巨大岩石到小路上的鹅卵石,石头在我们人类生活中的意义无处不在。学者弗莱明曾对杰弗斯和叶芝的作品进行了深入的对比分析:"杰弗斯和叶芝都是石头和语言的雕刻家……石头和灰泥提供了意象和符号,使他们能够创造事关神话和永恒的不朽篇章。"② 岩石这一古老的诗歌意象,象征着刚毅与不朽,孤独与冷漠。以石屋来取代现代化的高楼大厦,反映出诗人对于融入自然、追求永恒生命价值的渴望与执着。由岩石到石屋,由孤独到永恒,石匠在诗人的思想体系中作为人与自然的交感枢纽,既是个体孤立化理念的最好呈现,也象征了自然生态秩序理想化的重新整合。

那么,在杰弗斯的自然神论视域下,何为真正纯粹的自然的本质?在《出生税》("Birth-Dues")一诗中,诗人便言简意赅地揭开了他笔下自然的神秘面纱:"世间的上帝极其危险,毫无理性可言;它是个虐待狂,却也是整个世界唯一的物质基础和力量源泉。"③ 其间诗人摒弃了传统诗歌中对于基督仁爱、救赎力量的描绘,而是寻本溯源,重回清教主义文化理念,将大自然具象化为乔纳森·爱德华兹笔下"愤怒的上帝"的形象,以死亡、永恒等宏大的自然特征来展示自然生态的高贵与不可侵犯,一再强调自然纵然残酷、冷漠、喜怒无常,但却是无可动摇的生命之源,以此来告诫美国大众自然力量的伟岸和生命的可贵,反思现代文明对于自然的轻视和破坏。该诗的末尾,诗人以冷傲的姿态宣布他将"断绝与人民之间的关系"④,暗示着他将坚定其孤立主义的大旗决不动摇,并与恣意破坏生态秩序、蔑视传统文明的现代人类划清界限。

杰弗斯对于美国政治发展的理解与他的个人发展理念一脉相承,他将个人隐居避世、独善其身的处世原则加以延拓,演绎出了其鲜明的孤立主义特色。孤立主义作为自美国建立伊始由华盛顿所确立的国家外交发展

---

① James Karman, *Stones of the Sur*. Stanford: Stanford University Press, 2001, p. 63.
② Deborah Fleming, "Towers of Myth and Stone: Yeats's Influence on Robinson Jeffers." Columbia: University of South Carolina Press, 2015, p. 19.
③ Robinson Jeffers, *The Selected Poetry of Robinson Jeffers*. New York: Random House, 1938, p. 262.
④ Ibid.

战略，长期以来保障了美国游离于国际争端和战争之外，力求最大程度上契合美国的发展利益。"孤立主义最好被认为是一个国家在它能够有所作为的国际制度领域自愿地从总体上放弃与安全事务有关的活动"①，这一论述精确地点出了孤立主义与闭关锁国政策的本质区别，反映出国家决策者主抓国际经济文化合作而抽身于政治安全事务之外、明哲保身的实用主义倾向，这种以自我为主导、以独立求平衡的选择性战略思想与杰弗斯一贯排斥他者的怀疑主义论调不谋而合。在《伍德罗·威尔逊》("Woodrow Wilson")一诗中，诗人对前总统威尔逊为国际和平、各国团结所经历的挫折，所做出的贡献表达了同情和赞扬，但也一针见血地指出他所做的努力是徒劳无益的，暗指以一战这样的暴力体系换来的和平必然无法持久："武力维持胜利，/ 负担永远不会减轻，/ 而是最终的失败"，诗中提及威尔逊追求的国际梦想，却也反复以"深渊""黑暗"等词语来强调和平理念的虚无缥缈和不切实际，用"悲剧的特质"一词来概括威尔逊这位理想主义者在应对国际关系重建时的天真幼稚。诗人对于国际交往乃至于一切社会活动的失望和厌倦在《休战与和平》("The Truce and the Peace")一诗中表达得更为明显。该诗描绘了一战过后整个美国阴郁压抑的社会氛围，暗示休战所带来的短暂和平并不会给人民带来真正的安康生活："上帝为我们创建了和平，却又不时地用战争来毁坏它"②，战争与和平这一关乎人类命运的重大国际主题只不过是上帝心血来潮下开展的权变游戏，这一点深切反映出诗人笔下人类共同体在面对现代社会时空分裂和极权化倾向时的弱小与无助。老子有言："虚而不屈，动而愈出。多闻数穷，不若守于中"，这般抱元守一、崇尚小国寡民的政治理念意在无为而治，顺从天命，尊重自然客观规律。杰弗斯秉承同样稳健的文化理念，独善其身，远离纷争才是他心目中应对社会危机的最好途径，而一味强调缔结国际公约，推动国际合作，非但无益于维护美国的国家利益，反而会在某种程度上加速

---

① Bear F. Braumoeller, "The Myth of American Isolationism." *Foreign Policy Analysis*, vol. 6, no. 4, Oct. 2010, pp. 349-371.

② Robinson Jeffers, *The Selected Poetry of Robinson Jeffers*. New York: Random House, 1938, p. 72.

战争和灾难的来临。基于这一价值理念，诗人秉承极为刻板的反战理念，坚决反对美国参与二战，并对世俗所推崇认可的爱国主义思潮嗤之以鼻："爱国主义让整个世界都血流成河，而我们却依旧总是深陷其中。"[①] 甚至在二战胜利结束后，诗人依旧为美国参战造成的人员伤亡耿耿于怀："我们已经赢了两次世界大战，但这两场战争都与我们无关。"[②] 这种割裂各国之间的联系，过分强调国家利益而忽视人类整体利益的做法在现在看来无疑是片面的，但对当时的美国崇尚对外扩张，推动全球战略的激进国家政策而言却是一种无声的劝诫与讽喻，表达了诗人对于朴素爱国主义转向激进种族主义的担心和焦虑。他在诗歌中以近乎预言的形式阐释了不合理国际关系之下潜在的政治与社会危机，侧面反映出他希望立足于本国发展战略，反对对外干涉主义的政治期许。尽管在当时的国际环境下，杰弗斯的政治愿景和朴素的反战思想备受误解与指责，诗人的声名也由此遭受诟病，甚至被排挤于诗坛之外，但这一切都无法抹杀他在推崇人类个性自由和祖国和平发展上所起到的文化导向作用。

师法自然的救赎之道——荒野下的非人类中心主义动物寓言

荒野对最早移民美国的清教徒而言，既是上帝赐予的应许之地，也是危险与未知的形象表征。为了营建他们理想中的"山巅之城"，美国民众始终与荒野处于既对立斗争又相辅相成的复杂关系中。"荒野一直被视为美国灵魂的物质和精神实验场……它是培养美国人自力更生和独立精神等基本美德的理想环境。"[③] 整个美国的发展历史便是一部不断向西迈进的拓荒史，荒野之于美国民众而言无疑是一种特殊的物质和精神信仰的寄托，

[①] Robinson Jeffers, *The Collected Poetry of Robinson Jeffers: 1939-1962*. California: Stanford University Press, 1991, p. 133.

[②] Ibid.

[③] William E. Grant, "The Inalienable Land: American Wilderness as Sacred Symbol." *Journal of American Culture (01911813)*, vol. 17, no. 1, Spring 1994, p. 79.

是长久以来人们魂牵梦萦的"美国梦"的思想源泉。而在美国广袤原野上栖居的野生动物作为美国生态文明最直观的符号印记,和土著的印第安文化一样,是我们了解荒野、回归荒野的重要途径。杰弗斯以其风格阴郁独到的自然诗歌蜚声海内外,动物形象作为他自然诗歌中的一大特色,以极简的象征手法成功地阐释了怀疑、背叛、死亡等深刻的伦理、道德主题。不同于狄金森小诗中动物形象的清新婉约,也不同于玛丽安·摩尔诗歌中动物意象的饱含哲思,杰弗斯笔下的动物已不再是人类意志的客观具象和思想迁移,恰恰相反,诗人将动物置于人类的对立面上,借由对于动物野性的褒扬反衬出人性中单纯、勇敢等优良特质的缺场。他笔下的动物是广袤荒野世界中的无上瑰宝,是地位远高于人类的无上自然意志的代表。与乔纳森·斯威夫特在《格列佛游记》中借马匹"慧骃"的智慧来讥讽人类社会的黑暗蒙昧类似,杰弗斯在宣扬动物权利主义的同时对于现代人性的邪恶与堕落进行了强烈的批判,在他反结构化的异托邦建构中,借对鹰的崇拜表达出了他对美国社会生活的根本否定。"杰弗斯曾抱有一丝希望,希望通过对非人类思想的关注,人类最终能够使自己人性化,从而改变自我的命运。"[1] 他就像《瓦尔登湖》中的梭罗一般,在遁世的处境中践行着不断延拓的超验主义哲学,渴望通过对于自然的观察和领悟来实现自我的净化,以"非人性"来填补现代人性的内在缺陷,以解构中心为目标的价值理念来帮助人类摆脱物质主义的思想禁锢,消解人性在工业文明下的空虚与脆弱。

正是基于这种特殊的动物观和生态理念,诗人对于孤僻冷傲的鹰隼形象偏爱有加。鹰在他的诗作中承载了广泛而多元的诗学文化内涵。《岩和鹰》("Rock and Hawk")一诗的题目暗示了岩石的永恒和鹰的速度,意味着自然的力量和持久性。在这首诗中,杰弗斯运用了白描式的写作手法,让一块突兀的巨型岩石和孤傲孑然的大隼遥相呼应,在粗犷而饱含野性活力的氛围中高度赞扬了鹰的冷静与沉着,反映出它们坚韧不屈、追求精神

---

[1] Bruce F. Murphy, "The Courage of Robinson Jeffers." *Poetry*, vol. 182, no. 5, Aug. 2003, pp. 279-286.

独立的伟大情怀:"石头中所蕴含的那种神秘力量 / 失败都不能将其击倒 / 成功也无法让其骄傲。"① 诗人对于古老事物所蕴含的力量的推崇展现了他对于世界本源和生命价值的全新认识,鹰在岩石顶上的停泊象征着冰冷宏大的无机世界和富有生气的鲜活生命的辩证统一,反映出了物质力量与精神信仰在荒野中的完美融合。《受伤的鹰》("Hurt Hawk")展示了鹰的伟大和人类的渺小,字里行间我们看到诗人对鹰那种宁死不屈、不可摧折的傲气精神的肃然起敬。在诗人看来,人不如鹰,鹰具有更加高尚的品质和坚强的意志。面对无力飞行也无法立刻死去的鹰,诗人送给它一颗铅做的子弹作为礼物,体现了诗人对非人类动物的道德关怀以及他的非人类中心主义思想中对万物生命的尊重。《秃鹫》("Vulture")是一首把人类与动物进行比较的诗歌。一天黎明时分,诗人在海边看到一只秃鹫在空中低低地盘旋。它注视着诗人。诗人屏住呼吸,听到秃鹫翅膀的振动声,看到秃鹫那血红的头。诗人被秃鹫所展示的力量和美所震撼,感叹说,如果人被秃鹫所食无疑是一种进入天堂的高尚之死。爱默生曾经把自然看成是人类灵魂和精神到达超越的一种手段或场所,而杰弗斯却要将全身融入自然,被自然所"消化",成为自然的一部分。显然,对于人类来说,任何形式的永生都来自将自己的身体融入到自然的秩序中。就像诗人在《鸟与鱼》("Birds and Fishes")中描写的那样,他希望自己扮演鱼的角色,因为人与自然最真诚的关系不是表现在人如何解密自然、阐述自然,而是表现在人全身心地参与到自然中。

"有金刚之俊鸟,生井陉之岩阻,超万仞之崇巅,荫青松以静处,体劲悍之自然"②,在中国古典文化中,以鹰喻人,对于雄鹰的精神崇拜同样比比皆是,但中华文化倾向"咏物言志",世间万物,上至洪荒猛兽,下至草木虫鱼,都是诗人个人意志的象征性表达,是诗人内在情绪的外化表现。而杰弗斯的创作手法则明显不同,整篇诗作将岩石和鹰作为衡量自然

---

① Robinson Jeffers, *The Selected Poetry of Robinson Jeffers*. New York: Random House, 1938, p. 563.
② 欧阳询编,汪绍楹校:《艺文类聚》之"鹰赋",上海:上海古籍出版社,1982年,第1588—1589页。

规律的价值尺度，而一向居于主导地位的人类本体却成功隐退，这一客观主义的创作风格打破了人与鹰之间的等级序列，暗含了诗人对于人与自然关系的全新思考。在自然自我完善、自我净化的和谐过程中，鹰是物竞天择之下自然界的领袖和绝对精神的物质化表征，而诗人笔下的人类主体作为自然生态系统的"闯入者"，其对于自然正常发展的影响和干预无疑是对生态世界运行法则的破坏与亵渎，这一理念反映了诗人维护生态正义的坚定信念，凸显了他对于旧人本主义传统哲学的反叛与颠覆。在《残忍的猎鹰》（"The Cruel Falcon"）中，诗人反复强调理性和冷静在民族性格中的重要地位，借由"骷髅""白骨"等独特意象凸显出了自然规律的冰冷无情和死亡的别致美感："在愉快的和平与安全中／一个人的灵魂的死亡却来得那么突然。"[1]"安全"与"死亡"的鲜明对照反映了人类的命运多舛和在自然演进中的渺小与脆弱。而在诗歌的结尾，当人类牵着耕牛艰辛劳作之时，那"残忍的猎鹰"却以超然世外的冷漠态度从人类的头顶滑翔而过，俯瞰世界苍生，由此可见自然世界中象征理性、野性与破坏力的鹰远远凌驾于信仰缺失、偏安一隅的人类之上，其所代表的神秘力量不愧为整个广阔自然世界中新的主宰。观及当时美国特殊的历史与社会背景，与岩石和鹰形成对照的则是诗人笔下为了追逐名利而丧失自我的美国大众，耽于享乐而缺乏活力。在《恺撒大道》（"Ave Caesar"）一诗中，诗人便对美国自工业化以来民族精神和野性气质的消逝进行了无情的批判："我们很容易管理，是一个合群的民族，／充满感情，精于机械，我们爱我们的奢侈品"[2]，字里行间透露出诗人对于美国人民软弱、贪图利益的嘲弄与无奈。

和鹰类似，传统诗歌中所避讳的老鼠、狼、蛇等负面意象在杰弗斯的笔下却熠熠生辉，在神秘主义的氛围之下获得了自立自强、坚忍不拔的思想特点，富有野性和充足的破坏张力。在《破坏的平衡》（"The Broken Balance"）一诗中，诗人写道："那只嗜血的黄鼠狼，黄舌头，火焰舔着

---

[1] Robinson Jeffers, *The Selected Poetry of Robinson Jeffers*. New York: Random House, 1938, p. 562.
[2] Ibid., p. 567.

灰色石头的边缘，是否有一颗更加热情纯洁的心"①，诗人既描绘了黄鼠狼的危险与凶残，又以"热情纯洁的心"一词歌颂了它在原生自然界中不畏艰险、顽强求生的坚定意志，在凶悍中折射出其无尽的生机与活力，使这一暴戾的动物形象在捍卫自然生态空间的理念中得到进一步的延异与升华。由此可见，诗人笔下的动物形象充当了本真自然精神的代言人，无论是鹰、蛇、黄鼠狼，它们内在的凶残与野性之所以被定义为"野蛮"，是因为这种捍卫动物自我发展权利的思想品质抵制了人类进行驯化与征服的步伐，严重阻碍了人类推进生态殖民的恶劣行径。将人类的崇高与使命感建立在动物的"无知"与"残忍"之上，这一媚俗化的虚假陈述充分展现了人类价值体系下语言强大的符号权力和暴力化的规约倾向。在《为噩梦道歉》（"Apology for Bad Dreams"）中，诗人以现实主义的笔法描绘了母子二人对一匹马的鞭打与折磨，暗示了上帝对这种恶行的纵容和无能为力。正如评论家所述："杰弗斯后来作品中的主人公都是男性，他们没有反抗或颠覆神权的欲望，他们甚至几乎不承认神的存在。"②对神性的漠视同样意味着现代人对于尊严、对于生命价值的无视与困惑，诗中人类对于马的虐待既是人类价值体系中人与动物残酷等级体系的直观体现，又从一个侧面反映出现代文明中人类良知的日趋泯灭，马匹在诗中的悲惨遭遇重构了《圣经》体系中耶稣受难的原型具象，暗示着人与上帝原初和谐交融关系的完全断裂，其间诗人将人类描绘为"直立行走、嘴唇会说话、毛发很少的野兽"③，经由诗中母子二人的残暴行为颠覆了传统意义上人类善良、理智的结构化定义，愤怒地谴责了人类中心主义下人所表现出的优越心态和面对自然索取无度却又心安理得的妄自尊大，在神秘而压抑的基调下无时无刻不在拷问着人类存于世间的目的与意义。有感于此，诗人力图充当自然的喉舌，聚焦于当下人类与自然、动物间充满龃龉和疏离的二元对立

---

① Robinson Jeffers, *The Selected Poetry of Robinson Jeffers*. New York: Random House, 1938, p. 259.
② John R. Zaller. "A Terrible Genius: Robinson Jeffers' Art of Narrative." *Western American Literature*, 2011, 46 (1): (26-44), p. 31.
③ Robinson Jeffers, *The Selected Poetry of Robinson Jeffers*. New York: Random House, 1938, p. 175.

关系,将动物从传统本质主义的拘囿中解放出来,赋予它们全新的人文观照和时代价值。在《小鹿的养母》("Fawn's Foster-Mother")一诗中,一位老妇述说了她往昔曾为一只刚出生的小鹿哺乳的往事:"嘿,它吸吮得多么用力,/这小鼻子,/把它的小蹄子像羽毛一样往我的肚子上戳。"① 经由哺乳这层特殊的联系纽带诗人描绘了对于人类融入自然发展规律之中的和谐愿景,将小鹿这一形象所蕴含的无限希望与勃勃生机展现得淋漓尽致。然而伴随着工业文明的进一步深入:"有了市场马车,/就意味着忧虑和衰败。"② 昔日的青春美好与如今的衰败及死亡对比鲜明,流露出诗人对于往昔古老农耕文明的怀旧之情和对于未来社会发展走向的失落与彷徨,有力地响应了他号召人民回归荒野的期盼和对原生自然、世界客观规律的尊重与敬畏。

小　结

生态思想古已有之,在生产力尚不发达的农耕文明时期,回归自然、热爱自然主要是发自于人类内心对自然力量的崇拜和渴望回归生命本源的价值情感需要,但在机械化的工业文明时代,生态思想的发展已然超越了个人单纯的文化审美体验,日益成为关乎国计民生和人类未来发展命运的时代命脉。杰弗斯诗作的整体氛围表达了对生态和谐的向往和对现代社会的憎恶,但褒扬以鹰为首的野性力量、贬低人类的懦弱渺小并非诗人创作的根本目的。纵然他站在重塑荒野的立场上对于现代文明大加挞伐,有着明显的末世主义倾向,但从历史演进的视角来看,这不啻为对工业文明发展中无限背离自然这一消极价值取向的批判与反拨,仍有积极的时代意义。诗人的诗歌创作虽然主要集中于自然与宗教题材,但其表面的隐世风格之下潜藏着的是诗人最为诚挚、悲天悯人的济世情怀。"杰弗斯自己也明白他在其诗歌中的形象,因为他把自己比作特洛伊的女预言家,被阿波

---

① Robinson Jeffers, *The Selected Poetry of Robinson Jeffers*. New York: Random House, 1938, p. 188.
② Ibid.

罗诅咒,预言未来却不被相信。"[1] 众人皆醉我独醒,心怀天下却自觉报效无门,这一点充分展示了诗人的内心孤独和痛苦,"为了改变未来……/ 我宁愿在一场慢火中烧伤我的右手/ 这种傻事我也应该去做"[2],诗人渴望为人民做出贡献与牺牲的拳拳之心溢于言表,他对美国民众前途命运的观照与忧虑日益转变为对于人类社会价值的鄙视和对自然精神的理解与认同。因此,为了构筑他独具一格的文化语境来警示世人,诗人在创作素材上求新求变,颠覆了传统诗歌层面上美与丑的价值判断,以阴郁的诗歌氛围勾勒出了人类文明未来发展的末日氛围,告诫人民大众唯有重归荒野,深刻领悟鹰、蛇等动物意象中所蕴含的野性力量,才能变危机为机遇,变末日为新生,在商品化和解构的浪潮中保持个人思想的独立和民族文化内核的完整坚定。

---

[1] Mark Jarman, "The Poet as Prophet: The Life and Letters of Robinson Jeffers." *Hudson Review*, vol. 68, no. 4, Winter 2016, pp. 680-686.

[2] Robinson Jeffers, *The Selected Poetry of Robinson Jeffers*. New York: Random House, 1938, p. 565.

第九章

微小中含有伟大，自然中隐藏真理：
玛丽安·摩尔的动物诗歌及其生态思想

本章通过讨论玛丽安·摩尔（1887—1972）创作动物诗歌的历史背景与创作渊源，试图挖掘摩尔动物诗歌中的自然思想和生态意蕴。论文认为，摩尔首先借动物诗歌来表现诗歌创作和诗歌艺术的本质和力量。摩尔的动物诗歌表达了她的道德立场和伦理思想，摩尔的一些诗歌虽然没有以动物为标题，但是依然以动物来"说事"，其中很重要的一点就是以动物诗歌来表达她的自然思想和生态意义。本章包含五个部分，重点讨论的诗作有《纸鹦鹉螺》中的母爱情结与生态女性主义思想以及名诗《水牛》中的自然意蕴。摩尔的动物诗歌告诉我们，动物是人类认识自然过程的媒介，几乎每一个人类的行动都可以用动物的行动来说明。玛丽安·摩尔诗歌中的动物意象和隐喻具有神性、灵动、鲜明而准确的特点，诗人将她瞬息间的思想感情溶化在诗行中。通过对动物的描写，摩尔自觉地探索人和自然的关系，向我们展示她所理解的生态预警及对生命的敬畏，探索生态危机的社会根源。

国内外摩尔诗歌研究涉及诗人的创作主题、诗歌艺术技巧、诗歌学术影响、诗歌中的女性主义、诗歌受中国文化的影响以及最近几年出现的诗歌中的生态环境意识等。在诗歌主题和诗歌艺术方面，国外的专著主要有20世纪七八十年代出版的豪尔（Donald Hall）的《摩尔：笼子与动物》(*Marianne Moore: The Cage and the Animal*, 1970)、瀚德斯(Pamela White Hadas)的《摩尔：情感诗人》(*Marianne Moore: Poet of Affection*, 1977)、马丁(Taffy Martin)的《颠覆性的现代诗人》(*Marianne Moore: Subversive Modernist*, 1986)等。

1990年代至今，摩尔作品研究的主题更加丰富。具体有埃里克森(Darlene Williams Erickson)的《玛丽安·摩尔：幻想比精确更重要》(*Illusion Is More Precise Than Precision: The Poetry of Marianne Moore*, 1992)，指出摩尔是20世纪最具女性主义思想的诗人。黛尔(Joanne Feit Diehl)的《毕肖普和摩尔：创造性心理能量》(*Elizabeth Bishop and Marianne Moore: The Psychodynamics of Creativity*, 1993)，将毕肖普和摩尔这两位现代美国女诗人相提并论，从心理分析视角讨论了作为导师的摩尔对毕肖普的影响。莱维(Ellen Levy)等主编的《犯罪机智：摩尔、康奈尔、阿斯贝瑞与艺术之争》(*Criminal Ingenuity: Moore, Cornell, Ashbery, and the Struggle between the Arts*, 2011)再次阐述了摩尔在艺术与诗歌领域存在的争议。最新的评论文集是葛雷高(Elizabeth Gregory)等主编的《21世纪玛丽安·摩尔批评新论》(*Twenty-First Century Marianne Moore: Essays from a Critical Renaissance*, 2018)，如题所示，论文集收集了当今学术界最新摩尔研究观点，内容从摩尔在现代欧美艺术史上的贡献到她在文化政治领域的成就，丰富了摩尔的诗学思想。研究摩尔诗歌与中国文化方面的专著有斯达弥(Cynthia Stamy)的《玛丽安·摩尔与中国：东方主义与美国书写》(*Marianne Moore and China: Orientalism and a Writing of America*, 1999)以及美国华裔学者钱兆明的《现代主义与中国美术》(*The Modernist Response to Chinese Art*, 2012)等。《新编玛丽安·摩尔诗歌选集》(*New Collected Poems of Marianne Moore*, 2017)收集了摩尔1960年代以后发表的诗歌。之前学术界参考并且使用的是1935年首版的《玛丽安·摩尔诗歌全集》(*The Complete Poems of Marianne More*, 1934, 1965)。

在国内，赵毅衡、杨金才和倪志娟等都对摩尔进行过深入研究。赵毅衡率先在《美国现代诗选》中选译了摩尔的9首诗；1995年杨金才发表了两篇评论摩尔的论文，一篇是"玛丽安娜·莫尔创作意蕴谈"，发表在《外国文学研究》，另一篇"玛丽安娜·摩尔的诗歌创作"发表在《福建外语》。前者认为摩尔的诗篇立意新颖、意象奇特、内涵深邃，就像"印象派"的绘画一样斑驳而又和谐，层出不穷的既新奇又深刻的形象比喻，还有无拘无束而又平静如水的叙述声音，使你如同置身一个幽深、奇丽又有点神秘的虚幻世界；后者介绍评论了摩尔的具体诗作，引起广大读者和文学研究者对她的重视。倪志娟在"论玛丽安·摩尔诗歌的客观性"（《外国文学》，2014年第3期）一文中指出，摩尔在个人生活上选择独身，在诗歌创作中选择独特的视角、主题、形式，以此确立自己作为写作者的个体自由和写作权威；她在诗歌中尽量避免私人经验的直接表达，她所设定的诗歌主体最大限度地去除了"我"性，对客观世界表现了充分的尊重。这种客观的写作立场，使摩尔摆脱了一般女性作家所面对的身份认同难题，成为一个真正意义上独立的诗人，将自己写进了艾略特等人提倡的大写的"非个人化"的诗歌传统。在"玛丽安·摩尔的书写策略及其性别伦理"（《杭州电子科技大学学报》，2016年第3期）中，倪志娟讨论了摩尔的书写策略、写作立场以及宏大的文化语境。闫建华、顾晓辉、赵艳玲、王彦军等对摩尔的诗歌也有研究。最近的研究包括苏琳的"玛丽安·摩尔诗集《我愿是一条龙》的文化借用与反冷战意识"（《外国文学研究》，2021年第2期），认为摩尔出版于1959年的诗集《我愿是一条龙》是其受华裔艺术家施蕴珍阐释中国古典绘画美学的《绘画之道》的影响而创作的。该诗集暗含了摩尔对于冷战剑拔弩张的意识形态斗争的诗学回应。美国的冷战宣传战是该诗集创作的前置背景，在人文地理学研究的"辖域意识"概念的视域下，《我愿是一条龙》对中国古典美学的借用实质上是"对于冷战宣传战中刻意凸显的辖域意识的有意回击与反抗"。何庆机分别在《外国文学研究》（2021年第2期）和《外国文学》（2021年第1期）发表"'汇编诗学'与玛丽安·摩尔诗歌的非绘画抽象"和"隐蔽的原则：激进的形式与玛丽安·摩尔式的颠覆"两文，前者指出摩尔的"汇编诗学"典型地体现在其"展示与罗列"诗歌技巧和写作模式中。这类诗歌具有典型的抽象特征——非相似性、反叙事性与非线性,但这种抽象不同于通常意义的绘画抽象,而是一种"非绘画抽象";后者认为摩尔以其独特的陌生化手法,将诗歌中"隐蔽的原则"潜藏起来,而读者必须要用对应的陌生化阅读方式进行解读和阐释;摩尔式的颠覆乃有限性颠覆,而不是后现代式的颠覆,这种颠覆又与其诗歌形式特点相吻合。在硕士论文方面,中南大学张跃军教授指导的研究生刘海燕在其硕士论文中探讨了摩尔诗歌中的老子生态伦理思想,四川外国语大学董洪川教授指导的研究生杜晓慧在硕士论文中试图论证摩尔的审美现代性。和其他很多现代主义者一样,摩尔在中国学界和读者中很受欢迎。钱兆明于1995年出版的《东方主义与现代主义》(*Orientalism and Modernism*)促成了第一届"现代主义和亚洲"国际座谈会的召开。这次座谈会于1996年在耶鲁大学举行,之后在英国和中国也举办了相同的会议。2008年,浙江大学成立了"现代主义研究中心",摩尔是该中心的主要研究对象。

摩尔创作动物诗歌的历史背景与创作渊源

根据莫尔维斯(Charles Molesworth)的《玛丽安·摩尔的文学生涯》(*Marianne Moore: A Literary Life*,1990),摩尔曾在1942年二战期间列出了影响她人生的十大书籍。这十本书中有的是名不见经传的作品(Enid Bagnold 的 *Alice, Thomas and Jane*;Bliss Perry 的 *And Gladly Teach*),有的出自文坛大家之笔(E. E. Cummings 的 *Eimi*;Henry James 的 *The Prefaces*)。十位作家中有一位是蒂特马斯(Raymond L. Ditmars),他是一位动物学家,也是一名动物园管理者,著有《一位科学家的自白》(*Confessions of a Scientist*)一书。他对待动物的态度在一定程度上影响了摩尔的动物诗歌创作。摩尔的好友,著名诗人伊丽莎白·毕肖普(1911—1979)曾撰文阐述了著名教育家杜威和摩尔的共同之处,同时提到了杜威的美学哲学思想对摩尔的影响。杜威的美学思想以"经验"为核心,以人与自然以及"做与受"的体验为过程，以改造社会和人为目的。杜威强调人与动物、有机体与自然、艺术与日常生活、美的艺术与实用的技术之间的连续性。这些思想都在摩尔的诗歌中有一定的体现。摩尔创作的年代是欧美资本主义高度发达的时代，也是生态环境不断出现危机的时代。摩尔已经深深感受到严峻的生态环境问题给人类的生存和发展带来了极大的压力。近百年来科学技术的作用正如梭罗等所预见的那样，它既给人类发展带来了巨大的飞跃，又使人与自然不断分离，给自然界带来了巨大破坏。摩尔所处的时代见证了从史怀哲的"敬畏生命"到里根"动物权利论"的发展过程，人类找回了对周围生命的关心，体会到了大自然中一切生命所蕴含的独立的美、自然的美。摩尔动物诗歌中的每一个动物都有其他个体动物所不可替代的生态审美价值和生存意义。摩尔创作的年代也是泰勒的生物中心论和利奥波德的大地伦理学产生和发展的年代。这些哲学思想在一定程度上都影响了摩尔的诗歌创作尤其是自然诗歌的创作。

摩尔以动物诗歌著称。她的许多诗歌以动物命名，代表作有《跳鼠》（"The Jerboa"）、《蜥蜴》（"Lizard"）、《鹈鹕》（"Pelecanus"）、《水牛》（"The Buffalo"）、《猴》（"The Monkey"）、《鱼》（"The Fish"）、《海里独角兽和陆上独角兽》（"The Sea Unicorns and the Land Unicorns"）、《章鱼》（"An Octopus"）、《致蜗牛》（"To a Snail"）、《致法国孔雀》（"To the Peacock of France"）以及《穿山甲》（"The Pangolin"）等。即使没有以动物为标题，诗里也会有对动物的描述。《玛丽安·摩尔诗歌全集》收录129首诗作，其中有110首与动物相关联。她笔下的动物意象有的来自日常精细的观察，有的来自她丰富的想象力。她的动物诗歌把读者带入了一个五彩斑斓、意趣盎然的大自然。她笔下丰富的动物形象构成了一幅幅生动具体的立体画面，蕴含着深刻的哲理，流淌着诗人对和谐自然的追求，对生命的执着和热情。她描写的这些动物有的可爱，有的丑陋，但它们多数是有益无害的。摩尔用这些动物来比喻人类世界并与人类世界进行比较，来衬托人类的不足之处。她笔下的动物有的敏捷而谨慎，有的勇敢而机智，有的虽丑陋却善良。诗人"真诚地希望人类具有这些动物的美德"①。摩尔的动物诗在一定程度上是动物语言诗。她从小就对动物怀有深深的同情心。对一些外表丑陋但是特别善良的动物,她更是关爱有加。

值得注意的是,她的动物诗歌充满了科学性和科学常识。她曾广泛涉猎生物学和动物学方面的书籍,对许多动物的习性有详细了解。根据舒尔茨(Robin G. Schulze)对摩尔的研究,摩尔曾认真研读过美国博物学家约翰·奥杜邦(John J. Audubon, 1785—1851)写的美洲鸟类作品、法国昆虫学家让-亨利·法布尔(Jean-Henri Fabre, 1823—1915)的昆虫学书籍、罗纳德·里德克(Ronald Lyddeker, 1849—1915)的哺乳动物书籍以及法国植物学家阿方斯·康多勒(Alphonse Pyramus de Candolle, 1806—1893)的著作。②她还大量阅读了约翰·巴勒斯等美国自然作家的作品。美国早期环保运动领袖约翰·缪尔的大自然随笔和专著,特别是他关于加利福尼亚内华达山脉的大自然探险文字深深影响了摩尔。在日常生活中,摩尔经常参观美国的自然历史博物馆以及黄石公园等国家公园。在创作之余,摩尔还翻译了拉封丹的动物寓言诗。张子清指出:"摩尔花九年工夫译法国拉封丹的动物寓言诗,无疑对她创作动物诗起了很重要的作用,这是她在W. H. 奥登鼓励下废寝忘食地工作的结果……(她)对动物的观察也特别精细,较以前含蓄,甚至隐晦。"③

西方哲学思想也在一定程度上影响了摩尔的动物诗歌创作。摩尔的动物诗歌强调人与动物、有机体与自然、艺术与日常生活、美的艺术与实用的技术之间的连续性,这一点和诗人喜欢阅读杜威的作品有关。哲学家杜威对摩尔的影响主要体现在对诗歌语言的探索以及对自然和生活的观察及体验。杜威强调人类的认识和行为都是通过经验和行动来实现的,摩尔诗歌语言简洁明了,充满了象征和隐喻,这种对语言的处理方式与杜威的实用主义观点相契合。同样,摩尔的诗歌关注自然界非人类动物,展现出对

---

① 张子清:《二十世纪美国诗歌史》,长春:吉林教育出版社,1995年,第237页。
② Robin G. Schulze, "Marianne Moor's 'Imperious Ox, Imperial Dish' and the Poetry of the Natural World." *Twentieth Century Literature*, Spring 98, vol. 44, issue 1, pp. 1-33.
③ 张子清:《二十世纪美国诗歌史》,长春:吉林教育出版社,1995年,第237页。

自然和生命的敬畏及热爱以及对自然和生活的深刻思考及感悟，呈现出一种独特的美学观点和文学风格，这一点与杜威强调人类与自然的密切联系的观点也一致。

摩尔生活的年代（1887—1972）正是动物解放运动和动物伦理学在欧美国家逐步被接受并开始广泛受到重视的时候。欧美对动物的讨论一般涉及动物意识、动物福利、动物伦理、对动物的间接义务和直接义务，以及正义与平等（所有动物都是平等的）或种际正义等一系列问题。摩尔在创作动物诗歌时，对动物伦理的历史熟记于心。早在18世纪，英国思想家洛克（1632—1744）就指出伤害动物在道德上是错误的。哲学家边沁（1748—1832）明确指出，动物能够感受到苦乐，在判断人的行为的正确与错误时，必须把动物的苦乐也考虑进去。在美国，语言学家伊文斯（E. P. Evans, 1831—1917）在《进化论伦理学和动物心理学》一书中强调："人和其他动物一样，的的确确只是大自然的一部分，是大自然的产物。"[1] 另一位与诗人同姓的思想家摩尔（J. H. Moore, 1862—1916）认为，人不是一个堕落的神，而是一个有出息的猴，一个比蛇还坏的自私而虚伪的陆地高级动物。他指出我们不仅要尊重家禽的权利，还要尊重老鼠、乌龟、昆虫和鱼类的权利。[2] 20世纪中叶，当摩尔已经完全在文坛上确立了自己地位的时候，大多数欧美国家的人民已经认识到人和动物一样有不可剥夺的权利。20世纪动物解放运动的基本目标是废除"动物工厂"、反对以猎杀动物为目标的户外运动、主张素食习惯以及释放拘禁于实验室和城市动物园中的动物。这些关于动物的一系列正义行为推动了诗人在创作中对动物加以关注。

东方文化和东方哲学思想是另一个促使摩尔关注动物的原因。在中国上古的自然崇拜中，人与自然是未加区分的，"人、植物、动物、自然现象、天体、传说中的英雄，所有这些都在同等的基础上和根据有关部落生

---

[1] 何怀宏：《生态伦理：精神资源与哲学基础》，保定：河北大学出版社，2002年，第377页。
[2] R. F. 纳什：《大自然的权利：环境伦理学史》，杨通进译，青岛：青岛出版社，1999年，第63—64页。

活方式设想出来的环境进行活动"。① 摩尔爱好中国文化,有特殊的中国情结。她尤其喜欢老庄哲学,吸收了以老庄哲学为基础的中国美学思想。摩尔大学所学专业是生物学,却在大学四年级第一学期选修了东方史,深受该课程的教授乔治·巴顿(George Barton)的影响。这位教授对中国的儒家、道家和佛教思想颇有研究。摩尔曾经在1911年去伦敦参观"中日画展",盛赞中国画家笔下的山岩、花卉、虫兽,对中国古代名画《白马图》《猛虎图》《百鹿图》《麒麟送花图》《观龙图》中描绘的传说中的动物尤其感兴趣。龙和麒麟日后成为摩尔最心爱的动物,在《美洲蜥蜴》("Plumet Basilisk")一诗中她会把哥斯达黎加水陆两栖的蜥蜴比作中国龙。②

摩尔动物诗歌中的创作理念与自然思想

摩尔以动物诗歌来表现诗歌创作的本质和内涵。艾略特曾说:"摩尔用动物诗来伪装自己,表达她的现代主义愿望,动物诗歌是她间接表达个人思想的有效途径。"③ 摩尔的代表诗作《致蜗牛》("To a Snail")一诗篇幅不长,诗歌如下:

> 如果"精练是文采之首",
> 你当之无愧。收缩力是种美德,
> 正如谦虚是种美德,
> 我们最敬重的文风,
> 不是找点东西,
> 让文章生色
> 也不是联翩妙语里
> 附带出现的品质,

---

① J. E. 利普斯:《事物的起源》,汪宁生译,成都:四川民族出版社,1982年,第228页。
② 参见钱兆明、卢巧丹:"摩尔诗歌与中国美学思想之渊源",《外国文学研究》,2010年第3期,第10—17页。
③ Robin G. Schulze, "Marianne Moor's 'Imperious Ox, Imperial Dish' and the Poetry of the Natural World." *Twentieth Century Literature*, Spring 98, vol. 44, issue 1, pp. 1-33.

而是一种深藏不露的原理：
没有脚，即"作结之法"，
你脑后长角这怪物
即是"理解原则"。①

在《致蜗牛》中，诗人借蜗牛表达诗歌创作，因为诗歌就像"蜗牛"一样，需用简练的语言表达丰富的内涵，精练便是诗歌的美德，它虽然不拥有复杂的剧情变化，却具有小说所表达的思想。在一定程度上说，蜗牛的"收缩力""没有脚"和"脑后长角"这三个身体特征对应了诗歌创作的相关特征。蜗牛的"收缩力"可指诗歌的精练和简练，即"文采之首"。"没有脚"（absence of feet）指无韵之诗，Feet作"脚"解，在诗歌创作中指诗歌的韵步，摩尔在这里指诗歌"作结之法"。"脑后长角"是为了接受信息和知识，可对应"理解原则"。总之，摩尔设法将诗歌原理融入到蜗牛之身体特征中，或者说，将蜗牛之特征纳入诗歌原理中。《致长颈鹿》（"To a Giraffe"）一诗从标题上看是描写长颈鹿，而诗人的意图却是谈创作的个性化。诗人在开头写道："如果个性化是不允许的/甚至是致命的,/而写成文字/是要不得的——也是有害的。"②摩尔的创作风格本身就具有鲜明的个性化特点，如在诗歌形式上，她的诗行较长，具有自由诗的特征，但又有散文节奏；诗行前后无断句，又是把单词切断，一半在前行之尾，一半在后行之首；诗行首字母通常不大写；轻押韵；频繁应用引文，等等。③在《蓝甲虫》（"Blue Bug"）一诗中，诗人通过描写一匹名叫蓝甲虫的马，赞扬中国艺术和中国文化："好像'一支中国古曲'/转折低昂，十三弄，/跌宕多姿，三指拨的弦器独奏。/就是这样，黄河万里/卷轴画似的精确/描出你的心/对类似事物的幻想——马球。"④诗人通过蜗牛、长颈鹿以及蓝甲虫来谈诗歌的语言，特别是诗歌的精神，这一创作思想也是符

---

① 赵毅衡:《美国现代诗选（上册）》，北京：外国文学出版社，1985年，第274页。
② 同上书，第275页。
③ 张子清:《二十世纪美国诗歌史》，长春：吉林教育出版社，1995年，第236页。
④ 赵毅衡:《美国现代诗选（上册）》，北京：外国文学出版社，1985年，第279页。

合生态原理的。爱默生在《论自然》中指出:"自然是思想的载体,这一点可从三个方面来阐释。一、词语是自然存在的符号表达。二、特定的自然存在是精神存在的象征。三、自然是精神的象征。……每一个表达道德或精神存在的词语,如果我们寻根究底,会发现它们都是起源于某些物质现象。……思想和情感这两个词来自有形的物质存在……每一个自然事实都是某些精神存在的象征。每一个自然现象都对应一种思想状态,这种思想状态只有通过对自然现象的描画才能表述出来。"① 诗歌,特别是现当代诗歌,不一定具有优美的辞藻或优美的外表,这一点也像蜗牛。诗人创作诗歌就是要用精练的语言表达深刻的意义,而且要做得深藏不露,以让读者产生丰富的联想。摩尔描写自然,描写动物和植物,关注那些看似毫无意义背后却有着重要意义的东西,通过动物和植物诗歌来表现深刻的哲理。

摩尔以动物诗歌来阐述自然界相互对立又相互依存的思想。她"从自然中发现把握世界的方式,将动物作为人类的道德楷模,并贯彻文以载道的理念,在诗歌创作中力求开创一种美国式的写作传统,表达生活与现实的真谛"②。《鱼》("The Fish")一诗暗示"大海隐喻着一切凶险和破坏力量,而峭壁则是生命的象征,蕴含着勇毅与恒久"③:"涉过／黑玉似的水面。／一只鸦蓝色的蚌,不断／适应着灰堆;／张开又合拢,像／一把／受伤的扇子。"④ 大海中的鱼儿在海里艰难地跋涉着。大海是无情的,无不充斥着挑战和凶险。鱼儿没有海水就寸步难行。在我们的人生中,许多人在生命的重压下,既有生存的艰辛也有困难中的欢悦。诗人继续写道:"藤壶镶嵌在波浪的／边缘,无法／隐藏起来。因为太阳的／光轴／如同旋转的玻璃／劈开水面,射进岩石的／缝隙——／忽隐忽现,照亮了／青绿色的海水／和浮

---

① Ralph Waldo Emerson, "Nature." *The American Tradition in Literature,* 9th edition.Vol. I. Eds. George Perkins and Barbara Perkins. New York: McGraw-Hill College, 1999, p. 873. 中文为笔者自译。
② 顾晓辉:"道德家的文学图景——解读玛丽安娜·摩尔诗歌中的伦理内涵",《中国矿业大学学报》,2013年第4期,第113页。
③ 杨金才:"玛丽安娜·莫尔创作意蕴谈",《外国文学研究》,1995年第2期,第63页。
④ 倪志娟译。本章摩尔诗歌中译文如无特殊说明,均为倪志娟译。本章同时参考了倪志娟博客中对摩尔诗歌的相关评论,对她提供的 *Marianne Moore: A Literary Life* 等研究资料表示感谢。

动其间的 / 躯体。水推动一根铁楔 / 穿透悬崖的 / 铁壁，于是，这些海星，/ 粉色的 / 小鱼，墨汁似的 / 水母，绿百合似的 / 螃蟹，以及海底的 / 伞菌，迅速滑过彼此的身体。/ 所有 / 外部的伤痕 / 呈现于 / 这傲慢的大厦——/ 所有意外事故 / 刻划的 / 身体特征——断裂的 / 飞檐，炸开的沟槽，炙烤和 / 斧凿的痕迹，清晰地 / 显露着；悬崖边缘 / 是死亡。"受意象派诗歌以及中国水墨画的影响，诗人在这里突出了自然之色，色彩的反差反映了海底世界的丰富多彩。但是诗人远远不只是要表现色彩。诗歌虽然取名为"鱼"，诗人在这里描写的其实不是鱼，而是大海和岩石。通过描写大海和岩石这两个对立的物质世界，诗人要告诉我们的是，大海是生命之源，她既孕育着新的生命，也随时准备毁灭生命。大海和岩石犹如海水和海鱼，它们相互依存，彼此支撑，这也是大自然的规律之一。"整首诗歌布满了并置与对立：肉眼看得见的和看不见的——平静的海面和剧变的海底、海洋生物的存在和大海的极强破坏力；黑暗的和光亮的——黑玉、乌黑的贻贝应对纤维玻璃、聚光灯；人类的干涉和自然的力量——檐口应对炸出的槽沟、焚烧的印迹和凿痕……正如《道德经》第四十二章所述：'万物负阴而抱阳，冲气以为和'。"[①]诗歌的最后两行表达了摩尔的思想："证据 / 已反复证明，即使它的青春 / 不再。/ 它也能继续活下去。海在它里面变老。"诗人不正是在赞叹大海永不服输的精神和大自然的永恒与和谐之美吗？这又一次与中国道家画派向自然归化的人生观和在变化中求和谐的观点不谋而合。

摩尔动物诗歌中的本真世界与生态意蕴

  摩尔的一些诗歌虽然不是以动物为标题，但是依然以动物来"说事"，"说事"中可见明显的自然思想和生态意蕴。在《尖塔修理工》（"The

---

[①] 姜希颖："玛丽安·摩尔的诗歌和中国绘画之道"，《浙江外国语学院学报》，2012年第3期，第66页。

第九章　微小中含有伟大，自然中隐藏真理：玛丽安·摩尔的动物诗歌及其生态思想　213

Steeple-Jack"）中，诗人写道："丢勒一定发现了／在这样一个小镇生活的理由，在八条搁浅的／鲸鱼身上；在晴天，涌入房间的／新鲜海洋空气中；在雕刻着／鱼鳞似波浪的／水面上。"看得出诗人在这里的笔调是讽刺的，心情是沉重的。在一个有八条鲸鱼搁浅的地方，如何能看到生存的理由？怎么能有新鲜空气以及风和日丽的日子？诗人内心深处在担忧人类的生存状况和环境危机。从生态哲学的意义上说，"诗人仿佛进入了一个流动着的世界的混沌。摩尔通过想象来表现自己内心中瞬间的闪念，世上万物无论大小、伟大与卑微，都有其存在的意蕴，只是人们视而不见，或不能理喻罢了。诗人经常从动植物，从自然界取得她的题材。但她的诗常是从具体的细腻的描写出发，引出她认为是深刻的哲理。然而诗人是沉默的。在她客观的叙述语调中确实蕴聚着感情的风景和大自然勃发的生命意识"。[①]

　　在《诗》（"Poetry"）这一著名作品中，摩尔不仅写出了诗歌的本质，希望人们如何去思辨，去分析，成为"想象的文字表达者"，而且提出了世间万物无论大小都有其存在意义这一非人类中心主义思想："蝙蝠／头朝下倒挂，或是／捕食，大象推挤，野马打滚，狼不疲倦地／守在树下，而永不动情的批评家抽抽皮肉，／就像一匹马被跳蚤咬一口，／垒球迷，统计家——／看不起'公文与课本'是行不通的；／这些现象全重要，但是／必须区分清楚；当半瓶醋诗人把诗硬抬上／显赫地位，诗就不成其为诗／而且，除非我们中的诗人能成为／'想象的文字表达者'——超越了／傲慢或无聊……"[②]读者从"蝙蝠捕食，大象推挤，野马打滚，狼不疲倦地守在树下"这一自然世界的动物生活中看到了诗人想向我们揭示的微小中含有伟大，自然中隐藏真理的自然规律。诗人在揭示诗歌意义的同时，给我们展示了"一种东方式的思维方式……一切皆空，空即如，如即顺乎自然，如其本然。如即我和这个世界的基础。万物在我们对空或如的认识中本真地

[①] 杨金才主撰，刘海平、王守仁主编：《新编美国文学史（第三卷）》，上海：上海外语教育出版社，2002年，第200页。
[②] 赵毅衡：《美国现代诗选（上册）》，北京：外国文学出版社，1985年，第267—268页。

呈现出来……世间万物无不循着自己的本性生生不息"①。不管是蝙蝠还是大象，不管是野马还是豺狼，它们都是自然界中的一员，有权利自由自在地生活在这个世界上。生态学家早在1920年代就指出，每一个物种在生物群落中都有自己生存的空间，不同的生命形式在一个特定的环境中都拥有生存的机会，大自然是各种动植物组成的一个生态共同体。摩尔通过《诗》这首作品意在强调回归自然，在事物的自然状态中直接洞见事物的本质：

> 在每一株野草的片叶上，在每一条小虫的蠕动中，都有着一种真正超乎所有贪欲的、鄙下的人类感情的东西，都包含着生命或存在的最深神秘……每一个有生命的或无生命的现象都在向人们揭示一个存在的真理：真不在将来某个时刻和你之外，而是你本来具足，当下现成。因之，"意义"或"生存"的意义存在于自然和人的本质中，而不是由谁赋予和投入自然的……即便是每一个最小的单位也都是意义的载体。每一个体的存在，不管是人、动物、植物还是物，都在其本性上显示了自身，它们在个体性上完全自决，不受制于任何别的东西。②

摩尔在《诗》的最后写道："并且能够写出 / 想象的花园，里面有真正的蟾蜍，供人检验，/ 只有这样我们才会 / 有诗。同时，如果你有一方面要求 / 诗的新鲜原料保持 / 其新鲜，又使它 / 保持真实，你就对诗真感到了兴趣。"③蟾蜍虽丑，但它却被诗人写进了诗歌世界里。摩尔之所以要"纳丑入诗，目的就是要通过揭示包蕴在丑中的自然内在的、深层的美来修正人们对丑的陋见和偏见，扭转其对自然片面的审美体验，并在此基础上重塑人们对自然的看法"。④摩尔对各种动物，特别是丑的动物的肯定和赞美，实质上也是在践行一种古朴深刻的生命诗学。诗人把这些动物看作是一种神圣的存在，看作是大自然生命形式多样性的一种体现。美国当

---

① 杨金才主撰，刘海平、王守仁主编：《新编美国文学史（第三卷）》，上海：上海外语教育出版社，2002年，第202页。
② 同上书，第202—203页。
③ 赵毅衡：《美国现代诗选（上册）》，北京：外国文学出版社，1985年，第268页。
④ 闫建华："当代美国生态诗歌的'审丑'转向"，《当代外国文学》，2009年第3期，第104页。

代诗人罗斯克（Theodore Roethke，1908—1963）在他的诗歌《鼻涕虫》（"Slug"）中希望自己变成一只不折不扣的动物，并且强调说他自己曾经是一只蟾蜍，体验到了与蝙蝠等其他动物为伍的愉悦。《诗》这部作品充满想象，像一座花园，里面生长着茂盛的植物，开满花朵，孕育生灵，生机勃勃，其貌不扬的蟾蜍尽管让人觉得怪诞神秘，但是它本真地存在于这个世界。把花园、蟾蜍和想象放在一起，是把现实和抽象结合一体，给人耳目一新、想要反复揣摩的体验，这是摩尔想要传达的诗学思想；回归事物本身，如其本然，直接返归本然的世界，客观地展示一个由花草虫兽构成的自然世界，同样是摩尔想传达的生态思想。摩尔对动物的描写所表现的态度折射出从人类中心主义到非人类中心主义和生态整体主义的思想嬗变，意味着人类在回归自然的道路上已经跨出了实质性的一步。

《纸鹦鹉螺》：母爱情结与生态女性主义思想

鹦鹉螺（学名：*Nautiloidea*）是海洋软体动物，整个螺旋形外壳光滑如圆盘状，形似鹦鹉嘴，故此得名"鹦鹉螺"。鹦鹉螺已经在地球上经历了数亿年的演变，但外形、习性等变化很小，被称作海洋中的"活化石"，在生物进化和古生物学研究等方面有很高的价值。

《纸鹦鹉螺》是摩尔的代表作之一。诗人以细腻而晦涩的手法，运用意象和隐喻，"从对纸鹦鹉螺这种生物外在特征的细致描述逐渐深入到内部，最后上升到一种抽象的精神品质"。在第1节中，诗人首先提出问题，然后进行对比描写："为了唯利是图的/权威人士？/为了沉迷于/茶会上的声誉与往返之舒适的/作家？并非为了这些人/纸鹦鹉螺/建造了脆弱的玻璃壳。"鹦鹉螺珍珠似的外壳光滑、卷曲，由许多腔室组成，内约分36室，躯体居于最末一室，即被称为"住室"的最大壳室中。鹦鹉螺基本上属于底栖动物，平时多在百米深的水底层用腕部缓慢地匍匐而行。也可以利用腕部的分泌物附着在岩石或珊瑚礁上。在暴风雨过后，海上风平浪静的夜晚，鹦鹉螺会浮游在海面上，贝壳向上，壳口向下，头及腕完全舒展。诗人开头就提出了两个问题：有权有势的人往往唯利是图吗？作家和艺术家们在生活中是否注重声誉和舒适的工作环境？答案是肯定的。诗人提出问题的目的是把他们和鹦鹉螺进行对比。正如倪志娟所说，权威人士一心只想图谋利益，作家非常介意茶会上的声誉与往返之舒适，这两种人都需要一个安全的壳和很大的房间。在可以享受肉体舒适、达到私人目的的房间中，他们是和鹦鹉螺相似的软体动物。简单地说，他们和纸鹦鹉螺一样都必须有所依凭才能生存。但是纸鹦鹉螺虽然与他们有相同的存在形式，却有着与他们完全相反的意义，她创造脆弱的玻璃壳并不是为了自己的利益和贪图舒适。摩尔在这里提出的问题是符合生物学思想的。生物学家查尔斯·埃尔顿（Charles Elton，1900—1991）在1920年代晚期创造了"小生境"（microhabitat）这一概念，用来指称一个物种在生物群落中所占据的空间。由于通过进化已变得高度特化，因而不同的生命形式在一个特定的环境中都拥有生存的机会。这一概念澄清了"人类之外的生命的存在目的"这一争论，它表明一个有机体的存在并不妨碍人类，相反，它的存在是有利于人类社会和谐共生的发展的。"小生境"这一概念同时表明：大自然中存在着"一种令人费解的'社会'倾向，整体总是与整体相结合从而形成更大的整体"[1]。

在《纸鹦鹉螺》第2节中，摩尔写鹦鹉螺的壳。它的外壳是灰白色的，边缘平整，内面像大海一般光滑："作为她易朽的／希望之纪念品，灰白色的／外壳，边缘平整的内面／大海一般光滑，警惕的／创造者／日日夜夜守卫着它；她几乎（不吃）／直到蛋孵化出来。"《纸鹦鹉螺》的创作和诗人毕肖普有关。据说，毕肖普在佛罗里达居住期间曾经赠给摩尔一只纸鹦鹉螺。毕肖普用漂亮的包装纸将其精心包裹，寄到纽约。摩尔非常喜欢这个礼物，回信中仔细描述了这个鹦鹉螺，并写了首诗，最初名为《玻璃螺纹的巢》，1940年发表在《凯尼恩评论》（Kenyon Review）上，后更名为《纸鹦鹉螺》。在这一节的开头，诗人用"易朽的"（perishable）一词，强调了

---

[1] R. F. 纳什：《大自然的权利：环境伦理学史》，杨通进译，青岛：青岛出版社，1999年，第71页。

第九章　微小中含有伟大，自然中隐藏真理：玛丽安·摩尔的动物诗歌及其生态思想　217

纸鹦鹉螺外壳的脆弱，暗示了自然界一切生命的短暂和循环规律。众所周知，摩尔受东方思想特别是佛教思想和老子道家思想的影响。世间万物都是因缘和合，本性为空。生命是那样地渺小，微不足道。于是，人们苦苦追索生命存在的意义，追寻着"天长地久"，梦想着"永葆青春"，互相承诺"永不分离"。科技成为整个人类文明的时尚，充分改变了人类的物质与精神生活，推动着人类文明的发展，成为现代社会不可阻挡的潮流。虽然现代科技已经非常发达，但它们并不能解决人类的一切问题，因为生死问题始终是人类要面对的最大课题。科技可以延长人类的寿命，但是无法解除生老病死之苦。佛教体悟生死的根源，不是为达到永生，而是要众生超脱生死。怎样才能超脱？诗人在这首诗歌中还强调了母爱。纸鹦鹉螺是一种雌雄异形的软体动物。雄性比雌性的体态要小，没有外壳。摩尔在第1节中使用的人称代词是"她"，明确标示出她描写的是雌性鹦鹉螺。倪志娟认为："在《纸鹦鹉螺》中，摩尔赞颂了一种爱，虽然她没有使用一个赞美的字眼，但是在高度克制和紧凑的语言中，隐忍与坚强的母爱，被一点点呈现出来……'易朽的'一词，进一步强调了壳在质地上的脆弱性，也暗示了这个壳终将被抛弃的命运，同时，它又承载着一个母亲的希望。……纸鹦鹉螺壳的内面如同大海一般宽厚，包容，散发着母性的温暖气息。"[①]

鹦鹉螺有着灰白色的外壳，平整的边缘以及大海一般光滑的内面。这些细节描写从侧面说明了一切有生命之物生存环境的重要性。鹦鹉螺在古生代几乎遍布全球，但现在已经基本绝迹，只是在南太平洋的深海里还存在着几种鹦鹉螺。摩尔创作的年代正是美国社会重视生态环境（包括海洋生态环境）的年代。美国的国家野生生物保护区制度反映了人类重视野生生物、野生植物以及稀有生物和植物的决心。根据罗德里克·纳什（Roderick Nash）在《大自然的权利》一书中的介绍，环保主义者在1892年建立了第一个海洋哺乳动物保护区，以保护阿拉斯加阿福格纳克岛的大

[①] 引自倪志娟博客中对摩尔《纸鹦鹉螺》的相关评论。

麻哈鱼、海洋鸟类以及海豹、海象和海獭等海洋动物。鹦鹉螺被列入《华盛顿公约》（CITES）Ⅰ级保护动物。① CITES 即《濒危野生动植物种国际贸易公约》，通常被称为《华盛顿公约》。20 世纪六七十年代，随着"绿色政治学"的出现，环保主义者强调和平，反对核政策，强调妇女权利和环境伦理。摩尔作为那个时代的作家，和蕾切尔·卡森一样，不断关注着环境的变化。

诗歌的第 3 节中摩尔描写了鹦鹉螺孵化的蛋以及它（她）与章鱼的相似之处："在某种意义上，她是一种／章鱼，在八条胳膊的／八重覆盖下，／玻璃羊角似的摇篮盛装的物品隐藏着，／并没有被压碎；／如同赫拉克勒斯……"雌鹦鹉螺孵蛋，养育下一代，再次暗示了母亲的伟大之处，同样，也再次强调了女性的伟大。摩尔写作的 20 世纪上半叶，正是美国女权运动愈演愈烈之时，一些女性写作者和文论家开始深入过去，寻找她们的文学母亲，重新挖掘女性作品的意义，以建构女性写作传统。在这首诗歌中，诗人采取包容而非对抗性的写作手法，对母爱进行了重新解读。诗人"借用纸鹦鹉螺的形象阐释她所理解的母爱，母爱的核心是关系，而非占有或控制，是彼此之间的付出与牵绊，是彼此的成就，是束缚与自由之间微妙的平衡"。② 在一定程度上，这首诗歌也带有生态女性主义的烙印。生态女性主义的主张包括反核运动、动物保护和食物安全等。摩尔在这里把鹦鹉螺描写成女性（她），指出雌鹦鹉螺孵蛋具有母亲养育子女的意义，诚如麦茜特在论述生态女性主义时所说：

> 有机论的核心是将自然，尤其是地球与一位养育众生的母亲相等同：她是一位仁慈、善良的女性，在一个设计好的有序宇宙中提供人类所需的一切。自然作为女性的另一种与养育者相反的形象也很流行：即不可控制的野性的自然，常常诉诸暴力、风暴、干旱和大混

---

① 参见 R. F. 纳什：《大自然的权利：环境伦理学史》，杨通进译，青岛：青岛出版社，1999 年，第 209—211 页。
② 倪志娟："玛丽安·摩尔的书写策略及其性别伦理"，《杭州电子科技大学学报》，2016 年第 3 期，第 45—50 页。

第九章　微小中含有伟大，自然中隐藏真理：玛丽安·摩尔的动物诗歌及其生态思想　219

乱。仁慈的养育者和非理性的施虐者均是女性的性别特征观念向外部世界的投射。……地球作为一个活的有机体，作为养育者母亲的形象，对人类行为具有一种文化强制作用。即使由于商业开采活动的需要，一个人也不愿意戕害自己的母亲，侵入她的体内挖掘黄金，将她的身体肢解得残缺不全。只要地球被看成是有生命、有感觉的，对她实施毁灭性的破坏活动就应该视为对人类道德行为规范的一种违反。[①]

纸鹦鹉螺漂浮在海上时，如同一只帆船，遇到敌人时就沉下去，当她孵化出幼儿后，这只壳就被抛弃。摩尔对鹦鹉螺的习性了解得非常清楚，而且她的了解具有科学性。她写道："在某种意义上，她是一种／章鱼。"鹦鹉螺是有螺旋状外壳的软体动物，是现代章鱼、乌贼类的亲戚。章鱼和鹦鹉螺不仅在体型上有相似之处，而且在天性上也有共同点。雌性章鱼有着感人的母爱，她一旦产下卵，就寸步不离守护一旁，经常喷水冲洗、翻动抚摸这些卵，直到小章鱼孵化出来，雌性章鱼仍然不愿离开，有的章鱼甚至会将自己累死。[②] 这里的描写依然充溢着满满的母爱和女性的伟大。摩尔通过鹦鹉螺来写母爱，而我们读者把鹦鹉螺、母爱、诗人和生态女性四者联系起来也是有理由的。正如生态女性主义作家格蕾（E. D. Gray）所说："对生命的理解应当是系统性的或相互联系的，而不应当是直线的或等级的，因为地球上生命的实在（the reality of life）是一个整体，一个集合……在其中每一种事物都有自己的作用，都应受到尊重并享有尊严。"[③]

接着诗人描写了古希腊神话中的大英雄赫拉克勒斯。他神勇无比、力大无穷，后来完成了十二项被称为"不可能完成"的任务，除此之外，他还解救了被缚的普罗米修斯，隐藏身份参加伊阿宋的英雄冒险队并协助他取得金羊毛。赫拉克勒斯英明一世，最终却遭妻子迫害，难耐痛苦而自焚身亡，死后升入奥林匹斯圣山，成为大力神。摩尔借这位希腊英雄战胜恶

[①] 卡洛琳·麦茜特：《自然之死：妇女、生态和科学革命》，吴国盛等译，长春：吉林人民出版社，1999年版，第2—4页。
[②] 引自倪志娟博客中对摩尔《纸鹦鹉螺》的相关评论。
[③] R. F. 纳什：《大自然的权利：环境伦理学史》，杨通进译，青岛：青岛出版社，1999年，第176页。

魔的故事，暗示生态女权主义要取得最终胜利，需要历经重重难关。九头蛇和螃蟹暗示生态女性主义解放道路上的重重困难。生态女性主义的一个基本定义是："生态女性主义者团结在这样一个中心信仰周围：首先，妇女和自然之间存在着某些本质上的共同特征，即女性的生物学构造使得她们与自然的生殖和养育功能之间的联系比男人更为紧密。其次，在被男人剥削、经济上和政治上被置于边缘地位且被客观化方面，妇女与自然有着相通的命运。"[①] 摩尔在诗歌创作中既强调艺术价值，又试图在作品中尽量隐藏起经验的自我，这是她一贯的创作技巧。正如上述生态女性主义的定义一样，摩尔作为女性作家，她感觉自己"长期被排斥在社会、经济、政治、文化之外，她不具备文化代言人的合法身份。当她作为一名女性发言时，她只能作为一个文化局外人去'怨刺'这个文化体系。在塑造作品中的人、物形象时，她不能像男性作家那样，与作品中的人、物构成一种主客关系，然后以主体的身份对这个客观对象、这个'他者'发言，提升自己作为创造者的主导地位"[②]。摩尔在诗歌中回避自我经验的书写，尽可能隐藏经验性的自我，表现在这首诗歌中就是借助鹦鹉螺的特性来陈述自身的女性状况。另一个与生态女性主义特征相符合的是，摩尔动物诗歌中的动物作为主体历来是沉默的，是处于边缘的客体。摩尔以她特有的方式对作为他者的女性进行批评，而她批评的方式是理智的，就像她在《被你喜欢是一种灾难》("To Be Liked by You Would Be a Calamity") 一诗中表达的那样，她对不平等的性别关系进行批判，但她的反抗方式不是以暴制暴，而是以特有的"姿态"对男性进行拒斥和否定。

鹦鹉螺的美丽花纹和独特形态，加上传奇般的生存状态，令我们对它充满想象。然而，遗憾的是，很多这样美丽的生物正在从自然界消失，人化的或者说人造的非自然的自然正在逐步覆盖和消磨纯粹的自然，我们只能在壁橱或者博物馆里见证生态的演变。在《纸鹦鹉螺》这首诗歌中，摩

[①] David Pepper, *Modern Environmentalism: An Introduction*. New York: Routledge, 1996, p. 106.
[②] Jeanne Heuving, *Omissions Are Not Accidents: Gender in the Art of Marianne Moore*. Detroit: Wayne State University Press, 1992, p. 25.

尔依赖常识和专业知识，通过自己的体验和观察，运用意象和隐喻手法，展现她想要表达的主题，即母爱和生态女性主义思想。

摩尔动物诗歌中的环境意义与生态文化思考

对摩尔动物诗歌产生影响的另一个源泉是达尔文的进化理论思想。摩尔在自然历史和生物进化学领域提出过有益的见解。摩尔在诗中暗示，人类总是想要扮演神的角色，成为大自然的主宰；人类不仅专横而且残忍。她的一些动物诗歌表明，自然界的生灵时刻受到人类的侵扰和控制，驯养的动物不是形成于不断循环的自然繁殖中，它们或被捕获，濒临灭绝，或身陷围栏，毫无自由；今天，成批的动物被驱赶出栖息地，它们的家园被开发商占有。摩尔明确提出，动物有着它们自己的权利，应该被尊重。她还坚持，人类应该学习和模仿自然，而不是控制和征服自然。

《水牛》("The Buffalo")这首诗歌发表于1934年《诗歌》(Poetry)11月刊上。与此同时发表的还有著名的《九个油桃和其他瓷器》("Nine Nectarines and Other Porcelain")。摩尔把这两首诗歌发表在《专横的牛，帝国的菜》("Imperious Ox, Imperial Dish")这一大题目下。这两首诗都涉及东方文化这一大主题。前者提到印度水牛、佛祖等东方元素；后者涉及一个植物群，即和普通桃子相近的油桃。牛和油桃两者都具有象征性的或精神上的文化符号和生态环境意义。牛以及牛类动物在印度的佛教和印度教文化中备受尊重。印度教认为牛是神性的，是神圣的象征。桃子这种古老的物种被认为起源于中国，在中国艺术的主题表现中象征着不朽和青春长寿。

在《水牛》的开头，摩尔写道："那耀眼的黑色身姿/显得颇为谨慎；却又看似低贱、不吉利/或许向内弯曲的赤黑色铁矿/在野牛头上将牛角紧压在一起/是有什么寓意？/而那煤烟棕色的尾巴/与狮子尾巴着实相似/这又有何意？"[①]诗歌开头谈到的水牛不是一般的亚洲（印度）水牛，而是

---

① 本章中《水牛》一诗为笔者自译。

生活在北美洲的野牛。早在第一批欧洲人踏上新大陆时，他们就发现了这种成群结队生活在西部平原上的野生动物。它们相貌奇特，头很大，样子像水牛，肩膀如驼峰，全身上下披满粗毛，样子像狮子。摩尔提出的问题"那耀眼的黑色身姿……是有什么寓意？""反映出了她对于探讨动物表象以及自然本身背后终极意义的渴望"①。摩尔笔下的美国水牛有着巨大的黑色身体，强大而威武。摩尔特别强调了牛角。在水牛的生存过程中，牛角就像一把锋利的刀，是水牛自我保护的利器。水牛坚实而厚重的皮就像一副"装甲"，展示了大自然神秘的力量。黑矿石般的犄角是否暗示了自然规律的谨慎之处或者适者生存之规律，摩尔的问题虽然是针对水牛提出的，但是却涉及自然作为一种神圣符号和自然所包含的道德寓意。诗人在开头就牛的神圣意义提出问题但没有给出回答，暗示人类对自然缺乏敬畏之心，试图引发人类对水牛代表的自然的思考。

在第2节中诗人继续写道："约翰·斯图尔特·柯里的《埃阿斯》/画作中公牛的鼻子上/并未佩戴鼻环——有两只鸟儿站在其背上，/说明什么？/尽管这些画作并不能展示/鸟儿是否是黑色/亦不能说明公牛背是何色彩/当代的公牛/和奥格斯堡的公牛/并不相像——是的，/这些濒临灭绝的欧洲野牛在画作中/亦是凶猛野兽，六英尺条纹状/的牛角延展开来，缩小至/暹罗猫般大小。"美洲野牛又名美洲水牛或犎牛，大量群居于美国和加拿大的大平原，是北美洲体形最大的哺乳动物和世界上最大野牛之一，体重可达 1000 千克。它们头部体积大并有宽阔的前额，脖子短粗健壮，肩膀犹如高耸的驼峰，长有深暗的栗褐色毛发。雌雄野牛均有弯曲而锋利的双角，是一种比较凶悍的动物，即使面对最富攻击力的捕食动物也毫不畏惧。在摩尔看来，动物被征服的历史和人类密切相关。在历史上，牛是野生的。巨大的欧洲（包括北美）野牛曾经是自然界中的一个传奇。看得出，摩尔在这里回忆起她对野牛的想象，摩尔钦佩欧洲野牛那令人生

---

① Robin G. Schulze, "Marianne Moor's 'Imperious Ox, Imperial Dish' and the Poetry of the Natural World." *Twentieth Century Literature*, Spring 98. Vol. 44, Issue 1: (1-33), p. 22.

第九章　微小中含有伟大，自然中隐藏真理：玛丽安·摩尔的动物诗歌及其生态思想　223

畏的六英尺的牛角，这牛角是有效的武器，能保护野牛免受人类的捕捉。摩尔认为，欧洲野牛是一种值得被描绘的动物。诗中用了"凶猛野兽"一词，摩尔同时赞扬欧洲野牛的野蛮性情，同时惋惜其最终被征服。被人类征服的野牛已经体现了人类的控制和人类的意志。与历史上它们巨大而凶猛的祖先相比，现在的野牛显得缺乏自然性。人类的控制不可避免地导致了野生动物的减少。诗人暗示，北美野牛更加接近自然，更加远离人类的控制，更加远离人类的影响。

但是，诗歌中"这些濒临灭绝的欧洲野牛在画作中／亦是凶猛野兽"一句，包含着深远的历史生态环境意义。欧洲野牛移居北美后迅速繁殖，生长很快，北美洲的气候和环境非常适合野牛的生长。然而当欧洲人移民到北美后，美洲野牛遭到了惊人的屠杀。1905年，时任美国总统罗斯福颁布法令，第一次将野牛等一批珍稀动物置于国家保护之下。庞大的野牛群才得以再次遍布北美草原，在许多国家公园都可以看到它们的踪迹。

还有一点要强调的是，美国和欧洲近代资本主义时期（野牛）毛皮贸易及其对北美印第安人的生态影响。毛皮贸易，特别是北美野牛的牛皮贸易，是北美殖民地时期欧洲列强开发北美边疆的一种模式。大肆屠杀野牛获取牛皮的毛皮贸易，是北美殖民地时期边疆开垦史的重要部分，在北美历史上制造了惨烈的生态灾难。印第安民族是一个崇尚万物有灵的民族，在印第安自然宗教传统中，对动物灵性和生存地位的认同又强化为对动物的神性及人与动物神圣关系的信念。美国印第安自然宗教的核心精神是圣化大地，他们视大地为渗透着生生不息的强大精神力量的活的有机体。特别是大平原地区的印第安部落，野牛就是他们一切生活的核心。印第安人生活中的所有关键东西都可以从野牛身上获取。印第安人将野牛视为和自己一样平等，都是大地之魂"瓦康−坦卡"（Wakan-Tanka）创造的生命。印第安人虽然也捕杀野牛，但不会对野牛的数量和繁衍产生影响。印第安人对野牛的利用是全面的，很少造成浪费，他们在狩猎过程中要做宗教祈祷，感谢上苍为他们送来亲如手足的野牛，并表现出对野牛的崇敬。印第安人的经济生活和大自然的规律和谐地融合在一起，他们敬畏大自然并将这种敬畏内化为视万物为平等相处对象的印第安文化，也正是这种世界观在西方人来到美洲大陆之前的上千年里保持了当地的生态平衡和生物多样性。直到西方移居者用铁路将野牛种群分隔，用枪射杀无数的野牛，并且为了占据更广阔肥沃的农场和牧场而将印第安人或屠杀或驱逐到狭小贫瘠的"保留地"后，印第安民族终于衰落了，传统的印第安社会也随着野牛的消失而崩溃。在野牛灭绝的同时，大平原印第安人的文化、宗教传统和生活方式也遭到了严重破坏，他们的精神同样受到了严重创伤。[①]摩尔在创作中受到印第安文化的影响，她以"原型"的方式建构包括野牛在内的各类神启意象，这种具有生态指涉意义的神启意象在其动物诗歌里代表着生态理想、生态预警和生态责任。

《水牛》第3节描写家养水牛和野生水牛的不同之处："棕色的瑞士公牛，/ 亦称瘤牛 / 从白色的喉部垂肉到背脊肉 / 从红色的赫里福德牛到花斑荷斯坦牛 / 瑞士公牛品种形状不一，但是——/ 有人认为毛发稀疏的公牛 / 和人类观念更相符合。"诗人在这一节中强调的还是野生水牛的自然性。从棕色的瑞士公牛，到红色的赫里福德牛和花斑荷斯坦牛，欧洲的水牛种体型不一。"毛发稀疏的公牛和人类观念更相符合"暗示了野生水牛没有被驯养，没有受人类影响的自然特性。上文提及摩尔在创作此诗歌前曾大量阅读达尔文等博物学家的书籍，对牛类动物的相关知识有一定了解。虽然达尔文所处的时代没有生态环境问题，达尔文进化论却包含了相当重要的生态原则。学者们早就论述过进化论包含的生态思想，指出达尔文首先反对"绝对的人类中心说"，"因为'共同血统'的原则是对所有活着的生物（包括人）而提出来的"。[②] 人类本身作为进化的产物，不过是整个生态系统中的一个组成部分，人并不具备超越其他万物之上的神秘性。对于达尔文来说，自然选择是所有生物，包括动植物和人类在演化发展过程中最主要的力量。在有关动物的野生性和驯养方面，达尔文曾有相关论述。达

[①] 参见杨跃雄："北美贸易、开发背景下的动物灭绝和印第安社会的崩溃"，《重庆第二师范学院学报》，2014年第4期。

[②] 伯纳德·科恩：《科学中的革命》，鲁旭东等译，北京：商务印书馆，1998年，第375页。

第九章　微小中含有伟大，自然中隐藏真理：玛丽安·摩尔的动物诗歌及其生态思想

尔文指出，尽管"'人工选择'展示了塑造大自然的技艺，大自然自己的'选择'之手则优越无数倍"①。因为，"'自然'能对各种内部器官、各种微细的体质差异以及生命的整个机构发生作用。……各种被选择的性状，正如它们被选择的事实所指出的，都充分地享受着自然的锻炼。"而"人类只为自己的利益而进行选择……他往往根据某些半畸形的类型，开始选择；或者至少根据某些足以引起他注意的显著变异，或明显对他有利的变异，才开始选择。……人类的愿望和努力只是片刻的事啊！人类的生涯又是何等短暂啊！因而，如与'自然'在全部地质时代的累积结果相比较，人类所得的结果是何等贫乏啊！这样，'自然'的产物比人类的产物必然具有更'真实'得多的性状，更能无限地适应极其复杂的生活条件，并且明显地表现出更加高级的技巧，对此还有什么值得我们惊奇的呢？"②

《水牛》第4节和第5节通过对东方的印度水牛和北美佛蒙特州耕田的水牛做了对比，以示前者保持原始野性的重要性："不同于大象，/其宝石和宝石商都藏在/摇晃的毛发里——佛蒙特的白鼻公牛兄弟套着轭头/拖着枫糖浆/在深深积雪中/艰难前行；罗兰森画下过度劳累的/牛群，只有印度水牛，/那白化的/双蹄，踩在泥泞的湖水中，又要/忙碌一天。即使是西方基督异教徒/虔诚的服侍。"在诗人看来，印度水牛更多地保留了野性，拒绝牺牲原始野牛的精神，保留着自然的本能。印度水牛虽然"踩在泥泞的湖水中，又要忙碌一天"，但是它却有自己喜欢的栖息地，在湖中的烂泥中肆意徜徉，仍倔强地遵循自然野性的呼唤。佛蒙特的水牛却在人类的强权控制下，套着轭头，做着繁重的苦力，在深深积雪中艰难前行。诗歌中"过度劳累的牛群"（over-drove ox）失去了所有自然的本能，已经变成了畸形。但在诗人看来，这不是自然畸形，也不是水牛的畸形，而是人类观念的畸形。

---

① 阿德里安·戴斯蒙德等：《达尔文》，焦晓菊、郭海霞译，上海：上海科学技术出版社，2009年，第327页。
② 达尔文：《物种起源》，周建人等译，北京：商务印书馆，1995年，第98页。同时参见程倩春："论达尔文进化论的生态思想及其意义"，《学术交流》，2011年第11期，第5—8页。

摩尔对印度水牛的热爱，远不仅仅是因为它具有抗拒"人类意志"的能力。摩尔将印度水牛的意义扩展到了一种更为宽泛、更为深奥的环境伦理意义。摩尔敬重印度文化，重视水牛的文化价值。诗人把水牛当作佛祖的化身，具有智慧，能够排除本我的私心，能够了解生活的本质以及能够追求生命的崇高之处："佛教亦离它很近／它似乎勇猛异常／需用缰绳紧锁——而那自由的脖颈儿／向外延伸，尾巴如蛇状般半弯曲着／紧贴在肚皮一侧／它并不乐意协助圣人——／让那圣明踩着／从神龛上下来；他们没有／象牙色的／獠牙，当老虎咆哮、／撕裂皮毛的时候，／便也不会猛地落下。／印度水牛／被光着腿的牧童牵入／干草屋／拴起来，／不必害怕自己比不过／野牛或是那孪生兄弟，／抑或是任何／其他同类。"在诗的最后，摩尔将水牛描写成佛祖的伙伴（佛祖一直都对牛科动物十分喜爱）。古印度的文献中曾经记载佛祖对牛的评价："牛是我们的朋友，就像我们的亲戚一样，农夫干活得依赖它们。它们带来了食物、力量以及快乐。因此，不可杀牛。"[1] 在印度，和牛有关的似乎都是佛教文化的一部分，摩尔描写的佛祖通过无鞍骑牛来表达对动物的尊敬。在摩尔看来，佛祖不是凌驾于自然之上去驾驭自然，而是静观大自然的演变，尊重自然规律。无独有偶，诗人在描写中国古代哲学家老子时，我们看到这位伟大的智者虔诚地坐在水牛光秃秃的背上，双脚垂在一边。作为中国文化的崇拜者和研究者，摩尔对佛教和道教都有相当的了解。摩尔曾说："无穷无尽的天人合一。"[2] 信仰佛教和道教者均以清心寡欲面对世界，其中支撑他们最重要的力量就是与自然、与宇宙大地合而为一，"道法自然"。受东方哲学思想的影响，摩尔认为人类干预自然将会助长利己主义思想。摩尔在《水牛》一诗中表达的思想反映出她对东方文化的推崇。摩尔借助东方文化和达尔文的相关思想来批判西方对自然的控制。在西方，有人主张用科学的方法来支配和利用自然，也有人希望借鉴东方的哲学思想来对待自

---

[1] Robin G. Schulze, "Marianne Moor's 'Imperious Ox, Imperial Dish' and the Poetry of the Natural World." *Twentieth Century Literature,* Spring 98. Vol. 44, Issue 1, p. 15.

[2] Marianne Moore, *A Marianne Moore Reader.* New York: Viking Press, 1961, p. xvi.

然。《水牛》在一定程度上表明我们应该以谦卑的态度接受大自然。而西方人类中心主义者以所谓科学的方法来对待自然,但是他们却不懂自然的灵魂,更谈不上对自然的尊重。

小 结

摩尔的动物诗歌告诉我们,关注动物具有道德意义。正如著名生态女性主义者金(Ynestra King)所指出的那样:"一个健康、平衡的生态系统应当由人类和非人类动物共同组成。"[1] 摩尔的动物伦理观具有强烈的情感色彩,她的动物诗歌表明动物是人类认识自然过程的媒介,几乎人类的每一个行动都可以用动物的行动来说明。摩尔通过动物寓言故事,反映的是人类的现实生活。从文化批评的角度看,她笔下的动物大多为雌性动物或与女性有关,体现了诗人对女性的关怀。摩尔以严肃的创作态度描写动物、尊重动物。她笔下的人与动物是互补的关系。摩尔通过动物诗歌提醒我们,自然界的生灵时刻受到人类的侵扰和控制,人类总是试图成为大自然的主宰。摩尔明确提出,动物有着他们自己的权利,值得被尊重;人类对待自然的态度应该是学习和模仿,而非控制和征服。

---

[1] Ynestra King, "The Ecology of Feminism and the Feminism of Ecology." *Healing the Wounds: The Promise of Ecofeminism*. Ed. Judith Plant. Philadelphia: New Society, 1989, p. 20.

第十章

丹妮斯·莱维托芙的自然诗

本章讨论当代美国诗人丹妮斯·莱维托芙（1923—1997）的自然诗歌。莱维托芙把自己的诗歌风格称作"有机形式"（organic form），认为艺术与生活息息相关，诗人须投身社会生活，以提升诗歌的品质。有机的诗歌创作使莱维托芙把写诗看作是对生命意义的终极探索，对大自然的不断思考，以及在大自然永恒的律动中找到平衡点。她用诗歌表达自己强烈的社会责任意识，包括生态环境意识。莱维托芙擅长以多视角、二元的观点来看待自然：在她眼中，自然是美丽神圣的，却又充满恐惧和死亡；自然不仅存在于乡村，也存在于城市的每个角落；植物界的自然无处不在，而动物界的自然更是一目了然；自然是脆弱濒危的，又是繁荣昌盛的……她还创作了不少"生态抗议诗歌"，关注日益加剧的环境危机。

莱维托芙，当代美国著名诗人、散文家、政治活动家。一生著作颇丰，从1946年的首部诗集《双重意象》（*Double Image*），到1996年她生前的最后一部诗集《井底沙》（*Sands of the Well*），共创作诗集二十部，散文专辑四部，诗歌特辑三部，书信集两部（主要是与诗人威廉姆·卡洛斯·威廉斯以及邓肯的书信来往：*The Letters of Denise Levertov and William Carlos Williams*, 1998; *The Letters of Robert Duncan and Denise Levertov*, 2004）。三部诗歌特辑分别是：《自然诗歌精选——我们周围的生活》（*The Life Around Us: Selected Poems on Nature*, 1997）和《溪流和蓝宝石：宗教主题诗歌精选》（*The Stream & the Sapphire: Selected Poems on*

Religious Themes，1997），由莱维托芙亲自作序。而第三部诗歌特辑《和解》(*Making Peace*) 在其死后的 2006 年出版，收录了一系列战争与和平主题的诗歌。这三部作品反映了莱维托芙诗歌的总貌，其中，自然、宗教（精神）和政治是其诗歌的主要题材，在她的诗歌中反复出现。她早期的作品，尤其是最初的六部诗集，以自然和精神为主题，展示了一种超自然的神秘力量。尽管她的早期诗集中也有不少生态思想甚至政治题材的诗歌，但具有强烈生态思想和政治抗议的诗歌主要出现在她后期的诗集中。

莱维托芙自然诗歌的创作背景与创作理念

莱维托芙 1923 年生于英国埃塞克斯郡，父亲是俄罗斯犹太人，后成为英国国教会的牧师，母亲是威尔士人。父亲在犹太教和基督教领域以及神秘主义思想方面造诣颇深，其在宗教方面表现出的热忱和雄辩才华深深影响了莱维托芙的政治倾向，母亲的开朗热情和对自然的热爱成就了诗人对自然环境的关注。莱维托芙在《自传》(*Autobiographical Sketch*, 1992) 中说，她年幼时就发现家人热衷于公共事务：父亲坐在讲台上，抗议墨索里尼的军队入侵阿比西尼亚（今埃塞俄比亚）；母亲和姐姐坐在小讲台上，抗议英国没有支持西班牙。父亲的神秘主义和雄辩、母亲对待自然的诗意态度和家人对政治的热情参与等家族因素都对莱维托芙的价值观、兴趣爱好以及诗歌创作主题等产生了较大的影响。[①] 莱维托芙在《林间生活》(*Life in the Forest*, 1978) 中写道："母亲教会了我如何欣赏，/ 我将身子紧贴着地面，脸蛋儿紧挨着花朵儿，/ 她教会我那些花的名字；/ 教我注意花园里那神奇的变形过程，/ 它们渐渐舒展开来，伸出后院的围墙。"[②] 在母亲的引导下，莱维托芙很早就接触自然。对年幼的莱维托芙而言，自然和生命一样高贵，她觉得花朵和她一样可爱。她从未在大自然面前表现出一丝惶惑

---

① Denise Levertov, *Autobiographical Sketch, New and Selected Essays*. New York: New Directions Books, 1992, pp. 258-264.

② Denise Levertov, *Life in the Forest*. New York: New Directions Books, 1978, p. 8.

不安。母亲教她认识花儿并且记住它们的名字，观察花开的过程。尤其重要的是，母亲教会她如何将鲜活生动的自然景象转换成语言文字。这种早期通过文字与自然交流的过程，莱维托芙一直记忆犹新，并最后将记忆深处的那段经历写入诗中。

　　作为一名自然诗人，莱维托芙首先注重人类居住环境。这一点可以从她居住的环境看出来。她的房子是一座砖墙老屋，带有壁炉和烟囱。房子坐落在街道一处斜坡上，视野开阔，四周景色宜人。特别令她满意的是，放眼望去，前方就是喀斯喀特山脉。喀斯喀特山脉位于美国西北部。最高峰是海拔约4400米的雷尼尔山，终年积雪覆盖。莱维托芙在书房和厨房都可以看到远处的雷尼尔山峰。莱维托芙不主张开车，倡导绿色出行。距她的住宅不远处有一小小的商店，这是她平时购买日常用品的地方。据说，一次在此店购物时她偶遇一书，书名为《芬得角花园：人与自然合作之新愿景前瞻》(*The Findhorn Garden: Pioneering a New Vision of Humanity and Nature in Cooperation*)。莱维托芙强调说，该书"前言"部分所阐述的人与自然的关系给她留下了深刻印象。[①] 莱维托芙喜欢英国浪漫主义诗人华兹华斯的自然诗歌。她曾说："我几乎沉醉在他的诗歌细胞中。"[②] 莱维托芙的诗歌《失子之痛》("The Bereaved")描写了遭受失子之痛的母亲在大自然中疗愈创伤的过程。《祝福》("A Blessing")一诗的主题涉及生态批评和环境保护运动。诗人借用"河流""图腾"以及"地衣"等自然意象表达了万物相互联结的思想，认为人类的自我意识应该体现出"生态中心主义思想"而非"人类中心主义思想"。她曾就美国的东北部和西北部不同的自然风貌做过讲座，指出美国东北部的自然风景特征是农场、农舍、奶牛以及绿色的乡村，人口众多，人文气息较浓；而西北部则依然保有传统上的"荒野"特征。她说，西北部的诗人和荒野有着"工作上的关系"(a working relationship to nature)。西北诗人关注的远非

[①] Donna Krolik Hollenberg, *A Poet's Revolution: The Life of Denise Levertov*. Berkeley: University of California Press, 2013, p. 389.

[②] Ibid., p. 131.

是诗人的感想……他们对东方文化，特别是中国和日本的传统文化以及佛教思想有着特殊的感情。他们的作品有时就像一幅东方的卷轴风景画，体现出诗意栖居和"天人合一"的思想，同时也流露出北美印第安人文化的影响。①

莱维托芙表示，诗歌用词要精确，须包含具体意象。在《艺术》("Art")一诗中，她阐明了这一理论："杰出的作品／由坚硬优质的材料制成，／制造精密——／诗词、缟玛瑙、钢铁。"②她通过《雅各的梯子》("The Jacob's Ladder")一诗暗示了这一思想：诗人必须攀爬，"双手抓牢"、"双脚摸索"跨过那"陡峭却坚实的台阶"，这一切都是为了不让自己陷入天使般的冥思。③莱维托芙强调，诗人要有"发自内心的声音"：

> 诗人……不断地自言自语，在其内心深处，不断用文字接近、评价和试图理解这份经历。他头脑中的声音未必与作品字里行间的声音一致，内心的词汇未必与谈话用词一致。他们最美的词语非来自言语，而是歌声。写下的诗歌是对内心歌声的记录。④

莱维托芙在多次采访（包括在一些作品）中表示，自己不属于任何文学流派，但她承认自己的文学创作受到了杰拉尔德·曼利·霍普金斯、威廉姆·卡洛斯·威廉斯、埃兹拉·庞德、华莱士·史蒂文斯以及希尔达·杜利特尔等诗人的影响。莱维托芙把自己的诗歌风格称作"有机形式"。李嘉娜在"论莱维托芙'有机形式'诗歌创作思想"一文中指出，莱维托芙在1950年代就提出"有机的"诗歌创作理念并且终生为之努力，其"有机形式"的诗歌思想主要包括三个方面："1.诗人驰骋在艺术王国里追寻着一种无上的精神和理想；2.艺术家要善于择取平凡事物入诗，以超凡的眼力平衡理想与现实，探索艺术的灵魂；3.艺术与生活息息相关，诗人须投身社会生活，以提升诗歌的品质。简言之，她的'有机形式'创作

---

① Donna Krolik Hollenberg, *A Poet's Revolution: The Life of Denise Levertov*. Berkeley: University of California Press, 2013, p. 409.
② Denise Levertov, *With Eyes at the Back of Our Heads*. New York: New Directions Books, 1959, p. 129.
③ Denise Levertov, *The Jacob's Ladder*. New York: New Directions Books, 1961, p. 39.
④ Denise Levertov, *The Poet in the World*. New York: New Directions Books, 1973, p. 24.

思想是建立在对生命艺术整体认识的基础之上。"① 有机的诗歌创作使莱维托芙把写诗看作是对生命意义的终极探索。她写道:"这个地球不是让我们旁观/这是我们生活的世界。"② 在莱维托芙看来,有机诗"提供了一种方法……使我们意识到所感知的一切,基于对秩序的直觉,即既基于形式又超越形式;这种方法下,创造性的作品便是类比、相似和自然寓言",诗歌创作背后的动力是"一种体验,一系列饶有兴趣的看法,这份感情如此强烈,足以激发诗人的创造力"③。

以多视角、二元的观点来看待自然

人们通常认为,莱维托芙是一位政治诗人。她反对战争,反对核武器,反对男权政治,积极参与女权主义活动。今天,在许多读者看来,莱维托芙也是一位生态诗人,这一点已经得到越来越多批评家和读者的认同。莱维托芙可谓生态主义文学的先锋,早在1960年代,生态主题就出现在她的作品中。她用诗歌表达自己强烈的社会责任意识,包括生态环境意识。生态环境意识在一定程度上也是政治意识。生态的就是环境的,反之亦然。她在众多诗歌中警告世人慎用工业化学品。像蕾切尔·卡森一样,她对化工原料给生物和自然栖息地带来的不利影响深感忧心。她的生态诗歌夹杂着忧虑、义愤甚至恐惧;她以担忧的口吻描述了生态危机,认为环境退化已成为对地球生物的紧迫威胁。她表示,由于地球持续遭受破坏,大气污染严重,诗人们"在诗歌中不免露出哀叹、愤怒甚至恐惧之情"④。她把我们的地球比喻成"挨打的孩子或监禁的动物,/躺在那儿,/

---

① 李嘉娜:"论莱维托夫'有机形式'诗歌创作思想",《福建师范大学学报》(哲学社会科学版),2006年第5期,第120页。
② 同上书,第123页。
③ Denise Levertov, *The Poet in the World*. New York: New Directions Books, 1973, pp. 7-8.
④ Denise Levertov, *The Life Around Us: Selected Poems on Nature*. New York: New Directions Books, 1997, p. vi.

等候着下一轮毒打"①。莱维托芙希望通过诗歌引导公众关注人类与非人类自然间的裂痕,并尝试消除这道裂痕。她声称:"尽管我们人类是自然的一部分,但就多数方面看,我们日益沦为其中最具破坏性的一员,试图撼动并冲破这张巨网,这一切也许已无法挽回。"②她认为人类是自然不可分割的一部分,但人类既是生态危机的始作俑者,也是受害者,正如美国前副总统阿尔·戈尔在《濒临失衡的地球:生态与人类精神》(1992)中描写的那样:"我们总是忽视自己的行为所造成的影响,并深信人类与自然是彼此分离的两个部分。在与周围世界接触过程中,是我们人类引发了一场真正的环境危机。"③

莱维托芙擅长以多视角、二元的观点来看待自然,探讨自然的复杂性和多样性。从多个角度观察自然,使她不仅关注自然的美丽和宁静,也关注自然界的残酷和无情。自然既是生命之源,也是毁灭的力量。她诗歌作品中包含的二元性展现了自然的创造力与破坏力,探讨了这两种力量之间的张力和平衡,包含对生与死、增长与衰败、美丽与恐怖并存的反思。在她的作品中,我们同样看到了自然界内在的对立面,如季节的变化、生命的循环等,这些对立面展现了自然的动态平衡和不断变化的特征。

在《胜利者》("The Victory")一诗中,莱维托芙以二元的观点既描写了人类理想中的自然,又将人类置于自然环境的对立面。此诗写于诗人创作生涯早期,表现了对生态问题由来已久的强烈敏感性,也表达了作者深层的生态主义思想,即生态自我、生态平等与生态共生等重要生态哲学理念,人与自然平等共生,共在共容,地球上人和人以外生物的繁荣昌盛有它本身的价值(或内在价值),不取决于它是否能够为人所用。诗歌如下:"六月,那一片 / 桤木丛阴郁倦怠 / 叶片上布满阴郁怒积的腺点 / 四处蔓延,长满我们不需要的地方 / 无情地砍伐它 / 在牧场上到处寻觅 / 将其从

---

① Denise Levertov, *Breathing the Water*. New York: New Directions Books, 1987, p. 38.
② Denise Levertov, *The Life Around Us: Selected Poems on Nature*. New York: New Directions Books, 1997, p. xi.
③ Al Gore, *Earth in the Balance: Ecology and Human Spirit*. New York: Plume, 1992, p. 2. 中文为笔者自译。

树林边缘砍去。……但是到了八月，/浆果变红了，会有鸟儿来觅食吗？/簇簇红色摇曳着，挂满树篱，/那鲜红鲜红的醋栗，真是美丽的点缀，/在那愉悦地微笑。"[1] 这首诗描写了牧场主（代表人类）和桤木以及灌木丛（代表自然）之间的抗争。诗歌中的"我们"（牧场主和人类）最终在这场人与自然的冲突中被植物打败，输给了自然。尽管"桤木丛阴郁倦怠/叶片上布满阴郁怒积的腺点"，但是它们有着强大的生命力，能够"四处蔓延"。第二节暗示了"我们"对这一植物的态度：由于它们对牧场的入侵，牧场主无情地砍伐它们，试图"将其从树林边缘砍去"。然而在诗的最后两节中，牧场主改变了对桤木的看法：桤木的果实仍呈青色时，牧场主对其表示蔑视，看不上它们的价值。但是"到了八月，浆果变红了"，它们的使用价值出现了，桤木果成了动物和其他生物的食物。莱维托芙通过描写"簇簇红色摇曳着……鲜红鲜红的"醋栗（可用于各种甜点的浆果），将自然的价值问题推向了更高层次。诗人在最后两节，四次提到了"红"字，表明她笔下的桤木丛坚韧顽强，生机勃勃。在结尾部分，诗人点明桤木果具有的积极寓意。"美丽的点缀"，"愉悦地微笑"这一带有讽刺性的比喻表明，自然是"胜利者"，牧场主们将不会铲除它们，暗示了人与自然的和谐关系。莱维托芙通过《胜利者》一诗批判了人类对待大自然的态度并试图唤起人类的环境意识。如果人类试图主宰自然，漠视原有的生物，其结果会是将自己置于自然的对立面。

莱维托芙以多视角、二元的观点来看待自然还体现在其他诗歌中，表达了深层的生态主义思想，其中《网》（"Web"）就是颇具代表性的一首："错综复杂而又无迹可寻，/编织着，/将深丝线与光编织在一起/此设计远胜于/蜘蛛的所有发明/连接的桥梁，而非捕食的陷阱/兴奋、悲伤、喜悦、痛悔，相互交织/撼动、改变/永远/形成、转换：/所有的赞美/赞美/这张大网。"[2] 网的暗喻揭示了自然王国复杂的生物结构，表

---

[1] Denise Levertov, *O Taste and See: New Poems*. New York: New Directions Books, 1964, p. 103.
[2] Denise Levertov, *A Door in the Hive*. New York: New Directions Books, 1989, p. 73.

明地球众生命运与共。莱维托芙凭借"深丝线"与"光"编织在一起这一意象,表明了自然界并非永远一片和谐。她指出织网的目的在于建造"连接的桥梁,而非捕食的陷阱",大自然是仁慈的。诗的前六行格式紧凑,以体现"相互编织",后八行中的词以网状的形式铺开。第七行起,诗人的编织开始变得起伏跌宕,从"兴奋"落入"悲伤",然后又回到"喜悦",最后又陷入"痛悔"。莱维托芙将相反的事物并列,产生了一种包容效果,尾句"赞美/这张大网",似乎是在用宗教般的语言向大自然表示致敬。罗宾逊·杰弗斯也曾在一首诗里成功运用了"网"的隐喻。杰弗斯"把现代工业文明和城市文明比作巨大罗网,那罗网把人类一网打尽"[①]:"我们开动了一台台机器,把它们全部锁入/相互依存之中;我们建立了一座座巨大的城市;如今/在劫难逃。我们聚集了众多的人口,他们/无力自由地生存下去,与强有力的/大地绝缘,人人无助,不能自立。/圆圈封了口,网,正在收。/他们几乎感觉不到网绳正在拉……"[②]在杰弗斯看来,"机器""城市"等现代工业文明的产物编织而成的"死亡之网"将人类封闭了起来,使之"在劫难逃",并且带来了人口的膨胀、环境污染以及生态失衡等环境问题。杰弗斯在这里给人们敲响了警钟,呼吁人们追求环境正义,实现人与自然的和谐。同样,莱维托芙在这里撒下的这张"网"不仅是对自然的赞歌,而且试图唤起人类的生态环境意识。莱维托芙试图通过其特有的政治敏感性和神灵意识让读者读懂自然,了解自然。她笔下的自然是一个持续存在、变化不断的动态过程。她将世界设想成"网状"结构,唤起了人们对生物圈脆弱性的关注。她的这一网络概念体现了她深层生态主义世界观,并反映了这样一个现实:所有生物以各种方式相互联系,当一个物种灭绝,会产生一系列不利的连锁反应。

---

① 王诺:《欧美生态文学》,北京:北京大学出版社,2003年,第182页。
② 彭予:《二十世纪美国诗歌:从庞德到罗伯特·布莱》,郑州:河南大学出版社,1995年,第171—172页。

以生态抗议诗歌关注环境危机

作为一位知名的政治活动家，莱维托芙不仅写过大量反战题材的诗歌，抗议越南战争和海湾战争，她还创作了不少"生态抗议诗歌"，关注日益加剧的环境危机。1970年代中期，莱维托芙在反对核武器运动中表现尤其积极。她认识到这是政治行为，关系到政府制定核能政策。1976年8月，美国核能委员会决定在新罕布什尔州建立核电站。随即该州民众集会抗议游行。莱维托芙积极参与了这一抗议活动，同年9月，她还组织了在波士顿的抗议活动。1980年9月，她来到保加利亚参加国际环境能源会议并且在大会上做了发言，指出了当时美国和苏联军备竞赛的危害。[①] 诗集《巴比伦的蜡烛》(*Candles in Babylon*)等对反对核武主题都有表现。诗歌《恐惧时代》("Age of Terror")使用黑暗意象，表达了人们对核威胁的"担忧/未来的恐惧/未来的绝望"；《岩石地》("Rocky Flats")描写了科罗拉多州附近遭受核试验影响，土地和水源遭受污染的情景；《另一个春天》("Another Spring")表现出新的政治维度，反映了国家民众面对核武器的不安情绪，明确表达了核武器对大自然的破坏。[②]

在莱维托芙看来，"人类生物圈的退化是一次空前的毁灭性战争……海上漏油也是这场持久战中的一个事件。采伐森林也是一场旷日持久的堑壕战"。[③] 莱维托芙在创作反映环境危机的诗歌的同时，还积极在核试验基地参加各种示威游行。她认为"我们一生都生活在一种史无前例的紧急状态下，由于种种原因，我不必通过核武器或生态危机的讨论向你逐一道明"。[④] 通过《为了那团丝线》("For Floss")、《寂静的春天》("Silent

---

[①] Donna Krolik Hollenberg, *A Poet's Revolution: The Life of Denise Levertov*. Berkeley: University of California Press, 2013, p. 326.

[②] Denise Levertov, *Collected Earlier Poems*. New York: New Directions Books, 1979, p. 106.

[③] Denise Levertov, "Poetry and Peace: Some Broader Dimensions." *New and Selected Essays*. New York: New Directions Books, 1992 (154-171), p. 165.

[④] Denise Levertov, *The Poet in the World*. New York: New Directions Books, 1973, p. 115.

Spring"）以及《核试验场的抗议》（"Protesting at the Unclear Site"）三首生态抗议诗歌可以看到诗人对环境的进一步关注。《为了那团丝线》描写了美国新泽西州遭受严重污染破坏的哈肯萨克河工业区："褐色的、银色的，/一丛丛的灯芯草，/由哈肯萨克河支配着/带有煤烟斑痕的小向日葵/艰难地爬出隙缝/在炼油厂的各种设备/和工业废墟中。/残留下来的棚屋/在一排排高架的翅膀下/污迹斑斑。/顽强的追梦者，/夜以继日地过滤着风/每个小圆盘如焰火一样绽放/当然是那黄色/那种古朴的微笑/似乎是种苦楚/又像是孩子般的窃笑。"[①] 莱维托芙在这里聚焦"带有煤烟斑痕的小向日葵"，它们生长在"炼油厂的各种设备和工业废墟中"。这些纤小的花儿从毒汤中破土而出，它们是"顽强的追梦者，夜以继日地过滤着风"；它们将根部深植于污水，过滤飘过的污浊气流，只为获得一点纯净的空气。在诗歌结尾，诗人将向日葵想象为具有人类表情的面庞，带有强烈的讽刺，有一种令人啼笑皆非的扭曲感。然而，尽管这些向日葵只能生长在污染的区域，但它们还是"如焰火一样绽放"，决心存活下去，表明了诗人生态抗议诗歌中的乐观精神。

莱维托芙的诗作《寂静的春天》和蕾切尔·卡森的名著同名。卡森的《寂静的春天》写到人类可能将面临一个没有鸟、蜜蜂和蝴蝶的世界。春天是鲜花盛开、百鸟齐鸣的季节，春天不应是寂静无声的，尤其是在春天的田野。可并不是人人都会注意到，从某个时候起，由于人类大肆滥用杀虫剂等有毒农药，春天里不再能听到燕子的呢喃、黄莺的啁啾，田野里变得寂静无声了。卡森的《寂静的春天》在世界范围内引起人们对野生动物的关注，唤起了人们的环境意识，同时引发了公众对环境问题的注意，促使各国政府将环境保护问题提到议程上，各种环保组织纷纷成立，联合国于1972年6月12日在斯德哥尔摩召开了人类环境大会，与会各国签署了《人类环境宣言》，开启了环保事业的进程。莱维托芙《寂静的春天》的题目直接点明了诗歌主题，诗人通过对受污染的自然风景的描绘，突出了一

[①] Denise Levertov, *Poems 1960-1967*. New York: New Directions Books, 1983, p. 179.

座原先宁静的小镇因污染而引发的环境担忧。诗歌如下:"啊,一望无际的苍穹!／大地那碧绿的波浪／蜿蜒嶙峋、连绵不绝／那是它的胸膛、肩膀、腰肢／静谧和谐／海面波澜不惊、炽烈灼热、半清半浊／细雨蒙蒙／从山谷飘向内陆／束束阳光洒遍山峦／大地在酣眠中露出微笑／但侧耳细听／没有蟋蟀的清脆私语／远处一只孤独的青蛙,和一头孤独的夜鹰在哀啼／没有虫鸣鸟叫／看哪／那虎皮斑纹的蓟／昨日还在怒放／而今枯黄蜷曲／扔掉野生菜／试着屏住气／／农药车正朝这儿费力前行／在这死寂中,唯有脚步声回响。"[1] 莱维托芙在这首诗歌的开头以拟人手法描写大地。连绵的大地如人体一样展开,诗人把山峦比作"胸膛、肩膀、腰肢";大海波澜不惊且热情澎湃,但海水中却含有工业废水;山谷龙钟,细雨蒙蒙,但之前在山谷吃草的温顺小鹿却已莫名失踪;飞越重重群山的不是鸟群,而是作为污染源出现的各种光斑。显然,这是一个自欺欺人的宁静的世界。在这幅山水画中,眼见为虚;人们只要驻足细看,就能察觉这些破坏。在无边的寂静中,唯闻一只青蛙和一头夜鹰在孤独地哀鸣。前文提到的《胜利者》描写了具有顽强生命力的椴木,而这里诗人却暗示,"昨日还在怒放"的最坚强的植物虎皮蓟也无法抵抗致命的农药,变得"枯黄蜷曲"。人类正遭受泛滥的化工产品的威胁,我们必须"扔掉野生菜","试着屏住气!"在那看似如画的景致里,虽然杂草和害虫不见了,但是同样消失的还有人类喜爱的植物和野生动物,欣欣向荣的大地成了致命的荒地,"寂静的春天"充满着"无声的暴力"。莱维托芙把"有毒的景色置于有毒的语篇内",充分体现出"对人类由有害化学物质所导致的环境危机的担忧"[2]。

《核试验场的抗议》再度为诗人揭露环境污染提供有力证据,这也是一首将抗议核武器与抗议生态环境恶化二者相提并论的典型诗歌,即放射性污染不仅损害人类,也损害了自然界的生物多样性。如标题所示,此诗描述了一个饱受核爆炸污染的荒漠地带:"一年前,这片荒漠朝我举起爪子／

---

[1] Denise Levertov, *Oblique Prayers: New Poems*. New York: New Directions Books, 1984, pp. 29-30.
[2] Lawrence Buell, *Writing for an Endangered World: Literature, Culture, and Environment in the U. S. and Beyond*. Cambridge and London: Belknap Press, 2001, p. 30.

缠扰不休,冷酷无情/大门前/衣不蔽体的乞丐伤痕累累。/如今,又是一个大斋节,他再次出现在众目睽睽下。/十字钉、荆棘和刺,他人眼中的美在哪儿呢?/我却看不到。/然而,去年和今年/当肖肖尼族老者讲述时/我逐渐意识到眼前的丑陋景象是一种痛苦的标志/他年轻的时候,这里已是沙漠/但却是一番不同的景象,朴实无华却充满欢乐。/人类的崇敬使这片戈壁熠熠生辉……"① 莱维托芙将饱受核试验破坏的沙漠比作一个遭社会遗弃的麻风病人和一个"衣不蔽体"的乞丐,面对诗人他"举起爪子"乞哀告怜。第一句出现的"一年前"这一时间概念暗示诗人不久前参加了抗议核试验活动。遭受核试验破坏的这片土地依然存在,但已经是遍体鳞伤,需要人类细心呵护。"如今,又是一个大斋节"一句从宗教的角度把这一问题引向道德层面。虽然这片土地还有生命力,但却是一块有毒的荒地。所以放眼望去,满眼尽是"十字钉、荆棘和刺"等事物。接着,莱维托芙通过印第安部落肖肖尼族老者的讲述来展开自己的想象。肖肖尼族是美国西部的一个印第安部落。该部落饱受核试验之苦,为此他们展开了长期的斗争。她根据肖肖尼族老者的童年记忆重新想象了这个地方,从老者的描述中看到历史上"人类的崇敬使这片戈壁熠熠生辉"。读者也能够想象,这片土地受到核辐射破坏前是"朴实无华却充满欢乐"。想象使诗人和读者更加同情这片土地,也使我们意识到这片遭受核试验破坏的土地正在失去的文化和历史意义。

与《核试验场的抗议》主题相同的还有《可能》("What It Could Be"),在这首诗歌里,莱维托芙从女性主义视角来看待核污染问题。诗人曾以罗马天主教徒的身份参加生态保护团体、反战组织以及宗教组织,但她不愿多提自己与女权主义的联系。② 虽然她否认在写作中把性别作为重要主题,但她的不少作品涉及女性体验与女性视角。在一次采访中,当被问及是否参与过妇女运动时,她回答:"我从未热衷于妇女运动。当然

---

① Denise Levertov, *Sands of the Well*. New York: New Directions Books, 1996, p. 53.
② Lisa BreAnn Riggs, "'Earth and Human Together from a Unique Being': Contemporary American Women's Ecological Poetry." dissertation, 2008, p. 46.

我的人生受其影响，但人人如此。"[①] 在一篇题为"风格与性别：献身艺术"（"Genre and Gender: Serving an Art"，1982）的文章中，她写道："我认为自己的审美取向从未基于性别……如果一位女性诗人在诗中表达她对女性主体的看法，那么诗的主题就是直接源于其性别，但是诗的结构、意象和用词、细节刻画以及音韵融合是诗之成其为诗，成其为艺术品的标志。"[②] 莱维托芙不是激进的女性主义作家，但她密切关注自己身为女性的生活现实。值得注意的是，她的生态主义诗歌也提到了女性主义问题。她从性别角度揭示了地球处于屈从脆弱的地位，受人类摆布。她认为核能是由男性操控的，他们凿开女性化的地球表面，洗劫她的资源。诗人运用暴力和虐待的意象来引导公众关注人类对待地球的冷漠态度，展现自然和非自然之间的分裂和不和谐。《可能》描写了男性（人类）追逐权力，以及由此对大自然造成的恶劣影响。她把男性追逐权力与男性白人开拓殖民地相提并论，白人为了寻找制造核武器的铀入侵了"澳大利亚、非洲和美洲"等那些"最神圣的土地"："他们知道掠夺、侵占和破坏人类应该保护的地球实属荒唐之举 / 此刻，此刻，此刻，就在这一刹那 / 人类正从饱受虐待的地球上凿挖权力 / 撬开她密室的大门，从她的血肉中撕扯秘密。/ 而先人们却将她视为母亲。/……/ 如果任由铀埋在那儿，/ 它的超自然力量或许在数百年后被证明是无害的。"在前五行诗中，莱维托芙将男性白人描述为强奸犯和强盗，他们疯狂地凿开地球内部的"密室"。诗人通过反复来制造一种紧迫感和及时感："此刻，此刻，此刻，就在这一刹那"，使读者能够想象这种破坏发生了一次又一次。接下来她指出，如果人类不去开采或破坏地球上的铀，铀自身的自然力量对人类是无害的，或许铀的本质会造福于人类，或许铀的发现会成为人类约束自己、追求和平、反对战争的契机。莱维托芙把男性对权力的追逐行为与女性非暴力、崇敬和关爱的精神相互

---

① Fay Zwicky, "An Interview with Denise Levertov." *Westerly*, vol. 24, no. 2 (July 1979): (119-126), p. 117.

② Denise Levertov, "Genre and Gender: Serving an Art." *New and Selected Essays*. New York: New Directions Books, 1992, pp. 102-103.

并置，形成鲜明对照，同时试图瓦解明显的性别等级，她的这种努力也反复出现于其他作品中。①

莱维托芙的生态抗议诗歌不仅抗议核试验和核辐射，还从生态女性主义的角度抗议男性对女性的压迫，男性不仅主导着自然而且控制着全人类："这可能是地球胸闷的啰音 / 她的肺部因之前的几场炎症而受到重创，她已昏昏欲睡——/ 但是地震仪没有任何消息，/ 水晶吊坠垂直悬着 / 可有时候（我之所以低声细语是因为我下面说的内容令我恐惧）/ 一阵微小的颤动 / 从外部直击我的骨髓，/ 这阵微颤来自我脚下的这片土地 / 上面还有房屋、道路和树木 / 没有谁提起过这阵静静的微颤 // 好像是一个受虐的孩子或一只因禁的动物 / 等候着下一轮毒打。// 我来告诉你，这阵颤动来自地球本身，/ 地球本身啊。/ 我之所以低声细语是因为我已羞愧难当 / 地球不是我们的母亲吗？/ 而给她制造恐慌的不正是我们自己吗？"②这几行诗出自著名的《急切低吟》("Urgent Whisper")，读来哀婉动人，仿佛是一段低声耳语，语调中透着一种不安与不祥。诗人将受虐的地球比作"一个受虐的孩子或一只因禁的动物"，"等候着下一轮毒打"，大地母亲因遭受的苦难而发出"静静的微颤"，因疼痛和恐惧而发抖，生动形象地阐明了环境危机的现状。在《虐妻者》("The Batterers")一诗中，莱维托芙描写了一位女性，在丈夫的虐待下身受重伤，最终昏迷不醒。但是，诗人显然不仅仅是要描写一位受虐待的妻子，而是要把批判的目光指向受伤的地球："一个男人坐在床边 / 床上躺着一位女人，刚挨过打 / 他正在替她包扎伤口，手指小心翼翼地轻抚着她的瘀伤 / 她的血不断外溢，呈暗红色 / 他震惊不已，他发现自己开始珍惜她了 / 他开始感到害怕 / 为什么不早些发现她的状况呢 / 万一她停止了呼吸该怎么办 / 地球呀，难道我们要到末日来临前才爱护你吗 / 直到你奄奄一息了才相信你是有生命的吗？"③这首诗是莱维

---

① Lisa BreAnn Riggs, "'Earth and Human Together from a Unique Being': Contemporary American Women's Ecological Poetry." dissertation, 2008, p. 47.
② Denise Levertov, *Breathing the Water*. New York: New Directions Books, 1987, p. 38.
③ Denise Levertov, *Evening Train*. New York: New Directions Books, 1990, p. 71.

托芙将地球性别化的鲜明例证。她通过将地球比作受虐女性,激起世人的愤怒和同情(注意:虐妻者一词的英文是复数形式,暗示这种情况的普遍性)。诗人要表达的一个重要信息是:如果人类再不停止破坏活动,那么等到一系列环境破坏的恶果已无法挽回时,恐怕只能追悔莫及了。

莱维托芙在创作生态抗议诗歌的同时,还创作了一系列宗教神学(基督教神学)生态诗歌。生态意识一旦与宗教相结合,诗歌更具神性和灵性。前文在提到诗人家庭背景时指出,莱维托芙的多数诗歌含有宗教意象和宗教寓意。如果说1960年代中期她的诗歌向政治意识转变,那么自1980年初开始,她的诗歌逐步转向了宗教。① 这一转变在1982年出版的诗集《巴比伦的蜡烛》(Candles in Babylon)中可见一斑。莱维托芙把这一转变看成是其精神之旅的一部分。她说:"一种追求感,追求生命,如同朝圣一般,我认为这从一开始便成了我生命的一部分。"②

下面以《悲剧性的错误》("Tragic Error")一诗为例看莱维托芙的宗教生态诗歌。这首诗歌写于诗人皈依基督教后,其中引用了颇受争议的《旧约》里的经文,这些经文反映了上帝给予亚当和夏娃支配自然万物的权力:"神就赐福给他们,又对他们说,要生养众多,遍满地面,治理这地。也要管理海里的鱼,空中的鸟,和地上各样行动的活物。"(《创世记》1:28)莱维托芙认为,这一章节的内容表述数世纪以来遭到人们的"误写、误读和误解":"地球是上帝的/世间万物也是上帝的/而我们四处掠夺,要求索偿:/将地球上一切生物交与人类,为人类所使/我们孤芳自赏,认为天赋人权/数世纪以来专横、无知/我们误写、误读:/'征服'一词用错了,不应该出现于这个故事。/诚然,我们是地球的大脑、地球的镜子和地球的反射源/我们的责任是热爱地球,/将它装扮成伊甸园/我们拥有如下权利:/充当地球的细胞,具备观察和想象力/将它带入避难

---

① Lisa BreAnn Riggs, "'Earth and Human Together from a Unique Being': Contemporary American Women's Ecological Poetry." dissertation, 2008, p. 51.

② Denise Levertov, "Some Affinities of Content." *New and Selected Essays*. New York: New Directions Books, 1992 (1-21), p. 3.

所（眼睛庇护着双手，观察着它的状态和它所做的活计）。"[1] 这首诗歌的本质涉及生态神学所讨论的"托管"或"管理"（stewardship）问题。"托管"派生态神学思想认为，在上帝—人类—自然这三者关系中，一切被造物都是上帝的财产，人是上帝委任的管家，人对包括自然在内的被造物的职责是看护和管理。把这一思想运用到人与自然的关系上，要求人尽心尽责地为上帝管理地球。森林学家兼水利学家劳德米尔克（Walter Clay Lowdermilk，1888—1974）曾经提出"第十一条诫命"，试图补充摩西"十诫"，认为这是人类履行对上帝、对同胞和对地球母亲的"三位一体"的责任。在"第十一条诫命"中，劳德米尔克模仿"十诫"的语气写道："你们当以忠心管家的身份，继承神圣的土地，并一代一代地保护其资源。你们当保护你们的田地免遭土壤侵害，保护你们的水免遭干涸，保护你们的森林免遭荒漠，保护你们的山丘免遭过度放牧；以使你们的子孙永远富足。若有人不能完成管理土地的职守，那么他们的丰饶的田地就会变成贫瘠的石头地和废水坑，他们的后裔就会数目衰微，生活贫困，甚至从地球表面灭绝。"[2] 也有学者认为，这是一首"展现统治权与管理权之争的典型诗歌。一些神学家认为《创世记》一章是人类统治自然的佐证，另一些则认为此句经文的含义是要成为上帝的代表，就要做上帝的管家，如同财产管理人一样"[3]。所谓"托管"是指人类的使命不是征服地球而是热爱地球和爱护地球。托管的本质在于承认人与非人类自然间的相联性。人类作为大地身体上的细胞，他们的真正"统治权"在于将地球领入避难所，将地球保护起来。

在《哭喊》（"Cry"）一诗中，诗人暗示如果人类不能很好地"托管"地球，地球必然会面对危险，同时她指出，或许只有将自然与神灵联

---

[1] Denise Levertov, *Evening Train*. New York: New Directions Books, 1990, p. 69.
[2] 转引自何怀宏：《生态伦理：精神资源与哲学基础》，保定：河北大学出版社，2002年，第463页。关于基督教托管派生态神学，参见此书第149—195页。
[3] Anne M. Clifford, "Feminist Perspectives on Science: Implications for an Ecological Theology of Creation." Eds. MacKinnon and McIntyre, *Readings in Ecology and Feminist Theology.* Kansas City: Sheed & Ward, 1995, p. 349.

系起来，才能逃避当今的生态环境危机："……/我们不得不做出最后的选择:/我们，与家人/与兄弟姐妹/与动植物一起/我们掌管一切/水/土地、空气/我们亲手毁灭了自己的生命，它们的生命/毁灭从未停止，是吗？/……/或许还有额外的神圣呼唤/满天星竞相盛开，/新生的铃鸟在枝头鸣叫/它需要牛奶/在天使们的陪同下/呼唤生命与永恒。"[1]作为基督教信奉者，莱维托芙希望把自然与神灵联系起来，作为回避当今生态环境危机的一条途径。诗歌中提到的铃鸟数量在不断减少，满天星虽然美丽，但是它的花期很短。诗人描写立于满天星枝头的铃鸟，实际上是要表达大自然的脆弱，诗歌题目"哭喊"其实是指铃鸟的哭声，或许是向神发出的哭声。诗人或许希望，不仅凡间的生灵在哭喊，天堂里代表自然的生灵也在哭喊，它们都在呼唤永恒、呼唤生命。莱维托芙再度把自然与永恒联系起来，不过这次，她直接将永恒的概念联系到最脆弱的生命上，并意味深长地承认了尘世的无常性；基于此，她呼唤神奇的重生和新的生命，希望栖息于地球的生命渴望更长久的生存，呼吁人类应为奇迹的发生提供必要的关怀与呵护。莱维托芙的基督教神学生态诗歌反映出西方国家从宗教角度看待生态环境危机的一些思想。基督教神学就是要我们更好地认识上帝—人类—自然这三者的关系，让上帝和自然的关系、人和自然的关系得到更好的展现。自然是上帝的，人并不拥有自然，因此也就无权对自然进行剥削，相反，正是因为人是上帝的特殊造物，所以他对自然负有责任。今天，"托管"或"管理"地球也可以理解为对地球的关怀和医治。"看护地球"或"医治地球"就是把"治疗"（healing）和"完整"（wholeness）带给生物圈和整个地球上的被造物，全面致力于尊重和爱护环境。"除非自然得到医治和救赎，否则人类最终也不能得到治疗和救赎，因为人类就是自然物。"[2]莱维托芙的这首《哭喊》其实是时代的哭喊，散发着鲜明的时代气息，她希望用宗教来面对今日已经被人类毁坏得千疮百孔的地球，把

---

[1] Denise Levertov, *Oblique Prayers: New Poems*. New York: New Directions Books, 1984, pp. 45-46.
[2] Jugen Moltmann, *Jesus Christ for Today's World*. Minneapolis: Fortress Press, 1994, p. 88.

自然从毁灭中拯救出来。莱维托芙在写作中自觉地探索人与自然的密切关系，思考人类应有的存在方式，并试图用诗人的良心呼唤人性的回归，力求在诗歌与现实之间画出和谐的乐音。和 20 世纪其他美国生态自然诗人一样，莱维托芙在自然和生活的景观写作中融入抒情和哲思，她对大自然的特别关注产生于现代性的生态危机背景之下，成就于其客观而纯洁的观察与冷静而精准的表达之中，最终落脚于将自然世界家园化的行动，她作品中蕴含的生态思想推动了今天生态运动的发展。

第十一章

沉默之声：默温的生态伦理结和诗学伦理结之解

本章聚焦默温（1927—2019）的动物诗，通过梳理贯穿默温创作生涯的生态和诗学两条伦理主线，及相应的生态和诗学两个伦理结先后形成、消解和统一的完整历程，指出默温在生态伦理上所持的生态整体立场与哈罗德·布鲁姆"有益于人类"的伦理出发点不同（哈罗德·布鲁姆曾经批评默温的早期诗作徒有末日之忧而不具超验之明）。在诗学伦理上，默温坚持诗歌是见证的艺术，诗歌形式是对一种听见当下生命经历的方式的见证。而默温一以贯之的诗艺探索和实践恰也见证了他一生对人类破坏力的深刻反思，对自然世界绝对存在的笃信不疑，对诗歌艺术召唤沉默之声的毕生追求，以及诗内诗外知行合一的伦理操守。[1]

引言："动物的沉默"

如果哈罗德·布鲁姆是 1971 年普利策诗歌奖评委，默温的诗集《扛梯子的人》（*The Carrier of Ladders*，1970）恐怕难以获奖。布鲁姆在《新超验主义者》一文中批评默温在《移动的靶子》（*The Moving Target*，

---

[1] 关于默温的生态诗学思想，参见朱新福："从《林中之雨》看 W. S. 默温的生态诗学思想"，《当代外国文学》，2005 年第 1 期。

1963)、《虱子》(*The Lice*,1967)和《扛梯子的人》这三部诗集中的诗作"在措辞和构思上优雅却空洞,在实质性内容上也同样空虚无物"①。布鲁姆以《虱子》中的《每当我去那里》("Whenever I Go There")一诗为例——"我朝着撕破的地址走去,欣赏着动物的沉默/将雪奉给黑暗/今天属于寥寥数人而明天不属于任何人"——指出"默温的困境在于他不具备超验之明,却为预言的愿望驱使",结果,"默温的祈愿语气看起来只关心自己作为诗人预言家的客观身份",却没能带给读者"一种光和力量必将注入的信念"。面对默温的末世之忧,布鲁姆态度明确:"没有哪一个诗人可以理直气壮地预言自己这一代将是人类的终结。当下一代新人面对同样的困局,同样鼓吹末日即将来临时,默温当下露骨的祈祷就会显得异常古怪。"②

布鲁姆的批评犀利且部分中肯。1960年代是默温诗歌风格的成型和成熟期,其诗作仍带着早期作品象征性十足的修辞风格,因此容易造成"优雅却空洞"的阅读体验。而且,当时的默温愤怒、失望甚至绝望,从其诗作中很难读出人类必能自救的"信念"。最重要的是,时至今日,人类末日并未来临,群声鼎沸的诗坛中不乏持末世论调的新人,就连90岁高龄的默温也还在重复书写着祈愿祷告、警世醒人的文字——这正合了布鲁姆的预言。

但布鲁姆忽略了默温式的"空洞"、缺乏"信念"、"末世之忧"与他诗句中"动物的沉默"之间的本质关联。这一"沉默"不仅出现在《每当我去那里》这一首诗中,而且贯穿了默温的全部诗作。从首部诗集《两面神的面具》(*A Mask for Janus*,1952)中的长诗《宣告:为一场大洪水的假面剧》("Dictum: For a Masque of Deluge")里的"死去的岁月保

---

① 引自2004年版《默温》一书的"引言"。该引言是布鲁姆早年论默温、阿什贝里、阿蒙斯三位诗人的文章的节录。该文完整版可见:Harold Broom, "The New Transcendentalism: The Visionary Strain in Merwin, Ashbery, and Ammons." *Figures of Capable Imagination*. New York: Seabury Press, 1976. 本章未注明译文出处的引文及诗歌均为笔者自译。

② Harold Bloom, "Introduction" in *W. S. Merwin*. Ed. Harold Bloom. Philadelphia: Chelsea House (2004): (10-16), pp. 14-16.

持/一个沉默的圈子"①,到新近诗集《黎明前的月亮》(*The Moon Before Morning*,2014)卷尾作《方舟船头》("The Prow of the Ark")里的"动物们一个接一个走出方舟/步入沉默的圆晕之中",②默温笔下的"沉默"神秘而恒久,它力透纸背发出的"沉默之声"将读者带入无人的史前、有限的回忆和未来的无垠之中。与这一沉默形成鲜明对比的是"此人震惊的言语"③和"他和家人带着语言、工具和第一批足迹/踏上大地"④的场景。随着人类"语言"和"工具"的日益发达,"动物的沉默"在诗外也愈演愈烈。19世纪以前,人为造成的动物灭绝速度大约为每年一种,仅两百年过后,由于热带雨林和珊瑚礁等自然生态的大量破坏,每年至少有两万七千种动物在地球上消失。⑤对这一事实,任何人都不能视而不见。

可以肯定地说,从"动物的沉默"这一角度重新审视布鲁姆的批评,将更有利于我们把握默温诗学的思想内核及其演变历程。与布鲁姆的批判性论断不同,本章认为默温诗作的主题和内容皆来源于现实生活,早期作品因表现手法的象征倾向而显得缥缈抽象,但也绝非"空虚无物"。经历了1960年代的愤怒和绝望,默温在生态伦理和诗学伦理两个层面的探索均日趋成熟,其诗作带给读者的正是为布鲁姆所诟病的"光和力量"信念的缺乏。默温式的预言随着时间的推移并未成空,人类对地球家园的建设和破坏尚在同步进行,令默温一路的创作在今日看来非但不显得"异常古怪",反而愈加发人深省,显示出"超验"的洞见。下文对默温动物诗的梳理和讨论将成为上述论点的强力佐证。

生态伦理结之解:"沉默世界"的绝对存在

伦理结是文学伦理学批评的核心概念,它是"文学作品结构中矛盾与

---

① W. S. Merwin, *Migration: New and Selected Poems*. Washington: Copper Canyon Press, 2005, p. 6.
② W. S. Merwin, *The Moon Before Morning*. Washington: Copper Canyon Press, 2014, p. 119.
③ W. S. Merwin, *Migration: New and Selected Poems*. Washington: Copper Canyon Press, 2005, p. 6.
④ W. S. Merwin, *The Moon Before Morning*. Washington: Copper Canyon Press, 2014, p. 119.
⑤ Greg Garrard, *Ecocriticism*. London: Routledge, 2012, p. 176.

冲突的集中体现。伦理结构成伦理困境，揭示文学文本的基本伦理困境问题"。[1] 文学作品中存在一个或多个伦理结，它们由纵向的伦理线串联起来，形成文本错综复杂的整体伦理结构。[2] 纵览默温60余年的诗歌创作，其近30部诗集构成的整体伦理结构不可谓不复杂，但简而观之，一条围绕动物主题展开的伦理主线稳定而清晰地呈现出来。沿着这条主线，读者可以回到"历史的伦理现场"[3]，体验默温在生态和诗学两大领域同步探索、矛盾挣扎、笃信坚守、身体力行——即两个伦理结先后形成、消解和统一——的完整历程。

默温前四部诗集中的动物诗见证了其生态伦理结的生成。在最早的两首诗作中，默温借《圣经》和神话故事之维表达了他在生态问题上最初的立场。与1960年代强烈的末世之忧不同，此时的默温一方面已表现出他那此生不移的对自然世界的无比敬畏和认同感，另一方面流露出他对人类"新生"抱有的希望。《宣告：为一场大洪水的假面剧》作为默温本人最为看重的长诗，描述了诺亚方舟经历暴风雨和洪水考验最终登陆重生的场景：陆地从水中出现，全体动物开始离开方舟，诺亚也抖擞精神起身，"在复活的奇异中移动/孤独，耗竭，重生"[4]。默温以诺亚作为叙事的主角，"他"的上岸预示的显然不是世界的末日，而是令人期待的新的文明。另一首《利维坦》("Leviathan")来自第三部诗集《因野兽而发绿》(*Green With Beasts*，1956)，他将描写的中心从人转移到了"那头黑色的海兽"："他叫利维坦，/在所有生物中，他是第一个被造出来的"；他的身形庞大而神秘，"令最顽强的水手/胆寒"；但也"有些日子，他如天使一样/安躺着，虽然是个迷失的天使"。在这首诗中，利维坦这一神秘的自然物形象不仅具备人的五官特征，而且被赋予了憧憬未来的精神力量，与人类一

---

[1] 聂珍钊：《文学伦理学批评导论》，北京：北京大学出版社，2014年，第258页。
[2] 同上书，第265页。
[3] 聂珍钊："文学伦理学批评：基本理论与术语"，《外国文学研究》，2010年第1期，第14页。
[4] W. S. Merwin, *Migration: New and Selected Poems*. Washington: Copper Canyon Press, 2005, p. 7.

样,"他等待着世界的开始"①。

但这一在神话世界中继承的与自然世界的高度认同,注定要遭遇现实世界冷峻事实和伦理两难的冲击。在收入《因野兽而发绿》的另一首诗《猫的火化》("Burning the Cat")中,"我"在野外生火,试图火化一只死去的猫,费尽心力后宣告失败,最终选择土葬。诗人在结尾处感叹自己先前的失算:"处理一个小小的/亡灵,怎会如此艰难。"②自认为已足够敬畏,自然存在的力量却还是远超人的预期。面对如此强悍的野兽,人类难道只能"发绿/妒忌"?③第四部诗集《炉中醉汉》(*The Drunk in the Furnace*,1960)中的《为一头被捕获的猎物求情》("Plea for a Captive")将个人面临生态选择时的困境写到了极致。这首诗是为一位试图驯化笼中野狐的女士而写,诗长21行,一句辩词一气呵成:不论你付出多少爱,用多少只肥鸭喂养这只狐狸,它的本性绝不会因此而改变,因此,"要么立刻将它杀死,要么放生"。④

默温在诗中抛给这位"女士"的两难选择,其实也是抛给诗外包括他本人在内的人类集体。"在人类中心者那里,无论是认识论还是价值论都是统一的,统一于人"⑤,因此,当活的狐狸不能归附于人的意志、为人所用时,可以采取一种极端的处置方式即杀之,以获取对人最大化的利益。而"生态整体主义相反倡导人类超越自身利益、自身价值和自我实现,并将传统的利他思想上升到利生态整体的高度"⑥,这一理想诉诸野狐,即放生之,从此放弃捕猎,甚而放弃一切危害生态环境的人类发展行为。杀和放各为两难之端,是杀是放?这或许是人类在生态问题上迄今面对的最为艰难的伦理结。

---

① W. S. Merwin, *Migration: New and Selected Poems*. Washington: Copper Canyon Press, 2005, pp. 29-30.
② W. S. Merwin, *Green with Beasts*. New York: Knopf, 1956, p. 40.
③ Ibid.
④ W. S. Merwin, *The Drunk in the Furnace*. New York: Macmillan, 1960, p. 60.
⑤ 王诺:《生态批评与生态思想》,北京:人民出版社,2013年,第280页。
⑥ 同上书,第281页。

第十一章 沉默之声：默温的生态伦理结和诗学伦理结之解

　　这些见证了默温生态伦理结形成的早期动物诗，同时也见证了默温在诗歌创作上的蜕变。从最初"通过神的教谕找寻意义和伦理价值"，转向人类的真实生活和"现实世界的艰巨事实"[①]，默温明确了那个真正属于自己的声音。生态从此成为默温诗歌的标志性主题，而默温在生态伦理结上的立场也很快明朗。

　　一旦默温将目光聚焦于人类面对生态伦理结时的普遍选择，他所感到的失望要远远大过早期诗作中流露出的希望。他毫不犹豫地站到了人类中心主义的对立面，站到了动物及其赖以生存的自然生态一边。因此当布鲁姆援引爱默生笔下的超验天才梭罗——他具备最狂野的冲动，深入不宜人居的思想和生活的沙漠，孤身一人开辟一条有益于人类的要道——并据此批评默温诗作中缺少类似的英雄时，[②] 他并没能真正理解默温身上"反英雄""反人类中心"的整体生态伦理立场。而恰恰是在饱受布鲁姆批评的三部诗集中，默温将这一立场表露无遗。

　　一方面，面对日益加剧的"动物的沉默"，默温将批评的矛头指向人类自身。在《为即将来临的一次灭绝而作》（"For a Coming Extinction"）中，灰鲸步海牛、大海雀、大猩猩的后尘，正因人类活动而濒临灭绝，因此诗人对正欲去见上帝的灰鲸说："继他们的话之后再加上你 / 告诉他 / 我们才是最重要的。"[③] 如果说这首诗的措辞还带着强烈的反讽，那么《赞美诗之二》（"Second Psalm: The Signals"）对人类灭绝行为的批判就相当直白：当牛角号在沉默中响起，"我在这个世界上 / 身边没有你 / 我孤单一人，那份悲伤环绕在 / 长期为我们的生活便利而付出的事物周围"，而我的声音即"人类的声音 / 所有乐器中最悲伤的声音"，如此，人类注定"孤单 / 如同我将孤单"。[④]

[①] John Freeman, "W. S. Merwin, the Eternal Apprentice." *Virginia Quarterly Review* 4 (2013): (239-244), p. 241.

[②] Harold Bloom, "Introduction" in *W. S. Merwin*. Ed. Harold Bloom. Philadelphia: Chelsea House (2004): (10-16), p. 15.

[③] W. S. Merwin, *Migration: New and Selected Poems*. Washington: Copper Canyon Press, 2005, p. 138.

[④] Ibid., p. 178.

另一方面，将动物视为老师的默温高度认同动物独立于人的价值。"在很多实质性问题上，动物实实在在就是我们的老师。"[1] 在《诺亚的乌鸦》（"Noah's Raven"）中，默温借《创世记》中诺亚放飞的乌鸦之口为动物代言：我从未许下承诺，我与人类的认知不相符合，"我为何应该飞回方舟？"[2] 在《那些动物》（"The Animals"）中，诗人对"我从未见过的动物"发出预言性的召唤："我们会重逢。"[3] 诗集《扛梯子的人》中，云雀、小马、奶牛、狗、山羊、老鼠、蝴蝶更是得到了最高礼遇的"祝福"。[4]

对动物独立价值的认同事实上是默温整体生态观的一个缩影。在《事实具有两个面相》（"Fact Has Two Faces"）访谈中，默温直言"存在"不仅仅指涉"人类的存在"，而是"整体的存在"，因此它有两个层面：一个层面是相对的，即人类的存在相对于非人类的存在，另一个层面是绝对的，即"那个沉默世界"的存在不以人的意志为转移，它不着一笔人类的语言，却是人类"不死的老师"。而人类的"傲慢和试图将这个自在世界占己有的尝试，彻底抹杀了存在的整体维度"。默温进一步指出，这种傲慢植根于西方文化的历史深处。在全部西方历史上，动物一直处在一个"低等级甚至是被剥夺的道德地位"[5]，远有古希腊神话中的动物聆听俄狄浦斯唱歌、法厄同执意驾驭太阳马车，近有印第安人和野牛遭屠杀，动植物灭绝速度加剧，各大洲大陆遭受的工业文明污染日益严重。[6]

因此，继默温在第四部诗集《炉中醉汉》中确定了那个将从此贯穿自己所有作品的声音后，他在之后的三部诗集中明确了这个声音的立场：即对人类中心主义的批判和对整体生态伦理观的诗性表达。而这一鲜明立场所引发的愤怒和绝望也成为默温面临诗学伦理抉择的根本原因。

---

[1] David L. Elliott, "An Interview with W. S. Merwin." *Contemporary Literature* 1 (1988): (1-25), p. 14.
[2] W. S. Merwin, *Migration: New and Selected Poems*. Washington: Copper Canyon Press, 2005, p. 84.
[3] Ibid., p. 113.
[4] W. S. Merwin, *The Carrier of Ladders*. New York: Atheneum, 1970, p. 160.
[5] Tom L. Beauchamp, "Introduction." *The Oxford Handbook of Animal Ethics*. Eds. Tom L. Beauchamp and R. G. Frey. New York: Oxford University Press (2011): (3-31), p. 10.
[6] Ed Folsom and Cary Nelson, "Fact Has Two Faces: An Interview with W. S. Merwin." *The Iowa Review* 1(1982): (30-66), pp. 40-43.

诗学伦理结之解:"在沉默中发声"

伦理价值是文学最基本的价值,它反映文学所有价值的本质特征。[1] 在现实世界中,诗能何为?这个问题在默温创作初期虽未得到真正的回答,但"诗欲有所为"的伦理追求已跃然纸面。《跳舞的熊》(*The Dancing Bears*,1954)中的《论诗歌的主题》("On the Subject of Poetry")表达了作者希望通过写作探索世界的目的:"上帝,当我说话时,我必须/提到的是这个世界",因为"正是这个世界,/上帝,是我不能理解的。"[2] 进入第三部和第四部诗集,一条生态伦理主线日渐明确,默温在诗学伦理上的探索也随之清晰。《学习一门死去的语言》("Learning a Dead Language")几乎可以看作默温的诗歌宣誓:"你记忆的东西拯救你。记忆/不是预演,而是听见从未/陷入沉默的东西。所以你的学习是,/向死者学习,秩序,你自己有什么感觉/可以被记得,当你没什么可说的时候/有什么激情可能被听见。"[3] 对默温而言,诗人的首要任务是倾听死者的声音,即非人类世界的沉默的声音,这个世界是一个绝对的存在,学习它沉默的语言是诗人毕生的追求。

与此同时,"诗未令一事发生"[4] 的困惑也随着默温生态伦理倾向的明确而变得愈加强烈。诗歌的创作和阅读能给这个傲睨万物的人类世界带来改变吗?早在第三部诗集的开篇《致迪多》("To Dido")中,默温就对诗歌是否能够改善交流表示了疑问。[5] 到第五部诗集的《诗》("The Poem"),诗人更是"多次听见关锁的声音/云雀带走钥匙/把它们挂在天

---

[1] 聂珍钊:"文学伦理学批评:论文学的基本功能与核心价值",《外国文学研究》,2014年第4期,第13页。

[2] W. S. Merwin, *The Dancing Bears*. New Haven: Yale University Press, 1954, p. 60.

[3] Ibid., pp. 41-42.

[4] W. H. Auden, "In Memory of W. B. Yeats." *Collected Poems*. Ed. Edward Mendelson. New York: Random House, 1976, p. 197.

[5] H. L. Hix, *Understanding W. S. Merwin*. Columbia: University of South Carolina Press, 1997, p. 13.

堂里"①。身边没有打开非人类世界门锁的钥匙，诗人如何与人类同胞更有效地沟通保护那个世界的方法？交流失效的恶果终于在诗集《虱子》中爆发。《最后一个》（"The Last One"）叙述了一个颇具科幻色彩的人类厄运的故事。默温用第三人称"他们"来指称疯狂的砍伐者，当他们把"最后一个"砍倒，它的影子却留了下来，挥之不去，不断长大，转而吞噬"他们的影子"和"他们本人直到他们消失"。②默温承认在诗集《虱子》的创作过程中，他以为自己会"彻底放弃写作，因为实在看不到写作的意义何在"，人类的行为让他不仅感到"绝望"，而且体会到"一种哑口无言的幻觉"。③

《虱子》通篇弥漫着一种绝望的矛盾，一方面是不吐不快，一方面又感觉诗歌和文字的力量极其有限。现在回头分析布鲁姆批评默温的原因，可能他既无法接受默温在生态伦理的选择中站到了人类的对立面，也没有洞察到当时的默温确实处在一个诗学伦理选择的十字路口：是否继续——是绝望的沉默还是愤怒的抗议，诗人在诗里和诗外如何知行合一？如何继续——诗歌的内容和形式如何更完美地统一，如何通过某种统一"令某事发生"？

从诗歌内容上看，继《移动的靶子》率先为默温"定位了末世的直觉"④后，《虱子》将生态视角下的末世忧愤充分传达给了1960年代的美国社会，紧接着，《扛梯子的人》又将生态忧患拓宽到对美国社会进行整体的价值评估和批评。从形式上看，从《移动的靶子》诗集的后半部分开始，默温放弃了标点符号的使用，但保留了每句诗行开头的大写，这一变化经过了整部《虱子》，到《扛梯子的人》开篇起，他几乎舍弃了诗句行进中的首字母大写，正式宣告了"默温体"的诞生。

这些诗歌内部的变化并非此时默温在诗学伦理上面临的全部抉择。

---

① W. S. Merwin, *Migration: New and Selected Poems*. Washington: Copper Canyon Press, 2005, p. 93.
② W. S. Merwin, *The Lice: Poems by W. S. Merwin*. New York: Antheneum, 1967, p. 117.
③ Ed Folsom and Cary Nelson, "Fact Has Two Faces: An Interview with W. S. Merwin." *The Iowa Review* 1(1982): (30-66), p. 46.
④ H. L. Hix, *Understanding W. S. Merwin*. Columbia: University of South Carolina Press, 1997, p. 59.

第十一章 沉默之声：默温的生态伦理结和诗学伦理结之解

　　1971年6月3日，在确认《扛梯子的人》获普利策诗歌奖后，默温在《纽约书评》上发表公开信，称自己对美国在东南亚地区的行径感到"耻辱"，并表示要把奖金平分给反征兵组织和画家艾伦·布兰查德（Alan Blanchard），后者因在屋顶上观察"美国事务"而被加州警方用武器打瞎了眼睛。[①] 这可算是默温将自己的诗学伦理结外化于实践的典型举动。

　　回顾1960年代的创作，默温坦言自己再也写不出，也不会去写那样的诗，但那个时期的作品作为一个完整创作生涯的组成部分，恰恰又是"一个突破口，把我带到了一个完全真实的地方，我不得不把它们写出来"[②]。确实，随着1970年代后默温将生态和诗学两个伦理结一一梳理，他的诗歌创作真正进入了成熟的黄金期。

　　解铃还需系铃人。默温的生态和诗学伦理结皆因"动物的沉默"而生，其解也从"倾听沉默的声音"而起。1969年，默温在"论开放的形式"（"On Open Form"）一文中阐释，诗歌是见证的艺术，诗歌形式是"对一种听见当下生命经历的方式的见证"[③]。这一对诗歌形式的定义蕴含了默温最核心的诗学伦理选择：第一，诗歌的伦理价值是倾听、发现生命之声并借此感染读者；第二，诗歌是开放的，不论是对人的声音还是动物及其生态环境的沉默之声，都应侧耳倾听，若只以是否对人类有用为标准选择倾听的对象，那就关上了与自然生命交流的大门；第三，诗歌的形式与内容不可分割，两者都是诗人书写当下生命经历的必然结果。

　　默温1970年代的动物诗典型地反映了这一初步成熟的诗学伦理观。诗集《写给一个未完成的伴奏》（*Writings to an Unfinished Accompaniment*, 1973）中的《马》（"Horses"）、《一支跳蚤携带着词语》（"A Flea's Carrying Words"）、《狗》（"Dogs"）、《苍蝇》（"Flies"）不再拘泥于表现人类对动物的灭绝或祝福，而更加侧重描写动物独立于人类而存在的生命价

[①] 参见：W. S. Merwin, "On Being Awarded the Pulitzer Prize." <http://www.nybooks.com/articles/1971/06/03/on-being-awarded-the-pulitzer-prize/press.html>.

[②] David L. Elliott, "An Interview with W. S. Merwin." *Contemporary Literature* 1 (1988): (1-25), p. 10.

[③] W. S. Merwin, *Regions of Memory: Uncollected Prose, 1949-82*. Eds. Ed Folsom and Cary Nelson. Urbana: University of Illinois Press, 1987, p. 300.

值：一只携带病菌的跳蚤声明它不是疾病的制造者，它自有其存在的意义，"有些事物需要我/一切事物需要我/我需要我自己"①。1976年，默温定居夏威夷毛伊岛后出版的第一本诗集《罗盘花》(The Compass Flower, 1977)中的《清晨扎营》("An Encampment at Morning")和《迁移》("Migration")在细腻刻画动物生命历程的同时，将个人对动物的爱和认同融入诗句：前者观察一个流动的蜘蛛族群正吐丝搭建"像雪花的形状一样无形地升起的帐篷"②，后者倾听一群稍作停留的候鸟在夜间重新启程，"带着在一只耳边/急速流过的血的声音"③。

对于诗歌的目的和功能，默温显然已经从"诗未令一事发生"的纠结中走了出来，他相信即使诗歌本身不能直接带来现实世界的变革，也可以通过发现和揭示生命的真相影响人类的伦理价值取向。他也相信虽然诗歌本身不能生成具体的事物，但能给人类世界提供持久的精神启迪、灵魂指引和爱的给养。

比较这个时期的生态主题诗集《林中之雨》(The Rain in the Trees, 1988)和之前的诗集《虱子》，不难发现默温的变化。默温并未减少对人类生态破坏行为和破坏力的描述，但是他的语调不再绝望、极端，而是趋于客观、平静。他在对人类自我毁灭行为的宣告中找到诗歌的目的，指出希望的开端。他不再把自己置于人类的对立面，而把自己置于人群之中。欲劝同类，必以身作则。他由最早的神话题材和象征手法，经由20世纪六七十年代对历史事实和社会价值的评估，到此时形成了以个人生活实践为创作源泉的诗艺特征。《林中之雨》中的动物诗一方面继续深入描写动物灭绝和语言灭绝这两个同步发生的生态现实，另一方面进一步明确了诗人阐释动物及自然世界语言，并将这一使命付诸实践的职责和决心。前者有《致昆虫》("To the Insects")、《共鸣》("Chord")、《失去一门语言》("Losing a Language")；后者包括《表达》("Utterance")、《鸭子》

---

① W. S. Merwin, *Migration: New and Selected Poems*. Washington: Copper Canyon Press, 2005, p. 204.
② W. S. Merwin, *The Compass Flower*. New York: Antheneum, 1977, p. 221.
③ Ibid., p. 222.

("The Duck")、《见证》("Witness")、《丽金龟》("The Rose Beetle"),其中《仿字母表》("After the Alphabets")一诗尤为自信和确定:"我正在尝试解码昆虫的语言 / 他们是未来的舌头 /……/ 他们的表达完全清晰。"(282)

  1970年代后的默温在诗歌形式上亦同步探索,以期与日益升华的主题内容达成统一。首先是无标点、免大写的书写方式在诗集《扛梯子的人》之后成为常态,成为风格鲜明的"默温体"。在默温眼中,标点和大写是散文体裁的标志性符号,但它们"将一首诗钉牢在纸面上",只有拿掉这些符号,诗歌才会"获得某种之前不具备的完善和解放",并成为"一个口头传统最新的回响"。[①] 随后,默温针对诗节和诗行——先后在《亚洲形象》(Asian Figures,1973)中对三行体,在《张开手》(Opening the Hand,1983)中对"断背行(the broken back line)"——进行了充分实验。三行体试图实践"完整性"这一诗歌理念:三行是一个极小的形式单位,默温试图让意义在短短三行中获得一种完整性,同时又让它与世间万物保持某种联结。[②] 断背行则是对英语诗歌起源的回归。默温认为,抑扬五步格虽是英语诗歌的经典形式,但它是舶来品,不是英语诗歌的真正源头。真正本土的英语诗行是中世纪英语诗作如《农夫皮尔斯》中所采用的断背行,即一行中有停顿、有前后两部分呼应。比如《致遇菠萝地驻足的游客的问题》("Questions to Tourists Stopped by a Pineapple Field")一诗的主题直指在毛伊岛地区大搞经济作物如甘蔗、菠萝对本地生态造成的危害,[③] 默温用断背行勾起读者对远古的回忆,一个穿越时空的声音正向当代游客和读者发问:

  你们注意到的最后一只鸟是什么是在哪里?
  你们记得它是哪一种鸟吗?

[①] Ed Folsom and Cary Nelson, "Fact Has Two Faces: An Interview with W. S. Merwin." *The Iowa Review* 1 (1982): (30-66), p. 62.
[②] Ibid., p. 44.
[③] Jordan Davis, "Talking with W. S. Merwin." *The Nation* 20 (2011): (20-24), p. 22.

　　　　你知道这里之前有过鸟吗？①

这一诗歌形式无疑拓展了诗作的时空维度，让意义得到了升华。

　　默温的形式实验在《雌狐》(The Vixen, 1996)中延续。诗集里所有的诗作都不分诗节，而采用长诗行、"偶数行缩进(the indenting line)"的形式。有学者称之为"萦回体"：它们独立成诗，又可以组合成长诗，而且这种嵌套回环的形式"具有无穷尽的转化能力，它所创造的音律会随着诗歌的演化而演化"②。也有学者称它好比诗人的《漫步》("The Saunter")：在乡野闲庭信步间，默温与他所观察甚至"眼神交会"的动物达成认同，而厚重的长诗行又能让读者在当代诗中重新听到英诗传统中那种"更深沉更古老"的声音。③不论读者从哪一种角度分析默温的形式探索，有一个共识可以达成：此时的默温已经将生态伦理和诗学伦理这两条主线融而为一，正如他在主题诗《雌狐》的结尾所写的那样：

　　　让我再次看到你越过围墙
　　　在这座花园消亡这些树林成为屏幕上
　　　忽明忽暗的形象让我的词语在追随动物身后的
　　　沉默中找到属于它们自己的位置。④

默温不再为"是杀死还是放生""是沉默还是抗议"而纠结，他的选择与当代深层生态学家们的价值观不谋而合，后者相信，"环境保护领域的任何一种有意义的变革，都取决于把人与自然的关系从一种经济关系改造成一种伦理关系"⑤，而默温对自己在生态、诗学上的双重使命也了然于胸：在生活中身体力行地实践自己早已明确的生态伦理观，在诗歌中倾听、学习、记录、传播生态世界的"沉默之声"。

---

① W. S. Merwin, *Migration: New and Selected Poems*. Washington: Copper Canyon Press, 2005, p. 248.
② 桑翠林："W. S. 默温诗行中的记忆还原"，《国外文学》，2014年第4期，第90页。
③ Aaron M. Moe, *Zoopoetics: Animals and the Making of Poetry*. Lanham: Lexington Books, 2014, p. 105.
④ W. S. Merwin, *Migration: New and Selected Poems*. Washington: Copper Canyon Press, 2005, p. 394.
⑤ R. F. 纳什：《大自然的权利：环境伦理学史》，杨通进译，青岛：青岛出版社，1999年，第245页。

生态和诗学伦理的统一："和我在一起"

在世纪之交和进入 21 世纪后，默温的生态伦理观和诗学伦理观二者达到高度的统一。在毛伊岛 19 英亩土地上，默温种植了 800 多个不同品种的棕榈树和大量因夏威夷开发而遭威胁和破坏的植被。[1] 同时，默温分别凭借《迁徙：新诗精选》(Migration: New and Selected Poems, 2005) 和《天狼星的影子》(The Shadow of Sirius, 2009) 获得 2005 年美国国家图书奖和 2009 年普利策奖，并于 2010 年被任命为美国桂冠诗人。对于桂冠诗人的荣誉，虽然默温坦言这一职位与自己的个性不符，但他欣然从命。他希望通过举办诗歌朗诵活动把诗歌带给更多人，因为诗歌的本质是"身体性的"(physical)，通过现场的朗诵可以传达纸面文字不可言之物，让诗歌回归其"最古老的"语言艺术的本源。[2]

见证默温全部诗学历程的动物诗，在继《雌狐》之后的每部诗集中依然占据较大比重。《河流的声音》(The River Sound, 1999) 和《瞳孔》(The Pupil, 2001) 两部诗集里的《中国山狐》("The Chinese Mountain Fox")、《绵羊经过》("Sheep Passing")、《鹪鹩》("The Wren")、《黄莺》("Orioles")、《滨鸟》("Shore Birds")、《未名鸟》("Unknown Bird")、《翅膀》("Wings") 一如既往地践行着默温"在沉默中发声"的生态、诗学伦理观。诗集《天狼星的影子》分为三个部分，除第一、第二部分各有诗作与动物相关外，默温明确表示第二部分的 11 首诗是为纪念他的三只家犬而作。[3] 天狼星是和犬科动物联系在一起的，默温借助天狼星的影子这一隐喻，不仅为死去的家犬唱响哀歌，更是在召唤历史和记忆深处的沉默之声："相同的音调持续召唤／穿越时空在此刻在古老的夜晚

---

[1] Ed Rampell, "W. S. Merwin: The Progressive Interview." *Progressive* 11 (2010): (35-39), p. 35.
[2] Ibid., p. 36.
[3] W. S. Merwin, *The Shadow of Sirius*. Washington: Copper Canyon Press, 2009, p. 41.

/ 被听见它在那里早已广为所知 / 被所召唤的沉默 / 认出的一片沉默。"①

在2014年出版的诗集《黎明前的月亮》中，默温用12首动物诗完整打造了诗集最末的第四部分，也为自己一生的生态和诗学伦理探索添上了圆满的一笔。第一首《身份》("Identity")即是默温对自己诗学伦理的高度概括：透过画中的刺猬，观画者仿佛能看到画家汉斯·霍夫曼本人，也就是说，艺术家通过全情关注其表现对象，可以达到在艺术作品中物我一体的境界，同样，诗人通过诗作来传递"沉默之声"的伦理追求也并非空想，诗歌完全可以作为现实世界伦理补偿的出发点，成为真实生活中人类"改善与自然交往模式的平台"②。而在诗集最后一首诗《方舟船头》中，诗人又重回他60多年前《宣告：为一场大洪水的假面剧》诗中的诺亚方舟故事，当诺亚一家和所有的动物全部离开方舟船头："分辨给他取的名字是否是他真实的名字 / 他是否曾经真实存在过 / 很快就变得不再可能 / 虽然我们听见过船的刮擦声。"③默温选择了在他诗艺生涯接近尾声的时候，给世界留下人和动物共同发出的生命的刮擦之音。他希望读者记得，"带着语言"跨出方舟的诺亚一家和从此"步入沉默的圆晕之中"的动物从创世之始就有着同生共存的命运。若"这一切被忘记"，若人类中心主义的伦理选择得不到足够的反思，若人类现在的毁灭行为得不到制止，那人类的生存也将难以为继。

《黎明前的月亮》中间的十首诗则是默温诗学、生态伦理融而为一的绝佳实践。"那只红麻雀"、"那些驴和马"、"那只杜鹃"、"一只黑色的鹞子"、远古的"狐火"、"那只黑色的比利时牧羊犬"、孤儿大象陶普西（Topsy）、死于首次登陆南极点的阿蒙森团队之手的"那些雪橇狗"、白居易《放旅雁》诗中的"那只雁"、"那些引导着我的狗"轮番登场，这些历史和现实中的动物在默温的"注视""聆听"和"回忆"下一一穿越时空，真实可感地来到了读者面前，虽然他们曾经或正在遭受死亡或灭绝的命

---

① W. S. Merwin, *The Shadow of Sirius*. Washington: Copper Canyon Press, 2009, p. 44.
② Randy Malamud, *Poetic Animals and Animal Souls*. New York: Palgrave Macmillan, 2003, p. 19.
③ W. S. Merwin, *The Moon Before Morning*. Washington: Copper Canyon Press, 2014, p. 119.

运，虽然"我从未知道／他离开我之后会去向何方"①，但在此刻："我一直想让你知道／那只大雁一切安好他和我在一起"②。这不仅是默温带给白居易的消息，也是他用一生的伦理探索和实践带给世界的一个积极的消息。诗歌不仅是对自然之美的颂歌，也是对人类生活方式和价值观的挑战。默温的作品深深植根于生态伦理和诗学伦理，这两者在他的诗歌中交织形成了一种独特的视角和声音。人类不应将自己视为自然界的支配者，动物不仅是自然的一部分，也是拥有自己权利和价值的个体。如何通过诗歌来建立一种对世界的敏感和开放的态度，以及如何通过语言来促进对生命多样性和复杂性的理解和尊重，是默温的生态伦理结和诗学伦理结之解。

---

① W. S. Merwin, *The Moon Before Morning*. Washington: Copper Canyon Press, 2014, p. 117.
② Ibid., p. 116.

第十二章

斯奈德生态诗学思想探源

本章主要讨论当代美国诗人加里·斯奈德（1930— ）生态诗学思想及其渊源。斯奈德被国内外批评家誉为当代生态诗人，他的作品包含了鲜明的环境思想和生态意识。著名生态批评家伦纳德·西格杰和乔纳森·贝特分别在《持续的诗篇：四位生态诗人》（*Sustainable Poetry: Four American Ecopoets*）和《大地之歌》（*The Song of the Earth*）中明确指出，斯奈德的作品包含了鲜明的环境思想和生态意识。[①] 国内也有学者认为，斯奈德是一位"寻归荒野"、"体现了一种清晰的环境伦理观"的诗人。[②] 本章认为，斯奈德的生态诗学观主要来自三个方面：其一是北美印第安土著文化中人与自然和谐相处的思想，其二是东方文化中道家和禅宗佛学思想，其三是美国新大陆文化中由爱默生、梭罗和惠特曼等倡导的回归荒野的自然思想。这三种文化思想的结合共同构建了斯奈德的生态诗学观。

斯奈德与北美印第安土著文化

作为在北美大陆上土生土长的诗人，斯奈德首先注重从北美印第安人的文化中吸取人与自然的思想。他强调"位置感"，并以其独特的"龟岛

[①] 参见：Leonard M. Scigaj, *Sustainable Poetry: Four American Ecopoets*. Lexington: The University Press of Kentucky, 1999, pp. 231-271. Jonathan Bate, *The Song of the Earth*. Massachusetts: Harvard University Press, 2000, p. 246.

[②] 陈小红："寻归荒野的诗人加里·斯奈德"，《当代外国文学》，2004年第4期，第98—102页。

观"表达了生物区域主义诗学思想。北美印第安文化历来强调人与自然的和谐关系。在印第安人的眼里，人不是主宰自然万物的灵长，人类与自然万物同源，与万物平等。印第安人的图腾清楚地表明了他们对自然与人类关系的认识。在印第安人的神话里，人是大地用母亲的血肉创造出来的。著名的印第安生态文学读本《西雅图宣言》("Chief Seattle's Manifesto")以及其他一些口头和书面文学作品表达了生态整体观、人类对自然的责任和对子孙后代的责任，并严厉抨击了人类对自然的征服和掠夺。生态思想家克里考特（J. Baird Callicott）指出："在生态学思想普及和环境危机意识深入人心的时代，传统的美洲印第安人文化成为一种象征，它象征着我们失去了但还没有忘记的人与自然的和谐。……传统美洲土著奉行的人与自然和谐相处的生活方式成为当代欧美社会的理想。"[1] 斯奈德认为，印第安这种强调人与自然的和谐关系的文化"将向我们展示另类文化的下一阶段……指导我们如何维持一个生态社会，引导着一种生态的生活方式，并为实现理想的未来提供了基本蓝图"[2]。印第安人把北美这片国度称为"龟岛"，意为"希望之地，和平健康之地"，因为按照印第安人的传统看法，龟是大自然的象征。1974年斯奈德把他的诗集命名为《龟岛》(*Turtle Island*)。他在《龟岛》的"后记"中记载了一位印第安老酋长对他说的话："天地山水风灵草木禽兽，对我们来说，都是一家。实际上，在我们的语言里，我们称他们为朋友。我们认为天地给我们以生命，我们要经常和他们交谈，用歌唱，用祭仪，用舞蹈。"[3] 在印第安人的文化里，所有生物的生命都来自太阳，由大地来滋润和豢养。在他们看来，人的心一旦远离了生命根源的自然界，他的心将硬化。那些时常坐在地上沉思生命意义、接受其他生物的友情、承认宇宙万物为一体的人，已经把文化的精髓贯入了他整体的存在里。人一旦离开了自然这个基点，他人性的发展便受到阻

---

[1] Baird Callicott, *In Defense of the Land Ethic, Essays in Environmental Philosophy*. New York: SUNY Press, 1989, p. 203.
[2] Bob Steuding, *Gary Snyder*. Boston: Twayne Publishers, 1975, p. 101.
[3] Gary Snyder, *Turtle Island*. New York: New Directions Books, 1974, p. 109.

碍。在《龟岛》最后一部分的几篇散文《浅谈》("Plain Talk")里，斯奈德从全人类的利益出发，探讨了我们共同关心的环境保护和保持生态平衡问题。他指出：

> 印第安人早就了解到植物是一切能源变化、一切生命递变的主宰。既然植物是所有形态生命的支持者，所以他们被视为一种"人类"……我们必须设法让他们参与我们的参议院。因为这也是人法自然的一个重要角度。不幸的是，议会中没有他们的代表。我觉得我们应该对人文主义和民主作一新的定义，也就是有必要重新纳入这些人类以外的事物，这些领域必须有代表，这也是我以前说的"生态的良心"的意义，我们起码要做到生态的平衡。[1]

斯奈德对本土文化的热爱使他产生了强烈的"地方感"。生态学意义上的"地方感"一般指人们认识所居环境、具有属于某个独特地方的意识，即强调人类应该属于环境，是环境的一部分。斯奈德认为，"地方感"就是要求人类不分国界来爱护整个地球；对斯奈德来说，"地方感"并不需要人们签订契约来获得这个地方的居住和使用权，人们要做的仅仅是更为真挚地对待自己和脚下土地之间的关系，并且关注邻居，包括人类和非人类。由此，批评家把斯奈德称为"生物区域主义诗人"（bio-regionalist poet）[2]。在生物区域主义者看来，环境伦理原则应针对生物区域（由生命形式、地形、动植物种界定的区域，而非由人类划定的政治、行政疆界）。人们是生活在具有区域性特征的地貌上的，应该让各生物区域的人们与自己的环境产生认同，并确定出适合于自己的可持续发展战略与环境伦理。生物区域主义者主张，一个可持续发展的社会，是一个充分利用自己本地资源的社会，政治界限和社会界限都应该遵循自然的界限。激进生物区域主义者甚至认为地图都应该根据动物群、植物群、土壤、气候等生态因素来划分。这样，人类可以对所有的物种共同来承担责任。斯奈德本人并不

---

[1] Gary Snyder, *Turtle Island*. New York: New Directions Books, 1974, pp. 106-107.

[2] Jonathan Bate, *The Song of the Earth*. Massachusetts: Harvard University Press, 2000, pp. 246-247.

否认自己是一个"生物区域主义诗人"。他认为,生物区域主义从某种角度来说是对国家或政府的一种消解,北美的生物区域主义思想将更有利于对美洲印第安文化区域的关注和保护,有利于消解人类中心主义思想并对人类的环境进行更好的保护。在一次访谈中,斯奈德以其独特的"龟岛视野"概括了他的生物区域主义诗学思想:

> 现在需要的是以一种共享的生态视野来保证真正公正的"和平性",这种视野不仅可以超越生物区域的界限,甚至可以超越语言的界限。拿北美洲来讲,就曾经有过一种超越部落界限的共同的相互尊重精神,一种共享的关于自然世界的视野。①

在斯奈德看来,生物学意义上的生物区和现代国家之间缺乏和谐性。现代国家重视权力、政治和经济,这与有着千万年发展历史的生物区格格不入。他指出:

> 过去,国家存在于与一系列自然法规相一致的地域中。……今天,古老而变化的本土区域已逐渐被武断而强制实施的国家分界线所取代。这些强制性的边界有时穿越了完整的生物区和少数民族生活区。人们丧失了生态知识和社会稳定和谐的概念。过去,植物群、动物群以及地形都是文化的一部分。现在,实实在在的文化和自然界却成了一个影子世界,非实体性的政治司法世界和经济世界却被人们当成了现实。②

斯奈德认为,政治分界线并不真正代表任何实体,它不过是人为的理论概念。只有大自然才是真实存在的。他的这一看法"和梭罗'自然法优先于国家法'的观点一脉相承"。③

斯奈德清楚"龟岛观"对于美国政府和大众重视环境保护的重要性:

> 当我1969年重新回到美国生活时,……我马上意识到在白人当

---

① Uri Hertz, "An Interview with Gary Snyder." *Third Rail* 7(1985-86): 51-53, p. 52.
② Gary Snyder, "The Place, the Region, and the Commons." *The Practice of the Wild*. New York: North Point Press, 1990, p. 37.
③ 陈小红:"寻归荒野的诗人加里·斯奈德",《当代外国文学》,2004年第4期,第100页。

中也掀起了引人注意的海啸，他们在西半球用一种新的方式来看待他们的生活。许多白人认为他们代表龟岛所能做的最好的事情就是为环境而工作，重新栖居在城市边缘的农村，了解地方，并在本土印第安人需要的时候帮助他们。①

为挖掘印第安文化对于环境保护的作用，斯奈德充分利用了印第安神话中的郊狼（土狼）传说，因为郊狼有着深远的文化背景，而且对一些重视本土文化的美国现当代作家产生了一定的影响：

> 更显著的是本土传统尤其是郊狼的故事对英美作家产生的影响，特别是那些20世纪50年代的旧金山的垮掉派诗歌运动有关的作家。……随着白人的机械化、城市化的社会不断前进——本土文化濒临灭绝。非常明显的是，对于一些作家和读者来说，郊狼（土狼）是一个有价值的、介于原始自然和碰撞（impinging）文化之间的调解人。②

作为20世纪最具生态意识的诗人之一，斯奈德把生物学中的"顶极群落"或"顶极"（climax）这一生物学概念和诗歌创作进行类比。在"顶极群落"或"顶极"生态系统中，生物能量不断循环，产生更大能源；自然作为艺术的源泉，不断给艺术家提供创作灵感：

> 森林、水池、海洋或草原上的生命群体……似乎都是倾向于走向一种被称为"顶极"的状态。这种状态有着相当的稳定性，并牢牢地把能源控制在生物圈内。所有的进化（像个体与种类之间的竞争一样）都受到这种力量的推动，并被带向顶极。……"顶极"森林产生生物区，真菌产生能量的循环，启蒙领悟的思想（从禅宗意义上说）是每天自我思考的源泉，艺术能激发被忽视的内在潜力的循环。当我们不断丰富自己的思想、不断反省自己和了解自己时，我们就越来越接近"顶极"系统……，我们的思想就能释放大量的理智的颗粒。艺术是无法感知的经历和整个社会历史的结合体。感知和思想的融合，

---

① Gary Snyder, *A Place in Space: Ethics, Aesthetics, and Watersheds*. Washington, D. C.: Counterpoint, 1995, p. 243.

② 宁梅：《加里·斯奈德的"地方"思想研究》（博士论文），2010年，第87页。

就像土壤的菌丝体和树木的根基结合。"开花结果"之时便是诗人完成创作之时，便是艺术家再次进入创作循环之时：把他/她的创作作为养料，犹如种子撒在启蒙领悟的思想田地里，深入到思想的深处吸收营养，然后再回到社会。社会和诗歌实为一体，从不分离。①

诗歌集中了社会最丰富的感情和思想。每当我们朗读或者讨论一首诗歌的时候，我们都是在做再循环的工作，即把能量返回到我们的文化社会。对斯奈德来说，诗歌和"顶极群落"或"顶极"生态系统之间有着强大的可比性，因为世上万物之间物物相连，物物相通。斯奈德创作实践的最终目标是实现自己的"龟岛观"，实现自己对北美这一"位置感"的乐观想象：找到自己的归属地和位置，就有可能最大限度实现自己与周围环境的和谐共处。在1983年发表的诗集《斧柄》(*Axe Handles*)的最后一首诗《为了众生》里，诗人依然认为："我发誓效忠龟岛/的土地，/一个生态系/多种多样/在太阳之下/欢乐地为众生讲话。"②

斯奈德对道家生态思想和禅宗佛学思想吸收

印第安土著文化中人与自然的和谐思想是斯奈德诗学观的源泉之一。为了丰富自己的创作，斯奈德还从东方文化中吸取养料。鉴于篇幅有限，本章只涉及斯奈德对东方道家生态思想和禅宗佛学思想的吸收利用。道家生态思想的主要内容包括：宇宙现象、自然万物、人际经验存在和演化生存的全部是无尽的，千变万化，持续不断地推向我们无法预知和界定的"整体性"；整体的自然生命世界，无需人管理，无需人解释，完全是活生生的，自生、自律、自化、自成、自足的运作；人只是万象中之一体，是有限的，不应视为万物的主宰者，更不应该视为宇宙万象秩序的赋予者；要重视物我无碍、自由兴发的原真状态，人只是万物之中的一员。不能以

---

① Gary Snyder, *The Real Work: Interview & Talks 1964-1979*. New York: New Directions Books, 1980, pp. 173-174.

② 张子清：《二十世纪美国诗歌史》，长春：吉林教育出版社，1995年，第571页。

人为主，以物为宾。自然万物并不依赖"我"的存在而存在，它们各自有其内在生存演化的规律来确认它们所独有的存在和美。以今天西方生态哲学思想家的话说，就是倡导"非人类中心主义"原则。

斯奈德对中国道家思想有相当的了解和认识。他认为：

> 道家思想是一种新石器时代的世界观，即使不算是母权的世界观，也是一种母系的中国世界观；这种世界观……在历史中成为中国文化的基本思想，直到现在依然如此——也是反封建的，对女性原则、女性的力量、直觉、大自然、自发性、自由等都持欣赏态度。①

斯奈德曾在高原沙漠地带独居了半年多，他对山水自然的看法明显带有道家思想的痕迹："'因为山中无日月'，光与云的交替，混沌的完美，庄严壮丽的'事事无碍'，互相交往，互相影响"；"自然是那包含万变的永远不变。"② 斯奈德在创作中不仅引用了《道德经》中的文字，而且试图体现道家的精神。在《无》（"Nothing"）一诗中："The silence/of nature/within" 呼应《道德经》中的"希言自然"；"The power within/the power/without" 呼应"天下万物生于有，有生于无"；"the proof of the power within"③ 似乎与"其精甚真，其中有信"有关。在《伟大的母亲》（"The Great Mother"）一诗中，诗的题目呼应了《道德经》的"万物之母"，不同的是诗中的万物之母是一位西方的女法官，她检查每个人是否犯了对大自然施暴的罪行。在著名的《松树群梢》（"Pine Tree Tops"）一诗中，诗人在沉静的心境中，试图泯灭物我之界限，深入自然的活动之中。在《八月中旬于苏窦山瞭望台》（"Mid-August at Sourdough Mountain Lookout"）一诗中，诗人写道："五日雨连三日热／枞子上松脂闪亮／横过岩石和草原／一片新的飞蝇。／我记不起我读过的事物／几个朋友，都在市中。／用洋铁罐喝冰冷的雪水／看万余里／入高空静止的空气。"④ 正如诗人所说："看

---

① Gary Snyder, *The Real Work: Interview & Talks 1964-1979*. New York: New Directions Books, 1980, p. 213.
② Gary Snyder, *Earth House Hold*. New York: New Directions Books, 1969, p. 16.
③ Gary Snyder, *Turtle Island*. New York: New Directions Books, 1974, p. 6.
④ Gary Snyder, *A Range of Poems*. London: Fulcrum, 1966, p. 9.

山,是一种艺术(Seeing the mountain is an art)。"[1] 诗人把自己置身于幽静的山上,忘掉了所读的书,化入了大自然的宁静与肃穆中,其心智融化在山谷雾蒙蒙的空气中。整首诗由一组朴素无华的自然形象开始,就像中国画一样,没有过度的修饰,把读者带向自然更大更深远的空间。斯奈德曾这样谈论自己的诗学思想:"诗人面对两个方向:其一,向人群、语言、社会的世界和他传达的媒体工具;其二,向超乎人类的无语界,就是以自然为自然的世界,在语言、风俗习惯和文化发生之前,在这个境中没有文字。"[2] 这段话正是道家、禅宗所说的"无言独化"的世界的特写,也正是上面这首诗的注脚。

斯奈德对禅宗也推崇备至。台湾学者黄书君曾有专文研究禅宗如何成为斯奈德思想体系的基础,指出斯奈德采用了禅宗"无所不包,综合性的特性"与其偏重"万物之间无碍的融会贯通的关系"。黄书君认为,这些概念帮助斯奈德建立一种"整体论的生态保护意识"[3]。

斯奈德曾说:"中国文化的精神遗产基本上就是佛教的禅宗。"[4] 1970年代,斯奈德不仅定期进行坐禅、讲经等佛学活动,而且把禅宗思想与诗歌创作结合起来,辩证地看待这两者的关系:

> 我对大自然和荒野的思考把我带进道家学说,然后带进禅宗。……我开始明白一些最好的中国诗具有一种神秘而简朴的品格,并且想了解这种品格的根源。我开始独自在家里坐禅。这些不同的珍珠串在一起时是在1955年夏天,那时我是内华达山标路工。我开始以劳动为题材写诗,带有中国古典诗歌清新的气息,也有夜里在悬崖峭壁上参禅的色彩。[5]

---

[1] Gary Snyder, *Earth House Hold*. New York: New Directions Books, 1969, p. 16.
[2] David Kheridian, *A Biographical Sketch and Descriptive Checklist of Gary Snyder*. Berkeley: University of California Press, 1965, p. 13.
[3] 钟玲:《美国诗与中国梦》,桂林:广西师范大学出版社,2003年,第78页。
[4] 同上书,第103—104页。
[5] Gary Snyder, "Introduction" in *Beneath a Single Moon: Buddhism in Contemporary American Poetry*. Eds. Kent Johnson and Craig Paulenich. Boston and London: Shambhala, 1991, p. 4.

在《皮尤特河》等众多充满禅意的诗中，我们看到诗人笔下的世界充满了希望和宁静，字里行间已经没有基督教中的原罪说，取而代之的是诗人对"万物皆有佛性"和"天人合一"的生态意识。斯奈德曾说："一首完美的诗，像一个典型的生命体，具有简洁的表达、无与伦比的完整性和充分的表露，是在心能网络中的一种天赋交换。……'所有的诗歌和艺术是献给佛陀的祭品。'这些各式各样的佛教思想同中国古诗的诗感一道是那产生优雅单纯的织物的一部分，我们称它为禅宗美学。"① 叶维廉先生曾经这样评论斯奈德："初民对自然的感应是具体的，把万物视为自主知足共同参与太一的运作，其时人与自然未尝分极；山水诗中的道家美学强调重获朴素的视觉，任物自由自然自性的兴现活动；禅宗，在道家的影响下，教我们或诗或悟的方式生活在自然之中。三者都引发了斯奈德和自然合一的信念。"② 作为西方一些学者的代表，斯奈德从西方哲学和心理学的角度去阐释"禅"这一典型的东方哲学概念，期望禅宗思想不仅能拯救现代人的心灵，还期望通过拯救心灵来挽救整个日益沦丧的社会，并期望以此达到宇宙与人类的和谐。

在研究禅宗和佛学多年以后，斯奈德变得更加关心环境问题，关心人与自然的关系。有意义的是，"他用佛教的万物转化说与科学的生态平衡说解释社会现象、从事生活实践和指导诗歌创作，使其成了东西文化结合的产儿"。③ 20世纪六七十年代环境保护主义与绿色运动的兴起，斯奈德很自然地成为这个运动的诗歌代言人。1970年代他多次发表演说和印发传单，对现代技术文明提出批判，指出"文明现在正以其惰性威胁我们"④；1972年6月，他出席了在瑞典斯德哥尔摩举行的"联合国人类环境会议"，和与会代表一起讨论制定了一个保护全球环境的"行动计划"；1988年2月，他在伍斯特诗会上大声呼吁保护动物，提出了鲜明的生态伦理观。斯

---

① Ibid.
② 叶维廉：《道家美学与西方文化》，北京：北京大学出版社，2002年，第76页。
③ 张子清：《二十世纪美国诗歌史》，长春：吉林教育出版社，1995年，第564页。
④ Gary Snyder, *Turtle Island*. New York: New Directions Books, p. 99.

奈德在他的作品中直接或间接地展示了他的生态诗学思想：在《神话与文本》(Myths and Texts)中，他"探索着原始社会的现实、荒野和人类作为动物同动物和谐生活在一起的生态环境"[①]；在《龟岛》中，他号召人们寻找其在星球上的位置，并学会诗意地栖息于地球；在《穷乡僻壤》(The Back Country)里，他关注着文明与进步造成的生态不平衡。在《母亲大地：她的鲸鱼们》("Mother Earth: Her Whales")等众多诗篇中，诗人抨击了人类几千年来对大自然的破坏：

> 大卫的鹿，就是厄拉佛大鹿角
> 两千年前就住在黄河多草的泽地上
> ——它们的家让给了稻田——
> 洛阳一带的树林，在公元1200年前
> 就被砍伐殆尽，淤泥和沙全往下流。
> 雁鸟在西伯利亚孵出来以后
> 南飞越过扬子江，黄河的诸盆地
> 就是我们称为"中国"的地方
> 循它们用了一百万年的航道。
> 中国啊，老虎们、野猪们、猴子们
> 都去了哪里？
> 像去年的积雪
> 在雾中、在闪光中消失，干硬的土地
> 现在则是五万辆卡车的停车场。[②]

这首诗批评了中国人在黄河流域以及长江流域滥砍滥伐，造成森林以及生物大量流失的做法。尽管这首诗歌并非专门针对中国的环境保护状况而写，但其中他关注环境的生态思想却是一目了然的。

国内外学者对斯奈德的佛教思想多有研究。例如，霍红宇在博士论文

---

① 陈小红："寻归荒野的诗人加里·斯奈德"，《当代外国文学》，2004年第4期，第102页。
② 钟玲：《美国诗与中国梦》，桂林：广西师范大学出版社，2003年，第58—59页。

《加里·斯奈德诗歌历程中的佛学思想研究》(上海外国语大学,2008)中指出,《碎石和寒山诗》(*Riprap and Cold Mountain Poems*,1965)、《龟岛》及《山水无尽》(*Mountains and Rivers Without End*,1996)这三部作品比较清晰地勾勒出了斯奈德佛学思想的发展轨迹。霍红宇指出,《碎石和寒山诗》体现了斯奈德的佛学启蒙思想,《龟岛》体现了他的佛学生态观,而《山水无尽》则体现了他的佛学认识论。斯奈德佛学思想对今天东西方社会的生态环境危机、精神危机和文化危机等具有一定的治愈功能,对东西方文化的互补互通也有一定的借鉴意义。[①]

斯奈德与美国新大陆文化

斯奈德保护环境、寻归荒野的生态诗学观可以在美国新大陆的文化传统中找到相似或相对应的因子。换句话说,斯奈德热爱大自然的生态情愫在美国源远流长。早期殖民地时期美国文学中的生态描写,暗藏着对清教神学思想的论述,它们试图以描写生态自然之名来弘扬基督教教义,构建和宣传基督教神话和清教神学思想;早期那些着眼于赞颂新大陆的生态描写与清教神学思想相结合,积极参与美国国家意识的构建,成为日后美国国家意识的滥觞。18世纪末19世纪初,浪漫主义进一步赋予森林与荒野以新的意义,人们心目中那种把荒野与魔鬼相提并论的思想开始淡化,18世纪那种自然和荒野是粗俗而危险的观念也逐渐消失。特别是美国东海岸那些具有文学、艺术倾向的绅士阶层,他们爱好欧洲的自然神论哲学家及自然诗人的著作,用热爱自然的眼光看待荒野。自然开始像精神的殿堂一样出现在人们的眼前,东部的人们甚至对于原生荒野的迅速消亡抱有危机感。由此,产生了一种前所未有的乐观主义和体验荒野的气候。正如生态批评家劳伦斯·布伊尔所言:"远离城市的郊外和前工业化的地域开始与美国的文化特征联系在一起,成为美国本土文学的一个神话。美国的自然

---

① 参见霍红宇:《加里·斯奈德诗歌历程中的佛学思想研究》(博士论文),2008年,"摘要"部分。

环境成为它最显著的一种文化资源。"[1] 罗德里克·纳什认为："当时的美国人寻求的是一种具有'美国特色'的东西，一种足以将土里土气的乡巴佬转变成骄傲而自信的城市人的东西……美国人感到了他们国家的与众不同：那种旧世界无法与之匹敌的荒野。"[2] 美国独立战争前后，美国人的爱国热情助长了人们热爱荒野、崇尚自然的情感。特别是独立战争以后，人们不断追求具有美国特性的东西。与欧洲相比，北美那广阔而未开垦的土地、无边无际的荒野，被认为是真正的美国特色，"荒野"成了爱国者的热爱对象，"人与荒野之间的紧密关系开始形成了一种模式"。[3] 作家、诗人和画家等都基于旷野来共创美国新大陆的文化，形成了一种独特的文化氛围。不过，对美国思想文化起了巨大深刻影响的还是爱默生和梭罗。爱默生强调同自然建立一种直接的关系。在他看来，每一种自然现象都是某种精神现象的象征物，在自然界的后面浸透自然界的是一种精神存在。按照爱默生的观点，自然界不仅向人们揭示了物质规律，而且还能启示道德真理。梭罗是"人回到大自然中去"主张的身体力行者。他把人看作是大自然的居民，是大自然本身的组成部分。爱默生和梭罗对美国人思想的影响，如同老子和庄子对中国人思想的影响。惠特曼在《草叶集》和《典型的日子》中通过对大自然的歌颂抒发了人类热爱自然、回归自然的思想。从生态批评的视角看，惠特曼的这两部作品包含了对诗歌在人类与大自然之间生态功能的深切感悟：自然是文学创造的源泉，诗人的使命是把大自然与人的灵魂联结起来，把常人眼中只看作物质世界和物欲对象的大自然所具有的生命气息、精神韵致和神性内涵揭示给人们，使诗歌变成大自然沟通、走近和融入人的灵魂的精神通道。在科技高度发展的 20 世纪，人与荒野和大自然的矛盾显得更为突出，它迫使人类重新冷静思考人与自然的关系。奥尔多·利奥波德的《沙乡年鉴》、蕾切尔·卡森的《寂静的春

---

[1] Lawrence Buell, *The Environmental Imagination: Thoreau, Nature Writing, and the Formation of American Culture*. Cambridge: Harvard University Press, 1996, p. 56.

[2] Roderick Nash, *Wilderness and the American Mind*. New Haven: Yale University Press, 1968, p. 78.

[3] Hans Huth, *Nature and the American: Three Centuries of Changing Attitudes*. Berkeley: University of California Press, 1957, p. 84.

天》、爱德华·艾比的《大漠孤行》等传达了当代人对生态环境和荒野与文明关系的思索，提出了一个自然写作和荒野描写普遍存在的主旨，即怎样在动荡不安的世界上找到属于自己的一片土地。[①] 由此可见，上述这种热爱自然、回归荒野的思想一直贯穿于美国文化传统中，给斯奈德以深刻影响。斯奈德的诗学思想中有着深厚的美国文化基础。可以说，美国文化、印第安人的原始土著文化和东方的文化精髓共同构建了斯奈德的生态诗学观。

---

① 程虹：《寻归荒野》，北京：生活·读书·新知三联书店，2001年，第201—202页。

第十三章

引用抑或挪用？斯奈德对印第安文化的立场

加里·斯奈德是20世纪下半叶最具影响力的"绿色"诗人和散文作家之一。他推崇生物区域主义政治与绿色无政府主义、深层生态学、生态心理学和环境保护主义，被称为新万物有灵论思想的奠基人，也是一位"垮掉派诗人"。斯奈德注重"三重革命"，"第一层是马克思主义意义上的社会和政治革命，第二层是自然意义上的生态革命，第三层是个人心理意义上的无意识革命。当然，斯奈德的革命重点是生态革命和无意识革命"，他所要实现的是"人与自然的融合"。[①] 斯奈德的诗歌融合不同民族的文化，他的生态革命思想具有跨文化特征，融合了东西方诗学、土地和荒野、可持续性问题、跨文化人类学和大乘佛教等。他基于多年的山野经历体验，表达了他的艺术思想。斯奈德的学术贡献为他赢得了美国艺术与文学学院的会员资格，成为当代西方环境话语的情感、哲学与行动主义的核心人物。经过60多年的发展和凝练，斯奈德的现代文学经典包括1975年获得普利策奖的诗集《龟岛》（1974），以及《土地家园》（*Earth House Hold*，1969）、《斧柄》（*Ax Handles*，1983）和《禅定荒野》（*The Practice of the Wild*，1990）等，他还出色地翻译了《寒山诗选》（*Han Shan's Cold Mountain Poems*，1965）。他作品的主题是转变和负责任的地球生态管理，

[①] 张剑："美国现代作家史耐德的中国之行与他的生态政治观"，《国际汉学》，2019年第4期，第36页。

推崇一种存在于"地方"、个人和社会心理之间基本的、维持生命的关系。作为当代一位拥有大量追随者的生态诗人,斯奈德致力于挖掘和再现印第安文化和口述传统文学,寻找"古老的根",以此作为社会革命、生态革命与无意识革命的文化基础。他的"龟岛观"与生物区域主义和印第安创世神话有何关联?他诗歌中的印第安神话动物郊狼(土狼)要表达什么主题?他作品中使用的印第安神话动物郊狼与萨满和文化帝国主义有何关联?本章将分析他诗歌中的印第安文化元素,展现他对印第安人的立场,从而说明他的诗歌如何参与了国族构建和全球生态保护。

无政府主义生态政治观:龟岛观与生物区域主义

斯奈德的生平背景有助于理解他的生态政治哲学思想。他自幼年开始的人生三个主要阶段为他的生物区域主义思想和无政府主义思想奠定了基础。首先,他的童年经历激发了他对野外自然环境的敬意和对其遭受破坏的关注。他出生在旧金山,在华盛顿州的圣海伦斯山(Mt. St. Helens)和雷尼尔山附近的一个农场长大。斯奈德早年大部分时间在农村生活,父母离异后随母亲搬到俄勒冈州的波特兰市。他从小就培养了对自然的敬仰之情:"我发现自己站在自然世界面前,有一种难以言表的敬畏。尤其当我看到山丘被推平成道路,太平洋西北部的森林神奇地漂浮在伐木卡车上时,我有一种感恩、好奇和保护环境的态度。"[1] 这种神奇的感觉在斯奈德心中历久弥坚,为他成为一名万物有灵论者奠定了基础。其次,斯奈德与世界左翼无政府主义产业工人(Industrial Workers of the World)和世界各地的工人中"摇摆不定者"(Wobblies)[2] 先驱交友的经历,深化了他对马克思主义和无政府主义的认识。斯奈德年轻时做过各种户外工作,包括伐木工和护林员等。由于他与左翼的联系,他在麦卡锡主义泛滥时被解雇。最后,

---

[1] Gary Snyder, *The Old Ways: Six Essays*. San Francisco: City Lights Books, 1977, p. 15.
[2] Gary Snyder, *The Practice of the Wild*. San Francisco: North Point Press, 1990, p. 124.

他毕业于里德学院（Reed College）文学和人类学专业，其间他与美国印第安人交往，这为他日后的诗歌、散文、环保行动以及对印第安文化的兴趣奠定了基础。斯奈德在里德学院读书期间，意识到自己是一个正在摧毁"自己土地"的社会的一员，内心充满矛盾。这使他进行了长期的政治研究和分析，并开始关注美国印第安人，尤其是关注位于俄勒冈州中部的温泉印第安保留地（Warm Springs）。他还接触过当地的印第安海岸萨利希人（Coast Salish people），这段经历使他终生迷恋印第安人的信仰和仪式。对印第安观点和习俗的了解最终影响了他的生态政治观。斯奈德通过分析研究，认识到资本主义是破坏生态环境的主要根源，相信"污染是某些人的利益所在"[①]，而且认为问题不止于此：

> 很长一段时间以来，我一直认为是资本主义出了问题。然后我开始了美国印第安人研究，在学校里主修人类学，并接触了一些美国印第安长者。我开始意识到，也许是所有的西方文化都偏离了轨道，而不仅仅是资本主义——在我们的文化传统中存在着某种自我毁灭的倾向。[②]

学习美国印第安传统和佛教促使他最终回到"本土"，重新栖居在内华达山脉的山麓。他一生都在批判当代资本主义社会，倡导生态意识，尝试改变社会风尚。他指出："有史以来发生在这世界上的最有趣的一件事，是西方发现历史是任意的，社会也是人，而不是神，或自然的创造——实际上，我们有能力对于我们的社会制度做出选择。"[③] 这些观念的转变都为他选择不同于美国资本主义社会制度和建立不同于主流社会的人生观奠定了基础。

作为美洲大陆相对新移民的后代，斯奈德发现自己欧洲后裔祖先的文化和文学传统不适合美国西北部的地理景观和人文环境。美国的宗教信仰，即犹太教和基督教的传统不符合他回归自然的经验。他强烈感受到

---

① Gary Snyder, *A Place in Space: Ethics, Aesthetics, and Watersheds*. New York: Counterpoint, 1995, p. 36.
② Gary Snyder, *The Old Ways: Six Essays*. San Francisco: City Lights Books, 1977, p. 94.
③ Gary Snyder, *The Real Work: Interviews & Talks 1964-1979*. New York: New Directions Books, 1980, p. 101.

这种信仰对北美大陆及其印第安社会文化的破坏，并认为这种破坏源于对《圣经》神话的字面解释。斯奈德觉得他家庭的根基不在他自己生活的地方，他需要在他处寻找地域归属感。很大程度上，他在印第安文化和神话的很多方面找到了归属感。他的作品在不同层面都受到印第安文化的影响，涵盖了从语言、形式、风格、题材、意识形态到思想观念，诗歌的起源、作用和诗人在社会中的角色等多方面。斯奈德对于美国主流宗教信仰所造成的破坏后果的感受如此强烈，以至于他拒绝使用过去两个世纪对这片大陆的称呼——"美利坚合众国"，而采用了更早的印第安名称——"龟岛"。

《龟岛》的书名源自印第安创世神话，展现了斯奈德希望发掘美国文化"古老的根"的愿望。他解释自己推崇印第安文化的原因："白人在西部的历史只有三百年；但原住民印第安人的历史首先是一万年，然后是一万六千年，然后人们开始谈论三万五千年，然后是现在，五万年。"[①] 在斯奈德的作品中，《龟岛》最强烈地谴责了他所属的文明。对他来说，更重要的一种叙事是创世神话。他在《龟岛的再发现》（"The Rediscovery of Turtle Island," 1995）一文中，讲述了印第安尼赛南人（Nisenan）的"龟岛"故事的一个版本，一个展现了印第安人对自己土地的崇拜的神话。一头郊狼请求他的朋友"造地者"（Earthmaker）寻找一个世界。"造地者"把海龟送到海底，捞出足够的泥土放在龟背上，浮到地面来造了陆地。郊狼仍不满意，所以"造地者"又创造了植物、动物和整个景观。印第安部落的创世神话表明，包括人在内的有情众生、植物和土地共同参与了创世，这与《圣经》故事上帝独自造世形成对比。可以推断，如果人们可以从两个神话中选择其一，那么会选有较好影响效果的一个，因而，《创世记》将不得不被拒绝。斯奈德并没有明确这么说，但他的立场似乎是，我们应该确保我们真正理解神话的运作方式，这样我们就可以抵制对一个神话的危险的字面解释，从而避免西方人对于《圣经》创世神话的字面理解造成的后果。对斯奈德来说，忘记印第安创世神话和古老的北美名称会造

[①] Gary Snyder, *The Old Ways: Six Essays.* San Francisco: City Lights Books, 1977, pp. 79-80.

成灾难性的后果。

斯奈德在文章《龟岛的再发现》中提出龟岛观,并指出龟岛观对于生物区域主义的启示:

> 龟岛观与佛教、道教思想和世界各地的万物有灵论和异教的生动细节相联系。它吸取了生态系统理论、环境哲学和环境历史理论,但它后来变成了一种个人实践。……生物区域主义运用了龟岛观提出的"从地方到地方(place by place)"概念,呼吁根据生物地理区域划分生物区域和分水岭知识,重新栖居。[①]

斯奈德指出,我们应该关注在国家政治权力网络覆盖美洲大陆之前北美的地形、植物、天气模式和季节变化的整个自然史。他建议以"地方"为基础,在空间和时间的每一个层面重新思考人的身份,让当地人变成学会"像"原住民一样生活和思考,成为"真正的栖居者"。

斯奈德倡导学习以美国印第安为代表的原始文化。一些原始主义者主张回归狩猎采集社会,以解决文明社会的问题,调和人类与自然的关系。斯奈德能够接纳原始社会,他引用人类学家马歇尔·萨林斯的话说:"旧石器时代晚期是原始的富裕社会,估计他们平均每周工作15小时……在原始文化中,不存在没有土地的贫民阶级。没有土地的贫民属于文明阶层。"[②] 由于受到人类学家克洛德·列维-斯特劳斯的神话研究的影响,斯奈德认为:"自新石器时代以来文明一直处于长期衰落中。"[③] 然而,斯奈德并不提倡回到原始社会,他明示,我们不能再次回到当初的原始文化,或达到古老的单纯状态,(但是)我们可以有邻里和共同体。[④] 他旨在借鉴原始文化,寻找不同于资本主义制度与生产方式的替代性发展方式。

[①] Gary Snyder, "The Rediscovery of Turtle Island." *A Place in Space: Ethics, Aesthetics, and Watersheds*. New York: Counterpoint, 1995, p. 248.

[②] Gary Snyder, *The Old Ways: Six Essays*. San Francisco: City Lights Books, 1977, p. 34.

[③] Gary Snyder, *The Real Work: Interviews & Talks 1964-1979*. New York: New Directions Books, 1980, p. 61.

[④] Ibid., p. 161.

从人文主义立场来看,龟岛观拓展了美国印第安神话,融合了来自佛教和道教以及世界各地的各种万物有灵论和异教信仰。龟岛观将人与人存在的生物圈整体环境相互联系,而不只是与人联系。《龟岛》是斯奈德拥有读者最多的作品,展现了印第安传统智慧。他在诗集的"序言"中表达了他对印第安性的理解:"龟岛是旧/新名称,基于在这片大陆生活了几千年的许多人的创世神话。"① 他对自己生态观进行了补充说明,解释道,诗集标题应该帮助我们"更准确地认清在这片大陆的分水岭和生命群落中的自己"②。他在《龟岛》的第四部分散文附录"普通谈话"("Plain Talk")中表达了借鉴传统古老智慧的观点:"要把变革视为持续的'意识革命',即通过抓住关键的图像、神话、原型、末世论和迷狂而取胜。"③ 他用"末世论"预言警告人类将走向世界的终结。在这本诗集中,斯奈德描述世界上的人们"被搁浅在这些海岸上"④,暗示他们处于文化错置状态。斯奈德在《龟岛》中提出了解决生态危机的方法,表明了回归的愿望,渴望恢复古代神话和生态智慧:"在工作和我们的地方:/服务于/荒野/生活/死亡/母亲的乳房!"⑤ 斯奈德最后提到了"母亲",含蓄地唤醒关于美国印第安原始宗教的女神崇拜记忆,似乎表明他捍卫生物区域的思想和行动有了坚实的古老印第安文明的根基,有助于他寻求一种符合自然节律的工作和生活方式。斯奈德表明自己想要回到"古老的文化传统",当时人们把自己视为"生命共同体"的一部分,他指出撰写诗集的目的:"通过回忆失去的意义来源,来满足当前的需求。再倾听那些源头的声音,看看我们古老的团结工作,然后在龟岛上一起共处"⑥,旨在追求与所有自然的其他部分以及地球合一的感觉。⑦

---

① Gary Snyder, *Turtle Island*. New York: New Directions Books, 1974, p. xi.
② Ibid.
③ Ibid., p. 100.
④ Ibid., p. 1.
⑤ Ibid., p. 77.
⑥ Ibid., p. xi.
⑦ Gary Snyder, "Introductory Note." *Turtle Island*. New York: New Directions Books, 1974, p. 1.

斯奈德明确把矛头指向美国政府，批评政府对人与自然的侵犯。他谴责殖民者带来了灾难："白人来了：他们掀翻树木和巨石……/追逐古老的沙砾和黄金，/……枪击，教堂，县监狱。"①《龟岛》中的《明日之歌》（"Tomorrow's Song"）做出明确判断，宣告了现代进步神话即救赎神话的世俗形式的终结。诗人愤怒地表达了对过去50年左右的时间里，入侵者在"被占领的龟岛"上犯下了侵犯自然的罪行的愤怒："美利坚合众国慢慢失去了合法性/在20世纪中后期/它从未给大山与河流，/树木与动物，/一张选票。/所有的人都离它而去/神话死了；甚至大陆也变得无常。"②由于时代的局限性，斯奈德当时还相信美国受全世界的委托管理大自然。他表达了对美国政治制度的不满，因为山河、树木和动物没有投票权，由此抨击资本主义国家对于自然的客体化立场。斯奈德在诗《野性的呼唤》（"The Call of The Wild"）中，描述了地球、树木、鸟类、哺乳动物和美国人之间关系的异化。在这首诗的前面，斯奈德已经表明，在"天空中的特殊城市"的美国人，被带到"空气"中，"从未落下"③。美国人与生物圈其他部分的差别通过空间距离和高高在上的充满敌意的意象得到强调。在《龟岛》中的诗《大地母亲，她的鲸鱼》中，他描述道："北美，龟岛，被入侵者占领/他们在世界各地发动战争。"④一些"向亚洲倾倒毒药的人"，他们地位高于那些被他们攻击的人。⑤然而，战火最终会蔓延，北美将成为下一个被袭击目标。⑥斯奈德谴责殖民入侵者在世界各地发动战争和占领北美大陆造成的恶果：毁坏了人类和非人类世界。对斯奈德来说，这种暴力主要表现在人们流离失所，特别是那些现在被别人征服的土地上的原住民。尼克松曾就文化失忆指出："错位为失忆症铺平了道路，因为那些

---

① Gary Snyder, "Introductory Note." *Turtle Island*. New York: New Directions Books, 1974, p. 79.
② Gary Snyder, *Turtle Island*. New York: New Directions Books, 1974, p. 77.
③ Ibid., p. 23.
④ Ibid., p. 47.
⑤ Ibid., p. 59.
⑥ Ibid., p. 62.

曾经住在那里的人已经无法再回到那里"①，但斯奈德认为历史不会被忘记，他反驳道："有什么东西总是像酸一样侵蚀着美国人的心；它就是关于我们对我们的大陆和美洲印第安人所做的事情的了解。"在诗《大地母亲，她的鲸鱼》中，他号召"蚂蚁，鲍鱼，水獭，狼和麋鹿／起来！舍弃他们的赠与／来自机器人的国家"②。他的思想基于印第安万物有灵信仰，鼓励人和动物一起抵制以机器人为代表的所谓现代西方文明国家。整个《龟岛》和它对非美国主流文化的多重参照，可以被看作是一种逃避他的国家选择性文化记忆的策略。

斯奈德认为美国资本主义制度是环境危机的根源，他非常激进地指出资本主义作为一种经济体系有必要被取代，国家作为一种社会组织形式也有必要被取代，要将人类重新融入自然环境。他指出美国是"由化石燃料瘾君子、非常可爱的人民和世界上最善良的心灵组成的国家"，有着巨大流动性的"化石燃料瘾君子们穿梭来往，他们仍然沉浸在关于边疆的神话，关于无限资源的神话以及对永无止境的物质增长的憧憬中"③。他希望工业化国家意识到化石燃料的不可再生性和有限性，坦言"我们不需要石油"④。斯奈德着重探讨位置感和历史等，重点是土地和土地上生活的居民。斯奈德对位置感和历史等的强调体现在他的《为了一切》（"For All"）、《这里以前发生了什么？》（"What Happened Here Before?"）和《控制燃烧》（"Control Burn"）等诗中。特别在《为了一切》中，斯奈德构建了美国效忠宣誓词的另一个版本，精心颠覆原作，更真实地表达了对土地的热爱："我宣誓忠于土地／龟岛，／和居住在那里的人／一个生态系统／在多样性在阳光下／快乐地相互渗透。"⑤斯奈德称呼北美大陆为"龟岛"，承认了

---

① Rob Nixon, *Slow Violence and the Environmentalism of the Poor*. Cambridge: Harvard University Press, 2011, p. 7.
② Gary Snyder, *Turtle Island*. New York: New Directions Books, 1974, pp. 47-48.
③ Gary Snyder, *The Real Work: Interviews & Talks 1964-1979*. New York: New Directions Books, 1980, p. 9.
④ Gary Snyder, "Tomorrow's Song." *Turtle Island*. New York: New Directions Books, 1974, p. 77.
⑤ Gary Snyder, *The Gary Snyder Reader: Prose, Poetry, and Translations*. Washington, D. C.: Counterpoint, 1999, p. 504.

北美大陆的历史。他用"龟岛的土地"代替美国效忠宣誓词中的"美国国旗",体现了与原誓词迥异的价值观。他忽略强加于人为分割的土地上的政府、国家和有关象征,赞美土地和在其上生活的居民。

斯奈德认为能取代国家的是"生物区域"。保罗·伊本凯姆(Paul Ebenkamp)指出"生物区域"是一个以自然边界定义的区域:

> 它提出一个想法,即人类社会,只是一个共同体,是行星的一部分,与景观内部其他共同体——植物生命、动物生命和矿物生命——包括它的流域划分、它的土壤类型、它的年降雨量、它的极端温度,所有这些构成一个生物群落、一个生态系统,或者就像他们喜欢说的,一个自然的国家。[1]

斯奈德赞同"生物区域主义"观,他将精神上、经济上和情感上完全"居住"在一个地方的敏感性视为"生物地域意识"[2]。这种生物地方性意识同样非常适用于城市、郊区或农村生活环境。他在文章《空间里的地方》("A Place in Space")中解释"生物区域主义":

> "生物区域主义"呼吁按照生物地理区域和流域对美国所在大陆的各个地方承担义务。它号召我们从它的地形、植物、天气模式和季节变化——在政治管理网络影响整个自然史之前看待我们的国家。人们面临着成为"再居住者"的挑战——也就是说,成为一个正在学习、生活和思考的人,完全为了他们的未来。它意味着参与社区和探索可持续发展,使人们能够以多样复杂的经济方式生活在区域范围内。[3]

斯奈德使用分水岭意象,解释了当一个分水岭流域"经过"一些地方,也包含了这些地方,以此说明自然界万物相互联系。关于这种"相互关联",

---

[1] Paul Ebenkamp, ed., *The Etiquette of Freedom: Gary Snyder, Jim Harrison, and The Practice of the Wild*. Berkeley: Counterpoint, 2010, p. 42.

[2] Gary Snyder, "A Village Council of All Beings"; "Notes on the Beat Generation"; "The Incredible Survival of Coyote"; "Reinhabitation"; "The Rediscovery of Turtle Island." *A Place in Space: Ethics, Aesthetics, and Watersheds*. Washington: Counterpoint, 1995, pp. 246-247.

[3] Gary Snyder, *A Place in Space: Ethics, Aesthetics, and Watersheds*. Washington: Counterpoint, 1995, pp. 246-247.

他写道:"如果人类能够留在地球上,他们必须改变五千年的城市化文明传统,转变为新的、生态敏感的、以和谐为中心的、注重野性思想和科学精神的'精神文化'。"[1]究其原因,正如人类学家斯坦利·戴尔蒙(Stanley Diamond)所言,当代"文明通过大城市缓慢而稳定地毁坏并吞噬以地方和以亲缘为基础的社会结构或部落人口"[2],斯奈德认为一项艰巨的任务正等着人们去完成:"我们还没有发现北美。人们住在上面,却不知道它是什么,也不知道自己在哪里。他们就像入侵者一样生活在那里。你觉得一个人是否知道他可以通过了解植物在哪里、土壤和水的作用,来了解自己在哪里?"[3]他认为人们如果知道水从哪里来,废物到哪里去,可以更好地生活在自己的环境中。

生物区域主义没有将进步思想中的秩序观念强加于自然世界,而是推崇印第安文化的万物有灵论信仰。斯奈德在《龟岛的再发现》一文中说:"许多万物有灵论和异教都赞美现实,阐释不可避免的痛苦和死亡,并肯定过程的美丽。如果从当代生态系统理论和环境史看这些思想,你会了解什么在起作用。"[4]生物区域主义不仅仅强调人与人联系,而是将人与环境和个体存在于其中的整体相联系。斯奈德主张发展一种新的人类共同体意识,将共同体的概念扩展到非人类,将人类智慧和同情心扩展到非人类范围,建立类似印第安人与土地之间的联系。他鼓励人们沿生物区域线在土地上重新定居,以便在道德和审美方面取得更高成就。他反对用人类社会的秩序和管理方式统治自然世界,他的思想与自己所处时代占主导地位的政治和文化背道而驰。

斯奈德反对资本主义国家对于生态环境的掠夺和破坏,但他的作品

---

[1] Gary Snyder, "Four Changes, with a Postscript." *A Place in Space: Ethics, Aesthetics, and Watersheds*. Washington, D.C.: Counterpoint, 1995, p. 41.

[2] Gary Snyder, *The Real Work: Interviews & Talks 1964-1979*. New York: New Directions Books, 1980, p. 115.

[3] Ibid., p. 69.

[4] Gary Snyder, "The Rediscovery of Turtle Island." *A Place in Space: Ethics, Aesthetics, and Watersheds*. Washington, D. C.: Counterpoint, 1995, p. 246.

也因其生物区域主义社会哲学思想受到批评。一些人认为这是种幼稚的空想，无论对于企业权力或民族国家的战略都缺乏具体约束力，政治理论家蒂姆·卢克（Tim Luke）进一步指出，危险在于，在后工业时代的美国唤起生物区域主义观，只是"为人民群众提供一剂无效的鸦片，因为在深刻的生态改革中，他们目前的物质生活水平会丧失"。[1] 还有些人则主张这样的社会哲学会导致经济上的自给自足、政治上的孤立主义和文化上的狭隘主义，相应地无法有效解决全球环境问题。[2] 另有专家从社会公正的角度进行批评。政治理论家丹·德德尼（Dan Deudney）则指出，赋予生物区域以政治自主权往往既不利于公平，也不利于环境福祉，他辩称，生物区域主义并没有解释它如何能够防止资源丰富的生物区域支配那些资源不那么丰富的生物区域。[3] 斯奈德认为这样的批评是基于对生物区域主义的讽刺和对无政府主义的误解：

> 这是在旧社会的外壳上形成一个新社会。这并不意味着旧社会消失了，但它意味着你有了一些选择，可以对旧的采取行动。没有人会按照字面意思思考——是吧！生物区自治的国家！或者任何类似的东西。要有看待共同体关系和司法管辖权的灵活方式。[4]

"在旧社会的外壳上形成一个新社会"是斯奈德社会政治变革的宗旨，"斯奈德常常认为这个哲学是真理，从来不希望破坏，只想改良而已"。[5] 上述访谈和斯奈德在其他地方的回答表明，他不是一个期待看到国家在不久的将来会衰落，然后进入一个生态新时代的天真的乌托邦信仰者。然而，他仍然希望生物区域主义生态政治可以使政府管理者和当地人联合管理地方

---

[1] Tim Luke, "The Dreams of Deep Ecology." *Telos*, 1988 (Summer), vol. 76, p. 79.

[2] Joseph P. Dudley, "Bioregional Parochialism and Global Activism." *Conservation Biology*, 1995(5), pp. 1332-1334.

[3] Daniel Deudney, "Global Village Sovereignty: Intergenerational Sovereign Publics, Federal-Republican Earth Constitutions, and Planetary Identities." *The Greening of Sovereignty in World Politics*. Ed. Karen Litfin. Boston: MIT Press, 1998, pp. 299-323.

[4] Gary Snyder, *The Real Work: Interviews & Talks 1964-1979*. New York: New Directions Books, 1980, p. 169.

[5] Barry Miles, *Jack Kerouac: King of the Beats, A Portrait*. London: Virgin Publishing Ltd., p. 208.

环境，这样的发展可以提供有利于可持续发展和社会公正的宝贵的未来环境模式。

斯奈德借鉴印第安传统生态智慧，融入生物区域主义思想中。他崇尚原始文化，希望借鉴印第安文化中人与自然的关系，变革资本主义后工业化文明，解决所处时代的深层生态危机，建设一个不同于资本主义体制下人类统治自然和破坏自然的生态社会。但他那融入了印第安生态意识传统的生物区域主义思想却因缺乏现实可行性而遭到批评。

斯奈德笔下的郊狼：印第安神话文化的符号

神话动物郊狼，是一个神秘的恶作剧者，常常与打破常规和改变惯常行为相联系。恶作剧者形象在世界各地的不同文化中存在，有许多人们所熟悉的化身，如布勒兔（Brer Rabbit）、列那狐（Reynard the Fox）、唐璜（Don Juan）和矮妖精（Leprechauns）。印第安不同部落的文化中有很多恶作剧者，形象各异，郊狼是西部平原印第安文化中的典型恶作剧者。郊狼形象含义丰富，如文明世界边缘的清道夫、沙漠中的孤行者、战胜困难的幸存者，叛逆而富有智慧，倾向怀疑主义，有幽默感，性欲旺盛等。威廉·布莱特（William Bright）证实了郊狼作为恶作剧者形象的特别有效性："动物郊狼体现了自然关系的完美表达方式，适宜西部的高山沙漠，也适宜一些人的需要。"[1] 马克·沙克尔顿（Mark Shackleton）在论文《谁的神话？加里·斯奈德和西蒙·奥尔蒂斯诗歌中的郊狼》中所述郊狼形象在印第安和非印第安文化圈都广为人知，它可以"代表一种'他者'的感觉，可能是西部，也可能是心理或地理的边疆，或者印第安人"。[2]

上一章已经提到，神话动物郊狼是斯奈德诗歌中的主要形象之一，有

---

[1] William Bright, *A Coyote Reader*. Berkeley: University of California Press, 1993, p. 169.
[2] Mark Shackleton, "Whose Myth is it Anyway? Coyote in the Poetry of Gary Snyder and Simon J. Ortiz." *American Mythologies: Essays on Contemporary Literature*. Eds. William Blazek and Michael K. Glenday. Liverpool: Liverpool University Press, 2005, p. 230.

着深刻的印第安文化背景:

> 斯奈德是把土狼(郊狼)介绍到英语语言文学里的有影响的人物。而且,更显著的是本土传统尤其是土狼(郊狼)的故事对英美作家产生的影响,特别是那些与20世纪50年代旧金山的垮掉派诗歌运动有关的作家。……随着白人的机械化、城市化的社会不断前进——本土文化濒临灭绝。非常明显的是,对于一些作家和读者来说,土狼(郊狼)是一个有价值的、介于原始自然和入侵文化之间的调解人。①

对斯奈德来说,源于美洲土地上栖居了几千年的印第安人的神话,能继续为当代美国人提供一种环境感并加深他们与土地的关联。斯奈德的论文《令人难以置信的郊狼复兴》("The Incredible Survival of Coyote"),展示了郊狼及这一形象与当代观众的相关性:"老郊狼生活在神话时代,梦幻时代——许多事情都发生在那个时代。他总是在旅行,他真的很笨,他有点坏——事实上,他真的很糟糕,他太过分了。但他也做了一些好事:他为人们带来了火。"②斯奈德对印第安神话动物的处理具有戏谑和随意的特点,语气是口语化、浪漫化和模糊的。他的诗歌借助郊狼,揭示战争的影响和更为广义的"对地球的战争",即人类掠夺自然造成的恶果。在《龟岛》中,郊狼在《野性的呼唤》和《一场浆果宴》("A Berry Feast")等诗歌中占据中心位置,或短暂出现在《三只鹿,一只郊狼在雪中奔跑》("Three Deer, One Coyote Running Through the Snow")、《皮尤特河》("Piute Creek")等诗中,重在关注一种根植感、归属感和认同感。郊狼这个生灵,在神话中出现在森林,在现实的森林中因为其神话角色被人识别,展现了在白人来到美洲之前印第安文化的久远历史。

《野性的呼唤》是《龟岛》中表达愤怒和谴责的诗之一,诗中郊狼与美国主流社会形成了对比。标题"野性的呼唤"以及诗中一些本土意象的使用,将这首诗定位于古老印第安传统中,将20世纪初美国最北部的荒

---

① 宁梅:《加里·斯奈德的"地方"思想研究》(博士论文),2010年,第87页。
② Gary Snyder, "The Incredible Survival of Coyote." *A Place in Space: Ethics, Aesthetics, and Watersheds*. Washington, D. C.: Counterpoint, 1995, p. 150.

野与20世纪末几乎消失的加利福尼亚领域的荒野联系起来。诗中"野性的呼唤"是郊狼的"歌唱",随着人类与自然的日渐分离,人类将不再听到它的呼唤,更无法被提醒这种联系。斯奈德将人与自然的分离与暴力结合在一起。在《野性的呼唤》的第一部分,郊狼既是一种动物,又是一个神话人物:

> 那个沉重的老人晚上躺在床上 / 听到郊狼唱歌 / 在屋后的草地上。这些年来, / 他经营牧场,开矿,伐木。 / 一个天主教徒。 / 加州本地人。他听郊狼嚎叫了 / 八十年。 / 明天。 / 他会打电话给政府的 / 猎人 / 他们用铁制脚夹捕捉郊狼 / 我的儿子们将会失去这个 / 他们刚刚开始 / 爱上的音乐。①

诗中人物被称为"沉重的老人",后又进一步被描述为一名前矿工和伐木者,这两种职业都可被视为代表对自然的破坏,是工业开发自然资源包括矿产和树木的隐喻。诗人在诗中表明"沉重的老人""听到郊狼唱歌"。"政府""猎人"和"用铁制脚夹捕捉郊狼的人"的并置给了这组短语一个模糊的含义,似乎"政府"本身就是"猎人"。首字母大写的"政府"和"设陷阱捕猎者"戕害这些郊狼,不仅毁灭一个物种,而且毁灭了美国印第安人和他们的生活方式。神话动物郊狼体现了美国印第安人与他们的自然环境中一个熟悉形象的深切关联,当动物郊狼不再被看见或听见时,神话郊狼将失去意义。斯奈德对此表示惋惜,认为对他的后代来说,这是一个迫近的损失,他们将"失去这个 / 他们刚刚开始 / 爱上的音乐"。诗歌表达了对失去郊狼的悲哀之情。

在《龟岛》的第二部分,北美在这首诗中被称为"郊狼和鹰"的"大陆",这两种动物象征生命力,但这种生命力正被扼杀。在这样的环境下,郊狼也受到压制:"此外郊狼的歌声 / 已无法听到 / 因为他们恐惧 / 野性的 / 呼唤。"②

---

① Gary Snyder, *Turtle Island*. New York: New Directions Books, 1974, p. 21.
② Ibid., p. 22.

第二部分的结尾具有讽刺意味,郊狼被"噤声",被驱逐,因为它会引起文明社会那些自称热爱自然的人的恐惧。这一现象体现了郊狼代表的印第安人与自然相融的价值观与当代文化中人与自然分离的价值观的反差。

美国被视为代表资本主义意识形态的国家,与之相对的是被资本主义战争机器所摧毁的"土地"。《龟岛》一诗的目的是表现诗人作为大自然的代言人,大自然沉默的"支持者"的角色。动物神话的使用模糊了人类与动物之间的人为界限,郊狼在诗中是垮掉的一代的替身,是一个漂流者,一个幸存者,同时也是一个叛逆者。郊狼形象体现了反战主题,与资本主义政府发动战争的行径格格不入。斯奈德在情感和意象方面展现了战争的毁灭性冲击。斯奈德通过诗歌《一场浆果盛宴》中的郊狼形象,说明"对地球的战争"的可怕威胁,表达了对资本主义物质消费主义思想的悲观态度:

> 郊狼吼了一声,刀子!/黄色岩石上的日出。/人走了,死亡没有灾难/清亮的太阳划破了天空/空虚,明亮/……/看,在山麓/河流的碎片闪闪发光,拖着,/到平地,城市:/山谷地平线上耀眼的烟雾/照在玻璃上的阳光闪闪发光。/来自雪松下的清凉泉水/蹲在地上,咧着嘴笑,/长长的舌头气喘吁吁,他看着:/干燥夏天里的死城,/浆果生长的地方。[1]

诗的结尾是大灾后的后启示录景象,战争后的城市成为"死城"。上文提到的批评家马克·沙克尔顿指出,"通常,恶作剧者被当作负面的例子进行教育。共同体通过恶作剧者违反禁忌的故事建立起规则。"[2] 郊狼在后末世的城市废墟中成为沙漠的统治者,但他无法躲避人类的暴力。随着动物郊狼的灭绝,世界也将迎来神话动物郊狼的灭绝。对于几个世纪以来依靠神话和传说传承文化价值观和文化准则的印第安文化来说,这是真正的威胁。

---

[1] Gary Snyder, *The Gary Snyder Reader: Prose, Poetry, and Translations*. New York: New Directions Books, 2000/1968, p. 7.

[2] Mark Shackleton, "Whose Myth is it Anyway? Coyote in the Poetry of Gary Snyder and Simon J. Ortiz." *American Mythologies: Essays on Contemporary Literature*. Eds. William Blazek and Michael K. Glenday. Liverpool: Liverpool University Press, 2005, p. 229.

在斯奈德的诗歌中，郊狼不仅提供了美国人与土地的古老联系，而且是一个反文化的无政府主义者，为了生存而抗争。恶作剧者在后现代主义文本中，质疑宏大叙事的有效性，接受明显的矛盾是一种多样性的形式，视统一身份为应被抛弃的虚构。斯奈德历来批判政府以及建立在普适性基础上的高度官僚化和高度集中的统治体系，并将自己视为无政府主义者。他将无政府主义定义为"非中央集权的自然的社会创造，与依据法律组织的社会形成对比，作为人类组织的替代模式"[1]。恶作剧者郊狼在斯奈德的诗歌中成为富有表现力的无政府主义文学比喻，也是生存的象征，是反抗主流资本主义物质至上文化的反英雄符号。斯奈德借助恶作剧者郊狼，反对资本主义主流文化对大自然的滥用，和由此引发的环境问题，呼吁在印第安传统文化中发掘人与自然万物是星球共同体一员的理念，以便应对人类面临的生态危机，维护人与其他物种乃至整个地球的生存。

斯奈德使用印第安文化元素，如神话动物郊狼，以便唤起世界范围内的神话、故事和母题库的故事记忆，为美国文化发掘历史根基，表达反主流文化的政治思想。斯奈德在使用郊狼形象时，注意到如何负责任地使用本土文化素材，以避免被谴责为挪用殖民文化，他也告诉读者自己对于郊狼理解的局限性："我只是作为一个20世纪西海岸白人解读郊狼。至于印第安人从前如何看待郊狼，那是另一回事。"[2] 斯奈德坦言自己只是从当代白人的视角看待印第安神话动物郊狼，他并不关心自己对于神话动物郊狼的阐释是否与印第安文化传统一致，暗示他可能会扭曲地使用郊狼形象。他除了采用括号中旁注的方式告诉读者，自己对郊狼存在片面理解，还使用过去时描述印第安人与郊狼的联系。此外，斯耐德在《一场浆果盛宴》和《野性的呼唤》中描述了动物郊狼濒临灭绝，以及随之而来的以神话故事为文化传承方式的印第安文化的覆灭。这都让人对于斯奈德对印第安文

---

[1] Gary Snyder, *The Gary Snyder Reader: Poetry, Prose, and Translations: 1952-1998*. Washington, D. C.: Counterpoint, 1999, p. 337.

[2] Gary Snyder, "The Incredible Survival of Coyote." *A Place in Space: Ethics, Aesthetics, and Watersheds*. Washington, D. C.: Counterpoint, 1995, p. 160.

化的认识程度和使用动机产生疑虑：他借助印第安文化强化生态自然观，反对资本主义国家体系，宣扬无政府主义。他对印第安文化的使用是否尊重印第安人的意愿？他的所作所为是否有利于这种文化的传承和弘扬？还是他仅仅是利用原始文化达到自己的政治目的，本质上将印第安文化视为"过去的"无法复活的文化？这些问题都是我们在研究斯奈德诗学思想时要关注的。

斯奈德对萨满的推崇：维护共同体的精神与文化

"萨满"一词源自北美印第安语"Shaman"，原词含有"智者、晓彻和探究"等义。斯奈德从意识形态和诗歌在社会中的作用方面，考虑萨满教和诗人在原始文化中的角色。他采用世界普遍接受的关于萨满教的说法，即原始萨满教源自旧石器时代，随着原始萨满教民族从西伯利亚和中东迁移，如今已遍及世界各大陆。其间，经从白令海峡到达美洲北方的迁徙，萨满教被带到北美和南美大陆，美国印第安许多部落崇尚萨满教。斯奈德认为现代文明是新的社会体系，他相信原始社会是比文明社会更成熟，更平衡的社会形态，萨满诗人比当代诗人更注重现实意义。他崇尚萨满，希望自己能像萨满在原始社会更高深体系中发挥作用一样展现自我。

斯奈德推崇萨满对于维护共同体的精神与文化的作用，自诩为"白人萨满"或"龟岛萨满"。在诗《一路向西，潜于地下》（"The Way West, Underground"）中，斯奈德追溯了关于熊的神话和熊的萨满含义，内容涵盖了从俄勒冈州，经日本和中国北部、西藏，到芬兰、法国和西班牙的洞穴壁画。斯奈德在与迈克尔·赫尔姆（Michael Helm）的访谈中说：

> 萨满教与人类宗教习俗最古老的部分有关。我们所有人的祖先，白人、黑人、蒙古人等在史前都曾有过此类活动。它包含了我们地球上全部基本传说和民间故事。美洲原住民的民间故事的主题元素散布在欧洲和亚洲各地。在一万到一万三千年前的更新世，我们都来自同

一条船上。我们分享着同样的信息，有着同样的宗教信仰。①
斯奈德认为诗人的一个重要功能是（重新）联系人与他们的自然环境、原始历史和其动物性，他认为这是当代社会中诗人的角色与作用，与原始文化中萨满的角色相似，或者说直接来源于萨满。

斯奈德的作品中充满各种美国印第安萨满教口述诗的情节、角色和意象，最引人注目的例子除了郊狼，还有寓言"与熊结婚的女人"（"A Woman Married to Bear"）中的熊妻：

> 在山下的房子里/她生下了毛皮黑润的孩子/长着尖牙，住在山谷/许多年。/捕捉一只熊：喊它：/吃蜂蜜的/森林苹果/脚步轻捷的/穿皮外套的老人，熊！出来！/自己选择死！/祖父的黑色食物！/这个女孩嫁给了一只熊/他统治着群山，熊！②

这首诗源自印第安人关于熊的神话，表现人与动物之间的越界。印第安神话中的"熊丈夫"是山中之王，可以变形为人，成为"穿皮外套的老人"，与女孩结婚后生了小熊宝宝。小熊长大后可变形为人，具有灵力和动物性，可以轻松帮助族人找到食物，常常成为氏族首领或英雄。老熊又是人类维持生存的食物。人与动物构成相互联系的生命网。印第安萨满教对待人与动物关系的态度，以及萨满关于人与自然关系的信仰等，对斯奈德的创作都有重要影响。

斯奈德认为，诗人的角色是让他的读者更接近自然，成为在过去和现在之间，在人和非人类自然之间的一个中介，在这方面诗人与原始社会萨满的角色任务相同。詹姆斯·恩卓迪（James Endredy）认为萨满教担负了"维护人类社会与环境之间的平衡和互惠关系的巨大责任"。③ 斯奈德持相似观点："萨满诗人仅仅是那些思想很容易触及到各种形态和其他生命，并

---

① Gary Snyder, *The Real Work: Interviews & Talks 1964-1979*. New York: New Directions Books, 1980, p. 155.
② Gary Snyder, *Gary Snyder Reader: Prose, Poetry, and Translations*. Washington, D.C.: Counterpoint, 1999, p. 412.
③ James Endredy, *Ecoshamanism: Sacred Practices of Unity, Power & Earth Healing*, Woodbury. Minnesota: Llewellyn Publications, 2005, p. 1.

为梦想歌唱的人。诗人在各个文明时期把这一功能发扬光大：诗人不是歌颂社会，而是歌颂自然。"[1]斯奈德认为萨满的作用是充当"听到树木和空气的预警系统，和云在分水岭开始呻吟和抱怨"[2]的角色。他认为岩石和树木确实有声音，不仅可以被听到，而且可以被加入到政治讨论中。这一观念意味着包括岩石和树木在内的所有有觉众生可以参与政治，将当地环境作为政府决策首要考虑的对象。但是，与斯奈德的这种思想相左，世界似乎正在向人类组织日益集中的方向发展。斯奈德写了《为大家庭祈祷》（"Prayer for the Great Family"），一首模仿印第安莫霍克人（Mohawk）祈祷的萨满歌，对自然世界的各个方面表达感恩，每一节都致力于感恩不同方面，表达了印第安性灵与自然合一的理念：

感恩大地母亲，驶过夜与日——/向着她的泥土：富饶、珍贵与甘甜/在我们的头脑中如此。/感恩植物，叶儿朝阳随光婆婆/微细根纤；矗立迎风雨/它们的机会在流淌旋转的谷物中/如此在我们的头脑中。[3]

斯奈德在诗中把大地母亲、植物、空气、野生生物、水、太阳和广阔的天空都视为大家庭中重要而平等的成员。诗人敦促我们认识到这个星球上所有生物相互关联的真相，要尊重其他生命形式，万物都有自己的权利，但都与大地母亲密切相关。诗以"莫霍克式的祈祷"结尾，用口述诗的重复手法强化人与自然万物的亲缘关系。他坚信人类古老的智慧完整地保存在萨满的教导和歌声中，可以为人类解决紧迫的环境问题指明方向。

但斯奈德的一些萨满诗也对印第安人进行历史的浪漫化描写。《龟岛》的开篇诗《阿纳萨兹人》（"Anasazi"）中将古老的印第安萨满歌、富有想象力的文风与清晰简洁的语句结合在一起，诗中的叙述者就像一个希望唤起过去并与它的神秘联系在一起的萨满，他以祈祷性灵的方式呼唤："阿

---

[1] Gary Snyder, *The Real Work: Interviews & Talks, 1964-1979*. New York: New Directions Books, 1980, p. 138.

[2] Ibid., p. 71.

[3] Gary Snyder, *The Gary Snyder Reader: Prose, Poetry and Translations, 1952-1998*. New York: Counterpoint, 2000, p. 472.

纳萨兹，/阿纳萨兹。"①他将阿纳萨兹人的建筑和田地与沙漠景观联系起来，但他用过去时描述阿纳萨兹人的行动，一遍遍呼唤"过去的"印第安人，表达自己对于逝去的原始印第安田园生活的怀旧心理。联系殖民者对于印第安社会结构的破坏、土地掠夺和人口灭绝，他的感叹颇有帝国怀旧意味。诗中没有提到具体的印第安人，印第安阿纳萨兹人是泛指，他们仅仅是通往自然景观圣地的过客。诗人对于"过去的"和"消失的"印第安人充满浪漫化想象。他的描述如此迷人，读者很容易忘记幽灵般的阿纳萨兹人只是一个意象，并非现实中的印第安人。他还发挥想象，在诗中以自己喜欢的任何方式塑造"过去的"印第安人。他用奇怪的诗句描述阿纳萨兹人："女人/在黑暗中，在梯子下分娩。"②然而，读者不禁怀疑斯奈德想象的这个女阿纳萨兹人是否真实存在。他在诗中以自己喜欢的任何方式塑造"过去的"印第安人，诗中写道："隐藏的峡谷里的涓涓细流/在寒冷的沙漠下面。"③"隐藏"这个词很关键，表明诗人相信印第安人的文化被淹没在历史的尘埃中。诗中的印第安人确实以遗骨的形式被掩盖在沙漠里，湮灭在时间长河中，也被文化距离所遮蔽。在《为大家庭祈祷》中，尽管印第安人给了斯奈德诗集题目的灵感，但他并没有将他们列入作品的人物名单中。人们不禁要问，印第安人是否只是那些激励着诗人的"看不见的人"？他诗集中的印第安人是不是他诗歌的核心？他诗歌的最终目的是否想展现印第安人具有悠久历史和多元文化的特征？下面我们看看相关评论家的看法。

尽管斯奈德赞赏印第安人同情自然的文化，并成功地将美国印第安文化与现代生态学结合，但他却因大量使用印第安"象征性"素材而遭到盖里·霍布森（Geary Hobson）、莱斯利·马蒙·西尔科（Leslie Marmon Silko）和温迪·罗斯（Wendy Rose）等印第安作家的批评。印第安作家指责白人作家盗用印第安文化，在作品中滥用印第安文化，认为这样的白人

---

① Gary Snyder, *Turtle Island*. New York: New Directions Books, 1974, p. 3.
② Ibid.
③ Ibid.

作家描述的印第安文化并不正宗，要求这些作家依靠他们自己的传统和文化创作，而不是挪用印第安文化，并将矛头直指斯奈德。在文集《记忆中的大地》(The Remembered Earth, 1979)中，印第安切罗基族（Cherokee）作家盖里·霍布森在《作为一种新的文化版本的白人萨满的兴起》("The Rise of the White Shaman as a New Version of Cultural Imperialism")一文中，批评斯奈德"无意中"用一些人"通过印第安萨满的声音说话的诗"掀起了一场"白人萨满风潮"，霍布森将这种新的文化帝国主义的起点设在加里·斯奈德身上：

"白人萨满"风潮似乎是从加里·斯奈德《神话和文本》的"萨满之歌"("Shaman Songs")部分不经意间开始，在其中诗人通过一个印第安萨满的角色说话，他的话变成了对灵力的召唤，这种行为本身是无害的，因为这类诗歌确实寻求以这样一种超越世俗世界的方式，使人们的生活复兴。这些诗歌蕴含着巨大的生命力。而且，我相信，它们代表斯奈德的真诚努力，他在作品中的重要部分融入了美国印第安人的哲学思想。重要的是，斯奈德没有在任何地方提到他自己就是一个"萨满"。[1]

霍布森声称，尽管斯奈德欣赏印第安文化，"当他不再对印第安事务发表高论时，他是美国最优秀的诗人之一"。[2] 霍布森对于斯奈德的批评比较委婉，他主要针对的是其他诗人，这些诗人在斯奈德之后就不那么谨慎地使用印第安素材和萨满术语了。霍布森表明斯奈德和其他非印第安人不应该采用文化帝国主义的挪用方式干涉印第安人的事务。他断言当代印第安作家无需采用扮演萨满的方式，就可以为自己说话。他批评斯奈德"完全忽视了现代印第安作家西蒙·奥尔蒂斯、莱斯利·马蒙·西尔科和斯科特·莫马迪（Scott Momaday）的作品中对郊狼的描写，反而赞扬了某些

---

[1] Geary Hobson, "The Rise of the White Shaman as a New Version of Cultural Imperialism." *The Remembered Earth*. Ed. Geary Hobson. Albuquerque: Red Earth, 1979, p. 105.

[2] Ibid., p. 107.

突然发现了郊狼的'白人萨满'"[1]。《记忆中的大地》作者之一的印第安女作家西尔科严厉批评斯奈德，认为他自愿参与对印第安人的"两步骤"攻击。首先，斯奈德以种族主义的方式，与其他许多白人诗人一样，假设他自己可以理解印第安思想，并通过诗歌进行表达；其次，在他的《龟岛》中，包括书名，大量挪用了印第安元素，却没有恰当地承认"他所占领的这片土地……不是他的土地"。[2] 西尔科讥讽包括斯奈德在内的一些白人民族志学者和艺术家，使用她所谓"剽窃的素材"收取版税牟利[3]，而这种贩卖印第安文化的行为有悖于印第安传统。

印第安作家对于斯奈德的批评与20世纪70年代的印第安政治运动有关。印第安学者德罗里亚·沃瑞尔（Deloiria Warrior）和西尔科等代表民族主义（Nationalism），他们坚守印第安身份的整一性，认为在1492年与白人接触前，印第安人有独特的社会、宗教和文化体系。民族主义者认为只有印第安人才能表述正宗的印第安口述传统、文本和仪式的独特文化内涵，非印第安人难以理解更难以表达印第安文化，他们反对非印第安人使用印第安文化素材。艾伦·索哈特（Ella Shohat）和阿诺德·克鲁帕特（Arnold Krupat）等代表世界大同主义（Cosmopolitanism），他们阐释文化身份的杂糅性，提倡文化的多元共同和有差异的并存。随着全球化的发展，印第安文学民族主义难以维系。"无论是创作、批评还是学术研究，1970年代以来那种单一、僵化的政治模式已经让位于多样化、多维度的研究模式，更加注重民族主义与世界主义的交汇。"[4] 实际上，西尔科的民族主义立场后来也经历了改变。到了90年代，西尔科在《死者年鉴》（*Almanac of the Dead*, 1991）中构想的年鉴既是印第安文化传统的象征，也代表印

---

[1] Geary Hobson, "The Rise of the White Shaman as a New Version of Cultural Imperialism." *The Remembered Earth*. Ed. Geary Hobson. Albuquerque: Red Earth, 1979, p. 106.

[2] Leslie Marmon Silko, "An Old-Time Indian Attack Conducted in Two Parts: Part One, Imitation 'Indian' Poems; Part Two, Gary Snyder's *Turtle Island*." *The Remembered Earth*. Ed. Geary Hobson. Albuquerque: Red Earth, 1979, p. 215.

[3] Ibid., p. 212.

[4] 王建平："世界主义还是民族主义——美国印第安文学批评中的派系化问题"，《外国文学》，2010年第5期，第57页。

白文化接触和文化渗透。这表明她一方面"抵制西方话语,又认为传统文化的杂交形态属势所必然"[①]。她意识到了当代社会文化的多元交融和互动,任何一种文化都无法孤立于全球现代性之外。可见,西尔科在1970年代对斯奈德的批评具有时代性和阶段性特征。此外,她也忽视了斯奈德在《龟岛》中确实谴责白人入侵者给龟岛带来了生态灾难,也没有注意到斯奈德对戕害生灵和破坏印第安社会的资本主义国家政府的评判立场。

斯奈德基于美国地域的特殊性和文化多样性,对这些批评做出了宽泛的回应。他明白自己通过萨满教发掘北美的灵性传统,所以印第安作家的批评并非无中生有,但他坚信他的世界观与萨满教信仰一致。在1979年的一次采访中,斯奈德直接回应了霍布森的批评。他指出萨满教来自于强大的经验和智慧,源自"与一个完全非人类的他者"的接触[②]。他在其最重要的散文集《禅定荒野》的序言中指出,"佛教之道至今仍与万物有灵论和萨满教有渊源关系"[③],他进而表明:"这就是我所说的萨满教,它是一个世界性现象,并不独属于任何一种文化。"[④]他继续说,没有人会批评美国印第安作家使用源自欧洲的文体风格:"作为艺术家,我们都可以自由地写我们喜欢的任何东西。如果它是不真实的,它迟早会暴露。如果它真实有效,人们就会相信它。"[⑤]他辩解文化挪用问题与他使用萨满教素材无关。[⑥]他承认自己确实引用了一些被称为"白人萨满"的非印第安作家,诸如威尔·斯特普尔(Will Staple)、巴里·吉福德(Barry Gifford)和詹姆斯·怀特(James White)等,但他表示对那些作家的作品"持怀疑态度",认为他们大都是通过图书馆了解的印第安文化,缺乏直接经验。他认为,从真正民主的角度来说,愿意获得直接经验的人都可能达到目的。对斯奈

[①] 王建平:"世界主义还是民族主义——美国印第安文学批评中的派系化问题",《外国文学》,2010年第5期,第54页。

[②] Gary Snyder, *The Real Work: Interviews & Talks 1964-1979*. New York: New Directions Books, 1980 (1969), p. 154.

[③] Gary Snyder, *The Practice of the Wild*. San Francisco: North Point Press, 1990, p. vii.

[④] Ibid., p. 155.

[⑤] Ibid.

[⑥] Ibid., p. 156.

德来说，真理存在于亲身体验中，新的真理和实践可以从动态的、变化的和具有多样性的大地中习得，这样的真理和实践经得起时间的检验。他希望作家的创作要建立在对于印第安文化亲身体验的基础上，要避免对于印第安文化的误解和误读。

斯奈德试图从北美印第安神话中寻找生物区域主义的根基，却无意识中重新落入对于被"消失的"印第安帝国怀旧的窠臼，从而遭到印第安人的批评。斯奈德以文化的动态性和多样性进行辩驳，暗示一些印第安作家让他不要使用对于那些非印第安人无法理解或缺乏经验的印第安文化，这种倾向会使原住民的文化固化。民族主义似乎是对文化的一种保护，使民族文化的典型性永久化，但也会使得民族文化成为一种永远不可能被有意义地借鉴使用的固化的文化。

小　结

斯奈德为解决资本主义的深层生态危机，试图开展社会意识变革，帮助人们协调人与自然之间的关系。为此，他提出"龟岛观"，以印第安文化为当代美国文明的核心基础，并从生物区域主义、社会无政府主义和亚洲哲学如佛教和道教中汲取灵感，强化生物区域主义思想，以便建设一个生态新社会。遗憾的是，由于时代的局限性，他在作品中虽突出了生物区域"地方"的重要性，并挖掘龟岛的印第安传统生态意识渊源，却对资本主义制度与生产方式对于更宏大范围的星球环境的影响，如气候变异、全球变暖和海洋酸化阐释不多，因而他提出的解决环境危机的方法也缺乏全球视野及现实可行性。

我们可以辩证地看待斯奈德对印第安文化的引用抑或挪用。一方面，从跨文化交流的角度来看，一种文化应该允许探索另一种文化的素材。固守本族文化，拒绝文化交流，在当代社会不仅是不可能的，而且这种对历史发展和地理变迁的否定态度也是不可取的。斯奈德作为一个美国诗人，对北美大陆的文化史很感兴趣，强调对美国印第安文化素材的诗意引用，

第十三章 引用抑或挪用？斯奈德对印第安文化的立场　299

最重要的前提是承认美国印第安文化对于北美大陆的文化历史的重要性。对于一个坚定的生物区域主义诗人来说，如果不融入印第安文化素材，很可能被认为是不负责任的。斯奈德重述和复兴印第安古代神话，提醒读者认识动物和人类与其他物种的关系及对自然环境的依赖。虽然他的诗并不会直接提升读者的认识水平，但它终究探讨了如何打破主流社会的行为禁忌，并鼓励当代读者将自己的行动与信仰保持一致。

另一方面，文化引用或引证的前提是征得被引用文化的许可，应该建立在互相尊重的基础上，不能破坏被引用文化的意义和社会生活，更不宜强化刻板印象。尽管斯奈德有时会负责任地引用印第安文化素材，但由于他脱离语境地使用印第安文化，虽然他基本忠实地引用了印第安龟岛概念，但他断章取义甚至扭曲地挪用了郊狼形象，尤其是涉及被印第安人视为神圣的原始宗教萨满，容易招致印第安人的不满与愤怒。他过于强调印第安"他者"的文化差异，在文化挪用过程中改变了印第安文化的原义，使原本遭受殖民侵害而处于弱势地位的印第安文化往往由于没有足够的话语权而再次遭受损害，从而被印第安人谴责为文化帝国主义的殖民文化挪用。他的诗虽然赞美原始文化中人与自然和谐的伟大，谴责殖民主义造成的生态毁坏，但无意识中仍然显现了白人的优越感，强调"过去的""消失的"印第安人，忽视当代现实生活中的印第安人，从而合理化对印第安文化的挪用。斯奈德以反文化者的姿态试图挖掘美洲大陆的"古老之根"，阐释自己的生态政治哲学理念，以便改良美国的政治体制，对于美国国族的构建起到了实际上的推进作用。

第十四章

地方、动物与身体：玛丽·奥利弗的自然情怀

玛丽·奥利弗（1935— ），美国当代诗人，以书写自然著称。1984年获普利策诗歌奖。她的自然诗歌通过对大自然中最平凡的意象的描写，来反映自然界外表之下所隐藏的神秘与惊奇，隐含着深刻的生态思想。她的诗歌主题和风格受到梭罗和惠特曼等浪漫主义作家的影响。主要代表作有：《夜晚的旅行者》（*The Night Traveler*，1978）、《美国原貌》（*American Primitive*，1983）、《灯光的屋宇》（*House of Light*，1990）、《新诗选》（*New and Selected Poems*，1992）、《白松》（*White Pine: Poems and Prose Poems*，1994）、《冬天的时光》（*Winter Hours: Poems, Prose Poems, and Poems*，1999）、《树叶与云彩》（*The Leaf and the Cloud*，2000）以及《我们知道什么》（*What Do We Know*，2002）等。

在国外，研究奥利弗自然诗歌的代表性论文有格雷厄姆（Vicki Graham）的《进入他者的主体：玛丽·奥利弗成为他者的诗学思想》（"Into the Body of Another: Mary Oliver and the Poetics of Becoming Other"）。这篇论文从生态女性主义视角出发，讨论了奥利弗诗歌中女性与自然的关系。贝克尔（Mary Claire Becker）在《深层话语与深层生态学：环境哲学与玛丽·奥利弗诗学的相互关系研究》（"Deep Words and Deep Ecology: Exploring the Intersection of Environmental Philosophy and Mary Oliver's Poetry"）一文中，试图分析奥利弗自然诗歌的内在价值与哲学内涵。佐内（Kirstin Hotelling Zone）的《观察之道：玛丽·奥

利弗的生态伦理观》("An Attitude of Noticing: Mary Oliver's Ecological Ethics")探讨了诗人的生态伦理思想的渊源。麦克纽（Janet McNew）在《玛丽·奥利弗与浪漫主义自然诗歌传统》("Mary Oliver and the Tradition of Romantic Nature Poetry")中试图挖掘诗人自然诗歌中的浪漫主义元素。国外研究奥利弗的博士论文也有不少，有的博士论文讨论其诗歌中的生态批评思想，有的讨论地方意识和诗意栖居思想，有的则论述了其作品中的"非人类"描写及天人合一思想等。

在国内，研究奥利弗的学者主要有倪志娟等。倪志娟不仅对奥利弗的诗歌进行评论，还翻译了不少奥利弗的诗歌。目前网上可以找到的40多首中译奥利弗诗作都来自倪志娟的博客。在《玛丽·奥利弗的天空》一文中，倪志娟对奥利弗诗歌创作的范畴及其主题进行了简明扼要的概括，指出诗人的诗歌通过自然这一桥梁，间接指向了人类社会的结构、思想、理想和信念，揭示了一种更本真的生活方式和更直接的生活状态。同时倪志娟在"对美国女诗人玛丽·奥利弗诗歌的四种批评"指出，玛丽·奥利弗是美国当代最受欢迎的诗人之一，她的诗歌深受爱默生、梭罗等美国自然主义诗人的影响。1980年代以来，一些评论家分别从女性主义、浪漫主义、生态学以及神学等四个视角对她的作品展开了批评，试图对她的诗歌进行归类。奥利弗本人并不接受这些具有明显政治标签的评论，她始终坚持诗歌普遍性的审美价值和文化多元性，试图让任何读者都可以进入她的诗歌。[①]台湾学者黄逸民在《玛丽·奥利弗的女性书写与自然化伦理》一文中指出，奥利弗试图在其女性书写中对"物性"进行探索，以使我们意识到自然的固有价值。奥利弗反对我们把自然看成一个文化的产物，主张我们关注自然的物质性，充分意识到我们在某一地方的"根基"以及我们对此地的责任。与女性书写一样，她的诗歌试图重建我们与自然在身体上的联系。她的自然诗歌向我们展示了自然那不可削减的他性，敦促我们承

[①] 倪志娟:"对美国女诗人玛丽·奥利弗诗歌的四种批评"，《杭州电子科技大学学报》（社会科学版），2017年第5期，第48—55页。

认和尊重自然的差异性。① 其他研究奥利弗的论文有谭欣欣的《生态诗人玛丽·奥利弗（Mary Oliver）研究综述》，在梳理国内外对她的研究现状基础上，较为全面地概述了其生态诗歌创作风格、主题思想、表现手法以及当代文坛对此所做出的评述。金艳霜在《玛丽·奥利弗的生命观——从她的自然诗谈起》一文中指出，奥利弗的诗歌价值在于对生命价值的不懈探索以及那近似隐居的生活方式。也有人试图探讨奥利弗作品中的生命观以及道家思想。有关奥利弗的相关研究可以参考《中国期刊网》等学术资源库。

与自然为伍：奥利弗自然诗歌的创作背景

和美国许多自然诗人一样，奥利弗从小与自然为伍。她在接受访谈时说："我生长在俄亥俄州的一个小镇……它有着田园牧歌的美，是一个大家庭。我最初所做的事情就是置身于自然之中，我也不知道为什么我对自然感到那么亲切。"②

奥利弗说："没有自然世界，我不会成为一名诗人。"③ 她回忆童年，"住在一个小镇，四周环绕着森林和蜿蜒的小溪——森林更具田园风味，而不是原本的粗犷"。她曾回忆说：

> 我不知道大自然为何如此吸引我，首先是因为自然界对我来说触手可及。它就在那儿，不知为何，我觉得与它有着最初的重要联系，这种第一感觉是与自然世界建立起来的。之后，你就会从世界的物理性、从环境中去理解认识自然，这种方式始终存在，它设定了一种认知模式和方法。④

---

① 参见黄逸民："玛丽·奥利弗的女性书写与自然化伦理"，《外国文学研究》，2008年第5期，第12—19页。
② 斯蒂芬·瑞迪勒："诗人玛丽·奥利弗：一种孤独的行走（访谈）"，倪志娟译，《诗探索》，2010年第2期，第27页。
③ Mary Oliver, "Winter Hours." *Winter Hours: Prose, Prose Poems, and Poems*. Boston: Houghton Mifflin, 1999, 93-109, p. 98.
④ Mary Oliver, "Wordsworth's Mountain." *Long Life: Essays and Other Writings*. Cambridge: Da Capo, 2004, p. 21.

奥利弗认为，影响她创作的不是家庭，不是社会和学校，而是自然世界。她从小就喜欢野外生活和户外活动。奥利弗喜欢待在户外，这一点就体现在《祝福》("A Blessing")一文中。这篇文章描述了 16 岁时她和高中朋友在宾夕法尼亚克拉里恩的州立公园里露营的经历："平静地睡觉，时时被游荡的动物发出的窸窣声吵醒……在森林中生活要有爱心，要整洁。鲜活的地被植物丛中满是脏盘子，很是惭愧。森林是可爱的。在这块小小的地方，我们认识了青苔和叶子，同时隐藏了我们的痕迹。"① 类似这样的野外活动使奥利弗从小就喜欢大自然，也促使她从小就关注自然环境：

  公园几英里外，我们看到了另一种景象，一个令人震惊的画面。多少亩土地被毁坏，已经没有任何办法能修复。……那片残破土地上仅有的美好和甜蜜消失殆尽，而那丑陋的景象又离公园那么近。不管是公园还是矿坑，它们存在或消失，都郁结在我们心头。生活是完美的，但有一个声音，机器和商业发出的悲鸣声，在远处不断掠夺着、不可逆地毁坏着我们迷人的生活。②

奥利弗的自然思想在一定程度上受到惠特曼的影响。她从小就喜欢惠特曼的自然诗歌，她常常随身带着惠特曼的诗集："漫步在小河旁，或是穿越深林到达一片广阔的草场，我就会与他相伴，他是我的朋友、兄长、叔伯，更是我最好的老师。"她引用惠特曼的诗歌说："站在我面前就像一个传递者，我开始自己写诗……咒语般的句法，无限的肯定。"她强调，惠特曼的作品塑造了她对诗歌的感觉，如同"一座庙宇——或是一片田野——能够进入的一个地方，能在其间感受"③。她学会像惠特曼一样，把理解一首诗歌、认识想象的概念，看作一个可触碰的地方。奥利弗同样喜欢爱默生和梭罗以及英国浪漫主义诗人。和爱默生一样，她喜欢独自一人漫步在青山和绿水之中；和梭罗一样，她常常在林中独自沉思。她似乎

---

① Mary Oliver, "A Blessing." *Blue Iris*, Boston: Beacon, 2004, p. 27.
② Mary Oliver, *Blue Iris*. Boston: Beacon, 2004, p. 30.
③ 以上诗句出自：Mary Oliver, "My Friend Walt Whitman." *Blue Pastures*. New York: Harcourt, 1995, pp. 13-16. 此处译文为笔者自译。

从小就认识到"独处是很重要的。孤独是包容愉悦地感知世界的先决条件。孤独让我去回应枝叶、阳光、鸟鸣、花朵和流水"[1]。奥利弗通过散步寻求孤独,她把这当作一种任务,也看作一种精神享受:"我活着就是要行走,走出家门。我觉得家门外的世界才是我的居所。我的目的是去观察,看到什么就用语言记录下来,这样就能把我看到的东西重现给读者。"[2]她日常的散步使她和其他诗人没什么接触,她有意经常去到山村,与大自然邂逅。在自然中散步就是奥利弗的写作方式:"还没回家时,可能是在田野里、在河岸边、在苍穹下,诗歌就已开了头。"[3]在散步途中,她也会写考察笔记,以供之后写诗用。

以恋地情结抒自然情怀:奥利弗自然诗歌中的地方感

强烈的"地方感"(sense of place)是奥利弗诗歌的核心。她的诗以她所居住过或者去过的地方为背景,尤其是俄亥俄州和新英格兰地区。有评论家指出:"她诗中的超然之情都来源于现实,来源于沼泽、池塘、树林和海滨。"[4]奥利弗不止一次提到她熟悉的城市普罗温斯敦(Provincetown)。在《我居住的地方》(Where I Live)[5]一文中,奥利弗暗示了普罗温斯敦在她生命中的特殊地位:"1960年代我第一次见到普罗温斯敦的时候,我就认定我是这座城市的一员。不管我会活多久,我都要每天去看那片广阔的蔚蓝。"[6]在《家》("Home")一文中,奥利弗说道,多年居住在这里使她

---

[1] Mary Oliver, "Wordsworth's Mountain." *Long Life: Essays and Other Writings*. Cambridge: Da Capo, 2004, pp. 21-25.

[2] Steven Ratiner, "Mary Oliver: A Solitary Walk." *Giving Their Word: Conversations with Contemporary Poets*. Amherst and Boston: University of Massachusetts Press, 2002, p. 45.

[3] Mary Oliver, "The Swan." *Winter Hours: Prose, Prose Poems, and Poems*. Boston: Houghton Mifflin, 1999, p. 25.

[4] Robin Riley Fast, "The Native American Presence in Mary Oliver's Poetry." *The Kentucky Review*12.1-2 (Autumn 1993): 59-68, p. 59.

[5] 奥利弗这篇文章的题目模仿的是梭罗《瓦尔登湖》第二章的标题: Where I Lived, and What I Lived For。

[6] Mary Oliver, *Long Life: Essays and Other Writings*. Cambridge: Da Capo, 2004, p. 97.

拥有了"能够看得更深，深入到平常中"的能力，"令我倾倒的并不是我之前没见过的东西，而是我之前未注意到的东西。其他人可能喜欢原始的荒野，喜欢新奇的事物。但是我需要的是那些值得我怀念的地方。我不希望眼前的景象发生变化，我希望变化的只是我观察的深度"。[1] 她的朋友说她不喜欢远离家乡，她回应道：

> 人们问我：难道你不喜欢约塞米蒂国家公园？芬地湾？布鲁克斯山脉？我笑着回答道："喜欢，有时喜欢。"然后我转身去了树林里，池塘边，或是阳光普照的海湾旁，这些地方在世界地图上至多就是一个蓝色标记，但对于我，象征着一切……这儿是所谓的文明时代的一颗遗珠，我们尚未足够地欣赏和珍惜它，这儿是灵魂和景色的连接点。[2]

池塘常常是诗人笔下的主题。对于奥利弗来说，她对普罗温斯敦周围的海岸、松林和池塘的熟悉衍化出她自然诗歌的灵魂。池塘是指比湖泊小的水体。在亚洲，池塘常见于庭院、小区之内；而在欧洲，池塘经常见于城堡之中；在美国和加拿大，水资源丰富，池塘很常见。它们都是依靠天然的地下水源和雨水或以人工的方法引水进池。因为如此，池塘这个封闭的生态系统都跟湖泊有所不同。池水很多时候都是绿色的，因为里面有很多藻类。南朝宋谢灵运有《登池上楼》："池塘生春草，园柳变鸣禽。"唐朝杨师道《春朝闲步》诗中写道："池塘藉芳草，兰芷袭幽衿。"宋朝柳永在《斗百花》中这样描述："池塘浅蘸烟芜，帘幕闲垂风絮。"奥利弗在她的诗歌和散文中都写到了"城市的池塘"，包括普罗温斯敦附近的池塘。在《猫头鹰》("Owls")一文开篇，提到了几处池塘以及它们在乡村城镇中的具体位置：

> 越过普罗温斯敦的沙丘和散乱的树林，我看到了许多猫头鹰……看着它们，飞过大池塘，飞越柔丝塔莎喧闹的谷仓，经过商业街上卫

---

[1] Mary Oliver, *Long Life: Essays and Other Writings*. Cambridge: Da Capo, 2004, p. 89.
[2] Ibid., p. 91.

理公会尖塔的浮雕……在我的步行范围内，我看着普罗温斯敦的每一处。走过克拉普池塘、班纳特池塘、圆塘和橡树顶池塘。[①]

在《黑水塘》("At Blackwater Pond")一诗中，诗人描写了她与周围世界的感受：

> 雨下了整整一夜／黑水塘沸腾的水平静下来。／我掬了一捧。慢慢饮下。它的味道／像石头，叶子，火。它把寒冷／灌进我体内，惊醒了骨头。／我听见它们／在我身体深处，窃窃私语／哦，这转瞬即逝的美妙之物／究竟是什么？[②]

奥利弗曾经说："如果你喝下了水，你就成了其中一部分。我带走了康科德河的一点河水。"[③] 这一回答也印证了诗中对池塘水的描述："像石头，叶子，火"，喝进去的不仅仅是水中的矿物质，还有对身体起到唤醒和复原作用的健康元素。奥利弗描绘了池塘水的活力和"美妙"，这也是她为保护黑水塘发出的倡议。从人与自然的关系角度看，诗人在水中体会到了万物的存在感，也在水中获得了自由感。这种美妙的感受印证了诗人呼吁人类回归自己的本原、与自然冥合的诉求。诗人以清新优雅的笔触描写黑水塘，表达了对自然的敬畏和赞美，同时也达到天人合一的境界。

在《克拉普的池塘》("Clapp's Pond")一诗中，奥利弗试图表现一个地方的想象力和文化影响。作为普罗温斯敦三大池塘之一的克拉普池塘面积达40英亩，它"离树林三英里，／克拉普的池塘躺在橡树和松树间，／岸边铺满灰色的石头"。走到池塘边，看到"一只母鹿，激荡起／潮湿的雾气，迅速跳过／灌木丛，飞奔而去"。诗人继续写道："万物有时／合拢，一把有图画的扇子，风景和时间／同时流动，直到有距离感／比如说，克拉普的池塘和我之间的距离／彻底消失，界限像一只翅膀的羽毛／全部滑落下来，万物／彼此融合。／深夜，半睡半醒／躺在毛毯下，我留神倾听／

---

① Mary Oliver, *Blue Pastures*. New York: Harcourt, 1995, p. 17.
② Mary Oliver, *New and Selected Poems*. Boston: Beacon, 1992, p. 1. 本章除特别说明外，奥利弗的诗歌均由倪志娟翻译。
③ Steven Ratiner, "Mary Oliver: A Solitary Walk." *Giving Their Word: Conversations with Contemporary Poets*. Amherst and Boston: University of Massachusetts Press, 2002, p. 58.

母鹿，浑身挂满雨珠，/穿过松树潮湿的枝条，将/长长的脖子伸下池塘去饮水，/在三里之外。"①这首诗中，奥利弗描绘了人与自然的彼此关联，使用了合拢的扇子和鸟翅上的羽毛来比拟"万物"如何"彼此融合"、思维如何通过记忆瓦解距离。在"我"回到家中躺在床上时，能想到，"母鹿，浑身挂满雨珠"到"池塘去饮水，/在三里之外"。段义孚曾经从文化心理结构这一宏观视角描述了文化在人类融入环境中所起的媒介作用。他指出，人根据长时间形成的文化心理结构建构宇宙图式，在这种宇宙图式中，人与自然融合在一起。"世界各地，人们已经公认几个构成丰富多彩世界的基本物质成分，如地、水、木、大气、金、火。每一种物质都代表一种特点，……每一种物质也代表一个过程或象征一种行为倾向。……现代人仍然以这些物质分类来思考自然，而且，把它们与人联系起来"。②在中国传统文化中，水、木、金、火、土合称五行，是指五种构成物质的基本元素。中国古代哲学家用五行理论来说明世界万物的形成及其相互关系，其中水生木，因为水温润而使树木生长出来，是生命的源泉。著名的《池塘》（"Pond"）一诗，并非是写池塘，而是写自然、人生和生命的规律。诗歌如下：

每年/百合开得/令人难以置信地/完美。/它们重叠的光挤满/仲夏的/黑暗池塘。/多得难以数清——/在浮叶和青草间，/游动的麝鼠/伸出/强壮的胳膊，只能/碰到那么一点，它们/如此茂盛而宽阔。/但是这个世上有什么/是真正完美的呢？/我弯下腰，仔细去看，/这一朵显然是歪斜的——/那一朵有一点枯萎的黄——/这一朵光滑的面颊/被虫咬掉了一半——/那一朵是个瘪钱袋，/盛放着它自己/不可阻挡的衰老。/然而，我的生命所向往的/仍是/绚烂如此花——/向往能摆脱现实的沉重，/飘浮在/这个艰难的尘世之上/哪怕只有片刻。/我宁愿相信，我正看着/一个伟大奇迹的白色火焰。/我宁愿相信缺陷

---

① Mary Oliver, *American Primitive*. Boston and Toronto: Little, Brown and Company, 1978, pp. 21-22.
② Yi-fu Tuan, *Topophilia: A Study of Environmental Perception, Attitudes, and Value*. Englewood Cliffs: Prentice-Hall, Inc., 1974, p. 18.

无足轻重——/ 而光是一切——它大于所有这些开放又凋零的 / 有瑕疵的花。而我真的做到了。

第一、二两节主要是写池塘边的百合花，接着诗人写的是"游动的麝鼠"，从植物到动物，基本上没有离开诗人的写作套路。描写自然的可贵之处在于对细节的关注。诗人注意到枯萎的花朵以及"被虫咬掉了一半"，暗示自然界一切生命所经历的艰难。诗人认为，如果"能摆脱现实的沉重"，看到"伟大奇迹的白色火焰"，那么，一切"缺陷无足轻重"。显然，池塘只是诗人表述思想的一个"引子"，她要通过池塘这样的物质存在表达精神的存在和思想的升华。世界上有两种风景，一种是自然的风景，一种是精神的风景。奥利弗通过池塘这一自然的风景让我们看到了风景的另一面，让我们在精神的升华中得到精神上的陶冶。这样的"池塘自然诗"在奥利弗的诗作中还不少。例如：《在黑水树林》（"The Blackwater Woods"）中："香蒲的叶子呈示 / 长长的锥形，/ 生机勃发，从池塘 / 蓝色的肩头上 / 漂去；/ 而每个池塘，/ 无论叫什么 / 名字，现在都 / 已无名。"在《开花》（"Blooming"）一诗中，池塘衬托出诗人的抽象思维，反映出诗人的身体与自然的关系："四月 / 池塘像黑色的花 / 开放了，/ 月亮 / 游在每一朵花中……/ 当池塘 / 开放，当火 / 在我们之间燃烧，我们 / 深深梦想 / 赶紧 / 进入黑色的花瓣 / 进入火，/ 进入时间粉碎的夜晚 / 进入另一个人的身体。"在《停歇在凌霄花上的蜂雀》（"Hummingbird Pauses at the Trumpet Vine"）中，诗人描写了作为睡莲之"家"的池塘："谁 / 不爱黑暗池塘中 / 小天鹅一般 / 漂浮的 / 睡莲。"在《早晨之诗》（"The Morning Lyric"）里，诗人借池塘来谈宗教意义："将自己固定在高高的枝条上——/ 池塘显现了，/ 如同黑布上 / 开满荷花的 / 岛屿图案。……/ 那么，每个开满荷花的池塘 / 是一声祈祷，被听见并得到 / 慷慨的回应，/ 每天早晨，/ 无论你是否曾 / 勇敢地快乐，/ 无论你是否曾 / 勇敢地祈祷。"在《乌龟》（"The Turtle"）一诗中，我们既看到了乌龟吃小鸭这一适者生存的规律，又看到了诗人放生一只乌龟的佛心："我把它 / 放进背包，带着它走出 / 城市，让它 / 游进黑暗的池塘，游进 / 冰冷的水 / 和睡莲的光中，/ 让它在那里活下去。"在

《是！不！》("Yes! No!")这首名字独特的诗歌中，诗人描写了万物在自然界生存的"姿态"，包括"天鹅，以及他全部的奢华，/ 他的青草和花瓣的长袍，/ 只不过渴望 / 能居住在无名的池塘"。高贵的天鹅选择以池塘为家，说明池塘是一个理想的生态栖居地，从中可以看出奥利弗的一片苦心。

大海是奥利弗自然诗歌描写的对象之一。蕾切尔·卡森在其著名的"海洋三部曲"——《海风下》(Under the Sea Wind, 1941)、《我们周围的海洋》(The Sea Around Us, 1951)和《海之滨》(The Edge of the Sea, 1955)——中，以其特有的生态学视野和女性视角，构建了一幅和谐美丽的海洋生态图景。在奥利弗的眼里，大海既是一种包罗万象的自然景象，又是许多野生动物的栖息地。在写大海的《蓝色牧场》("Blue Pastures")一文中，奥利弗写道："海洋围绕着我们。它环绕着房屋和两条弯曲的街道。它环绕着日常的闲话，环绕着最初的思绪。"[1] 在《涌流》("Flow")中，奥利弗描述了家门口的大海："我住在离海水十英尺外的地方。当风暴来临，西南风吹过时，我们离海水只有一英尺的距离。"[2] 奥利弗的许多诗中都表达了这种被大海包围、时刻能感受到大海的感觉。例如，《海浪》("The Waves")一诗，奥利弗说："大海 / 不只是一个地方 / 而是一个事实，是一个谜 / 在它绿色和黑色的 / 鹅卵石表面下，它 / 永不停歇。"[3] 大海是一个处在变和不变之中的矛盾体。它不仅仅是地球上一个地理特征，而且是一个生动的"谜"，其中有潮汐、涌流、波浪，更不要说生活在水中不计其数的生物和有机体。大海是"一个事实"，因为它一直在那儿，但它始终在运动和变化中。布伊尔认为："地方本身是不稳定的、独立的实体，但一直被内外力重塑。历史伴随着各种地方；地方不仅是一个名词，也是一个动词，动作动词；这个动作时时发生在我们周围，因为我们，或是与我们无关。"[4] 布伊尔关于"地方是一个动词"的概念也体现在奥利弗

---

[1] Mary Oliver, *Blue Pastures*. New York: Harcourt, 1995, p. 24.
[2] Mary Oliver, *Long Life: Essays and Other Writings*. Cambridge: Da Capo, 2004, p. 3.
[3] Mary Oliver, *Dream Work*. New York: Atlantic Monthly, 1986, p. 66. 此处译文为笔者自译。
[4] Lawrence Buell, *Writing for an Endangered World: Literature, Culture, and Environment in the U.S. and Beyond*. Cambridge and London: Belknap Press, 2001, p. 67.

的诗中："大海是一个事实 /……永不停歇。"结尾处，奥利弗写道："大海 / 是宇宙中 / 最美好的事实。"她承认，大海永久存在且产生影响，它的本性即是不停的变化和移动。①

《沙滩上》（"On the Flats"）一诗中，奥利弗展现了大海和海岸变化的程度。大海是可变的、可逆的。在有规律的潮汐变化中，大海激荡不定："每天 / 大海 / 都是 / 可折叠的——/ 它 / 沉重地 / 翻滚叹息 / 奔出长长的海湾 / 奔向地平线。/ 光着脚，/ 我们走出去 / 穿越那片潮湿 / 知道我们远离海岸——/ 远离我们的房子，/ 和任何一座房屋，/ 踩在湿润的平原上 / 这是重量留下的 / 东西，飓风、飞扬的海盐、/ 大海的闪光、舞蹈 / 和巨大的声响。"②奥利弗强调了海岸线相对于暴露出的"平原"外延的距离，突出了诗人在海边的"位置感"，也充分体现了诗人丰富的想象力。

奥利弗关于海洋的诗歌表现了她以亲身经历的方式在与大海交流。在她的世界里，大海就是她生命的一部分，在自然的循环中，她可以看出其中的生生不息。在她的诗歌里，这样的思想随处可见。在《贻贝》（"Mussels"）这首诗中，奥利弗描写了主人公在海滩亲身经历的海水的拍打声："一个低潮来袭 / 我站在乱石堆上，/ 靴子和提桶咔嗒作响，/ 石头压着石头。"③诗人与大海十分亲密，穿过退潮留下的岩石海床，将自己的身体融入世界的身体。在《蛤蜊》（"Clamming"）一诗中，诗人的身体完全融入了海滩："灯光下 / 我起身出去 / 奔向海湾 / 海鸥像是白色的 / 在浅滩中游着的鹅——跋涉着 / 向灰色的岩石走去，/ 合着的圆蛤，/ 是大海 / 沉甸甸的果实，外壳内 / 保护着的是 / 粉红色咸咸的 / 单肺生命。"④在《大海》（"The Sea"）中，诗人将自己融入大海，通过在海中畅游，希望自己回归到自然"完美"的状态：

　　划动着的身体 / 我划动着 / 躯体记忆生命渴望 / 追寻失去的部分 /

---

① Mary Oliver, *Dream Work*. New York: Atlantic Monthly, 1986, p. 22. 此处译文为笔者自译。
② Mary Oliver, *What Do We Know*. New York: Da Capo, 2002, p. 1. 此处译文为笔者自译。
③ Mary Oliver, *Twelve Moons*. Boston: Little, Brown, and Company, 1978, p. 19. 此处译文为笔者自译。
④ Mary Oliver, *Dream Work*. New York: Atlantic Monthly, 1986, p. 12. 此处译文为笔者自译。

鳍和鳃/像花儿一样打开成为/我的身体——我的腿/连在一起成为/一体，我发誓我知道/鳞片粼粼/遮盖着世界的样子。/……在大海闪耀的身体里/消亡像是一场胜利/诞生咆哮的华丽完美/是我们宿命的开始和结束。[①]

大海是一个巨大的空间。和许多诗人一样，奥利弗也在驱走孤独的努力中试图走向大海，大海是大自然的代表。在这一诗歌的结尾，诗人借助大海试图完成回归大自然的美好愿望。

奥利弗描写地方犹如梭罗描写瓦尔登湖及周边的荒野。不管是写池塘还是写海洋，她都是全身心投入。她在亲近大海的同时感悟大海，敬畏着自然的美丽与神奇。对于奥利弗来说，宏观意义上的地方是人们心灵的栖息地，对于地方漫长的体验产生了精神层面的强烈情感，使诗人对神圣的空间和神圣的地方具有敬畏感。我们是与大地紧密相联的生物，同时具有渴求自由的灵魂。因为"就肉体性的存在而言，我们需要在自己的地方感到心满意足，这个地方要具有自身的独特个性和氛围，同时我们也要给予这个地方以关爱和尊重。就思想和灵魂而言，我们会不由自主地向往异地空间，这是我们的天性使然，也是人特有的能力，这种能力的培养是通识教育所提供的最好的东西"[②]。奥利弗自然诗歌的现代意义在于，现代社会中，随着空间意识的增强，人们对于地方独特性的认识逐步减弱，这样会导致我们对身边的事物视而不见和不负责任，最终导致无地方性。今天的人们需要对大地万物有更强烈的情感，这是支撑现代环境生态运动的理念、热情和规划的基本认识之一。

以动物看世界：奥利弗自然诗歌中的动物描写

奥利弗自然诗歌里的动物有海里的鲨鱼，海面上的海鸥，天上飞的猫

[①] Mary Oliver, *American Primitive*. Boston and Toronto: Little, Brown and Company, 1978, p. 69.
[②] 段义孚："地方感：对人意味着什么？"，宋秀葵、陈金凤译，《文艺美学研究》（2016春季卷）。

头鹰、白鹭，树上的乌鸦，水面上的鱼鹰，田里的青蛙，沙子中营造自己家园的海龟，港口的潜鸟，等等。通过动物诗歌，奥利弗试图表达人与自然的关系、如何尊重自然规律、尊重动物生命、人与动物之间的和谐关系与不协调关系、家园意识、自然世界具有的天然"完美"性以及城市环境问题特别是污染问题等等。正如有的学者所说："随着奥利弗写作生涯的发展，她不断扮演着动物的角色，不再停留于笔下主体的意识，而是代表笔下的所有自然物（包括有生命和无生命的）说话。奥利弗不仅倾向于赋予自然真实的情感，还赋予它们智力和精神。……奥利弗替笔下主体说话并从中表现出的自我意识，充分反映了她的诗学观和哲学观。"[1]

奥利弗首先通过动物诗歌来阐述人与自然的关系。美国生物学家尼尔·埃文顿（Neil Evernden）指出，"通过对自然的了解，我们认为所有生命之间都存在联系，所有生命本质上都是一样的，人类本质上也是自然。"[2] 在《鱼鹰》（"The Osprey"）中，诗人首先从鱼鹰的面部开始描述："今晨的 / 鱼鹰 / 有着狭窄 / 且黑白相间的面孔。"清晨的鱼鹰充满活力，黑白相间的面孔呈现出鲜明的意象。第二节写鱼鹰的眼睛，具有点睛作用，因为鱼鹰要捕获鱼儿靠的就是眼睛，尽管这是一双"贪婪的眼睛"。第三、四节写鱼鹰有力的动作以及捕获鱼儿的高超技巧："它有力的翅膀 / 微微冲出 / 向下飞去 / 惊起涟漪。/ 冲进水里 / 而后又飞起 / 用爪抓起一条 / 细细的 / 柔软的银鱼。"望着鱼儿身上闪烁的光芒，想到早已经消失的鱼鹰，诗人开始思考，认为"思考就是一种温和的运动"。[3] 鱼鹰的捕鱼促使诗人思考，进而又使诗人与大自然密切联系在一起，使我们了解到"奥利弗诗歌的精髓所在：敏锐的观察者将自身等同于各种客体，甚至于以某种方式融

---

[1] J. Scott Bryson, "Place, Space, and Contemporary Ecological Poetry: Wendell Berry, Joy Harjo, and Mary Oliver." dissertation, p. 145.
[2] Neil Evernden, *The Social Creation of Nature*. Baltimore: Johns Hopkins University Press, 1992, p. 93.
[3] 以上诗句来自：Mary Oliver, *West Wind*. Boston: Houghton Mifflin, 1997, pp. 21-22. 此处译文为笔者自译。

入它们的世界，即刻化身为客体"①。奥利弗仔细观察鱼鹰，仿佛已经进入其世界中，成为被观察者的一部分。对她来说，美来自被观察的世界，即大自然。对大自然静静的观察往往使我们看到人与自然的距离和分离。奥利弗的诗歌创作具有"基于地方"的诗学意识，这一意识使她在产生诗歌灵感的瞬间进入自然主体之中。她的诗既与空间关联又与地方发生作用。

奥利弗善于借助动物来提出她的自然思想。在《又一个早晨，在灰暗的松林间》("This Morning Again It Was In the Dusty Pines")中，她运用了拟人手法通过猫头鹰来谈人类与非人类的关系：

猫头鹰不是害羞，而是厌恶地 / 扭过头，不愿看我，/ 直上云霄，如此迫不及待，/ 直至消失不见——/ 毕竟，/ 倘若出现奇迹：我们互通语言，/ 在清晨橙黄的阳光下，/ 在它驻足休憩时，/ 我该说些什么呢？/ 什么话才是肺腑良言呢？——/ 不是警告、责备，不是斥责，/ 不是恣意哭诉，/ 也不是向上帝奉上双膝 / 在冰冷粗韧的草丛中，/ 在那晶亮的金色瞳仁下，/ 你必然会想象，/ 若与其交谈，/ 那对瞳仁必将转向你。/ 我无法因时而变，/ 要么把握机遇，要么永保缄默 / 死亡的气息逼近了——/ 神将深棕色的拇指伸来——/ 它张开双翼 / 将那饥饿尖利的脑袋转向我，/ 然后转过头，/ 那柔和的眼神 / 它如脱鞘的利剑般呼啸而过 / 激起滚滚云涛。②

诗人以拟人化的手法描写猫头鹰，它有害羞和厌恶的感觉。它虽然不能用语言和人类交流，但诗人希望"我们互通语言"，彼此交流。由于他们之间无法直接交流，诗人便提出了问题："我该说些什么呢？/ 什么话才是肺腑良言呢？"诗人的结论是，不管是人与人之间的交流，还是人与动物之间的接触，我们要的"不是警告、责备，不是斥责，/ 不是恣意哭诉，/ 也不是向上帝奉上双膝"。交流可以存在于"你必然会想象"的对话之中。她在诗中承认了即便是诗人，自己也"无法因时而变"，唯有保持"缄

---

① J. Scott Bryson, "Place, Space, and Contemporary Ecological Poetry: Wendell Berry, Joy Harjo, and Mary Oliver." dissertation, p. 122.

② Mary Oliver, *New and Selected Poems*. Boston: Beacon, 1992, p. 23. 此处译文为笔者自译。

默"。所以在结尾处,诗人从拟人化中抽出身来,仅从观察者的视角描绘了飞行的猫头鹰,尽管这番描写带有诗意。奥利弗认为,拟人化能够在她自己和非人类自然物间"创造一种亲近感"。在创造这种亲近感时,她也创造了人与自然交流的地方与空间属性。

在《风景》("Landscape")中,奥利弗在观察清晨的乌鸦,描写了它在自然界中表现的非凡的能力:"直冲云霄——似乎／它们彻夜思索,已想好了未来,／幻想自己拥有强健宽大的双翼。"[1] 在《她的坟墓》("Her Grave")中,奥利弗通过拟人手法描写蜂鸟和仙鹤等具有谦逊和感激等优秀的人类品德。同时,她试图把自己的想法和价值观体现在笔下的动物身上:"蜂鸟认为这深红色的喉咙是自己的创造?／我认为他睿智多了。／……／仙鹤们会在苍穹下高歌,／他们认为世间除了自己的音乐,再无其他了吗?"[2] 奥利弗希望通过动物的歌声来阐述诗人的作用,即创作一首诗就像创作一首幻想曲。她似乎在告诫人们,人类并不比动物伟大。在《鲨鱼》("The Shark")中,奥利弗描写了捕鱼者捕捉鲨鱼的过程:"它那白闪闪的脑袋,／像是命中注定般地浮出水面,如一摊牛奶。／果真上了钩。它挣扎着,／但见怒涛汹涌,仿佛要将其撕碎,／它奋力搏击,／那伤痕累累的嘴巴开合着,露出雪白的利齿。／捕猎者不愿割断绳索,／于是那绳索便随波漂荡,／如脐带般扎进它饱满壮硕的肌肉里。"[3] 在这里,诗人通过动物诗歌来表达尊重自然规律,尊重动物。奥利弗深受西方伦理学思想的影响。兴起于 1940 年代的西方工业化国家形成的生态伦理学重视如何调节人与生物群落之间、人与环境之间的关系,其核心思想是尊重生命和自然界。奥利弗的《鲨鱼》无疑是在劝导人类不要伤害无辜生命。阿尔贝特·施韦泽指出:"善是保存生命,促进生命,使可发展的生命实现其最高的价值。恶则是毁灭生命,伤害生命,压制生命的发展。这是必然的、普遍的、绝对

---

[1] Mary Oliver, *Dream Work*. New York: Atlantic Monthly, 1986, p. 68.
[2] Mary Oliver, *West Wind*. Boston: Houghton Mifflin, 1997, p. 47.
[3] Mary Oliver, *Dream Work*. New York: Atlantic Monthly, 1986, p. 69.

的伦理原理。"① 施韦泽讲的生命一词指包括人、动物和植物在内的一切生命现象，因为敬畏生命的伦理否认高级和低级的、富有价值和缺少价值的生命之间的区分。的确，无论是在文学创作还是在现实生活中，奥利弗都实践并兑现了这一宣言，她把自己的尊重和悲悯情怀施予大自然的一切生物。

奥利弗试图通过动物诗歌来表达人生的"幸福指数"以及对动物"知足常乐"的羡慕之心，体现了独特的动物伦理思想。在《一件或两件事情》("One or Two Things")中奥利弗写道："泥土之王/多次来到我身边，告诉我/许多充满智慧与美好的事情/我躺在草坪上/听着狗叫声/乌鸦的叫声/青蛙的叫声；现在/他说，是当下，/从来没有说过将来，/它像一只尖锐的铁蹄/印在诗人的心中。"② 诗歌中的泥土、小狗、乌鸦和青蛙等关心的是现在，而诗人在为将来的事情操心，"将来"这个概念就像铁蹄一样深深地印在人类的心中。对将来的担忧操心时我们很少顾及身边的自然世界。诗人在这里也透露出对这些动物的羡慕之心，因为它们的叫声表达出对当下生活的满意，它们的生活中没有规章制度或文明意识的束缚。类似的表述在奥利弗的诗歌中比较多见。例如，在《雨水》("Rain")中树林里的动物"没有什么生活目标/没有文明，没有智慧"，③ 但是它们对生活的满意度却很高。在《痛苦》("A Bitterness")中诗人写道："野生的、非道德而言的、随意生长的、静静的花儿，/在漫山遍野开放。"④ 在《牡丹》("Peonies")中我们看到："山坡上的牡丹花，/在凋谢之前/活力四射。"⑤ 海面上的海鸥代表着"白色丝绸般的泡沫。/这里是美丽的'无'/幸福的身体/毫无意义的火花，狂野的火花，震撼着胸膛"⑥。在《白鹭》中，我们看到白鹭："即使半醒半睡状态/它们对世界如此充满希望/这希望使它们

---

① 阿尔贝特·施韦泽：《敬畏生命》，陈泽环译，上海：上海社会科学院出版社，2003年，第132页。
② Mary Oliver, *Dream Work*. New York: Atlantic Monthly, 1986, pp. 50-51.
③ Mary Oliver, *New and Selected Poems*. Boston: Beacon, 1990, p. 7.
④ Ibid., p. 43.
⑤ Ibid., p. 21. 此处译文为笔者自译。
⑥ Mary Oliver, "At the Shore." *West Wind*. Boston: Houghton Mifflin, 1997, p. 40. 此处译文为笔者自译。

在水上全速飞翔/沉着而镇定,满怀信心/张开双翼,轻轻地踩过每一件黑色的物体。"① 这些描写表达了诗人对自然世界的羡慕之情,甚至有对自然界中飞禽走兽的嫉妒。

奥利弗通过动物诗歌来抒发自己的家园意识。上文提到的《乌龟》一诗中,诗人赞扬了乌龟在筑巢建设家园时表现的"耐心和决心/她的坚强/她那必须完成一切的毅力"。诗人写道:"你认识到有更加伟大的事情——/她没有多想那些生来就要完成的事情。/她有一种古老而原始的愿望,/这些并不属于她,/是那和风细雨带给她来的,/风雨中有她的生命之门,她在和风细雨中行走。"诗人以拟人的手法描写了海龟建造自己家园的经过。然后深有感触地写道:"她无法使自己离开这个世界/无法离开每年春天她要做的那些事情/在高高的山坡上爬行/沙子覆盖在她的背部,闪闪发光,/她不做梦,她知道她是水池的一部分/旁边的大树就像她的孩子,/头顶掠过的鸟儿/和她有着坚不可摧的联系。"②

家园是养育生命、最能体现情感联系的地方。不管是家还是家外空间都能给人带来不同的美感。诗人笔下的世界是完美而实在的,它和谐宁静。在"人类与自然的联系已经断裂"的情况下,海龟却在经营着自己的"家园"。就人与环境的关系而言,环境哲学家们早就看到了人与世界的关联方式和日常生活操作息息相关。在诗人看来这是一种对周围世界的"关切"行为。奥利弗从人类经验的多样性及丰富性出发运用具体经验来描述人与其家园环境的关系。海龟的家园在高山上,在水池旁,在大树底下,并且和飞翔的鸟儿有着"坚不可摧的联系"。诗人通过对海龟的稳定"家园"的描写,暗示人类对生存条件和状况的考量。人文地理学家段义孚认为,好的生活不能仅仅局限于太有限的直接经验。美好的生活需要各种丰富的经历,既体会到稳定的踏实也享受到变化和自由的乐趣。其中稳定对生存来讲是更基本的,"这里"优于"那里",在向往空间之前我们必须先

---

① Mary Oliver, "Egrets." *American Primitive*. Boston and Toronto: Little, Brown and Company, 1978, pp. 19-20. 此处译文为笔者自译。

② Mary Oliver, *Dream Work*. New York: Atlantic Monthly, 1986, pp. 57-58.

有扎根于一个地方的稳定感。[1] 奥利弗在这里通过海龟建造家园这一现象，试图唤起人类对家园的热爱。

奥利弗的动物诗歌也表达了人与动物之间以及人与自然之间不可调和的关系。奥利弗的不少自然诗歌都强调了这一关系。在《尽我所能》（"The Best I Could Do"）一诗中，诗人描写了自己（人类）与一只猫头鹰之间的相遇："当他看到我时，/ 他的眼睛像火柴一样闪烁 / 悠闲地伏着，/ 耸动着钢铁般的肩膀，/ 他发出嘘声，/ 似是要飞走。/ 但谁又知道，/ 他的橘色爪子反而紧抓着 / 黑色的树干 / 盯着我的脸，而不是我的眼。"[2] 猫头鹰紧盯着诗人，眼神深不可测，显然两者的相遇并不尽如人意，原因是人类侵犯了猫头鹰的领地："这方土地 / 他的世界 / 他微小奇特的一角"[3]。人类并不属于猫头鹰的世界，在猫头鹰的嘘声下，人是侵入者。

在《笑翠鸟》（"The Kookaburras"）中，诗人进一步探讨了人与动物之间或者说人与自然之间不可调和的关系。鸟儿被人类捕获，关在鸟笼中供人类欣赏，人主宰鸟儿命运，两者的关系是不平等的。诗人在开头写道："每一颗心中，都有一个懦夫和一个因循守旧者。/ 每一颗心中，都有一个花神，等着 / 步出云层，展开它的翅膀。"奥利弗描写出了那种既想遵循他人所认可的做法，又想释放笑翠鸟的矛盾心情。笑翠鸟"挤在笼边，请求我打开门"，"它们的棕色眼睛，像心地善良的狗"，鸟儿祈求的神情并没有打动主人公。虽然主人公哀怜笑翠鸟，但仍没有释放它们，他也不是"懦夫和因循守旧者"，更没有变为"一个最弱小的花神"。奥利弗使用"神"这个词，暗示了她对主人公未采取行动的道德批判。诗中主人公并不赞成如此对待动物，但直到最后他都选择无动于衷，甚至想象到动物园"将它们白色的骨头扔到麦堆上"[4]。诗的最后一行"阳光照耀着它们的笼锁"，诗人着重描写笼子上的锁，暗示了主人公的愧疚之情，在一定程

---

[1] Yi-fu Tuan, *The Good Life*. Madison: University of Wisconsin Press, 1986, p. 10.
[2] Mary Oliver, *Why I Wake Early*. Boston: Beacon, 2004, pp. 5-14.
[3] Ibid., pp. 23-24.
[4] Mary Oliver, *House of Light*. Boston: Beacon, 1990, pp. 1-15.

度上也说明了诗人的道德伦理观以及对人与自然关系的看法。[1]

奥利弗通过动物来表达自然界的黑暗面以及适者生存这一自然规律。诗人对待自然的态度是矛盾的。一方面她赞美自然，另一方面她没有把自然理想化，也没有把自然浪漫化。奥利弗的自然诗既描写了自然的活力，又记录了它的暴戾。尽管奥利弗许多诗歌中都描写了自然世界的美丽，但是她认为将自然情感化反而是对自然的轻视，因为"这样来理解自然意味着剥夺自然的尊严和权威。把自然当作消遣或是可被替代的东西，才会把它说成是可爱的。……可爱的东西是弱小无能的，是可被捕获驯化的，是被我们所拥有的"[2]。她指出"森林中没有诱人的东西……森林中没有可爱的东西……猫头鹰不可爱……臭鼬也不可爱，它的名字不叫'花朵'。这儿也没有叫'巨人'的可爱的兔子"[3]。当代生态诗人加里·斯奈德曾经指出，生态诗的一个中心主题就是"自然的黑暗面"：

  野外的生活不仅是在阳光下采食浆果。我们展示自然黑暗面的"深层生态学"……雪中的羽毛，关于贪得无厌的故事……生活不只有白天那些高大有趣的脊椎动物，生活也有夜间活动的凶猛动物、厌氧的微生物以及食人动物。[4]

奥利弗的《乌龟》一诗也在一定程度上表达了"自然的黑暗面"这一主题：

  现在，我看见了它——/它用顽固的头/轻轻推动睡莲光滑的茎，使它们颤抖起来；/它的鼻子嗅到了矮棕鸭的气息，/她正领着毛茸茸的小鸭，/游过池塘；她靠着/池边游，/它们紧随其后，这群可爱的孩子——/温柔的孩子/甜美的孩子，摇摆着它们美丽的脚/游进黑暗之中。/马上——我算准了——将有一阵水花四溅，/那贪婪的红色嘴

---

[1] Lisa Riggs, "'Earth and Human Together form a Unique Being': Contemporary American Women's Ecological Poetry." dissertation, 2008, pp. 20-59.

[2] Mary Oliver, "A Few Words." *Blue Pastures*. New York: Harcourt, 1995, p. 52.

[3] Ibid., p. 91.

[4] Gary Snyder, "Blue Mountains Constantly Walking." *The Practice of the Wild*. Washington, D. C.: Shoemaker and Hoard, 1990, p. 118.

唇/将大获全胜，而母鸭狂乱地/盘旋着，余下的小鸭/飞过水面，跳进芦苇丛，我的心/几乎要为它们/哀戚。但是，听，/有什么关系呢？/没什么关系，/除了这个世界伟大而残忍的神秘。/这是其不可抗拒的/一部分。夏天，/在一座城市的街道上，我曾偶尔看见/一只满身尘土、肮脏不堪的乌龟正在爬行——/一只乌龟——/我猜它是从谁家后院的笼子里逃出来的——/我知道我该做什么——/我看着它的眼睛，捉住它——/它像一条小山脊。我把它/放进背包，带着它走出/城市，让它/游进黑暗的池塘，游进/冰冷的水/和睡莲的光中，/让它在那里活下去。[1]

诗歌的开头，诗人以一个旁观者的视角描写了这只乌龟。它的出现破坏了周围的环境，使睡莲受惊颤抖起来。它用鼻子嗅到了矮棕鸭的存在。动物世界里适者生存的画面在读者面前慢慢拉开。接着诗人描写了作为弱者的鸭子：鸭妈妈领着毛茸茸的小鸭游过池塘。诗人连续用了"可爱的孩子""温柔的孩子"和"甜美的孩子"来表达将进入"黑暗之中"的这些小动物。诗人的心情很复杂，也很克制。捕食者是可怕的，几乎是无情地捕食着小鸭。大自然的残酷性让读者看到了食物链这一自然界古老的等级制。她展现了捕食的残酷，但她并不会谴责捕食这些鸭子的"贪婪的红色嘴唇"。奥利弗把捕食者只当作"自然的一部分"，并不是自然的犯规者。面对被捕食的命运和死亡的威胁，小鸭们面对的只是脆弱的逃离，然而，这是"其不可抗拒的"，这是生命的自然规律。在诗歌的结尾，读者看到了诗人的回忆："夏天，/在一座城市的街道上，我曾偶尔看见/一只满身尘土、肮脏不堪的乌龟正在爬行——/一只乌龟——""我"解救了这只乌龟并让它"游进黑暗的池塘"。奥利弗以此呈现一种矛盾的怜悯行为：不管是甲鱼还是乌龟，它们重归池塘必定导致更多小鸭们的死亡。奥利弗描写自然的黑暗面，目的是要展示自然的植物性或生物性，还原自然界的本来面目。

---

[1] Mary Oliver, "Turtle." *House of Light*. Boston: Beacon, 1990, pp. 22-23.

在《孤独，白色的田野》("Lonely, White Fields")一诗中，奥利弗也描写了自然界捕食的一幕："小鼠冻僵了 / 兔子在发抖"，而猫头鹰"在黑色的树枝上叫唤"[1]。正如《乌龟》一样，奥利弗既写了捕食者也写了被捕食者，她用宽恕的眼光看待猎杀行为，但似乎更关心饥饿的捕食者。奥利弗笔下的猎捕者从来不是邪恶的，她以同情的眼光描述猫头鹰渴求食物："他疲惫地飞来， / 穿越大雪。"它经历了艰辛的路途，"穿过冰冻的树枝， / 绕过障碍和藤蔓，盘旋 / 在谷仓外、教堂顶"，它"越过了每一个障碍——/ 无所畏惧"。奥利弗以丰富的想象力进入了另一世界——动物世界。她认为捕猎是必要的，也是生存的自然本能。猫头鹰"不断地吃啊吃 / 伴着鲜红的吞食的快乐， / 在孤独的白色原野里撕割着猎物"。杀戮的夜过去了，"田野 / 闪耀着玫瑰色的光"，令人想起毛骨悚然的"鲜红的吞食的快乐"，但是"雪继续下着 / 雪花一片接着一片，完美无瑕"[2]。虽然有无情的杀戮，但是自然世界仍纯洁完美。类似的例子还有《赞美》("Praise")，在这首诗中奥利弗再次描写一只猫头鹰，"它飞扑而下 / 犹如地狱的飞蛾"，尽管她使用了"地狱"一词，但在下一节中，她写道："猫头鹰的幼崽，身披雪花， / 开始长胖。"[3] 奥利弗认为这种捕食的场面以及由此死去的被捕食者都是生物链不可或缺的一环。她所展现的自然的生物性也显示了她对自然过程的深层生态理解。[4]

奥利弗通过动物诗歌来表达对城市环境污染问题的关注。在《铅》("Lead")一诗中，奥利弗写道："潜鸟来到港口 / 就死去了，一个接一个， / 但我们看不到杀死它们的东西。"一只潜鸟将死之时，"仰起头，张开 / 它优雅的喙啼哭起来， / 那悠扬甜美的声音似是尽情享受生命的欢愉"。通过这只仍苟延残喘的鸟儿，奥利弗展现给读者的更是一只渴望活下来的生灵。从诗歌第 20 行起，奥利弗记述了这只潜鸟的命运：

---

[1] Mary Oliver, *New and Selected Poems*. Boston: Beacon, 1992, p. 5.
[2] Ibid., p. 6.
[3] Mary Oliver, *House of Light*. Boston: Beacon, 1990, pp. 46-47.
[4] Lisa Riggs, "'Earth and Human Together form a Unique Being': Contemporary American Women's Ecological Poetry." dissertation, 2008, p. 83.

第二天清晨／这只潜鸟，有斑点的／羽翼闪耀的鸟儿，／原本想要飞回／神秘湖泊旁的家，／但它死在了河岸边。／我告诉你这些／为让你伤心，／心怀啊／它曾经对这个世界敞开心怀，／但再也关不上了。[1]

这只潜鸟"原本想要飞回／神秘湖泊旁的家"，这个湖泊可能不为人类所知，也没遭受污染。通过这首诗，奥利弗希望读者去关心濒临灭绝的物种，提高对有害废物的防治意识。奥利弗所处的时代见证了由于城市化问题，造成了动物栖息地的流失以及有毒化学物质对野生动物和植物造成的伤害。在题为《北俄亥俄最大的购物中心建在我过去每年夏天午后都要去的池塘处》("What Was Once the Largest Shopping Center in Northern Ohio Was Built Where There Had Been a Pond I Used to Visit Every Summer Afternoon")一诗中，奥利弗指出，人类的物质主义是导致各种生物赖以生存的自然栖息地流失的罪魁祸首。她刻画了人与非人类自然的现代分歧，控诉了人类以自然栖息地为代价创造了越来越多不必要的物质，以平息自我的消费欲望：

我热爱地球，但看到它所遭受的一切，／我变得尖刻淡漠。／延龄草哪儿去了，款冬草哪儿去了？／在哪里河塘的百合花才能继续过着／它们安逸无求的生活，／扬起它们闪耀的面庞？[2]

奥利弗在这里展示了她的生态思维，她希望通过关注自然栖息地来关注地球。众所周知，建造购物中心将导致更多栖息地的流失。她在这首诗歌中继续写道："无法相信我们如何能消费／如此多东西。／我有很多衣服、灯具、盘子和夹子，／到我离开人世都用不完。"受梭罗等环保主义先驱者的影响，奥利弗一贯追求朴素的生活。她宁愿"住在空房子里，／以藤为墙，以草为席。／没有木板，没有塑料，也没有玻璃"。诗歌结尾处，奥利弗感叹道，总有一天，她"不再关心买进卖出这类事，心里只剩下／那美丽的地球"[3]，让美丽地球最终占据内心，远离物质主义，直至生命终结。总之，

---

[1] Mary Oliver, *New and Selected Poems: Volume Two*. Boston: Beacon, 1992, pp. 5-30.
[2] Mary Oliver, *Why I Wake Early*. Boston: Beacon, 2004, pp. 1-8.
[3] Ibid., pp. 9-17.

奥利弗以动物视角看世界的文学体验，能更好地帮助读者认识动物的道德地位，并以动物的视角对人类掠夺自然资源、对野生动物的生存权提出质疑和批判，在一定意义上这也提高了读者对动物的超灵感知力，拉近了动物与人类的距离。

以身体感受自然：奥利弗自然诗歌中人与自然的关系

奥利弗对人类与自然界"客体"的脱离行为进行批判，强调人类身体与自然客体接触的重要性。奥利弗的诗歌深刻反映了当下人类和自然界的分离现象。针对人与自然分离的二元现象，奥利弗首先主张用身体去接触自然世界。

在《花园》（"The Gardens"）一诗中，奥利弗论述了身体与自然接触的重要性。诗人走进一处花园，她的身体与自然便开始接触：

你拥有这样的肌肤 / 如此洁净，你 / 驻留在草地上 / 我怎不知 / 你躺下 / 闪着微光 / 呼吸 / 像是水中的生物，但 / 你有人类的双腿 / 颤抖地走进黑暗的世界 / 是我梦到的地方。怎样 / 才能让我触摸到你 / 在任何地方？我四处 / 找你 / 拥有的内心，/ 动物，/ 声音；我询问 / 一遍又一遍 / 你在何处，跋涉 / 你走过的地方，/ 你的树枝 / 伸向树林深处，/ 越过田野，/ 河流，/ 呼喊，/ 回答，/ 兴奋的跑向深处，/ 看不见的未知中心深处。[①]

在这首诗歌中，诗人试图与自然建立亲情的联系。她凭借"人类的双腿""颤抖地走进黑暗的世界"，走进"我梦到的地方"，最终与她所描绘的世界融为一体。艾布拉姆曾经指出，我们的直接经验必然是主观的，必然与我们在事物中的位置和场所相关，与我们特定的欲望、品味和关注有

[①] Mary Oliver, *American Primitive*. Boston and Toronto: Little, Brown and Company, 1978, pp. 86-87. 此处译文为笔者自译。

关。① 身体和体验自然世界直接有关：

> 如果身体是我在世间的存在，如果身体是我与其他事物的联系，那么没有这双眼睛、这个声音或是这双手，我将无法去看、去尝、去触摸或是被感知。换句话说，没有身体，就无法去亲身体验。因此，身体是可以真真切切地去感受周围的一切的。②

诗人不仅在这首诗中描述了"不断向世界中心跑去"的过程，也在诗歌结尾承认了这样一个事实：她的身体不断让她体验着自身与世界真实而深刻的联系。诗人在这里注重地点和时空，使我们感到她在这种环境中的轻松自在。花园是人们生活空间的一部分，也是"暂时逃离深居城市……具有更大程度的自由和简单，走向简朴而慢节奏生活的场所"。③诗人眼中的花园是"如此洁净"，是她梦想的地方。在这里诗人可以寻找她要的东西，包括一个更加接近自然的方式，一个能体现和谐社会的完美的理想境界。

奥利弗的自然诗歌突出主体间的相互性，也就是说，这个主体间的相互性是奥利弗描写的人的诗性所在。"事实上，诗人的身体和周围的世界通常被描绘成互相关联的存在体，彼此之间不容易区分"。④奥利弗在诗歌《西风》中写道："夜莺，在我们下方的花园里，歌唱。/哦。听！过了一阵，我才明白/原来是我们自己的身体。"⑤奥利弗注重探索主体与对象之间的相互作用。因为忽视人与自然的相互交流，仅关注"可衡量"的现象，而不注重感知者和感知对象间的关系，只会导致我们局限于现实的一部分。⑥

对不断感知的主体来说，没有哪个是完全被动和迟缓的。周围的一切

---

① David Abram, *The Spell of the Sensuous: Perception and Language in a More-Than-Human World*. New York: Vintage, 1997, p. 32.
② Ibid., p. 45.
③ Yi-fu Tuan, *Segmented Worlds and Self: Group Life and Individual Consciousness*. Minneapolis: University of Minnesota Press, 1982, pp. 169-170.
④ J. Scott Bryson, "Place, Space, and Contemporary Ecological Poetry: Wendell Berry, Joy Harjo, and Mary Oliver." dissertation, p. 135.
⑤ Mary Oliver, *West Wind*. Boston: Houghton Mifflin, 1997, p. 48.
⑥ David Abram, *The Spell of the Sensuous: Perception and Language in a More-Than-Human World*. New York: Vintage, 1997, p. 33.

都存在于不断相互依存的世界中。用艾布拉姆的话说:"我无论感知到什么,都会与我们的主观性联系在一起,并和生命力与感觉融为一体。"在《白花》("White Flowers")一诗中,诗人"靠近/那有孔的轮廓/我的身体消亡/而根茎和花朵/有了生命"①。在《我难道不是早起的人》("Am I Not Among the Early Risers")中,她写到自己的身体和大地之间存在关联:

> 这是一种令人惊讶的情况——我20岁的时候身体的每一次活动都会带来酣畅,像享用佳肴一样惬意。绿地的每一次移动都意味着天堂般的美妙。现在我60岁了,一切都未曾改变。②

奥利弗强调通过身体与自然界建立联系,在强调人与自然相互联系的同时,认为身体和周围非人类事物间存在形而上学的联系。人类的身体也能体现诗学思想。有学者在讨论奥利弗的"身体的诗学"时指出,"人们一次又一次地谈论奥利弗的诗歌,并不断提醒她去观察、去触摸、去品尝、去发现、去嗅探。只有当她完全将自己置身于这些感觉中,她才会离'真实'更近"③。在《诗歌手册:诗歌阅读和创作指南》(1994)一书中,奥利弗表达了她对自然和躯体关系的认识:

> 我们依靠感官感受我们周围的物质世界。依靠想象和理解力,我们回忆、整理、形成概念、沉思。我们思考的内容绝不是抽象的全然陌生的情感,而是我们亲身体验的具体的世俗之物,以及我们对这些事物的反应。思考的使命在于将无序变为有序。只有经历过生活,思考才是可能的。只有具备丰富的知觉经验,思考才应成为必要。④

奥利弗从现象学的理论出发,认为诗歌直接涉及自然和人的关系。在《夜宿森林》("Sleeping in the Forest")中,诗人与自然融为一体:

> 我以为大地/记得我,她/如此温情地接纳我,理顺/她深色的裙

---

① Mary Oliver, *New and Selected Poems*. Boston: Beacon, 1992, p. 58.
② Mary Oliver, *West Wind*. Boston: Houghton Mifflin, 1997, p. 7.
③ Vicki Graham, "Into the Body of Another': Mary Oliver and the Poetics of Becoming Other." *Papers on Language and Literature* 30 (1994): 352-372, p. 355.
④ Mary Oliver, *A Poetry Handbook: A Prose Guide to Understanding and Writing Poetry*. San Diego: Harcourt, 1994, p. 105.

裙,口袋/装满苔藓和种子。我/睡得从未如此酣甜,/河床上的一块石头,/我与星斗的白火之间毫无阻隔,/唯有我的思绪,而星星轻盈地/飘曳,宛若飞蛾穿梭于枝丫,/树木如此完美。整夜/都能听到小小的王国在我周围/呼吸,那些虫子、那些鸟儿/在黑暗中各自劳作。整夜/我坐起又躺下,犹如浸在水中,紧抓着/那明亮的宿命。当晨曦绽露,/我至少已幻化消泯了十几回,进入的/境界更为美好。①

在这首诗歌里,诗人走进森林,森林像母亲般"温情地接纳我",然后在森林中睡去。诗人睡在"河床上的一块石头"上,与星星为伴。夜里她与飞蛾、小虫、鸟儿一起。次日醒来,忆及昨夜,"整夜/都能听到小小的王国在我周围/呼吸,那些虫子、那些鸟儿/在黑暗中各自劳作。"诗人很高兴地看到森林中的一切有序地运作,生生不息。诗人不仅赞美了自然母亲的包容和宽容,还表达了自己渴望融入大自然的强烈愿望。奥利弗在弱化人类主体的基础上,实现了"人的物化"与"物的人化"的交融,用身体感受世界和大自然。奥利弗的大部分诗歌对人与自然的和谐状态进行书写和赞美,表达了诗人陶醉于自然山水的喜悦情感。正如奥利弗本人所说:

而自然界总是象征意象的巨大仓库。诗歌作为古老的艺术之一,如同所有的艺术一样,都起源于地球遥远的荒野。它也开始于看、触、听、嗅、尝的过程,然后记住——我指的是用词语记住——这些感知经验具体是怎样形成,并试图去描述我们内心无尽又无形的恐惧和渴望。诗人运用现实的、已知的事件或者经验去阐述内在的、无形的经验——或者,换言之,诗人运用形象语言,依赖于与自然世界相关的形象。②

因此,奥利弗指出:"没有对自然过程的感觉经验,读者就会被我们这个世界的诗歌拒之门外。这种紧密的关系存在于诗歌、世界和人三者之中。"③

---

[1] Mary Oliver, *American Primitive*. Boston and Toronto: Little, Brown and Company, 1978, p. 126.
[2] Mary Oliver, *A Poetry Handbook: A Prose Guide to Understanding and Writing Poetry*. San Diego: Harcourt, 1994, p. 106.
[3] Ibid., p. 107.

奥利弗在诗歌创作过程中通过想象进行重组整合，凭借诗歌将自己的身躯与自然融为一体。正如有学者在评论奥利弗的诗歌时所指出的那样："奥利弗总是有一种冲动，无论在哪里，渴望融合、探索这样一种地方，在那儿，人们可以卸下所有凡世间的重负，完全地与自然合一。"[1] 她隐逸高洁的人生观和向往与自然融为一体的自然观也流露出中国道家思想的痕迹，她主张的生存境界恰恰与中国古代道家哲学所倡导的超然物外和天人合一的思想是一致的。她的《初雪》（"Early Snow"）一诗同样表达了诗人将自身置身于自然的感受：

> 下雪了，/ 这儿；从早晨 / 开始，一整天 / 没停；它那弥漫的 / 白色修辞 / 唤起我们追问 / 如此之美的原因、方式、来源 / 以及含义。犹如 / 神谕者的迷狂！飘过 / 窗户，一种精力 / 似乎永不退潮，永不会为安居 / 而牺牲些许可爱！只是在此刻，/ 夜深时分，/ 它终于止歇。沉寂 / 如此巨大，/ 而天宇依然点着 / 万支蜡烛；无处可寻 / 熟悉之物：/ 星星、月亮 / 以及我们可期看到 / 且夜夜背对的黑暗。树木 / 闪光犹如丝带 / 城堡，平阔的田野 / 冒着亮光如烟，一条溪床 / 躺着，有善良的 / 小丘堆积其上；/ 虽说整天来各种问题 / 侵扰我们——还没有 / 找到一个答案——此刻走出去，/ 走进沉寂，走进 / 树下的光，/ 穿过田野，/ 也算是一个答案。[2]

诗人在雨雪中"追问 / 如此之美的原因、方式、来源"。大自然的魅力在于树木、小丘以及树下的阳光和田野中。诗人走进田野，用身体感受大自然的美，表达了诗人对待自然界生命物体的态度。雪后的大地传递着有关宇宙间生命物体的信息。奥利弗以哲学的、开放的态度对宇宙万物进行观察与思考。从认知到诗歌的创作过程表明，奥利弗在与自然的关系一直是一个观察者的身份。

奥利弗强调，人类的身体是连接人类和非人类物质形式的纽带，人类

---

[1] Judith Kitchen, "The Woods Around It." *Review of New and Selected Poems*, by Mary Oliver. *Georgia Review* 47.1 (1993): p. 150.

[2] Mary Oliver, *American Primitive*. Boston and Toronto: Little, Brown and Company, 1978, p. 90.

和非人类世界之间存在生物的、自然的联系。用段义孚的话说，世界让人类感觉并熟知与周围自然界存在联系，可以帮助人类努力构建"人与自然断裂的联系"。段义孚在论述人类与自然的接触时指出，

> 与自然的亲密关系是人类满足感的最深来源之一。人们极其渴望生活在农场或小的社区，这里有那些记忆模糊的触感、香气、景象和声音，那些在户外工作时围绕着他们的东西。自然的爱抚能使人得到安慰并获得生机，甚至她的"斥责"（如莎士比亚所说）也能提升人的幸福感和生命力。同时，自然也哺育着我们，因此也可以称之为我们的母亲和最亲近的家人。①

在《野天鹅》（"Wild Swans"）中诗人从哲学的高度来看待动物的身体：

> 你不必非得善良。/你不必非得跪行/百里，穿过沙漠，忏悔。/你只需要听凭你身体的柔软感受动物的爱。/告诉我何谓绝望，你的，你也将听到我的。/与此同时世界继续运转。/与此同时太阳和雨滴清晰的小石砾/还在运行，穿过片片景物，/越过草原和深深的树林，/跨过山脉与江河。/与此同时野天鹅高高地在明洁蔚蓝的天空/再次朝着家的方向。/无论你是谁，不管你多么孤独，/世界向你的想象敞开，/像野天鹅一样呼唤你，尖锐而激越/一次又一次向你宣示你/在万物大家庭中的位置。②

身体与自然接触代表着人类回归到自然"完美"的状态。在《幽灵》（"Ghosts"）一诗的结尾处，奥利弗写道：

> 明亮的夜光中/在带着香味的草中/温暖一隅/一头奶牛生下/一头红色的牛犊，把它舔干净，/给它喂奶/在辽阔的荒野中/在春天无垠的草原中，我在梦中向他们询问/我弯腰，请他们/给我留下一处地方。③

---

① 段义孚："地方感：人的意义何在？"，宋秀葵、陈金凤译，《鄱阳湖学刊》，2017年第4期，第40页。
② Mary Oliver, *American Primitive*. Boston and Toronto: Little, Brown and Company, 1978, p. 139.
③ Ibid., p. 30. 此处译文为笔者自译。

虽然这首诗歌的题目是《幽灵》，但它却描绘了一幅温馨的自然画卷。读者看到"明亮的夜光"，闻到"带着香味的草"，面对的是"一头红色的牛犊"，置身在"辽阔的荒野中"和"春天无垠的草原中"。特别令人感到惊奇的是，诗人想象自己的身体变成了一头动物，试图"寻求摆脱孤独隔绝的状态，通过认识到自己的身体和周围自然存在的关联来实现这一愿景"。

有评论家认为，奥利弗所描述的人与自然关系是"一个明确的后现代话题，用来纠正人独立于生态系统这一消极错觉"[1]。为什么这是一个明确的后现代的话题？奥利弗认为，现代人都是"孤立"的个体，不仅疏远了社会，也疏远了大自然。与传统自然诗人不同的是，奥利弗认识到世界是冷漠的，世界在许多方面都是"孤立"的自我。同时，她意识到身体的物理性和生物属性是联系自己和周围事物的重要纽带。[2] 奥利弗凭借动植物诗歌踏入自然世界，同时又邀请自然界的非人类进入她的内心世界，并试图借此创造一个真善美的世界。她认为，人与自然有本质上的联系，但两者之间又存在着不可调和的关系。在《十月》("October")一诗中，她写道：

> 我想要热爱这个世界/就像这是我活着的最后一刻/去热爱它/去认识它。/夏末时分，我不愿触碰任何，/不愿抚摸花蕾，不愿采摘/闪耀在灌木丛的黑莓；我不愿饮/池塘水；不愿为鸟儿树木取名；/也不愿喃喃自己的姓名。/一天清晨/一只狐狸从山丘上来，闪烁而自信，/但它不看我——我想着：/这就是世界吧，/我不在其中，/它是如此的美好。（33—47）[3]

这里诗人首先表达了自己对自然世界的欣赏，但她又不愿意参与到动物的活动中。或许她认为，人类在动物不知晓的情况下去观察动物是人类中心主义思想的体现。诗人观察这只狐狸，而狐狸甚至不知道她的存在。在人

---

[1] Laird Christensen, "The Pragmatic Mysticism of Mary Oliver." *Ecopoetry* (Spring 2013) : (135-152), p. 143.

[2] J. Scott Bryson, "Place, Space, and Contemporary Ecological Poetry: Wendell Berry, Joy Harjo, and Mary Oliver." dissertation, p. 156.

[3] Mary Oliver, *American Primitive*. Boston and Toronto: Little, Brown and Company, 1978, p. 33.

类不在场的情况下，这只狐狸完全自得其乐、不受打扰。也就是说，"自然并不需要我们去刻意模仿它，自然有它本身的完整性，以自己的方式发展，这个过程无所谓人类是否存在"。[1] 确实，自然世界有其本身固有的完整和完美，没有人类的参与，她是如此美好。自然不需要我们刻意去模仿她、影响她，没有人类的参与，自然界的运作或许更加美好。

小 结

不管是描写地方，还是描写动物或是身体与自然的结合，奥利弗重视的是她自然诗歌中精神性的东西，她把自己的精神追求看作是首要的。她试图通过描述与自然的关系来发现自然中不寻常的价值。对于奥利弗来说，诗歌、自然和精神性是相互共生的："没有自然世界我就不会成为诗人……对我来说，通向树林的路也是通向庙宇的路。大树下，微斜的沙坡上都是一路惊喜，通过文字我才能表达这种喜悦。欣喜地看着写下的东西"。[2] 她以自然诗歌来传达她的生态精神。她"着眼于人对微妙事物的认识……从中展现深层的关联"[3]。这就是现代自然诗人玛丽·奥利弗，也是她与其他自然诗人的不同之处。

---

[1] Burton-Christie Douglas, "Nature, Spirit, and Imagination in the Poetry of Mary Oliver." *Cross Currents* 46.1 (Spring 1996): (77-78), p. 78.

[2] Mary Oliver, "Winter Hours." *Winter Hours: Prose, Prose Poems, and Poems,* Boston: Houghton Mifflin, 1999, p. 93.

[3] Charlene Spretnak, *The Spiritual Dimension of Green Politic.* Santa Fe: Bear and Company, 1986, p. 41.

第十五章

温德尔·贝瑞诗歌中的生态家园构建

生态家园理念作为温德尔·贝瑞（1934—　）文学创作的思想核心，既反映了他对完整田园文化和理想化诗意生活方式的眷恋，也暗示了他对于当代美国人文生态环境的深深忧虑。虽然生活在美国农业文化日趋没落和都市文化迅速崛起的过渡阶段，贝瑞却始终坚守淳朴自然的生活方式，力图维护农业的基础性地位，重塑大地伦理与荒野精神。他以开明的世界主义精神来解构不同种族、不同国家之间的政治与文化分歧，建构了人类与动物间和谐互助、共存共荣的全新伦理关系，拒斥战争，拒斥当代美国资本主义的生态掠夺与生态殖民。这种实用主义的创作风格使他的诗作在纯粹的美学价值之外，承载了更为多元的生态责任意识和文化使命。[①]

温德尔·贝瑞是当代美国最具创造力与革新意识的生态诗人之一，也是将个人生态思想进行推广并身体力行的实践者。他的诗歌创作周期横跨近半个世纪，涉猎广泛，思想丰富，但对于美国农业、土地与当代生态生活方式的关注却始终是其诗歌创作的主导方向，反衬出他对于构建整个美国生态共同体的憧憬与渴望。有学者认为理想的社会是"一种超越亲缘和地域的、有机生成的、具有活力和凝聚力的共同体形式"[②]，而贝瑞的家园理念便是这种共同体文化意识、社区文化意识在美国当代社会生活中的具

[①] 关于贝瑞的生态诗学思想，参见朱新福："温德尔·贝瑞笔下的农耕、农场和农民"，《外国文学评论》，2010年第4期。

[②] 殷企平："西方文论关键词：共同体"，《外国文学》，2016年第2期，第70—79页。

体体现，诗人正是通过对于家园概念的丰富诠释来内化其家园共同体构建的情感期望，以最质朴的土地情怀来回溯人类与自然同源而生、血浓于水的情感联系。他认为"共同体广义上包括一个地方以及其中的所有生物，是最小的健康单位，从这一角度而言单独个体的健康是不存在的"[①]，由此可见，个人的健康与其所在的整个集体的健康息息相关，个体只有融入到家园共同体的文化价值怀抱，人类才能与自然结成最为坚固的价值和文化同盟。家园共同体建设关系到国家未来的社会格局与整体发展战略，家园式的位置感和归属感对个人主体的存在意识、身份重塑等方面都有指导和净化作用，"与自然的亲密关系是人类满足感最深层的来源之一"[②]，理想的家园是人类种种社会伦理追求和文化愿景的最终归宿，是"盖娅假说"在人类社会构建层面上的具体实践。因此，构建什么样的家园？如何中和理想家园与现实家园之间的价值取向冲突？这些都是贝瑞在诗歌中所关注的现实问题。本章拟从生态文明与社会文明建设的视角来分析贝瑞笔下理想家园共同体的未来蓝图，彰显诗人在后现代危机重重、幻象横生的时代大背景之下鲜明的生态预警意识和对农业文化的关怀。

理想家园建设的指导思想
——传统农业文化中的生态精神

作为一名严肃而富有洞察力的学者型诗人，贝瑞的文学创作与他在大学的执教工作一样，仅仅是他的"副业"，长期以来他都是肯塔基州一位普通的农场主，对于当代农业备受摧残和农民的窘迫处境有着深刻的体会。随着美国工业文明在后现代时期的进一步推广，机械化农耕及作物培育模式日趋冲击着诗人所熟知的传统农业，利奥波德（1887—1948）所提

[①] Wendell Berry and Norman Wirzba, *The Art of the Commonplace: The Agrarian Essays of Wendell Berry*. Berkeley: Counterpoint, 2002, p. 146.

[②] Tuan Yi-Fu, "Sense of Place: What Does It Mean to be Human?" *American Journal of Theology & Philosophy* 18.1(1997): 47-58, p. 50.

倡的大地伦理观念在现代社会已然式微，完整的自然价值体系与生态链条面临着前所未有的分歧与断裂，"疏离成为亲近，非人化成为人性"[1]，田园精神的消逝带来的是完整人性的日渐失落和人本主义精神的解体。现代文明的技术至上思想是对传统农业文化的一种思想上的背离，贝瑞认为现代人对地方的历史一无所知，"根本无法区分这个国家的现状和它曾经的模样"[2]，深刻地指出了现代社会田园文化缺失所引发的生态意识淡漠。诗人曾形象地对比了农民和工人在社会中的不同文化属性，将矿工喻作"模范的开发者"，将农民喻作"模范的培育者"："开发者的目标是金钱、利润；培育者的目标是健康——他的土地，他自己，他的家庭，他的社区，乃至他国家的健康。"[3] 换言之，美国工人是资产阶级意识形态在生产领域的实体化表现，而美国农民则是家园幸福和生态伦理的坚定捍卫者，是以荒野精神对抗资本主义异化力量的先驱；诗人对"健康"这一理念的重视，表明了真正理想的生态家园对人本主义和精神自由的追求，要远大于其对单纯物质利益的渴望。从这一点说，农业精神、田园精神已然成为美国理想家园构筑的核心要义之一，农民形象在诗人的笔下也摆脱了传统的贫困、愚昧、思想狭隘等阶级固化式的历史偏见，真正确立了其在理想家园建设中的主人翁文化身份。

　　传统农业生态精神之所以成为贝瑞笔下理想家园构建的指导思想，首先在于传统农民与土地之间存在着相互成就的深刻价值依存关系。农耕文化维系着农民与自然之间最为密切的物质与情感契约，这种契约之下所支撑的生态和谐便是美国个人主义精神和超验主义思想的滥觞。美国作为一个移民文化熔炉，并不存在真正意义上的封建式土地矛盾，故而建国初的杰斐逊时期，广大的小自耕农在某种意义上就是国家的主人和发展支撑，农业文化就象征着美国平民民主力量的胜利。因此，土地在贝瑞的诗歌中作为生态、民主的文化符号，是理想家园建设中具有本源意义的生产

---

[1] Theodor Adorno, "Messages in a Bottle." *New Left Review* 200 (1993): 5-14.p. 6.
[2] Wendell Berry, *Our Only World: Ten Essays*. Berkeley: Counterpoint, 2015, p. 123.
[3] Wendell Berry, *The Unsettling of America: Culture & Agriculture*. Berkeley: Counterpoint, 2015, p. 9.

力源泉和情感归宿，这种人地合一的传统文化理念凸显出农业、生态和谐在人类家园建设中的道德模范和价值导向作用。在诗作《天生务农的人》（"The Man Born to Farming"）中，贝瑞描绘了一位传统农民心中农业活动的神圣与庄严："对他们而言，土壤便是一种神圣的药物"[①]，显得自然、圣洁、纯粹。贝瑞以此高度赞扬与肯定了农民从中所获取的使命感和身份荣耀，从自然神论的视角描绘了农民沉醉于风光山色，享受自然赐福的幸福心境。当代深层生态学认为，"人类应该最小而非最大地影响其他物种和地球"[②]，从生态整体主义的视角来质疑整个人类在自然界中存在的合法地位，无形中将人类文明完全推到了土地和自然文化的对立面。对这种过分偏激的生态价值理念贝瑞并不认同，他笔下的传统农民形象证明了人类有能力，也有意愿与自然生态和谐共生。哈罗德·布什（Harold K. Bush）曾以"播种"来形象地诠释贝瑞的土地伦理思想："播种以一种神秘的方式拉近了过去与未来、精神与物质的距离。"[③] 换言之，农民通过播种这一农业生产行为，最大化地疏通了人类主体与自然客体间的物质与文化交流渠道，有力地驳斥了工业文明下妄图征服自然、统治自然的人地对立关系。"一个人一旦把手伸进地里／播种下他希望比他更长久的种子／他就和这片土地结了婚"[④]，在这里，种子与土地成为了人类与自然进行物质与情感交流的最佳纽带，是静与动、生与死、有机与无机、尘世与天堂之间最佳的生态媒介。因此，当诗人深感世间所有美好的事物都将毁于一旦时，唯有回归土地方能真正地摆脱危机，重塑健康的生态自我："我将顺应自然的神秘力量，坚定地站在地面上／……我是一个愿意与草地融为一体的病人。"[⑤] 传统农业的重要文化价值便在于它承担着最为古老、最富有人文感染力的历史传承导向，是应对现代生活危机、医治美国这位沉疴已久的"病人"

---

① Wendell Berry. *The Selected Poems of Wendell Berry*. Berkeley: Counterpoint, 1998, p. 67.
② 陈小红：《什么是文学的生态批评》，上海：上海外语教育出版社，2013年，第13页。
③ Harold. K. Bush Jr., "Wendell Berry, Seeds of Hope, and the Survival of Creation." *Christianity & Literature* 56.2 (2007): 297-316, p. 304.
④ Wendell Berry, *The Selected Poems of Wendell Berry*. Berkeley: Counterpoint, 1998, p. 76.
⑤ Ibid., p. 70.

最有效的妙药良方。与当代社会的多变与流散相对的，是自然、田园生态链条的稳定与延续性，是农耕生活的规律性和一年一度、周而复始的物质轮回与生命复兴，这种周期性与回归自然、造福自然的使命感是现代人摆脱流离失所的困境，重构现代家园意识最为重要的思想慰藉。

农业生态精神的指导作用还体现在传统农民潜移默化中所秉承的生态平等理念和自觉的动物伦理思想。聂珍钊认为"善恶是人类伦理的基础"[1]，因此工业文明下人类对自然众生万物的态度最能体现当代伦理取向的善恶底线。生态平等这一伦理思想虽衍生于美国传统的无政府乌托邦文化，但却是对过往理念的一种质疑与颠覆，因为不少乌托邦思想依然"常常接受，乃至颂扬人类对于非人类世界的统治"[2]。诗人笔下的生态平等理念打破了人类视自我为世界主宰的文明幻象，是对传统生态阶级秩序的革命性调整。资本主义工业文明过分强调人类高于其他动物的智力优势和社会文化属性，将动物置于卑贱、无意识的生态等级序列之下，以凸显人类奴役自然、虐待乃至屠杀动物的价值合理性，却往往忽视了人类与世间万物一脉相承、同出一源的深层文化联系，忽视了"推动野性实现的一个主要积极因素便是强调人类与非人类的感官接触"[3]。而在现代的工业化文化群体中，能够真正做到持续与动物与自然亲密接触、敬畏万物生命的依旧是心系田野的广大农民。在《向前走》（"Come Forth"）一诗中，诗人便以乐观积极的文化态度描绘了他的父亲与马匹由陌生到亲近、由拘束到认同的淳朴自然友情："虽然它们向我们走来，却都好奇地发抖/鼻子小心翼翼地喷着气/它们从来都不知道缰绳和马具"[4]，以马匹对人类的单纯心态来影射现代人奴役动物的狡猾与残忍。诗的最后，诗人年老的父亲再次跨上

---

[1] 聂珍钊："文学伦理学批评：伦理选择与斯芬克斯因子"，《外国文学研究》，2011年第6期，第4页。

[2] Mick Smith, *Against Ecological Sovereignty: Ethics, Biopolitics, and Saving the Natural World*. Minneapolis: University of Minnesota Press, 2011, p. 130.

[3] Matthew Hall, "Beyond the Human: Extending Ecological Anarchism." *Environmental Politics* 20.3 (2011): 374-390, p. 383.

[4] Wendell Berry, *The Selected Poems of Wendell Berry*. Berkeley: Counterpoint, 1998, p. 170.

了无鞍的骏马,"显得轻盈,笔直,强壮"①,这种返老还童的神奇表现愈发突出了人与自然融为一体、相得益彰的独到文化体验。贝瑞的诗歌创作集美国的地方主义意识、荒野意识、超验主义精神于一体,与罗伯特·弗罗斯特的诗歌颇有异曲同工之妙,在不动声色之下暗藏玄机,如在《荒野》("The Wild")中,诗人将天然的"荒地"与人造的"垃圾"两相对比,②戏剧性地折射出他对于现代文明的无情嘲弄,而区别于对人类破坏行径的鄙视,诗人由衷赞扬了荒野的瑰丽色彩和鸟儿的天籁之音:"它们体现了大地的智慧,是这片土地的本质的记忆。"③这种纯粹的思想移情表明诗人摒弃了人与动物间传统的等级偏见,肯定了动物在自然界中同等的主体化地位,以多样性来展现其理想家园对于生命中心论的价值认同。基于这一立场,在《看不见的动物》("To the Unseeable Animal")中,诗人以对于"动物可以隐形"的祝愿影射了他对当下恶劣社会生态的忧虑,含蓄地谴责了人类对自然与动物的生态压迫:"我们不认识你/这才是你的完美之处/也是我们的希望所在。"④面对人类在自然界无孔不入的窥视,动物唯有隐形才能获得真正的生态自由与自在,让黑暗与"不可见"成为动物与人类相安无事的文化保护色,这是对唯我独尊人类中心主义理念的莫大讽刺。

诗人曾在其散文中总结了人与自然不言自明的社会关系,认为人类应该作为"自然的学生和管家,与自然和谐相处"⑤。传统农民始终以自我的亲身实践来弘扬其与土地、与整个自然界休戚与共的生活价值观念,在长期恶劣的耕作环境下悉心维护自我与大地间的生态共生关系,生动展现了这种学习者与管理者身份的自由切换,最大化地实现了亲近自然与敬畏自然的辩证统一。故而在诗人笔下,"传统农民"作为一个新时期的文化表征,不仅仅是单纯农业生产力的执行者,也是饱受文化洗礼的文明使者和现代生态精神的代言人。在《农夫与海》("The Farmer and

---

① Wendell Berry, *The Selected Poems of Wendell Berry*. Berkeley: Counterpoint, 1998, p. 170.
② Ibid., p. 6.
③ Ibid.
④ Ibid., p. 80.
⑤ Wendell Berry, *What are People for?* San Francisco: North Point Press, 1990, p. 104.

the Sea")这首诗里,农民面朝大海,俯瞰古今,已然圣化为整个人类的文明使者。他蹲坐在宽广的海边礁岩上,在波涛汹涌的大海面前虽倍感渺小,却并无卑微之感,恰恰相反,伟岸大海所带来的崇高感在他心中引起了强烈的共鸣:"在他身上/有一种黑暗的东西在鼓掌"[1]。贝瑞借农民面对大海时的感悟与哲思,表达了自我对于未来农民这一家园建设主力的殷切希望,这种农夫与大海共享的"黑暗"力量和神秘主义式的思想交流,充分展现了诗人对于农民无限开拓潜力和勇于担当、坚忍不拔伟大品质的支持与赞扬。

理想家园的构筑方式
——田园农业与现代工业的和解

贝瑞在详细分析了传统农耕思想的生态价值和农民的家园建设主力军身份后,又进一步指出了当今家园建设所面临的孤立困境。在密集化的资本主义工业文明下,被无限放大的物质消费欲望要求与之匹配更高的土地生产效能,这与传统农业量入为出、推动人地和谐可持续发展的生态理念之间的矛盾日益加深。故而贝瑞笔下的理想家园建设表面上是农业与工业之间的土地资源争夺,实际上则是资本主义制度下两种不同发展模式与生活理念的激烈斗争。段义孚也曾评价过城市在人类文明中的尴尬地位,认为建造城市的本意是让人类获得秩序,摆脱恐惧,但如今城市本身却成为了让人感到恐惧的混乱场所。[2] 失去了对自然的敬畏,不惜以消耗、破坏原生环境为代价来追求物质竞争力,这种城市文明建设带来的混乱与矛盾无疑是对贝瑞理想家园构建的最大威胁。但从另一方面讲,抵抗现代消费主义的物质文化,并不意味着以城市为标志的现代文明一无是处,恰恰相反,在诗人反对资本入侵的态度中包含着独具一格的后现代文化愿景,是

---

[1] Wendell Berry, *New Collected Poems*. Berkeley: Counterpoint, 2012, p. 140.
[2] 段义孚:《无边的恐惧》,徐文宁译,北京:北京大学出版社,2011年,第127页。

在对现代科技反思基础之上关于未来家园建设的严肃思考。有评论家认为当代的生态批评已然是"非自然的生态诗学"[1]，因为当代社会中"自然与文化，语言与文学，数字与现实之间都没有太大区别"[2]。从这一点来讲，并不存在与现代科技相分离的纯粹原生自然环境，人类也不可能通过摧毁先进的生产方式来调解根源上的生态道德失范问题。贝瑞并非是渴望以传统田园农业文化来取代社会进步、技术便利新时代的复古主义者，他所反对的是现代资本主义运作模式下技术革新对于生态价值、精神文明与生命尊严的践踏，在传统文明与现代工业文明之间寻求平衡，寻求都市与乡村、文明与荒野的现代融合，成为诗人创作始终执着追求的永恒方向。

农业与工业景观的和谐共生一直都是美国以惠特曼为代表的诸多学者的殷切期望，是近现代以来知识分子生态良知的突出表现。19世纪的约翰·巴勒斯可谓贝瑞未来理想家园构建的文化先驱。他曾游历欧洲，沿着运河顺流而下，以欣喜的笔调描绘了"旧大陆"上自然与工业景观的交相辉映，而与欧洲这梦幻般的文明景观相对，巴勒斯对美国工农业之间的隔阂深感遗憾："制干草的农民也不与造船工人毗邻，更不用说奶牛和钢铁巨轮在彼此的视野中戏水。"[3] 这种新旧大陆景观的强烈反差暗示出了早期美国田园诗人从工业革命伊始便对现代科技发展所持的这种既欣喜又苦恼的矛盾心情。与巴勒斯的徒劳惋惜相比，贝瑞却能以更为具体的"家庭农场"理念来展现其心中的和谐家园愿景，通过将家庭生活与农场、荒野联系起来，诗人暗示出当代农业生态精神与美国传统荒野渴望的一脉相承，力争将前辈的生态梦想变为现实。在他看来，家庭农场文化在当代美国能否延续关系到了整个美国民主的生死存亡："涉及谁将拥有这个国家，谁将拥有人民这一问题"[4]，而要想在工业文明下重构田园理想，实现

---

[1] Sarah Nolan, "Unnatural Ecopoetics: Unlikely Spaces in Contemporary Poetry." dissertation, 2015, p. 8.
[2] Ibid.
[3] 巴勒斯：《清新的原野·冬日阳光》，于颖俐等译，厦门：鹭江出版社，2006年，第7页。
[4] Wendell Berry, *Bringing It to the Table: On Farming and Food*. Berkeley: Counterpoint, 2009, p. 34.

农业生产与个人家庭生活融为一体的自然栖居，首先就要秉承勇于反抗的精神信念，抵制资本主义意识形态破坏农场、剥夺农业发展合法权益的殖民行径。相比于传统农民的沉默、质朴与任劳任怨，诗人笔下的现代农民被赋予了更多生态革命家的思想气质，将反叛、乐观主义、个人主义等诸多美国气质融为一体，其中尤以《疯狂农夫》("The Mad Farmer")组诗为代表，通过一系列气势雄浑的诗歌宣言来揭示现代美国国家政治建制与文化体系对于自由精神的智性压迫，以狂野的呼告来捍卫美国正在逐渐流失的生态家园理想。在《疯狂农夫的矛盾》("The Contrariness of the Mad Farmer")中，诗人以农民戏谑的语气来嘲讽现代科技对于农业的种种干预："我无视专家的意见，只是依据星星来播种/靠咒语和歌声来耕耘……靠运气和上天的恩惠，同样也能获得丰收"[1]，进一步强调了农民原生生态经验与土地意识对于农场丰收的重大意义，这种抵抗和异化的声音既是生态文明思想自超验主义以来的再一次文化回归，又成功地干扰了主流意识形态对于工业文明的粉饰与神化。诗人正是借由这种"靠天吃饭"却依旧安之若素的淡泊心态批判了资本主义科技对于生态诗意的扭曲与破坏。

　　基于贝瑞对于资本主义现代科技运用的谨慎态度，适度与中庸成为了诗人构建现代文明家园的核心思想之一，"适当的技术"（Appropriate Technology）[2]作为贝瑞诗歌创作中的一个关键理念，反衬了诗人对于技术革新的拥护和对于资本主义过度开发的极度憎恶。有学者认为，贝瑞主张理想的生活要实现"农业的去机械化，工作的去专业化，信仰的去制度化，生活的简单化"[3]，将现代化生活视为人类亲近自然的敌对力量，其格调未免过于悲观。从生态马克思主义的视角而言，先进科学技术作为无能

---

[1] Wendell Berry, *New Collected Poems*. Berkeley: Counterpoint, 2012, p. 139.

[2] Wendell Berry, *The Unsettling of America: Culture & Agriculture*. Berkeley: Counterpoint, 2015, p. 41.

[3] Julie Christine Crouse, "Sacred Harvest: Wendell Berry, Christian Agrarianism and the Creation of an Environmental Ethic." dissertation, 2010, p. 29.

动性、无价值取向性的生产工具，其对于生态环境所产生的客观作用力关键取决于其所隶属的生产关系和社会组织方式。因此，资本主义的利益趋向性决定了其现代技术对自然、对农场的掠夺本质，而若是平民阶层掌握了现代技术的使用权，现代化农场的建构将会迥然不同："一旦一个农场拥有适当的技术，有机废物可以反哺土壤，经济上不具有剥削性……它就会拥有很强的吸引力"[①]，故贝瑞在其诗歌以及小说创作中并不反对农业机械化和现代科技，而是力图要让广大人民合理运用机械技术，遏制资本主义下人过分依赖科技，在现实与超现实中自我混淆、自我解构的危险社会取向。他并不认同将景观生态学所主张的"生态演替"泛化理解，从而将工业景观视为比田园景观更高一级的进化产物和最终归宿，而是积极兼收并蓄两种景观的内在长处，在肯定现代文明物质进步的同时不忘弥合人类信仰失落的精神创伤。在《房屋的设计：理想和艰难的年代》（"The Design of the House: Ideal and Hard Time"）中，贝瑞以梦幻般的语言描绘了文明与荒野和谐共生的理想家园形象，其中城市形象作为诗中农业生态的有机组成部分，抹去了工业文明所赋予的种种不协调感，反而在自然生态的梦幻烘托之下，成为通往理想家园的"未来途径"[②]；在《城市中的疯狂农夫》（"The Mad Farmer in the City"）中，诗人以动感的"歌声"与"舞蹈"[③]来烘托生态城市中的勃勃生机，以女性美来代指生态世界的优雅、协调与健康，生动地描绘了农民因追求生态田园而对于城市景观的思想改造，让现代化的城市街道也披上了一层诗意的生态美感："它的街道和角落就会像日出时的薄雾一样／消失在树林、草地和绿色的田野之上"[④]。这种介于城市与田园之间的中间景观便是诗人所追求的理想家园的总体形态，是传统与现代、科学与诗意在社会空间中的交流与融合，也是消费主义和生态良知

[①] Wendell Berry, *The Unsettling of America: Culture & Agriculture*. Berkeley: Counterpoint, 2015, p. 41.
[②] Wendell Berry, *New Collected Poems*. Berkeley: Counterpoint, 2012, p. 39.
[③] Ibid., p. 142.
[④] Ibid.

在文化建构上的最终妥协。中间景观作为"理想与现实的中介""人类栖息地的典范",①是当今生态整体主义和健康都市美学的突出体现,贝瑞的家园理念虽并未明确提出中间景观的构建思想,但其诸多作品与诗作均展现出了他在应对自然美和工业便捷生活冲突之时内心面临抉择的痛苦与挣扎。他唯有以坚定的反抗气质来向读者大众明示,只要坚持中庸、闲适的文化态度,坚持思想上流浪的无拘无束,在城市中也能够实现对理想家园的追求和对生态美学的顿悟。

都市文化中人工景观的精致和虚假繁荣削弱了大众对于自然美的道德感知力和对自然生态的情感依赖,"景观所宣扬的虚假统一掩盖了阶级分化的本质"②,潜在地同化了工业文明下不同阶级之间的文化立场差异。当代美国生态环境保护虽然在总体上得到了政策与思想文化的支持,但出于资本主义利益追求最大化的价值本性,在城市用地、矿物采掘的情况下,自然生态景观仍旧受到了非常严重的冲击。埃里克·里斯(Erik Reece)曾将罗宾逊森林描绘为"被死亡所环绕的生命之岛"③,映射出了当代社会中生态与工业、生命与死亡相对立的荒诞社会景观。故而贝瑞对于都市景观的抵制同样是农业文化和资本主义文化对于大众视觉、大众价值导向的激烈争夺,他的中间景观构想并非单纯的为自然发声,而是在生态正义的基础上为争取人民合法权益所做出的人道主义抗争。从这一角度而言,当下城市景观与田园景观之间的文化龃龉仍远远超越了两者之间的情感认同,都市中"新的高大建筑几乎罔顾我们作为自然生灵的地位"④,展现出了资本主义文化对于动物、人乃至于人文主义极度的傲慢与冷漠。生态理念的可持续发展导向注定了它与人类中心主义物质欲望之

---

① 段义孚:《逃避主义》,周尚意、张春梅译,石家庄:河北教育出版社,2005年,第29页。
② Guy Debord, *The Society of the Spectacle*. New York: Zone Books. 1995, p. 46.
③ Erik Reece and James J. Krupa, *The Embattled Wilderness: The Natural and Human History of Robinson Forest and the Fight for its Future*. Athens: University of Georgia Press, 2013, p. 92.(注:罗宾逊森林位于美国肯塔基州东部。该书讨论了肯塔基州东部罗宾逊森林的自然和人类历史以及为保护这片受威胁的野生天堂而进行的斗争。)
④ 段义孚:《回家记》,志丞译,上海:上海译文出版社,2013年,第37页。

间的文化冲突，贝瑞力图调和工农业景观之间的矛盾，建设现代化理想家园的文化构想依旧任重道远。

理想家园的终极目标
——未来学视域下的和平共同体

　　未来学研究作为一种哲学与文化思潮，以预测未来、应对未来发展为思想核心，其根本导向在于通过对当下社会物质空间、思想空间、国际政治空间的科学构建和具象模拟来推演未来社会的运作机制和运行轨迹。由此不难看出生态批评与未来学研究的相通之处，即两者都是在充分汲取了社会物质与文化意识现状的前提下对于未来发展所做出的规约和合理展望。贝瑞在理想幻灭、诗性功能日渐式微的后现代社会依旧心怀未来意识，坚持诗歌的价值导向功能，这进一步表明了他个人生态思想不再拘泥于批判现实的原始维度，而是从科学的角度来剖析当下物质利益与生态权益的矛盾立场，通过鲜明的时代意识和未来展望来勾勒、预测其理想家园的社会前景，故而在生态浪潮席卷全球，国际关系日趋复杂，极端种族主义日趋蔓延的现当代时期，诗人的家园理想并不局限于美国本土，而是以更开阔的视野来预测未来，其诗歌创作不止于对田园理想重塑的憧憬，而是包罗万象，直击当下最为深刻的国际问题，痛斥美国的霸权主义、东方主义和文明优越论调，认为求同存异、推进世界大同的价值追求才是未来家园建设的核心指向。

　　诗人推崇世界不同民族文化宽容和文化共生，力求通过融合世界各国的共同利益和文化诉求来打破国界、种族差异造成的精神隔阂，以整体世界的和睦友好来维护美国局部的安详和谐。这种地方性与全球性之间的自由切换彰显出诗人对世界与美国之间共存共荣关系的深刻认识，也是生态神学文化价值的具体体现。神学的衰败使人类失去了对于自然的敬畏与信仰，使人类"学会了去面对自然，仿佛自然实际上已经死亡"[1]，自然由神性、人性再到物性的降格与退化暗示了人类在消解宗教形而上玄学世界的同时，自我生态道德体系的颠覆与堕落。生态神学建立在传统西方基督教的文化基础之上，渴求将西方传统中对于上帝的信仰与对生态革新力量的推崇结合起来，一方面反思传统基督神学对于自然生态的轻视与破坏，另一方面也将基督对世人的无私之爱进一步泛化，让人类从对于基督的信仰移情中获得对自然、对于其他种族的文化信任与价值宽容。在《敌人》（"Enemies"）一诗中，诗人以连续的设问和排比句式凸显出现代人相互仇视的荒谬表现，通过将神学的思想圣洁与自然的神秘和伟岸融为一体，暗示了不懂宽恕之道的人皆为"怪物"[2]，切实反映了基督神学与生态批评休戚与共的思想文化渊源。生态神学观照下的未来社会呼吁共通的人性，积极构建理想家园的共同使命感和责任意识，将基督徒的自我忏悔转化为整个人类共同体的自我反思与思想救赎，从这一角度而言，美国政府已经成为统治阶级借国家利益之名追求垄断价值的政治工具，它所发动的一切对外战争与扩张都将是对全人类文化共同体的背叛，都无法掩盖其爱国主义外衣之下政治与文化殖民的罪恶意图。在《致西伯利亚的樵夫》（"To a Siberian Woodsman"）一诗中，贝瑞以丰富的个人想象勾勒出一位俄罗斯伐木人简单而温馨的家庭生活，通过其与肯塔基州诗人自我的生态栖居两相对比，凸显出两个不同民族所共享的自然文化情怀，以鲜明的世界主义立场讥讽了美俄两国政府长期敌对所造成的死亡阴霾："是谁让我们彼此仇视？／是谁让我们不惜以世界毁灭为代价，武装起来相互对抗？"[3]诗人以一系列反问句式痛斥了美国上层建筑的病态，揭示出政治生态建设的关键在于弘扬人道主义，以全人类共同的文化价值追求来疏导、缓和狭隘的国家意识形态对抗。与反战者一贯的口号式宣言不同，贝瑞综合了反讽、想象、对比等一系

---

[1] Bruce V. Foltz, *The Noetics of Nature: Environmental Philosophy and the Holy Beauty of the Visible*. New York: Fordham University Press, 2014, p. 53.
[2] Wendell Berry, *The Selected Poems of Wendell Berry*. Berkeley: Counterpoint, 1998, p. 160.
[3] Ibid., p. 61.

列表现手法，从家庭生态的细微视角入手，用更小的家庭式家园替换了传统意义上的国家式家园，以双方和睦的家庭、温馨的亲情与政府发动战争造成的家破人亡做了生动的对比，大声疾呼："没有任何政府比你的儿子更有价值/他能在森林的池塘边默默和你钓鱼……"①这种强烈的情景反差切实地将反战意识和崇尚民主的价值情怀推向了高潮，成功唤起了读者感同身受的思想文化共鸣和对美国恣意破坏国际政治生态卑劣行径的愤怒与质疑。

有鉴于此，贝瑞非常重视诗歌的文化效应，让诗作成为宣传反战理念的思想武器。对外战争作为美国政治机器拓展自我利益的重要暴力手段，往往通过树立真实抑或假想的政治他者来掩盖其背后资本主义意识形态恃强凌弱的殖民本性，经由文化和种族狂热浪潮来塑造美国军人奋勇杀敌、保家卫国的光荣幻象。在《飞机》（"Air"）中，贝瑞便勾勒了一个以轰炸他人、播撒灾难为荣的年轻飞行员："他是我们教过的以恐怖为乐的孩子之一"②，反思了美国偏激好战的国家意识对于青少年思想的严重危害，揭示了现代人对于暴力的狂热和对生命的冷漠。从这一点看，贝瑞的诗歌无异于一剂清醒剂，通过对个人生态、家庭生态的维护来凸显战争的荒谬本质与和平家园的可贵，他以现实主义的冷峻风格打碎了当局对于战争的英雄主义粉饰，正面勾勒出战争对于生态伦理的践踏与破坏。死亡书写作为深层生态批评的一个特殊范畴，是对生物自我存在价值的终极证明，田园文化中死亡作为浅层生物圈自我循环、自我净化的重要手段，象征着自然生存法则于无机界和有机界之间的永恒流动，是对传统物质生命的价值延异和二次编码。在《边走边唱的人》（"A Man Walking and Singing"）中，诗人以温情的话语从多个角度赞颂了死亡的无上美感："我认为死亡是我自己的黑天使，它和我的肉体一样离我很近"③，自然的死亡与健康的生活相辅相成，是物质生命走向尽头时抽象精神对生态世界的合法回归。而在与

---

① Wendell Berry, *The Selected Poems of Wendell Berry*. Berkeley: Counterpoint, 1998, p. 63.
② Wendell Berry, *New Collected Poems*. Berkeley: Counterpoint, 2012, p. 325.
③ Ibid., p. 13.

之相对的工业文化范畴下，死亡则成了生命被屠戮、被非法终结的恐怖噩梦，它往往与当今的毒物书写、灾难书写交相辉映，彰显出人类因无视社会公约、违背生态伦理而遭受的致命惩罚。在《灾难之年的歌曲》("Song in a Year of Catastrophe")中，诗人淋漓尽致地展现出战争前夕，灾难降临之时大众内心的惶恐不安："把你所爱的一切都聚集到身边，说出他们的名字，准备失去他们。"①在《拥有强权的黑暗》("Dark with Power")中，诗人以自然主义者的博大视野描绘了美国殖民入侵给世界各国带来的深重灾难，原本生气勃勃的自然风貌退化为一片焦土，但美国政府却依旧标榜战争，引以为豪，毫不顾忌其给世界带来的无尽死亡威胁。诗人以"胜利的废墟""火一样的纪念碑"②来嘲讽当代美国战争机器所崇尚的"恢宏战果"③，无情地揭示了美国在先进技术支持之下的现代战争对于东方各国的殖民本质。

总体而言，不论是生态神学中的文化包容理念，还是政治上的反战价值取向，都体现出了诗人作为一名知识分子的生态良知和社会责任感，贝瑞为了应对美国享乐主义、国际霸权主义对于生态伦理的侵蚀，非常重视诗作的教化和时代导向作用。他的诗作不乏振臂一呼的昂扬斗志和田园生活的幽静闲适，但更多的却是对往昔人地和谐美好时光的回忆与追溯，饱含着痛苦、忧虑的感伤主义基调，面对战火和田园美学的毁灭与破碎，诗中的这种暗恐与朦胧的漂泊感无不向读者证明，家园的价值往往是在其失却后的空虚与恐惧中才能真正得以体现："草地下的泥土梦到了年轻的森林，路面下的泥土梦到了青草"④。原先的茂密森林已退化为草地，原先的草地已成了水泥路面……诗人通过拟人的手法，以回环的意象含蓄地表达出了对于岁月变迁，乡村被改造成城市后的伤感与惆怅。贝瑞曾在作品中形象地将美国政府在国内兴办工业、掠夺土地的行为称之为"国内殖民主

---

① Wendell Berry, *The Selected Poems of Wendell Berry*. Berkeley: Counterpoint, 1998, p. 74.
② Ibid., p. 28.
③ Ibid.
④ Wendell Berry, *New Collected Poems*. Berkeley: Counterpoint, 2012, p. 345.

义"（Domestic Colonialism）[①]，一针见血地指出了工业文明剥削、好斗的本质。正是在肯定生态正义价值的基础之上，诗人反向刻画了战争、生态污染对于自然和人文生态根本上的破坏作用，反映出美国资本主义化的国家运作方式才是当代生态恶化、国际矛盾愈演愈烈的罪魁祸首。在那剑拔弩张、针锋相对的冷战时期，在那科技至上、荒野隐退的现代社会，诗人为各民族间的手足相残痛心疾首，为未来世界的命运奔走呼告，他对于理想家园的未来构想既是对广大美国民众的文化寻根陶冶，也进一步反衬了整个美利坚民族对于当下田园理想幻灭的无奈与内疚。

小 结

家园意识是当代诗人所不懈探讨的一个重要话题，小至个人家庭的和睦安宁，大到国际局势的和平安定，都需要求同存异、富有包容性的共同体支持。如果说二战前工业文明对于土地的破坏具有鲜明的显性特征，容易引发大众对于违背环境美德的内疚情绪，那么当下美国的信息化与科技化则是在潜移默化地削弱乃至粉碎大地的生态完整状态，使民众在更为丰富的物质享受和全新的生活方式中丧失了自我在自然泥土中的本真身份。由此，贝瑞一方面号召大众积极发扬传统农业生态精神，通过人类主体与自然客体间思想的交感来体验大自然古老的历史主义气质，实现人文主义与荒野之间的文化调和，在理想家园构建时重视个人对于自然哲理的具体感悟；但另一方面，"贝瑞暗示，在理解或描述自然上投入过多的想象力，就等于试图占有自然"[②]，自然的风景秀丽是建立在大众尊重其独立性的基础之上的，任何将自然过分物化、主观化的价值倾向和物理改造都将影响到自然精神的纯粹表达。因此唯有真正发扬梭罗、爱默生等先贤所弘扬的

[①] Wendell Berry and Norman Wirzba, *The Art of the Commonplace: The Agrarian Essays of Wendell Berry*.Berkeley: Counterpoint, 2002, p. 38.
[②] Scott Slovic, *Seeking Awareness in American Nature Writing: Henry Thoreau, Annie Dillard, Edward Abbey, Wendell Berry, Barry Lopez*. Salt Lake City: University of Utah Press. 1992, p. 116.

超验主义精神，秉承生态平等理念和全新的动物伦理观，让淳朴的阿卡狄亚主义与离散化、碎片化的美国工业文明审美达成真正的和解，让美国文明与世界各国文明之间实现真正的平等与互信，这样才能使备受怀疑主义、生存焦虑与环境毒物困扰的美国大众在后现代下的未来家园中重获宾至如归的感觉。

结　　语

　　本书的研究内容以美国殖民地时期至当代的代表性自然诗人为研究对象，试图探讨他们自然诗歌中的生态环境主题与国家发展思想。通过研究生态环境主题演变与国家发展之关系，揭示美国自然诗歌的生态诗学思想以及对国家发展尤其是当今国家绿色发展的意义。作者尝试在研究分析美国自然诗歌生态环境主题与国家发展的关系基础上，突出现当代自然诗人的生态整体观、生态预警和可持续发展思想。在研究过程中，作者尽量将生态环境主题的演变与国家发展有机地结合起来并运用相关理论加以论述，尽量避免把诗人或诗作预设性地套上生态的帽子，将自然诗歌科学地进行绿色定位并将生态批评理论科学地运用到具体文本的分析中。本书试图着眼美国社会的发展历史，结合美国殖民地时期、浪漫主义时期及现当代各个时期的社会政治历史背景，认真研读相关诗人的自然诗歌，分析美国自然诗歌的生态环境主题及其演变过程与美国国家发展的关系，并试图在具体作品中关注国家发展思想。研究尽量体现生态批评纵深发展的标志，不仅在对人类中心主义"经典"文本的颠覆和对自然写作的重估中进行，也在对种族、阶级、性别等社会正义问题的通盘考察中展开，旨在揭示自然对社会构成和国家发展等层面的塑造作用。作者还密切注意当下生态批评的发展趋势：对土地的记忆、对经典的批判、对文本的重构、对自然写作的重新评价、重返浪漫主义、重建社会与生态的联系等等。必须指出的是，每个时期的自然诗歌，由于其作者的社会历史背景和各自经历的不同，其表现的生态环境思想以及对国家发展的关注点也不同，鉴于此，本书结合文本研究和历史研究，在学界认定的历史叙事和具体诗人的文本之间建立互文关系，尽量做到进行比较性的解读。同时，结合美国政治历史文化，采取文本阅读和史论相结合的研究方法，尽量做到论述充分，有新意，不重复已有的国内外著述。在认真阅读国内外相关成果的同时，在充分掌握文献材料和厘清事实依据基础上，突出"问题意识"，提出创新观点。

通过对十三位代表性自然诗人的研究，作者试图揭示以下研究观点：

（一）在早期殖民地时期的自然诗中，宗教、地域意识和生态环境三者环环相扣，印证了万物间的能量互通，可谓"天人合一"；浪漫主义时期代表诗人的自然诗不仅包含了强烈的国家意识和民主思想，还体现了人类与大自然之间生态功能的深切感悟，即自然是文学创造的源泉，作家的使命是把大自然与人的灵魂联结起来，使作品变成大自然沟通、走近和融入人的灵魂的精神通道。

（二）美国自然诗演变轨迹及其生态思想给我们的启示是：人与自然互为环境，资本主义的经济模式是当前生态危机的根源；环境危机在一定程度上是精神危机，自然界的生态危机与人类社会的精神危机是同时发生的；女性、自然、艺术三者之间似乎有着天然的同一性；现当代自然诗因受其所处时代的影响而更加注重人与自然、科技发展与生态保护等关系并提出新见解。

（三）美国现当代自然诗关注两大后果（工业发展带来的危害和人与自然的疏离），揭示三大危机（环境危机、资源危机和人口危机），出现两大转变（对待自然态度的转变，观察自然的角度转变），具有四大意义（人类中心主义批判、科技文明批判、生态预警与生态保护意识、可持续发展意识），其功能及艺术感染力表现在其演变过程中产生的"美"的生态艺术价值、"真"的生态科学价值和"善"的生态文明价值。

通过研究美国自然诗歌的生态主题及其与国家发展的关系，本书希望在生态批评和美国自然诗歌研究领域引领三个方向，其一是生态批评从文学批评向文化批评拓展；其二是生态批评和自然诗歌研究向地方、社会渗透，表现出鲜明的时代感和普适性；其三是唤起大众参与环保运动和国家发展意识。通过系统地从生态批评角度，分时期分析探讨美国文学史上代表诗人自然诗歌的主题演变及其与国家发展的关系，用美国文学史上代表性自然诗人的生态环境危机意识为我国绿色发展服务，为我国的生态文明建设和生态环境建设提供一定的借鉴，通过了解美国自然诗歌的地位及其生态思想内涵，为构建我国生态诗学和美国文学研究及教学提供一定参考。

美国自然诗歌与国家发展

诗歌，包括描写自然的诗歌，具有高度凝练的语言。诗歌抒情言志。"诗者，志之所之也。在心为志，发言为诗。"诗歌通常集中反映社会和社会发展，它是社会生活和社会发展最集中的体现。诗歌是揭示客观世界本质与规律的重要手段，也是普及科学知识的重要手段，诗歌集中了大量的生活生产素材，反映了自然现象的一般规律和特点。人类长期以来积累的丰富知识随着无所不在的诗歌载体广泛流传在人民群众之中，并不断完善与深化，帮助人们认识世界并且提高素质，促进了社会的发展。历史的发展表明，诗歌是政治斗争的有效武器，是文化建设的重要手段，是教育和教学的基本内容。惠特曼曾经这样描述诗人的责任："大地和海洋、动物、鱼和鸟、天空和天堂，还有天体、森林高山和河流等，都不是小主题，美和庄严总是与这些真实庞大的景色一起出现，但大众期待诗人写出的不只是美和庄严……大众期待诗人能指出现实通往灵魂的道路。"[1]

回顾美国自然诗歌发展历史，我们发现早期殖民地时期的自然诗人主要是布莱德斯翠特和泰勒。布莱德斯翠特作为殖民地时期的第一位女诗人，不得不通过诗歌来表达在新大陆所遭受的磨难和痛苦经历、与传统社会对妇女的歧视的抗争、她在宗教方面的虔诚心情、对清教主义的信仰以

---

[1] Walt Whitman, "Preface to 1855 edition of *Leaves of Grass*." *Leaves of Grass and Selected Prose*. Ed. Sculley Bradley. New York: Holt, Rinehart, and Winston, 1949, p. 458.

及对上帝是否存在的怀疑。"重新获得对上帝的信赖和爱是通过大自然的奇迹和美的体验,而不是仅仅靠背诵《圣经》的经文。"① 布莱德斯翠特不仅关心自己的家庭,还关注生活的殖民地社会。"她的诗歌经常清楚地表现出一种冲突。冲突的一方是她对现实世界——自然界的美、书籍、家庭的热爱……在诗中表达了宗教甚至政治观点,但是她惊叹的语调和生动的自然意象都表现了对这个世界的热爱与神权教条之间的较量。"② 至于泰勒,学者认为:"早期美国文学太需要这样一位诗人了,美国清教时期的文学也不能没有这样的诗人,这是一种强烈而自发的激情,是一种民族自豪感。"③ 布莱德斯翠特和泰勒朴素的宗教自然诗歌表达了自然与上帝的关系,阐述了自然诗中自然、人性、神性的结合及其朴素的生态意义,其诗歌中的自然描写与清教神学二者互相结合,有助于早期殖民地开拓者对新英格兰的地域认同。布莱德斯翠特和泰勒的宗教自然诗歌试图以描写生态自然之名来弘扬基督教教义,构建和宣传清教神学思想。这些着眼于对新大陆的自然描写与清教神学思想相结合,积极参与美国国家意识的构建,成为日后美国国家意识的滥觞。

美国诗歌的自然主题与其民族性密切关联,素以歌颂美国本土的自然风光为其创作的主基调。倘或历数美国诗歌史,不难看出,从以爱默生为代表的美国文艺复兴为初始,直至被冠以"美国本土诗人"称号的另两位诗歌教父——19世纪的惠特曼和20世纪的威廉·卡洛斯·威廉斯,美国诗歌的自然主题也先后历经从神性到人性、从正面讴歌到正反两面呈现的渐趋真实的衍变。浪漫主义时期的自然诗人爱默生、布莱恩特、惠特曼以及朗费罗等在超验主义思想的影响下,希望建立起本民族的民族文学。在爱默生等看来,自然是民族性和神性的糅合,立足本土的自然诗歌可以使美国的民族文化思想得以提升。同时爱默生等希望"提倡个性解放,打破

---

① 李维屏:《美国文学思想史(上卷)》,上海:上海外语教育出版社,2018年,第26页。
② 萨克文·伯科维奇:《剑桥美国文学史(第一卷)》,蔡坚等译,北京:中央编译出版社,2008年,第226页。
③ 李维屏:《美国文学思想史(上卷)》,上海:上海外语教育出版社,2018年,第40页。

外国教条主义的束缚,在美国进行一次文艺复兴。而所谓解放个性,在其看来,就是要发现自己,提高人的地位,使人的自己成为可能;从一个国家的角度来讲,则是要确立本民族自身的独立人格,倡导文化的民族独立,即创立具有民族特色的美国的文学来表现地地道道的美国内容和塑造完完全全的美国风格"[1]。

美国浪漫主义自然诗歌意义何在?浪漫主义自然诗歌与国家发展的关系如何?我们可以从下面的评论看出其产生的积极影响:

> 从某一层面来看,美国早期的农业发展,尤其是早期工业发展对自然环境的无视已经达到了十分可怕的程度。18世纪新英格兰的乱砍滥伐,19世纪早期对南部的泰德沃特(Tidewater South)地区土地的耗尽都是第一批土地拥有者挥霍浪费的显著实例。但是美国思想史学家们在当时开发资源的态度中却发现了看似矛盾的另一面:对国家丰富资源的开发被看作美国享有丰厚资源的一个标志。因此,与这种浪费的、放任的开发态度相伴随的,还存在着另外一种态度,认为应该对美国人赖以形成民族个性的土地实行环境保护。[2]

从浪漫主义初期开始,美国"诗歌是公共的、说教的艺术。……诗歌有社会身份,它存在于公众生活中。……涉及社会和政治事件,旨在教诲大众树立正确的态度。美国人发现诗歌的这些重心与他们创建一个全国性的、帮助国家法制的诗歌的努力相吻合。"[3]爱默生的自然诗歌试图引导人们对自然的敬畏之心,以及与自然和谐交融的愿望,指出自然具有特殊的文化和道德意义,自然是一切灵感的源泉,体现了文明和社会对自然的规约力量。本书虽然没有讨论梭罗的自然作品,但他的自然观与简约的社会物质观在今天具有特殊的意义。梭罗关于自我、自然和社会三个方面的思想明显影响了美国社会的发展。梭罗主张好的诗歌"应该是简单而自然

---

[1] 梁晶:"从民族性看美国诗歌自然主题的衍变",《辽宁行政学院学报》,2008年第5期,第195页。

[2] 萨克文·伯科维奇:《剑桥美国文学史(第一卷)》,蔡坚等译,北京:中央编译出版社,2008年,第129页。个别文字有改动。

[3] 同上书,第563页。

的，诗作就应该直接回归自然，诗人的捷径就是回到田野与森林中去"①。

惠特曼的自然诗歌表达了诗人高度的爱国热情、激进的民主精神以及对种种社会问题和文化问题的关注，体现了建立美国民族诗歌的必要性和迫切性。再以布莱恩特为例。布莱恩特的自然诗歌（即使是歌颂自然和死亡的诗歌）表明他在生活和作品中一直致力于作家的公共角色。可以说，布莱恩特的整个写作事业没有任何时候脱离公共事件，无论是早期还是晚期的诗歌都显示了美国早期文学以公众为中心的特点，创作了不少关于国家发展的诗篇。几乎所有布莱恩特关注社会发展的诗歌都收编在出版于1821年的《布莱恩特诗集》(*Poems of William Cullen Bryant*)中。从主题上看，这本诗集中的诗歌大都是以集体利益为中心的，其中有的自然诗歌颂扬了大自然是远离社会烦恼的庇护所，把自然视为道德真理和精神复兴的源泉。正如他在《森林赞美诗》("A Forest Hymn")中描写的那样，诗人从描写祥和静谧的小树林转向对自然环境重要性的反思："愿自然促使我们思索，/在她温和的庄严中，/在宁静的树荫下，/让我们领会她优雅的安排，/让我们在生活中顺从她的旨意。"②其他浪漫主义诗人，例如朗费罗，虽然也不在本书讨论范围中，"他把笔触直接指向美国人民的生活和美国的自然风景。……对时代的命运同样予以关注"③。

20世纪初，美国诗坛出现了意象派、芝加哥诗派、传统派和现代派并行交错的发展势头，所谓的新诗和旧诗之争给美国现代诗歌包括自然生态诗歌带来了繁荣的局面。"弗罗斯特让读者看到了农村与城市、地域性与世界性、人类与自然之间存在的矛盾，而艾略特则把不同的社会阶层之间的对立及不同的历史时期之间的对立展示给读者。"④弗罗斯特（Robert Frost, 1874—1963）的主要诗集，不管是早期的诗集《少年的愿望》(*A*

---

① 李维屏：《美国文学思想史（上卷）》，上海：上海外语教育出版社，2018年，第302页。
② 同上书，第584页。
③ 张冲主撰，刘海平、王守仁主编：《新编美国文学史（第一卷）》，上海：上海外语教育出版社，2000年，第368—372页。
④ 杨金才主撰，刘海平、王守仁主编：《新编美国文学史（第三卷）》，上海：上海外语教育出版社，2000年，第157页。

Boy's Will, 1913）或《波士顿之北》(*North of Boston*, 1914），还是后期的《又一重山脉》(*A Further Range*, 1936）、《标志树》(*A Witness Tree*, 1942）、《绒毛绣线菊》(*Steeple Bush*, 1947）以及最后一部诗集《林中空地》(*In the Clearing*, 1962），不仅描写了新英格兰的风土人情和自然风景，而且从新英格兰来观察和关注整个人类的生存状况和社会发展。威廉斯和史蒂文斯（Wallace Stevens, 1879—1955）虽然也不在本书的讨论范围，但他们的作品包括相关自然诗歌表现出对社会和国家发展的关注。威廉斯的诗歌根植于美国本土，具有强烈的时代感和民族特色，而"史蒂文斯运用了大量的自然意象来表现他的诗歌理论和对现实的哲思。他用诗的方式阐释了人与自然的关系，给混乱现实赋予了秩序，为人类主体找到了位置，替精神家园找到了归宿"。[1] 同时，"尝试用诗歌和诗意想象力来重建秩序，其中重要的内容即是人类和野性自然的生态联系，具体而言便是借由诗歌的'非理性'和虚构的想象来观照现实和自然。用想象力、直觉，即思想与情感的结合去把握原始真实的世界，完成对于世界的提升与转化。"[2]

美国现代自然诗人的自然诗歌反映了人与自然、人与社会、人与上帝三重疏远，对现代西方工业文明进行批判，关注国家发展。这一时期以杰弗斯、摩尔和莱维托芙等为代表的自然诗人，其作品具有明显的生态环境主题以及对国家环境发展的深度关注。杰弗斯对西方文明与自然的对立、对西方国家日益膨胀的欲望、对西方社会科学技术的滥用进行批判。杰弗斯自然诗歌表达了生态整体观和人类生态责任感，他的"非人类主义思想"及其生态意蕴至今仍有着积极的影响。摩尔作为20世纪重要的女诗人之一，她的自然诗歌客观地反映了一个由花草虫兽组成的自然世界，在微小中见伟大，论述了人与自然的"裂缝"危机。摩尔的动物诗对人与动物之间关系进行了深刻的描述，体现出丰富的生态伦理

---

[1] 杨革新："《风琴》里奏出的和声：史蒂文斯生态意识管窥"，《世界文学评论》，2010年第1期，第108页。

[2] 刘燕："华莱士·史蒂文斯诗歌自然观简论"，《黑河学院学报》，2014年第4期，第72页。

思想。和摩尔一样，莱维托芙也是20世纪著名的女诗人，她的自然诗歌对人类中心主义进行批判，对科技文明提出质疑，对人类生存状态表达人文生态关怀。

美国当代自然诗人的自然诗歌已体现出明显的生态整体观、生态预警以及国家绿色发展思想。本书讨论的默温、斯奈德、奥利弗和贝瑞是当代美国文坛最有代表性的四位生态诗人。默温的自然诗具有一定的生态美学思想（主要表现在他倡导的自然的言说及言说的生态方式、主体意识的模糊化与非主体的环境意识等）。默温积极参与环境保护运动，他对土著语言和土著文化的关注、对人类"位置感"及人类精神生态的关注、对诗意生存的倡导、对自然是语言源泉的主张、对佛教生态意识的关注，都对当今生态环境保护运动起到了积极推动作用。斯奈德是目前国内外学者研究的重点生态环境诗人之一。斯奈德自然诗中的整体生态观，例如诗意栖居及生态系统与能量网络思想、科技文明批判与生态乌托邦思想、生物区域主义思想及本土意识、地域感思想、印第安文化及佛教禅宗生态思想越来越受到人们的重视。斯奈德生态诗学思想包括他对荒野伦理的表述、对语言的生态功能的论述等也有重要的参考价值。奥利弗的自然书写与生态预警表述、对物性的探索以及对自然文化观的追寻、对自然/意象/女性的研究也是当代自然诗歌中的一大亮点。贝瑞是当今美国诗坛具有明显的重农主义思想的自然诗人。农耕、农民和农场是他自然诗歌中的三个关键词。对贝瑞来说，家庭农场既是承载其农耕理想的物理空间，也是他从事文学创作的想象空间。贝瑞的创作以书写家庭农场为切入点，批评美国农业企业化，描绘生态田园风景。他的自然诗歌凸显了处所意识、乡村社区复兴与生态田园想象三个主要维度，有助于反思现代工业文明进程造成的农业发展传统失轨。同时，贝瑞自然诗歌中关于以本土为中心的生态教育观及可持续发展思想，对当今社会发展也有一定的现实意义。这些具有代表意义的自然诗人所提出的生态诗学思想还有待我们做出进一步的研究。

生态批评与社会绿色发展

缘于生态危机而产生的生态批评，从其产生起就体现出强烈的伦理诉求——恢复自然在人的伦理世界中的应有地位、实现人与自然和谐共存。为了能够恢复自然的伦理之维、实现人与自然和谐共存，生态批评从"挖掘自然魅力、直击环境灾难"的浅层样态，逐步走上"反思人类环境行为，促进社会绿色发展"的深层样态。生态批评伦理诉求的逻辑演变背后是要弄清生态危机产生的根源，有效化解生态危机，进入"自然生态、制度生态、精神生态"有机统一的绿色社会。

面对全球范围内的环境恶化与生态危机，反思人类与自然之间的关系问题成为人类社会普遍关注的焦点，这使得探讨文学和自然环境之间关系的生态批评从众多文学理论中脱颖而出，逐渐成为学界重视的研究内容。生态批评从其产生时起，就以树立自然在文学文本中的地位为己任。生态批评通过文学来重审人类文化，探索人类思想文化、社会发展模式给自然带来的影响[1]，试图唤醒人对社会存在的物质根基——"自然"的尊重和善待意识，以便恢复自然在人的伦理世界中应有的地位，实现人与自然和谐共存的伦理诉求。为了能够将沉沦已久的自然从人类社会的僭越状态下解放出来，生态批评经历了"对田园式绿色文本的解读，对毒物描写文本的剖析，对人类行为方式的揭示，对不公正社会制度的批判"的发展与流变。透过生态批评的发展与流变，不难发现，生态批评在试图实现人与自然和谐共存的伦理诉求问题上，客观呈现出由"挖掘自然魅力、直击环境灾难"的浅层样态向"反思人类行为、促进社会发展"的深层样态转变、最终旨在构建"自然生态、制度生态、精神生态"有机统一的绿色社会的逻辑演变过程。

---

[1] 参见朱新福："美国生态文学批评述略"，《当代外国文学》，2003年第5期，第135—140页。

(一) 挖掘自然魅力，直击环境灾难

恢复自然在人的伦理世界中应有的地位、实现人与自然和谐共存，是生态批评伦理诉求的内容和旨趣。伦理作为人类社会独特的精神现象，是人们在生产、生活实践中形成的，让人得以安身立命的有关人与自然、人与他人及社会之间关系和准则的总和。这其中，人与自然之间的关系和准则是人类社会得以维持和延续的首要前提。因为，从人类社会产生起，为了满足生存的需求，就必须与自然展开物质交换活动（如采摘、狩猎、种植等）以获得生存所必需的物质生活资料。但是，这些物质交换活动并不是脱离自然规律的随心所欲的行为，因为物质交换活动的对象——动植物的生长遵循着相应的自然规律。因此，想要源源不断地获得生存所需的物质生活资料，就必须遵守动植物生长的自然规律并按照自然规律开展生产、生活实践，这最终促成了以禁忌为内容的人与自然之间伦理关系的形成。在中国先秦时期的《礼记·月令》中就详细记载了不同时令下人对自然的伦理禁忌。自然万物的生长在不同的时令阶段有着不同特征，需要根据具体的时令，适时开展生产，做到有所为有所不为。如孟春之月，万物复苏，土地所宜，需适时耕种，但因植物刚刚萌发，还需进一步成长，所以禁止砍伐树木，禁止捕猎处于哺育中的动物。只有这样，才能保证物种资源的持续性，从而能源源不断地获取生存赖以维持的物质基础，自然也因此成为伦理世界的重要组成部分。然而，建立在主体解放、工具理性、商品经济基础上的现代文明社会，以追求利益最大化为内容的功利主义价值观取代了以人与自然和谐共存为内容的"天人合一"的价值观，人们将自然从人的伦理世界中排除出去，自然沦落为人肆意掠取的对象性客体。这种无视自然在人的伦理世界中应有地位的文明模式，让全世界陷入土地沙漠化、能源枯竭、环境污染等生态问题中，人类社会正面临着失去存在根基的危险。面对自然在人的伦理世界中缺失所引发的生存危机，文学开启了恢复自然在伦理世界中的应有地位，以实现人与自然和谐共存的生态批评之旅。为了能够重塑自然的伦理之维，构建人与自然和谐共存的栖居状态，挖掘自然魅力、直击环境灾难成为生态批评的普遍诉求。

对描述自然魅力的自然文学作品的生态挖掘，是生态批评试图改变自然在人的伦理世界中缺失状态的最初样态。为了能够扭转现代文明社会中人与自然伦理二分的异化局面，生态批评将触角移至描写自然的文学作品，涌现出一批对描写自然的文学作品的生态解读和研究。这些研究或刻画四季变幻中的自然风貌，或聚焦自然生态中可爱的精灵，或展现身处大自然中的人悠然自得的画面，或对自然环境危机提出预警，等等，其目的是要向人们展示自然的独特魅力，唤起人们对自然的关注和尊重，让人重新思考人与自然之间应有的伦理关系及生命的真实意义。奥尔森指出，在独自面对自然时，人们内心会充满活力和敏悟，进而能体会到"湖泊的呼吸、万物缓慢的生长、时光的永恒及天人合一的真实含义"[1]。对描述自然魅力的文学作品的生态挖掘，能够唤起人对自身作为自然存在方式的本能意识，让人感知自然的美好，审视现代文明范式的种种弊端，进而希望重塑人与自然和谐共存的伦理样态。然而，在庞大的现代文明体系面前，对描述自然魅力的自然文学作品的生态挖掘，远不能与现代文明中的功利主义价值取向相抗衡，也无法彻底改变自然在人的伦理世界中空场的局面，最终导致对田园式文学作品的生态挖掘在很大程度上沦为现代文明中身心俱疲的人释放疲惫、净化心灵的调节剂。有人认为，在自然文学作品所指涉的模式化的田园设想中，无论是徜徉的林中小道、草地，还是所接触的乡野人物，都只是理想化的原生态形象。人们在这些理想化的原生态形象中间，更多的是做心灵的调整和休憩。而短暂回归自然和心灵调整的目的，是使人能满怀力量地回归现代文明所在的都市生活。[2]

对直击环境灾难的毒物描写文学作品进行剖析，是生态批评试图改变自然在人的伦理世界中缺失状态的又一重要诉求。建立在工具理性基础

---

[1] 西格德·奥尔森：《低吟的荒野》，程虹译，北京：生活·读书·新知三联书店，2012年，第108—109页。

[2] 参见李晓明："当代生态批评视阈中文学对自然的再现"，《青海社会科学》，2008年第1期，第153—157页。

上的现代文明在给人类社会带来前所未有的物质繁荣的同时，却极大地践踏和破坏着人类生存赖以维持的生态环境系统。纵观世界现代文明史，几乎所有的国家都曾陷入到物质繁荣与环境恶化并驾齐驱的二律背反圈圈中，出现了诸如水体污染、有毒烟雾、沙尘暴、极端气候、核能泄漏等危及生命的环境灾难。生态环境恶化下的生存危机进一步激发了文学的生态责任，以《寂静的春天》(蕾切尔·卡森，1962)、《深渊在前》(奥雷利奥·贝切伊，1969)、《啊，看似伊甸园》(约翰·契弗，1982)、《白噪音》(唐·德里罗，1985)以及《伐木者，醒来》(徐刚，1988)等为代表的大批毒物描写文学作品涌出。生态批评通过对毒物描写文学作品的剖析，向人们展示了生态环境恶化给人和社会所带来的种种触目惊心的危害和影响。卡森在《寂静的春天》中，就通过对虚构的美国小镇春天变化的剖析——曾经的鸟语花香，如今死亡般的寂静，揭示了滥用化学药物给环境和健康所带来的致命危害，而这样虚构的小镇在美国及世界各地都能找出成千上万个现实的翻版。因此，"这个想象中的悲剧很可能且会很快地变成一个我们大家都将知道的活生生的现实"。[1] 对有毒文学作品的深度剖析，让不少身处现代文明中的个体幡然醒悟，以善待自然、保护环境为目标的生态运动此起彼伏，诸如"未来绿色行动""地球之友"等旨在恢复人与自然之间伦理秩序的生态环保组织在各国兴起，甚至在一些国家成立了专门以生态环保为主旨的政党——"绿党"。然而，这些生态运动在很大程度上停留在无中心、多元化的呼吁层面，未能触及生态危机背后的深层根源，因此，无法彻底遏制生态环境的进一步恶化，生态危机伴随资本全球化的进程在世界各地蔓延。

（二）反思人类环境行为，促进社会绿色发展

面对生态环境在全球范围内持续恶化，生态批评逐步从挖掘自然魅力、直击环境灾难的浅层样态，发展为对人与自然伦理二分的原因进行全

---

[1] 蕾切尔·卡逊:《寂静的春天》，吕瑞兰、李长生译，长春：吉林人民出版社，1997年，第3页。

面剖析的深层样态。为了尽可能找出人与自然伦理二分状态下的生态危机的根源，生态批评不断突破文学批评局限于某些单一学科（如文学、生态学）内部研究的不足，充分借鉴人文社会科学研究领域的最新成果，涌现出生态批评的哲学、宗教、文化、绿色政治、女性主义、殖民主义等跨学科研究视角。研究的对象也从最初直接描述自然环境的生态文学扩展至所有可能对生态环境造成影响的因素。生态批评的研究对象"绝不仅仅是生态文学，绝不仅仅是直接描写自然景观的作品，更不仅仅是'自然书写'。是否描写了自然，不是生态批评能否展开的必要条件。只要有关生态危机的思想文化根源，只要对人与自然的关系产生了影响，文学作品哪怕完全不涉及自然景物，哪怕只表现一个破坏生态的政策的出台过程、一种消费主义生活方式、一次严重的污染事件，也是生态批评应当探讨，甚至重点探讨的对象"[1]。突破文学批评的局限，跨学科多视阈，面对实际问题，社会性和政治性特征凸显，已成为生态批评发展的趋势，其目标是要弄清楚在生态危机问题上"我们究竟从哪里开始走错了路"，以便能纠正这些错误行为，构建人与自然和谐共存的伦理秩序。透过生态批评的众多新出现的研究视角，可以发现生态批评在化解生态危机，恢复自然在人的伦理世界中应有的地位，实现人与自然和谐共存的伦理诉求问题上，客观呈现出"反思人的行为方式"和"批判现有社会制度"两种样态。

随着人与自然伦理二分状态下生态危机的加剧，生态批评研究者们已认识到生态环境恶化与人类自身的行为息息相关。"我们（人类）再也不能认为我们自己是被巨大的力量抛来抛去的物种。现在，我们（人类）就是那些巨大的破坏性力量。诸如飓风、雷暴和大雷雨等自然灾害已经不是上帝的行动，而是我们（人类）自己的行动。"[2] 这使得"反思人的行为方式"成为生态批评发展和研究的重要内容，出现了上述所提及的生态批评的哲学、神学、文化等研究视角，这些研究视角详细分析了人的行为方式

---

[1] 王诺："生态批评：界定与任务"，《文学评论》，2009年第1期，第66页。
[2] 比尔·麦克基本：《自然的终结》，孙晓春、马树林译，长春：吉林人民出版社，2000年，第12页（"译序"）。

给生态环境带来的消极影响。罗尔斯顿和利奥波德等一批学者从哲学方法论的根源出发，指出生态危机的根源在于"人类中心主义"的错误行为方式。人类中心主义行为方式以人的需求和喜好为终极价值目标，割裂了人与自然之间应有的伦理关系，使得生态环境走上万劫不复的毁灭之路。利奥波德在《沙乡年鉴》中如是论述："迄今还没有一种处理人与土地，以及人与在土地上生长的动物和植物之间的伦理观。土地，就如同俄底修斯的女奴一样，只是一种财富。人与土地之间的关系仍然是以经济为基础的，人们只需要特权，而无需尽任何义务。"[1]因此，要解决生态危机，就必须要克服人类中心主义行为方式，把人的角色从自然的征服者转变为与自然平等的一员，尊重生态系统中的每个成员。为了能够有效地改变人类中心主义行为方式，生态批评从影响和支配人的行为背后的思想文化出发，进一步揭示了人类中心主义行为产生的历史文化渊源。林恩·怀特（Lynn White）在《我们生态危机的历史根源》（"The Historical Roots of Our Ecologic Crisis"）一文中指出："在犹太—基督教中，人一直被视为自然的中心，这是人类中心主义行为方式的思想根源，……它构成了我们（人类）一切信念和价值观的基础，……指导着我们（人类）的科学和技术，……让我们（人类）以统治者的姿态对待自然。"[2]在怀特看来，要改变人类中心主义行为方式，还需要对以人为中心的基督教进行革新，建立一种有利于人与自然和谐共处的宗教文化观，以恢复自然在人的伦理世界中的应有地位。

在反思人类中心主义行为方式的同时，对具有反生态性社会制度的批判，是生态批评面对生态环境持续恶化，试图恢复自然在人的伦理世界中应有地位的另一重要诉求，涉及上述所提及的生态批评的绿色政治、女性主义、殖民主义等研究视角。生态批评的制度批判诉求，否定了人在生

---

[1] 奥尔多·利奥波德：《沙乡年鉴》，侯文蕙译，长春：吉林人民出版社，1997年，第192—193页。
[2] Lynn White, "The Historical Roots of Our Ecologic Crisis." *The Ecocriticism Reader: Landmarks in Literary Ecology*. Eds. Cheryll Glotfelty and Harold Fromm. Athens: University of Georgia Press, 1996 (92-104), p. 86.

态危机问题上具有与生俱来的"生态原罪性",不赞同将生态危机的出现简单地归结为人类中心主义行为方式及与之相连的科学技术的进步。不仅仅是自然的价值,甚至是生态批评本身,都是因人的需求而产生的。生态危机的根源在于不合理的社会制度让人陷入无休止的对自然索取的异化境地。"对自然的破坏,对生态环境的破坏,归根结底,不是来自科学技术的高度发展,而是来自人类社会组织方面的弊病,尤其是来自刺激人的恶性的病态的消费欲的机制。人被煽动得竭力去占有更多更新的、其实他们并不需要的商品,以此推动和维持经济的增长。人们急速膨胀的物欲导致人与自然的进一步严重对立。"[1] 使得人走上对自然无休止索取之路的社会制度,正是马克思主义所揭示的资本逻辑下的私有制。利益最大化是资本逻辑的核心,这让整个社会陷入到无限生产与过度消费并存的唯发展论的模式中,生态环境也因此无可挽回地走上了不归路。与此同时,对利益的极度追逐,还加剧了男性对女性生存空间的挤压及生产消费的全球性扩张,造成了在生态权益问题上的性别不公和国际秩序的不合理。女性、儿童、落后国家和地区成为生态危机实际的受害者。因此,要真正解决生态危机,构建人与自然和谐共存的伦理秩序,必须克服和超越资本逻辑下的私有制,建立起以公有制为基础、消灭剥削和压迫、经济社会与生态协调发展的社会主义社会。

(三)努力创建"自然生态、制度生态、精神生态"有机统一的绿色社会

从对描述自然魅力的田园式文学作品的生态挖掘、对毒物描写文学作品的剖析,向反思人类中心主义行为方式、批判反生态性社会制度的转变,生态批评已发展为跨学科、跨疆域、多视角的文学批评理论。尽管生态批评因视角多样、形态迥异而饱受争议且生态批评学界内部还存在着问题之争,但透过种种争议和争论可以清晰地看到,生态批评均源于危及人

---

[1] 王先霈:"中国古代文学中的绿色观念",《文学评论》,1999年第6期,第143页。

类生存的生态危机,都试图恢复自然在人的伦理世界中的应有地位,最终皆以实现人与自然和谐共存为目的。透过生态批评的发展流变及日益广泛的研究内容,可以看到,要恢复自然的伦理之维、实现生态批评所指向的人与自然和谐共存的伦理诉求,既需要修复人与自然和谐共存的物质基础,又需要完善人与自然和谐共存的社会制度,同时还需要营造人与自然和谐共存的精神世界,三者相互关联,缺一不可,"自然生态、制度生态和精神生态"有机统一的绿色社会是实现生态批评的伦理诉求的最终出路与归宿。

完整的自然生态是人与自然和谐共存的物质基础。人是自然界亿万年演化的结果,不仅人来源于自然界,而且维持人生存所需的物质生活资料也来源于自然界。保持自然生态的完整性是人类社会得以维持的前提条件。然而,现代文明社会中,对利益无休止的追逐,让自然沦落为人肆意掠取的对象,大量的自然资源被浪费,生态系统的完整性被破坏,出现了有毒文学作品中所描述的全球变暖、物种灭绝、热带雨林消失、水资源日益短缺、有毒空气肆虐等生态环境恶化问题。生态环境的持续恶化逐步抽空人类社会赖以存在的物质根基,让人类社会濒临毁灭的危险境地。为此,需要克服现代人的种种反生态性的错误行为,积极修复和完善已被破坏的生态系统,按照自然生态系统的动态平衡规律,探索和建立环境友好型、资源节约型的社会发展模式,把人类的生产和消费活动控制在自然生态系统所能承受的范围之内,维持自然生态的完整性,最终实现在自然生态层面上的人与自然和谐共存的样态。

参考文献

一、英文参考文献

Abram, David. *The Spell of the Sensuous: Perception and Language in a More-Than-Human World*. New York: Vintage, 1997.

Adorno, Theodor. "Messages in a Bottle." *New Left Review* 200 (1993): 5-14.

Auden, W. H. "In Memory of W. B. Yeats." *Collected Poems*. Ed. Edward Mendelson, New York: Random House, 1976. 245-246.

Barlowe, Arthur. "The First Voyage Made to the Coasts of America." *Norton Anthology of American Literature,* 4th ed. Vol. 1. Eds. Ronald Gottesman, Laurence B. Holland, and Nina Baym. New York: Norton & Company, 1989.

Bate, Jonathan. *The Song of the Earth*. Massachusetts: Harvard University Press, 2000.

Baym, Nina, ed. *The Norton Anthology of American Literature*. 5th ed. Vol. 2. New York: W. W. Norton & Company, 1998.

Beauchamp, Tom L. Introduction. *The Oxford Handbook of Animal Ethics*. Eds. Tom L. Beauchamp and R. G. Frey, New York: Oxford University Press, 2011. 3-31.

Beaver, Joseph. *Walt Whitman, Poet of Science*, New York: King's Crown Press, 1974.

Berry, Wendell. *What Are People For?* San Francisco: North Point Press, 1990.

——. *The Selected Poems of Wendell Berry*. Berkeley: Counterpoint, 1998.

——. *Bringing It to the Table: On Farming and Food*. Berkeley: Counterpoint, 2009.

——. *New Collected Poems*. Berkeley: Counterpoint, 2012.

——. *Our Only World: Ten Essays*. Berkeley: Counterpoint, 2015.

——. *The Unsettling of America: Culture & Agriculture*. Berkeley: Counterpoint，2015.

Berry, Wendell and Norman Wirzba. *The Art of the Commonplace: The Agrarian Essays of Wendell Berry*. Berkeley: Counterpoint, 2002.

Billitteri, Carla. *Language and the Renewal of Society in Walt Whitman, Laura (Riding) Jackson, and Charles Olson: The American Cratylus*. New York: Palgrave Macmillan, 2009.

Bloom, Harold. "The New Transcendentalism: The Visionary Strain in Merwin, Ashbery, and Ammons." *Figures of Capable Imagination*. New York: Seabury Press, 1976. 124-127.

——. Introduction. *W. S. Merwin*. Ed. Harold Bloom. Philadelphia: Chelsea House, 2004. 10-16.

Boylan, James. "William Cullen Bryant." *Dictionary of Literary Biography: American Newspaper Journalists, 1690-1872*. Detroit: Gale, 1985. 79-90.

Boschman, Robert. *In the Way of Nature: Ecology and Westward Expansion in the Poetry of Anne Bradstreet, Elizabeth Bishop and Amy Clampitt*. North Carolina: McFarland & Company, 2009.

Bradford, William. *Of Plymouth Plantation, 1620-1647*. New York: Alfred A. Knopf, 1959.

Branch, Michael P. "William Cullen Bryant: The Nature Poet as Environmental Journalist." *ATQ*. 12. 3 (1998): 179-197.

Braumoeller, Bear F. "The Myth of American Isolationism." *Foreign Policy Analysis*, 6 (2010): 349-371.

Bright, William. *A Coyote Reader*. Berkeley: University of California Press, 1993.

Brodwin, Stanley and Michael D'Innocenzo, eds. *William Cullen Bryant and His America: Centennial Conference Proceedings, 1878-1978*. New York: AMS Press, 1983.

Bryant, William Cullen. *Poems by William Cullen Bryant*. Vicksburg: Katz Brothers Inc, 1854. N. page. *Project Gutenberg*. Web. 11 Nov. 2020.

——. *Representative Selections*. Ed. Tremaine McDowell, New York: American Book Co., 1935.

——. *Prose Writings of William Cullen Bryant V2: Travels, Addresses, And Comments (1884)*. Ed. Parke Godwin, New York: Russell & Russell, 1964.

Bryson, J. Scott. "Place, Space, and Contemporary Ecological Poetry: Wendell Berry, Joy Harjo, and Mary Oliver." Diss. University of Kentucky. 1999.

Buell, Lawrence. *The Environmental Imagination: Thoreau, Nature Writing, and the Formation of American Culture*. Cambridge: Harvard University Press, 1996.

——. *Writing for an Endangered World: Literature, Culture, and Environment in the U. S. and Beyond*. Cambridge and London: Belknap Press, 2001.

Bush Jr, Harold K. "Wendell Berry, Seeds of Hope, and the Survival of Creation." *Christianity & Literature* 56. 2 (2007): 297-316.

Callicott, Baird. *In Defense of the Land Ethic, Essays in Environmental Philosophy*. New York: SUNY Press, 1989.

Carroll, Peter. *Puritanism and the Wilderness: The Intellectual Significance of the New England Frontier, 1629-1700*. New York: Columbia University Press, 1969.

Christensen, Laird. "The Pragmatic Mysticism of Mary Oliver." *Ecopoetry: A Critical Introduction*. Ed. J. Scott Bryson. Salt Lake City: The University of Utah Press, 2002. 135-152.

Clifford, Anne M. "Feminist Perspectives on Science: Implications for an Ecological Theology of Creation." *Readings in Ecology and Feminist Theology*. Eds. MacKinnon, MH & McIntyre, M. Kansas City: Sheed & Ward, 1995. 334-360.

Cressy, David. *Coming Over: Migration and Communication Between England and New England in the Seventh Century*, New York: Cambridge University Press, 1987.

Crouse, Julie Christine. "Sacred Harvest: Wendell Berry, Christian Agrarianism and the Creation of an Environmental Ethic." Diss. University of Colorado, 2010.

Davis, Jordan. "Talking with W. S. Merwin." *The Nation* 20 (2011): (20-24).

Debord, Guy. *The Society of the Spectacle*. New York: Zone Books, 1995.

Denton, Daniel. *A Brief Description of New York: Formerly Called New-Netherlands with the Places Thereunto Adjourning*. New York: Hill and Wang, 1983.

Dickinson, Emily. *The Letters of Emily Dickinson*. Eds. Thomas H. Johnson and Theodora Ward. Cambridge: Belknap Press, 1958.

——. *The Complete Poems of Emily Dickinson*. Ed. Thomas. H. Johnson, Boston: Little Brown Company, 1960.

Donovan, Alan. B. "William Cullen Bryant: 'Father of American Song.'" *New England Quarterly* 41 (1968): 505-520.

Douglas, Burton-Christie. "Nature, Spirit, and Imagination in the Poetry of Mary Oliver." *Cross Currents* 46. 1 (1996): 77-78.

Dudley, Joseph P. "Bioregional Parochialism and Global Activism." *Conservation Biology* 9. 5 (1995): 1332-1334.

Ebenkamp, Paul, ed. *The Etiquette of Freedom: Gary Snyder, Jim Harrison, and The Practice of the Wild*, Berkeley: Counterpoint, 2010.

Elliott, David L. "An Interview with W. S. Merwin." *Contemporary Literature* 1 (1988):

1-25.

Emerson, Ralph Waldo. *The Journals and Miscellaneous Notebooks of Ralph Waldo Emerson.* Ed. William Gilman et al. , Cambridge: Harvard University Press, 1960-1980.

——. "Nature." *The American Tradition in Literature.* 9th ed. Eds. George Perkins and Barbara Perkins. New York: McGraw-Hill College, 1999.

——. "Rhodora." *The American Tradition in Literature.* Eds. George Perkins and Barbara Perkins. New York: McGraw-Hill College, 1999.

Endredy, James. *Ecoshamanism: Sacred Practices of Unity, Power & Earth Healing, Woodbury.* Minnesota: Llewellyn Publications, 2005.

Evernden, Neil. *The Social Creation of Nature.* Baltimore: Johns Hopkins University Press, 1992.

——. "Beyond Ecology: Self, Place, and the Pathetic Fallacy." *The Ecocriticism Reader: Landmarks in Literary Ecology.* Eds. Cheryll Glotfelty and Harold Fromm. Athens and London: University of Georgia Press, 1996.

Fast, Robin Riley. "The Native American Presence in Mary Oliver's Poetry." *The Kentucky Review* 12.1 (1993): 59-68.

Fetterley, Judith, ed. *Provisions.* Bloomington: Indiana University Press, 1985.

Fleming, Deborah. "Towers of Myth and Stone: Yeats's Influence on Robinson Jeffers." Columbia: University of South Carolina Press, 2015.

Folsom, Ed. " 'A Yet More Terrible and More Deeply Complicated Problem': Walt Whitman, Race, Reconstruction, and American Democracy." *American Literary History*, 30.3 (2018): 531-558.

Folsom, Ed and Cary Nelson. "Fact Has Two Faces: An Interview with W. S. Merwin." *The Iowa Review* 13.1 (1982): 30-66.

Foltz, Bruce V. *The Noetics of Nature: Environmental Philosophy and the Holy Beauty of the Visible.* New York: Fordham University Press, 2014.

Forster, Norman. *Nature in American Literature.* New York: Russell & Russell, 1923.

Freeman, John. "W. S. Merwin, the Eternal Apprentice." *Virginia Quarterly Review* 4 (2013): 239-244.

Freitzell, Peter A. *Nature Writing and American: Essays upon a Cultural Type.* Iowa: Iowa State University Press, 1990.

Galens, David A. "Overview: 'The Rhodora' ." *Poetry for Students* 17 (2003): 198-200.

Garrard, Greg. *Ecocriticism.* London: Routledge, 2012.

Gatta, John. *Making Nature Sacred: Literature, Religion, and Environment in America from the Puritans to the Present*. Oxford: Oxford University Press, 2004.

Gelpi, Albert. *Emily Dickinson: The Mind of the Poet*. Cambridge: Harvard University Press, 1996.

Godwin, Parke, ed. *A Biography of William Cullen Bryant: With Extracts from his Private Correspondence*. 2 vols. New York: Russell & Russel, 1883.

Gordon, Charlotte. *Mistress Bradstreet: The Untold Life of America's First Poet*. New York: Little, Brown and Company, 2005.

Gore, Al. *Earth in the Balance: Ecology and Human Spirit*. New York: Plume, 1992.

Graham, Vicki. " 'Into the Body of Another' : Mary Oliver and the Poetics of Becoming Other." *Papers on Language and Literature* 30 (1994): 352-372.

Grant, William E. "The Inalienable Land: American Wilderness as Sacred Symbol." *Journal of American Culture*, 17. 1 (1994): 79-86.

Hall, Matthew. "Beyond the Human: Extending Ecological Anarchism." *Environmental Poetics* 20. 3 (2011): 374-390.

Handley, George B. *New World Poetics: Nature and the Adamic Imagination of Whitman, Neruda, and Walcott*. Athens: University of Georgia Press, 2007.

Hertz, Uri. "An Interview with Gary Snyder." *Third Rail* 7 (1985-86): 51-53.

Heuving, Jeanne. *Omissions Are Not Accidents: Gender in the Art of Marianne Moore*. Detroit: Wayne State University Press, 1992.

Hix, H. L. *Understanding W. S. Merwin*. Columbia: University of South Carolina Press, 1997.

Hobson, Geary. "The Rise of the White Shaman as a New Version of Cultural Imperialism." *The Remembered Earth*. Ed. Geary Hobson. Albuquerque: Red Earth, 1979. 100-108.

Hollenberg, Donna Krolik. *A Poet's Revolution: The Life of Denise Levertov*. Berkeley: University of California Press, 2013.

Horace, Rushton Fairclough. *Satire, Epistles, and Ars Poetica*. Trans. H. Rushton Fairclough. Cambridge: Harvard University Press, 1987.

Huang, Guiyou. "Whitman on Asian Immigration and Nation-Formation." *Whitman East and West: New Contexts for Reading Walt Whitman*. Ed. Ed Folsom. Iowa City: University of Iowa Press, 2002.

Huth, Hans. *Nature and the American: Three Centuries of Changing Attitudes*. Berkeley: University of California Press, 1957.

Glicksberg, Charles I. "William Cullen Bryant and Nineteenth-Century Science." *The New England Quarterly* 23 (1950): 91-96.

Jarman, Mark. "The Poet as Prophet: The Life and Letters of Robinson Jeffers." *Hudson Review*, 68. 4 (2016): 680-686.

Jeffers, Robinson. *The Selected Poetry of Robinson Jeffers*. New York: Random House, 1938.

Jones, Howard Mumford. *Belief and Disbelief in American Literature*. Phoenix Books: The University of Chicago Press, 1967.

Knapp, Bettina L. *Emily Dickinson*. New York: Continuum, 1989.

Karman, James. *Stones of the Sur*. Stanford: Stanford University Press, 2001.

Kepner, Diane. "From Spears to Leaves: Walt Whitman's Theory of Nature in 'Song of Myself'." *American Literature* 51. 2 (1979): 179-204.

Kherdian, David. *A Biographical Sketch and Descriptive Checklist of Gary Snyder*. Berkeley: University of California Press, 1965.

King, Ynestra. "The Ecology of Feminism and the Feminism of Ecology." *Healing the Wounds: The Promise of Ecofeminism*. Ed. Judith Plant. Philadelphia: New Society, 1989.

Kitchen, Judith. "The Woods Around It." *Georgia Review* 47. 1 (1993).

Knickerbocker, Scott. "Emily Dickinson's Ethical Artifice." *Interdisciplinary Studies in Literature and Environment* 15. 2 (2008):185-197.

Leonard, Philip. *Trajectories of Mysticism in Theory and Literature*. Palgrave Macmillan UK, 2000.

Levertov, Denise. *With Eyes at the Back of Our Heads*. New York: New Directions Books, 1959.

——. *The Jacob's Ladder*. New York: New Directions Books, 1961.

——. *O Taste and See: New Poems*. New York: New Directions Books, 1964.

——. *The Poet in the World*. New York: New Directions Books, 1973.

——. *Life in the Forest*. New York: New Directions Books, 1978.

——. *Collected Earlier Poems*. New York: New Directions Books, 1979.

——. *Poems 1960–1967*. New York: New Directions Books, 1983.

——. *Oblique Prayers: New Poems*. New York: New Directions Books, 1984.

——. *Breathing the Water*. New York: New Directions Books, 1987.

——. *A Door in the Hive*. New York: New Directions Books, 1989.

———. *Evening Train*. New York: New Directions Books, 1990.

———. *Autobiographical Sketch, New and Selected Essays*. New York: New Directions Books, 1992.

———. "Genre and Gender: Serving an Art." *New and Selected Essays*. New York: New Directions Books, 1992.

———. "Some Affinities of Content." *New and Selected Essays*. New York: New Directions Books, 1992. 1-21.

———. "Poetry and Peace: Some Broader Dimensions." *New and Selected Essays*. New York: New Directions Books, 1992. 154-171.

———. *Sands of the Well*. New York: New Directions Books, 1996.

———. *The Life Around Us: Selected Poems on Nature*. New York: New Directions Books, 1997.

Livingston, John A. *Rogue Primate: An Exploration of Human Domestication*. Toronto: Key Porter, 1994.

Luke, Tim. "The Dreams of Deep Ecology." *Telos* 76 (1988): 65-92.

Malamud, Randy. *Poetic Animals and Animal Souls*. New York: Palgrave Macmillan, 2003.

Martin, Wendy. *An American Triptych: Anne Bradstreet, Emily Dickinson, Adrienne Rich*. London: University of North Carolina Press, 1984.

———. *Emily Dickinson*. Cambridge University Press, 2007.

Marx, Leo. *The Machine in the Garden: Technology and the Pastoral Ideal in America*. London: Oxford University Press, 1964.

Merchant, Carolyn. *Reinventing Eden: The Fate of Nature in Western Culture*. New York: Atheneum, 1981.

———. *The Death of Nature: Women, Ecology and the Scientific Revolution*. San Francisco: HaperCollins, 1989.

Merwin, W. S. *The Dancing Bears*. New Haven: Yale University Press, 1954.

———. *Green with Beasts*. New York: Knopf, 1956.

———. *The Drunk in the Furnace*. New York: Macmillan, 1960.

———. *The Lice: Poems by W. S. Merwin*. New York: Atheneum, 1967.

———. *The Carrier of Ladders*. New York: Atheneum, 1970.

———. *On Being Awarded the Pulitzer Prize*. 3 Jun. 1971. Web. 11 Nov. 2020.

———. *The Compass Flower*. New York: Atheneum, 1977.

———. *Regions of Memory: Uncollected Prose, 1949-82*. Eds. Ed Folsom and Cary Nelson.

Urbana: University of Illinois Press, 1987.

———. *Migration: New and Selected Poems*. Washington: Copper Canyon Press, 2005.

———. *The Shadow of Sirius*. Washington: Copper Canyon Press, 2009.

———. *The Moon Before Morning*. Washington: Copper Canyon Press, 2014.

Miles, Barry. *Jack Kerouac: King of the Beats, A Portrait*. London: Virgin Publishing Ltd., 2007.

Miller, Perry. *Errand into the Wilderness*. New York: Harper & Row, 1956.

Miller, David G. *The Word Made Flesh Made Word: The Failure and Redemption of Metaphor in Edward Taylor's Christographia*. Selinsgrove: Susquehanna University Press, 1995.

Moe, Aaron M. *Zoopoetics: Animals and the Making of Poetry*. Lanham: Lexington Books, 2014.

Moltmann, Jugen. *Jesus Christ for Today's World*. Minneapolis: Fortress Press, 1994.

Moore, Marianne. *A Marianne Moore Reader*. New York: Viking Press, 1961.

Murphy, Bruce F. "The Courage of Robinson Jeffers." *Poetry* 182. 5 (2003): 279-286.

Nash, Roderick. *Wilderness and the American Mind*. New Haven: Yale University Press, 1968.

Nixon, Rob. *Slow Violence and the Environmentalism of the Poor*. Cambridge: Harvard University Press, 2011.

Nolan, Sarah. "Unnatural Ecopoetics: Unlikely Spaces in Contemporary Poetry." Diss. University of Nevada, Reno, 2015.

Oliver, Mary. *American Primitive*. Boston and Toronto: Little, Brown and Company, 1978.

———. "Egrets." *American Primitive*. Boston and Toronto: Little, Brown and Company, 1978.

———. *Twelve Moons*. Boston: Little, Brown and Company, 1978.

———. *Dream Work*. New York: Atlantic Monthly, 1986.

———. *House of Light*, Boston: Beacon, 1990.

———. "Turtle." *House of Light*. Boston: Beacon, 1990.

———. *New and Selected Poems*. Boston: Beacon, 1992.

———. *A Poetry Handbook: A Prose Guide to Understanding and Writing Poetry*. San Diego: Harcourt, 1994.

———. *Blue Pastures*. New York: Harcourt, 1995.

———. "A Few Words." *Blue Pastures*. New York: Harcourt, 1995. 91-94.

——. "My Friend Walt Whitman." *Blue Pastures*. New York: Harcourt, 1995. 13-16.
——. "At the Shore." *West Wind: Poems and Prose Poems*. Boston: Houghton Mifflin, 1997. 40.
——. *West Wind: Poems and Prose Poems*. Boston: Houghton Mifflin, 1997.
——. "The Swan." *Winter Hours: Prose, Prose Poems, and Poems*. Boston: Houghton Mifflin, 1999.
——. "Winter Hours." *Winter Hours: Prose, Prose Poems, and Poems,* Boston: Houghton Mifflin, 1999.
——. *What Do We Know*. New York: Da Capo, 2002.
——. "A Blessing." *Blue Iris*. Boston: Beacon, 2004.
——. *Blue Iris*. Boston: Beacon, 2004.
——. *Long Life: Essays and Other Writings*. Cambridge: Da Capo, 2004.
——. *Why I Wake Early*. Boston: Beacon, 2004.
——. "Wordsworth's Mountain." *Long Life: Essays and Other Writings*. Cambridge: Da Capo, 2004.
Parson, Sean. "At War with Civilizational: Anti-Civilizational Anarchism and the Newest Social Movements." *Western Political Science Association Annual Meeting*. 2009.
Pearce, Roy Harvey. *The Continuity of American Poetry*. Princeton: Princeton University Press, 1977.
Pepper, David. *Modern Environmentalism: An Introduction*. New York: Routledge, 1996.
Plotica, Luke Philip. "Singing Oneself or Living Deliberately." *Transactions of the Charles S. Peirce Society*, 53. 4 (2017): 601.
Quinones, Ricardo. *The Change of Cain: Violence and the Lost Brother in Cain and Abel Literature*. Princeton: Princeton University Press, 1991.
Rampell, Ed. "W. S. Merwin: The Progressive Interview." *Progressive* 11 (2010): 35-39.
Ratiner, Steven. "Mary Oliver: A Solitary Walk." *Giving Their Word: Conversations with Contemporary Poets*. Boston: University of Massachusetts Press, 2002.
Reece, Erik and James J. Krupa. *The Embattled Wilderness: The Natural and Human History of Robinson Forest and the Fight for its Future*. Athens: University of Georgia Press, 2013.
Riggs, Lisa. " 'Earth and Human Together form a Unique Being' : Contemporary American Women's Ecological Poetry." Diss. The University of Tulsa, 2008.
Rosenfeld, Alvin. H. "Anne Bradstreet's 'Contemplations' : Patterns of Form and

Meaning." *Critical Essays on Anne Bradstreet*. Eds. Pattie Cowell and Ann Stanford. Boston: G. K. Hall, 1983.

Schulze, Robin. G. "Marianne Moor's 'Imperious Ox, Imperial Dish' and the Poetry of the Natural World." *Twentieth Century Literature* 44. 1 (1998):1.

Scigaj, Leonard M. *Sustainable Poetry: Four American Ecopoets*. Lexington: The University Press of Kentucky, 1999.

Shackleton, Mark. "Whose Myth is it Anyway? Coyote in the Poetry of Gary Snyder and Simon J. Ortiz." *American Mythologies: Essays on Contemporary Literature*. Eds. William Blazek and Michael K. Glenday. Liverpool: Liverpool University Press, 2005. 226-242.

Sidney, Philip. "The Defense of Poesy." *Sir Philip Sidney*. Ed. Katherine Duncan-Jones, New York: Oxford University Press, 1989. 212-250.

Silko, Leslie Marmon. "An Old-Time Indian Attack Conducted in Two Parts: Part One, Imitation 'Indian' Poems; Part Two, Gary Snyder's *Turtle Island*." *The Remembered Earth*. Ed. Geary Hobson. Albuquerque: Red Earth, 1979. 211–216.

Slovic, Scott. *Seeking Awareness in American Nature Writing: Henry Thoreau, Annie Dillard, Edward Abbey, Wendell Berry, Barry Lopez*. Salt Lake City: University of Utah Press. 1992.

Smith, Mick. *Against Ecological Sovereignty: Ethics, Biopolitics, and Saving the Natural World*. Minneapolis: University of Minnesota Press, 2011.

Snyder, Gary. *A Range of Poems*. London: Fulcrum, 1966.

——. *Earth House Hold*. New York: New Directions Books, 1969.

——. *Turtle Island*. New York: New Directions Books, 1974.

——. "Introductory Note." *Turtle Island*. New York: New Directions Books, 1974.

——. "Tomorrow's Song." *Turtle Island*. New York: New Directions Books, 1974.

——. *The Old Ways: Six Essays*. San Francisco: City Lights Books, 1977.

——. *The Real Work: Interviews & Talks 1964-1979*. Ed. William Scott McLean. New York: New Directions Books, 1980.

——. "Blue Mountains Constantly Walking." *The Practice of the Wild*. Washington D. C. : Shoemaker and Hoard, 1990.

——. "The Place, the Region, and the Commons." *The Practice of the Wild*. New York: North Point Press, 1990.

——. *The Practice of the Wild*. San Francisco: North Point Press, 1990.

——. Introduction. *Beneath a Single Moon: Buddhism in Contemporary American Poetry.* Eds. Kent Johnson and Graig Paaulenich. Boston: Shambhala, 1991.

——. *A Place in Space: Ethics, Aesthetics, and Watersheds.* New York: Counterpoint, 1995.

——. "Four Changes, with a Postscript." *A Place in Space: Ethics, Aesthetics, and Watersheds.* Washington: Counterpoint, 1995. 32-46.

——. "The Rediscovery of Turtle Island." *A Place in Space: Ethics, Aesthetics, and Watersheds.* New York: Counterpoint, 1995. 236-251.

——. *The Gary Snyder Reader: Prose, Poetry, and Translations.* Washington: Counterpoint, 1999.

Spretnak, Charlene. *The Spiritual Dimension of Green Politic.* Santa Fe: Bear and Company, 1986.

Steuding, Bob. *Gary Snyder.* Boston: Twayne Publishers, 1975.

Thoreau, Henry David. *Henry David Thoreau: Essays, Journals, and Poems.* Ed. Dean Flower. New York: Fawcett Publications, 1975.

Tichi, Cecilia. *New World, New Earth: Environmental Reform in American Literature from the Puritans through Whitman.* New Haven: Yale University Press, 1979.

Tuan, Yi-fu. *Topophilia: A Study of Environmental Perception, Attitudes, and Value.* Englewood Cliffs: Prentice-hall, Inc. , 1974.

——. *Segmented Worlds and Self: Group Life and Individual Consciousness.* Minneapolis: University of Minnesota Press, 1982.

——. *The Good Life.* Madison: University of Wisconsin Press, 1986.

——. "Sense of Place: What Does It Mean to be Human?" *American Journal of Theology & Philosophy* 18. 1 (1997): 47-58.

Untermeyer, Louis. *An Introduction to the Poems of William Cullen Bryant.* New York: Heritage Press, 1947.

Walker, Cheryl. "Anne Bradstreet: A Woman Poet." *Critical Essays on Anne Bradstreet.* Eds. Pattie Cowell and Ann Stanford. Boston: G. K. Hall, 1983.

White, Fred D. " 'Sweet Skepticism of the Heart' : Science in the Poetry of Emily Dickinson." *College Literature* 19 (1992): 121-128.

White, Lynn. "The Historical Roots of Environmental Crisis." *The Ecocriticism Reader: Landmarks in Literary Ecology.* Eds. Cheryll Glotfelty and Harold Fromm. Athens: University of Georgia Press, 1996.

Whitehead, Alfred North. *Process and Reality: An Essay in Cosmology.* London and New

York: Harper & Row, 1960.

Whitman, Walt. "Preface to 1855 Edition of *Leaves of Grass*." *Leaves of Grass and Selected Prose*, ed. Sculley Bradley. New York: Holt, Rinehart, and Winston, 1949.

Whitman, Walt. *Complete Prose Works: Specimen Days and Collect, November Boughs and Goodbye My Fancy*. London and New York: D. Appleton and Company, 1892.

Whitman, Walt and Ed Folsom. *Democratic Vistas: The Original Edition in Facsimile* (Iowa Whitman Series). Iowa City: University of Iowa Press, 2010.

Williams, George H. *Magnalia Christi Americana*. Ed. Kenneth B. Murdock. Cambridge: Harvard University Press, 1977.

Young, David. "Electric Moccasins." *Field: Contemporary Poetry and Poetics* 55 (1996): 39-47.

Zaller, John R. " 'A Terrible Genius: Robinson Jeffers's Art of Narrative." *Western American Literature* 46. 1 (2011): 26-44.

Zwicky, Fay. "An Interview with Denise Levertov." *Westerly* 24. 2 (1979): 119-126.

二、中文参考文献

阿德里安·戴斯蒙德等:《达尔文》,焦晓菊、郭海霞译,上海:上海科学技术文献出版社,2009年。

阿尔贝特·施怀泽:《敬畏生命》,陈泽环译,上海:上海社会科学院出版社,2003年。

爱德华·泰勒:《爱德华·泰勒诗选》,高黎平译,福州:福建教育出版社,2014年。

艾米莉·狄金森:《暴风雨夜,暴风雨夜》,江枫译,北京:机械工业出版社,2010年。

艾米莉·狄金森:《狄金森诗选》,江枫译,长沙:湖南人民出版社,1984年。

艾米莉·狄金森:《我们无法猜出的谜:狄金森选集》,蒲隆译,北京:作家出版社,2001年。

艾米莉·狄更生:《狄更生诗歌精选》,王晋华译,太原:北岳文艺出版社,2000年。

安娜·布莱德斯翠特:《安娜·布莱德斯翠特诗选》,张跃军译,上海:东华大学出版社,2010年。

奥尔多·利奥波德:《沙乡年鉴》,侯文蕙译,长春:吉林人民出版社,1997年。

比尔·麦克基本:《自然的终结》,孙晓春、马树林译,长春:吉林人民出版社,2000年。

伯纳德·科恩:《科学中的革命》,鲁旭东等译,北京:商务印书馆,1998年。

布劳尼斯娄·马林诺夫斯基:《自由与文明》,张帆译,北京:世界图书出版公司北京公司,2009年。

曾永成:《文艺的绿色之思:文艺生态学引论》,北京:人民文学出版社,2000年。

达尔文：《物种起源》，周建人等译，北京：商务印书馆，1995年。
陈小红："寻归荒野的诗人加里·斯奈德"，《当代外国文学》，2004年第4期，第98—102页。
陈小红编著：《什么是文学的生态批评》，上海：上海外语教育出版社，2013年。
程虹：《寻归荒野》，北京：生活·读书·新知三联书店，2001年。
程倩春："论达尔文进化论的生态思想及其意义"，《学术交流》，2011年第11期，第5—8页。
程锡麟："献给爱米莉的玫瑰在哪里？——《献给爱米莉的玫瑰》叙事策略分析"，《外国文学评论》，2005年第3期，第69—74页。
董衡巽、朱虹等编著：《美国文学简史（上册）》，北京：人民文学出版社，1986年。
段波、张泉："19世纪美国海洋诗歌主题述略"，《浙江海洋学院学报（人文科学版）》，2014年第1期，第17—21页。
段义孚：《逃避主义》，周尚意、张春梅译，石家庄：河北教育出版社，2005年。
段义孚：《无边的恐惧》，徐文宁译，北京：北京大学出版社，2011年。
段义孚：《回家记》，志丞译，上海：上海译文出版社，2013年。
段义孚："地方感：人的意义何在？"，宋秀葵、陈金凤译，《鄱阳湖学刊》，2017年第4期，第38—44+126页。
范景兰："感恩大地　诗意栖居——昌耀与惠特曼诗歌'土地'意象比较阐释"，《青海社会科学》，2012年第4期，第167—172页。
弗拉季斯拉夫·伊诺泽姆采夫："'自然边界'有'普遍价值'吗？"，载弗拉季斯拉夫·伊诺泽姆采夫主编，俞可平译《民主与现代化——有关21世纪挑战的争论》，北京：中央编译出版社，2011年。
苟锡泉编：《美国主要诗人作品选介》，上海：上海外语教育出版社，1990年。
顾晓辉："道德家的文学图景　解读玛丽安娜·莫尔诗歌中的伦理内涵"，《中国矿业大学学报》，2013年第4期，第113—117页。
何怀宏：《生态伦理：精神资源与哲学基础》，保定：河北大学出版社，2002年。
亨利·纳什·史密斯：《处女地：作为象征和神话的美国西部》，薛蕃康、费翰章译，上海：上海外语教育出版社，1991年。
黄宗英："爱德华·泰勒宗教诗艺术管窥"，《北京联合大学学报（人文社会科学版）》，2013年第3期，第30—36页。
霍尔姆斯·罗尔斯顿Ⅲ：《哲学走向荒野》，刘耳、叶平译，长春：吉林人民出版社，2000年。
J. E. 利普斯：《事物的起源》，汪宁生译，成都：四川民族出版社，1982年。

姜希颖:"玛丽安·摩尔的诗歌和中国绘画之道",《浙江外国语学院学报》,2012年第3期,第65—69页。

蒋怡:"家庭政治:论安妮·布拉德斯特里特的诗歌创作策略",《外国文学》,2013年第5期,第15—24页。

卡洛琳·麦茜特:《自然之死:妇女、生态和科学革命》,吴国盛等译,长春:吉林人民出版社,1999年。

拉尔夫·沃尔多·爱默生:《爱默生集:论文与讲演录(上)》,转引自孙益敏:《自然是一首失传的诗》,苏州大学硕士论文,2009年。

拉尔夫·沃尔多·爱默生:《不朽的声音》,王久高、李双伍译,北京:当代世界出版社,2002年。

拉尔夫·沃尔多·爱默生:《精神的足迹》,王久高,李双伍译,北京:当代世界出版社,2002年。

拉尔夫·沃尔多·爱默生:《论自然》,吴瑞楠译,北京:中国对外翻译出版公司,2009年。

拉尔夫·沃尔多·爱默生:《自然沉思录》,博凡译,上海:上海社会科学院出版社,1993年。

蕾切尔·卡森:《寂静的春天》,吕瑞兰、李长生译,长春:吉林人民出版社,1997年。

李安斌:《清教主义对17—19世纪美国文学的影响》,四川大学博士论文,2006年。

李嘉娜:"论莱维托夫'有机形式'诗歌创作思想",《福建师范大学学报(哲学社会科学版)》,2006年第5期,第120—125页。

李剑鸣:"美国殖民地时期的人口变动及其意义",《世界历史》,2002年第4期,第21—30页。

李维屏等:《美国文学思想史(上卷)》,上海:上海外语教育出版社,2018年。

李晓明:"当代生态批评视阈中文学对自然的再现",《青海社会科学》,2008年第1期,第153—157页。

李野光:《惠特曼名作欣赏》,北京:中国和平出版社,1995年。

李咏吟:"荷尔德林与惠特曼诗学中的希腊理念",《温州大学学报(社会科学版)》,2016年第2期,第47—57页。

廖彬:"惠特曼和郭沫若的诗歌意象论",《郭沫若学刊》,1992年第3期,第59—63+8页。

刘保安:"论狄金森诗歌中玫瑰的象征意义",《乐山师范学院学报》,2010年第10期,第25—27页。

刘翠湘:"惠特曼的海洋诗歌及其生态意义",《世界文学评论》,2009年第1期,第157—159页。

刘保安:"论狄金森诗歌中花草的象征意义",《江西教育学院学报》,2011年第2期,第143—146页。

刘守兰:《狄金森研究》,上海:上海外语教育出版社,2006年。

鲁枢元主编:《精神生态与生态精神》,海口:南方出版社,2002年。

罗德里克·弗雷泽·纳什:《大自然的权利》,杨通进译,青岛:青岛出版社,1999年。

罗纳德·英格尔哈特:"现代化与民主",载弗拉季斯拉夫·伊诺泽姆采夫主编,俞可平译《民主与现代化——有关21世纪挑战的争论》,北京:中央编译出版社,2011年。

莫莉莉:"献给自然的歌:比较菲利浦·弗伦诺与威廉·柯伦·布莱恩特的两首自然诗",《四川外语学院学报》,1999年第2期,第5—8页。

倪志娟:"玛丽安·摩尔的书写策略及其性别伦理",《杭州电子科技大学学报(社会科学版)》,2016年第3期,第45—50页。

聂珍钊:"文学伦理学批评:基本理论与术语",《外国文学研究》,2010年第1期,第12—22页。

聂珍钊:"文学伦理学批评:伦理选择与斯芬克斯因子",《外国文学研究》,2011年第6期,第1—13页。

聂珍钊:"文学伦理学批评:论文学的基本功能与核心价值",《外国文学研究》,2014年第4期,第8—13页。

聂珍钊:《文学伦理学批评导论》,北京:北京大学出版社,2014年。

宁梅:《加里·斯奈德的"地方"思想研究》,南京大学博士论文,2010年。

梁晶:"从民族性看美国诗歌自然主题的衍变",《辽宁行政学院学报》,2008年第5期,第191—192+195页。

欧阳询编,汪绍楹校:《艺文类聚》,上海:上海古籍出版社,1982年。

P. 辛格:"所有的动物都是平等的",江娅译,《哲学译丛》,1994年第5期,第25—32页。

彭予:《二十世纪美国诗歌:从庞德到罗伯特·布莱》,郑州:河南大学出版社,1995年。

齐聪聪:"论爱默生诗中的自然之美与'超灵'的启示:以《杜鹃花》为例",《外文研究》,2017年第4期,第48—53页。

钱兆明、卢巧丹:"摩尔诗歌与中国美学思想之渊源",《外国文学研究》,2010年第3期,第10—17页。

萨克文·伯科维奇:《剑桥美国文学史(第一卷)》,蔡坚等译,北京:中央编译出版社,2008年。

桑翠林:"W. S. 默温诗行中的记忆还原",《国外文学》,2014年第4期,第81—92页。

斯蒂芬·瑞迪勒:"诗人玛丽·奥立弗:一种孤独的行走(访谈)",倪志娟译,《诗探索》,2010 年 02 期,第 154—160 页。

宋秀葵、周青:"艾米莉·狄金森的自然诗作:生态文学的典范",《山东社会科学》,2007 年第 9 期,第 126—128 页。

童明:《美国文学史》,南京:译林出版社,2002 年。

王红阳、陈雨涵:"生态语言学视角下的海洋诗歌分析:以惠特曼的《给军舰鸟》为例",《宁波大学学报(人文科学版)》,2020 年第 4 期,第 37—43 页。

王建平:"世界主义还是民族主义——美国印第安文学批评中的派系化问题",《外国文学》,2010 年第 5 期,第 49—58 页。

王敏:《惠特曼笔下的"海"》,湘潭大学硕士论文,2012 年。

王诺:《欧美生态文学》,北京:北京大学出版社,2003 年。

王诺:"生态批评:界定与任务",《文学评论》,2009 年第 1 期,第 63—68 页。

王诺:《生态批评与生态思想》,北京:人民出版社,2013 年。

王清:"《草叶集》标新立异招攻讦 惠特曼针锋相对不低头",《新闻出版交流》,1996 年第 4 期,第 7 页。

王维:《海德格尔存在论美学视野下的狄金森诗歌》,四川外国语大学硕士论文,2014 年。

王先霈:"中国古代文学中的'绿色'观念",《文学评论》,1999 年第 6 期,第 137—143 页。

王学鹏、文晓华:"从认知诗学的角度来解读威廉·卡伦·布莱恩特的《致水鸟》",《名作欣赏》,2013 年第 3 期,第 28—29+104 页。

王誉公:《埃米莉·狄金森诗歌的分类和声韵研究》,济南:山东大学出版社,2000 年。

王兆胜:"'慢'的现代意义",载鲁枢元主编《精神生态与生态精神》,海口:南方出版社,2002 年。

魏兆秋:"爱默生的超验主义思想对艾米莉·狄金森的影响",《辽宁师范大学学报(社会科学版)》,2001 年第 2 期,第 74—77 页。

沃尔特·惠特曼:《草叶集》,赵萝蕤译,重庆:重庆出版社,2008 年。

沃尔特·惠特曼:《典型的日子》,马永波译,天津:百花文艺出版社,2008 年。

西格德·奥尔森:《低吟的荒野》,程虹译,北京:生活·读书·新知三联书店,2012 年。

徐翠华:"爱米莉·迪金森:大自然是最温柔的母亲",《电影评介》,2006 年第 15 期,第 99—100 页。

闫建华:"当代美国生态诗歌的'审丑'转向",《当代外国文学》,2009 年第 3 期,第 103—111 页。

杨保林:"诗为心声——安妮·布拉兹特里特及其诗歌艺术",《贵州大学学报(社会科学版）》，2010年第2期，第128—131页。

杨金才："玛丽安娜·莫尔创作意蕴谈"，《外国文学研究》，1995年第2期，第62—65页。

杨金才主撰，刘海平、王守仁主编：《新编美国文学史（第三卷）》，上海：上海外语教育出版社，2002年。

杨岂深、龙文佩：《美国文学选读（第一册）》，上海：上海译文出版社，1985年。

杨跃雄："北美贸易、开发背景下的动物灭绝和印第安社会的崩溃"，《重庆第二师范学院学报》，2014年第4期，第40—43页。

姚立江：《人文动物——动物符号与中国文化》，哈尔滨：黑龙江人民出版社，2002年。

叶维廉：《道家美学与西方文化》，北京：北京大学出版社，2002年。

殷企平："西方文论关键词：共同体"，《外国文学》，2016年第2期，第70—79页。

余一力："寂静的声音：论妇女写作的意义——以狄金森自然诗歌中的蜜蜂形象为例"，《湖北师范学院学报（哲学社会科学版）》，2012年第3期，第18—21+43页。

袁先来：《盎格鲁-新教源流与早期美国文学的文化建构》，北京：北京大学出版社，2016年。

远人："进入大自然的笔尖"（外一篇），《芒种》，2019年第1期，第66—70页。

约翰·巴勒斯：《清新的原野·冬日阳光》，川美、张念群译，厦门：鹭江出版社，2006年。

张冲主撰，刘海平、王守仁主编：《新编美国文学史（第一卷）》，上海：上海外语教育出版社，2000年。

张剑："美国现代作家史耐德的中国之行与他的生态政治观"，《国际汉学》，2019年第4期，第33—38页。

张丽萍："爱德华·泰勒诗歌的诗艺价值与文化意义"，《鸡西大学学报》，2010年第3期，第119—121页。

张雪梅："艾米莉·狄金森对超验主义自然观的再定义"，《外国文学研究》，2005年第6期，第64—70+172页。

张焱：《从评价理论角度分析艾米莉·狄金森自然主题诗歌中矛盾的自然观》，兰州大学硕士论文，2011年。

张子清：《二十世纪美国诗歌史》，长春：吉林教育出版社，1995年。

赵毅衡：《美国现代诗选（上册）》，北京：外国文学出版社，1985年。

钟玲：《美国诗与中国梦》，桂林：广西师范大学出版社，2003年。

朱新福："美国生态文学批评述略"，《当代外国文学》，2003年第5期，第135—140页。

朱新福："论早期美国文学中生态描写的目的和意义"，《解放军外国语学院学报》，

2004年第3期，第72—75+80页。

朱新福：“惠特曼的自然思想和生态视域”，《苏州大学学报（哲学社会科学版）》，2006年第2期，第80—84页。

朱新福：“美国文学上荒野描写的生态意义述略”，《外国语文》，2009年第3期，第1—5页。